历史小说

生不逢时

傅苍松◎著

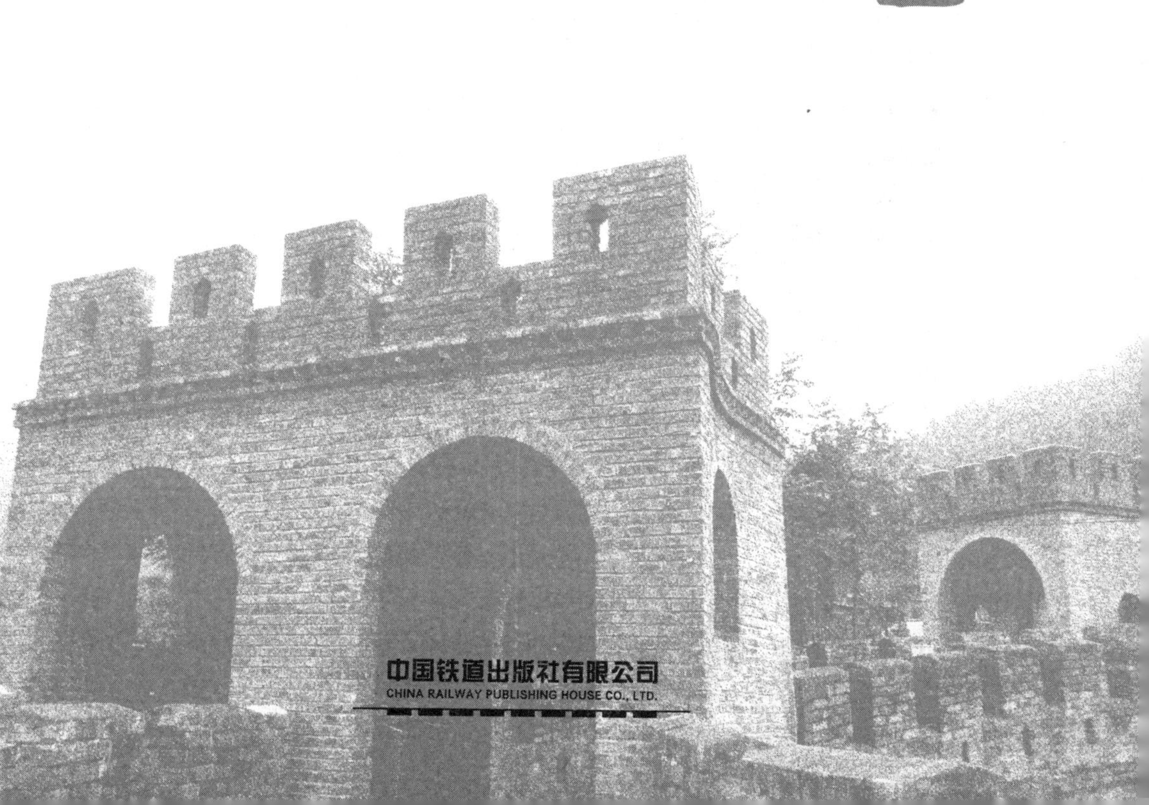

中国铁道出版社有限公司
CHINA RAILWAY PUBLISHING HOUSE CO., LTD.

图书在版编目（CIP）数据

生不逢时：崇祯：上下册 / 傅苍松著 . —北京：中国铁道出版社有限公司，2024.8

ISBN 978-7-113-31270-1

Ⅰ.①生… Ⅱ.①傅… Ⅲ.①崇祯帝（1611-1644）-传记 Ⅳ.① K827=48

中国国家版本馆 CIP 数据核字 (2024) 第 103090 号

书　　名：生不逢时：崇祯
　　　　　SHENGBU–FENGSHI：CHONGZHEN
作　　者：傅苍松

责任编辑：冯彩茹　　　　电　　话：（010）51873264
封面设计：尚明龙
责任校对：安海燕
责任印制：赵星辰

出版发行：中国铁道出版社有限公司（100054，北京市西城区右安门西街 8 号）
网　　址：http://www.tdpress.com
印　　刷：三河市宏盛印务有限公司
版　　次：2024 年 8 月第 1 版　2024 年 8 月第 1 次印刷
开　　本：710 mm × 1 000 mm 1/16　印张：32.5　字数：619 千
书　　号：ISBN 978-7-113-31270-1
定　　价：158.00 元（上下册）

目录

【第一回】

明熹宗宾天辞世，朱由检继位登基

大明天启七年（1627年）秋八月，北京。

太阳仍像六月里那样炽白而明亮，而它的赫赫威严却已经不能同日而语了。它变得温软、柔和，暖乎乎的使人发懒，发困。偶尔有一个不甘寂寞的人抬头看它一眼，随口说了一句："唉，最难忍受的一段就要熬过去了！"

他的同伴听了，不以为然地撇撇嘴，说道："我看也没啥好高兴的，夏天过了是冬天，冬天过了不还是夏天吗？"

先前开口的那人不服气："有点变化总比没有强啊，要不然，老天爷一个劲儿地煎熬着，老百姓啥时候是个头儿啊！"

历史就像一条浊浪翻滚的长河，这两个小人物的即兴对白甚至根本不能激起最最微弱的回声。

信王府的大门"咣啷"一声打开，抢先走出来的，却是两个身着太监服的人。胖一点的是信王府的太监王承恩，瘦一点的是紫禁城里的司礼监随堂太监李永贞。

在两个大太监的身后，一副八人抬的大轿颤悠悠地出了府门。守候在门外的一队侍卫见此情景，不待命令，立即掉转马头，在前面开路。

这些侍卫全部身着赤黄色军服，乘高头大马，刀枪明亮，服色鲜艳。他们就是老百姓谈之色变的锦衣卫。

八名轿夫配合默契，抬腿落足极富节奏。那大轿如同水中的小舟，轻快而平稳，乘轿的人感到舒适而惬意。

而此时的轿中人却根本无心享受这份舒适，他端庄严正的面容背后，是纷繁杂乱的思绪。此人面貌清癯瘦削，略略有一点苍白，眉宇间隐隐露出一点忧郁的神色，出身的高贵与后天的修养使他看上去从骨子里透露出几分清雅与成熟。

他，就是当今天子朱由校的弟弟，信王朱由检。

今天，他是奉天启帝的圣旨到皇宫中见驾的。按照大明朝的祖制，藩王必须到自己的封地居住，不许到京城，不许过问朝政，不许结交当地军政大员。可是朱由检封王的时候还只有十二岁，年龄太小，只得继续在宫中居住。

这几年，他渐渐地长大成人了，可是，当皇帝的哥哥却根本无暇顾及这位弟弟。他整天忙着做木匠活、逛御花园、与小太监玩耍……

他把全部的政事都推给了最为信任的大太监魏忠贤，而魏忠贤则整天忙着和一班有点脾气的大臣斗法，忙着收拾不服从自己权威的妃嫔，忙着建供奉自己的“生祠”，却来不及给朱由检安置一块封地。

事情就这样搁了下来，转眼间朱由检已经虚岁十八了，到了该成亲的年龄了。于是天启帝请神宗的昭妃刘氏与自己的正宫张皇后，为朱由检选了三位王妃。

但皇宫中除了天子的妃嫔与太子的太子妃外，是不能容纳其他女眷的。于是，皇帝便命令在宫外修建信王府第。

可是国库空虚，根本无钱建府。太监李永贞便提议将惠王府整修一番，备信王居住。天启帝准奏，朱由检这才有了一个属于自己的小天地。

朱由检虽然出了宫，却不敢掉以轻心。魏忠贤的权势正炙手可热，不要说是朝中文武，即便是皇亲国戚，他也敢随意杀罚。因此，朱由检时时刻刻小心谨慎，说话做事都谦恪恭谨，丝毫不敢露出对这位当红大太监的不满。

不仅如此，他还不时派出心腹太监密切注视着紫禁城里的风吹草动。两个月前，他的心腹太监徐应元向他禀告说皇上生了急病，据说相当严重。当时他并没有特别的想法。后来，太监们带来的消息越来越令他不安。皇上的病情一天比一天加重了，看病的御医们束手无策，只能眼看着皇上痛苦地挣扎。

朱由检从这些零零散散的消息中看到了一点儿希望，只是他不敢说出来，甚至连想一想都觉得是大逆不道——皇上虽然也有过几个子女，却都夭折了，现在他没有一个能继承大统的儿子。按照兄终弟及的旧例，如果天启帝最终不治，那么，皇帝的宝座是不是会落到他身上呢？

一念及此，朱由检不由得打了一个寒战。他轻轻地闭上了双眼，意图把这个不恭敬的念头压下去。

大轿轻快而平稳地顺街而行，不多一会儿便已经到了紫禁城外。朱由检掀开轿子一侧的小窗帘，那紫红色的城墙立即映入眼帘。

自从去年十一月住到信王府，他已经有九个月没有到宫里来了。为避免引起魏忠贤手下爪牙的注意，出宫之后，他便谢绝了任何朝廷上的礼仪活动。为了排遣时时袭来的孤独与压抑，他阅读了不少历朝历代的经典文献，像《资治通鉴》《贞观政要》，还有本朝开国太祖的《皇明祖训》，他都非常熟悉。有时候他就想，如果让自己治理一个国家，或许能够把它管理得井井有条吧！

就在这时候，大轿忽然停了下来。王承恩打开轿帘，恭恭敬敬地说道："殿下，请下轿步行入宫！"

紫禁城里，除了皇上与皇后，其他人是不准乘轿或骑马的。

朱由检下了轿，跟着李永贞向懋勤殿走去。早有小太监跑进宫中禀告，魏忠贤亲自迎了出来。

魏忠贤生就一副憨直老实的外表，此时因为痛哭天启帝，两只眼睛肿得像桃子一般，更显得愚钝木讷。

他紧走几步，一边恭恭敬敬地向朱由检屈身行礼，一边说道："参见信王殿下！"

朱由检有点儿受宠若惊，急切之间竟然愣在了那里！

在他的印象里，魏忠贤只在自己七八岁，还是一个惜薪司的下等太监时才这样谦恭谨慎。自从天启帝登基之后，他就变得颐指气使、盛气凌人，不把亲王、妃嫔放在眼里。他今天这番举动，着实出乎朱由检的意料。

好在他身边还有一个见多识广的老太监王承恩，替他打了圆场。他急忙挨到信王身边，恭敬得近乎谄媚地对魏忠贤说道："信王奉诏进宫，不知皇上有什么旨意？"

魏忠贤两眼一红，泪水充满了眼眶："唉，皇上自五月以来，龙体欠安，御医多方医治，毫不见效。兵部尚书霍维华进献的'仙方灵露'，皇上喝了半个月，一点儿作用都不起。皇上怕自己不久于人世，才命人宣信王入宫，怕是有大事要托付信王殿下吧！"

信王朱由检此时也醒悟过来，便顺水推舟地说道："如此就有劳魏公公引路，带我去觐见皇上。"

一行人很快便到了天启帝的寝宫。在朱由检还没有看到天启帝之前，天启帝倒是先看到了他。

天启帝正探身扶在床沿上休息，他的脸色既黄又白，全无一点血色。见朱由检走了进来，他的眼中露出一丝友爱与欣慰，喘息了一阵，慢慢说道："弟弟，你来了！"

朱由检慌忙倒地叩头，口中说道："臣信王朱由检参见皇上！"

天启帝有气无力地说道："快起来吧，自家人不——必——客——气。"语气中仿佛忍受着极大的痛苦。

朱由检说了一声"谢皇上"，这才站起身，眼前见到的一切却让他大吃一惊：天启帝全身浮肿，扶在床边上的左手手指肿得像小萝卜，脸上泛着病态的潮红，额头布满细密的汗珠，浮肿的两腮止不住地抽搐。

病入膏肓的天启帝怔怔地看了他风华正茂的弟弟半晌，突然冒出这样一句话来："弟弟，你一定要做尧舜那样英明的君主呀！"

年轻的朱由检听到这话之后，仿佛觉得自己内心的隐秘被皇上一眼看穿，赤裸裸地暴露在光天化日之下。

冷汗从他的额头涔涔而下，眼睛慌乱的他好像突然间明白了是怎么回事，惊惶不安地说道："臣死罪，死罪！皇上怎么能这样说呢。皇上正当盛年，只需加意调理，龙体康复有日，怎么能说出这样令天下臣民惶恐的话呢？"

天启帝的精神恢复了一点，没精打采地喘息了两声，说道："朕的病情，朕自己心里明白，弟弟不可推辞！"

朱由检一脸的惶恐，战战兢兢地站在天启帝卧榻之前，一个劲地说："皇上这样说，臣罪该万死，罪该万死！"

"哥儿，信王既然这么谦恭礼让，就别老挤对他啦。依老婆子看来，哥儿不如将魏忠贤的侄儿魏良卿之子收为自己的儿子，替哥儿延续一脉香烟。"

这声音并不大，却如同一声惊雷在朱由检耳边炸开，惊得他目瞪口呆。

抬头看时，只见一个四十余岁的妇人挨到了龙床旁边。这人就是天启帝的乳母，被尊为奉圣夫人的客氏。

尽管朱由检早就听说过皇兄对客氏礼敬热爱有加，从来都是言听计从，但今天仍然觉得她的言谈举止太过嚣张——这妇人竟然说出这样大逆不道的话来！

天启帝似乎并没有受那么大的震动，他的眼睛里露出慈爱的神色："客妈妈，你好吗？朕这个样子，也没法陪你玩了。朕恐怕活不了几天啦，朕已经传旨封侯哥哥为伯爵，封良卿为太师了！"

客氏是天启的乳母，在入宫之前有一个儿子，叫侯国兴，天启帝平常就称其为"侯哥哥"。魏良卿是魏忠贤的侄儿，已被封宁国公。

客氏似乎并没有把天启帝的话当成一回事，露出不屑的样子，说道："老婆子和你说收良卿的儿子当干儿的事，你倒来扯'伯爵'呀、'太师'呀什么的，有什么相干？"

天启帝脸上露出一丝歉然的微笑，说道："这事你不是说过吗，朕倒是无所谓。可是，封伯爵、封太师，朕说了算，认义子得皇后同意才成啊，皇后不愿意，朕不是也没有办法吗？"一口气说出这许多话来，天启帝的脸憋得通红，伏在床头一个劲儿地喘。两名宫女急忙凑上前来，轻轻地又是揉又是捶。

这些话听到朱由检的耳朵里，直惊得毛骨悚然。他简直怀疑皇上是不是发烧热昏了头，才这样毫无主见，传位这样关系祖宗基业的大事，怎么在他眼里竟如儿戏！可是看他说话的逻辑与神情，却绝非发热病的样子。朱由检茫然了。

天启帝喘够了，重新抬起头，说道："皇后执意让朕传位给信王，朕也觉着这样更好些，这才召信王进宫。谁知道他也不愿意当皇上——"说到这里，天启转过头看着弟弟朱由检，继续他的话题："弟弟，朕看你还是答应了吧，省得让你嫂子老在我耳边聒噪！"

朱由检瞟着虎视眈眈的奉圣夫人和九千岁，心里怦怦乱跳，拿不定主意是现在答应下来，还是继续推托下去。

"信王——"随着话音，从宽大华美的屏风后面走出一个人来，正是天启帝的正宫皇后张嫣。

张皇后走得急了一点，说话带着一点儿喘息之声。不容朱由检向她见礼，她便急急说道："信王，情势急迫，义不可辞，你不念天下苍生的安危，也当珍惜列祖列宗的家业。如果再存妇人之见，扭捏推托，一旦事有不测，信王罪过大矣！"说罢，一双凤目直直地盯在朱由检身上。

两个人的目光接触的一刹那，朱由检禁不住一震，从张皇后严正而略带责怪的目光中，他读出了她急切的期盼。

张皇后以一种不容抗拒的语气说道："信王还不赶紧叩头谢恩！"

朱由检仿佛突然明白了全局，果断地听从了张皇后的吩咐，跪倒在地，叩头道："臣朱由检奉旨谢恩！"

张皇后这才松了一口气，紧张了许久的神经松弛下来，忽然有一点儿头晕眼花，摇摇欲坠。两边的侍女赶紧过来，扶着张皇后到旁边落座休息。

魏忠贤、客氏、朱由检几个人尴尬地立在那里，不知道该做什么。

天启帝慢慢闭上眼睛，有气无力地说道："朕累了，你们去吧。"

魏忠贤与朱由检离开御榻，并肩走了出来。

乾清宫里灯火通明，拖着病体的天启帝半卧半倚在御榻上面，召见匆匆赶来的朝臣们。

天启帝已经有两个月没有上朝了。群臣上次见到他的时候，他还是生龙活虎的。而此刻，他病恹恹的，一副半死不活的模样。

魏忠贤红肿着双眼，坐在御榻旁专为他安置的绣龙墩上，一言不发。

一阵剧烈的咳嗽之后，天启帝开口说道："众位卿家，朕恐怕将不久于人世。"

群臣中立刻一阵骚动，尽管人们看着皇上也像是没几天好活的样子，但话从皇上自己的嘴里说出来，人们还是感到震惊。

此刻，魏忠贤直了直腰板，目光在黑压压的人群中扫过，整个朝堂立刻鸦雀无声。

天启帝吩咐道："阁臣、九卿、科道诸臣近前来！"

以魏忠贤、司礼监掌印太监王体乾为首，后面内阁首辅黄立极、次辅施凤来及张瑞图、李国楷等大臣围拢到御榻之前。

天启帝道："朕即位以来，耽于嬉乐，荒废政事，幸亏有魏忠贤、王体乾，夙兴夜寐，操劳国事，有诸卿任劳任怨，为朕分忧，使朕庶几免负昏君的名声。朕已将皇位传给信王朱由检，他虽然年轻，但聪慧沉静，会做一个好皇上的。魏忠贤、王体乾，恪谨忠贞，以后诸卿有疑难之处，尽可找他们二人商议。”

内阁首辅黄立极、次辅施凤来忙不迭地答道：“皇上任贤勿贰，诸臣敢不仰体圣意！”

天启帝的脸上露出满意的笑容，嘴里连声说道：“好，好！”

天启帝的最后一次召见大臣们就在他自己的一连串满意的“好，好”声中结束了。

魏忠贤立刻派人去找司礼监掌印太监王体乾和奉圣夫人客氏。

不多时，两个人先后赶到懋勤殿。大家都是熟得不能再熟的人了，一切客套都全部免掉。魏忠贤一挥手，侍奉的宫女和太监全都退出殿外。偌大的懋勤殿里，他们三个人在窃窃私语。

“体乾，今儿个皇上召信王进宫了，打算把位子传给他，看来事情有点儿麻烦啊。”魏忠贤道。

“都怪中宫那娘儿们，要不是她，皇上恐怕早就认咱家翼鹏当干儿了，皇位还会轮到信王头上吗？”客氏气愤难平地插嘴道。

客氏说的翼鹏是魏忠贤的侄孙、宁国公魏良卿之子。这孩子出世不到三个月，客氏和魏忠贤一直想把他献给天启帝做义子。

“不知九千岁有何打算？”王体乾问道。他任掌印太监，位置本在身为秉笔太监的魏忠贤之上，可是在魏忠贤面前，他仍旧是一副卑躬屈膝的模样。事实上他能有今天，还是得力于魏忠贤的举荐提拔。

“咱家近日哀痛皇上病情，心神大乱。你有什么良策，不妨说来听听。”魏忠贤道。

头脑机敏的王体乾见魏忠贤问起，便开诚布公地说道：“依我看来，皇上虽已说过传位信王，知情者不过数人而已。有奉圣夫人在，让皇上改变主意也并不很难。最大的困难来自张皇后，只要说服了张皇后，九千岁就可大功告成，那时便可以要风得风，要雨得雨了。”

一席话，说得魏忠贤频频点头，道：“不错，你说得有道理。不过，中宫张氏顽固得很，恐怕不易对付！”

“哼，姑奶奶真后悔早没有斩草除根，把她们父女俩连窝端掉，咱们如果早点下手，她能活到今天？”客氏恨恨地说道。

王体乾言语行事走的都是阴柔的路子，对客氏动辄就张牙舞爪、狂妄叫嚣的样子颇有点不以为然，只是大家利害攸关，而且客氏与皇上的关系正是他们几个为所欲为的资本，他这才容忍了她。

“既然张皇后是个硬钉子，那就先从她那下手吧。依卑职看，若是硬让张皇后认良卿之子为义子，恐怕不大容易，但如果告诉她某一位宫人有孕，怀了龙胎，皇后定然会大喜过望。到那时，再用良卿的公子假充是宫人所生，不就简单了吗？”

魏忠贤眼睛一亮，随即又黯淡下来，道：“这计策倒也不错，只是皇上现在连命都只有半条了，哪还能御女呢？”

客氏接口说道：“你咋就这么老实呢？！良卿、国兴、光先，哪一个不是色中饿鬼，让个把宫女怀孕还不是小菜一碟吗？再者说啦，就是她没有怀孕，咱们说她怀孕了，还有哪个不知死活会来核查不成？”客氏所云“国兴”乃侯国兴，是客氏之子，“光先”名客光先，乃客氏之弟。二人与魏良卿都是客、魏子弟。

“客妈妈所说极是，宫人怀孕只是一个借口而已，不必当真。关键是要张皇后承认此宫人怀的乃是皇上之后，一旦她承认了，一切疑难自会迎刃而解。”

魏忠贤道：“既如此说，你看谁去劝说张皇后承认这事呢？”

王体乾道：“不如派涂文辅去吧，九千岁你老人家、卑职我、朝钦、永贞咱几个在张皇后的心里都挂了号，涂文辅的名声还不错，派他去更合适一些。”

“好吧，就让文辅辛苦一趟，这事就交给你来办吧。”魏忠贤打了一个哈欠，揉揉惺忪的睡眼，做出最后的决定。

夜晚的坤宁宫安静而平和，母仪天下的张皇后就在这里居住。涂文辅来到宫外的时候，张皇后刚刚用罢晚膳。她对涂文辅的印象确实没有像对魏忠贤、李永贞、李朝钦、刘若愚那么恶劣，又不知道涂文辅此行意欲何为，便传旨让他进宫。

参见礼毕，涂文辅说道：“奴才今天来，是为告诉娘娘一件天大的喜事！”

张皇后道：“喜事从何说起？”

涂文辅道：“恭喜娘娘，奴才适才听到一个消息：陈宫人有孕，我主有后啦！”

张皇后闻听此言，双眉一挑，急急问道：“此话当真？”正欲询问下去，忽然头脑中一道电光闪过，一个念头在张皇后的脑海中出现了。

她急迫的面容忽然变得冷若冰霜，说道：“陈宫人有孕，怎么本宫会不知道，却要你来告诉本宫！”

涂文辅道：“两月以来，娘娘衣不解带，日夜关注皇上御体，合宫上下尽皆感泣。奴才不敢以杂事扰娘娘清听，所以娘娘有所不知。”

张皇后点点头，又厉声问道：“那陈宫人怀孕几个月了？皇上何时临幸过她？”

“陈宫人已有五个月身孕。”

“皇上卧病只有两个多月，陈宫人有五个月身孕，论理早在皇上龙体欠安之前就该呈报，为何拖延至今日方才呈报本宫？”

涂文辅料不到张皇后这般较真儿，一时词穷，细细的汗珠渗出额头。

“快说！为何至今方才呈报？！”张皇后步步紧逼。

见涂文辅支吾不语，张皇后更觉有诈，便道：“皇上行踪不比常人，有起居注在，谁也做不了手脚。你可知道，欺君罔上是什么罪过？！”

涂文辅牙一咬，心一横，昂然说道：“娘娘，你还是睁一只眼闭一只眼承认了吧，不然，恐怕于娘娘多有不便！”

张皇后性情刚烈，最受不了奴才的要挟，此时猜到了事情的究竟，更加义愤填膺，她用手指着涂文辅破口大骂：“你这奴才，竟敢欺到本宫头上来了。本宫若是欺软怕硬之人，也不会与魏忠贤这等欺君误国之徒撕破脸面。如今从命则天理良心不容，难脱死罪；不从命则权阉当道，专横跋扈，也难逃一死。左右是死，不从命而死，尚可以在九泉之下无愧于与列祖列宗相见！”

涂文辅额头的冷汗涔涔而下，情知张皇后万难压服，不待她把话讲完，便灰溜溜地逃离了坤宁宫。

张皇后犹自恨恨不已，又痛骂了一阵，这才安静下来。想起自己身为一国之母，竟然被一个掌权的太监欺凌，此刻却没有一个人来为她撑腰分忧，不禁大为伤感，怔怔地待了一会儿，两行清泪无声地滑落下来。

朱由检如蒙大赦一般出了紫禁城，一颗悬着的心落下了一半。同时却想：家中的妃嫔们该等急了吧？

他猜得不错，王妃周氏此刻正像热锅上的蚂蚁，坐卧不宁。朱由检已经走了两个多时辰，按说该回府了，怎么还不回来？该不会发生什么意外吧？周氏心里七上八下，没有个准头。她思来想去也理不出个头绪，索性站起身来，向袁妃的住处走去。

袁妃与田妃是在三月份被朱由检娶进府中的，那时正好是在朱由检与周妃度完蜜月之后。此时田妃也正在袁妃的屋里。

当为丈夫的安危而提心吊胆的周妃来到袁妃的窗下时，听到田、袁两个妃子也正谈论着朱由检：“我猜想不会有什么事情的，信王与别人从来没发生过什么别扭，他是皇上唯一的弟弟，别人也不会拿他怎么样的。”是田妃平和而自信的声音。

说到这里，袁妃抬头看到愁眉苦脸的周妃走了进来，赶忙过来见礼，说道：“周姐姐，我与田姐姐正念叨着信王呢，这么晚了，信王怎么还不回来呢？”

这话正击中周妃痛处，她的眼圈忽地红了，泪水差点涌了出来。她急忙转过身去，不愿让自己的关注之状被别人见到。

这时，田妃的侍女小毛头急急地走了来，见三位王妃都在，便敛衽禀报道：“启禀三位王妃，管事太监徐应元来报，王爷已经到府门外了。估计这时已经进府了！”

周、田、袁三人听了，不约而同都“腾”地站起身来，匆忙向外走去。尤以周妃最为急迫，走在最前面。

三人赶到府门时，朱由检正从轿中钻出来。

情到浓时，周妃的眼睛里只剩下朱由检一人，全然忘了身后还有田妃、袁妃和一大堆仆人与太监。她像一只小鸟一样，纵身投入了朱由检的怀抱，死死抱住朱由检并不伟岸的身体，脸贴到朱由检的胸膛，眼泪哗哗直淌。

朱由检出乎意料，不由得呆住了。过了片刻，他才似乎明白了情由，心下大受感动，眼眶也湿润了。

当他看到王府上下的人们都在注视着他的时候，朱由检满脸羞红，不知道该怎么办才好。整个上半身都被周妃死死抱住，丝毫动弹不了。一种奇异的感觉刹那间传遍他的全身，朱由检感到一种前所未有的被关注、被爱的幸福。

周妃的冲动终于缓和了下来，抱着朱由检的双臂也松开了。她拿袖子擦了擦朦胧的泪眼，向四周看了一看，这才明白了自己的失态，一丝红晕“唰”地飞上了双颊。她抬眼看了看正笑吟吟的朱由检，气急败坏地埋怨道：“都怪你，都怪你！害得人家在大庭广众之下丢丑！”说着，她的小拳头擂鼓似的捶在朱由检的胸口上。朱由检顺势一揽，周妃站立不稳，又一次投入了自己的怀抱。

在接下来的十来天里，朱由检密切地注视着皇宫中的风吹草动。可是，除了皇上的病情一日重似一日之外，没有任何有价值的消息。朱由检也不便出头露面，只得强压下急切与迷惑，静观其变。

天启帝的病眼见是没有办法治愈了，魏忠贤慌了手脚。他在天启帝日益病重的日子里，全然没有了主心骨。以前在宫中曾经威风不可一世的九千岁，现在却是一副老态龙钟的样子，一双哭得又红又肿的眼睛透露出悲哀与绝望。

八月二十日，魏忠贤亲自督造的前朝皇极、中极、建极三大殿，经过两年的施工，耗费了无数的土木银两，终于宣告全部竣工。

不久，天启帝病危，魏忠贤忧心忡忡地回到乾清宫，见李永贞也在那里，便急急问道：“皇上怎么啦？”

李永贞没有回答，打手势示意离开御榻。二人从暖阁中走出，李永贞说道：“太医说皇上肾脏衰竭异常，三天之内可保无虞，三天之外就不知道了。”

魏忠贤不知所措了，他想不出一丁点儿补救的方法，只剩下无可奈何的长吁短叹，哭天抹泪。

皇帝也是凡人，也有生老病死，上天绝不会因为他天子的身份，便给予他更多的福寿。终于，这个年轻帝王的生命之烛燃到了最末的一节，死神在向他招手了。几乎比御医预测的时间短了一半，就在八月二十二日下午，天启帝就到了弥留之际。

被紧急招来的两名御医轮流替天启帝把了好几次脉，又不放心地翻了翻天启帝的眼皮。这才垂头丧气地对守候在一旁，睁大眼睛看着他俩一举一动的张皇后与魏忠贤，轻轻地摇了摇头。

顿时，整个乾清宫哭成了一片。尽管张皇后与魏忠贤都早已知道皇上的病已然不治，死亡只是迟早的事，但他们还是承受不住这位荒唐帝王的离去。张皇后与魏忠贤这两个冤家对头都同样流出了真诚的眼泪。

经历了一段珠泪滚滚的悲痛之后，张皇后首先恢复了理智。她是一个有主见的女人，在这关键时刻，她的基本素质发挥了作用。宫中尽是客氏与魏忠贤的天下，自己孤身一人，势难与之匹敌，须得尽早将皇上驾崩的消息透露出去，迎接信王入宫承继大统，免得魏忠贤一手遮天，把持大局。

回到坤宁宫，张皇后立即招来一名贴身小太监，道："你立即出宫，到信王府邸，就说皇上已然晏驾，请信王早做准备！"

那小太监答应一声，转身离去。刚刚走出十几步，又被张皇后招了回来。张皇后续道："你转告信王，入宫之后称帝之前，千万不可吃宫中食物、喝宫中汤茶。另外，你在街道之上，想方设法将皇上已然晏驾的消息张扬出去，务必令京城老少尽人皆知。此事如若办成，本宫重重有赏！"

小太监"扑通"一声跪在地上，说道："娘娘如此看待奴才，奴才就是赴汤蹈火，也万死不辞。"

"好啦，赶紧去吧，说不定待会儿你连皇宫城门都出不去了！"

小太监说了一句："娘娘千岁保重！"便飞身离去了。

就在张皇后提心吊胆地为出宫的小太监祈祷的时候，魏忠贤也正在懋勤殿里心事重重地走来走去。

费了半天劲，皇上还是死掉了。现在他的尸体正晾在乾清宫里，没有人再为他的一声呻吟而惊慌失措，跑前跑后。太监宫女们虽然表面上还是恭恭敬敬，心里却早不把他当成刚刚死掉的皇上了。

既然皇上已经没用了，再陪着他在那里也只是浪费时间，倒不如趁现在大局未定，召集心腹人等商议一下天启帝宾天后朝廷与宫中的局势。派去招呼王体乾、李朝钦、李永贞、刘若愚、田尔耕等人的小太监早出去了，不知怎么到现在还没有一个到来，魏忠贤不由得有些烦躁。

外面脚步声响，魏忠贤心里一动，终于来了可以聊几句的人了。出乎他意料的是，进来通禀的小太监说道："禀九千岁，坤宁宫派人来宣张皇后懿旨！"

魏忠贤一阵失望，情绪更加烦躁，一双布满血丝的眼睛冷冷地盯了一阵来传张皇后懿旨的小太监，直看得那小太监心里发毛，双腿直抖，懿旨在手中也跟着抖个不停。

过了好一会儿，魏忠贤才不屑地吐出一个字："念！"他既不摆香案，又不跪地听旨，只是用后脊侧对着来传旨的小太监，听张皇后有什么说道。

小太监打开懿旨，拿眼角瞟一瞟魏忠贤，开始朗读。

张皇后在懿旨中说了三件事：一是将天启皇帝去世的消息传布宫内外，举国哀悼；二是命礼部即刻准备为大行皇帝发丧事宜；三是命内阁辅臣草拟大行皇帝遗旨，迎信王朱由检入宫即皇帝位。

小太监哆哆嗦嗦地读完了，魏忠贤半晌无言。他的心中一片茫然，拿不定主意该如何应付这突然的变局。王体乾、田尔耕他们怎么还不来呢？怎么连平日里躲都躲不开的客氏这时也不露面了呢？

他回过头来，见传旨的小太监还站在那里，便开口吩咐道："把懿旨搁到桌子上，回去吧。咱家都知道了。"

小太监刚走，王体乾就到了。魏忠贤抄起张皇后懿旨，递给王体乾，一边说道："中宫那娘儿们可够狠的，皇上刚宾天，她就迫不及待地要主持朝廷大计了！"

王体乾接过懿旨，详细看了一遍，心里预感到形势不妙。他转过头来，对魏忠贤说道："张皇后已然有所行动，九千岁如今可有应付的方略？"

魏忠贤道："咱家请你们来，就是要商讨应付时局的法子，谁知道你们一个个慢慢腾腾，等全到齐了，恐怕早让那娘儿们给一网打尽了！"说着，他抬手向坤宁宫的方向一指。

王体乾微微色变，说道："既然如此，九千岁何不先下一令，宫中大小人等非经九千岁准许，不许出宫半步。先将消息封锁在宫中，等咱们想好了万全之策，再公布皇上驾崩的消息。到那时主动权握到九千岁手里，自然不怕有人捣鬼造反。"

经王体乾一提醒，魏忠贤也感觉到封锁消息似乎很有必要，急忙对贴身小太监说道："听见王公公刚才说的没有？快给咱家传令，从此刻起未经咱家允许不许擅自出宫。"

小太监领命而去。王体乾继续说道："如今皇上刚刚晏驾，朝廷内外形势未判，九千岁宜当机立断，早做打算。或者迎立信王，收及早拥立之功；或者另寻他途，剪除障碍，自为取代之计。机遇如白驹过隙，转瞬即逝，还请九千岁勿失良机！"

魏忠贤双眉紧锁，沉吟片刻，说道："咱家何尝不想早点廓清局面，只是中宫那娘儿们顽固得紧，宁死不从咱家的意见，事情难办得很哪！"

这时，守在宫门的太监高喊一声："奉圣夫人到！"紧接着，客氏走了进来。

不待魏忠贤将情况讲完，客氏便高声嚷嚷起来："这女人屡次三番跟咱们作对，早就该把她干掉了，没了皇上，宫里面咱们说了算，为什么不找几个杀手，夜里进去把她宰了？！"

王体乾不自觉地皱了皱眉头，稍稍压了压心头升起的反感，说："如今皇上刚刚晏驾，人心不稳，若是皇后突然遇刺，必起大乱。人们素知奉圣夫人与九千岁和张皇后有隙，张皇后有事，恐怕对夫人与九千岁多有不利。"

"那就白白让她横在那里阻挡着咱们不成？"客氏愤愤不平。

"即使要对张皇后不利，也不单在这一时刻，如今最紧要的是如何把握时势，以期对夫人与九千岁都有好处。"

王体乾正说着，李永贞、李朝钦、刘若愚三个人悄悄走了进来。魏忠贤说道："你们几个有什么看法？"

李永贞、李朝钦都是少不更事之徒，眼睛里只有荣华富贵，肚子里全是阿谀奉承，若是论起应变才略，问他们可是找错了人。这时，听魏忠贤问起，李永贞说道："依奴才看来，如今皇上新去，朝廷外尚不知晓，九千岁不如趁此机会，闭了京城九门，不许一兵一卒进出。而后由九千岁亲自主持信王即位大典，大典之后，逼迫信王将帝位禅让与九千岁。谅信王不过是一个二十不到的毛头孩子，能有什么胆识？刀斧压到脖子上，自然乖乖将皇位奉出。满朝文武之中，崔呈秀掌兵部，吴淳夫掌工部，周应秋掌吏部，薛贞掌刑部，田尔耕掌锦衣卫，都是九千岁一手提拔的。其他大小官员，七八成也都拜在九千岁名下，若是九千岁举事，他们都不会吭一声，即便有几个不知死活的，拉出去砍了就是。待京中大局已定，再传旨诏告天下，到那时生米做成熟饭，外地督抚纵有不服，也不敢逆天行事。万一有一两处勤王兵马，也弄不成多大气候，命各地大军围剿，自然会顷刻土崩瓦解。不知九千岁以为这样可行否？"

这一番话明明白白地说出来，在场人等皆相顾失色，甚至连早有此意、心里一直图谋不轨的魏忠贤也不禁骇然。他腮帮子上的两块肉不自觉地抽搐了几下，脸色微微一变。

客氏倒是听得心花怒放，喜极而笑，道："永贞说得不错，不如趁乱将皇位夺了，再把朱由检与中宫那娘儿们一杀，以后咱们大伙说了算，看谁敢放一个屁！"

魏忠贤心里自然愿意照此计行事，不过他到底老练一点，知道事情并非像李永贞说的那么简单。盘算再三，他心里还是没底，见王体乾、刘若愚沉默不语，便向他们询问："你们两个意下如何？"

刘若愚向来对李永贞骤登富贵之门便觉天狭地窄的轻狂做派不屑一顾，听他竟吐出那番大逆不道的话来，心里着实感到岌岌可危。以前大家不过是趁着天启帝怠于朝政，矫旨行事，排斥异己。今天这次聚会之后，不论将来何时追究起来，恐怕都难逃谋大逆的处罚。想到此处，冷汗顺着他的后背淌出，他思量着如何摆脱干系，让自己从这群胆大包天的人们之中跳出来。

这时，恰好魏忠贤问起，刘若愚欲言又止。他既不赞成客、魏谋反，又不愿扫魏忠贤的兴致，嗫嚅半晌，这才以一种披肝沥胆的口气说道："九千岁既然将如此大事交与我等议论，我等敢不庶竭驽钝为九千岁谋划？永贞所云固然是可行之计，若到紧要关头不妨大刀阔斧，依其行事。不过，九千岁之所以能有今之威德，全在九千岁不辞劳苦为皇上料理政事，其中尤以批朱最为紧要，而这些都要仰仗皇上的声名才令天下人信服。若是不假皇上的名义，单凭九千岁的宝谕，恐怕就没有同样大的效用。中外臣僚都因为九千岁在皇上面前一言九鼎而仰慕千岁，趋附到千岁驾下，若是千岁取皇上而代之，群臣是否仍旧趋之若骛，恐怕难以预料。"

说到这里，刘若愚顿了一顿，偷偷看了魏忠贤一眼，见他正聚精会神倾听，没有不高兴的表示，这才大胆继续说下去："我听说皇上传位给信王的时候，信王惊惧惶恐，不知所措，这也是千岁亲眼所见。由此看来，信王似乎比已经晏驾的皇上也强不到哪里去，千岁根本不必担心信王对千岁不利。再者，正如永贞所言，内阁、六部、九卿、科道官员，以及各地督抚，大多为千岁所擢拔举荐，纵使有人欲对千岁不利，也该考虑千岁在宫中与朝廷上举足轻重的地位；若是有人执意与千岁为难，千岁提督东厂，田尔耕、许显纯执掌锦衣卫，也不是任人随便揉捏的。"

刘若愚一番言语，说得魏忠贤频频点头，他本就对明目张胆地造反谋逆心有疑虑，听刘若愚头头是道地一分析，登时觉得自己进可攻，退可守，左右逢源，游刃有余，不由得信心大增。

其实，魏忠贤在与这群"谋士们"商议进退方案的同时，另一套方案也正在实施之中：在上次与王体乾议事之后，他就已经着手准备推出一套让宫女怀孕的把戏。令客氏让自己弟侄之辈与几名最近曾被皇上临幸过的宫女密切来往，待宫女怀孕之后，再声称所孕乃天启帝的子嗣。

之后逼迫信王退位，再名正言顺地以自家孩子即皇上位，那时自己就可以不动声色，完成改朝换代的大业，稳稳当当居中摄政，岂不比动刀动枪，结局尚难预料的厮杀要强得多吗？他不太喜欢乘机举事，轰轰烈烈地折腾。这也算是原因之一吧。只是这事知道的人越少越好，故而他才不肯对这些左膀右臂言明。

恰在此时，小太监引着田尔耕进来。田尔耕的府第与办公衙门离皇宫都很远，尽管他知道事情紧急，片刻也不敢耽搁，还是晚到了这么长时间。

一进门，田尔耕便匆匆说道："听说皇上驾崩后，遗诏命信王承继大统，这到底是不是真的呀？”

殿中的六个人闻听此言，都不禁一愣。王体乾机敏，首先发问道：“都督是从哪儿听来的这消息？”

“我来的路上，大街小巷都在议论，我派两个弟兄抓了几个来一问，说的都是这事儿，有什么不对吗？”

魏忠贤、王体乾一听，不由面面相觑，神色黯然，计划尚且没有安排妥当，风声已经走漏出去了。看来，再要封锁消息从从容容布置是不可能了。

田尔耕见大家神色有异，不安地问道：“是不是出了什么乱子？”

王体乾说道：“乱子倒是没有，只是大家不想过早把消息泄露出去而已，现在既然已经张扬出去了，那就听之任之吧。”

众人都被这突来的意外弄得有点懵，半天纳不过这个闷儿来。

还是王体乾最先恢复了冷静，他对魏忠贤说道：“九千岁，事已至此，不如命令礼部的官员赶快准备丧礼，公布张皇后懿旨，命内阁黄立极等人草拟大行皇帝遗诏，尤其要派人先将信王迎进宫中，以防他被别人所左右。”

魏忠贤也想不出什么更好的点子，只好依了王体乾的主张，催促内阁的黄立极、张瑞图、施凤来、李国赶紧草拟大行皇帝遗诏。在场的七个人都有了事情做，各自去张罗自己的一摊去了。

半个时辰之后，遗诏草拟出来了。王体乾听小太监读了一遍，觉得还说得过去，便亲自拿着跑到乾清宫，念给已换了丧服，正为天启帝守灵的魏忠贤听。

魏忠贤根本弄不明白那些咬文嚼字的文章到底是什么意思，只大致估摸出是把皇位传给朱由检，没什么差错，便说道：“好了，就这样子吧！”

魏忠贤在乾清宫里守着天启帝的尸体哭红了眼睛，王体乾在张罗天启帝的丧殓事宜，张皇后在为信王的迎立提心吊胆，而此时在内阁值房，施凤来正处在忧虑与惊骇之中。

这一天是施凤来值班，当李永贞带着张皇后的懿旨与魏忠贤的指令到值房时，他正在为宫中紧张的气氛感到不安。

没有人来告诉他天启帝已然归天，他也不敢擅自走出去打探消息。巡逻的锦衣卫官兵忽然间增添了许多，平日里阴森却还宁静的紫禁城的气氛陡然间紧张了起来。偶然间有办事的太监从值房的门前走过，也都是慌慌张张的样子，转眼间又无影无踪了。

老于官场的施凤来立刻嗅出宫中一定出了什么大事。不用仔细分析，他就猜测出八成是天启帝出了问题。

李永贞匆匆而来，证明了他的推断。内阁之中，以施凤来与内监关系最好，他本就擅长辞令，性格又极为柔媚温和，故而很得李永贞等人的欢心。

相见礼毕，李永贞讲明来意，立等着施凤来草拟遗诏。

草拟遗诏事关重大，施凤来身为次辅，却也不敢自专，在征询李永贞的意见之后，立即派人去请黄立极、张瑞图、李国楷三人。

三人府第距皇宫都不很远，片刻工夫，便赶至内阁值房。

喘息未定的黄立极等人听到天启帝驾崩的消息都不禁吃了一惊。四人之中，李国楷年纪最轻，地位最低，在官场上混的时间最短，所以天启帝的驾崩对他来说触动最小，也仅是臣子闻知主上驾崩时应有的惊骇与伤感而已。

黄立极等人可就不一样了。他们知道，天启帝的驾崩必会引起朝廷中政局的变动，自己是魏忠贤一手提拔起来的，若是新主登基与魏忠贤不洽，难免有一番血雨腥风，自己恐怕难免被殃及。

不过这些都是转瞬即逝的一闪念而已，因为遗诏正等着四个人来草拟。

四个人都是进士出身，饱读诗书，写篇文章自然是手到擒来，而且遗诏的内容又是早已限定好的，于是由书法写得最漂亮的张瑞图执笔，四人边商量边拟定，片刻之间，遗诏已然写就。

李永贞将草拟的遗诏前后通读一遍，见无舛误，便向四位大学士告辞，急匆匆地回复魏忠贤去了。

内阁值房中冷清下来，天启帝的驾崩使他们平素有规律的生活陡起波澜，每个人都在分析估量这个消息可能带来的影响。

对于遗诏传位的信王，几个人都没有什么太深的印象，只不过偶尔在一些重大的庆典场合见一面而已。如今信王将要承继大统了，他将会给内阁中的几个人带来什么呢？在他继位的这段时间里，该不会发生什么突然的事变吧！

还是首辅黄立极打破了沉默，他清了清嗓子，抬起已然有些昏花的老眼，紧一声慢一声地说道："皇上已然宾天，遗诏恐怕要明天才能公之于众。老朽以为，既然先帝遗命信王即皇帝位，我等不如先到信王府劝进，既是忠于先帝的旨意，也是向信王表白我等的诚心拥立之意。诸位以为如何？"

"不知道这样做九千岁知道了会不会怪罪咱们？"张瑞图小声说道。

"既然遗诏已然命信王即皇位，九千岁肯定是首肯了才让咱们草拟的，我觉得到信王府劝进大概不会有什么不妥。若不然，可以找英国公张惟贤、礼部来宗道、吏部周应秋、都察院李夔龙几个商量一下，若劝进则大家结伴前往，若不劝进则大家都不出头，这样该不会有什么问题了吧？"灯影里的施凤来经过一番思虑，说出这些话来。

李国楷站起身来，对剩下的三个人说道："既然如此，那咱们就赶紧派人去请英国公等人吧。现在已是戌时将过，再迟就到半夜了！"

当大钟寺的钟声敲过两下的时候，黄立极、张瑞图、李国楷、张惟贤、周应秋、来宗道、李夔龙等人，在随从与护卫的保卫之下，浩浩荡荡开赴信王府外。

张惟贤、周应秋几个人各怀心事地应允了一起到信王府向朱由检劝进的提议。天启帝的驾崩使本来清晰明白的局势变得扑朔迷离，谁也摸不准时局会朝哪一个方向发展。张惟贤、黄立极、周应秋一干人等其实都不愿意在局势明朗之前有所行动，只是他们在朝廷上都是举足轻重的人物，即使他们躲到家中生病，也会被认为是一种态度，与积极行动同样有可能是错误的选择。掂量来掂量去，还是跟着大伙一块行动冒的风险小些，于是，每个人都抱着或轻或重的押宝心理，来到信王府前。

时间已是深夜，信王府却依然灯火通明，与平日府门深闭、灯火阑珊的景象很是不同。

拿着劝进表笺走在最前面的张惟贤和黄立极都注意到了这点变化，两个人对视了一眼，从对方的目光中看到的都是惊疑与惶惑——莫非信王府中有什么变故?

黄立极的仆从上前敲开角门，说明来意。不一会儿，王府中走出一个太监，从服色上看是高级太监的模样。

果然，那太监走过来拜见张惟贤与黄立极，说道："在下乃是信王府总管徐应元，请问王爷与首辅大人有何吩咐？"

黄立极上前一步，说道："请问徐总管，信王可在府中？我等有要事要见信王！"

"我家王爷刚刚被涂文辅与王朝辅两个人接进宫中去了。"徐应元道。

"进——宫——去——了？"黄立极不由得重复了一遍，语气中透着惊讶与疑惑。

前来劝进的人群立刻一阵骚动，国公、大学士、尚书们面面相觑，每个人的脸上都露出大同小异的神色：出乎意料，疑惑，惊讶。每个人都用眼睛在询问别人：这到底是怎么一回事?

也难怪这些人惊疑不定，朱由检的这次举动确实也是历史上所仅见的一次。依照历朝历代流传下来的惯例，凡是被指定为皇位继承人的藩王，都必须有一番劝进的程序。大臣们递上劝进的表笺，敦请继承人以天下苍生为念，继承皇帝之位。

继承人则宣称自己无才无德，不足以承担统御天下的重任。群臣再劝，继承人再辞，经过三次请求与推托之后，才"迫于"群臣的拥戴，勉为其难地继承皇帝之位。这当然不过是无用的程式而已，但却是不可缺少的一环，今天朱由检没等大臣前来劝进，就风风火火地搬进了紫禁城中，所以出乎所有人的意料，难怪黄立极等人一时间反应不过来，不明白朱由检是怎么想的。

徐应元见众人神色有异，不敢多问，只轻轻咳了一声，道："王爷，黄大人，各位大人，若没有其他事情，应元告退了！”

黄立极仿佛突然从惊疑中清醒过来，随口答道：“啊，啊，好吧，我们没事了，徐总管请回吧！”

徐应元丢下这群王公大臣，自顾回府去了。

张惟贤与黄立极对视了一眼，同时莫名其妙地摇了摇头。

信王已然进宫，这里没什么要做的了，众大臣交头接耳小声商量了一会儿，最终决定先各自回府，等明天早上去哭奠天启帝。

信王府前的八九顶大轿先后离开，各自朝自己的方向散去。灯火依然明亮，空气中增添了几分凄清。远远的钟声传来，已经是午夜时分了。

处于皇宫中的朱由检精神出奇地警醒，任何一点儿轻微的响动都令他心惊胆战，栖栖惶惶。

皇帝的名分还没有正式降临到他的头上，只能供皇帝和后妃就寝的乾清宫自然还不能让他居住。再说乾清宫还被天启帝的尸体占据着。他先是在宫中的东暖阁枯坐了半个时辰，后来，由魏忠贤出面，请他先到文华殿暂住一夜。

朱由检孤零零一人端坐在文华殿里，感到秋夜的肃杀之气直透骨髓。他独自一人对着两支摇曳不定的烛火，有些后悔自己的冒失举动。

自称奉张皇后之命的小太监走后不久，魏忠贤手下的两个太监涂文辅和王朝辅便备了轿子来请朱由检进宫。

当时他正全心全意地注视着皇城中的风吹草动，皇兄把祖宗的江山基业给了自己，自己有着将之完完整整地传诸后代的责任。一想到自己君临天下之后，驱除鞑子，荡平南蛮，富国强兵，重建开平之世的辉煌前景，年轻的朱由检就禁不住热血沸腾，浮想联翩。

自从得知皇兄不久于世的消息之后，他心中的惶恐与悲伤随着时日的绵延而逐渐淡漠，另一种情绪反而在潜滋暗长，那就是认定了皇帝的无上威严、权力和信誉即将成为自己的囊中之物。

今天，张皇后派人送来的消息，好像在他还算宁静的心湖中抛下一块巨石，波澜顿起，幻象丛生，各种在他的心目中蓄积已久的念头实然间齐集心中，令他简直不知道何去何从。有一个强烈的声音仿佛在他的耳畔响起：我朱由检不久就是大明朝的皇帝了！

这种心情在涂文辅、王朝辅两个人来时正达到高潮。朱由检跪倒在地上，听二人宣读圣旨，衣服簌簌发抖。在场的不少人都注意到了他的这点异常情形，大家都在猜测，大概是王爷忍受不住失去皇兄的悲痛与忧伤吧。

兴奋与狂喜左右了朱由检的头脑，他甚至来不及考虑此时入宫是否合适，就匆匆忙忙答应了随二人入宫。他也清楚宫中都是魏忠贤的天下，自己随时都可能遭遇意想不到的局面，甚至会在登上皇帝宝座之前丢掉性命。

可是，君临天下的诱惑实在太强了，他要入宫，亲自盯住那个人人都在觊觎的位置，不让别人捷足先登。

周妃并不稀罕皇后的宝座，她只为丈夫的安危提心吊胆。张皇后派来的小太监说的话更让她心惊肉跳，从宫中出来的老太监的嘴里，从自己独特的女人的敏感中，她认定张皇后的为人可信、张皇后的担心有理。

她出身平民之家，入信王府也只有半年的时间，当然不知道皇帝进宫根本不用这般心急火燎的。那应该是群臣三次劝进，新皇帝推辞不掉“勉强”接受，在锦衣卫护从、群臣前呼后拥的情形下入宫。

而现在丈夫要独自一人进那龙潭虎穴般的深宫，这个年轻的小妇人除了心神惨淡，背地里偷偷洒上几滴担心的泪水之外，所能做的只是把一大堆糕饼打在一个包袱里，偷偷塞在朱由检宽大的袖子里，而且还千叮咛万嘱咐，要他千万不要吃宫里的任何糕点，不要喝宫里的一滴水。

现在那包着糕饼的包袱还揣在朱由检的袖子里，他的胳膊一动，就能感受到不算轻的包袱的分量。他分明感到一丝感动，一丝甜蜜从心头掠过，自己离府的时候，那小妇人哭得多么悲切呀！

袁氏和田氏也都愁云惨淡，黯然神伤，尤其是田氏，在她的神情体态之中本就有一种与生俱来的淡淡哀愁萦绕其间，此刻，当她真的愁眉不展的时候，那份浓浓的忧伤任谁见了都不免心神俱碎，怜爱之心大起！

当时的朱由检也被这伤感所传染，生出一片凄凉苦楚。看着这三瓣带雨的梨花，他暗暗庆幸自己的幸运，三位王妃个个都淑德贞慧，情深意长，朱由检何德何能，一举而获三位美丽贤良女人的垂青。如果自己真的登上帝位，定要让三位王妃享遍人间荣华富贵，享受皇帝的无限宠爱！

那包袱还提醒他危机四伏的险恶环境，他是天启皇帝唯一同父的弟弟，又是遗诏指定的帝位继承人，而他进了宫，却要把自己的吃食做贼似的藏到袖子里！信王——也就是未来的皇帝的尊严受到了严重的伤害，他要报复，报复那些让他如此狼狈的人们！

夜深了，朱由检却仍旧毫无睡意。秋天的紫禁城之夜已然有点寒凉，夜的静谧与诡谲更令他从心底里发毛。

领他到文华殿的太监告退之后，人们仿佛把他完完全全给忘掉了。没有人来服侍他的起居，没有人来帮他解脱难堪的恐惧与寂寥，殿外黑如墨染的暗夜中不时有巡逻守夜的内官匆匆走过，却没有人来理会这位未来的皇帝。

朱由检枯坐在书桌旁边，看着“突突”跳动的蜡烛，支着警觉异常的耳朵，一刻一刻地挨过这漫漫长夜。

“嘎——”一声乌鸦的啼鸣划破夜的寂静，过分注意外面动静的朱由检冷不防被这叫声吓了一跳，吓出一身的冷汗。

惊魂甫定，又有急匆匆的脚步声由远而近，朱由检刚刚安定了一点的神经又亢奋起来。

那声音到了门外，忽然听“哎哟”“扑通”“呛啷”一连串的声响抖然响起！

朱由检的心提到了嗓子眼儿，他“呼”地站起来，两只手死死抓住书案的一角，眼睛紧盯着漆黑的殿门口，大着胆子战战兢兢地吐出一声喝问：“谁？！”

外面响起一阵声音，过了好一会儿，有个声音在殿门外试探着问道：“里——里面有什么人吗？”

朱由检听出了那人的恐惧与胆怯，放下了一点心，说道：“谁在外面？”

一个身穿太监服的人走了进来，手中拿着一柄长剑。

朱由检一看到那暗夜里寒光凛凛的长剑，禁不住惊愕非常，刚刚坐下的身形又猛地站了起来，有一点歇斯底里地喝道：“你是谁？你想干什么？”

他的这番举动反倒把那太监吓了一跳，那太监似乎并不比朱由检胆子大，他惊得倒退了一步，手里的长剑捏得更紧了。

“我，我是巡夜的太监，你，你是谁？”

朱由检看他不像是要行刺自己的样子，一颗乱跳的心这才回到了肚子里。他慢慢地坐回到椅子里，长出了一口气，这才注意到自己手心里全是冷汗，贴身的衣服也都已经被汗水浸湿，微风过处，起了一身的鸡皮疙瘩。

“我是刚刚驾崩的皇上的弟弟，信王，我奉遗诏进宫来继承帝位。”朱由检极力想给持剑的太监留下清晰而深刻的印象。

他的目的达到了，那太监一听，立刻把剑一扔，全身跪倒在地，诚惶诚恐地说道：“王爷饶命，奴才该死，奴才该死，奴才让王爷受惊了！”

朱由检见状，恐怖之感尽去，急忙说道：“你起来吧，你叫什么名字？刚才在殿门外是怎么回事？”

“回王爷，奴才叫王德征，是都知监巡夜太监。奴才生来胆小，这文华殿外一片漆黑，奴才心里害怕，想快点走过去。谁知道越忙越出错，奴才走到殿门口的时候，脚下不知让什么东西一绊，摔了个跤，连剑都脱了手。奴才不知道王爷在这儿寝处，让王爷受惊了，奴才罪该万死！”

朱由检看着王德征谨小慎微的样子，心情轻松下来。在这凄清寂寥的黑夜，有这么一个胆怯的太监和自己相伴，倒也不错。

他和颜悦色地对王德征说道：“不要老跪着，站起来吧！”

“谢王爷！”说着，王德征站起来。看到自己的剑还在地上，就弯腰把它捡了起来，要把它入剑鞘。

朱由检见了，触动了心事，急忙说道：“王德征！”

“奴才在！”

“把剑呈上来，让本王观赏一番！”

王德征倒转剑柄，将剑递入朱由检手中，退后两步，弯腰曲背地等着朱由检发落。

长剑在手，朱由检的安全感又陡增了几分，他看着这柄精钢打制的宝剑，念念有词：“嗯，不错，不错！”一边说着，一边尽量用漫不经心的口气说道：“王德征，你能不能把此剑给本王玩儿两天，回头我再赏你把好点的！”

“王爷赏脸，奴才感恩不尽，哪敢贪图王爷的赏赐！”

“那好，把剑留在这儿，你去吧！”说到这里，朱由检忽然想起这王德征说自己胆小，便改口说道：“你可以先在殿里等上一会儿，有其他巡夜的过这儿，和他们一起走！”

王德征知道跟前这年轻人三两天之后便是皇上，便抓紧机会要让他对自己留点印象。他解下身上的剑鞘，双手捧着，举过头顶，道：“王爷既然赏脸将剑留下，奴才恳请王爷将剑鞘一并收下，免得剑刃锋利，不小心伤了王爷千金之体，奴才吃罪不起。”

朱由检也觉得一柄寒光四射的宝剑摆在桌上不像个样子，便顺水推舟说道：“难为你想得周全，我日后有机会定要重重赏赐于你！”

王德征跪倒，道：“谢王爷！”

过了片刻，朱由检觉得无聊，说道：“你们每天巡夜，很辛苦吧？”

“谢王爷关照，奴才们为了皇宫的安危，辛苦一点也是应该的！”

“你们每夜又冷又黑地巡逻，应该给你们点赏赐才是。”想了一想，他继续说道，“本王要犒赏巡逻的军士与太监，不知道该向谁下令？”

王德征道：“祭享、宴劳、酒醴、膳馐之类事务，都由光禄寺主持！”

“那好，你就到光禄寺跑一趟，就说是本王说的，让光禄寺准备酒食犒赏巡逻军士。”

“奴才代巡更守夜的弟兄们谢皇上恩典！”说罢，王德征出殿传令去了。

“皇上”二字传到朱由检耳中，他不禁为之精神一振，仔细玩味这两个字，说不出的舒服受用。

天空渐渐出现了一丝灰白，朱由检入宫后的第一个黎明来临了。朱由检这时才感到一丝疲惫与困倦。整整一夜，他一直枯坐在文华殿的书案旁边，双睫未尝交接，而且滴水未进。

他从袖中拿出周妃给他打点的包袱，解开，拣了两块已然冰凉的糕饼塞进嘴里。

生下来就娇生惯养的朱由检哪吃过这么凉的东西，那平时热热的、略带一点黏的、喷香的糕饼忽然变得冰凉梆硬索然无味。他不由得又想起造成这种情势的魏忠贤，恨得咬牙切齿。偏偏在这时，一块糕饼卡在了嗓子眼，上不来又下不去，一阵剧烈的咳嗽，眼泪蒙住了朱由检的双眼。

大清早，文武百官齐集午门之外。

他们之中有的已经知道了皇上驾崩的消息，但绝大多数是在早朝的路上风闻皇上死讯的，在没有得到正式的诏告之前，谁也不敢做出皇上已经死了的样子。

这些人乱哄哄地赶来，却被挡在午门之外，守门太监怒目横眉，不让一个人进入。百官都不知道宫中到底出了什么事，便在午门外交头接耳议论纷纷。

过了一会儿，负责把守午门的锦衣卫指挥佥事纪用走了出来，抱拳对心急火燎的群臣说道："各位大人，皇上已然驾崩，请大家回府换了丧服来行哭临之礼！"

众人闻听，急忙调头回府，去换丧服。这时内阁大学士张瑞图身穿丧服来至午门，众官见了知道消息不错，立即催促轿夫加紧速度回府换衣服。

张瑞图看着百官乱糟糟的样子，心里面有一点得意，自己到底是内阁辅臣，朝廷上有什么风吹草动，自己知道得早，行事自然从容不迫。

不久，文武百官都换了丧服，来到午门之外，请求入殿哭临。

纪用又转了出来，抱拳向百官道："各位大人，你们可曾带了成服？"

众官一听，禁不住又是一愣，有的更是懊悔不迭。原来，大明祖制议定，帝王之丧，百官着素服，戴乌纱帽，束黑单带，到内府听遗诏。而后在本署斋宿，早晚到几筵哭。三日后服成服，早晚哭临。自成服日始，二十七天除服。也就是说自皇上驾崩后，近一月时间不能出宫回府，没有成服自然不行。

百官又一次坐轿乘马，匆匆回府取成服，又匆匆返回。

纪用看把百官折腾得也差不多了，这才开门放行，让他们去哭临天启帝。

不多时，乾清宫里便传出了嘹亮的集体哭嚎之声。

王体乾在宫中往返布置，催督礼部官员准备治丧仪仗及器物用品。魏忠贤哭得眼睛红肿，阴着脸侍立在天启帝的灵侧，虎视眈眈，一言不发。

群臣百官哭临礼毕，退出殿外。

一名小太监急急地走了出来，尖声喊道："崔尚书请留步，九千岁请你入殿，有事情商议。"

群臣百官的目光一下子都集中到兵部尚书崔呈秀的身上，那其中有嫉妒，有鄙视，有羡慕，有怀疑。

崔呈秀尽力做出自然而然的样子，从从容容地又回到乾清宫中。

魏忠贤已在描龙雕凤的紫檀木太师椅上坐了下来，憨厚木讷的脸上尽是疲惫的神色。天启帝的死亡搅乱了他养尊处优的生活，也搅乱了他镇定自若的心神。

他示意崔呈秀在一旁坐下，崔呈秀却不敢照办，依了平时的程式，他行了叩拜大礼之后，才恭恭敬敬在椅子的一角坐了，欠曲着身子，随时准备站起来回话。

崔呈秀是魏忠贤既得力又无耻的干儿子，他几乎每天都为魏忠贤谋划方略。

此刻魏忠贤呆呆地坐在椅子里，一言不发，两只红肿的眼睛失去了往日的神采，只是愣愣地往前看着，似乎忘了周围的一切和满脸谄媚神色的崔呈秀。

半晌，他才缓缓地字斟句酌地说道："遗诏已经拟好，指定信王即位，现在只有黄立极他们四个和信王本人知道。你看是诏告群臣百官呢，还是把他们几个或抓或杀，咱们自己说了算呢？"

崔呈秀早已听多见惯了魏忠贤动辄就把朝廷上的一品大员投到北镇抚司的牢狱里，要不就是把哪位公卿拉到午门按倒臭揍一顿的事情，所以今天听他说出要把内阁辅臣和信王连窝端掉这样骇人听闻的话来，却也并不感到震惊。思虑片刻，他小心翼翼地问道："不知道他们是不是已经把遗诏的内容泄露出去了。"

"哼，"魏忠贤鄙夷不屑，"黄立极他们几个都是咱家一手提拔起来的，向来没坏过什么大事。擅自泄露朝廷机密，谅他们也不敢！信王在昨天夜里已经接进宫里，现在正居住在文华殿，根本没机会说三道四。"

"爹爹神机妙算，滴水不漏，孩儿佩服得五体投地！"崔呈秀不失时机地捧了一句，脸上是真诚得无以复加的神色。

魏忠贤布满血丝的眼睛里露出一丝笑容。这几天王体乾、李永贞等都忙得一团糟，顾不上每日必上的吹捧课，崔呈秀两句发自肺腑的恭维话，听到魏忠贤耳朵里，确实有几分舒服受用。

"永贞、朝钦、尔耕、良卿他们几个有什么看法？"崔呈秀先探口风。

"他们也是各说各的理，拿不出一个一致的意见。"

接下来是一阵沉默。

魏忠贤见崔呈秀良久不语，心里着急，便开口催促："我儿有什么看法，不妨明言，我决不怪罪你就是了。"

"孩儿以为皇上新崩，朝廷内外局势未判，此时固然是天赐良机。但是如今追随在爹爹身旁的人，趋炎附势的太多，真心归附的太少，爹爹大权在握时他们蝇集蚁附，拜倒门下，一旦形势不利，他们立即土崩瓦解，甚至反咬一口，落井下石。少了真心归附的人，恐怕难以成事。此其一。

"爹爹目下德高望重，威德被于四野，万民称颂，固是事实。但是爹爹把自己的意见加于圣旨之上则可，取而代之恐怕小民百姓不会答应。爹爹如今名满乾坤，权倾朝野，功德无量，只是若取朱氏而代之，恐怕难逃众口。此其二。

"孩儿现掌兵部，有调兵之权却无兵可调。尔耕、良卿掌锦衣卫，爹爹自己提督东厂，倒也有十几万人可供调遣，可是这些人大都是纨绔子弟，平日锦衣玉食，神气活现，若论到严刑逼供也还拿手，若要两军对垒或是攻伐战守，恐怕非大乱不可。一旦有勤王军队攻到城下，爹爹与孩儿恐怕都不能有所作为。此其三。"

崔呈秀还待继续说下去，偷眼看魏忠贤面色越来越难看，像被捅了一锥子的皮球，一点一点地泄下气来，他不由得收住了还要长篇大论的话头，惴惴不安地等着魏忠贤发话。

崔呈秀的分析字字句句都直戳到他的痛处，令他无法再硬充好汉。愣了足足有半个时辰，魏忠贤才从绝望的深渊中露出头来，用一种乞求的神色看着崔呈秀，道："那么，你看咱家该怎么办呢？"

崔呈秀看着干爹老态龙钟的样子，心头掠过一丝怜悯和失望，他倒宁愿魏忠贤要一通泼皮无赖的硬气，来一个鱼死网破，或者富贵已极，或者千刀万剐。谁知道他却如此懦弱，与几个月前的阴毒强狠简直判若两人。

不过，自己已然和他坐在了同一条船上——船不漏大家都没事，船漏了谁也甭想活——也只能尽力而为，挽救大家的同时也挽救自己的命运。

想到此处，他信心十足地说道："爹爹尽管放心，谅信王十七八岁的孩子，能有什么作为？即便他有本事，满朝文武，宫中掌权太监，都是爹爹的人，他一个光杆皇帝能变出什么花样来不成？咱们的势力若要取代大明天下自然尚嫌单薄，若是用于自保富贵荣华则绰绰有余。爹爹只管把心放到肚子里，这宫里宫外，毕竟还都是您老人家的天下！"

这一席话，把魏忠贤说得精神立刻好转了许多，灰暗的气色也仿佛透出一点生气，宛如死而复生了一般。精神一好，头脑也跟着灵光了起来，说话语气沉着了许多："既如此，那咱家就宣布遗诏，而后率领文武到文华殿劝进如何？"

崔呈秀道："爹爹英明！这样既收拥立之功，又暗示群臣不要打错了主意！正是一箭双雕之计！"

"好，那就这么办！"魏忠贤精神复了原，决定立即发诏劝进。

文华殿内，信王朱由检跪倒在地，身后英国公张惟贤、首辅黄立极等群臣百官黑压压跪了一大片。王体乾正在宣读大行皇帝遗诏，魏忠贤神色木然地站在他的身后。

……皇五弟信王，聪明夙著，仁孝性成，爰举祖训兄终弟及之文，丕绍伦序，即皇帝位。勉修令德，亲贤纳规，讲学勤政，宽恤民生，严修边备，勿过毁伤，内外大小文武诸臣，协心辅佐，恪遵典则，保固雪图。因布告中外。钦此！

“万岁，万岁，万万岁！”朱由检与群臣同时高声呼喝。

遗诏宣读完毕，魏忠贤立刻率文武百官、皇家勋戚、军民耆老呈上劝进表文。

朱由检这时才恍然明白了即位的程序。其实历代史书典章都明明白白地写着，精通典章制度的朱由检本来也谙熟于心，只是太激动了，以至把三次劝进的程式丢到了脑后，慌慌张张地就进了宫。

不过现在补上也为时不晚，朱由检激动的心情平复了不少，他平时注意浏览历代礼仪典制，应付这些并不为难。

第一次劝进表笺呈上，朱由检略略考虑片刻，就在表笺上批道：“览所进片，具是卿等忧国至意，顾予哀痛方切，继统之事，岂忍遽问？所请不允。”写罢，朱由检在司礼监掌印太监王体乾的陪同之下，退入文华殿西暖阁中。

过了片刻，魏忠贤又代表臣民将第二道表笺呈上。这次，朱由检胸有成竹，提笔在表笺上刷刷点点，批道：“卿等为祖宗至意，言益谆切，披览之余，愈增哀痛，岂忍遂即大位！所请不允！”

不一会儿，第三道劝进表笺呈上，朱由检知道照例这是最后一道了，便答应了群臣所请，批复道：“卿等合词陈请，至再至三，已悉忠恳。天位至重，诚难久虚，遗命在躬，不敢固逊，勉从所请。”

群臣百官欢呼万岁，朱由检便从此成了大明朝的第十六代帝王。

接下来的事情庞杂而繁乱，礼部的人还没有把先帝丧葬之事准备利落，便又匆匆为新皇帝登基东奔西走。

朱由检一夜没有睡觉，早饭又只是干咽了两块糕饼，又疲乏又饥饿，头脑稍稍有些发沉。可是他这是第一次与群臣百官打交道，不愿给人留下年纪轻轻便精力不济的印象，只好勉力撑持。

礼部尚书来宗道亲自送来改元年号，请朱由检御笔点用。

朱由检注目看时，只见礼部拟定了四个年号，是“乾圣”“兴福”“咸嘉”和“崇贞”。朱由检寻思：乾者天也，乾圣即苍天之圣，自己何敢当苍天之圣？于是他在心中便否定了第一个。

再看下一个——“兴福”，朱由检轻轻摇了摇头，他素喜清雅，不喜欢像“兴福”这样喜庆却俗里俗气的名字。

他的目光慢慢移至第三个，首先看到的却是“咸嘉”的“咸”中藏着一个“戈”字，主刀兵，不吉利，便继续向下面看去。

“崇贞”，朱由检微微一笑，这名字听起来温润，两个字看起来也不错，挺合自己的心思。他又仔细端详了片刻，觉得美中不足，便提笔在“贞”字上加了两笔，成了“祯”字，然后在“崇祯”名下画了一个大大的圆圈，道：“就用这一个吧！”来宗道刚走，钦天监就来禀报，说明天就是黄道吉日，请新皇帝准备好登基大典。

朱由检精神一振，腰板不自觉地一挺，目光里饱含着压抑不住的兴奋，刚才还昏沉疲惫的神色一扫而光。在他的身上，洋溢出年轻人特有的蓬勃之气。

在一旁侍奉的王体乾与魏忠贤把这一切都看在眼里。此时，两个人又不约而同地对视了一眼，从对方的目光中，两个人都读出了隐藏得很深的鄙夷与忧虑交错在一起的复杂心境。

天启七年八月二十四日清晨，新一轮朝阳自地平线缓缓升起，阳光下，紫禁城的红墙碧瓦显得格外光彩照人。

四天前才刚刚修复落成的皇极、中极、建极三大殿金碧辉煌，高高坐落在三层汉白玉丹墀之上，气派不凡，天朝大国的威严与气势，仅从这巍峨而华美的三大殿便被表露无遗。

朱由检头戴冕旒，五彩珠玉发出细碎而清脆的碰撞声；身穿衮龙袍，五色丝线织就的日月星辰光彩夺目；腰横白罗玉带，披大绫六色彩绶，着朱袜红鞋。他端坐在建极殿的宝座上，接受群臣百官朝拜。

三大殿在万历年间烧毁，常年圮废，三大殿正式典礼也有几十年没举行过了，因而掌礼大典的鸿胪寺官员对这般规模宏大的登基大典生疏异常，调度乖张，漏洞百出。新皇帝已然登上帝座，群臣百官还在乱哄哄地走来走去，不知道自己该站在哪里。

魏忠贤立于殿下，不时拿眼角瞟一眼新皇帝，看到的总是一张严肃的脸。新皇帝正襟危坐，不苟言笑，静静地等着群臣百官调整队伍。

因为天启帝刚刚驾崩，朱由检传命免了朝贺之礼，鼓乐之类都设而不作。午时，群臣归位，即位大典正式开始。

皇帝升御座，将军卷帘，尚宝卿将玉玺印敕陈于宝案之上。知班官宣布百官班位，赞礼官宣读行礼仪式。群臣行过四拜礼，立起身来。

捧表官从殿西门进，内赞官高声宣布进表，捧表官跪地，受表官跪接表，将表陈于表案之上。宣表官上前跪下，展表官将表接过展开，宣表官宣读。宣读完毕，各官曲身低头而直身起立，自殿西门出，归于拜位。

赞礼官宣布拜礼，群臣百官行五拜礼，再将笏板插于腰间行三鞠躬礼。再拱手加额，三呼万岁。

偌大的建极殿中久久回荡着“万岁——岁——”的声音，这盛大的景象令年轻的皇帝感到从未有过的愉悦和满足，他沉浸在这皇家独有的威严与气派之中。

“轰隆隆——”一连串的炸雷把新皇帝震惊了。他抬起头，发觉天空不知从何时变得血一样绯红，群臣百官的脸上都露出惊疑不定的神色。

这时，又一声惊雷沉沉然自西北天际滚滚而来，那雷初时声音并不响亮，低沉而阴险，仿佛在它的背后隐藏着莫大的不可告人的秘密。待来到紫禁城的上空，忽然间炸开来，泄下令人骇然变色的惊恐与慌乱。

朱由检的心中也不禁充满了恐怖，脸色微微一变。不过，这时每个人的脸色都被天空的鲜红映得失去了本色，在远远跪倒在地的群臣百官看来，他还是无动于衷，镇定自若。

被这奇异的景象吓得有些魂不附体的群臣见到新皇帝处危不乱，也都强自镇定下来，按部就班地继续行大典之礼。

礼毕，新皇帝传旨，诏钦天监进前，询问刚才的变异。

钦天监的官员出班，沉吟片刻，说道："启奏陛下，适才天鼓鸣响，主西北大旱，且有刀兵之灾。"

朱由检心里一沉，涌出几分惊悸与苦涩，而脸上却不动声色，待钦天监奏罢，镇定自若地扫视全场，侃侃说道："古来君子无凶兆，君子而有凶兆，正是上天所以警示其笃行修德，洁身自爱。天定所以胜人，人定亦能胜天。而今边备松弛，士卒疲敝，官吏无能，百姓穷困，故而天鼓鸣响。此正是警策朕躬与诸卿黾勉同心，共励公忠，宽刑省罚，洁己爱民。诸卿亦应痛改旧习，勤于政事，以不负先帝托付任用之重。"

群臣百官黑压压跪倒一大片，齐声呼道："皇上圣明！"

新皇帝略略点头，随后传旨："免除朕登基香烛仪式，所省下的银两用补六部吏僚历年积欠，不足部分由户部补齐！"

群臣百官欢声雷动，齐声高呼："万岁，万岁，万万岁！"

这次的声势远比刚才的山呼隆重数倍，百官的脸上都露出发自肺腑的感恩之情。

待欢呼声平息，新皇帝又发一道旨意："边关将士顶风冒雪，披星戴月，以保我大明江山永固。着户部即刻筹备银两，补足拖欠边关军将之饷银！"

群臣又是一次快慰的欢呼。

魏忠贤因为自己是上公的爵位，站在群臣百官的前排，耳听着一次又一次震动大殿的欢呼之声，看着新皇帝指挥若定，井井有条地处理政务，不由得感到一股凉气自心底弥漫开来，渐渐笼罩住他整个衰朽老迈的身体。

【第二回】

旧臣佞行秽朝政，新君正身振国纲

秋风萧瑟，寒蛩悲鸣。仿佛是因了女主人的关系，承乾宫就如同一个温婉清雅的少女，沐浴在淡淡的哀愁之中。

已是初更时分，日间的喧嚣与嘈杂都已然消逝，宫中宁静平和的灯光偶尔从秋风掀动的帘幕间透出。

一缕哀怨的琴声随着漂泊不定的秋风与落叶在宫外飘扬开来，旋即散入渺渺的太空之中。

田妃怡然地坐在古琴前，柔弱无骨的十指在琴弦间轻拢慢捻，美妙绝伦的琴声便在她的指间流泻流出，忽而春风得意，鸟语花香；忽而暮雨潇潇，落红遍地，凄风瑟瑟，绿惨愁浓。

田妃的几个心腹侍女或立或卧，围在她的身边，静静地聆听着她手挥五弦。

大毛头和二毛头侍立在田妃的两侧，她们二人在侍女中年龄最长，自律也严，不敢像其他年轻一点的宫女那般随便没有规矩。

大毛头不解音律，服侍田妃抚琴，就像服侍她穿衣吃饭一般，勤谨尽心。二毛头虽然木讷，却也粗通琴瑟，听到哀婉之处，眼圈红红的，只觉得那琴正向自己倾诉心曲。

三毛头双膝着地，跪坐在地上，一双妙目凝神望着清丽秀雅的女主人，呆呆地发愣。她人本聪慧，又正值豆蔻年华，情窦初开，听着那无限幽怨凄迷的琴曲，触动心事，禁不住双泪盈盈。

小毛头年纪尚小，不谙世事，她正趴在田妃身边的一张矮矮的小床榻上，双掌托腮，两只穿着绣花睡鞋的小脚不老实地掉来掉去，一会儿用脚后跟轻轻磕一下自己的屁股，一会儿又在半空中停住。她的眼光从每个人的脸上扫过，那琴声让她有一点心烦意乱，她搞不懂这么悦耳的琴声为何自己听来却觉得难过。忽然，“铮”的一声，一根琴弦竟自断了，田妃微微一惊，随即会意，道：“琴弦中断，定有高人韵士在旁偷听，小毛头，出去看看谁在门外。”

小毛头答应一声，爬起来就往外跑。只听门外有人笑道：“不用看，朕来啦！”

帘幕一挑，一个人走了进来。小毛头收脚不住，与来人正撞了个满怀。来人伸手将她扶住，嗔道：“这小鬼头，老是这样毛手毛脚的！”

小毛头抬头看时，正是皇上，急忙躬身施礼，说道：“皇上饶命，下次不敢了！”

崇祯笑道：“下次再撞了朕，朕就把你的一双小手砍下来，看你再毛手毛脚的！”

小毛头吓得直吐舌头。宫里的人见到这场景，都不由地笑了，边笑边给皇上行礼。

崇祯见田妃盈盈拜倒，急忙上前搀扶，一边装作气咻咻的样子，说道：“朕对你宠爱有加，就只差用黄金屋把你锁起来啦，你却如此哀怨，该当何罪？”

田妃嫣然一笑，道：“臣妾生来就喜爱低回委婉的调子，这原也是没有道理可讲的事，料不到弹个小曲儿也会得罪皇上。臣妾只好在这里给皇上赔罪啦，求皇上千万别生气，万一气个好歹的，这大明朝的江山可靠谁呢？臣妾岂不成了千古罪人了！”

崇祯紧绷着的面色被田妃一席话说得再也憋不住，“扑哧”一声笑了出来，道：“好一副伶牙俐齿，倒好像是朕仗势欺人了一样。”

“臣妾哪里敢怨皇上，臣妾是诚心诚意求皇上开恩。要不然，你把臣妾的一双小蹄子也砍下来得啦！”说这话时，田妃完完全全是一副撒娇耍赖的神态，眼角眉梢都饱含着轻快活泼，甜甜美美的笑意。

崇祯早已眉开眼笑，嘴里却依旧不依不饶地说道：“朕定要重重责罚于你，朕罚你——”略一思忖，眼睛又看到了那具古琴，登时有了主张：“朕罚你再弹奏一曲欢快的曲子，让朕高兴起来。”

“臣妾遵旨。”田妃一本正经地说道，说着轻移莲步，又在那古琴前坐了下来。

重新换过琴弦，“铮铮”两声轻响，试了试音。田妃冲崇祯点头一笑，曲子应手而出。

一曲终了，余音袅袅，崇祯鼓掌叫绝：“妙，妙，简直是妙之极矣！”

“皇上谬赞，若是皇上不嫌难听，臣妾可以天天给皇上抚奏。”

田妃走到崇祯身边，靠在他的肩头。崇祯嗅着田妃身上淡淡的清幽香气，不禁心神一荡，道：“现在天色不早，朕心神俱醉，要留在你的宫里了！”

田妃心中一喜，正待起身谢恩，帘幕外三毛头的声音传了进来：“启禀皇上，魏公公有事求见。”

崇祯心里柔情正浓，听了禀报，顿觉扫兴，脖子一梗便要说出一句“不见”来。

田妃生性机敏，一看崇祯神色就知道不妙，急忙伸手将崇祯的嘴捂住，同时对他轻轻地摇了摇头。

崇祯也立刻清醒过来，感激地看了田妃一眼，伸手把田妃温润柔滑的小手拨开，却并不放手，依旧握在手里。同时，对着外面说道："请魏公公稍等片刻，朕马上就来。"

田妃轻轻抽出自己的手，靠在皇上耳边柔声道："国事要紧，快点去吧！"崇祯这才恋恋不舍地走了出来。魏忠贤正恭恭敬敬地站在外边，见皇上出来，忙上前大礼参拜，然后沙哑着嗓子说道："启禀皇上，老奴见皇上每日夙兴夜寐，忧劳国事。身为一国之君，没有片刻的欢娱，心里着实不忍，这才命人遍访各地，得到四个良家女子。经过一番调教，使其知晓宫中礼仪，现在转来献给皇上，恳请皇上收留！"

说罢，他回头示意，立即有环佩叮咚之声响起，四名美女走上前来，一齐屈身施礼道："奴婢参见皇上！"

崇祯还没有从刚才被搅扰的感觉中解脱出来，闻听魏忠贤一番言语，立刻明白了其中用意。他的心中升腾起一股厌恶之感，又想到自己虽然已是皇上，可身边左右，宫里宫外都还是魏忠贤的党羽，稍有不慎，就会有难以预料的事情发生，这才强压住反感，装出和颜悦色的样子说道："魏卿时时处处为朕着想，足见忠君爱国之忱。先帝遗命说魏卿恪谨忠贞，的确是至当之评论。"

魏忠贤做出感恩戴德之状，更加谦恭地说道："老奴受先帝知遇之恩，重若泰山。虽肝脑涂地亦难报万分之一。谁料先帝英年早逝，驾鹤西归，而今老奴唯有以一腔热血服侍皇上，方才了却老奴一片感恩之情！"

说着，魏忠贤眼圈一红，眼睛里几点泪花闪烁。崇祯若非对他的平素作为极为稔熟，恐怕早已经感动莫名了。饶是如此，他还是心神一动，顺势做出感激的神情，道："魏卿一片赤诚之心，人神共鉴，朕以后听政，还要多多仰仗魏卿佐理。现在天色不早，你还是早点回去吧！"

魏忠贤留下四名美女，感激涕零地去了。

崇祯看魏忠贤走远，回头对刚才随自己到承乾宫里来，此刻正站在冷风里侍候着的御前近侍太监张彝宪、王坤说道："你们俩给朕严守院门，没有朕的命令，谁也不准踏进承乾宫一步！"

两个人在信王府中便经常在崇祯左右侍候，素知他多疑而且刚愎自用，此刻见他如此郑重其事，尽皆心中一凛，赶忙低头躬腰："奴才遵旨！"

崇祯回头对田妃的几个心腹宫女道："三毛头、四毛头，把魏公公献给朕的这几个女子带到田妃的宫里去！"

四名美女不知道皇上将怎样发落自己，个个吓得哆哆嗦嗦，面如土色，紧跟在小毛头的身后，来到田妃的宫里。

崇祯又命："大毛头，二毛头，你二人守在宫门门口，不准任何人进来！"

二人领命而行。

进得田妃宫中，崇祯也不理会正用迷惑的眼光注视这一切的田妃，径直指着那四名美女，对三毛头、四毛头说道："你们两个给朕搜搜这几个女子，看她们身上有没有可疑之物！"

美女之中有一个机灵一点的，赶紧跪倒，说道："启禀皇上，我等为魏公公选中，得见天颜，正喜之不尽，哪里敢私藏异物，做出大逆不道的事情来！"

崇祯依旧铁青着脸，硬硬地吐出一个字："搜！"

三毛头、小毛头不敢怠慢，即刻上前在四名美女身上搜起来。

三毛头、小毛头二人将四人里里外外、上上下下搜了个遍，并未发现有任何异物，只得罢手，等待皇上示下。

田妃忽然静静地说道："看一看她们的绣带里有什么东西没有？"

小毛头立刻冲上前去，拉过一个美女的腰间绣带，从头至尾看了一遍，边看边用手捋。那美女吃痒，身体忍不住乱颤，小毛头喝道："再乱动，我就抽你一个嘴巴！"

正说着，手指忽然触到带端有一物，小毛头不由兴冲冲地说道："哈！在这里！"

拿到眼前看时，却见那美女的绣带一端，有一个用细纱做成的小囊，里面是一颗药丸，那丸呈青绿色，有黍子般大小，闻起来有一种淡淡的辛辣香味。此时，三毛头也从其他三人身上搜出同样的丸药。

田妃接过丸药，细细看了一遍，不知是何物，便转呈给皇上。

崇祯也从未见过这东西，也不细辨，转头对那四名美女声色俱厉地说道："大胆奴才，因何图谋不轨，还不给朕从实招来！"

那四人早已齐刷刷地跪在地上，看见龙颜大怒，个个面如土色，不知道如何是好。

小毛头在一旁帮腔，喝道："皇上问你们话，还不赶快招供！"

内中有一个大胆一些的美女，道："皇上容禀，此物乃是入宫之前，魏公公的属下给我等佩带上的，说是佩此物可消除我等身体的体味，讨得皇上欢心。我四人原不知这是何物，万望皇上且息雷霆之怒，明察此事，还小女子一个清白。"

崇祯也知道这四人不过是魏忠贤在棋局上布下的几枚棋子，所作所为都身不由己，从她们身上得不到什么有价值的东西，便不再讯问她们，低头思忖此事该当如何处置。

忽听三毛头急急的问话声：“小毛头，你这是怎么了？”

崇祯抬头向小毛头看去，只见这小姑娘两腮潮红，双眼朦胧迷离，身体摇摇欲坠，仿佛喝醉了酒一般。

见大家的目光都投向了自己，小毛头更见尴尬，胸口一起一伏，呼吸急促。

“小毛头，你怎么了？”田妃也感到事态有异，关切地问道。

“皇上，娘娘，我只觉浑身燥热难当，麻酥酥痒酥酥，就像在热汤里沐浴一样，有点难受又很舒服。我胸口就像有两只小鹿在撞，血也像烧开的水一般滚动不安。”说着，她燥热难耐，将外面的一件真红大袖衣脱下来。饶是如此，小毛头还是浑身麻痒，血流如沸。

崇祯与田妃对视了一眼，尽皆骇然。他们俩一个生长于深宫，一个生长于烟花歌舞名动天下的扬州，都曾听说过媚药这名字。二人又都是过来人，见了小毛头这番情状，便知道定是沾染了极厉害的媚药。

想到此处，两个人又不约而同向桌案上的那几粒丸药看去，估摸不透这么小的一枚药粒，只在小毛头手中捏了片刻，嗅了一嗅，如何便发出如此霸道的力量。

崇祯到底“学识”多了一点，当即对三毛头说道：“带她去拿冷水冲一冲脸，过会儿就好了。”

稍稍一顿，他又道：“你还是先去外面，把张彝宪给朕叫来！”

不一会儿，张彝宪走进来，规规矩矩地往皇上与娘娘前面一站，道：“奴才听候皇上、娘娘旨意！”

崇祯道：“张彝宪，你听着，朕命你将此四女带去，在宫中寻一偏僻之处，好好照料。如若走漏半点风声，或是此四人有任何差池，朕拿你是问！”

张彝宪毕恭毕敬地应道：“奴才遵旨！”说着，领着那四名美女去了。

第二天退罢早朝，崇祯退入乾清宫东暖阁稍事休息，待吃罢早膳之后，批阅通政司送来的奏章。这时，王坤进来，说是魏忠贤、王体乾求见。

想起昨天夜里发生的一切，崇祯的心底不禁升腾起一股无名之火，恨不得将魏忠贤叫到跟前痛斥一番，以解心中愤懑。最终还是理智占了上风，他端起小茶杯，轻呷了一口茶，悠闲安详之中透着一点怠慢，说道：“让他们俩进来吧。”

魏忠贤、王体乾一前一后走了进来，行礼。自从信王登基，成了正牌的皇帝，便提拔起一批从前信王府中的太监，御前牌子更是都换成自己的心腹太监。俗话说，一朝天子一朝臣，新天子即位，朝中文武百官一个没动，只是调换了几个随身的小太监，这自然在情理之中，无须大惊小怪。只是魏忠贤却深感不便，从前自己到乾清宫，就如同在自己的家里一样随便，如今他仍然是司礼监秉笔太监，新皇帝甚至比死去的天启帝更对他礼敬有加，但他却感到生疏与隔膜，他与天启帝之间有过的那种和谐默契与亲密，从来没有在他与新皇帝之间出现过。这使他经常处于一种惴惴不安的心态之中，更加竭尽心力地要讨好新皇帝。

崇祯嘴里客气道：“魏卿不必多礼！”却并不示意一旁的王坤与徐应元上前搀扶，一任魏忠贤老迈的身躯缓缓跪倒。

崇祯这才注意到魏忠贤今天换了服饰。一年之前，魏忠贤晋封为上公，着一品服，戴貂蝉冠，这在整个大内皇宫绝无仅有，从而显得分外招摇。而今天他只穿了一身普通的高级太监的礼服，戴四品补子，与身旁王体乾的服色一模一样。

一缕笑意在崇祯的嘴角闪现了一下，随即隐去，直觉告诉他，这个直到此刻还是权倾中外的大太监，在向他表白自己的怯懦，做出了和好的表示。

魏忠贤憨厚质朴的老脸上透出几分诚挚，恭恭敬敬地说道：“皇上，老奴久见皇上龙颜清癯，想是进食不佳，特命人找来二十名能歌善舞的女子，以备皇上进膳的时候歌舞助兴，还请皇上收留。”

说罢，他回头示意，早有二十名妖艳女子鱼贯而入，个个浓妆淡抹，娇娆婀娜，虽非绝色，也堪称佳丽。这二十人一进来，立刻将气氛清冷、色彩素淡的东暖阁装点得温馨富丽，美不胜收。徐应元虽然是太监之身，突然间见了这许多美女，也还是瞪大了双眼。

崇祯却不动声色，稍微有一点做作地用威严的目光在美女们身上扫过，最后又转回停留在魏忠贤和王体乾身上，容颜也渐渐缓和下来，说话的语气之中透着几分尊重：“魏卿说将这些女子献给朕做什么来着？”

“让他们在皇上进膳时，吹奏乐器，歌舞助兴，服侍皇上吃得开心一点。”

“噢，原来如此。”崇祯顿了一顿，目光重新在美女们身上扫过，这才继续说道：“难为你每日为朕着想，只是朕生性好静，不喜欢热闹，这许多人在朕眼前吹弹歌舞，恐怕朕就更吃不好饭了！”

魏忠贤失望之极，诚惶诚恐，一时之间却又找不到合适的话来应对。呆了半晌，这才吞吞吐吐地说道：“老奴不知道皇上平素不喜热闹，贸然行事，该死，该死！”

崇祯安慰道：“魏卿一片赤诚之心天下知闻，倒也不必为这点小事自责。这些女子若是有父母的，还给其父母，如果没有的话，选良家婚配了吧！”

魏忠贤唯唯诺诺，点头称是。

崇祯尽力做出既保持自己帝王威严，又和颜悦色的样子，对魏忠贤说道：“魏卿还有什么要说的吗？”

魏忠贤嗫嚅半晌，说道：“老奴受先帝知遇之恩，托付之重，尽心竭力辅佐皇上，皇上待老奴也是礼敬有加，遇有先朝故事及本朝政务，不耻下问老奴，令老奴感激涕零，只恨自己粉身碎骨也难以为报，只是——只是——只是内阁草拟的奏本，历来都经司礼监朱批，近些天来有的奏本不经司礼监直接送到皇上这里，不知道是执事太监的疏忽，还是皇上的旨意。”

说到这里，他顿了一顿，偷眼观察崇祯的反应。崇祯作凝神谛听状，脸上既不喜也不怒，一本正经，不动声色。他只得继续说道：“老奴侍奉先帝多年，已然老迈昏聩，皇上若以为老奴已难担负司礼监秉笔的重任，便请皇上准许老臣辞去秉笔太监的职务。”

崇祯肃然的脸上露出笑容，道：“朕御极之初，不谙于朝廷政务，叫人拿了几份内阁草拟奏本，试着批一批朱，不知道违背了历来的规矩——朕并没有别的意思，魏卿不必多心。”

魏忠贤释然，道：“皇上勤政好学，正是天下百姓的福分。内朝外朝文牒往来繁杂，老奴只是怕有奸佞小人从中作怪，贻误国家，疏远君臣，这才不避疑难，率性直言，皇上切勿见怪。”

崇祯的心里早就怒火升腾，自己身为一国之君，却要向一个太监陈说解释做事的理由，这成什么体统！他深深感到耻辱，他卑微、高傲而敏感的自尊心受到了伤害。强压住心头的不快，他依旧以敬重的口吻说道：“以后朕再拿奏本，一定先跟魏卿打个招呼。朕刚刚登基，不懂的地方实是不少，少不得要请教魏卿。”

魏忠贤说道：“皇上这么说，真折杀老奴了。以后皇上要处理政务，可以叫涂文辅、石元雅他们来侍候着，一来可以知道内阁奏本的下落，二来他们秉笔多年，也可聊备顾问。”

崇祯点头。

魏忠贤续道：“老奴已无事可奏，就此告退。”

崇祯看着他弓腰曲背的样子，蓦地想起一件事来，忙道：“且慢！”

这两个字一出口，他立刻觉得太过凌厉了一些，便缓了缓口气，装作无关紧要地说道：“朕听人说，东厂和锦衣卫抓到了犯人，要戴一百多斤的木枷，犯人被立枷之后，过不多久便会活活压死。不知道是不是真的有这回事？”

魏忠贤料不到皇上会突然问起此事，迟钝的头脑一时反应不过来，直憋得额头青筋暴露，渗出一层细细的汗珠，口中含混地答道：“这——这个——”

王体乾见状，急忙接口说道：“皇上，立枷示威之事，原是自成祖以来一直有的。魏公公提督东厂之后，只是对大奸大恶之徒，以及用一些平常刑具拒不招供的人，才偶尔动用一下。决非如外间传言的那样动辄立枷，死者无数。请皇上明察。”

崇祯默然良久，才忧心忡忡地说道：“虽然话是这么说，朕还是觉得这样做太过残忍了一点，恐怕不是太平盛世所当有的样子。”

魏忠贤、王体乾一齐点头，道：“皇上既然这么说，臣等以后便销毁木枷，不再使用了便是。”

“如此甚好。”崇祯的脸上又露出了稍显做作的微笑。

二人退出。

退下之后，魏忠贤的心情不是很好。新皇帝即位，对他和他的亲信没有丝毫触动，宫中朝外都呈现一片宁静。魏忠贤却本能地感觉到这宁静后面大有文章，在他内心深处，分明盼望着出一点乱子才好，不管对他来说是好事还是坏事，总比现在这令人摸不着头脑的状态让人感觉畅快。

魏忠贤和王体乾出了乾清宫，一前一后来到司礼监掌印值房，遣散闲杂人等，窃窃私语起来。王体乾道：“皇上登基已有一段时日了，却没有一点动静，这恐怕不是什么好兆头。今天不知怎么又突然询问起立枷的事情，更不知其用意何在。”

魏忠贤心中一凛，这正是他忧心忡忡却又尽力逃避的问题，如今被王体乾明明白白地提了出来，可见大家都已感到了情况不妙：“你的意思如何？”

“咱们现在拿不准皇上的态度，须得从这里下手，摸清皇上的心思，才能对症下药。”

魏忠贤频频点头。

王体乾继续讲下去：“宫中旧例，凡是新皇帝登基，原来的掌权内臣都要照例请求辞职。我看九千岁不如以退为进，上一道表章请求辞去提督东厂的职务，看一看皇上有什么反应，而后咱们再做定夺。”

魏忠贤愣了一会儿，也寻不出什么更好的计策，只得依了王体乾。王体乾又道：“九千岁向皇上进献美女的时候，皇上身边的徐公公眼神大非寻常。徐公公原是信王府总管太监，现在是皇上跟前的红人。如果能以美色、金钱结交了徐公公，那么皇上的一举一动自然会在九千岁掌握之中。”

一句话提醒了魏忠贤，他一拍大腿，道：“哎呀，怎么把徐应元这小子给忘了，当初咱家在慈庆宫办膳的时候，没少和这小子赌钱喝酒，他着实还赖了咱家不少银子没还呢。只是后来这家伙被分派到信王府，我们才没了走动，差不多也有十来年了。”

王体乾也喜上眉梢，道：“既有这层关系，九千岁何不派人将他请来，重续旧缘，也好在皇上跟前有个照应。”

“不错，是该这么办。”魏忠贤顿时觉得柳暗花明、心神开朗。

当下，他一面命手下知书的小太监替自己草拟辞职奏本，一面命亲信李永贞去请徐应元。

两天之后，魏忠贤请求辞去东厂提督的奏折终于有了回音。出乎他和王体乾的意料，崇祯既没有准予辞职，又没有热烈地挽留，而是不冷不热地慰留，先叙述了一大堆魏忠贤的功绩，又委婉地劝魏忠贤继续留职，为朝廷做事。这份朦胧含混的御笔批复仍旧令魏忠贤摸不着头脑。两个人商量了半天，决定再由王体乾辞职，试一试动静。

这一次的批复言辞要热烈一些，而语气仍旧是不温不火。王体乾也猜不透崇祯到底持一个什么态度，只得先偃旗息鼓，静观事态的发展。好在皇上还是倾向于挽留他们，令二人的心中抱着一丝朦胧的希望，没有去考虑那些在走投无路时采取的手段。

第三天夜里，魏忠贤、李永贞及魏忠贤的两个小妾围坐在一张大八仙桌旁打麻将。当年，魏忠贤因为输了钱还不起债，被人催急了，才一咬牙阉了自己，进宫当了太监。入宫之后，旧习不改，依旧对赌博情有独钟。

李朝钦一挑帘幕走了进来，他是魏府的常客，进出根本不用通禀。

李永贞面对着门口，首先看出李朝钦面带惊慌之色，便问道："朝钦，出了什么事儿，慌成这个样子？"

李朝钦不答，两步凑到魏忠贤耳边，小声嘀咕了两句。

魏忠贤也显出慌张之色，摆手命令两个小妾："去，去！走开！"

屋子里只剩下了三个人，魏忠贤对李朝钦道："讲吧。"

李朝钦道："九千岁今儿后晌没到宫里去，皇上传了一道旨，说先帝已然驾崩，龙体也入了德陵。奉圣夫人身为先帝乳母，留在宫中不大合适，命她收拾自己东西及先帝所赐之物，出离皇宫。念她抚育先帝有功，赐了一千两银子。"

魏忠贤默然无语。崇祯这样做，正是合情合理，任谁也挑不出什么来。客氏身为天启帝乳母，本来早该在天启帝断奶时离开皇宫，可是天启帝对他过于依赖，遂至天启帝大婚时才出宫。在客氏出宫的几天里，朱由校睡不安寝，食不甘味，整日垂泪思念乳母。客氏重新被接了回来，一直待到天启帝死去。如今先帝魂归德陵，客氏已经没有任何理由住在宫里。崇祯这一手，正击中客魏二人的痛处，令他们有苦难言。

魏忠贤自然洞悉其中奥秘，客氏出宫，他苦心经营的权势大厦便坍塌了一角，从此再没有人敢在皇上面前倚老卖老，撒泼打滚，逼着皇上给他魏忠贤加官晋爵，说情讨饶。而对客氏的被逐，他魏忠贤根本没有任何理由加以阻止。

愣了半天神，魏忠贤才长叹了一声，道："皇上这样做，正在情理之中，咱家也不能拦着，就这样吧。"

从魏府出来，李朝钦打定了一个主意，就是：立即上书，请求退休。

李朝钦亲眼见到了魏忠贤的怯懦与迟钝，感到深深的失望。他想，魏忠贤现在提督东厂，许显纯掌北镇抚司，田尔耕、侯国兴掌锦衣卫，崔呈秀掌兵部，满朝显宦大吏尽出其门，可以说绝大部分主动权都在他魏忠贤手里，而他尚且如此畏缩，如果让新皇帝慢慢控制了局面，恐怕他李朝钦也要陪着魏忠贤倾家荡产，甚至是挨一刀。倒不如趁现在还没有风吹草动，早点抽身，尚不失富贵，也落得一个清闲。

主意既定，李朝饮便找来好友裴有声与谭敬，将自己的想法说了，二人皆有同感。于是，李朝钦与二人议定，先由自己上疏乞休，若蒙皇上照准，其余二人再依次乞休，尽量不动声色，不要引起魏忠贤与崇祯的注意。

李朝钦乞休的请求上午才递上去，当晚，便有御前近侍太监来到司礼监，说皇上宣他到御书房见驾。

他随小太监一起向御书房走来。一路上，李朝钦愈发相信自己判断的准确、行动的及时。魏忠贤行事拖沓迟缓，反应迟钝，而皇上却是当机立断，仅从行事的风格上，魏忠贤便已经输了一筹。

崇祯看到李朝钦的折子的时候，敏锐地觉察到这份折子大非寻常。李朝钦虽然不是魏忠贤集团的核心成员，也是较为关键的人物之一，他为什么突然间要告老乞休?

从李朝钦的奏折上看来，他似乎是真心诚意地打算退居山林，和魏忠贤及王体乾的假意试探大不相同。魏忠贤辞职，就是最没有经验的人也会看出不过是虚意试探，崇祯知道自己决不能准奏，可是他又不愿意言辞热烈地挽留他，只好不冷不热地温旨慰留。

看着李朝钦乞休的奏折，崇祯微微笑了。他没有想到局面这么快便有了转机，那曾经令他心惊肉跳的魏忠贤，这么快就失去了威慑力，甚至连他的亲信都对他失去了信心。看起来，形势比他早先预料的要乐观。

第二天，有内监传旨，说新皇帝登基，普天同庆，东厂提督、司礼监秉笔太监魏忠贤鞠躬尽瘁，勤谨操劳，厥功至伟，特赐魏忠贤之侄宁国公魏良卿、魏良卿之子魏鹏翼二人丹书铁券，以彰显圣上对魏家子孙世代信用恩宠。

魏忠贤率领魏良卿等人感激涕零地接了圣旨与赐物。铁券丹书向来只赐给那些德高望重、功勋章著的肱股之臣，是莫大的荣誉。现在皇上将丹书铁券赐给了还在吃奶的孩子魏鹏翼，足见他对魏家的尊重与倚仗。

魏忠贤在接到钦赐铁券丹书的同时，也收到皇上批准李朝钦退休的消息，他亦喜亦忧。自新皇帝登基那天起，他就收敛了许多，希望以自己卑微臣服的姿态讨皇上的欢心，保住自己已有的权势与富贵。现在看来，皇上似乎并没有为难自己的意图。但是，如今李朝钦竟敢不先向自己禀报一声就擅自辞职，令他既气愤又有些忧虑。

而且，另一些事情也让他大伤脑筋。天启帝在世时，亲自批准为他建造生祠，一时间，全国各地督抚纷纷大兴土木，精选能工巧匠，挑拣上等梁木为他建造祠堂。天启帝突然驾崩，各地赞颂他的表章、请求为他建立生祠的奏报、请皇上为生祠命名的表章，仍源源不断地递到新皇帝的御案前，这些表章大都是天启帝在世时，各地督抚讨好魏忠贤的作品，因为在路上耽搁太久，才姗姗来迟。

这些不合时宜的奏折一递到崇祯那里，就再也没有了消息。新皇帝既不批示意见，也不发还司礼监或者内阁，成堆成垛的奏折，就这样无声无息，石沉大海。不要说是愚憨的魏忠贤，便是王体乾、崔呈秀也摸不清皇上到底是什么意图。送走传旨的太监，魏忠贤一屁股坐在他的虎皮交椅里，头脑里千头万绪，总也理不出个所以然来。

这时，心腹太监曹化淳凑上来说道："启禀千岁，徐公公派人来传话，来人已在待客厅等候一阵儿了。"

瞬息之间，魏忠贤的情绪回到了现实之中，他要稳住阵脚，继续修补扩充自己的关系之网，与任何试图威胁自己的权势与地位的人斗上一番。

他随曹化淳到了待客厅。一名二十出头的小太监走上来磕头，道："奴才给九千岁请安了！"

"罢了，"魏忠贤道，"你们徐公公可好啊？"

"回九千岁，徐公公一向康泰，他说宫里人多眼杂，他无法亲自来给千岁爷请安，请九千岁见谅。"

"徐公公客气了！"

"奴才奉徐公公之命，有事要密告千岁爷！"

"慢！"魏忠贤回头又对曹化淳道："你去给这位小兄弟准备点茶钱！"曹化淳答应一声去了。

魏忠贤说道："好了，你慢慢说吧！"

"徐公公这一个多月来，有十几次轮值伺候皇上，说皇上每次看奏折的时候，见到各地督抚递来请求建生祠的奏章，情绪总是不大好。徐公公说，建生祠太过招摇，于九千岁的威德也并无补益；停建生祠，于九千岁的威德也无损伤。不如由九千岁出面，请求皇上传旨，停了生祠之事，省得因为这些本来没有多大益处的事情，弄得皇上不高兴。"

"这是徐公公本人的意思，还是皇上的暗示？"魏忠贤边考虑，边缓缓问道。

"这是徐公公的看法。徐公公说，他也只是提个醒儿，至于从还是不从，还是请九千岁自己斟酌。"

"你回去给徐公公说，多谢他的提醒，以后还要多多仰仗徐公公，咱家向来重朋友，决不亏待朋友。"说着，他轻击两掌。

曹化淳走了进来，双手捧着一个礼盒，里面整整齐齐排列着五十锭金灿灿的小元宝。

魏忠贤道："咱家准备了一点礼品，你回去买双靴子，喝杯热茶。"

那小太监听说这些金元宝是给自己的，登时喜上眉梢，说道："谢千岁爷赏，谢千岁爷赏！”

这天夜里，魏忠贤招来王体乾、崔呈秀商议，他书房的灯光几乎彻夜未息。

翌日，魏忠贤递上奏疏，自请停止为其建立生祠。崇祯仿佛早已预料到他会有这番举动，当即说道：“天下百姓为魏卿建生祠祝祭，自是民心所向，舆论之公。卿有功不居，更显出谦劳的美德，朕准了你的奏折，以成就你悲天悯人的情怀。”

魏忠贤道：“有益于君国之事，奴才自当充当模范，不辜负先帝与皇上的信任与优遇。”

崇祯道：“魏卿能这样想，自然是家国之幸。不过先帝已赐建生祠之银两，户部已然安排发放了的，仍照前既定额度颁行；各地督抚已开工的生祠，准许继续修建完工。其余尚未动工拓地之祠，悉行停止。”

魏忠贤叩头谢恩。

崇祯颁旨，停了各地生祠，朝里朝外的显官大吏们似乎从中嗅出了什么风声，连吹捧魏忠贤的表章也倏然停止。魏忠贤仿佛从受人祭祀的神座之上一下子跌了下来，又恢复成为一个有权有势的太监。

崇祯不敢太过大意，也不愿让魏忠贤有失落之感。几天之后，他传旨，任命司礼监太监徐应元为锦衣卫指挥同知，王本政、王永祚、王国泰为指挥使，又任命徐应元、周世治、商辅朋、刘若愚正千户，曾文学、张宗德、商作霖、李永贞、曹化淳、石元雅百户。又过了几天，借辽东皮岛守将毛文龙从后金手中夺回一个小岛的功绩，荫魏忠贤、王体乾、胡良辅、郭尚礼等人锦衣卫指挥同知，并准许世袭。这些被加封的太监之中，有原来信王府的随侍宦官，也有魏忠贤的属下干将，皇上一并加以提拔重用，使得魏忠贤的疑虑渐消，于心稍宁。

这一天，魏忠贤当值。值完班后，他又与刘若愚密谈了许久，当钟鼓楼已经报过亥时之后，他这才急匆匆赶回自己的府第。到天快亮的时候，魏忠贤才熬不过越来越浓的困倦与劳顿，沉沉睡去。

一直到了傍晚时分，魏忠贤才勉强睁开惺忪的睡眼。他的头脑依旧昏昏沉沉，发了一阵呆，心里又泛起一阵说不清的郁闷之感。

“千岁，刚才司礼监王公公派人来，说有事要禀报您老人家，奴才看您正睡得香，没敢搅扰您。”曹化淳小心翼翼地说道。

魏忠贤侧过头，迷离惶惑的目光在曹化淳脸上盯了好一会儿，才好像听懂了他的话，随即问道：“人呢？”

“看千岁一直没有醒，奴才打发他先回去了，让他晚一阵再来。”

魏忠贤忽然想起今天是常朝，自己让这些乌七八糟的事情搅昏了头，竟然忘了。他立刻振奋精神，说道：“让他们赶紧预备茶饭，咱家用过饭之后要到宫里去一下。”

申酉交接的时候，魏忠贤的坐板停在了司礼监掌印房外面，早有小太监跑来，将魏忠贤迎了进去。

王体乾接到魏忠贤的捎话，还没有离开，见魏忠贤进来，急忙站起来恭恭敬敬地说道："有劳千岁大驾，体乾心中着实不安。"

魏忠贤不理会他的客套，转身对服侍的太监吩咐道："这儿不用伺候，你们都出去吧。"

房间里只留下了他与王体乾二人，魏忠贤缓缓在一张椅子里落座，抬头道："出了什么事儿？"

"九千岁，皇上已经照准了裴有声、谭敬二人的乞休书，不知您老是否知道？"

魏忠贤一听，不禁火冒三丈，破口大骂："这几个狼心狗肺的杂种，咱家把他们从无名小卒一手提拔起来，他们竟然背信弃义，告退乞休连声招呼都没有一个。哼，等咱家腾出手来，有他们好日子过！"说罢，他仍然愤愤不已，臃肿的身子压得椅子咯咯直响。

待他情绪稍稳，王体乾抬手指着房间一角，道："千岁爷请看——"

魏忠贤顺手指方向看去，这才注意到在西墙下整整齐齐陈列着五个大箱子。他一时大惑不解，搞不清王体乾是何用意。

王体乾走过去，打开其中一个箱子。魏忠贤细看，原来是一封封上等的银锭。

"千岁随卑职即刻去见皇上，就知道是怎么回事了！"王体乾重新盖好箱子。

"来人哪！"王体乾喊道。立刻有三四个太监跑了来。王体乾一指那些箱子，道："找几个人把这些东西抬上，随九千岁与我去见皇上！"

一路上，王体乾一言不发，魏忠贤自顾身份，不愿再问，心里却嘀嘀咕咕，不知王体乾葫芦里卖的是什么药。

乾清宫灯火通明，崇祯正忙着批改奏折。他登基才一个多月，勤于政务的名声却早已在京里京外的官僚之中传扬开来，大伙都知道新皇帝心思细密，慨然有励精图治之志，于是谁也不敢再像先朝那样敷衍了事，奏章也尽可能写得清楚明白，生恐让新皇帝抓住把柄。

对那些吹捧魏忠贤的奏章，崇祯一时不知如何应付。他不愿像先帝那样一律照准，随声附和，又不想随着自己的心意批驳一番。最后，他只好采用一个折中的策略，凡是这类表章，他都一律留下，不批旨，也不表态，奏章如石沉大海，悄无声息。

这样做，本是不得已而为之，谁知却产生了意料不到的效果：群臣拿不准皇上持一种什么态度，愈发变得小心翼翼起来；皇上在无形之中增添了一种神秘的色彩，好像暗藏着什么心机。于是，吹捧表章日渐稀少，以至渐绝迹。皇上也发现了留中不发的妙处，对于难以下结论的奏章，一律留中，把为难的球踢还给出题的大臣们，让他们去费神猜测。

对这些枯燥乏味的条陈与奏疏，他似乎有一种天生的兴趣，整日整夜地翻看也不厌倦。魏忠贤在天启帝在时，一个人全权代替了司礼监的秉笔太监们，所有重大军国事务，都经他的指示；崇祯即位之初，魏忠贤按惯例仍旧全权处理政务。但是，他这样做终究缺乏制度上的支持。崇祯即位，魏忠贤不敢再让人拿了奏疏乘快马到他府中请他批示，他自己又没有精力每天都在司礼监值班。于是，渐渐地，他对局面的控制能力减弱了，内廷遥控外廷最有效的手段——朱批的权力改成由魏忠贤及其亲信与原来信王府的亲信太监共同分享。

再说这天晚间，魏忠贤与王体乾求见。崇祯今天心情还算平静，听到禀报，立刻搁下朱笔，微微一笑，说道："让他们进来吧！"看着十几个年轻力壮的小伙子抬进几个大箱子，崇祯不禁一愣，问道："二位卿家，这是怎么回事？"

王体乾答道："启禀皇上，这箱子里是李永贞送给奴才的礼物，奴才一向立身严谨，不敢收这么贵重的馈赠，故而把它交给皇上，请皇上处置。"

从人将箱子一一打开，里面满满的都是银元宝，足有白银五万两！

魏忠贤这才明白王体乾用意何在，却想不通李永贞为何平白无故地贿赂王体乾。

崇祯也是一样的想法，随即问道："王卿可知李永贞为何给你送这么厚重的礼物？"

"奴才不知。奴才一向奉公守法，不意却给别人留下这样的印象，实在惭愧！"

"既然如此，明日朕将李永贞传来，当面质问于他。他不过是一个小小的司礼监太监，一年的俸禄不过两三百两，哪里来的这许多银子？其中必有隐情！"

正说着，御前牌子卢维宁禀报："启禀皇上，王永祚、王本政二人求见。"

崇祯对魏、王二人说道："你二人且退到一旁，让王永祚、王本政觐见！"

二王并肩走了进来，见魏忠贤、王体乾二人在场，似乎感到出乎意料，又见到几箱打开的银元宝，似乎明白了什么。

二人叩头，道："奴才拜见吾皇万岁，万岁，万万岁！"

"二位卿家平身！"崇祯的语气透着亲切。

二王都是原来信王府的老太监，如今一个在司礼监，一个在锦衣卫，正在走红。王本政首先说道："启禀皇上，奴才与李永贞素无交往，但昨夜他忽然造访，还送给奴才一份大礼，只说请奴才多多关照，却没有具体事情。奴才寻思，皇上常常训导奴才等要清廉自持，忠君为国，如今李永贞忽然送奴才这么大礼物，恐怕有违圣训。奴才不敢自专，特来请皇上示下。"信王府里的侍奉人等都知道崇祯喜欢谈吐文雅之士，所以他们说话也都学着避免俗语俚言，这王本政虽没读过几天书，但头脑机灵，长于记问之学，说出话来倒也中规中矩。

崇祯点头，没有说话。

王永祚续道："奴才的情形与王本政大略相同。奴才本想一早禀报皇上，只是看皇上政务繁忙，无暇顾及，又怕此事让李永贞的亲旧探知，生出许多是非，这才夤夜来奏知皇上，谁知正碰上王本政，于是我二人才一起来此。"

崇祯的脸色越来越凝重，好像在强忍着怒气。半晌，他缓缓说道："那李永贞送你们的礼物在哪儿？"

"现在宫门之外！"

"抬进来，让朕也看一看。"

立刻有二三十人抬着十余个大箱子进来，箱子样式与王体乾抬来的一模一样，不用看也能猜到，里面都是银元宝。

魏忠贤见状，心里面顿时凉了半截。李永贞拿这么多银子贿赂权阉，却唯独把他魏忠贤甩了出来，用意再明显不过了。

想到这里，魏忠贤怒火上撞，神态愈发不自然，脸色也阴沉下来。只是因为在皇上面前，才不敢公然发作。

崇祯从一开始就留意魏忠贤的反应，魏忠贤的一点细微变化，都在他的掌握之中。这时，他见魏忠贤几乎怒不可遏，便也作出勃然大怒的样子道："这李永贞到底有什么手段，聚敛起这许多财货，有了这样的太监，官吏安得不贪，百姓安得不贫？"

王体乾献出银子的本意是在讨魏忠贤的欢心，这时见皇上已然发怒，便在一旁煽风点火："回皇上，李永贞在先帝之时，曾奉旨督修三大殿、督造信王府邸，奴才以为他定是在那时辜负圣恩，于工程之中贪没银两！"

崇祯更是火冒三丈，说道："朕体念国家艰辛，上疏请先帝节约用度，只将王府略加修整，供朕居住。却不料李永贞竟自贪婪无耻，从中吞没，可恶！可恶！"

说到这里，他站了起来，围着御案来回走了几圈，仿佛偶然间想到了魏忠贤还站在一旁，对他说道："魏卿，像李永贞这个样子，照我大明律例，该当何罪？"

魏忠贤正自气愤难平，听崇祯问到自己头上，便压了压怒气，平平地说道："依照太祖定下的律条，入八十贯即处以绞刑。皇上可以把李永贞招来，勒令他吐出全部赃银，而后命他到中都凤阳守陵，一则思过，一则以示皇恩浩荡！"他不愿让李永贞就这么被勒死完事，他要让他慢慢受折磨而死，让他知道背叛他魏忠贤会落一个什么结果！

崇祯略略思忖了一下，道："这样也太便宜了他——不过，魏卿既如此说，那就照你的意思办吧！"

"谢皇上！"魏忠贤的气愤被一阵报复的冲动所代替，谢恩的声音中充满了感激。

魏忠贤、王永祚等人走后，崇祯又在御案前坐了下来，想要继续批改奏折。可是，刚才发生的一幕幕事情还在他的头脑里盘旋：现在就连李永贞都已经与魏忠贤离心离德了，这真是一个好兆头！自己原先估计要铲除魏忠贤和他盘根错节的网络，要用一两年的时间，如今看来，形势要比自己设想得要容易，也许只需要五六个月的时间，自己就能摧毁这个不可一世的魔头！

不过，崇祯也清楚地知道，尽管形势正向着对自己有利的方向发展，但是魏忠贤的势力依旧非常庞大，甚至足以威胁到他的生命。俗话说，百足之虫，死而不僵，何况魏忠贤还远没有到四面楚歌的地步。他仍旧需要冷静地等待，等待机会的来临。

局势变化之快再一次出乎了崇祯的预料，他耐心等待的时机很快就出现了。

一天夜里，勤勉的崇祯照例在批阅奏章。这几乎成了他固定的行为模式——每晚除了极特殊的情况，一定要将当天的奏章统统批阅一遍。

批阅累了，崇祯走出了暖阁。忽然，空中飘来一股奇异的香味，崇祯精神一振，不自觉使劲吸了两下。宫中有各地进奉的香料数百种，妃嫔们有时还自己炮制燃香，几乎每到一宫，都有一种不同气味的香气飘散，崇祯此刻根本不去想为何有异香扑鼻。

没过多时，崇祯忽然感到一股性的冲动。起初，他并没在意，依旧在思考奏章的事情，谁知那欲望越来越强烈，令他根本无法集中精神思考。

“奇怪！”他暗自嘀咕了一声。尽管他只有十八岁，正值冲动难以自制的时候，可是他向来以长于自制而沾沾自喜。此刻，他感到理智的堤防在摇摇欲坠。崇祯重新坐到御案后面，举止从容，心里却激流汹涌，焦躁难耐。终于，他熬不住了，丢下手中的朱笔，对王佐说道：“朕要休息了，你可以去了。”

王佐唯唯而退。立刻，王坤、张彝宪及四名近侍宫女走了过来，侍候皇上就寝。

崇祯想起田妃这几天身体不舒服，到她那里不大方便，于是对王坤等人说道：“传朕的旨意，移驾翊坤宫！”

翊坤宫与田妃的承乾宫遥遥相对，是袁妃的寝宫所在。王坤来传旨说皇上要到翊坤宫临幸，着实让袁妃高兴了一下。

红儿、梅香急忙侍奉袁妃沐浴更衣。浴罢，她刚刚披上一袭纱衣，崇祯已到了门外。

听到“皇上驾到”的呼喝声，袁妃来不及穿上外面的礼服，匆忙间扯过一条大红绢带胡乱束住飘逸的纱衣，赶紧跑过来迎接崇祯。

崇祯亲自扶起袁妃，见她的一头秀发自然飘洒，浑圆的肩膀在雪白的细纱掩映之下若隐若现，大红绢带飘飘荡荡，拢起一团如火的激情。刚刚经过香汤沐浴粉黛不施的袁妃，通体都散发着诱人的香气，来不及梳妆打扮，更令她别具一种妩媚风流。

崇祯看着自己心爱的女人，有些手足无措。猛然间，崇祯一弯腰把袁妃整个儿抱了起来！

袁妃一惊，登时一缕绯红袭上脸颊，心间若小鹿怦怦乱撞。不过，袁妃本性饱满热情，狂放大胆，片刻之间，便适应了一向刻板严正的皇上的突然变化。她伸出双臂勾住崇祯的脖子，嘴角含着笑意，泼辣的凤目迎着皇上火辣辣的目光直视过去。

第二天一大早，有太监传旨：今日免早朝。

黑压压地站成一群的大臣们都有点出乎意外，自新皇帝即位以来，这是破天荒第一次免朝，于是有三两平日关系不错的臣僚们凑到一块儿，交头接耳，嘀咕着猜测皇上为什么这样做。只有魏忠贤对这一切无动于衷，听到免朝的旨意，立刻带着随身太监杜勋穿过黑压压的人群，乘着坐板出宫去了。

李永贞的事情也有了最终的结果。王体乾、王永祚、王本政三个人将他贿赂的十五万两银子如数上交的消息，被李永贞的亲信太监偷偷转达给他。李永贞情知大事不妙，当夜便化装溜出皇宫，意欲隐姓埋名，逃过魏忠贤的报复。

他的如意算盘很快便落了空。魏忠贤拿定了主意要收拾他，哪里肯善罢甘休？李永贞这一逃走，更给魏忠贤提供了口实，一时间北京城的大街小巷，城外的野店乡村，到处都是东厂特务、锦衣卫校骑。

李永贞像过街的老鼠，整日东逃西藏，惶惶不可终日，最后还是被田尔耕的锦衣卫给掳了去。一番酷刑之后，李永贞在早已写就的供状上签字画押，只求速死。

收拾了李永贞，魏忠贤的心里平衡了一些，皇上对他仍旧在冷淡之中透出恭敬，如今他也渐渐习惯了皇上的这种态度。年轻自负的皇上与有恃无恐的权阉之间暂时没有了计较，局势达到了某种表面的微妙平衡。

崇祯的心境也相当不错，李永贞的事件令他大受鼓舞，他知道，原先铁板一块的阉党在自己的英明与冷静的对待之下，已经松动开来，显露出分崩离析的态势。虽然这样，这件事最终随着魏忠贤的意图得到平息，但崇祯也知道，魏忠贤远远没有伤筋动骨，时机还没有到来，他只有等待。

这两天，又有王秉恭、黄天寿、徐延年、吴光成等一班掌权的太监照例乞休，崇祯各自给了他们一大笔赏赐，温语安慰一番，准许他们去了。他们腾出的空位，很快被王应朝、李凤翔、刘文忠、邓希诏等原先信王府的太监所取代。宫中的形势在潜移默化之中，已经发生了极大的变动，只不过在魏忠贤愚憨的头脑里，还没有形成清晰的印象，没引起足够的警觉而已。

这晚，崇祯在用过晚膳之后，还是匆匆回到了乾清宫，接见奉旨前来的内阁大学士黄立极等人。

黄立极愈发老了，神情也正像他这个年纪的老人那样，变得舒缓而呆滞。在官场上混了大半辈子的黄首辅已经有意告老乞休，需要的只是适宜的机会。

施凤来对这位老迈平庸的首辅表面上恭敬卑微，内心里却怨气多多，嫌他总赖着首辅的位子不走，白白耽误了自己的前程。施凤来也已经六十四岁，这个年纪对侍郎以下的官员来说差不多该是退休的年龄，但对于内阁次辅或首辅来说，却正是年富力强的年纪，所以他一心盼着黄立极早点致仕，好让自己也风风光光地做个十年八年的首辅。

张瑞图与李国橧也受到崇祯召见，与黄、施二人一同等待圣驾的到来。

酉戌之交的时刻，崇祯来了。四位大学士急忙出来拜见，崇祯传口谕，诸辅臣到便殿候驾。他自己则先换了身随便点的衣服，而后也来到便殿，自己先坐了，随即命拘谨的四位辅臣也各自落座。

崇祯轻轻咳嗽了一声，说道："今天召卿等来，不过闲谈而已。古来唯有君臣和谐，上下同心，方才有治平之世。如果没有直言敢谏之士、清正干练之臣，即使是尧舜那样的明君，恐怕也无所作为，只有徒手待命而已！"

"皇上圣明之见，臣等久所未闻了。"黄立极不失时机地捧了一句。

崇祯点头，眼光依次扫过其余三个人的脸。三个人一时都想不起什么合适的话，一个个在皇上的注视中低下头来。沉默了一会儿，崇祯又道："朕有意撤了宫中太监的操练，诸卿有何见解？"

这话立刻在四位辅臣的心里激起一阵骚动。谁都知道，太监内操，本是魏忠贤所设置，教授年轻太监演习弓刀，操练阵法。虽然根本没有用武之地，但是由来已久，习非成是，成了宫中一道风景。天启帝曾经对此兴味盎然，换了崇祯之后，早觉得这东厂无甚大用，意欲罢黜，只是碍于惯例，又怕一旦撤除，影响巨大，这才迟迟没有下旨。半晌，黄立极首先发言："皇上，臣以为此事关系重大，宜慎重行事。"崇祯最不喜欢这种四平八稳的废话，略带鄙夷地看了黄老首辅一眼，没有吭声。

施凤来见状，柔声慢气地说道："内操乃先帝所设，魏公公全权统领。此乃宫中之事，皇上可与魏公公商洽，议定可否。臣等系外臣，于宫内事不宜多做议论。"

张瑞图缩着脖子，频频点头："施凤来所言极是，臣等对宫中情形所知甚少，至于内操之事，皆系耳闻，其中利害全不知晓。秉笔魏忠贤向来掌管宫中情势，皇上可向他询问定夺。"

崇祯心里怒气暗升，料不到在这种私下场合，这些身负治国重任、表率群伦的辅臣仍像在朝堂上一样畏首畏尾，敷衍推托，全无一点雷厉风行敢作敢当的气概。

或许他的心理还是在强忍之下不知不觉地表现了出来，施、张两人又都不说话了。

李国楷挺身而出，道：“皇上为国家之主，宜独断专行，裁撤内操，不过是为其无益无用，即便是魏公公在此，恐怕也不会有何异议。”

崇祯点点头，觉得这李国楷所说还算差强人意。于是，他便毅然决然地说道：“既然你们都是外臣，不愿干预宫中事项，朕也不问你们了。朕意已决，自明日起罢内操，诸太监有事的做事，没事的都打发出宫去！”

“皇上圣明！”黄立极呜呜囔囔地说道。

又是一阵难堪的沉默。黄立极人已老迈，自五更上早朝，到现在已是困顿难熬，使劲挣扎也无济于事，慢慢地打起盹来。

这一切都瞧在崇祯眼里，他愈发鄙薄这些尸位素餐的极品大员们，心里既愤怒又鄙夷，马上就要公然发作起来。

恰在此时，一阵奇异的香气飘扬过来，令他精神一振。这香味似乎曾经在哪里闻过，只是一时记不起来了。

正低头思索间，一股强烈的想法搅乱了他的心神，而且愈来愈强烈。崇祯大惊，心想自己一向清心寡欲，如何会在这时刻有了这种不合时宜的想法？

又一阵香气钻进崇祯的鼻孔，他的脑海里忽然电光一闪：这香气分明就是自己把持不定，与袁妃癫狂的那大夜晚闻到的！

他猛然间站了起来，四处察看。侍值太监王佐不知皇上出了什么事，立即走上前来。崇祯吩咐道：“找两个人来，让他们随朕左右！”立即有两个侍候的小太监提着宫灯赶了过来，只见崇祯顺着便殿四壁细细查验，还不时提鼻子闻着什么。施凤来等人一齐站起，茫然不知所措。

崇祯这里翻翻，那里敲敲，好像在寻找什么东西，提灯的小太监一步不离地跟在后面。崇祯沿着便殿四壁转了两圈，什么也没有找到，只好疑虑重重地坐回到原来的位子上，犹自东张西望地寻找着什么。

在场的辅臣与太监都莫名其妙，不晓得皇上在搞什么把戏。

忽然，崇祯远远地看到殿角处似乎火光闪耀，便立即重新站起，匆匆向那火星处奔去。

原来，在殿角隐蔽处，有一雕花镂空的屏蔽，屏蔽里闪着几点火光，显然是几枝香火。那香气就是从这里散发开来的。怒气冲冲的崇祯一脚将面前的屏蔽踢碎，只见后面正端坐着一个小太监，双手捧着三枝熏香。

被突如其来的动静吓坏了的小太监早忘了给皇上叩头，坐在那里抖个不停。

“谁让你跑到这儿来的，讲！”崇祯明白了自己两次欲心忽起都是有人作祟，并非自己定力不够，心下释然。同时，他又感到受人蒙蔽，一股恶气陡然从心头升起，问话时不禁声色俱厉。

捧香太监抖得更厉害了，结结巴巴说道："是，是，是——是魏公公——公公教——教奴才这么做的！"

"是魏忠贤命你做的？"一提到魏忠贤，崇祯的情绪冷静了许多，但还是将"魏公公"或"厂臣"的称呼说成了魏忠贤，第一次在臣子面前直呼他的名字。

"奴——奴才不敢欺瞒皇上！"

崇祯未及再问，王佐在一旁说了话："启禀皇上，这本是宫中旧例，据奴才所知，泰昌、天启两朝都是如此的。"

"这么说，你一直都知道有人在这里燃香？"崇祯语含讥讽。

王佐不承认也不行了，只得硬着头皮说道："是，不过——不过自皇上登基，这方子一度废弃，只是，只是这一二日才重新收拾起来的。"

"这是魏公公让你们这么干的？"

"是！"

"那好，"崇祯的脸色渐渐祥和，"朕觉得这香有特异功用，明日你将制香的方子进与朕，朕要细细参详修习。"

王佐见皇上气色转好，以为他只不过深怪在他不知情的情况下燃香，现在已然解开了疙瘩，对香中之术来了兴趣。于是，他便近前用一种谄媚的腔调说道："启禀皇上，对这香中之术，奴才略知一二。"

"说来听听！"崇祯果然兴致勃勃地追问。

王佐自顾滔滔不绝地说个不停，全没注意到皇上的脸色越来越难看，待讲说完毕，才感到情况似乎不太妙。

果然，崇祯面如寒铁，冷冷问道："你怎么知道这么清楚？！"

"启禀皇上，奴才除了服侍皇上，兼管进香之事。"

"哦，原来是这样！"崇祯恍然大悟。忽然，他冲殿外高声喊道："御前侍卫何在？"立刻，四名御前侍卫在高起潜的带领之下急匆匆闯了进来。崇祯一指王佐，说道："给朕宰了他！"

王佐登时心雷轰顶，面无人色。片刻间，他突然醒悟过来，立即跌跌撞撞地趴在崇祯脚下，没命似的喊道："皇上饶命！皇上饶命！燃香是魏公公的吩咐，奴才不敢违抗，皇上饶命啊！奴才再不敢了，再不敢了！"

崇祯将王佐一脚踢开，对高起潜厉声喝道："还不动手？"

高起潜不敢怠慢，两步走上前去，一剑从王佐后心刺入。四名侍卫抄起王佐的尸体，提了出去，宝剑没有拔出，地面上连一个血点也没有。

捧香小太监吓得面色死灰，抖得不成样子。崇祯狠狠地瞪了他一眼，沉沉吼出一个字："滚！"

那小太监如蒙大赦，像白天遇见鬼一样玩命向殿外跑去，不料想慌不择路，一头撞到一根柱子上，登时脑浆迸裂！

崇祯一怒之下杀了王佐，第二天仍然余怒未消，传旨罢了内操。本以为魏忠贤会有什么反应，谁知道过了几天，竟无一点声息。崇祯觉得魏忠贤似乎在以隐忍求得和平相处。有了这样的想法，崇祯觉得自己心理与手脚的束缚立刻解脱开来，他决定拉开架势与魏忠贤正面斗上一斗。

机会很快就找上门来，都察院云南道御史杨维垣上疏弹劾兵部尚书兼左都御史崔呈秀。疏中说："崔呈秀立志卑污，居官秽浊。河南道掌道御史，向来都是由品望素著，资质俱深的官员填补空缺，而崔呈秀却越过十几个有资格担当其任的人，提拔其心腹倪文焕。他还推举其弟崔凝秀为浙江总兵。太祖以来的制度，有哥哥在朝中掌管兵部，弟弟在外握有重兵的例子吗？崔呈秀卑躬屈膝，结交厂臣近前太监，以至赞誉之言日至，而污秽之行未彰。于是厂臣信任而且重用于他，而崔呈秀即借厂臣而行其私欲，朝廷的官职，只不过是他结党营私的工具；朝廷的臣子，都成了崔呈秀宠幸威制的顺民。其中累累恶状，难于备述。恳请圣明天子诛之以谢天下，或者罢官夺俸以澄清朝堂。再不然的话，也应当命其回家守制，这样也能收到失之东隅，收之桑榆之效。"

杨维垣的奏疏没敢直接指斥魏忠贤，反而还替他稍稍回护了几句，不过凡属崔呈秀的重大恶迹，魏忠贤也难免牵连，这一点崇祯心中雪亮。

他思虑再三，觉得此时舆论与声势还没有成熟，不宜轻易出击，但应该表明皇上的好恶以利于对崔呈秀不满的人继续攻击，以壮声威。于是，崇祯在疏上批复："奏内诸臣，俱经先帝简擢。杨维垣妄自轻诋，本当重处，念其秉心忠正，姑不究。"

以崔呈秀的身份地位，受到这样严厉的攻击，岂能仅是一句"姑不究"就含混过去的？一批擅长观测风向的臣子们立即从中嗅出了与以往不同的味道，纷纷顺应潮流，上疏弹劾已不怎么受宠的崔呈秀。

杨维垣就是其中鼻子最为灵敏的一个。三天之后，他再次上疏弹劾崔呈秀。

崔呈秀连遭弹劾，只好依照惯例上疏请求回家守制，一面又上疏为自己辩白。崇祯没有批准他回家守制的请求，对他的辩白也搁到一旁，不予理会。

朝臣们愈发看出了苗头，右佥都御史贾继春随即上疏，弹劾崔呈秀明目张胆挟私泄愤；吏科都给事中陈尔翼借机弹劾崔呈秀内谀厂臣，外擅朝政，算是出了一口窝囊气。甚至连掌权大太监刘若愚，也觉得崔呈秀父亲死了不回家守制太不近情理。一时间崔呈秀破鼓万人捶，被昔日同党与受压抑的大臣们批驳得体无完肤，只得接连上疏请求辞职回家，为他那该死的时候不死，不该死的时候却死了的老爹守坟。

崇祯觉得火候差不多了，便在崔呈秀第三次递上的辞呈上批复道："呈秀栋梁之臣，舍之可惜，而父子情深，守制心切，准乘驿传归，期满回朝，勿劳朕念。”

崔呈秀拿着皇上的批复，哭笑不得。自己从来就没把死去的老爹当作一回事，何尝“守制心切”？

第二天一早，崔呈秀带着爱妾萧灵犀，和八车珠宝金玉，灰溜溜地离开了京城。

崇祯对这么轻易地就把崔呈秀扳倒感到有点意外，他本以为此事很可能掀起一场轩然大波的，却不料竟出奇的顺利。

杨维垣发起的弹劾之风并没有随着崔呈秀的离去而平息下来，反而变本加厉，愈演愈烈。崔呈秀仿佛成了垃圾堆，什么肮脏的东西都扣到他的头上。雪片般飞来的弹劾崔呈秀的奏章几乎压断了御案，英明的皇上对此早已不屑一顾，他看不起这些瞅准了机会起哄邀功的人，对这些奏章，他总是漫不经心地批上一句：“崔呈秀已去，其过恶不予追究。”

崇祯在耐心等待着，等待着弹劾魏忠贤的奏章出现。他深信，如果自己不加阻止，任由这些奏章继续泛滥下去，不久就会有更激烈的弹劾出现，目标就是魏忠贤！

果然，崔呈秀走后的第三天，工部都水司主事钱澄源便上奏：

近来士大夫人品渐降，气节卑污，每天以歌功颂德为能事，譬如厂臣魏忠贤，曾经侍奉先帝，帮助筹划边务，督修工程，这些不过是大臣分内之事，朝廷论功行赏，自有典例为依据，何至于功名比开国元勋还要大？以至魏家乳臭小儿也位列公侯？先帝不自居圣明，诏旨批答，都归功于厂臣，而厂臣却居之不疑；外臣奏疏不敢直呼魏忠贤的名字，尽废人君之前臣必称名的礼仪。甚至于生祠遍布海内，称赞魏忠贤功德超过周公、孔子。一人称颂，人人效尤，士大夫之风习渐降渐污，莫此为甚！

崇祯读着这份奏疏，微微笑了，有了这个开头，自然会有更大的风潮随之而来，自己只要静等瓜熟蒂落的时刻就行了。

他拿起朱笔，轻轻在钱澄源的奏章中的“忠贤”两个字上点了两下，而后照着原先给崔呈秀批复时的样子，下笔一挥而就：“厂臣魏忠贤经先帝简拔，托付至重，钱澄源不得胡乱比附！”

徐应元站在崇祯身后，眼看着皇上龙飞凤舞地将奏章批复已毕，不自觉地长出了一口气。

崇祯回头，盯着徐应元道：“怎么，你有什么心事吗？”

徐应元急忙躬身说道：“皇上，应元并没有事情。”

“这样最好，你随朕多年，没有功劳也有苦劳，千万要珍重自己，别出什么岔子才好！”

“奴才多谢皇上关照！”徐应元感恩戴德地说道。

徐应元丝毫没有听出崇祯的弦外之音，这天夜里，侍候完崇祯，便急忙乘轿来至魏忠贤的府第。

寒暄已毕，徐应元将钱澄源弹劾魏忠贤的消息说了出来。魏忠贤大吃一惊，急忙问：“徐公公，皇上可有什么反应？”

“哎，你放心，有我老徐在，保你没事！皇上说你是先帝爷托付的重臣，不许姓钱的小子胡乱讲。”

“这样就好，这样就好，不过在皇上面前，徐公公还要多多美言！”

“那当然，皇上今天还特地说咱老徐劳苦功高，好好保重身体。”

“徐公公原为信王府总管，皇上倚仗也是理所应当。”

徐应元心下得意，故作老成地说道：“不过，九千岁你可得小心点，皇上登基没几天，正要找几个冤大头，给朝臣们一个下马威，你可别碰到枪口上，老了老了摔跟头！”

“多谢徐公公提醒，咱家注意就是了。”

徐应元告辞，魏忠贤又送给他四盒珠宝，两名美女。徐应元自觉有功，便不客气地照单全收了。

送走徐应元，魏忠贤叫苦不迭，自己虽然尽力收敛，以求安宁，还是有人把火引到了他的身上，钱澄源这小子是什么来头，怎么敢到自己头上动土？魏忠贤想了半天，还是弄不清钱澄源是哪一个人，只得先睡下，决定明天再弄个水落石出，如果可能的话，除掉这姓钱的小子。

还没等魏忠贤找碴儿对付钱澄源，另一个姓钱的，与钱澄源同一级别的小官——新任兵部武选司主事钱元懿又站了出来。这次的奏疏一点弯子也不绕，指名点姓参劾魏忠贤。

崇祯觉得钱元懿的章奏虽然言辞犀利，但没有具体的罪恶，而且朝廷中许多人仍在观望，声势不足，仍应静待机缘，便批旨道：“钱元懿小臣，如何又来多言，姑不究。”

徐应元吃了魏忠贤许多珍宝，觉得应当为他卖卖力气，这两天风声日紧，便常常到皇上左右转。崇祯忙于处理政务，似乎根本就没注意到这些。

钱元懿的奏章呈上之时，徐应元恰巧又来探听。崇祯搁下朱笔，笑吟吟地对徐应元说道：“应元，又有大臣弹劾魏忠贤，你看朕该当如何处置？”

徐应元受宠若惊，急忙恭恭敬敬地说：“皇上，魏忠贤劳苦功高，先帝也早有定评，天下臣民也多感念他的恩德。他执政多年，法度严明，或许得罪了不少宵小之徒。这些人看皇上新近登基，对前朝政务知之不多，就以为找到了机会，借机大肆污蔑先朝功臣，以博一逞。一旦说错了，皇上求直言若渴，宽宏大度，不跟他们计较；万一把皇上蒙蔽住了呢，他们就能反攻倒算，扳倒先朝重臣，谋取利益。”

“那依你的主张，朕是不是抓一两个背信弃义之徒，杀一杀他们的嚣张气焰？”

“皇上圣明，是该拿一两个恶徒，杀一儆百，以儆效尤！”

崇祯忽然脸色一变，森严地说道：“既然咱们君臣所见相同，那就先从你身上开始吧！”

“从奴才身上开始？”徐应元大惑不解，喃喃复述了一遍。

“不错，”崇祯霎时间面如寒冰，“你一个月挣几两银子？为何近来连置四五个小妾，又在宫外大兴土木，营造私宅？你的银子都是从哪里来的？说！”

徐应元慌了，张了两次嘴又合上，心神俱乱，应对不及。

“讲！”崇祯催促。

“回，回皇上，奴才是跟吕直、王坤、高时明他们借的！”

“是吗，高时明就在附近，朕要招来当面对质！来人，去叫高时明！”

“皇上且慢——”与此同时，徐应元扑通一声趴在地上，头磕得咚咚直响，一边告饶，一边继续磕头。

“皇上容禀，奴才的钱是魏忠贤给的，他与奴才是老交情，看奴才钱总不够花，这才给奴才的！”

“朕听魏忠贤说过，太祖定下的规矩，入八十贯，即处绞刑！”

徐应元大惊，急切之下涕泗横流，额头在冰凉的地面上磕起了大包，嘴里不住告饶：“皇上念奴才服侍这么多年，没有功劳也有苦劳，饶过奴才这一回吧，奴才知错了！”他意图转述崇祯说过的话，提醒皇上自己还是有不少功劳的。

谁知崇祯不听也就罢了，一听这话，更是气不打一处来，指着徐应元的鼻子骂道：“你这蠢材！朕好意提醒你珍惜自个儿的身份地位，你却变本加厉，越发与权阉勾勾搭搭，竟将朕放在何处？念你服侍朕多年，给你留条活路，嗯，你到承天守献陵吧！”

徐应元大放悲声，痛哭不已，那情形真比杀了他还难受。对太监们来说，被派去守陵就如同被发配流放了一般，标志着从此永无出头之日了，也难怪徐应元这般痛哭流涕。

徐应元伏在崇祯的脚下，哀哀恳求：“皇上开恩哪，奴才愿留在皇上身边，尽心竭力侍候皇帝，再不敢有二心了！”

崇祯当即凶巴巴地说道：“好吧，朕让你守献陵你不愿，那你就到中都凤阳去当一名净军吧！”

凤阳乃朱元璋祖坟所在地。净军就是清洁队，负责扫皇陵，由犯罪的太监组成。徐应元若到承天，还能管几百号人，一下子改作到凤阳皇陵做清洁工，处境自然更加等而下之，愈发不堪了。

徐应元一下子傻了眼，欲哭无泪，好半天才重新杀猪一样哭嚎起来：“皇上，你可不能这么绝情哪！”

崇祯再不理会他的哭闹，对侍卫说道：“把徐应元送去刑部，告诉薛贞，先打二十板子，而后发往凤阳净军！”

两名侍卫上来，拖起瘫软在地上的徐应元，向殿外走去。走出好远，还能听到徐应元的声音远远传来：“皇上，你可不能这么干哪。”

崇祯站了起来，吩咐近侍太监：“给朕另换一件衣服！”

徐应元被处置的消息很快在宫中传扬开来，掌权太监们看皇上处罚自己的心腹都这样不留情面，都在心里面敲起了小鼓。尤其是魏忠贤的亲信，更是如坐针毡，当夜，司礼监秉笔太监石元雅和御用监太监王国泰便逃出了紫禁城，后来一直下落不明。

攻击魏忠贤的奏章在崇祯的默许之下渐渐多了起来，朝臣们虽然都看出皇上对魏忠贤不太满意，却怕遭报复不敢直接指斥魏忠贤。有几份弹劾魏忠贤的奏章，也是畏首畏尾，中庸平和，言辞之激烈连钱元懿的奏章都不如，当然在崇祯的眼里就没什么分量。

十月二十九日，钱元懿上疏后的第四天，崇祯在文华殿披阅奏章。一份弹劾通政使吕图南的奏章引起了他的兴趣，疏中说吕图南朋比为奸，阻抑言路。在崇祯的印象里，吕图南的名声也还不错，做通政使以来，也还算尽职尽责，如何会招来弹劾？再者，弹劾的奏疏要经过通政司，吕图南不会看不到，怎么没有他的解释？

正思量着，卢维宁报，通政司吕图南求见。崇祯道：“让他进来！”

吕图南进了殿中，叩头山呼万岁。

崇祯待吕图南礼毕，道：“吕通政，有嘉兴贡生钱嘉征弹劾你党奸阻抑，你知道吗？”

“回皇上，臣正为此事而来。”

“好，你说来听听？”

“谢皇上！前日有浙江嘉兴贡生钱嘉征上疏弹劾厂臣魏忠贤十大罪状，具疏赴通政司封进，臣见其字划称谓不合体式，命其重新誊写了再交上来。不料，这钱贡生认定臣是故意刁难于他，就又上疏弹劾为臣。”

“哦，是这样，”崇祯听说有弹劾魏忠贤的奏章，登时来了兴致，“那么把钱嘉征的奏章呈上来，朕要御览一番！”

吕图南派人去取钱氏奏疏，崇祯问道：“那现在怎么样了？”

“回皇上，钱嘉征又写了一封弹劾为臣的奏疏，臣不敢隐瞒，已经送达天听。皇上，当年魏忠贤极盛之时，陆万龄上疏请求为魏忠贤建生祠于国子监文庙之旁，与孔夫子并尊；又有李映日上疏比喻魏忠贤为周公，臣都因为其体式不合，驳回重录。臣怎么会在魏忠贤极盛时标新立异，而到了他衰落之时朋比为奸？望皇上明察！”

这时，钱嘉征奏疏也提了来。崇祯打开看时，果然款式不合体例，便对吕图南说道：“吕图南，钱嘉征奏疏确是不合体式，驳回亦属正常，无关党奸阻抑之事。乡间秀才不谙朝廷规矩，胡乱指斥，你不必和他计较。”

吕图南跪倒谢恩。崇祯又道：“太祖雄才远略，设通政使司，本为通达下情，奏报四方臣民建言，申诉冤滞，参劾不法。贡生在民间已属见识多多之辈，写奏疏尚且不合体式，更何况秀才、童生以及不识几个字的百姓？若但因体式不合，便封驳不进，不知要误多少军国要事，使多少沉冤难雪。以后你梳理奏报，但当论其所言当与不当，不必拘泥于其体式合与不合，尽管原式封进，朕不怪罪于你就是了。”

“臣吕图南领旨！”吕图南心悦诚服地告辞而去。

崇祯看那钱嘉征的奏疏，言辞极为犀利尖锐，陈列魏忠贤十大罪状：

一曰并帝。大臣每上封章，必先关白，到称颂功德，魏忠贤与先帝并称，及至谕旨颁布，必云“朕与厂臣”如何如何，从来章奏，有如此体别吗？二曰蔑后。皇亲张国纪，并没犯十恶不赦的罪过，先帝命魏忠贤宣告皇后，魏忠贤竟灭旨不传，致使皇后不知底里，与魏逆在御前发生争执，魏忠贤于是罗织罪名，诬陷皇亲，必欲罪之死地。幸赖先帝神明，只小作惩处，不然的话，中宫危矣！三曰弄兵。祖宗列朝不闻有内操之说，魏忠贤在外要挟朝臣，对内威逼宫闱，致使宫禁升平之地杀气腾腾……

崇祯一气读完奏疏，不禁拍案称快！这正是他一直等待的奏章，今天竟真的来了！

尽管有的事情是据传闻写成，有的含混不清，但大致情形不错，每一罪状都够魏忠贤喝一壶的。

崇祯又细细将钱嘉征的奏疏读了一遍，几经考虑，在疏上批道：“魏忠贤事体，朕心自有独断。青衿书生，不谙规矩，姑饶这遭。”

写罢，他对秉笔太监王承恩说道：“把这份奏疏和前次钱元懿的奏疏，一同送六科抄录，写到邸报上，公之于天下！”

魏忠贤在第二天的邸报上见到了钱嘉征的奏疏，当即大吃一惊，令他惶恐不安的不是钱嘉征宣称的十大罪状，而是皇上对这事明确的支持态度。一个甚至连功名都还没有的书生，上疏弹劾位列上公的大太监，却只落一个“不谙规矩，姑饶这遭”的批复，而且还把这些都录在邸报上！任是再迟钝的人，也知道这其中表明皇上的好恶何在了。

魏忠贤向以皇上的支持为最重要的心理依托，现在明摆着崇祯已不再欣赏他，他也就变得忐忑不安，不知所措。见了邸报之后，他立即吩咐杜勋与曹化淳道：“给咱家更衣备轿，咱家要去面见皇上。”

崇祯传旨觐见，魏忠贤进得殿中，偷眼看去，皇上面色肃然，没有了以前见到他时那种略显做作的恭敬。

“魏忠贤，你见朕有什么事情吗？”崇祯面无表情地说道。

“皇上，老奴冤枉啊！”此语一出，魏忠贤不知触动了哪根神经，声泪俱下，“皇上，老奴鞠躬尽瘁，忠心社稷，天下臣民有目共睹，有口皆碑，哪知道无知小子钱嘉征信口雌黄，丑诋老奴。极尽诽谤诬蔑之能事，以致让皇上生疑。老奴着实冤枉啊，万望皇上为老奴做主，将钱嘉征交付刑部，依生员擅议国政定罪，以儆效尤。”

崇祯不理会魏忠贤悲愤的陈词，对侍值太监高时明说道：“把钱嘉征的奏章拿来，大声念一遍，朕倒要听听是怎么诽谤诬蔑的。魏卿，你也听一听！”

高时明展卷朗读：

……四曰无二祖列宗。高皇帝垂训，太监不许干预朝政，而魏忠贤一手遮天，流毒缙绅，蔓连士类。凡钱谷衙门，边腹重地，漕运咽喉，多置腹心，意欲何为？五曰克剥藩封。桂、瑞、惠三王赴封藩之地，所有庄田赏赐，不及福王万分之一。而忠贤封公侯伯之土田，拣选膏腴，不下万顷。六曰无圣。至圣先师孔子为万世名教之主，魏忠贤是何人，胆敢建生祠于太学之侧？！七曰滥爵。自古非军功卓著，不予封侯，魏忠贤竭尽天下之物力，佐成三殿，居然袭上公之爵，坦然受之，不知自省。八曰邀边功。建州逆虏犯我大明，毁名城，歼士女，杀大帅，神人共愤，至今未恢复尺寸之地。而宁远稍捷，主帅袁崇焕功未克终，席不暇暖，而魏忠贤已冒封侯伯之爵。假若辽阳、广宁诸地复归大明版籍，又何以酬封魏忠贤？！九曰削民脂膏。郡县请建生祠不下百余，一祠所耗费用不下五万金。敲骨剥髓，孰非国家之膏血！十曰亵名器。呈秀之于崔铎，目不识丁，而顺天乡榜，贤书遽登前列。

高时明读罢，魏忠贤早已是汗出如浆，颓然瘫在地上。他的内衣早已被冷汗浸透，稍稍一动，便觉得脊梁沟里直冒凉气。

崇祯轻蔑地看了他一眼，口气缓和了一点，道：“魏忠贤，你可听清楚了！”

魏忠贤失魂落魄地摇了摇头，猛然醒悟到不对，又使劲点了点头。

“你说钱嘉征诽谤诬陷你，那么他所列十大罪状都是假的？！”

魏忠贤又失魂落魄地点点头，随即又痛哭流涕，呜呜咽咽说道：“求皇上给老奴做主！”

“公道自在人心，孰是孰非，朕心里有数。你回去写一份奏辩，将钱嘉征所言失实之处一一奏明，朕自会秉公而断！”崇祯也不想逼得太急，他要步步为营，置这个心目中的大敌于死地。

魏忠贤悲悲切切地出宫，乘轿回到自己的府上，独坐良久，仰天长叹。

第二天，早朝已罢，魏忠贤的奏疏交到了皇上那里，请求辞去东厂提督之职。崇祯然后展开奏疏，凝神细读。

王承恩大气也不敢出一声，大殿里静寂得像没有人一样。他留心观察皇上的一举一动，但见崇祯的浓眉忽然一挑，而后皱了起来，又忽然舒展开来，眼角的皮肤聚拢，嘴角慢慢上翘，终于笑了。他一颗提着的心也随着崇祯的表情慢慢落到肚子里，在老太监的印象里，这是皇上头一次心情愉快地读魏忠贤的奏疏。

崇祯忽然拿起朱笔，在奏疏上刷刷点点，草拟一则批复，自己又仔细看了一遍，而后对王承恩说道：“传旨，命魏忠贤回私第调理病情，东厂印交王本乾执掌，命高时明为司礼监掌印太监。魏忠贤的印信，即刻收回。”说着，他收起桌上的奏疏，道：“这份奏章，派人交给内阁黄立极等人。”

王承恩答应一声便去了。崇祯压抑不住内心的激动，兴冲冲地来回走着，又仿佛在思量一桩重大的事件。

这样持续了约莫有半个时辰，他终于下定了决心，对近侍的吕直吩咐道：“传朕的旨意，改宁国公魏良卿为锦衣卫指挥使，东安侯魏良栋为指挥同知，安平伯魏鹏翼为指挥佥事。”

吕直是负责侍候皇上饮食起居的太监，几乎没有替皇上传过这一类的圣旨，忽然间听到崇祯这一通吩咐，有点摸不着头脑。

崇祯没有听到照例的“遵旨”两个字，立刻停下脚步，提高了声音说道：“为什么不回话？”

吕直激灵灵打了一个冷战，急忙说声“遵旨”，便马不停蹄地跑了出去。

崇祯继续自己的思绪，掂量着依魏忠贤目前的气势，似乎早已经心灰气丧，他的那一群走狗们，也都像大难临头时的乌合之众，虽然拼死一搏，倒也胜负难料，但此时谁都是顾自己要紧，哪里还会想到鱼死网破的挣扎才是挽救自己的最好出路，等待他们的只有被各个击破的命运。

不过，阉党到底是经营多年、盘根错节的大势力，即便是树倒猢狲散了，也还是小心为妙，免得欲速则不达。

想到这里，崇祯冷静下来，继续批改奏章。这些日子，各道御史，各科给事中弹劾崔呈秀的奏章仍像雪片般飞来，就连京畿、保定、山东的地方官们，像早得到消息、明白了风向的，也都具章弹劾崔呈秀以及魏忠贤的得力死党工部尚书吴淳夫，太仆寺卿白太始，锦衣卫都督田尔耕等人。崇祯明白，其中不少人是见风使舵，有的还曾经大肆为魏忠贤唱过颂歌，现在参与弹劾崔呈秀等阉党显宦的大合唱，无非是看魏忠贤已然日薄西山，要赶紧另找靠山，洗清自己而已。崇祯每当见到这样的奏折，总是不自觉地发一声冷笑，漫不经心地把它搁到一边。

今天，他看到又一份弹劾崔呈秀的奏折，正要随手丢开，忽然脑海中灵光一闪，不禁脱口而出道："对呀，朕何不如此这般呢？"

原来，崇祯联想起魏忠贤托病辞职，突然有了一个主意，何不趁众官屡屡指摘崔呈秀的机会，将他处理了，杀鸡骇猴，震慑魏忠贤一下，也看看他有什么反应，再做定夺。

主意既定，他便在那份弹劾的奏折上批复道："崔呈秀罪状明悉，人神共愤，着即削职为民，追夺诰命，依罪交吏部勘处。钦此！"

写罢，崇祯长出了口气，似乎心里放下了一块巨石，精神也轻松了不少。经历了两个月小心翼翼的试探和谋划，年轻的皇上清清楚楚地感觉到，自己已经胜券在握了！

在接下来的几天里，崇祯接连降旨，罢免了工部尚书吴淳夫、太仆寺卿白太始、尚宝司卿魏抚民、东厂太监张体乾。就连刚上任没几天的王体乾也难逃噩运，丢了东厂提督的位子，落职闲住，乾清宫太监高时明荣升东厂提督。崇祯因为心腹太监统管了东厂，底气足了许多，再也不用担心有突然的事变发生了。

魏忠贤的侄孙辈都连降五六级，本来是超一品的公、伯现在变成了三四品的锦衣卫指挥，无不灰心丧气，惶惶不可终日。魏忠贤此时已然威风扫地，只求保住自己的财货与一条老命，连和皇上讨价还价的胆量都没有了。唯他马首是瞻的人，看他如此，平日趾高气扬的公侯、都督们自然也只能忍气吞声。

这一天，崇祯正在御书房读书，忽然有人报："启禀皇上，提督东厂太监高时明求见！"

崇祯一愣，心里寻思：这高时明刚刚上任，本应在自己的衙门里理事，为什么突然要求见自己？说不定有什么特殊的情况。想到这里，他淡淡说道："你们都退下，让高时明进来见朕！"

众人退下，高时明半躬着腰小步趋了进来。此刻，高时明低眉顺眼，走到离御书案有七八尺远的地方，稍稍有点尖细的声音说道："奴才叩见皇上！"

崇祯用欣赏的眼光看了自己的心腹太监一眼，开门见山地说道："你来见朕，有什么要紧的事情吧！"

高时明往前走了三步，压低声音说道："皇上，奴才受您的恩典，执掌东厂，殚精竭虑，不敢稍有懈怠。奴才派了几十名亲信干练的弟兄，专门负责监视崔呈秀、客氏、魏良卿等人行踪，以防有变。今天有一个兄弟向我报告说抓了一名可疑角色，此人化了装，从崔呈秀乡下的府第溜出来，骑快马进了京城。在京师的闹市里转悠了两个时辰，最后直奔魏忠贤的府第，奴才的手下在魏忠贤的大门前抓了他。押回来之后，奴才亲自审问，这小子死不认账，奴才只好稍动了点刑，夹断了他一条腿，他这才吐了实情。”

崇祯全神贯注地听高时明说，忽见他停了一停，忍不住好奇心，问道：“他怎么说？”

“这小子是奉崔呈秀之命，劝魏忠贤趁田尔耕、许显纯还掌握着锦衣卫，及早动手，要不利于皇上。崔呈秀写了密信，让这名心腹一字不差地背熟了，再将信撕碎，命他到魏忠贤府里，将内容背出，与黏合而成的密信对照，用心可谓阴毒。奴才已依照这小子所背的内容，将密信粘贴好，请皇上过目。”说着，高时明从袖中拿出一张纸来，铺开在崇祯的书桌上。

崇祯细细读了一遍，心里暗自感到惊骇。崔呈秀在信中审时度势，对魏忠贤晓以利害，极力劝魏忠贤利用锦衣卫的军队发动政变。崔呈秀心思细密，将兵变、夺宫、威慑朝臣、拥立新帝，把持朝政诸般细节策划得极为周到。若是真的依此行事，恐怕他与魏忠贤胜负的机会各半，魏忠贤若是突然发难，恐怕赢面还要大一些。崇祯读着这封阴毒简练的密信，后背的冷汗湿透了内衣。

他的目光继续漫无目的地在密信上扫来扫去，极力让自己震惊的心神平静下来。过了片刻，他抬头对高时明道：“你刚才说的都是实情？”

“奴才纵有天大的胆子，也不敢骗皇上。魏忠贤府上的人已经看到了东厂弟兄抓人，估计已报告了魏忠贤。”

“好，你为朕立了一件大功，待朕把这事搞定之后，再行赏赐！”

高时明跪倒，道：“奴才对皇上感恩戴德，纵然粉身碎骨，也在所不惜。眼前国家资财匮乏，奴才才将皇上的赏赐交入内帑，以表奴才一片忠君之意。”

崇祯大喜，道：“你体念国家朝廷的心思，朕都记下啦。你先回去吧，朕要思量一下，如何对付这几个居心险恶大逆不道的恶棍。你要多派几个干练的手下，盯紧崔、魏、客、田等人。”

高时明正待辞别，忽然卢维宁从外面走进来，奏道：“皇上，魏忠贤求见！”

崇祯正自怒气满胸，便厉声说道：“让他进来！”

不一会儿，魏忠贤蹒跚着走了进来，慢腾腾地跪下。

崇祯明知故问：“魏忠贤，你见朕何事？”

“启奏皇上，奴才正在家里养病，有东厂的人从奴才门前抓走了一个人。奴才不知出了什么事，特来请皇上示下。”

“你的消息倒是挺灵通的啊？！”崇祯语含讽刺。魏忠贤低了头，一声也不敢吭。崇祯轻蔑地看了魏忠贤片刻，又道：“有几个阴谋叛逆的恶党，被东厂追捕，其中之一偶然逃到你的府第附近时，被东厂抓住。现在他已将实情和盘托出，他的同党也静候诛戮。你回去养病好了，不干你的事！”

魏忠贤吃了一惊，急急问道：“不知是哪些人大逆不道，谋害皇上？”

“你有必要知道吗？”

魏忠贤语塞，呆呆地一句话也说不出来，愣了一会儿，只得讪讪地说道：“奴才已无事可奏，向皇上告辞！”

“好了，你去吧，你尽管安心养病，切不可伤神劳心，耽误了自己。”崇祯一语双关。

魏忠贤走后，崇祯对高时明道：“你稍待片刻，朕书一道密旨给你。”说着，他提笔写道：查锦衣卫左都督田尔耕包藏祸心，图谋不轨，着东厂高时明擒拿具奏，勿得迟疑！写罢，交给高时明，低声说道：“这道旨意切不可让任何人知道，抓住田尔耕之后，你单独念给他听。先将田犯秘密看押，切不可走漏风声！”

高时明神色郑重，跪倒接旨，又问：“那其他谋逆要犯是否一并逮捕？”

“客氏、许显纯、李夔龙、魏良卿都没有直接任锦衣卫之职，谅他们也闯不成多大气候，他们几个，你只管小心监视好了。”

“皇上聪明睿智，奴才景仰万分！”

“好了，去吧！”

十一月初一这天，天气冷得厉害，临近清晨的时候，忽然飘飘洒洒地下起雪来。

魏忠贤歪歪斜斜地坐在太师椅上，看着窗外呼啸的北风挟着鹅毛般的大雪，迷蒙苍茫。

自从辞了东厂提督和司礼监秉笔之后，他就一直这么百无聊赖地发愣，一个姿势一待就是个把时辰，就连平日最令他开怀的掷骰子、搓麻将，似乎也变得索然无味。每一个白天对他来说，都变得格外漫长。

窗外，雪正下得紧。魏忠贤看了有半个时辰，觉得眼睛很累，便正过头来，摆了一个更随便舒适的姿势，闭目养神。

一个守门太监跌跌撞撞地跑了进来，就势跪在地上，连呼哧带喘地说道：“启——启——启禀千岁爷，外面来了不少东厂的人，包围了咱们府，说是奉旨捉拿千岁爷！”

魏忠贤大惊失色，“霍”地从虎皮太师椅中弹了出来，气急败坏地问道：“你说什么？”

没等那太监复述一遍，早有十几名东厂番子闯了进来。为首一人，正是司礼监执事太监沈良佐。他进得门来，见魏忠贤在，便高声喊道：“魏忠贤接旨！”

魏忠贤懵懵懂懂，一时间搞不清到底出了什么事，眼见东厂特务们个个凶神恶煞般，沈良佐手里拿着圣旨，只好乖乖地跪下，等待皇上的判决。

沈良佐展卷读道：

朕闻去恶务尽，驭世之大权，人臣无将，有位之炯戒。我大明明悬三尺，严惩大憝，历来典罚甚重。朕览诸臣屡列逆恶魏忠贤罪状，俱已洞悉。朕思先帝因服侍之劳，稍稍假以恩宠，而魏忠贤不思报效国主恩酬，专意逞私植党，盗弄国家权柄，作威作福，其罪难以计数，今略举大概：怀宁公主生母成妃李氏，被魏逆假旨打入冷宫，至今沉冤未雪；裕妃张氏，被逼捐生；假旨罗列罪名，迫害忠直敢谏之臣，又谴心腹酷刑严拷，诬陷捏造脏私，致清白之臣多有自伤毙命者。而魏逆身封公侯，位尊五等，极尽人臣未有之荣耀。串通客氏表里为奸，致使先帝弥留之际，犹自叨恩晋级，天理沦丧，败坏纲纪。赖祖宗在天之灵，天厌巨奸，神夺其魄，罪状毕露。朕思魏逆不只窥攘名器，紊乱刑章，将我祖宗蓄积贮存之国宝奇珍金银之属侵盗一空。本当凌迟处死，念在先帝宾天未久，姑且将其安置凤阳。客、魏二犯家产，全部籍没入官。其昌滥之宗戚，全部流放烟瘴之地。钦此！

魏忠贤听罢，魂飞魄散，一股冷意直透心底，正待叩头谢恩，忽然头昏眼花，“咕咚”一声栽倒在地上。

不知过了多少时刻，魏忠贤醒了，首先映入眼帘的，是一缕昏黄的灯光，他四周看了看，周围没有一个人。“来人哪！”他有气无力地喊了一声，却没有人回答。“曹化淳、杜勋，你们在哪儿？”

听到声音，有一个小太监跑了进来，问：“千岁爷，有什么吩咐？”

“你是谁？曹化淳、杜勋他们在哪儿？”魏忠贤念念不忘这两个心腹近侍。

“启禀千岁爷，他们都跟着东厂的沈公公走啦！奴才听人说，他们俩早就投靠了皇上，监视您的一举一动，现在用不着了，他们就都去了！”

魏忠贤又一阵头晕，急忙使劲摁住太阳穴，缓缓地重新躺下。他闭目养神，脑袋像要炸开一般。怪不得自己和皇上交谈，总是感到皇上一副成竹在胸的样子；怪不得曹化淳极力劝自己辞去东厂之职，原来，他们都是两面三刀的叛徒！自己待他们像心腹一样，他们俩却合起伙来骗自己！想到这里，魏忠贤恨得牙齿咯咯作响。

恨也没有办法，眼下重要的是怎么应付皇上的命令，家产籍没入官，亲戚到边远之地充军，这简直跟杀了他没什么分别。

思来想去，魏忠贤决定今晚收拾东西，明天一早就起程去凤阳。早一点离开京师这个是非之地，逃出皇上的视野，不再阻碍大臣们嫉妒的眼光。或许，这是一个明智的选择吧。

他睁开眼，对待在一旁的小太监说道："你去把合府人等都叫来，咱家有事要说。"

不一刻，魏府上自妻妾总管，下至丫鬟仆妇、守夜看门的人共计七百余口纷纷聚来，每个人都知道了白天的事情，每个人都情绪低落，除了来回走动声和轻微的衣服摩擦声，没有一点动静，大家都在等待着魏忠贤宣布最后的决断。

魏忠贤的精神似乎振作了一点，阴沉的眼睛环顾四周，全场立刻鸦雀无声，他清了清喉咙，以少有的温和口气说道："皇上发了诏旨，让咱家到凤阳守陵，家产全数充公。咱家明天一早就要南行，你们也不要在府里待着了，各自拿上自己的东西投奔亲友去吧。没有亲戚朋友的，愿意随咱家到凤阳去的，咱家当然都带上；不愿意去的，趁今天晚上，就都散了吧。"

人群里传来几处啜泣声，慢慢的，呜咽声连成一片。有些不关心这场悲壮闹剧的，看别人不注意，偷偷溜了出去，趁这最后的机会多带一些东西，奔自己的前程。

一股悲凉之感掠过魏忠贤心头，他深凹的眼眶里聚起几滴浑浊的泪花。忽然，有三五个妾妇与在府里管点事的小头目跪上前来，七嘴八舌地嚷道："千岁爷，你老人家对我们恩重如山，我等至死也不离开。"

"我们愿随千岁爷到凤阳守祖陵。"紧接着，有三四百人随之跪倒，纷纷说道，"我们誓死跟随千岁爷，千岁爷去哪里，我们就跟着去哪里！"

几滴老泪漫过魏忠贤的两腮，他哽咽着说道："难为你们一片忠心，咱家若是有朝一日卷土重来，绝忘不了你们！"

人群缓缓散去，留给魏忠贤的，只是一片凄凉与孤寂。仆人们都各自收拾东西去了，炭炉里的火苗奄奄一息，屋子里寒意渐增，屋外寒风呼啸，雪依然漫天飘洒，不时有松枝托不住越来越重的积雪，发生"喀喀"的折断声。一阵倦意袭来，魏忠贤就势和衣歪在床上，迷迷糊糊地睡着了。

第二天早晨，魏忠贤早早起来，草草收拾梳洗一番，便即准备动身。门外大雪飘飘，丝毫没有放晴的意思，魏忠贤决心已定，也顾不得天气的好坏了。

匆匆用过早饭，魏忠贤登上早已准备停当的漆花雕车，低声吩咐仆人："走吧！"

魏忠贤虽是太监，但是进宫之前已有了妻子女儿，掌权之后，又纳了十几位小妾，一家老小人倒也不少。再加上随身用品、衣服首饰，以及仆人、打手的东西，足足装了三四十车。豪仆恶奴兀自锦衣高马，执鞭拿杖，随行左右，二百来人的车马队伍，走在寒冷空寂的京师大街上，看上去气派不凡，浩浩荡荡。

车队出了永定门，继续在皑皑的白雪中艰难行进。永定门是明代北京城的外城南门，一出此门，便出了京城。

且不说魏忠贤在冰天雪地之中奔波劳苦，迤逦南行，再说崇祯一道圣旨将客氏、魏氏两家打入十八层地狱，压抑在胸中已久的郁闷之气涣然冰释，心中愉快自不待言，他一向严肃刻板的脸上也有了难得一见的笑容。他沉浸在极度的成就感中，为自己的英明沉稳、雄才盖世所陶醉。高时明不时为他提供魏忠贤一伙行动的消息。崇祯在静静等待着，等待着对魏忠贤的最后一击！

这一天，崇祯在宏德殿披览奏章，东厂理刑千户杨应潮来报，说在客氏私宅的地下室中搜出宫女八名，其中七人已经怀孕。

崇祯觉得这其中定有蹊跷，便打发司礼监的王本政负责调查此事。

王本政本就是一个权力欲极强的人，得了皇上的旨意，立刻精神抖擞，豪气干云，带了十几个东厂番子，先将客氏捉了，随即将宫女们也都押至东厂衙门。

原来，客氏出宫不久，就又被崇祯召回，安置在洗衣局当了一名洗衣婆子。十几年来，客氏一直养尊处优，待遇比皇后、皇太后都不差，忽然沦落到这个地步，自然怒气冲天，撒泼打滚，就是不干活。宫女们可不理会她这一套，到了交工的时候，都各自把自己的一份干完走了，留下客氏一个人对着一大堆没有洗的衣服耍赖。浣衣局头头孙茂霖原是信王府里的服侍小太监，和王承恩、高起潜关系都不错，早知道了皇上对客、魏的态度，也就不客气地对待客氏。当客氏又一次撒泼的时候，孙茂霖冲上去照直抽了她十来个大嘴巴，这才稍稍压下了客氏的嚣张气焰。不过客氏也是犟脾气，一有机会，就大肆哭闹一番。

这次王本政将客氏抓来，本打算威逼一番，让她说出实情，却不料她倚老卖老，在衙门大堂上咆哮起来。

王本政正襟危坐，面寒如水，森然问道："客氏，你为何私藏宫女，这些宫女因何都怀有身孕！"

客氏吃了一惊。查抄她私宅的圣旨，她已经知道，只是宫中低级宫女未经准许，不得私自出宫，所以她对具体情形不得而知。这些宫女在她的私宅中隐藏得极为隐秘，到底还是被机警狡诈的东厂办事人员搜了出来。这关系到谋大逆的罪名，她焉得不惊？

王本政见她沉默不语，又厉声问道："客氏，你因何私藏宫女？快讲！"

客氏忽来灵感，气势汹汹地说道："宫女们都是先帝爷赏赐给我老婆子的，谁说是私藏？"

王本政凭直觉就感到其中有诈，便摆出一副胸有成竹的架势，斥责道："先帝赏赐，都有案可稽，根本就没有赐你八名宫女，还不从实招来？！"

客氏多年颐指气使，哪受过这样的威吓指斥？驴脾气一上来，早忘了如今自己已经不是当年的奉圣夫人，而只是一名阶下囚，一条落水狗。她索性撒泼道：

“先帝爷赐给老婆子的东西多了，有两次没记清也难说，难道还都得跟你打招呼不成？”

王本政大怒，道：“你依仗侍候过先帝几天，就不知天高地厚，竟至咆哮公堂，看来不动点真格的，你也不知道官法如炉！来人哪，将客氏掌嘴四十，着实用心打！”

行刑隶役得了暗示，饿虎扑羊一样冲上来，两个隶役一左一右抓住客氏双臂，另一个隶役抡圆了胳膊抽了起来。

客氏的两颊登时又红又肿，又动弹不得，只在“啪啪”的间隙间破口大骂，二十下过后，骂声就一点也听不到了。

四十整数打足，客氏两腮肿起老高，鲜血直流，疼得龇牙咧嘴，直抽凉气。尽管如此，她狂悍之气丝毫不减，待头脑稍稍清醒，立刻上蹿下跳，哇哇大叫不止。

王本政怒意稍稍平息了一点，想：从这贼婆子身上恐怕得不出什么真话了。于是下令将她押回浣衣局，严加看管，又命人将宫女们带上堂来。

八名宫女眼见了客氏被打成猪头模样的尊容，个个吓得魂飞魄散。待王本政厉声斥问之后，她们面面相觑，说也不是，不说也不是。

王本政不耐烦了，一挥手说道：“来人哪，掌嘴！”

立刻便有二人伏在地上，哆哆嗦嗦地说：“大人饶命，我们说！我们说！早在先帝爷卧病的时候，客氏就将我们偷偷带出宫，藏在她家的一处密室之中，让魏良卿、侯国兴、客光先等客魏子弟来和我们睡觉。侯国兴有一天喝醉了酒，对我们说，谁要是怀了孕，生了男孩，就即刻送回宫。孩子就是未来的皇上，母亲就是正宫皇后。”

“侯国兴真是这么说的？”王本政打断话头，急急问道。

“奴婢不敢撒谎。”

王本政不再讯问，疾言厉色说道：“先把他们交北镇抚司狱中看管，没有我的命令，除了一日三餐之外，不准她们与任何人接触！”

说罢，他退了堂，拿了口供直奔宏德殿面见崇祯。

崇祯原先只觉得魏忠贤不过是贪权贪势，作威作福，想不到他竟敢伺机谋逆，暗地里想改变大明朝朱氏子孙的血统，这还了得？他手里捏着王本政呈上的口供，越想越怒，气冲斗牛。

不过他还没有失去理智，只一思忖，便有了主张，他召过新提升的秉笔太监之一沈良佐说道：“准备纸笔，朕要发布上谕！”

待沈良佐准备停当，他边想边说道：“朕御极以来，深思治平之理，而有逆恶魏忠贤，擅窃国柄，侵盗内帑，诬陷忠直，草菅人命。本该削首示众以雪众冤，姑且从轻发落安置凤阳。岂知魏逆不思悔改，反命平素蓄养亡命之徒，身带凶刃，不胜其数，环拥随护，势同谋叛。着锦衣卫官旗扣解押赴，所有跟随群奸，即时擒奏，勿得纵容贻怠，尔兵部马上差官，星驰传示。”

传罢口谕，崇祯又命沈良佐念了一遍，觉得没什么差错，便说道：“立刻给王之臣送去，不准拖延迟误！”

崔呈秀罢官守制之后，兵部侍郎王之臣依次序升任兵部尚书。接到圣旨，王之臣不敢怠慢，立即派遣得力属下刘应选、郑康升率五百精骑前往捉拿魏忠贤。

京南的官道上，一匹快马正飞也似的急驰，马上的人似乎还嫌它跑得太慢，不时拿马鞭抽打。那马身上早已汗出如浆，显然已跑了很久了。马上的人面白无须，不时发出的“驾——驾”的声音，又尖又细，听起来不男不女。他，就是早已告老回家的魏忠贤的亲信李朝钦。

李朝钦辞官之后，并未离开京师，而是在早已购置的一处偏僻寓所隐居起来。他头脑机敏，感到崇祯与魏忠贤早晚会发生冲突，如果魏忠贤败了，皇上清算旧账，自己难免受牵连。在隐居的这段时间里，他密切注视着时局的变化，眼见得魏忠贤步步退缩，最终落了个凤阳守陵的结局。

李朝钦松了一口气，悬了许久的心也落了下来。他并不想东山再起，像原先那样风光。他已经厌倦了高级走狗的那种尔虞我诈、提心吊胆的奢华生活。这些年，他搜刮聚敛了有五十几万两银子，几辈子都花不完，他想靠这笔钱过一种无职无权却逍遥自在花天酒地的生活。现在，魏忠贤的事情看起来有了最后的结局，他可以放心了。

谁知道平地起波澜，崇祯一道告谕，重新给客、魏集团致命的一击。李朝钦以前和锦衣卫的一名指挥佥事张道濬交好。退隐后，他还常偷偷到张家，打探消息。这一天，张道从大人那里听到擒拿魏忠贤的消息，立刻来告知李朝钦。李朝钦听了，顿时呆若木鸡，他知道，这次若是折腾起来，自己恐怕是在劫难逃了。

短暂的震惊之后，李朝钦迅速做出反应，他简单化了装，而后乘快马南行，要将消息及早告知魏忠贤。他一路走一路打听，终于在赶了三天两夜之后，在阜城县追上了魏忠贤的车队。

魏忠贤和他的手下人到达阜城县城时，已值薄暮时分，数百名衣着华丽的男女骤然来临，使得阜城沿街旅店一下子人满为患。

魏忠贤在尤氏客栈里住下了。一天的劳顿，他确实有些累了，便叫两个小妾给他捶腰捶腿。

不一会儿，晚饭端了上来。店主人看在魏忠贤拿出的大锭银元宝的份上，特地叫厨师做了几个特色菜。那菜经过厨师精心炮制，倒还多少有一点味道。正吃着，小厮来禀报，说有一个从京师来的人要见九千岁，魏忠贤一愣，想不出有谁现在还来看望自己，正迟疑着，一个人闯了进来。待来人除去了遮盖住大半个脸的破毡帽，魏忠贤才认出是久违了的李朝钦。

李朝钦紧走几步，扑通倒在地上，声嘶力竭地说道：“千岁爷，大事不好了！”

魏忠贤不知道从哪里来了一股子邪劲，“腾”地从床上跳下，一把将李朝钦提了进来，急切地问道：“朝钦，到底出了什么事！”

李朝钦喘息了一阵，才哭丧着脸说道：“千岁爷，皇上在客妈妈家里搜出怀孕宫女，又说千岁爷南行时多蓄亡命之徒，盛装拥护，意在谋反。传旨命兵部遣刘应选、郑康升带大队人马前来追杀，恐怕只在一半天就要赶到了！”

这话像一记重锤砸在魏忠贤的头上，他一松手将李朝钦扔在地上，自己晃晃悠悠地站了起来，漫无目的地朝门口走去。立刻有一名小厮和一名小妾跑过来，将他拉了回来。

魏忠贤呆坐半晌，忽然“哇”的一声痛哭起来。李朝钦等人从没见过魏忠贤还会这一手，一时间手足无措，不知拿他怎么办才好。

过了一会儿，魏忠贤的眼泪接济不上，止住了哀号，讪讪地擦了擦眼角，抽泣着，茫然地坐到床边。

李朝钦连赶了三天路，骨头像散了架一样，稍稍一动就酸痛难忍，索性两腿岔开，坐在地上。看着魏忠贤情绪稍稳，便开口问道：“千岁爷，事已至此，咱爷儿们还是赶紧商量一条应变之策才好。”

“朝钦，如今大势已去，众叛亲离，咱家又能怎么样呢？”

李朝钦一时语塞，过了一会儿，说道：“俗话说，三十六计，走为上计。千岁爷不如趁追兵未到，收拾一点东西，逃离这里，到一处偏僻乡下隐藏起来，暂且避一避风声要紧。”

魏忠贤苦笑道：“咱家生祠遍天下，上至达官富绅，下至小民百姓，有几个不认识我魏忠贤呢。再说，崇祯这小子拿定主意，要对付咱家，咱家逃得了吗？乡村小店，突然来了一个不男不女的太监，又如何不令人起疑心，万一被人发觉，嘿，恐怕咱家生不如死！”

魏忠贤忽然间说话条条有理，头头是道，令李朝钦微感意外。两个人四目相对，从对方眼睛里看到的全是悲哀与无奈。

魏忠贤觉得自己血液如凝固了一般，当真是五内如摧，凄闷欲死。天光渐渐变白，追杀的人马恐怕转眼便到，自己逃又逃不脱，反抗又无力，寂寞荒凉，忧心如焚，正是凄苦欲绝，生不如死！“啪”的一声，房间里顿时暗作一团，原来是那小油灯油枯灯灭。稍待片刻，魏忠贤适应了黑暗，这才注意到屋外已经相当亮了，怕已经是近五更的光景了吧？

他的心情坏到了极点，左思右想都是绝路：逃走吧，必定是栖栖惶惶，东躲西藏，永远不得安生，随时都有可能被锦衣卫搜出擒获；等人来追杀吧，难免受尽侮辱，最终身首异处。思来想去，倒不如自己吊死，尚能得一个全尸！

想到这儿，魏忠贤对李朝钦说道："朝钦，咱家已无路可走，想自裁了事，你若有出路，自己逃生去吧！"

李朝钦听魏忠贤这么一说，也坚持道："唉，与其凄凄凉凉地活着，倒真的不如死了好！"说罢，他从身上解下一条衣带，站起来从房梁上穿过，凄然说道："九千岁，黄泉路上，咱爷儿们做个伴，也免得寂寞！"

魏忠贤什么也没说，也解下衣带，看房顶上一根梁木上有一个极大的木瘤，疙疙瘩瘩的，与房顶间正有一道缝隙，便从那缝隙间穿过衣带，结成一死环儿。

黎明时分，刘应选、郑康升率五百精骑赶到，包围了尤氏客栈，叫魏忠贤出来受死。好半天，没有一点动静，小校经人指点，踹开魏忠贤房间的门，看到的是两个笔挺悬挂着的尸体。

刘应选、郑康升见魏忠贤已死，验明正身之后，便草草在城西乱葬岗子把尸体埋了，回京复命。崇祯遗恨未消，为昭示国法，又把魏忠贤的尸体挖出，处以凌迟之刑，肉被切成碎片，骨头寸寸斩断。头颅割下来，挂在河间府的城头高杆上示众。

风云一时的魏忠贤就这样从肉体上被消灭了。历史留给天启帝与他的文武百官、士子大儒的，是永远也抹不掉的耻辱。是他们，容忍了一个愚憨木讷、蠢笨浑噩的文盲恣意蹂躏侮辱这个熟透了的文明国度，所谓士大夫的清高、气节、德行、使命，在这个赌徒的手里都成了一文不值的抹布。魏忠贤玩弄了这些士大夫的精神与意志，让他们倍感失去人格的煎熬。

值得庆幸的是，现在他死了。

【第三回】

祷天帝朱皇祈福，禀人主袁督求饷

大明朝传到崇祯手里，就像一座曾经豪华而美不胜收的庄园，几经风吹雨打，渐渐显露出它的衰败与腐朽。大明朝在风雨中摇摇欲坠……

崇祯是一个勤奋而聪明的皇帝，如果他早生五十年或一百年，那么他的全部历史都会改写，或许他会以一个伟大而英明的君主的形象留在明史的本纪之中。遗憾的是他生不逢时，继承了一个嘈杂混乱的烂摊子。更让人遗憾而且悲哀的是，崇祯深信自己有能力把这座庄园恢复成原先的模样，过分的自信带来了难以吞咽的苦果。

事实上，他相信自己具备的聪明与能力远远超出了他实际具有的聪明与能力。在凭一己之力除掉魏忠贤这个最为硕大、为害最重的蛀虫之后，他对自己更加深信不疑。在他对复杂的政治生活还显得简单幼稚的头脑里，一个中兴盛世将在扳倒魏忠贤之后不久到来!

魏忠贤恶贯满盈，自杀而死，对这一结果，反应最快的不是崇祯或别的什么人，而是魏忠贤的首席死党崔呈秀。当时，崔呈秀正在蓟州老家守孝，听说魏氏死讯，情知大势已去，便步了魏忠贤的后尘，上吊死了。

更为悲惨的是客氏。浣衣局的太监、宫女没人把这个脾气恶劣的老婆子尊为先帝奶妈，客氏在这里受了不少嘲讽、奚落与侮辱，浣衣局的条件比起客氏原先居住的锦衣玉食、奴才成群的西五所有着天壤之别，客氏在这里度日如年，苦不堪言。魏忠贤死后，崇祯派人到浣衣局用竹板子将客氏活活打死。

崇祯传旨，将客、魏、崔三个人的尸体分别凌迟碎斩，头颅分别悬挂在京师、河间府与蓟州示众。天下百姓受够了客魏的淫威滥刑，尽皆拍手称快，没有感到这样做过于恶毒。

客魏子弟客光先、魏良卿、侯国兴都在西市问斩。其他的昆弟子侄魏志德、魏希圣及崔呈秀之弟崔凝秀、子崔铎等十余人，平日作恶多端，狗仗人势，现今也遭到报应。最惨的是魏忠贤之侄魏良栋、侄孙安平伯魏鹏翼与崔呈秀之子受封锦衣卫指挥使的崔镗，都还只是三两岁的孩子，只因为投错了胎，受到父辈牵连，也一并赴市。

客氏私邸中搜出的八名宫女也被悉数用竹板子打死，无辜地做了客魏的牺牲品。

崇祯步步为营，稳扎稳打，处置完客、魏家庭中的成员，又着手对付魏忠贤的心腹死党。御史吴焕、叶成章上疏奏道，魏逆用事，多凭外廷文臣武将谄媚阿附，当时有“五虎”“五彪”的名目。“五虎”是文臣兵部尚书崔呈秀、工部尚书吴淳夫、大常寺卿倪文焕、兵部尚书田吉、左副都御史李夔龙，此五人主谋议；“五彪”是武臣锦衣卫左都督田尔耕、锦衣卫都指挥佥事许显纯、锦衣卫指挥崔应元、东厂理刑官孙云鹤、东司理刑杨寰，此五人主杀戮。此外还有吏部尚书周应秋、太常寺少卿曹钦程等称为“十狗”，又有“十孩儿”“四十孙”等名目，不可胜数。崇祯这才清楚知道魏忠贤党羽如此之多，势力如此之雄厚，心里禁不住为自己处置魏忠贤时的刚猛作风感到后怕。于是他传旨将倪文焕、李夔龙等阉党大员先收入狱中，其余周应秋等罪过稍轻者予以轻拟，或罢官，或削籍，或降职调用，免得震动太大，又生事端。

崇祯凭着皇帝的威权，处置了一批民愤极大的贪官污吏、阉党大员，在朝廷内外赢得崇高的威望，正直官员、天下百姓奔走相告，拍手称庆。数十年低落抑郁的心情豁然开朗，举朝上下，欣然望治。

魏忠贤死后没几天，崇祯传谕兵部：“各处镇守监军太监，一概撤回。凡相机度宜，约束吏士，无事修整战备，有事出兵却敌，俱听各镇守督抚便宜调度，不准再委任不专，体制不清，互相倾轧，以为借口。各镇督抚诸臣，大小将领，务须提起精神，以副朕怀！”

旨下，分遣在宣大、蓟辽、东江各地的内官协镇，各自收拾起铺盖卷，灰溜溜地回到京城，听候派遣。边庭将士见撤除了寻衅滋事、假充内行的监军宦官，俱各欢欣鼓舞，颂扬圣德。

弹劾客、魏党羽的奏章像雪片一般飞来，几乎压断了崇祯的案头。有些不着边际的奏疏，时常令崇祯恼火，他深深感到朝臣之间党同伐异的风气之盛，因而力图压制这股于国于朝无益有损的恶劣作风。户科都给事中解学龙上疏，弹劾蓟州巡抚王应豸克扣军饷，激使兵变，又指责王应豸是魏忠贤私党。崇祯览疏之后，勃然不悦道：“王应豸克扣兵饷，虐待士卒，本身就是不赦之罪，又何必牵强附会，指责他是魏党所私！”

嘉兴贡生钱嘉征一纸奏疏，弹劾魏忠贤十大罪状，导致客魏一伙身败名裂之后，声名大振，举国皆知。一些生员纷纷仿效，指责朝臣显宦，有的确有真凭实据，有的则捕风捉影，不过想趁机捞取名誉，用以骄人。一时间监生、秀才上疏议政的缕缕不绝，渐成风气。

依照大明律例，凡国立学校的学生，不论是监生、贡生还是秀才，一律不准议论国政。钱嘉征上疏时，所论之事正中崇祯的下怀，所以他不纠缠于祖制，将他的劾疏抄录于邸报，公布于天下。现在言路渐开，崇祯已经不再需要生员们说三道四，便欲借机刹住这股风气。浙江山阴监生胡焕猷劾奏黄立极等四位内阁大臣的奏疏，恰恰就在此时撞到了崇祯的枪口上。

胡焕猷有感于朝臣在魏忠贤当政之时，唯唯诺诺，毫无主见，又见魏氏生祠遍地，叩拜颂扬的高官丧尽廉耻，中心有激，弹劾的矛头直指内阁全体成员，疏云：

阁臣黄立极、张瑞图、施凤来、李国楷四人，身居揆席，漫无主持，揣摩意旨，专旨逢迎。甚至顾命之重臣，毙于诏谕；伯侯之爵，上公之尊，加之于阉宦！浙江、直隶各处建碑立祠，阁臣竟至撰文称颂，宜亟行罢斥，并乞查督抚按院之倡议建生祠者。且圣上有旨，凡含冤诸臣之削夺牵连者，应复官即与复官，应起用即与起用，至今部院九卿科道，拖延阻隔，大违圣上体天爱民之意，宜亟查阁臣办事不力之罪！

崇祯心里既然存了矫正生员擅议国政的念头，对于一个书生轻诋内阁全体成员及九卿科道诸臣的狂妄行为也有些厌恶，就下令将胡焕猷逮捕治罪。

不久，刑部便迎合皇上的意思，依“卧碑文”中生员不许议政的条例，判处胡焕猷杖刑，并革去监生的功名。

这日早朝，刑部尚书薛贞呈上对胡焕猷的处置意见，崇祯命群臣公议。

黄立极早已听到有人弹劾自己的风声，这些天一直忐忑不安，今天见刑部拟定了胡焕猷的罪名，提着的心放了下来，乐得趁这个机会摆一下自己的高姿态。

于是，他出班启奏：“皇上，微臣罪孽深重，竟招致一个书生肆意轻诋，给朝廷带来莫大耻辱。臣惶恐不能自安，况且微臣年已老迈，不能胜任首辅的职位，请皇上准许臣告老乞休！”

崇祯对黄立极本没有什么好印象，现在既然已处置了胡焕猷，便不想与他多纠缠，于是冷冷说道：“胡焕猷轻议辅臣，朕心甚恶，已由刑部定罪，你不必多言！”

施凤来见皇上替内阁大臣说话，登时来了精神，出班奏道：“皇上，并非臣等逢迎魏逆，想那魏忠贤，凭借着先帝宠信，取旨轻而易举，臣等依上意拟旨，一言不合，就命改拟。魏忠贤是虎狼之性，一触即怒，四年以来不知有多少骨鲠之臣被其残害。微臣不得已而周旋其间，是想尽其所能，做一点有益家国的事情，以尽区区报国之心。”

崇祯之所以倾向于治胡焕猷的罪，是不喜欢一个无名书生对朝中显赫指手画脚，并非觉得黄立极、施凤来等人言行无玷，无可指摘。相反，在内心里，他倒对胡焕猷所说深有同感，此刻听施凤来这一番无耻的辩白，心下怫然不悦，道：“施凤来，依你所言，你等四人不能有所匡正，反而揣摩逢迎，倒是卧薪尝胆，仿效陈平、周勃、狄仁杰吗？”

施凤来听着皇上口气不对，暗暗吃了一惊，只得硬着头皮说道：“微臣作为，自然不敢与陈、周诸公比拟，但是用心良苦则一般无二，请皇上明察！”

崇祯从案上抽出一卷疏奏，一抬手甩了出来，说：“你自己拿去看看，陈平、狄仁杰也写得出这样的文章吗？”

施凤来躬腰曲背，上前拾起那奏疏看时，顿时羞红满面，哑口无言。原来，这是魏忠贤当政时，他递上的一份奏疏，其中阿谀奉承柔媚肉麻的词句不在少数。想不到崇祯竟然早有准备，当场给了他一个难堪。

当下，施凤来再不敢说话，灰溜溜地退回自己的位置。张瑞图见黄、施二人都讨了个没趣，生怕自己一开口，又碰到皇上火头上，索性装聋作哑，扮了缩头乌龟。

李国㯳这时站了出来，道：“皇上，臣等四人当魏忠贤虐焰熏天之时，既不能挺身而出，挽救朝廷之危难，又不能自请罢黜，虚位以待贤者，确是有负天恩，臣请将我等四人一体斥逐，另选贤德之士充诸内阁，以期有益于国家。”

此言一出，崇祯轻轻点了点头，表示欣赏。他素知李国㯳虽与魏忠贤同乡，屡屡受其提拔，但立身还算清正，从不依附客、魏。这次见他说出这番自责的话，心里稍觉安慰。

但施凤来、张瑞图却吓了一跳，心里面暗自叫苦，想：你李国㯳不愿在内阁待着，自己请求辞职倒也罢了，何必连我们也搭上？！两个人都怕碰钉子，谁都不敢站出来说自己不想丢官。

李国㯳并没有就此打住，反而替弹劾自己的胡监生求起情来：“皇上，胡焕猷以监生身份议政，大违太祖遗制，理当依律处置。不过，他议政乃出自公心，忧君忧国。臣请皇上念其初衷，念贫家子考取功名殊为不易，姑且饶过他这一遭，下不为例。不知皇上意下如何？”

崇祯也没想到李国㯳会来这一手，觉得他不光能持正论，而且颇有长者之风，心下大慰，于是欣然说道：“李阁老既如此说，那就姑且饶过胡焕猷这一遭。不过，近来书生议政之风日渐盛行，该当有所遏制，太祖遗训俱在，若任由书生议政，要将遗训放在何地？”

礼部尚书来宗道赶紧道："臣立刻就发布文告，重申太祖宝训，杜绝书生乱议朝政的举动。"

那刑部尚书薛贞本是魏忠贤一手提拔起来的，如今变了形势，少不得委曲求全一阵子。这次胡焕猷弹劾内阁、九卿、科道诸官，他本拟重判，借机压制一下汹汹而来的舆论，谁知却被李国楷给搅了局，心里老大不高兴，却又无可奈何。

老迈的黄立极终于下决心上疏乞休了。尽管在杨维垣、薛贞明里暗里、或公或私的帮助下，平息了胡焕猷弹劾的风波，但皇上冷淡轻蔑的态度还是令他惶惶不安。他老了，不想再花心思与勤奋英明的皇上一起开拓新的承平时代，也不想与那些瞪大了眼睛盯着自己的位子的同僚们钩心斗角，他需要休息了。接连上了三道奏疏，崇祯才认可了他的辞呈，而且在圣旨中冠冕堂皇地将他称赞了一番。黄立极自觉脸上有光，心满意足地回老家去了。

施凤来终于如愿以偿地当上了首辅。不过，这份迟到的升迁并没有让他太高兴，因为时势已然不同以往了，施凤来比任何人都更深刻地体察到这一点。皇上因他在天启年间的表现，对他早有了成见，就算他再长袖善舞，也不可能改善与皇上的关系了。

就在施凤来当上首辅不到两天，崇祯传旨：罢吏部尚书周应秋、刑部尚书薛贞，以房壮丽代吏部尚书，苏茂相代刑部尚书。其实，这不过是皇上有计划地清除魏忠贤余党计划的一部分，照这样一路追究下去，他施某早晚也逃不脱锐气正盛的皇上的清查。

积四十年官场磨炼，施凤来练就了一套察言观色、逢迎揣摩的好功夫。他猜想，皇上准了黄首辅的辞呈，又多次表现出对内阁阁员的不满，定是有心要淘汰一批内阁辅臣，换上几个有魄力合心意的辅臣。既是这样，倒不如自己以退为进，先上疏请求皇上增加内阁名额，补充新鲜力量，既顺了皇上的心愿，自己也落一个为国荐才的美名，不至于被皇上一道圣旨给打发掉。

事不宜迟，施凤来当即修了一道奏章，称时危世艰，国家多难，需要一大批干练多才的官员出来辅佐皇上重开盛世。而今黄立极致仕，内阁空虚，恳请皇上降旨补充阁员，以纾解皇上与辅臣的忧劳，将魏忠贤等人糟蹋得一塌糊涂的国家重新推向繁荣。

奏章呈上，果然正中崇祯下怀。他立即召集内阁、五府、六部、九卿科道的显宦大员们商议此事，这些官场老手看到皇上神色，早知道了他倾心此事，谁也不愿搅了皇上的兴致。况且，议事官员都是有资格被挑选入阁的，现在有了这样的机会，从公从私都是一件大好事，自己何乐而不为呢？于是，平时拉帮结派，钩心斗角的大员们此时众口一词，纷纷称赞皇上英明。

崇祯大喜，随即降旨，命诸臣按廷推旧例，九卿科道官员们从公博议，会推有资格有能力的官员十几人，以备皇上点检擢用。

经过近一个月的选拔淘汰，平衡较量，吏部将会推结果呈报给皇上，礼部侍郎孟绍虞，礼部尚书来宗道，南京吏部侍郎钱龙锡等十二人赫然在列。崇祯拿着这名单，一时间陷入了沉思。

崇祯做皇帝也不过四个月多一点的时间，在这期间，他几乎将全部精力都放在了与魏忠贤有关的事情上，至于六部尚书、侍郎、六科给事中、都察院、太常寺等权威部门官员们的政绩优劣，人品高下，他几乎毫不知晓。若从吏部提供的名单上挑选几个称心如意的干练之臣，确乎是一件难事。

当然，他完全可以单凭这些人的履历表，随便勾画几个了事，可是他无与伦比的责任感根本不允许他有这份想法，他绝对不可能做出这种不负责任的事情来。也许应该查问几个为官时间较长的朝臣，以他们提供的信息作为自己取舍的依据。可是，谁又能保证他们不会趁此机会吹嘘与自己关系亲密的同僚呢？阁臣仿佛自己的股肱一般，若是挑选非人，将是国家之不幸！

这么想着，他不觉走出殿外，远远地听到两个人在聊天，辨别声音，是老太监王承恩与年轻的太监卢维宁。崇祯不觉止住脚，想听听两个人在说些什么。

“天意如此，谁又违抗得了呢？当年楚霸王勇冠三军，攻无不克，战无不胜，还不是死在流氓无赖刘邦手里？是你的总是你的，若不是你的，争也没用。”王承恩老迈的声音。

“那么，满朝文武都安身立命，碰到魏忠贤这样祸国乱政的佞臣贼子，也应当服从命运的安排，不作冒死直谏的冤大头喽？”卢维宁问道。

王承恩摇头，缓缓说道：“这又不尽然。一个人穷达当安于天命，不安命则奔走倾轧，无所不为。就像李林甫、秦桧等人，即使不陷害忠良，也是宰相之命，他们不安天命，倾陷善类，白白增添了自己的罪孽。但是若遇国计民生的利害，就不当言命，天地造化生长才良，朝廷设置官吏，正是要借此补救气数，官员身负千百人家的身家性命，却束手无策，全都委之于天命，朝廷设置衙门官吏还有什么用？像魏忠贤祸国殃民，最终恶贯满盈是命当如此，但如果从皇上这儿讲，斗智斗勇，机变权谋，就不是命。咱皇上在神庙、光庙、熹庙之后君临天下，一举铲除积年遗患，正是我大明朝命在中兴、重开盛世之兆啊！”

恰当此时，卢维宁一眼看见皇上就站在不远处，急忙躬腰曲背，侍立一旁，再不敢言语了。王承恩经验更为老到，一见卢维宁的神态，已断定是皇上到了，忙侧转身形，躬身行礼，口中道：“奴才迎接皇上！”崇祯听王承恩一番言语，心有感触，匆匆走过王、卢二人身旁时，鼻子里“嗯”了一声，算是回答。走出一段，他又匆匆掉过头来，奔回殿中。王承恩说的“天命”，正触到迷惘中的崇祯的心神，他忽然对点检阁员有了主张：既然上天注定把中兴明朝的责任落到自己头上，那么自己何不仿效古代选贤择能的方式，用枚卜之法，让上天来决定辅臣的人选呢？

崇祯将自己的主张与施凤来、张瑞图等人一说，阁臣们都唯唯称是，而且称颂皇上特立独行，出奇翻新。崇祯大悦，更加坚定了枚卜的决定，命礼部官员赶紧翻查古代典制，准备器杖卤簿，举行盛大的枚卜典礼。钦天监报上奏表，称七天之后乃黄道吉日，可以举办典礼仪式。

到了这一天的黎明，文武百官穿戴朝会礼服，分由左右掖门进入，至丹墀分东西两排，面北站立。锦衣卫甲士甲胄鲜明，手持仪仗卤簿，从丹陛一直排到奉天门外。殿内，金吾卫的护卫官面色凝重，呆若木鸡。

仪礼司奏执事官行五拜礼，礼毕，奏请皇上升殿。崇祯身着衮龙袍，头戴冠冕，在十二名仪礼司太监引导下走进奉天殿。仪礼司的乐工立刻奏起中和韶乐，其声中正平和，淳美无比，令人焦躁之心顿时消解。尚宝司捧御宝前行，导驾官在前引导，扇开帘卷，崇祯迈步行至昊天上帝的神位之前，尚宝司官将香案设于崇祯之前，中和乐止。崇祯接过一支燃着的香束，毕恭毕敬地插在紫气缭绕的香炉里，接着退后三步。赞礼官长声高呼鞠躬，大乐随之奏响，崇祯为首，群臣一起向天帝的神位行祭拜之礼，礼毕直身，大乐声止。

崇祯容色肃穆地站在香案之前，屏气凝神，静静地望着殿顶。此时，他心潮澎湃，难以自止。“可尊敬的昊天大帝呀，赐给我贤能德良的臣子吧，赐给五谷丰盈的气候吧，赐给我国泰民安的时代吧，赐给我无上的威权与无上的智慧吧！我朱由检要在你的恩赐与抚慰之下，治理你的臣民，统御你的山河，创造一个繁荣而昌盛的时代，我请求你永远与我站在同一个视点上，眷顾我，扶助我！”

祈祷至此，崇祯轻轻地合上了双目，眼角积聚起两滴晶莹剔透的盈盈泪珠。他仿佛觉得，那遥遥宇宙之中的天帝正怀着一颗悲悯仁慈的心注视着他，为他的虔诚所感动，他的整个身心都在那柔和慈爱的目光中沐浴、升华。

约莫有一刻钟的样子，崇祯的身体才有了新的动作，静寂得没有一点声息的大殿也响起衣服摩挲与众人的呼吸叹气之声。尚宝司的官员早将宝案设置好，宝案上放好一个制成葫芦状的大肚儿金瓯，这就是枚卜大典最主要的工具。

两名礼科的给事中走上前，一个掀开金瓯的盖子，另一个将写有孟绍虞、钱龙锡等人名字的纸签依次放置于金瓯之中，每放一个，都先由司礼监的官员查验一下，大声朗读出来。有七名备选官员都在百官的行列之中站着，十四只眼睛一眨不眨地看着给事中将自己的命运放在金瓯里面，心提到了嗓子眼儿，大气儿也不敢出一声。

司礼监太监王本政双手捧着一只镶金的水晶盘，躬身走到崇祯侧旁，内赞官高声诵道：“请皇上行枚卜大典！”

崇祯伸手，从盘中拈起一双象牙筷子，上前两步，走到宝案前。礼科给事中拿起金瓯的盖子，放在水晶盘中。崇祯探筷子入瓯中，夹出一张纸签。另有司礼监太监王永祚捧一只紫晶盘上前，静候皇上将纸签搁在盘子里，礼科都给事中陈尔翼拈起那张纸签，面对群臣百官高声朗读："南京吏部侍郎钱龙锡！"

大殿内一阵轻微的骚动。钱龙锡现在南都南京供职，并不在现场，所以群臣中除了几个与钱龙锡关系密切的官员心中窃喜之外，大多数人都没什么反应，只觉得这姓钱的小子真是红运当头，竟然头一个就被选中了。

崇祯继续从金瓯里夹纸签。这一次刚刚夹出一张，忽然一阵大风从殿门方向吹来，他感觉一阵冷意，手一抖，那纸条从光滑的象牙筷子间脱出，不翼而飞。

在场的执事太监与官员们以及站在前面的大臣一阵躁动，有几个心急的探手去抓那纸签。那纸签在空中回飘悠了几圈儿，仿佛在逗弄这些道貌岸然的显宦与太监们，嘲笑着这盛大庄重、骨子里却十分滑稽可笑的场面。片刻，那纸被回风一卷，飞进了前排的阁臣与都督尚书们中间，倏然失去了踪迹。

一品二品的大员们立刻乱作一团，掀袍捉袖、侧身弯腰找那纸条。侍从太监们也加入了找寻的人群中，推推搡搡，却怎么也找不到那纸条的下落。

崇祯看着这混乱的场面，面色不悦，声音不高却很愤怒地说道："所有人各归本位，不用找了！'枚卜'之礼，各安天命，找不到正是天意如此，你们都慌张什么？！还有没有体统？！"

众人立刻肃然，各自小心翼翼地回到原来的位置，狐疑的目光集中在崇祯身上，静候发落。

崇祯继续夹出纸条，依次得到礼部侍郎李标，礼部尚书来宗道，吏部侍郎杨景辰。至此，新抽签选中的阁员与旧阁员总共已经有七个人了，他犹豫着停了下来，考虑是不是继续再选一两个——刚才那张纸条神秘消失，给了他很深的印象，他相信那就是上天意志体现，那纸条上的人名，必是不适合辅臣之选的。既然天命如此，何不趁机再挑他一两个？

施凤来看出了崇祯欲罢欲继的心情，稍稍分析了一下，出班恳请："皇上，如今天下多故，急需贤良之才出来辅佐，皇上何不再增加一两个阁员，以顺应天意，备充顾问？"

已经被选中的礼部尚书来宗道心情愉快，也趁机出来做个人情："皇上，施首辅言之有理，不如再多检择一二人，与臣等共同勠力国事！"

崇祯点头准请，于是又夹出两个纸签，陈尔翼依次读道："礼部侍郎周道登！"

"少詹事刘鸿训！"

瞎子摸象式的枚卜仪礼到此告一段落，群臣高呼："万岁，万岁，万万岁！"乐工、太监、锦衣卫齐声应和。然后，大臣们取出笏板，曲身低头，再直身站起，乐声随之而起，群臣行一拜三叩首礼。

次辅张瑞图在礼毕直身的一刹那，见前面首辅施凤来背后的衣褶里落下一物。他捡起一看，那东西赫然便是刚才众人遍寻不见的纸签，纸签打开，原来是户部左侍郎王祚远。

张瑞图奏明皇上，崇祯沉吟片刻，宣口谕道："王祚远仍为户部侍郎，不准入阁办事！"

就这样，王祚远好端端的一个辅臣前程，就葬送在一阵莫名其妙的大风里。

枚卜大典结束，崇祯立即传旨：钱龙锡等六人全部授礼部尚书衔兼东阁大学士，参与内阁机务。辅臣一下子由三人增加到九人，很是折腾了一阵子。除了来宗道与杨景辰，其他四人都不在京师，行人司的传旨官立即动身，到南京等地去征召钱龙锡等人，命他们动身到内阁供职。

崇祯主持了这次盛大的典礼，心神有些疲惫。尽管他自信天命所归，但在内心又不禁有一点疑心：这几个抓阄得来的内阁辅臣，能够辅佐自己摆脱困境，创造一个歌舞升平的盛世吗?

大雪飘飘，匝地琼瑶。北京城里，家家户户的门框上都贴上新的春联。爆竹声中，崇祯元年的新年来到了。

自从崇祯继位以来，乾清宫东暖阁或西暖阁的灯光几乎没有在亥时之前熄灭过，与生俱来的使命感激励着他批阅奏章，攻读历代政治经典，与大臣讨论治乱之道，兢兢业业地为中兴大明朝而独自奋斗。

魏忠贤死了，几个臭名昭著的阉党大员也被逮捕，但是，阉党在宫廷内外的残渣余孽依旧盘根错节，对付起来虽然远不如清除魏忠贤那样谨慎从事，但是清理这些残余分子却需要更精明的辨别力，更大的耐心，更高的智慧。在这些阉党残余之中，多的是在政治的狂涛骇浪中弄过潮的官场老手，他们极擅长见风使舵，见微知著，一有风吹草动，他们就会有所警觉。

杨维垣就是这样一个颇有政治手腕的官僚。杨维垣清楚地知道，魏忠贤虽然倒台了，但是阉党决不会立刻烟消云散。在天启初年，东林党人风光一时的时候，赵南星、高攀龙等人孤标自持，把东林同道提拔到各个关键部门，他们党同伐异的作风不仅妨碍了那些真正邪恶的官员与太监的利益，而且也把许多无党无派，本不愿与东林为敌的人推向了对立面。到天启四年之后，东林失势，在朝内供职的，不是魏氏死党，便是长期受东林压制的所谓"邪党"官员，这些人即使不愿意魏忠贤、崔呈秀一手遮天，也决不希望东林东山再起。杨维垣就是要借助这些人的势力，压制东林，维持现状，他的这一主张堪称顺应时势，得到众多朝臣的暗中支持。不要说是施凤来、张瑞图、来宗道、杨景辰这些与魏忠贤时代有联系的阁员，就是当初被逼无奈写过一两篇歌颂文章的小主事们也倾向于维持残局，因为这对谁都有好处。

就在崇祯元年的头一天，光禄寺卿阮大铖就上了一道《合算七年通内神奸疏》，他把天启帝在位七年的历史分成两截，前四年是东林党人勾结大太监王安“乱政”，后三年是崔呈秀迎合大太监魏忠贤乱政，总之都是外廷权奸与内臣联手欺君误国。阮大铖在奏疏中说，当初汪文言以徽州臣吏的身份，逃罪投到王安门下，指使左光斗等人弹劾后妃，外臣纷纷迎合，这是内外合谋倾陷后宫的发端。御史贾继春弹劾汪文言逢迎王守，却遭到罢官处分，这是内外合谋封锁言路的开始。吏部尚书周嘉谟，重用熊廷弼，重处姚宗文、冯三元，这是中外合谋危害边疆的肇始。汪文言重处霍维华以迎合王安，魏忠贤仿效，斥逐皇亲，摇动中宫，这是内外合谋危害母后的起源。

这份奏疏递上，有御史毛羽健弹劾阮大铖比拟不伦，党邪害正。崇祯也有同感，命内阁拟旨：阮大铖前后反复，阴阳闪烁，着冠带闲住！

就这样，阮大铖原有品级俸禄不变，被罢职回家去了。由此，尽管朝臣中反对的力量仍十分巨大，东林党人还是在悄悄培养他们的力量，准备卷土重来。更令他们鼓舞的是，大批天启年间被罢官惩处的人重新任职，甚至有的还官居要职。有些人本不是东林党人，长期的受迫害生涯使他们与东林同甘共苦，现在他们也以东林自居了。朝臣日益分化为对立的两大阵营，一派是天启末年时的既得利益者，一派是随着魏忠贤垮台，要分享政治利益，施行自己政策的东林党人。

来自民间的舆论与朝廷不同，老百姓评论一个做官的好坏，第一条标准便是他是否廉洁。在这一点上东林的君子们都无可挑剔，再加上人们对不男不女的太监天生的反感，就把同情都倾注到东林这一方。在这样的情况下，东林不再听凭对立势力的肆意攻击，他们要反击了。

翰林院编修倪元璐第一个发言了。他上了一道奏疏，疏中说：

> 如今攻击崔、魏的人，一定把他们与东林并称邪党。东林是邪党，崔、魏是什么？崔、魏既是邪党，攻击崔呈秀、魏忠贤的人，还会是邪党吗？东林乃天下人才聚集之所，或许他们树立的标准太过高明，持论太过苛刻，但说他们不合中庸之道则可，说他们不忠君爱民则不可。
>
> 士大夫立身处世，宁可过激，绝不能忘记礼义廉耻。自从舆论将矫枉过正称为大罪，“五彪”“五虎”之徒公然背叛名义，廉耻全失，即便这样，人们还宽容他们说“无可奈何，不得不这样”，充此“无可奈何”之心，又有什么事情做不出来？论者以忠厚之心原谅此辈，却拿不为已甚的论调责难东林，真是悖谬啊！

奏疏递到崇祯手里，他也觉得倪元璐说得有道理，但是，幼年时东林党干将气势汹汹地闯进宫中，逼迫李选侍移宫的嚣张做派，在他的头脑中留下了深刻的印象。现在，尽管他为东林的受害者平反，恢复名誉，却决不希望出现前两朝那种满朝东林党的局面。对数十年来此起彼伏的党争，崇祯也深为厌恶，如果大臣都为自己的小圈子争来夺去，那么谁还会为了国家与朝廷奉献全部身心？

正是出于这样的顾虑，崇祯在倪元璐的奏疏上批复：倪元璐所奏不当！

杨维垣当然不知道崇祯是怎么想的，然而他却从批复中看出皇上并不是特别支持东林，于是就在倪元璐奏疏公布的第二天，他上《词臣持论甚谬，生心害政可虞》疏，攻击东林，驳斥倪元璐。

于是倪元璐再上《微臣平心入告，台臣我见未除》疏，专论杨维垣，疏中说：

杨维垣驳臣"矫激"之论，当崔、魏势大之时，人们都颂德建祠，假若有一个人不颂德不建祠，正义与操守不正依赖此人坚持吗？假若崔呈秀一人臣服于魏逆，其他人也就拿无可奈何为借口随人臣服而无罪吗？

杨维垣又说，今日的忠直者不能拿崔、魏做对比。我认为正相反，崔、魏所恨东林不附，畏其才望，而必欲杀之逐之，这才是仁人志士。有与东林不睦的人，虽然被崔、魏所利用，但不阿，或被流放或遭斥逐，他们也是正人君子。以崔、魏定邪正，就像拿镜子分别美丑。杨维垣不以此为证，又拿什么做辨别呢？

倪元璐的奏疏递上之时，掌权柄国的人多数都与魏忠贤有点瓜葛，他们对倪、杨之争采取和稀泥的方式予以协调，说他俩互相诋毁，意气行事。

不过，自倪元璐两封奏疏递上之后，朝廷中一边倒的对阉党与东林一并批判的舆论有所改观，渐渐地，为东林辩护的奏章也多了起来。时人评论倪元璐的奏疏有廓清朝议的功劳。

提起东林党人，不可避免地要涉及"三案"。在崇祯元年之初，东林及其同盟与对立的阉党就"三案"又展开了激烈的争执。

"三案"的基本情况是这样的：

神宗朝，郑贵妃得宠，意欲立其子福王为太子，没有成功。到万历四十三年五月，有一男子手持木棍，闯进太子朱常洛所居的慈庆宫，击伤多人，被内监所执。经审问，知其为蓟州村民张差，但其语无伦次，疑似疯癫。移至刑部后，刑部主事认为另有隐情。在刑部司官复审时，张差供出受郑妃宫中太监庞保、刘成所指使。于是朝臣怀疑郑贵妃欲谋杀太子，拥立福王。郑贵妃大窘，向太子极力表白。后神宗不愿追究此事，下令磔杀张差于市，杀庞保、刘成于内廷了事。

万历四十八年，神宗卒，光宗即位。郑贵妃进美女八人，光宗把持不定，因过度伤身，一病不起。内监崔文升进泻药，病情加重。又听说鸿胪寺丞李可灼有药，即传入诊治。李可灼诊病后进一红丸，光宗服用后病情好转，命李可灼复进一丸，光宗服后即驾崩。于是，中外汹汹，说李可灼误下药剂，恐有内情，但首辅方从哲却拟旨赏李可灼银五十两。于是议论蜂起，礼部尚书孙慎行、左都御史邹元标等上疏指责方从哲包庇，崔文升杀君。后崔文升被发遣南京，李可灼亦遣戍边地。

光宗死后，皇长子朱由校（即天启帝）当立。抚育他的李选侍与心腹太监李进忠（即魏忠贤）密谋，企图挟持皇太子，捞个皇太后的名号。给事中杨涟、御史左光斗乃入宫拥立皇太子登基。两天后，迫使李选侍从乾清宫迁出，并拥朱由校即位。

三案中疑点颇多，争议更大。因为主持三案的中坚人物都是东林党人，所以天启初年，三案的说法都依得势的东林的口径。魏忠贤专权后，全面翻案，免李可灼戍边地，擢崔文升总督漕运，起用争移宫的贾继春等人。在魏广微等人的怂恿下，魏忠贤汇集三案谕旨及争执的奏疏，编成《三朝要典》，以之为理论依据，企图将东林党人一网打尽。

如今“三案”的具体情形早已不得而知，对立双方争执的，是对“三案”的评判孰是孰非。东林的官员要翻《三朝要典》的案，沾了《三朝要典》光的佥都御史贾继春等人以及充任过《三朝要典》副总裁的施凤来、杨景辰自然不能坐视不理，于是双方争论得愈演愈烈。

崇祯对于朝臣分门别户、结党营私一向深恶痛绝。但是尽管“三案”说不清，道不明，理也理不出个头绪，但作为一个最终的裁决者，他必须得给“三案”一个说法，对前朝的历史做一个总结。崇祯陷入了两难的境地：他不同意东林对“三案”的结论。他清楚地记得，当年父皇朱常洛病危时，坚持要吃那效用难测的红丸，首辅方从哲是极力劝阻的，当时他就站在一旁。怎么这事到了东林嘴里，就变成了方从哲从中主使呢；他更不愿意支持魏忠贤的说法，那样岂不是自己和自己过不去，承认了魏忠贤颠倒黑白的舆论？

就在崇祯左右为难的时候，倪元璐的一封奏疏为他提供了一条思路。倪元璐没有把议论纠缠于“三案”本身，而是把攻击的矛头指向《三朝要典》。疏中说：

臣观“梃击”“红丸”“移宫”三案，议关清流；而《三朝要典》一书，成于逆阉。议论可以并存，而书却不能不速速毁掉。为什么呢？当初事起议兴，主张梃击者，是为保护太子；说张差实属疯癫的，是为安慰神宗。主张红丸的，是仗义之言；争议红丸的，是原心之论。主张移宫的，是消弭刚刚萌芽的事变；

争执移宫的，是事后的持平之论——六种主张各有其是处，不可偏废，都是忠君爱国、有见地的主张，虽然势同水火，却不妨并存。这是一码事，待到杨涟弹劾魏忠贤二十四大罪的奏疏公布，魏广微发明门户之说，逆阉杀人，则假借“三案”，群小求富贵，也假借“三案”，经此二借，“三案”就面目全非了。凡是称颂先皇的父慈子孝，就如司称颂魏忠贤的功德一样。这又是一码事。由此看来，“三案”是天下之公议，《三朝要典》却是魏氏之私书。“三案”自是“三案”，《三朝要典》自是《要典》。如今有人执之为金石不刊之论，是大错特错了。与其翻案则纷嚣蜂起，改写则实属多事，倒不如将其销毁。当今方隅渐化，然而逆阉的遗迹一日不去，则公正的义愤就会千年不释。

崇祯读罢奏疏，深以为然，就有了毁掉《三朝要典》的意思。再看内阁值班辅臣的票拟，却是来宗道的笔体，说：“所请关系重大，着礼部会同史馆诸臣详议冉奏！”

崇祯猜测不到，来宗道拟旨让参与编辑《三朝要典》的史馆诸臣详议，是存着袒护《三朝要典》的意图。他只是觉得让群臣议一议也好，看看朝臣们有什么看法。不过最终的决策权仍在自己，这是丝毫不能含糊的。

想到这里，他提笔在来宗道的拟旨后面，加上“听朕独断行”五字，发往礼部与史馆评议。

新任礼部尚书孟绍虞原是侍郎，来宗道入阁后，由他继任。魏氏当政时，他位居侍郎，自然难得干净。不过孟绍虞极善揣摩，见“朕独断行”的御笔，思量着皇上倾向于毁掉《三朝要典》，好在此事与自己没有干系，不如支持焚毁。有了这番分析，孟绍虞沉吟着说道：“诚如倪编修所云，《三朝要典》乃魏忠贤炮制倾陷东林之私书，若不焚毁，则正气难伸，愚意焚毁为是。”

尚书一开口，礼部的侍郎、司官、主事们便都没了异议。而史馆的主管乃是新近换的，正愁没有理由打击前任稳住自己的地位，此番议事，正是天赐良机，立即表示支持。廷议结果奏上，崇祯立即传旨：“《三朝要典》即行焚毁！”

圣旨不几日便颁布全国，各地府道刚刚拆毁魏忠贤的生祠没几天，尘埃尚未落定，就又接到焚毁《三朝要典》的旨意。如今魏忠贤的名字似乎成了瘟疫，凡是与他有关的东西，知府、巡抚们避之唯恐不及，皇上要焚毁《三朝要典》，哪一个敢懈怠？于是，自京城乃至天下各地，一时间烟火弥漫，纸灰飞扬，几个月前的经典都成了一缕缕的黑烟。

锐意革新的皇上与暮气沉沉的朝臣之间，差异似乎太大了，被魏忠贤整怕了的朝臣们现在都变得唯唯诺诺，毫无主见，一任皇上询问，却总是拿不出像样的主张。一股对朝臣的不满情绪在崇祯心中暗暗滋长着。

就在前不久，御史罗元宾上疏弹劾首辅施凤来，说魏忠贤当政之时，施凤来等身居揆席，却毫无主见，致使国家大事，总归阉宦之权衡，欲上公则上公，欲封爵则封爵，欲建祠则建祠，欲诛杀削夺则诛杀削夺。情面多而担当少，爵禄重而谋国轻，遂使东阁为置邮之所，辅臣若执薄之官。误国徇私，莫此为甚！施凤来受到攻击，惶惶不自安，连疏乞休。张瑞图也在被劾之列，索性同施凤来一道乞休，崇祯心里也早就对这两个人存着轻蔑之意，这次见两个人诚心诚意请求退休，不觉动了怜悯之心，于是将二人晋太傅衔，准许退休。

接下来请求退休的是李国橧。李国橧在前朝的内阁辅臣之中，是唯一为舆论所宽容的一个。这不仅在于他当魏忠贤虐焰熏天之际，力所能及地保护国丈张国纪、张皇后及一班朝臣，而且当胡焕猷弹劾到他头上时，他还替胡说话，恢复了胡已被革去的功名，人们因此称他为长者。国橧宽厚，崇祯也很赞赏，但他这种性格却很难与雷厉风行的年轻皇上合拍，他感觉到了暗含的危机，便以母亲已八十又二，需要照料为由，请求归家侍奉老母。崇祯虽然觉得他离去有点可惜，最终还是批准了他的请求。李国橧推荐先朝大学士韩炉与孙承宗代替自己，崇祯也早知二人之名，于是下诏征召二人进京理事。

李国橧辞职后，来宗道代之为首辅，宗道为人机变诡诈，在朝臣中威望极低。

崇祯下令焚毁《三朝要典》，来宗道着了慌，他曾做过几天要典的副总裁，按照官场的逻辑，下一步就该清查要典的编纂者，他的这段经历恐怕难逃指摘。

果然，几天之后，科道官员攻击来宗道与杨景辰的奏疏多了起来。杨景辰为官更不如来宗道，他做《三朝要典》副总裁时，魏忠贤、魏广微之流怎么说，他就怎么做，那情形就像一只被打断了脊梁的走狗一样。现在朝局已变，他那段不光彩的行径便成为言官们弹劾的焦点。

两人一面上疏给崇祯为自己辩白，一面指使在御史与给事中之间有交情的人出面反驳，无奈弹劾的奏章越来越多，两个人只得依惯例请求罢官。这时户科给事中又上一疏，极言“二人附逆，不可居政府”。于是，崇祯下决心罢免了来、杨二人。

拥拥攘攘的内阁朝房一下子冷清下来，九名阁员走了五个，剩下的四个之中钱龙锡还没有到，内阁中如今只有周道登与李标、刘鸿训在支撑着。来、杨去后，李标依序为首辅。

李标在泰昌朝即为少詹事，天启朝任礼部侍郎，因为与赵南星同乡，而且曾一度接近赵南星，因此遭到阉党的疑忌。李标为人虽然正直，却胆小怕事，害怕赵南星、杨涟的命运落到自己头上，遂称病回家。这次奉诏，李标在家里就拜了礼部尚书兼东阁大学士，他的家在高邑，距京城较近，于崇祯元年二月就到了京师。李标在朝中无派无党，遇事持大体，故而较为崇祯所倚重。

年轻的皇上锐意求治，心情急迫，经常在文华殿召对朝臣，决定国事取舍。朝臣的奏对大多不能让他满意，崇祯便每每加以讥诮，这更令朝臣惊惶失措不能应对。这时候，排名靠后的刘鸿训脱颖而出。

刘鸿训与周道登是枚卜大典中在阁臣一致怂恿下，添加的两个。刘鸿训本官詹事府少詹事（辅佐东宫太子），官居四品，是被推举的六人中级位最低的，只是依大明历来典制，詹事府长官有资格候选辅臣，他这才侥幸进入辅臣的队伍，而且被加礼部尚书衔，连升四级，可谓春风得意。

但是刘鸿训没有因为骤然显贵就趾高气扬，不知天高地厚，也没有因为自己资历太浅而缩手缩脚，不敢实心任事。他思路敏捷，应答得体，行事敢作敢为，颇中崇祯之意。

刘鸿训到职后的第一件事，便是斥逐昔日的阉党大僚霍维华。霍维华靠弹劾东林起家，取悦于魏忠贤，青云直上做到兵部尚书。天启帝卧病之时，霍维华预见到前景不妙，于是便筹划后路。

当时袁崇焕在宁远击溃努尔哈赤的满洲铁骑，这是明廷对后金作战以来的首次大捷，而且努尔哈赤本人不久后便疽发于背而死。朝廷自然振奋异常，魏忠贤将首功据为己有，弟侄乃至孙子都加官晋爵，而袁崇焕因为没有在驻地为魏氏造生祠，得罪了魏氏，只得了个加俸一秩的奖赏。霍维华出来替袁崇焕抱不平，要把自己的奖赏加到袁崇焕头上。魏忠贤看出他要耍花招，传旨斥责他一番，又罢了他的兵部尚书职务。崔、魏倒台，霍维华又跳了出来，把自己打扮成暴政反抗者兼受害者的模样，在朝中招摇。像他这样的人还不在少数，杨维垣、贾继春、杨所修、李蕃等都是，他们手段高明，而且有一点势力，谁也不敢招惹。

刘鸿训原本是少詹事，与外朝内廷关系极少，他又是副手，关联就更少。就在天启帝晏驾前夕，他又因为一件小事顶撞了魏忠贤，被削职为民。清白的历史使得刘鸿训与那些曾和魏忠贤共事多年的官员比较起来较少后顾之忧，敢于主持公道。他一道奏疏，参劾霍维华居心叵测，残害忠良，谄附魏忠贤，应当斥逐出朝。第二天，崇祯传旨，将霍维华削职为民，永不叙用。

有了这样一个先例，言官们便也敢大着胆子弹劾那些两面三刀、机狡似鬼的昔日阉党、今朝英雄的官员们，杨所修、李恒茂、田新景、徐绍吉、张讷、李蕃、贾继春之流被言官们一个个揪出。刘鸿训居中主持，毅然决然，这些隐藏至深的潜伏阉党被先后斥逐出朝廷，人心大快。

刘鸿训入阁之时，适逢《三朝要典》闹得沸沸扬扬，主持毁掉《三朝要典》的与抵制的人争得不可开交。刘鸿训倾向于毁掉要典，待圣旨一下，他即刻全力主持，使焚典一事进行得干净利落。

当然，不满刘鸿训的也大有人在，杨维垣就是其中最激烈的一个。

眼见昔日同党一个个被揪出，杨维垣心急如焚，急忙命人找来御史袁宏勋商议对策。三个人都是杨维垣举荐当上的御史，向来对杨维垣言听计从，此刻大难当头，自然更加齐心协力。

四人密议良久，定下攻守同盟，决心除掉刘鸿训，以安抚分崩离析的阉党分子，维持残局。

谁料，杨维垣尚未来得及发难，刘鸿训无意之中却已经先下手为强了。

这一天，原任尚宝司卿的黄正宾上疏，该疏名为《圣世除恶务本》，其中说：

以前臣奉命戍守大同，目睹监军内臣克扣马匹银两，致使阳和各军鼓噪，毁官署，劫店铺，带兵将帅叩头哀求，始得幸免。当时抚按诸臣胁于内镇之威，不敢据实奏闻，而边防日渐坏损，一镇如此，各镇可知。是以阉官者，天下之祸本也。而究其始作俑者魏广微，发纵指示者，徐大化也。大化起初以攻击熊廷弼谄媚逆阉，既而与魏广微狼狈为奸，谁谁当发配，谁谁该夺职，一一疏记给广微，使其大肆其排挤之毒手。徐大化督理工程，克减银两无法计数。最后因私受铜商贿赂，挪借惜薪司钱粮二十万，拂忠贤之意，才被勒令闲住。后来，徐大化睹逆贤将败，命表侄杨维垣疏参崔呈秀，以此为翻身转局之地。目前大化虽奉旨遣斥，维垣尚在，且二人潜居辇毂，日与阉宦往来，其心叵测。乞陛下除恶务本！

奏疏送到内阁，正值南京礼部右侍郎钱龙锡到京赴任。钱龙锡头一遭拟旨，不知底里。他本来心地仁厚，不欲多生事端，便在黄正宾的奏疏上批道："大化已落职，不必苛求，杨维垣反复无常，着落职闲住！"

第二天，皇上的朱批发回内阁，钱龙锡看时，见崇祯已将"不必苛求"抹去，御批："杨维垣不许潜往京师，徐大化着回原籍去！"

杨维垣接到诏旨，顿时傻了眼。他不是没有想到过自己可能会被降职或是罢官，却不料来得这么突然，而且是受的表叔徐大化的连累，有委屈也没法说。

不过他到底是见过大风大浪的人，只过了片刻，就有了主张。他没有去收拾家里的金银细软，却匆匆乘轿来到袁宏勋的府第，将情况一一告知袁宏勋，且与袁密议应对之法。

袁宏勋自然吃惊非小，感觉危险已迫在眉睫，送走杨维垣，他立即草拟一道奏疏，攻击刘鸿训。他不知道斥逐杨维垣的正是皇上本人，经常斥逐阉党的刘鸿训这次实质上并没有参与。当然，如果黄正宾的奏疏落到皇上手里，皇上最可能拟旨将徐、杨逐出京师。奏疏是这样写的：

刘鸿训一入黄扉（内阁），扬扬自得，旬日之间，革职闲住无虚日。尤可异者，杨所修、贾继春、杨维垣夹攻表里之奸，有功未赏，无罪被逐，阁臣所为，出人意表。鸿训残害忠良，以暴易暴，长此安穷！

袁宏勋到底做了几年主管检举纠劾的御史，一篇奏疏写得理不直而气壮，若是稍稍不明事理的人读了，说不准就会将同情之心倾注到他这一边。

紧接着，在袁宏勋、杨维垣授意之下，锦衣张佥事上疏攻讦刘鸿训，说他出使朝鲜之时，满载貂参而归。

两封奏疏先后呈上，刘鸿训避嫌，钱龙锡、周道登不敢自专，于是未经票拟，直接送到崇祯的手里。

崇祯览奏，见有人攻击自己属意的辅臣，心中不悦，待看到第二道弹劾的奏折时，不由心动：革杨维垣、贾继春及毁《三朝要典》，都经过他亲自决定，袁宏勋胡乱比拟，当然逃不过他精明的眼睛。但张佥事所说有事例，若情况属实，那么刘鸿训做官的德行就难说了，一个出使属国明目张胆收受贿赂的人，如何能在内阁主执？于是，他又将奏折发往内阁，命刘鸿训据实回奏。

刘鸿训的奏辩尚未写就，早有工科给事中颜继祖出来打抱不平。颜继祖早先疏论工部要员及三殿叙功之滥，汰去加秩寄俸者二百余人；又极论魏党李鲁生、霍维华罪状，早已小有声名。此时见阉党余孽叫嚣跳梁，肆无忌惮，不由动了义愤，站出来为刘鸿训说话。颜继祖疏云："刘鸿训颂诏朝鲜，甫入境，辽阳陷。朝鲜为造二洋船，从海道还，沿途收难民，舶重而坏。鸿训从小舟漂泊三日，仅得达登州报命，时举朝皆知。臣乞谕鸿训入值，共筹安攘之策。至若宏勋之借题倾人，张佥事之出位乱政，非重创祸且无极！"

另有给事中邓英检举袁宏勋贪赃共计银十五万两，并以黄金贿赂杨维垣，得御史之职，言之凿凿，且指名道姓称吏部某某主事、袁府奴仆某某可为佐证。

二人一疏一状呈上，崇祯细细思量，反倒疑心颜、邓二人急着为刘鸿训辩白，是不是与刘有同党之嫌呢？于是他命京兆尹刘宗周核实复命。这时，刘鸿训的奏辩也递了上来，其中出使朝鲜一事与颜继祖所说大略相同，不过更加详细一些。

不几日，刘宗周回奏，颜、邓二人所云皆实有其事，袁宏勋贪赃行贿，俱有实迹。这样崇祯对颜、邓二人动机的疑虑方才释然，转而对袁、张二人大怒，下令袁宏勋落职候勘。

刘鸿训身为辅臣遭人弹劾，已是颜面大失，虽然弹劾者别有用心，可说起来也是他不能得到百官拥戴。现在水落石出了，他不能不出来为落难者说情。他三次上揭贴勉力请求，才使崇祯回心转意，没有重处袁、张二人。所谓揭贴，是阁臣秘密向皇上陈述建议的方式，凡朝廷、军国机密或其他不便公开的要事，阁臣可陈述意见，直接呈皇上御览，因为揭贴非要事不用，故而皇上在处置之时一般也照顾阁臣的意见。

袁宏勋差一点丢官罢职，元气大伤，暂且没了动静。经过这一番争辩，愈显出刘鸿训的清白与宽容，以后他势必更为皇上所信任，再图谋扳倒他恐怕更为不易。刘鸿训在内阁一天，像袁宏勋、高捷这样的阉党余孽就一天不得安生。

高捷亲眼见到袁宏勋的狼狈结局，吃惊非小。不过，他们又不甘于坐以待毙，遂决定铤而走险。没过几天，高捷上疏，说："刘鸿训斥逐击奸之杨维垣、杨所修、贾继春、阮大铖，而不纳孙之獬流涕忠言，谬主焚毁《三朝要典》以便私党孙慎行的进用。"

这种狗急跳墙式的乱咬，在崇祯看来，半是陈词滥调，半是想当然的猜测，自然是一文不值。他盛怒之下，传旨切责高捷捕风捉影，妄言乱政，各自停俸禄一年。都察院的言官们都瞧不起此人的所作所为，耻于与此人为伍。高捷在朝中愈益孤立，最后只得灰溜溜地辞职罢官而去。

与刘鸿训为难的几个人罢官的罢官，遭斥责的遭斥责，再没有谁明目张胆地与他作对了。在皇上面前，刘鸿训应对敏捷，说话条理分明，很得崇祯的欢心，在高捷罢官后，君臣合作愉快。

刘鸿训谓民生凋零，多为府县官吏失职所致，而皇上目前求治太急，大臣小有失误，轻则降级贬官，重则逮捕入狱，群臣补过不暇，当然更不能实心任事。皇上考察官吏，当以三五年为期，以政绩之大体定取舍，久任责成，群臣免除后顾之忧，才能放手施政。

崇祯觉得有理，点头称是。刘鸿训又称道毕自严善治赋，王在晋善治兵，请崇祯加以倚信，崇祯乃加封毕自严户部尚书，王在晋兵部尚书，令其一展所长。

当此时，六部长官也都做了调整，新的吏部尚书王永光，工部尚书李长庚，刑部尚书乔允升，礼部尚书何如宠以及毕自严、王在晋都老成持重，在魏忠贤当政时立身谨严，是没什么劣迹的大臣。经过一番整顿，魏忠贤时代的遗迹已经消失殆尽，朝廷内外暗暗增长着一股欣欣向荣的期望。

然而天有不测风云，繁乱的现实远比人们估量的要糟糕得多。这年七月初的一天，太白星大白天就出现在西方的天空，它呈红褐色，忽明忽暗，似乎摇摇欲坠。

崇祯急招来钦天监询问，钦天监也被这一怪现象弄得大惑不解，吞吞吐吐说不出一个圆满的答复来。崇祯又命卢维宁邀来正漫游至京城的龙虎山张天师占卜，策问吉凶。那张天师掐指细算，口中念念有词，闭目喃喃半晌，这才缓缓睁开眼睛说道："皇上，太白昼现西方，主军情有变！"

崇祯大吃一惊，传旨召李标、刘鸿训、钱龙锡、周道登及王在晋入宫，询问方略。五人听崇祯讲述太白昼现、天师卜卦及主军情之事，面面相觑。他们都没有接到任何边情有变的消息，如今谈起来免不了有点不着边际，只是皇上这么认真，他们也只好郑重其事。刘鸿训说道：“不论有无事变，边情不可一日疏忽，臣请皇上传旨，命锦衣卫哨探急赴九边侦探，有事早报，无事早回，不得侵扰沿途州县！”

崇祯别无良策，只好同意：“好吧，就依卿所奏！”

锦衣卫奉命出动，分路而去。崇祯却不能放下心来，他总预感到有什么突变要发生，周围的宫女太监们见皇上情绪不稳，也都加了个小心，生怕触到皇上火头上。

两天之后，从山海关飞骑而至的急报证实了崇祯的预感：宁远发生了兵变！

宁远是明朝抵御后金的最前线，城池虽小却墙高水深，驻有重兵。当年袁崇焕两次人捷都是在宁远打的。这里若是出了差错，则锦州危矣，山海关危矣，京师危矣。

但是，兵变却单单发生在这里！

原来，朝廷国库空虚，已经有四个月没有给士兵们发放银饷了，军卒们和低级军官牢骚满腹，一股不满的躁动在酝酿之中。

这一天，通判张世荣、推官苏涵淳奉命巡城，有几个四川、湖广军卒向他们诉苦，说没有银饷，连衣服都穿不暖，哪还有气力守城！

张世荣、苏涵淳官虽不高，但在小小的宁远城中却是大人物。两个人平时作威作福，趾高气扬，此刻哪有耐心听这些人絮叨，他们盛气凌人地将几个军卒连骂带踢地赶开了。

军卒们本来就心有不满，向长官发发牢骚也就罢了，谁知却受到这样的冷遇，怒火激荡，四川、湖广兵首先鼓噪起来。张世荣、苏涵淳见势不妙，转身欲逃，愤怒的士兵冲上去将两个人抓住捆了起来。

此时士兵的情绪就像干透了的柴草，遇到一点火星，就熊熊燃烧起来。湖广、四川兵一闹，其余十三万兵众群起响应，一时间群情激奋，人人都失去了理智。士兵们将巡抚毕自肃、总兵官朱梅捆来，与张、苏二人一同绑在城楼上，谩骂羞辱。

兵备副使郭广新近上任，与军卒都不很熟识，军卒没有抓他。郭广见事变突起，而且人多势众，无法弹压，便想方设法搜罗来两万两银子，分给士兵们。士兵嫌少，郭广又向城中富商贷来五万两。军卒们领了饷银，便慢慢地散了。

宁远巡抚毕自肃本是一介文官，突然受到这番羞辱，惭忿交加，遂萌生死志。他当下草拟一道奏疏，将事变情形交代明白，并自陈罪责请求皇上处置。

奏疏写罢，毕自肃将其封好，派人交给郭广转呈崇祯。而后，他漫无目的地在军营与大街间踱了一会儿步，终于熬不住越来越重的惭忿心情，在中左所上吊自尽而死。

宁远兵变的消息令崇祯既惊又慰，惊的是十四营劲卒集体哗变，那情形何等骇人听闻；稍感安慰的是，一场后果不堪设想的哗变竟然这么快就平息了下来。只是毕自肃死了有点可惜。

宁远城是抗金重镇，如今巡抚已死，总兵官又曾被噪变的军卒抓起过，势必不能再在宁远任职，那么该把这座生死攸关的城池交给谁来拒守呢？

"宁远，宁远……"崇祯小声地念叨着，一个名字突然出现在他的脑海之中，对，袁崇焕！

不错，正是袁崇焕，只有他才能令弹丸之地的宁远城固若金汤，只有他能令满洲铁骑在宁远城前寸步难行。

崇祯当初还是信王殿下的时候，就密切关注着关东局势的变化，就知道有个被时人称为"袁长城"的袁崇焕。

袁崇焕，字元素，号自如，祖籍广东东莞，其父袁子鹏精通堪舆学，门下多侠客，有孟尝君之风。袁崇焕入仕后为人慷慨有胆略，好谈兵法，便是受了父亲的影响。

明朝科举重文不重武，每期武科取士，所录名额不及文科三分之一。为入仕报国，袁崇焕弃武考文，果然科场奏捷，万历四十七年中三甲第四十名进士。这一科人才荟萃，出了一批风云人物，这其中，最为人瞩目的就是袁崇焕。

当时，辽东陈兵，战云密布，而天启帝终日醉心于木工，委政于魏忠贤，致使边疆日坏，生灵涂炭。袁崇焕空有凌云志，却请缨无路，报国无门，只好在福建邵武县做县令。

此时的辽东，满洲铁骑若秋风扫落叶，屡挫明军。

抚顺清河之战，明军总兵张成荫及麾下一万兵马全军覆没，无一生还。

萨尔浒之战，明辽东经略杨镐率八万八千兵马分四路出击，连战皆败，阵亡将士五万人，明廷震动。

开原铁岭之战，后金努尔哈赤连克重镇，直逼沈阳城下，东北岌岌可危。

辽沈决战，熊廷弼与王化贞经抚不合，六万明军被满洲兵一鼓荡平。

至此，全辽尽入后金版图，努尔哈赤定都沈阳，国号"后金"。

魏忠贤之流如热锅上的蚂蚁，坐卧不宁。危急关头，中极殿大学士、曾辅导过天启帝的孙承宗自动请缨，要整顿危局。在他所挑选的将领中，便有已升任兵部职方司主事的袁崇焕。

孙承宗督师山海关，倚袁崇焕为膀臂，将帅协力，修整战备，加固城池，积极反攻。三年之间，收复辽东大片土地。正当明军士气高昂，凯歌高奏之时，魏忠贤一道旨意，派出阉宦临军，借口一次小小的败绩，将孙承宗免官，改命高第经略辽东。此后袁崇焕处处掣肘，被动之极。

努尔哈赤得悉明军新任经略庸懦无能，便率十三万铁骑西渡辽河，长驱直入。此时高第尽撤关外军民，退守山海关，且命袁崇焕撤军。袁崇焕时为宁前兵备道，对高第之举愤怒之极，说道："我是宁前兵道备，官于此当死于此，决不后退。"

于是高第坐拥山海关，坐视宁远孤城被围而不救。

初时，宁远守将未战先乱，甚至要弃城而逃，袁崇焕刺血盟誓，与宁远城共存亡，混乱才稍稍平息。天启六年正月二十四日，后金军攻城，城头巨木、石、箭头雨点般落下，后金军却冒死力战，毫不畏缩。城中百姓吓得栖栖惶惶，袁崇焕临危不乱，亲自架炮轰敌，并对城下施以火攻，后金军遭挫而乱，死伤惨重。

努尔哈赤无计可施，愤懑而归，途中他仰天长叹："朕自二十五岁以来，攻无不克，战无不胜，何独宁远一城不能下！"八个月后，他含恨而死。袁崇焕自此声名大噪，被朝野士民倚若长城。天启七年五月，袁崇焕再次击败后金新主皇太极对宁远与锦州的猛攻，致使皇太极铩羽而归。然而事隔未久，立了奇功的袁崇焕却被魏忠贤矫旨罢了官，回广东老家种田去了。

时刻关心着国家局势的朱由检当然痛惜袁崇焕的离去，不过那时他还只是信王殿下，没有资格对朝政指手画脚。如今他是皇上了，他想让袁崇焕重出江湖，为他守御生死攸关的东北大门。

其实早在诛灭魏忠贤之后不久，便有不少大臣上书推荐袁崇焕，崇祯也派人到广东诏他回朝，只是广东距京师万里之遥，虽然下诏的人已经去了几个月，等到袁崇焕归京，只怕还要不少时间。想到宁远十三营气势汹汹的哗变军队，想到不堪受辱自尽而死的毕自肃，崇祯心神黯然，不禁喃喃叹道："这袁崇焕不知何时才能到京师呢？"

仿佛是对崇祯这句话的回答，太监吕直匆匆走了进来，靠近崇祯耳边小声说道："启禀皇上，袁崇焕已至京师，请求皇上召见。"

"噢！"崇祯双眉一挑，眼睛顿时明亮起来，腰板一挺，脱口说道，"快让他进来！"

"是！"吕直答应一声，便欲离开。

这时，崇祯才发现大殿外已然暮色深沉，在他沉思默想的这段时间里，天色已经渐渐暗了下来。于是他便改口道："且慢，袁崇焕一路风尘仆仆，鞍马劳顿，想必已经困乏了，先让他在馆驿中歇息一晚，明日早朝候旨。"

第二天，崇祯早早洗漱完毕，来到建极殿后左门，宫中俗称“平台”的地方，等候袁崇焕的到来。朝臣们似乎早知道了皇上的心意，今天到得比平时早了约莫有一炷香的光景。

崇祯下旨：“宣袁崇焕觐见！”

只听殿门外一人朗声答道：“臣袁崇焕叩见吾皇万岁，万岁，万万岁！”

随着话音，大名鼎鼎的袁崇焕龙行虎步大踏步走进殿来。

崇祯和颜悦色地说道：“袁卿一路辛苦了！”

袁崇焕的脸上立刻显出感激的神色，拱手说道：“承蒙皇上挂怀，微臣何以敢当！”

崇祯素来不喜欢虚套子，一句寒温叙罢，便即直切主题，说道：“建部（建州女真，即后金）跳梁，已十载有余，辽民涂炭，实堪痛心。卿万里赴召，忠勇可嘉，所有平辽方略，可据实奏与朕听！”

袁崇焕抬头，崇祯发现他的一双眼睛雪亮明澈而又锐利，与满朝老眼昏花的朝臣迥乎不同。他不由心头一震，觉得这袁崇焕确乎不可小觑。

只听袁崇焕说道：“微臣所有方略，已具疏中。”

说着，他从袖中拿出一封奏疏。王承恩不待崇祯吩咐，将奏疏取过，置于崇祯案头。

崇祯展卷，读了两行，略略点了点头，将奏疏收起，听袁崇焕接着讲：“臣今受皇上特达之知，愿假以便宜，计五年而建部可平，全辽可复矣。”

崇祯“豁”地站了起来，神色激动，忽然又觉得这样似乎有损皇上威仪，便缓缓坐了下来，尽量平心静气说道：“五年复辽，便是方略。爱卿努力整顿，以解天下倒悬之苦，朕不吝惜封侯之赏，卿之子孙亦受其福，如今辽东危难，正适合袁卿大展平生才能。朝中有朕替你主持，君臣勠力同心，何愁建虏不平？！五年之后，若果然收复辽东，朕当亲自把酒，为袁卿接风洗尘！”

袁崇焕的脸上掠过一丝不易察觉的犹豫为难之色，随即刚毅果敢又占了上风，朗声说道：“皇上如此说，臣敢不呕心沥血，殚精竭虑！”

说罢，袁崇焕谢恩归班，崇祯也退入暖阁稍事休息。

袁崇焕随着众大臣走出殿，与几个旧日相识的大臣打个招呼。他头脑中仍旧想着刚才召对之事，与人寒暄时有点心不在焉。

这时，有人在扯他的衣角，注目一看，原来是礼科给事中许誉卿，自己在做兵部职方司主事时早经熟识的。

许誉卿不待他说，便低声道：“随我来。”他拉着袁崇焕离开人群，走到一处僻静所在，这才松了手，说道：“方才召对，袁兄说五年复辽，我思忖建虏兵精马壮，锐气正盛，且其由来已非一日。不知袁兄有何方略，可保五年建此不世之奇功。”

袁崇焕感慨道：“刚才见圣心焦躁忧劳，崇焕心有不忍，才许以五年之期，聊宽圣心。”

许誉卿大吃一惊，骇然说道：“皇上英明，岂可虚言漫语？异日按期责功，袁兄如之奈何？”

袁崇焕在皇上面前听说五年后亲自与他庆功之时，已感到自己的保证似乎不大妥当，现在听许誉卿这样一说，当下心神若失，低头沉思起来。

过了一会儿，他似乎安慰许誉卿，又像在给自己打气般说道：“若没有大的差池，五年之间纵然不能全歼荡虏，尽复辽东，至少将皇太极逐出沈阳是不会有什么问题的。”

正说着，太监宣召诸臣入内，继续召对。

袁崇焕出班道：“启奏皇上，辽东建部积四十年聚蓄，局势原本容易了结，但皇上留心封疆，宵旰于上，微臣何敢言难？这五年之中，须得事事应手顺心，方克有济，首先是钱粮问题——”

“且慢！”崇祯一挥手，打断了袁崇焕的话头，同时指着户部左侍郎王家祯。

王家祯急忙出班站好，听皇上说道：“钱粮之事，务须竭力措办，保证供应，毋致不充于用。”

“东建蓄谋已久，器械便利，马匹调习，今后解边兵甲等项，亦须精利。”

崇祯随即命工部尚书张维枢出班，道：“今后所解弓甲各项，须铸定监造同官及工匠姓名，有脆薄不敷用的，查处宪治。”

袁崇焕又道：“五年之中，事变不一，必须吏部、兵部属员俱应臣手，所当用之人，即选拔使用，不当用才，勿致滥推。”

崇祯随即命吏部尚书王永光、兵部尚书王在晋出班，道：“袁崇焕所说，你们俩都听到了，今后你等须慎之又慎，勿使不堪者滥竽充数！”二人唯唯而诺。

崇祯这次把目光投到袁崇焕身上，温和地说道：“袁爱卿，你还有什么要朕做的吗？”

袁崇焕的嘴巴动了动，似乎欲言又出，最后他终于下定决心，郑重说道：“皇上，以微臣之力，定全辽则有余，调众口则不足，臣一出都门，便成万里之遥，不乏有忌功妒能之辈。即便此辈慑于皇上之法度，不以事权掣臣之肘，亦能以意见扰乱臣之方略，伏唯皇上思之！”

崇祯忽然站了起来，停立久之。袁崇焕说的也正是他头痛的问题，朝臣中不乏干练清廉之才，但他们无论正邪，都难免拉帮结派，以小团体的利益为重，非自己帮派中人，则在暗中掣肘，不管这人所作所为是为君国着想，还是为一己谋划。

众朝臣见皇上脸色阴晴不定，不免心中惴惴大安，但也不敢出一声。

半晌，崇祯才发出口谕：“卿不必疑虑，朕自有主张。”

有了皇上做主，袁崇焕得以畅所欲言：“恢复之计，不外臣昔年的以辽人守辽土，以辽土养辽丁，守为正着，战为奇着，和为旁着之说。事任既重，为怨必多，是以作边臣甚难，非臣过虑，但中有所危，不得不告。”

崇祯无言，默然点头而已。

袁崇焕又言道：“先前关外只设总兵官一人，崔呈秀滥用其私翼，增设至四人，致权势相衡，指令不运，后来设定二人，而掣肘如故。今朱梅将解任，臣请合宁、锦为一镇，以总兵官祖大寿驻锦州，加中军副将何可纲都督佥事，代朱梅驻宁远移蓟镇总兵赵率教于关门，关内外只设二大将，此三人皆勇猛刚毅，带军有方，臣自期五年，专倚此三人，当与臣相始终。届期不效，臣等三人，愿以死谢罪。”

崇祯静静地听着袁崇焕条理分明的述说，不由肃然起敬，待其讲毕，宣口谕道：“吏部，兵部，袁崇焕所奏，朕悉行准许。”

这时，内阁大学士出班说道：“皇上，而今既假袁崇焕便宜行事，收复辽东，臣请赐崇焕尚方剑，以便崇焕行事。至若辽东文经略王之臣、武经略满桂之尚方剑，尽行撤回，以统一事权。”

“不错，理当如此。”崇祯满口答应。

随即，崇祯命王承恩拟旨，加袁崇焕兵部尚书兼左副都御史，督师蓟辽，兼督登州、莱州、天津军务，次日起程解宁远之危。

袁崇焕回到下榻之处，犹自心潮澎湃，难以平静。像这样英明果决、任贤不疑的天子，真是万世少有，而自己于危难之中遇到这样的明君，将以尽展所长，建功立业，宁非天从人愿？！

在这天剩下的时间里，袁崇焕闭门不出，一心一意地筹划着赴辽之后须首先着手解决的事务。

第二天一早，崇祯在武英殿置酒、馔，为袁督师饯行。宴罢之后，袁崇焕辞别皇上，即刻登程北行。

这几日，崇祯的心情似乎格外开朗，经过一番清洗淘汰，朝廷里魏氏余孽已差不多消失殆尽，李标、钱龙锡、刘鸿训几位阁臣同心同德，忠实地执行着自己的整顿方略，而边事最急的辽东，又用上了最合适的人选袁崇焕，遏制住后金摧枯拉朽般的进攻似乎不在话下。

而在此后不久发生的另一些事情，却令他无论如何也轻松不起来。这事情仍旧与袁崇焕有关。

袁崇焕刚到山海关，便听说锦州、蓟镇的士卒缺饷哗变，不由大吃一惊，于是匆匆划拟一道奏疏，安慰皇上说锦、蓟二镇士卒皆是其原有部下，只要督师一到，就会接受安抚，兵变即可消弭。之后，他来不及征调人马，单身一人驰抵锦州。

在锦州，袁崇焕恩威并施，命带头哗变的张正朝、张思顺捕十五人斩杀于市，斩知谋中军吴国琦，斥责参将彭簪法，废黜都司左良玉、曹文诏等四人，都司祖大乐一营不从变，特为奖励。哗变很快平息下来。

但是，士卒的状况比袁崇焕所想象的要糟得多，连月不发饷，士卒饥寒交迫，居然典卖起弓刀枪矛。生病请不起医生的，面黄肌瘦，风一吹就摇晃的士兵大有人在。袁崇焕一路巡视过来，不知不觉潸然泪下。回到州府，他立即修书，请求崇祯即刻发饷，以解前线将士的倒悬之苦。这份奏疏发出之后，他觉得意犹未尽，并且恐怕单单上一封奏疏引不起皇上的重视，便连夜又写一份更详细的奏疏，命人急递阙下。

正如袁崇焕在召对中最担心的那样，暗地里掣肘的事情发生了：

兵部官员将哗变情由写成文本上奏，绝口不提扣发军饷之一节，疏称“援辽之兵本乌合之重，原无急公效死之心，一有警报，便借口缺饷，以掩奔溃之实，不谓贼未至而汹汹，至此极也”，将自己的责任推得干干净净。

几份不同内容的奏疏递到御前，崇祯不由得疑心大起。袁崇焕先是说安抚锦州，兵变可弥。接着却连疏请饷，而兵部说缺饷不过是借口而已，这该如何解释？

尤其让他不高兴的是，袁崇焕竟然提出请发内帑。帑是皇上的私房钱，皇上及后妃除有定额的国库拨款外，额外开销都是内帑中出。崇祯登基之前，不过是亲王，并不富裕，而魏忠贤还经常有减扣的常例，由此崇祯养成了一种节俭甚至有些吝啬的性格。虽然他现在是至尊皇帝，但悭吝的性格却丝毫未变，不过这理由自然说不出口，而且满口应允袁崇焕供应的承诺做出没几天，不好改口，于是崇祯便决定召集群臣商议此事，先拿户部开刀。

这日，崇祯驾临文华殿，先将奏疏与阁臣及九卿阅罢，才开口说道：“袁崇焕先说安抚锦州，兵变可弥，后又说，军欲鼓噪，求发内帑，疏前后矛盾，你们看是何用意？”

大学士刘鸿训时常留心边事，此刻见无人应声，遂出班奏道：“魏忠贤当政时，边事大坏，先前宁远兵变，可为例证。臣意发内帑为是！”

钱龙锡、何如宠、曹于汴纷纷支持刘鸿训，请发内帑。崇祯的脸色沉了下来，又不便发作，便对户部尚书毕自严说道：“毕爱卿，前番袁崇焕召对，你也在场，为何不连输饷银于锦州、蓟镇？”

毕自严暗暗叫苦，他上任尚不足一月，而宁锦欠饷已四月有余，与他根本没有关系，凭什么要自己来背这黑锅？只是他深知皇上意不在此，不敢硬顶，只得奏道："国库中本有银七十万两，其中赈陕西、山西二十万，赈浙江杭、嘉、绍十五万，安抚海盗郑芝龙十万，俱已递解而出，如今只有二十五万两应急之用，实无银两补发欠饷。"

崇祯闻言，大为不满，道："朕记得先前修三大殿，建生祠，花费多少银粮，却有发有余，如今大工完了，生祠毁了，如何反而不足起来？目前朕又撤了各处内镇，便该有多少钱粮省出来，都哪里去了？"

毕自严硬着头皮道："外解不能全完，所以不足。"

崇祯追问："外解如何不能全完？"

毕自严不说话了。他明白，皇上不过是拿自己当出气筒，国库空虚已非一日，若细论其中种种弊端，恐怕三天也说不完，不如索性沉默为好。

崇祯又说道："太仓中的银两，原本不是为备边而用，怎么急了就要请帑？朝廷给饷养兵，原为保卫家国。像这样动不动就鼓噪哗变，养这骄兵何用？"

刘鸿训又一次挺身而出，请求道："边事紧急，国库空虚，除内帑外别无取处，臣请皇上先救燃眉之急，以后再命户部填补内帑之缺。"

崇祯忌讳让朝臣看出自己舍不得掏自家腰包，便赌气说道："内帑外库，俱是万民脂膏，本用以保封疆，安社稷，若发去果真实实有用，朕岂能吝惜？"

这时，一位礼部官员出班奏道："国家最重者无如关门，但这关门原来只防虏变，如今看来又要防兵变。前此宁远鼓噪，不得已发饷平息。今锦、蓟又鼓噪，请发内帑，如若各边群起效尤，臣恐倾内帑外库也难消弭！"

崇祯注目观瞧，见发言之人面白如玉，颔下无须，三十四五岁的年纪，站在一群老惫的朝臣之间，恰如玉树临风，鹤立鸡群。此人正是前不久由南京翰林院招来的新任礼部右侍郎周延儒。

崇祯见周延儒仪表非凡，已自欣喜，听他刚才一番言论，更是深有同感。心道，这周延儒倒能仰体圣心，于是发话道："卿以为应当如何？"

周延儒奏："臣非敢阻皇上发帑，此时安危在呼吸之间，急则治其标，内帑固当与之，然此非长久之策，还望皇上集朝臣从长计议，谋划一个经久之策。"

尽管周延儒说了半天，跟没说一样，但崇祯沉郁的心情却因此略微舒畅了一些，道："说得不错，若是专靠请帑用饷，备边效尤，这内帑又没有不涸之源，若待其空时，将何以应之。"

周延儒续道："军饷以粟米为重，山海关积粟良多，并无匮乏，所缺者银耳。因何哗变？怎知不是骄兵构煽以要挟袁督师？古人罗雀掘鼠为食，尚且军心不变，兵今也只少他几两银子，未尝少他粮饷，便动辄鼓噪，其中必有隐情。"

崇祯听得顺耳，也借题发挥道："正是如此，古人尚有罗雀掘鼠的，今虽缺饷，岂至于此！”

自此，“罗雀掘鼠”四字深深印在崇祯的头脑里，而英俊精明的周延儒的形象益感丰满，这样袁崇焕和刘鸿训便在不知不觉中黯淡了下去，辽东的前程自是可想而知了。

廷议的结果，崇祯不情愿地掏三十万两白银的内帑解锦州、蓟镇之急。周延儒、刘鸿训、李标等人一致称颂皇上深明大义，而崇祯的心里却别有一番滋味。

这日晚间，刘鸿训回到府中，回想起今日廷议的经过，对皇上的吝啬也多少有一点不满。又想皇上尚未至弱冠之年，能有这样的表现也算不错了。“皇上毕竟还是个孩子啊！”他喟然长叹道。

刘鸿训做梦也想不到，就是这一声自言自语的长叹，造就了他命运的转折。当然他更不会想到，这转折竟来得这样突然，这样激烈，令他措手不及。

崇祯不是一个豁达大度的皇上，他一旦知道了哪一个人对他有轻视之意，更是难以忘怀。刘鸿训说他毕竟是个孩子的话，被高时明安插在他家中的东厂特务上报，高时明又亲自将这话报告了皇上。崇祯闻知，禁不住勃然大怒，心里恨恨不已，决心除掉这个自以为是的辅臣。

不过他也知道，凭一句话根本无法给刘鸿训定罪，而且还会显出自己的心胸狭隘。他要寻找机会，抓住刘鸿训的过失，让他的去职在群臣的心中无隙可寻，罪有应得。机会很快就来了。这年九月的一天，崇祯照例在乾清宫的暖阁中批阅奏章，一份提督郑其心疏论新任总督京营戎政惠安伯张庆臻侵犯自己职权的奏章引起了他的注意。按往常惯例，京营总督无权辖管巡军，巡军由九门提督管辖，然而在张庆臻的敕书（委任状）中，却赫然写着“兼辖捕营”四字，这自然让提督郑其心万分恼怒。他指责张庆臻行贿内阁阁臣与办事中书，私改敕书，犯有欺君之罪。

崇祯见此案牵涉内阁，立即来了精神，或许能从这里找到一些内阁中最活跃的阁臣刘鸿训的毛病吧！他即刻命刑部尚书乔允升、吏部尚书王永光联手调查此事，如实回奏。

这日早朝，圣驾临御文华殿，崇祯端坐在雕花龙椅之上，瞥了一眼朝班中的刘鸿训，心想：你先是极力怂恿朕发内帑，又说朕只是孩子，着实可恶！现在就让你知道一下朕的手段！

尽管心里急迫，他还是做出从容不迫的样子，问起最近大同遭蒙古察罕部落掳掠的事情来。大明朝正北塞外有绰哈、诺穆图、固英、喀尔泌等三十六家蒙古部落，朝廷每岁有抚赏。至崇祯元年国库空虚，就停止了赏赐，这些部落本是大明北方藩篱，防止后金自长城各要隘进攻，如今适逢年景饥荒，明朝又不予赈济，诸部落只得投降了后金。三十六家之外，另外察罕部落，实力最强，时常攻击其他小部落，也骚扰明朝。崇祯曾询问宣大总督王象乾以制酋之策，王象乾道："三十六家既去，不若善抚察酋以示羁縻。"崇祯道："观酋意，似乎不肯受抚。"王象乾密奏良久，崇祯以为可行，命与袁崇焕共计。不久二人请求每年给察酋银八万一千两。谁知这察酋靠朝廷赏赐度过饥荒之后，却兵犯大同。大同总兵渠家祯赐门不出，任其掳掠。察酋退后，渠家祯料事难隐瞒，便恶人先告状，说宣大总督王象乾招抚失策，大同巡抚张宗衡调度失宜，将责任推得一干二净。崇祯读了渠家祯的辩论，有了先入为主的想法，便怪罪起大同督抚来。他说道："察酋杀朕百姓，满载而归，巡抚官不能防御，成什么道理？朝廷养士，耗费钱粮，一遇虏至，便束手无策，贪吃兵饷，不令我朝臣民齿冷？"

刘鸿训不知大祸将临，又出班道："渠家祯身为总兵，不事抵抗，反而归罪文官，罪不容恕。"

崇祯见又是刘鸿训出来反驳自己，不由怒火中烧，道："今边疆失事，只归罪总兵官，难道退敌叙功之时，不升文官？你等偏心，朕心其恶。"

刘鸿训觉得皇上今天强词夺理，便也当仁不让："皇上，大同之事，家祯拥兵坐视，岂能逃罪？"

"总督、巡抚如何令千余弱兵去敌察酋十万余众，渠家祯有罪，督抚都做什么去了？"

"武臣在外督兵，文臣居中调度。"

"如此说来，还是文臣辖制武臣，这督抚一向虚冒银饷，临敌张皇无计，致以千余弱兵抵十万察酋，你等思量如何抵得？"

"皇上责备文臣极是，但自皇祖（万历）以来，经泰昌（朱常洛）至今，边备废弛已久，一时猝难整顿。"

"那么现在如何了？"

刘鸿训正待回奏，钱龙锡见如此争执下去，于君臣之间很是不利，便急忙出班加奏："而今比前，大不相同！"

崇祯"哼"了一声，冷冷说道："这不过是颂扬之词，尚未见行一实事，如何便见不同？"

钱龙锡默然，朝堂上死一般的静寂，谁也不明白皇上今天为什么会发那么大的火，那些曾被刘鸿训降职贬斥的官员们见他忽然大失圣宠，无不暗地里幸灾乐祸。

崇祯压了压火气，一低头，看到御案上御史吴玉弹劾兵部尚书王在晋的奏章，便调转矛头，直指王在晋："大同之事，兵部尚书王在晋隐匿军情，不以实告，是何居心？"

王在晋职掌兵部，听着刚才一番争执，几乎每件事都有兵部责任，正自心惊肉跳，忽然听皇上点了自己的名字，不禁暗暗叫苦，只得出班说道："察酋之扰，不及半日便撤退。臣以为，皇上日夜焦劳，察酋骚扰不足辱没圣听，是以着重整顿大同军备，安抚百姓，未暇回奏。"

崇祯登时火冒三丈，咆哮道："察酋总数不过三十万，却在我边疆肆意掳掠，直视我天朝大国如无物，岂是小事？你知情不报，并百般抵赖，显是心怀不端，你等阁臣作何判断？"

首辅李标思虑片刻，出班回奏："王在晋屡遭弹劾，不宜再任本兵之职，可命他冠带闲住！"

若在平时，一个朝廷重臣被勒令闲住，也算是极重的处罚了，但今天皇上怒气正盛，对李标的提议大为不满，道："这事该当有一个是非，封疆大事，中枢重任，失职自有祖宗之法在，如何只叫他去了就了结了？"

李标只得答道："一任圣上裁断！"

崇祯听出李标语气中的不满，索性自作主张，当即说道："王在晋革职回籍，即日离京！"

王在晋登时如坠冰窟，呆呆地愣在了那里。崇祯冷冷地看着这一戏剧性的场面，有一种稍带病态的快感。真正的报复才刚刚开始，他镇定异常，用若无其事的语气提起了下一个问题："惠安伯张庆臻私改敕书一事，你们可已知道？"

李标、钱龙锡、刘鸿训、周道登俱敬谢不知，这时给事中李觉斯出班奏道："依常例，敕书稿由兵部草拟，送辅臣裁定，而后令中书抄写，写讫复由辅臣与兵部主管审视进呈，改敕书事，兵部及辅臣皆当追问。"

崇祯点头，继续问道："此事经卿等先奏，兵部有手本，庆臻有揭贴，焉有不知之理？"

钱龙锡回奏："兵部请张庆臻总督京营戎政，皇上首肯，口谕臣等裁定此事，辅臣皆闻。至若私改敕书，臣着实不知。"

崇祯又对王永光与乔允升说道："朕命你二人查证敕书原委，可有说法？"

王永光道："张庆臻贿改敕书，确有实据，但不知主使是何人。"

惠安伯张庆臻急忙出来奏辩："改敕书是内阁中书舍人所为，臣着实不知。"

"敕书本当由朕裁夺，交内阁办理，你因何私送揭贴，寄内阁发放敕书？"

"臣以一时盗贼生发，未及上本，又系小事，不敢有劳圣上。"

"私送敕书，这怎么说是小事？"

这时，王永光从容回奏："敕书中，'兼辖辅营'四字，乃内阁中书田嘉璧笔体。"

"中书不过奉命行事之人，若无人指使，如何敢擅自改敕！"

张庆臻做出一副清白无辜的样子，极力为自己开脱："私改敕书，臣实不与闻，而且增辖辅营，毫无实利可图，微臣何必行重贿去争下无益无利之权！"

"住口！"崇祯龙颜大怒，"若无利益谁会冒欺君之罪为你私改敕书！"

待崇祯怒气稍息，王永光又奏："兵部揭贴，有刘鸿训'由西书房办理'字样，揭贴在此，请皇上过目。"

揭贴呈上，崇祯看时，果是刘鸿训批西书房语。他心下不由得有一点得意，嘴角抽搐了两下，是最为雏形的冷笑。

这时吏部左侍郎张凤翔奏禀："张庆臻私贿改敕，窃弄兵权，大不敬。田嘉璧不过一个颐指气使之人，如何擅敢改敕，必是有阁臣幕后指使。"

这话甚合崇祯之意，他看着被这突然的事件弄得晕头转向的刘鸿训，感觉无比舒畅，心想：这下让你看看朕是不是个孩子！

崇祯目光所及，注意到刑部尚书乔允升一直没有发言，便道："乔允升，田嘉璧可曾招认受谁指使？"

乔允升现出犹豫之色，稍待片刻，奏道："田嘉璧初时拒不吐实，用刑后，招认是刘鸿训主使，不过——不过，据微臣看来，恐怕此事别有隐情。"

此时，刘鸿训心绪浮躁，面色铁青，忍不住站出来为自己申辩："皇上，鸿训为官一直清慎自持，决无纳贿改敕之事。田嘉璧诬攀微臣，不足为据！"

"那兵部揭贴做何解释？"

"揭贴确为鸿训所书，不过那只是办理程序之一节，臣纳不纳贿，皆当如此办理。"

"即便如此，那中书缮写完毕，阁臣复审时若有私加亦当查出。"

"鸿训每日草拟圣谕，批复疏奏，皆当有数十百份，偶尔疏忽也是有的。况且田嘉璧私改敕书是否在微臣审查之后，亦未可知。"

"如此说来，你倒是清白无辜的？！"崇祯话中透出明显的讽刺。

"正是！"刘鸿训斩钉截铁。

李标、钱龙锡见状，急忙出来调解。李标道："皇上，依鸿训平日立身行事，不当有此。臣等与鸿训同事，亦不闻有此，望皇上细访！"

崇祯早动了真怒，道："事情已然这样明白，何须更访！"随即严命阁臣拟旨。

李标、钱龙锡情知其中必有曲折，且二人与刘鸿训合作非常愉快，不忍见死不救，故而一直磨磨蹭蹭，期望皇上能回心转意。

此时，礼部尚书何如宠、都察院左都御史曹于汴纷纷为刘鸿训说情，而皇上决心已下，百折不回。阁臣无奈，只得拟旨："张庆臻、刘鸿训革职候勘。"就这样，刘鸿训一下子由位极人臣的内阁辅臣变作了阶下囚，朝臣中有与刘鸿训不睦的官员便趁机捕风捉影，落井下石。御史田时震弹劾他纳贿两千余，为田仰谋求四川巡抚之职。如此之类，不一而足。刘鸿训屡遭弹劾，气愤异常，连疏力辩，却无济于事。

在革职候勘的这段时间里，钱龙锡等人大力申救，帮他洗清诬枉，也大致弄清了惠安伯张庆臻贿改敕书的来龙去脉：

原来，京师有一些靠奔走各府衙之间卖弄口舌的奸佞小人，他们拨弄是非，制造事端，再对当事人晓以利害，从中渔利。张庆臻本为世袭勋臣的子弟，平日驾鹰走马，吃喝嫖赌，于官场百态一窍不通，通过父辈的营谋安置了一个京营总督的高位。于是张庆臻便趾高气傲，大肆张扬。一个叫狄正的人知道他实是草包一个，便乘机游说他，说是自己与皇上宠妃田氏之父田弘遇交情非同一般，可以通过田妃为张庆臻扩张辖权，京师捕营负责一方治安，若是兼辖捕营为利必多。张庆臻动了心，便掏出三千两银子，请他居中料理。狄正接了银子，倒也确想谋成此事，便用一千金收买了田嘉璧，请他在敕书中加入"兼辖捕营"字样，在刘鸿训事务忙时递上。平时此类敕书都在照抄原作，百无一错，刘鸿训无暇仔细推敲，轻易放过，大错就这样酿成了。提督郑其心劾张庆臻侵职之时，刘鸿训尚不知发生了什么事。张庆臻追悔莫及，只得抵赖。狄正见露了馅，早已逃之夭夭。

刘鸿训将所知情由详细奏出，皇上置之不理，一口咬定刘鸿训受贿有迹，下廷臣议罪。这时，最有资格发言平息事态的王永光给了刘鸿训最后一击，他道："鸿训、庆臻罪无可辞，然刑律有条款，请予宽贷，兵部尚书王在晋，职方郎中苗思顺，赃证不确，难以悬坐。"

崇祯早在心目中为刘鸿训定了死刑，对王永光所奏仍旧不满，驳回重议。最后，在诸臣大力申救之下，刘鸿训谪戍代州，王在晋与前罪并罚，仍坐削籍，只有主犯张庆臻因为是世袭勋臣子弟的缘故，得了个停禄三年的轻罚。此外，李觉斯、张鼎延、田时震、吴玉等因直言敢谏，增秩一级。

锐意任事的刘鸿训就这样因为一句牢骚，断送了自己的前程。处理了刘鸿训，崇祯出了一口恶气，但他的心情并没有舒畅起来。阁臣与其他朝臣不顾皇上的态度，联合为刘鸿训求情的场面令他愤愤不已，他怀疑朝臣间结党欺君越来越严重了，他要将这股势力彻底击垮！

就在这时，又有两份奏章搅乱了他的心神。一份是陕西巡按御史吴甡指责陕西巡抚胡廷宴及延绥巡抚岳和声安抚不力，讳盗不闻，而且互相推诿，致使陕西流贼大炽；另一份是御史毛羽健义愤填膺地数说驿道之弊，请求裁撤冗员，以纾民艰。

崇祯反复审视这两份奏疏，一时间没了主张。

自天启七年春夏之交至崇祯元年秋，陕北滴雨未降，草木枯焦。崇祯元年八、九月间，百姓争采山间蓬草而食，味苦而涩，食之仅能勉强不死。十月之后，蓬草已尽，开始剥树皮挖草根，未几树皮草根亦尽。百姓又掘山中青叶石而食，青叶石味腥而腻，少食辄饱，不数日则腹胀下坠而死。民有不甘于食石而死者开始相聚为盗。

于是，在崇祯元年十一月，陕西流民大起。白水县男子王二率先发难，他纠众墨面，掠孝童、淄川，继之府谷王嘉胤，宜川王左挂并起，安塞高迎祥，汉南王大梁响应。秦中大地，一时“盗贼”蜂起，不甘就死的百姓纷纷扶老携幼，追随义军，数日之间，各股流贼都已达数万之众。

几乎与此同时，镇守边兵也纷纷举事，这些边兵有的已四五年没领到过军饷，只好典当衣物，甚至出妻卖子仍不能维持生计，这时有阶州守军士卒周大旺、安塞边兵神一元振臂一呼，便有成百上千边兵集聚麾下。边兵有作战经验，有马匹器械，其战斗力与乌合之众的老百姓不可同日而语。

起义的烽火刚刚点燃的时候，陕西巡抚胡廷宴、延绥巡抚岳和声恐怕朝廷追查罪责，受到皇上的制裁；又幻想来年夏收，老百姓会自动解散归田。于是，二人对各府县变乱消息充耳不闻，而且凡有上报，便不问情由先打一顿板子，教训道：“这不过是饥民闹事，明春自会平定。”然而，干旱越发严重，造反者声势日重，巡抚大人势难隐瞒，只得硬着头皮上报。

兵部奉旨稽查，岳和声说是陕西饥民为盗，胡廷宴说是延绥边兵作乱，互相指责推诿。陕西巡抚御史吴甡见状气愤难平，上疏皇上。

崇祯读罢奏疏，忧心忡忡，如今边患未息，内乱又起，地方官吏慵懒无能，坐视祸乱生于肘腋，若不革斥，还不知何日是个了结。第二日早朝，他便将此奏疏命近侍卢维宁高声朗读，下诸臣合议。

吏部尚书王永光出班道：“启奏皇上，陕抚胡廷宴、延抚岳和声值连岁大战之年，不知抚恤百姓，致使民不聊生；又讳盗不闻，互相推诿。是皆有负圣恩，非严惩不足以澄清吏治，臣请罢免二人，另选精干之臣以代其职。”

崇祯点头称许，道：“你看由谁来代替他二人合适？”

“南京礼部侍郎刘广生、佥都御史张梦鲸皆清慎沉稳之臣，可令二人分赴陕西、延绥。”

“那好，就依卿所奏。”

御史毛羽健又出班将裁撤驿站的主张提了出来，道：“皇上，驿递本为上传下报，递解文书。太祖时律令森严，即使达官显贵非有紧急公务，兵部勘合，亦不敢轻易动用；至万历、泰昌朝以来，吏治大坏，驿递弊窦丛生，大小官员往来道路，任意勒索，甚至敲诈‘折乾’。兵部勘合有发出无缴入，士绅递相假借，差役威猛如虎，小民命若悬丝。若不痛加整治，恐怕不但浪费许多钱粮，而且耽搁军国大事。”

崇祯对驿递的弊端也早有耳闻，听毛羽健一番慷慨陈词，大为感动，道：“驿递疲困已极，小民敲骨吸髓，马不停歇，人不息肩，朕心甚为怜悯，若不痛革，民困何由得苏？阁臣可即拟旨来！”

李标、钱龙锡、周道登一齐答道：“遵旨！”

兵科给事中刘懋乘机道：“驿站若只用以递解公文，导迎舟车，根本不用现在这般规模，皇上欲革除弊端，须得标本兼治，令行禁止，如此则驿站人马之力有余，而国家之用度也可相应减少。”

听说可以节省用度，崇祯兴趣大增，问：“依卿算来，若全面严加整革，可节约多少银两？”

“启奏皇上，总在四五十万两之上。”

“如此整治，于驿站夫丁可有妨碍？”

“过滥之驿夫，自然要裁去一些，然则于驿递之职能纤毫无损。”

“既如此，朕升你为兵科左给事中，全权料理驿递整顿，若能节省用度、纾解民困，亦是社稷之福。”

刘懋叩头谢恩。

崇祯罢了朝回宫，心情还算不错。崇祯的头脑格外清醒，有意无意地想着偶尔钻到他头脑中的一个个念头。

他忽然有了一个想法，内阁的辅臣现在只有李、钱、周三个人了，应该下诏再举行一次廷推，补充几个阁员了。一想到这儿，周延儒英俊潇洒、精明机敏的形象自然而然地出现在他的意识里。不错，这周延儒或许是合适的阁臣之选。

崇祯刚回到宫中，就有太监来报，说是延绥巡抚岳和声病死了。这消息并没在他心目中引起什么波动，岳和声不知抚恤士卒，致激兵变，自己正要拿他问罪，他竟然知趣地死掉了，倒省去了一番周折。只是王永光推荐的张梦鲸得马上赴任了。

崇祯命朝臣会推内阁辅臣的诏书颁下，立即引起不小的骚动，人们纷纷猜测有哪一位大臣能有幸为皇上选中，成为声威显赫的相爷。

这天夜里，礼部侍郎钱谦益的府里，气氛不同往常。钱谦益放弃了平日诗酒流连、歌伎佐兴的消闲方式，匆匆吃罢晚饭，便回到自己的书房，好像要进行什么秘密的活动。钱府的守门家奴也确实得到了命令，除了指定的几位客人之外，其他拜访者一概不见。

不到半个时辰，吏科都给事中章允儒，给事中翟式耜、左都御史曹于汴、御史毛九华、房可壮先后赶到，聚集到钱谦益的书房之中。众人好像早有约定，所以见面时只轻轻点头，并没有一番寒暄与客套。钱谦益是主人，先道开场白："诸位，皇上下诏会推阁臣，此正是我东林一脉争取入阁，实现我等为民请命、治国平天下夙愿的大好时机，我东林在朝中人数还不多，但是如果我们勠力同心，与奸邪之徒全力周旋，也并非不能有一番作为。诸位以为如何？"

瞿式耜接口说道："自遭魏阉摧残，东林人才凋零。这次会推，咱们必须推举几位东林同道进入内阁，内阁有了咱们的人，也好扶正祛邪，提拔异才，为朝廷为国家尽一点力。"

章允儒生性正直，疾恶如仇，听钱、瞿二人总在绕圈子，便忍不住说道："闲言少叙，咱们商量推举谁才能令朝臣敬服无异议吧。愚以为，故礼部尚书孙慎行操行峻洁，名冠缙绅，皇上屡召以故官协理詹事府，孙慎行辞不就。慎行资历声望俱深，若蒙点用，实为朝廷之幸，东林之福。"

其余人等都连连点头，表示同意。

毛九华在这些人中资历最浅，但他却是一个恣意任事、无所顾忌的人。此时，他推举道："依我之见，钱公机智博学、风流倜傥，为官公正清明，乃我东林才子，如今又供职礼部，正宜入阁；曹公性情沉稳，有古大臣之风，也够资格入阁。"

钱谦益微微一笑，默认了对自己的评价。曹于汴则拱手谦逊道："哪里，不敢当！"

接着众人又商议举荐与东林一向友好的吏部侍郎成基命、礼部尚书何如宠，以及以文章涵雅著称的礼部右侍郎郑以伟等人。

这时，一直没有开言的河南道掌道御史房可壮缓缓道："诸位，依房某看来，圣上属意礼部侍郎周延儒，若周某不在会推之列，恐怕圣上会起疑心。"

瞿式耜不无担心地说道："钱公在野在朝口碑极佳，入阁自在意料之中。周延儒警敏柔佞，又独契圣衷，若一列名，也必蒙点用。我恐怕钱公与周延儒不能并列东阁。"

钱谦益也夷然不屑地说道："钱某虽然不才，但还有三分气节在，周玉绳（延儒字玉绳）柔佞媚上，实所不堪。"

"周延儒虽是礼部要员，但资历尚浅，在朝臣间又无声望，而且周延儒在逆阉毒焰肆虐之时，既不能奋起直言谏上，又不自请辞职，洁身自好，依旧在朝中招摇，现在也该晾一晾这种人啦！"瞿式耜说道。

左都御史曹于汴提出另一个问题："吏部尚书王永光资俸极深，似该当会推之选。御史梁子瑶对我言道，王永光正在杜门乞休，势在必去。咱们不如做一个顺水人情，推举王永光入阁，另以吏部侍郎张凤翔代之。这样若王永光入阁，则东林推举有恩，若其致仕，于东林无损，且张凤翔若掌吏部会推，钱、孙两公及在下入阁的把握恐怕要大一些，诸位以为如何？”

钱谦益表示赞同，道：“王永光虽然与东林没有什么交情，但他立身也还干净，而且老谋深算，卖给他一个人情，也还可以。”

这天夜里，钱谦益书房的灯光一直亮到后半夜，几位东林的干将们仔细揣摩，订了一套自认为合情合理滴水不漏的名单。他们要以此为标准，全力影响会推，把声望与才干都很好的钱谦益、孙慎行、曹于汴等东林名宿送入内阁，实施他们的政治主张。

老练的房可壮虽然意识到若是周延儒不在备选的阁臣之中，或许会有麻烦，但在其他人的反对声中，没有再坚持。甚至连房可壮自己也没有意识到这麻烦会有多大，结局会是多么出人意料。

几天之后，礼部、都察院、吏部、内阁联合递上会推阁臣的名单。在这份名单里，首列吏部侍郎成基命，次为礼部侍郎钱谦益，后面依次是郑以伟、李腾芳、孙慎行、薛三省、盛以弘、罗喻义、王永光、何如宠、曹于汴，共十一人，东林所要推举的人都名列其间。而有资格上名单的周延儒及以礼部尚书协理詹事府的温体仁却榜上无名，理由是他们的威望不足。

这份名单理所当然地引起了崇祯的怀疑：为什么没有周延儒的名字？

周延儒，是万历十一年癸酉科的状元，崇祯即位后，招致北京任礼部侍郎。像这样翰林出身的礼部大员，若是不受推荐，岂非咄咄怪事？另外，崇祯属意周延儒，这是举朝皆知的事实，可是现在廷臣竟然无视皇上的意愿，拒不推选周延儒，岂非明目张胆地与皇上唱对台戏？这背后一定有人在捣鬼，必须仔细地查一查，否则这些朝臣谁还会把皇上放在眼里？！

就在崇祯满腹狐疑地要做一番清查的时候，有人却早已顺着皇上的思路，首先发难了。这个人就是温体仁。

温体仁为官已经三十多年，从翰林院编修一直做到礼部尚书协理詹事府。在满朝文武之中，除了吏部尚书王永光是万历二十年进士，比他早六年外，就数他温体仁资格最老。若说周延儒凭圣眷应当入选，温体仁更应该凭资历入选。

温体仁细细将朝中几位东林领袖钱谦益、曹于汴、孙慎行、章允儒在头脑中过了一遍筛子，最后选定号称“东林浪子”的钱谦益做靶子。

于是，就在会推名单公布的第二天，一份名为《直发盖世神奸疏》的奏章递到了崇祯的案上。温体仁在疏中攻讦“钱谦益为考官时关节受贿，不应当参与阁臣之选”。又说朝中“奸徒结党欺君”，把持会推，贻误国家。

温体仁所说的钱谦益“关节受贿”又是怎么回事呢？

原来，天启元年，钱谦益为翰林院编修，主持浙江乡试。有两个无赖之徒名叫徐时敏和金保元的，假称能暗通关节，按他们约好的“字眼”格式交卷，定能取中，浙江的士子有不少坠其网中。其实徐、金两个人根本就没有什么关节，只是想采取广种薄收的办法，骗点银子花花。有个叫钱千秋的士子就中了圈套，依照约定，钱千秋以“一朝平步上青天”七字作七篇应试文章之尾，交了卷。本房考官郑履祥与主考官钱谦益都没有觉察。这钱千秋的文章本就做得不错，郑履祥推荐拟为本房第二，钱谦益改为浙江省第四名。及至徐时敏、金保元依据原来协议前去收钱时，钱千秋已经发现这不过是骗局，不愿履约付钱。两边闹了起来，惊动了官府。同时，钱谦益、郑履祥也发觉了“字眼”的事，急忙上书弹劾金、徐二奸，自认失察。礼科给事中顾其仁又参奏钱谦益，请求严查。天启帝命下刑部拟议，结果，钱千秋、徐时敏、金保元依律遣戍，钱谦益、郑履祥以失于觉察，罚俸三月。后来，徐、金两个在狱中病故，钱千秋充军，随即遇大赦释放。

事情本来已经了结许久了，为何温体仁要抓住这件事启衅呢？一则是这事发生在天启初年，许多当事人都不在京城，难于对证；再则是东林官员，不论其政绩如何，水平高低，立身处世都还谨严，不易让人抓到把柄。温体仁深知像科场舞弊这类性质极端恶劣的案件，必然会引起崇祯的注意，即使是其年代稍嫌远了一点。

崇祯读罢温体仁所奏，果然动了疑心，立刻命传旨官晓谕内阁辅臣、九卿科道，明日一早到文华殿面议此事。

钱谦益这几天分外兴奋，自从东林同道公议请他备选阁臣之后，事情完全如他们计划的那样顺利进行。凭着他在士人间的名望与在朝廷间显露的才干，入阁拜相几乎是顺理成章的事儿。定要青史留名，令后生小子悠然神往。

皇上诏命全体大臣文华殿议事，钱谦益不知道为了何事，不过这几天朝廷里唯一的大事就是会推阁臣，瞧这郑重劲儿，八成是商议阁臣之选。想到这里，钱谦益心里甜滋滋的。一进大殿，钱谦益便觉察气氛不对：崇祯脸色阴沉，高居龙椅上，阁臣们神情郑重，如临大敌，而其他六部大臣也都栖栖惶惶，仿佛在等待暴风雨的来临。

今天是皇上临时议事，礼仪从简，朝臣三拜九叩之后，崇祯开始问话。他先命人将温体仁的奏疏朗读一遍，而后道：“你等大臣会推阁臣，却如何这般敷衍了事，滥推无名！”

钱谦益当下冷汗涔涔而出，他怎么也不会想到，与自己同部理事，虽无深交，但绝无冲突的温体仁竟会突然发难，一下子给他一个措手不及。他当即挺身而出，为自己辩白：“钱千秋关节一事，当时已经科臣疏奏，刑部勘问明白，现有案卷在部。”

温体仁质对：“刑部勘问时，钱千秋惧祸在逃，过付者为徐时敏、金保元，二人提至刑部，亲口招供与钱谦益合谋串通舞弊，这如何隐瞒得了呢？”

钱谦益心中暗暗叫苦，徐、金二棍徒当时对质，胡攀乱咬，确曾诬陷过自己，只是后来才弄清真相，洗清污枉。可是这事已过去七八年，具体细节连他自己都记不清了，又如何向别人解说明白？不过，若不解释清楚，众目睽睽之下，朝臣岂不会认定他确曾参与奸谋？钱谦益没有别的选择，只能竭力为自己开脱："当时质对勘问之时，温大人并未参与，其中头绪甚多，是合谋作弊，还是失于觉察，自有刑部案卷为证，如何便咬定是合谋？"

"这不是寻常小案，当时京师议论四起，士大夫群情激奋。二犯自承与你合谋，传得沸沸扬扬，你纵有通天手眼，又怎么禁得了千手所指，万口哄传？"

钱谦益注意到刑部尚书乔允升正在朝班中，登时一阵欣喜，像抓住一根救命稻草："天启元年，乔允升即为刑部左侍郎，定当知晓此案原委，请乔大人说个公道话！"

乔允升面露难色，道："钱千秋关节一案，未经本官之手，详细情形不得而知。不过，据微臣所闻，郑履祥、钱谦益是否串通合谋，收受贿赂，查无实据，刑部拟议以失于觉察罚俸三月定案。"

温体仁不慌不忙，继续稳稳攻讦："当初钱千秋畏罪在逃，徐、金二犯亲口供攀钱谦益，刑部不以为据，草草定案，正见合谋是实。"

钱谦益急得脸红一阵白一阵儿，对有备而来的温体仁无可奈何，窘态毕露。憋了一阵，他又做最后的抵抗："既然温体仁早有疑心，因何当初不提出质辩？"

温体仁早料到会有此一问，当下侃侃而谈："时先帝登基未久，国事一任高攀龙、周朝瑞、杨涟、赵南星等东林人物主持。体仁即便提出质疑，恐怕也只会于人无损，于己不利。"他已然连整个东林一总攻击。

崇祯旁观温体仁、钱谦益的往来质辩，愈发疑心钱谦益受贿舞弊是实。当年东林党人威逼李选侍、攻击方从哲的汹汹气势，他记忆犹新，他的心里已先入为主地同情温体仁，更何况还有周延儒牵涉到会推里。

他取过温体仁弹劾之疏，又细看了一遍，问温体仁："你疏内称'神奸结党欺君'，奸党是谁，此番枚卜大典，是谁一手握定？"说着，目光冷冷地扫到钱谦益身上。钱谦益不由自主地打了一个寒战。

温体仁将语气缓了一缓，沉着奏道："钱谦益党羽甚多，臣还不敢尽言，至若此番枚卜，皇上务求真才，其实多是钱谦益所操纵。"

吏科都给事中章允儒按捺不住，出班与温体仁辩白："钱千秋一事，可再复审。温体仁资俸虽深，而品望甚轻，此番会推不与，遂心怀怨望。如钱谦益关节果真，何不纠之于未有枚卜之先？今会推疏上，点与不点，一任圣上裁决。"

温体仁一不做，二不休，当即反驳道："科官（章允儒）所言，正见其党护钱谦益。未枚卜之先，他不过是一个冷局官，参他何用？此时疏纠，正为皇上谨慎用人！”

章允儒动了气，声音随之提高：“从来小人陷害君子，皆以‘党’之一字。当年魏广微欲逐赵南星、杨涟诸公，遂怂恿魏忠贤于会推疏中加一‘党’字，赵、杨遂被尽行削夺。此法流传至今，成为小人倾陷君子的榜样。”

不承想章允儒这番言辞惹恼了崇祯。若将温体仁比魏广微，那么崇祯不就成了昏庸的天启帝了吗？敏感的崇祯当下大怒，叱道：“胡说！御前奏事，怎这般胡扯，把章允儒给朕拿下！”

崇祯气昏了头，随口说出这句话，大不合常规。满朝大臣谁有抓人的职责？

见无人动手，崇祯更是火冒三丈，连声喝道：“把章允儒拿下！”

仍是无人承旨。

“锦衣卫何在？”崇祯声色俱厉。

锦衣卫指挥使高起潜正在朝班中，听皇上点到自己头上，赶紧跑出来，与一名侍卫一起将章允儒扶出殿外。

崇祯怒不可遏，衣襟突突抖动。

温体仁又趁机火上浇油，道：“皇上试问冢臣王永光，屡奉温旨慰留，何以杜门不出？直到翟式耜上疏，说待枚卜大典之后听其去留。此事皇上尚不得做主，历朝有此事否？！钱谦益热衷枚卜，上疏令侍郎张凤翔代行会推，历朝有此先例否？！”

崇祯的自尊心又一次受到伤害，指着吏部尚书王永光说道：“朕传旨，枚卜大典，会推要公，如何推举这等人？是公还是不公？”

王永光稍一迟疑，道：“皇上召问河南道掌道御史房可壮便知道了。”

因何王永光把发言权交到房可壮身上？原来，依大明典制，十三道监察御史除各理地方百司之官外，还管京师各衙门、直隶府州卫所刑名监督等事，河南道正监管礼部、都察院、翰林院、国子监等处。王永光历来与东林、温体仁没有什么交情，不愿掺和在里面，索性把球踢给房可壮。

崇祯却大为不满，叱道：“永光是六卿之长，进贤退不肖是你的职掌，如何推到科道身上？”

房可壮出班回奏：“臣等会推都是出自公议。”

“哼，公议？”崇祯鄙夷不屑，“会推是何等大事，竟推出科场舞弊之人，还说是出于公议？”

这时，首辅李标出来维持局面：“皇上，钱千秋一事，实实与钱谦益无干，请皇上明察。”

温体仁审时度势，一不做二不休：“皇上亲眼所见，分明满朝都是钱谦益一党。微臣受四朝知遇之恩，忠愤所激，不容不言。钱谦益如若不通关节，钱千秋如何得中？臣闻钱千秋现在京师，常出入谦益幕府，扬言谦益旦夕入阁，他亦可参与会试。”

李标料不到温体仁不惜与自己为敌，把自己指为东林一党，暗生怒意，道：“钱千秋关节，早经刑部勘问明白。钱千秋到案后亲口招供，岂能虚假？”

“钱千秋乡试考卷现在礼部，关节‘字眼’字字无虚，钱谦益朱笔名次明明白白，岂能抵赖？”温体仁寸步不让。

一句话提醒了崇祯，他立即传旨：“调钱千秋考卷，朕要亲自过目。”

不多时，从礼部取来钱千秋乡试考卷。果然，温体仁所说的“一朝平步上青天”的字眼，钱谦益朱笔批的名次赫然在目。崇祯觉得已经铁案如山，无可动摇。

周延儒一直坐山观虎斗，这时见胜负已判，便乘机落井下石，进言道：“皇上再三讯问，诸臣不敢奏实，一者是惧于天威，二者是碍于情面。总之，钱千秋一案，暗通关节是真，现在招供朱卷已经御览详明，关节已有确证，不必再问诸臣。”

崇祯圣怒难平，对九卿科道诸臣责问：“朕命九卿科道会推，你们就推这样的人，还说是出自公议！若是这样的公议，还不如不议呢！”

周延儒又道：“大凡公议会推，皇上明旨下九卿科道议论，以为极公道，岂不知外廷只沿故套，由一两个人把持定了，诸臣都不敢开口，即便开了口，也徒然是言出祸随。”

这一番话深深打动了崇祯，他呕心沥血治理国家，大臣们却结党营私，垄断朝政，这样如何才能使国家繁荣昌盛？

他命周延儒再奏一遍，周延儒原原本本又复述了一遍。不少人猜到崇祯的念头，只是不敢在这个时候替受诬群臣辩白。

温体仁寻思，自首辅到六卿、科道都让自己给得罪光了，眼下只有死死抓住皇上，然后再图别策，便说道：“皇上，臣孑然孤立，而满朝俱系钱谦益一党。臣疏既出，不唯谦益恨臣，凡是谦益一党，亦无不恨臣，臣一身岂能当众怒？臣叨九列之末，不忍见皇上焦劳于上，而诸臣不知戒惧，因而不得不参劾。事已至此，恳乞皇上罢臣之官，允臣归乡，以避谦益一党凶锋！”

崇祯愈发坚定了保护孤立无党的温体仁的主张，慨然说道：“既是为国劾奸，何必定要离去？”

钱谦益已被皇上称为国之“奸”，自知会推无望，大祸来临，于是就像泄了气的皮球，伏在殿前待罪。

崇祯恨恨地盯了他一会儿，传口谕：“钱谦益既遭议论，着回籍听勘，钱千秋法司提问！”可怜钱千秋还不知道发生了什么事，就又被抓进大理寺的牢狱，不久就被重枷折磨而死。

处理了钱谦益，崇祯感慨万端，对温体仁叹道：“若非温爱卿大破情面，揭发检举，朕几乎就要被蒙蔽了！”

散朝之后，崇祯耳边兀自回荡着温体仁所谓“满朝都是谦益一党”的话，越想越觉得有迹象证明这句话。必须大发阔斧痛下狠手，把朝里的结党营私之徒扫荡一番，朝廷才会日渐清明，为君王、为国家的人才会多起来。

第二天崇祯传旨，吏科都给事中章允儒、给事中翟式耜、河南道掌道御史房可壮、御史梁子瑶俱降三级调用！这次会推因为钱谦益的这段插曲，崇祯将会推的名单全部弃置不用，朝臣们兴师动众的结果是不了了之。崇祯暗下决心削除朝中的朋党，重用那些在朝廷中洁身自好孤立无援的僚臣，就像周延儒和温体仁这样的人，他们才是破除数十年积弊的理想人选。不过，他也知道，周、温两个人已经惹恼了绝大部分廷臣，现在如果将他们委以重任，只会使本就不和谐的君臣关系更加僵化。必须寻找一个适合的机会，才能让二人入阁。

李标极力维护钱谦益，显然倾心于东林；周道登无学术，内阁辅臣不单人少，而且不称己意，这令崇祯有些无所适从。就在这个时候，大学士韩爌到了。

韩爌，字象云，山西蒲州人，万历二十年进士，授翰林院编修，宪宗朝即拜礼部尚书兼东阁大学士，熹宗朝晋少师太子太师户部尚书中极殿大学士。天启四年十一月，被魏广微与魏忠贤勾结排挤出阁，五年七月被诬削籍除名。

无论是资历还是品望，韩爌都远比现在任何一位大臣为高，甚至连崇祯都早已耳闻他的人品与才能。依明朝惯例，内阁首辅之职是按入阁先后顺序，由最先入阁的辅臣担当的。韩光宗时即已入阁，如今回朝，理所当然地应排在李标之前。李标也早就不愿担当这吃力不讨好的首辅之职，待韩爌到京，立刻上疏让贤，韩爌就自然而然地做了首辅。

韩爌不愧是四朝老臣，虽然已经有两年多不预政事，于朝中具体争斗也毫不知情，但是他对三四十年来朝政之症结仍旧了如指掌，未见皇上之先，他便草拟一首奏章，呈交崇祯，疏云：

图治之要，在培元气。自大兵大疫，加派频仍，小民之元气伤；辽左、黔、蜀，丧师失律，封疆之元气伤；缙绅构党，彼此相倾，逆阉乘之，诛锄善类，士大夫之元气伤。譬如重病初起，百脉未调，风邪易入，急当培养。而皇上事事励精，临轩面质，或问之而未必尽知；事下六部，或呼之而未必立应；致招圣怒，遭到谴责，窃以为过矣。今一切民生国计，吏治边防，宜取祖宗成法委任责成，严为之限，宽为之地，图之以渐，镇之以静，何虑不臻太平哉？

崇祯素知韩炉老成持重，果然，看他提出的理乱之道，也是这么温温和和慢慢腾腾的。

这么想着，他还是感念这位老首辅的一片精忠之心，召韩炉与其他三位辅臣到文华殿他批阅奏章的地方议政。

韩炉已经六十三岁了，须发都已斑白，仕途的起伏在他的身上并没有明显的痕迹，他依旧宽和、正派、稳重，有一点饱经风霜后波澜不惊的风骨。

崇祯受这位老首辅气度的影响，觉得一向肃杀清冷的殿里有了宽厚柔和的气氛，心情也随之变得和煦起来。

谈话依旧从朝中的朋党而起。一提起这个话题，崇祯就忍不住自己的愤愤之气："朝廷设官，是为补救气数，拯民水火，而如今的官员们不以品性论高下，不以政绩定优劣，只要非我一派，便肆意攻讦，只要与我同党，不论其庸懦无能、贪污纳贿，依旧多方包庇。朝廷花费许多钱粮，供养这些高官，却如此作为，朕实痛心！"

韩炉道："结党之习，由来已久，非一朝可扫除净尽。如果急于治平，恐怕欲速则不达，而且难免旧创未去，又添新创。臣等忝居辅臣之位，让皇上焦劳若此，着实汗颜。"

崇祯的神色愈发和悦，晓谕四辅臣："你们阁臣掌票拟之权，干系重大，有丝毫党私之意，便是国家大害。今后拟旨，务消异同，开诚和衷，期于至当。"

四辅臣顿首谢罪，韩炉又进言道："当年魏广微欲分首辅之权，疏奏阁臣分别票拟，致使阁臣暗争不断，机密传扬于外，朋党纠纷日剧。今皇上英明独断，臣请统一票拟事权，诸臣参互拟议，不必显言分合。诸臣商政事者，宜相见于朝房，所有私邸交际，一概黜免。"

"此言极是！"崇祯心悦诚服地点头赞同，"昔年魏忠贤于私第接待朝臣，处理百官章奏，内阁票拟几如家报，朝廷政事视如儿戏，而大臣遭到无端斥逐，犹自莫名其妙。一切纷争皆从分票、私交而起。明日朕即晓谕群臣，一体遵行首辅所奏。"

韩炉的第一次召对就这样轻松平和地结束了，君臣五人的心情都不错，崇祯尤其满意。终于找到了一位深明大义，持重识大体的首辅！韩炉呢，也觉得这位年轻的皇上虚心纳谏，英明果断。

这天晚上，崇祯低头批阅奏折。这成堆的奏章中，有一份引起了崇祯的兴致，这份奏章是御史吴甡所写。疏中说：

京察在即，而魏阉遗奸未尽，此辈行为非考功之法所能谪黜。譬如摇动国母，逼封三王，是法逆；门户封疆，借题杀人，是害正；这些人若混迹察典，法度难平。应命科道汇叙前罪，考察如例。

原来，依照大明典制，每六年举行一次京察，即考核在京官员的政绩得失，德行高下，然后依律或留职，或降级，或贬黜。然而这些律例只是对一般正常政绩得失之类有考鉴作用，像魏忠贤之流阴谋造反，修建生祠，矫旨杀人，都远非考察章制所能涵盖。这些人在京察中会漏网，甚至会串通合谋，左右京察的公正，的确不无道理。

崇祯沉思片刻，有了主张。其实他早知道客、魏、崔等人已死，其亲信死党或死或放，远不能与当年同日而语。但是，曾经拥戴过谄媚过魏氏的，曾经建过生祠的，写过颂诗的，暗地勾结的，谁也弄不清到底有多少，甚至可以说，崇祯登基时的满朝文武，内宫太监，几乎没有与魏忠贤没瓜葛的，区别只是程度不同而已。当时，这批人还维持着国家的运转，要全部换掉绝不可能。崇祯本拟逐步将这些人淘汰出去，尤其要借京察的机会，将那些阉党逐出朝廷。不过，现在吴甡说未尽遗奸妨害京察，而且所言颇有道理，不如先定一桩逆案，将所有阉党一网打尽，再轻轻松松进行京察。

第二天早晨，崇祯醒来，洗漱已毕。在照例吃每天一碗的燕窝粥的时候，忽然想到当日已是大年二十七，不觉动了怜悯之情，想等到过了新年再来决定逆案的事情，一来省得群臣忧扰不休，破坏了新年的气氛；二来也让有可能名列逆案的朝臣安安稳稳过个新年。

崇祯二年的新年就这么按部就班地来了，新春伊始，朝廷中的第一件大事便是内阁大学士周道登被罢了职。周道登早因“宰相须用读书人”和“情面”两件事而名扬朝廷内外，如果只是学问粗疏应答不得体倒也罢了，这位周学士自入阁之后，排正人，庇私交，与内阁中刘鸿训、钱龙锡、李标截然不同，显得非常特别，因而屡屡被言官弹劾。崇祯将弹劾的奏章全部拿到御前廷议，吏部尚书王永光奏，言官“所劾俱有实迹”，一句话决定了周道登的命运。次日，崇祯传旨，罢周道登。

元月十六的晚上，崇祯传密旨召韩爌、钱龙锡、李标三人至文华殿，晓谕“逆案”之事，说道：“京察在即，逆阉遗孽未尽，若不痛加扫除，恐怕有碍清明，朕欲定‘逆案’，你们以为如何？”

韩爌似乎有点吃惊，料不到皇上突然会提到这样重大的事情。沉吟了好一会儿，他才边想边说道：“皇上，国家经逆阉祸殃，元气大伤，而今百脉未调，积弱积贫，正当培元理气，以滋养为先。若钦定逆案，恐怕震动过大，于国家无益有损。”

崇祯不以为然，道：“国家所依赖者，不过是这班朝臣，其间藏污纳垢，良莠不齐，治国理民的人尚且如此，哪里谈得上培元理气？正应当去痈除溃，防其滋蔓，而后才能生新肌，培元气。若是一味含糊下去，国家大治恐怕会遥遥无期。”

韩爌见皇上好像决心已定，情知再抗争也没有，只好退一步说道：“不知道逆案如何定法？”

崇祯一下子来了兴致，滔滔不绝地说起了自己的打算：“朕以为欲定附逆人罪，必先正魏、崔、客氏为首逆，而后才是附逆的人。附逆分三六九等，依实据而定。如果事出于公心而势非得已，或是素有才干而随声附和，则当原其初心，或是责以后效。但是那些首开谄附之风，倾心拥戴逆党，以及频频颂美、津津不置者，以及虽然没有祠颂而阴行赞导者，须当据法依律，不诬枉，不徇私。卿等数日之内确定名单，不许内阁中书参与，所定务必准确恰当，期服天下后世之心。此番惩治之后，纵有遗漏，也都不再追究。”

韩爌神色凝重，轻轻点头，道：“皇上，微臣仍然以为定逆案须当慎重。”

“朕也是此意，卿等务在数日内确定来奏，不许中书参与，不可延缓泄露，不得借题发挥，任情牵诋。”崇祯明知韩爌本意，不愿意和他纠缠，便含混着转移了话题。

韩爌张了张口，似乎要争辩些什么，最后却有些无奈地低下头，道：“遵旨。”

没过几天，韩爌等人依圣谕递上一份逆案名单，崇祯展开看时，不由动了怒。原来，这份名单上，仅仅开列四十余人姓名，如崔、魏、客、李永贞、李朝钦、刘志选、梁梦环、倪文焕、田尔耕等人，几乎都已经或磔或杀、罢职、充军了。韩爌拿这几只死老虎交差，毫无疑问是在搪塞推诿。

“就只有这么多了吗？”崇祯明知故问。

“皇上，臣等商讨再三，以为定逆案不过清理奸邪，如今元凶已殛，群小星散，皇上与其大动干戈，不如薄示杀伐，使其知惧知戒，感恩戴德。况且，逆案若牵连过多，势必使朝臣人心浮动，被列名者屡思翻案，持局面者日费提防，纠缠不已，葛藤不断，则大失皇上除邪本意。”

“照首辅说来，朕倒是应该无所作为才是‘除邪本意’喽？”崇祯的语气里明显含着挖苦嘲讽。

韩爌依旧不动声色，直抒己见：“微臣以为，不如对附逆拥戴之臣分别依律定罪，这样即使有误判，纠改也较为容易；如若定一逆案，列名之人便成了一个整体，有的人若确有冤屈，则纠改难免引起误解，有翻案之嫌，不纠改则此人沉冤难雪，日久生怨。请皇上三思。”

崇祯怒气稍觉平息，而意志却没有丝毫动摇：“附阉之吏僚大官、封疆重臣以至中书、推官、员外郎之属以数十百计，如若一一审罪定案，何时是个了结？

而京察在即，如何等得及？即便没有京察，封疆沦陷、生灵涂炭，哪一桩不是国家大事？误了国事，岂不因小失大？”

说着，他的目光又落在那份名单之上，道：“魏忠贤不过是一个供饮食的内阉，若没有许多外臣助纣为虐，何至于如此权势熏天？你们只列出这几个人，不是明摆着敷衍塞责，又是什么？内廷阉宦便只李永贞、李朝钦两个人，许多擅作威福、盗弄国柄，为虎作伥、凌虐后妃之徒俱被漏网，何以塞天下百姓悠悠众口？”

韩炉不慌不忙地说道：“魏忠贤专权之时，臣等或遭罢斥，或在南京供职，于朝臣赞导拥戴颂美谄附之举多有不知。至若内阉所为，外廷诸臣更是知之甚少。”

崇祯的嘴角向两面拉了拉，眼睛里透出一丝轻蔑，道：“外廷、内阉所作所为，你等难道真的不知道？你们不过是怕得罪人、落埋怨罢了！既然你们不知道附阉众人的证据，朕亲自给你们查出来，你们就等着依刑律给他们定罪好啦！朕累了，你们都回去吧。”

就这样，君臣的对话不欢而散，老成持重的韩炉、仁慈谦和的钱龙锡都因为不合崇祯之意，与皇上之间不可避免地出现了裂痕。而此时的崇祯却愈发坚定了广泛搜罗，将所有与魏忠贤有牵连的朝臣、太监一网打尽的念头。

二月初九，韩炉、李标、钱龙锡又一次被召至便殿，等候崇祯的训谕。崇祯无言地端坐在高高在上的龙椅里，冷峻的面庞愈发刚毅无情。他轻轻地侧头，道：“抬上来。”早有两个侍值太监吃力地抬着一个黄色的包袱从侧门走上来，置于御案上。

崇祯转头，对满面惶惑的三位阁臣说道：“朝臣与内阉颂媚逆王的奏疏，都在这里，不用你们费力搜求了，只要据实一一定案便可网罗无遗。”

三位阁臣都暗自吃了一惊，料不到皇上的态度竟如此强硬，想到朝堂之上又将有一番动荡反复，三个人不禁面面相觑。

韩炉无奈，只得再次借故推脱说道：“微臣供职内阁，素习调旨票拟，至若据律定罪，则非臣等所习。”

崇祯今天的心境本来就不大舒畅，见阁臣又来推三阻四，逆反心理无形中潜滋暗长。他的目光从三位阁臣的脸上依次扫过，而后右掌不轻不重地击在御案之上，同时脱口而出：“那好，传旨召吏部尚书王永光觐见！”

传旨官奉命飞奔而去，殿里就此冷寂下来，肃杀而压抑的气氛使得近侍太监王坤、张彝宪都感到透不过气来。

约莫过了半个时辰，殿门外有了动静，是王永光苍老的声音：“臣王永光奉旨见驾！”

崇祯待王永光喘息已定，淡然说道："王永光，朕要把逆阉魏忠贤一党一网打尽，钦定了逆案。韩炉等人不习律法，朕召你来，就是命你同阁臣一起拟议，务将此事办得公平合理，明白了吗？"

王永光这是头一次听到关于逆案的事情，更是吃惊非小。近些天来，正有许誉卿、毛羽健弹劾他有阴附阉党之嫌，弄得他心烦意乱，这时听皇上说要钦定逆案，联想起几个东林御史的指责，他仿佛忽然间明白了什么。

他在官场磨炼了三十多年，做到百官之首的吏部尚书，自然绝非等闲之辈。此刻，他尽管还不明了皇上的意图与韩炉、钱龙锡的态度，但还是很快找到了得体的缓兵之计。

王永光安安静静地听崇祯讲完，又拿眼角瞟了瞟尴尬地站在一旁的韩炉等人，这才缓缓说道："皇上，吏部日常考核政绩，评定优劣，只属于考功之法，至于逆贤遗孽，俱皆罪恶滔天，非刑律不足以蔽其奸，而刑名之属，都归刑部、都察院、大理寺职掌，非吏部所能涵盖。"

崇祯恼羞成怒，不待王永光讲完，便急不可待地又下谕旨："召都察院左都御史曹于汴，刑部尚书乔允升觐见！"

传旨官侍奉日久，却几乎没有见过皇上这般歇斯底里，不敢丝毫怠慢，如飞而去。不多时，曹于汴、乔允升先后赶到。

崇祯早等得不耐烦了，曹、乔二人一到，就对在场的六个人说道："逆案一事，内阁、吏部、刑部、都察院同堂审定，务必详查词颂本章，互相参照比较，酌情拟议，凡挂名逆案的，最轻的也要削职为民！"

说罢，崇祯"嚯"地站起，拂袖而去。丢下了目瞪口呆的韩炉、李标、钱龙锡、王永光，还有匆匆赶来，尚不知发生了什么事情的乔允升与曹于汴。

钟鼓楼的钟声远远传来，是三更了。众人无言，默默走散。

韩炉回到家中，仆人来报："老爷，咱们府上的亲家杨大人今夜来访，适逢老爷被召入宫。杨大人在咱府上坐了片刻，见老爷总也不回，就走了。说是没啥事儿，只是来叙叙旧。"

"知道了。"韩炉心灰意懒地回答道。

韩炉之女嫁右庶子杨世芳之子为妻。天启四五年间，魏忠贤要编纂《三朝要典》时，点名要当时还是翰林院编修的杨世芳参与，世芳生性懦弱，不敢违命。待《三朝要典》修缮已毕，杨世芳还依例加官，做了右庶子。而在这时，正是韩炉屡受阉宦攻讦，勉力维持内阁的时候。杨家为避嫌疑，不敢踏进韩门半步，甚至韩炉辞官回家时，杨世芳都没有来送行。老韩炉知道亲家有难处，也不怨恨，只在心底不免略有遗憾，觉得杨世芳不明大义，竟沦落到与权阉同流合污的地步。

待崇祯下令毁掉《三朝要典》，言官纷纷弹劾黄立极等主纂人员，杨世芳终日惶惶，唯恐遭人劾奏。幸好，他既不是主角，与朝臣之间又无素怨，这才侥幸躲过一场灾难。

现在，崇祯钦定了逆案，自己的儿女亲家还能像原来一样平安无事吗？逆案若真的牵涉到杨世芳，自己真的有决心主持公道，坐视亲家一败涂地吗？

韩炉最担心的时刻终于来临了，这日，内阁三学士、王永光、乔允升、曹于汴议及纂修《三朝要典》诸臣。众人都知道杨世芳与韩炉的关系，碍于颜面，谁也没有发言。韩炉正襟危坐，面色凝重，心里却如十五只吊桶打水，七上八下。

王永光首先打破了僵局，他先是捋了捋胸前一绺银白的胡子，又轻轻咳嗽了一声，这才字正腔圆地说道："愚以为，《三朝要典》乃逆阉假以诛灭诸贤之借具，倡首者魏广微自然难逃罪责，至若黄立极、杨景辰、施凤来受命为正副总裁，既不能秉公直书，又不能避嫌去职，虽无媚阉的明显举动，但公论具在，很难豁免。至于具体修典之翰林院诸臣，迫于逆阉淫威，不得已而为之，而且翰林乃是国之重宝，以微瑕而弃完璧，绝非与人为善之道。愚以为不如将杨世芳及翰林院修撰朱继祚、余煌、袁鲸等辈一并免于追究，单将黄立极、杨景辰、施凤来列名逆案。"

韩炉依然不动声色，静等着其他人附和，自己也好顺坡下驴，为杨世芳开脱。

谁料曹于汴却不以为然，慨然说道："士大夫立身朝廷，所贵者名节也，朱继祚、余煌等人饱读诗书，却连一点廉耻尚参详不透，不知要这诗书才华留作何用！"

曹于汴没有提杨世芳，算是给韩炉留点面子。他对韩炉素来景仰，自以为对他十分了解。他深信，即使没有自己的驳斥，韩炉也会毅然决然秉公而断的。

哪知韩炉却久久没有反应，曹于汴着急，便赤裸裸地问道："首辅大人意下如何？"

韩炉白皙的面庞隐隐一红，随即逝去，片刻，才镇定自若地说道："愚意逆党已除，眼下朝中以稳定为第一要务，定逆案还是以宽和为上。这也是我等力持不定逆案之由，如今既然圣意已决，咱们还当少做株连，少做株连！"

曹于汴吃了一惊，想不到韩炉会说出这番话来。他的脸"腾"的一下也红了，愤然嚷道："杨世芳等人不顾情理不容，为逆阉修书颂德，挂名逆案理所应当，哪里谈得上'株连'？"

李标向来宽和仁厚，遇事执大体，此时不愿韩、曹当面撕破脸皮，便出来打圆场："杨、朱、余、张、袁诸翰林本不过是闲职，入不入逆案，于朝廷无益亦无损，愚意与人为善，不如勿将此数人挂名逆案。"

曹于汴见六人之中有三个持“宽容”之说，而钱龙锡虽未发一言，料想是赞同韩爌、李标的主张，心下不由一阵悲愤，暗自叹息，内阁首辅假公济私，置一世清名令誉于不顾，大明朝的官员竟到了这样地步，国事可知矣。

王永光见杨世芳的事告一段落，便提起另一个人：“刑科都给事中薛国观历任户部、兵部，数有建白，今上奏疏，魏阉遗党有欲用故辽东巡抚王化贞者，薛国观力持不可，又举荐大将满桂，先帝褒以忠谠。薛国观虽与东林有隙，天启朝数劾东林官，但其品行无玷，似乎不当归名逆案。”

韩爌听了这话，才恍然明白刚才王永光替自己出头开脱杨世芳的真实用意，不由暗自叫苦。这王永光果然颇富城府，他若是直提薛国观，必遭众人反对，而今他先开脱杨世芳，令自己先欠了一份人情，再依照宽和为上的说法，庇护薛国观。

乔允升第一个出来阻挠。魏忠贤擅权时，薛国观弹劾的东林人士之中，就包括当时任刑部尚书的乔允升。乔允升虽然性情宽和，但终究故仇难忘，现在终于有了报复之机，岂能轻易错过？他当即说道：“薛国观任职户部右侍郎时，弹劾御史游士任、操江都御史熊明遇及保定巡抚张凤翔，致使这些人无故遭贬，此非谄附魏忠贤而何？薛氏如果漏网，恐怕许多归名逆案者有意攀附，援例额外。”

韩爌素知薛国观与东林有嫌隙，想，若曹于汴等一致反对薛国观，恐怕王永光孤掌难鸣，到那时杨世芳之事说不定也会推倒重来，倒不如趁意见未一，先下手为强。想到此处，他便轻咳一声，侃侃说道：“薛氏之举，确有无意中为逆阉推波助澜之处，但其本意不在谄附。昔魏逆遣内臣出镇，薛偕同官疏争。由此观之，薛氏似乎应予宽赦。”

此言一出，众人又是一惊，想不到一向立身清正的韩爌忽然间没了原则，就仿佛换了一个人似的。李标、钱龙锡感觉更是意外，只因两人日与韩爌打交道，对韩爌的人格非常敬重，这才没有出来反驳。

尴尬无声的局面维持了好一会儿，王永光出来自己找台阶下，道：“既然诸位都无异议，薛国观之事就此拟定了吧。”

他的话音未落，曹于汴立起身来，抱拳施礼，而后说道：“诸位，曹于汴身体忽有不适，不能继续，就此告辞。”说罢，不待众人说话，早已返身大踏步走出门去。

在场的人面面相觑，待了片刻，乔允升站起，道：“曹公已去，我等在此枯坐无益，不如就此为止，改日再拟吧。”

剩下的四人没有异议，众人于是各自默默走散。

四天之后，阁臣们呈上逆案名单。崇祯亲加裁定，而后说道：“逆案依此而定，所有列名逆案人员，俱交刑部处置。已经定罪的逆党，若与逆案不符，提出重审。如有贪污受贿情节，要先行追回赃私。刑部务必将此事处理妥帖，勿留遗患。”

乔允升恭恭敬敬地叩头领旨。

钦定逆案，列魏忠贤、客氏谋反大逆，处以磔死之刑，也就是五马分尸。这两个人早已死掉，连尸首都找不到了，算是逃过一难。

其次，兵部尚书崔呈秀，宁国公魏良卿，锦衣卫指挥使侯国兴，太监李永贞、李朝钦、刘若愚，俱依谋大逆减等论斩。

此外，提督操江佥都御史刘志选、兵部尚书田吉、锦衣卫左都督田尔耕等十九人，依诸衙门官吏勾结内官、泄露机密，夤缘作弊而扶同奏启者律，俱为谄附，判以斩首，秋后处决。

又有大学士魏广微、工部尚书徐大化、吏部尚书周应秋、兵部尚书霍维华等十一人，依结交近侍律，减等论处，判充军。

“逆孽军犯”东安侯魏良栋、东平伯魏鹏翼、锦衣卫都督同知客光先，太监徐应元、涂文辅、石元雅、王朝辅等三十五人，亦充军。

内监李实、胡良辅、崔文升、王体乾等十五名魏忠贤亲信太监，也判处充军。

处分最轻的大学士黄立极、施凤来、杨景辰等人，他们依考察不谨例律，冠带闲住。

另外，魏、客家眷之中有罪状明悉者亦被各自判充军、纳赎等处罚。

经过这一番洗汰，朝廷中的阉党遗孽网罗几尽。逆案诏告天下，老百姓欢欣雀跃，纷纷赞颂皇上的圣明。然而在朝廷内却是另一番景象：名列逆案的官员如丧考妣，侥幸漏网的额手称庆，事不关己的也在暗地里希望填补去职者留下来的空缺，趁这个机会升上高一点的位置。

王永光因袒护薛国观而与曹于汴、乔允升等东林人物产生了嫌隙，索性又在拟定商议逆案之时将御史袁宏勋、锦衣佥事张道睿开脱出来，作为自己的同盟军。

韩爌的声誉受到伤害，庇护杨世芳，使得与杨同类的人都有例可援，逃脱追查，因而有的亲朋好友或是同党列名逆案的人就颇感不公。更重要的是，一向与东林关系亲密的韩爌，此时与东林干将曹于汴、乔允升之间出现裂痕。就在逆案订立没几天，工部尚书李长庚去职，崇祯命礼部侍郎张凤翔代行其职，张凤翔与乔允升都曾遭到过薛国观的攻讦，而薛国观本可以被列入逆案之中，只因为韩爌支持、王永光庇护，才被免于追究，因而韩爌与曹于汴、乔允升、张凤翔这一个都御史、两个尚书有了摩擦，再加上脱网的一些阉党本就对他充满敌意，如此一来，韩爌的首辅地位在不知不觉之中出现了动摇。

钱龙锡与李标身为阁臣又参与定逆案，自然免不了招人忌恨。清白的官员们丝毫感觉不到他们对自己有什么好处，漏网的人如御史高捷早就对他怀有疑惧，总想找机会搬掉他们，而名列逆案者则对他们恨之入骨，这些人当然拿皇上没有办法，便把怨恨都集中到主持逆案的三位阁臣身上。

然而，作为一国之主的崇祯却丝毫了解不到这繁乱错杂的情绪。他听到的，只是一浪高过一浪的赞颂之声，年轻的崇祯不禁又有一点飘飘然了。

一天，崇祯刚刚从京郊祭天回来，太监张彝宪就匆匆忙忙地跑了来，来不及完完整整地把头磕好，就忙不迭地禀告："恭喜皇上，贺喜皇上，周皇后下午未时三刻产下一位龙子！"

"噢？"崇祯登时忘记了刚才仪式大典的疲惫，道，"走，带朕亲自去看一看！"

在坤宁宫，崇祯看到了脸色苍白的周皇后以及眉清目秀的小皇子，但为了让周皇后休息，崇祯没待多会儿便离开了坤宁宫。

崇祯用罢晚膳，照例批阅奏章。各地来的消息喜忧参半：陕西的商洛兵备道刘应遇在白水与首先起事的义军首领王二血战一场，为穷饿所迫铤而走险的乌合之众终究敌不过训练有素的官军。但是绝望的老百姓拼死抵抗，上至首领王二，下至随行妇人孺子无一人投降，最后全数惨死官军刀下，关中震动。之后，刘应遇又追击汉南王大梁、高迎祥合部于大石川，王大梁兵败被杀死，高迎祥率残部二十余人窜迹深山。刘应遇的副将贺虎臣与固原起事的上兵周大旺决战，周大旺不敌，所部悉数被斩首。另外，陕中巨寇王左褂进攻耀州，与陕西督粮道参议洪承畴遭遇，洪承畴兵微将寡，却毫不畏惧，亲冒矢石，激励军士，官兵、乡勇以一当十，奋勇搏杀，结果以少胜多，大败王左褂。官军追至云阳，差一点就捉住了王左褂。当夜雷雨大作，贼寇中八队首领李自成指挥残部保护王左褂杀出重围逃走。各路贼寇连遭重创，第一轮起事的首领或者战死，或者隐藏起来，艰难地与官军周旋。

然而，崇祯二年，陕西继续大旱，求生无路的百姓揭竿而起的越来越多，其中尤以陕北延安、榆林为最。柳树涧一名叫张献忠的逃兵被高迎祥诱使，起兵举义，占领米脂附近山寨，与其他小股结盟，共同进退，遥相呼应，号称"米脂十八寨"。

恰在此时，负有剿寇专责的三边总督武之望死于任上，关中贼寇日炽。崇祯眼见陕西的贼寇总也平息不了，心里暗暗着急，于是下诏，命群臣举荐贤能选拔，总督三边，征讨贼寇。

朝臣们大都是进士出身，平时作两篇诗赋、上几道参劾奏疏倒也内行，说到行军打仗、治兵理财，却是不知所云。并且大伙都知道，皇上事事励精求治，百官小有差池，不论是疏忽懈怠，还是才能不济、故意推诿、稍微失误，一律重责，轻者罢职流放，重者下狱论死。崇祯自以为是“刑乱世用重典”，结果百官却都愈发的逃避责任，无所作为。

廷议的结果是群推都察院左副都御史杨鹤前往征剿。杨鹤是万历三十三年进士，为官清正，无党无私。当年杨镐四路兵溃，杨鹤上疏，弹劾遍及当事要员，弄得东林、阉党、皇上三方都恼了他。杨鹤在朝中无法立足，只好托病去职。

这次公推，按理说不该杨鹤出任，只是因他无人照应，崇祯又急着找人补缺，他才做了各方争斗的牺牲品。

崇祯当然不知内情，但见公推杨鹤才情，立即拜杨鹤为兵部右侍郎，代武之望总督陕西三边军务讨贼。

与此同时，崇祯重新起用原云贵川广总督朱爕元，复其故官，讨水西贼。

送走了杨鹤，起用了朱爕元，崇祯这才稍稍松了口气，现在最告急的三个地方——辽东、陕西、川贵有了三个最得力的总督——至少在他看来是如此——他只需给他们搞好后勤供应，居中调度好，也许不出多长时间，就会有令他鼓舞的消息传来，让自己大大地高兴上一番。那么这头一个报捷的该是谁呢？杨鹤，朱爕元，还是袁崇焕？依才能而论，自是袁崇焕最有可能，而他所对付的敌人也最厉害；依对手而论，杨鹤所遇似乎最差，但杨鹤是否能胜任，崇祯不敢打保票。总之，不管哪一个平定了叛乱，自己是决不吝惜封侯之赏的。

这一天，崇祯正在御书房读书，侍值太监曹化淳跑来，道是皇后娘娘请皇上一同看戏，排解排解焦劳的精神。崇祯大喜，立即随曹化淳来至坤宁宫。

气氛正浓时，曹化淳凑了上来，轻声道：“袁督师有八百里急报递到，皇上是否立即御览？”

崇祯立刻警觉起来，随即站起身道：“督师急报，必是军国大事，不可延误，你命来人先将奏报递到乾清宫，朕随后就到。”

说着，崇祯已离开席位，在众人惊疑的目光中出了坤宁宫。

不一刻，他已经移驾至乾清宫，御案上赫然列着袁崇焕的加急奏章。他急忙拿起来，等不及坐到椅子里，就匆匆打开读了起来。曹化淳敏锐的鹰眼在一旁仔细地伺察着皇上表情的每一点细微变化，掂量着应对之道。

崇祯的情绪忽然激动起来，衣角簌簌抖动，脸色由白转红，怒容也愈来愈加明显。突然，他一拳击在御案上，震得朱砂盒、镇纸、红木笔筒一颤，同时，曹化淳听皇上声音低沉却凶恶地说道：“袁崇焕，你太过分了！”

【第四回】

皇太极智除隐患，袁崇焕冤遭极刑

就在精神上有洁癖的大明皇帝崇祯在朝中大举网罗阉党以铸成“钦定逆案”的时候，另一个有胆识有魅力喜欢独断专行的人物——蓟辽督师袁崇焕也在深思熟虑地计划除掉一个人，这个人就是东江总兵毛文龙。

毛文龙是浙江仁和人，早年从军，先后在李成梁、袁应泰手下做教官，王化贞巡抚辽东，毛文龙任练兵游击。广宁之战，王化贞不听从经略熊廷弼的忠告，轻率大军出击，几致全军覆没，整个辽东尽入后金版图。毛文龙此时率领二百人马被隔在辽南一带，无法归营。强悍机警的毛文龙破釜沉舟，由海道袭取了后金重镇——镇江，而后退居鸭绿江口的皮岛。

皮岛不过是弹丸之地，而且无人烟，毛文龙督率散落士卒、难民斩荆棘，具器用，招集流民，通行商贾，南货缯布，北货参貂，都要经毛文龙收税挂号，否则难免被劫掠，这样久而久之，毛文龙的势力越来越大，成为一支不可忽视的军事力量。朝廷知道有一支兵马在后金腹地，自然欣喜。天启二年，天启帝任命毛文龙为平辽总兵官，左都督，挂将军印，钦赐尚方剑。不过数年，皮岛遂称雄镇。毛文龙生性无赖骄横，皮岛天高皇帝远，又被朝廷倚重，正合他的心意。他掳掠沿海百姓客商，或指为建州奸细，或称临阵斩获，邀功请赏，骄纵不受节制。

崇祯即位，严核各边军饷，敕下山东抚按（皮岛受山东管辖），檄登莱兵备王廷试前往核查皮岛。这王廷试本是贪财之辈，毛文龙既饱其私欲，他便盛称毛文龙忠勇可嘉，士饱马腾，绝无侵吞之事。

毛文龙据守皮岛，形势足以牵制后金，而毛文龙本无大略，每战都大败而还。天启四年五月，毛文龙派偏将孔有德沿鸭绿江越长白山，袭击后金东境，为守将击败，全军被歼。八月，派兵从义州渡江，五年六月袭击耀州官屯寨，六年五月袭鞍山驿、袭撒尔河，均被后金军打得落花流水。天启七年三月后金军乘夜直捣毛文龙所在的铁山，将他驱赶回岛。毛文龙一战不胜，却奏称“十八大捷”，仅仅杀死六个敌人，却说成六万。

袁崇焕对毛文龙的反感由来已久。当年熊廷弼、王化贞经抚不合，袁崇焕仰慕胆识才略过人的熊廷弼，毛文龙却钻营朝里有人的王化贞，道不同，不相为谋，在袁崇焕心目中，早就把毛文龙当作一个小人。当然，袁崇焕也知道，皮岛是皇太极靴中的一粒沙子，它势难给后金带来什么重大伤害，但是，它的存在，却时时让皇太极感到不舒服，所以在处置毛文龙的同时，绝对要保证皮岛已有的地位与作用。现在袁崇焕有了一个成熟的想法，即杀其帅，用其兵。

崇祯二年三月，袁崇焕突然下令，凡以往由山东海运至皮岛的军饷和兵粮，一律改由宁远陆路验过始解。朝鲜向大明朝所进贡物，亦不准过皮岛，改由宁远解往京师，来往商船亦同此例。袁崇焕知道，皮岛士卒不过两三万，却向朝廷报称有十万之众，自己以查验军饷为名，断绝皮岛粮草供应，料想毛文龙也不敢张扬，苦水只能往肚子里咽。

然而局势变化之快出乎袁崇焕的预料，也打破了他的计划。五月的一天，袁崇焕安插在后金营中的奸细王子登忽然冒死逃了出来，令袁崇焕大吃了一惊！

原来，王子登本是袁崇焕任辽东巡抚之时，派往后金军中的内应。六七年来，王子登凭借机敏与经验，寻找机会，终于赢得皇太极的信任，做了其帐前书记。今天他忽然放弃了多少年隐忍受怕得到的位置，逃了回来，必是发生重大变故。

袁崇焕挥手命随从人等尽行退出，这才将王子登接进帐来。王子登未暇落座，先自讲述起来。

原来，毛文龙靠贿赂买通了王廷试，在崇祯面前博取忠义之名，内心里终究不敢大意。魏忠贤当政时，他在岛上建生祠，还特地为魏忠贤像加上一顶皇上的冕旒。他还上了一道奏疏，认魏忠贤为义父。最近，毛文龙闻知钦定逆案之事，怕英明的皇上做出于己不利的决定，便妄图立军功以挟持当局，用以自重。然而毛文龙多年来不修兵器，不练军士，要在剽悍的满洲铁骑面前打一场胜仗，真比杀了他还难。思来想去，毛文龙决定拿银子买地，他派人与皇太极联络，愿捐金三百万，从后金手中换取两卫之地。如今双方已订成协约，专待毛文龙解银换地。

袁崇焕闻听，登时出了一身冷汗。自己在皇上面前保证五年复辽，如今一年将尽，寸土未复，如果在此时毛文龙私通后金，皮岛再有什么闪失的话，那复辽之说岂不成了泡影？事不宜迟，必须采取对策，阻止毛文龙！

约莫过了一炷香的时间，袁崇焕有了主张，他先命王子登暂时在督师府住下。后金是回不去了，只得另行安排。然后，叫来中军何可纲，低声吩咐一番，何可纲领命而去。紧接着他又亲自修书一封，命参将谢尚政领一百小校驾舟至皮岛，亲手交到毛文龙手中。

送走何、谢，袁崇焕立即吩咐一声："擂鼓升帐！"

不多时，众将官幕僚齐集督师府，静候发落。袁崇焕身着戎装，端坐高堂之上，威严赫赫，杀气腾腾："各位，本督接到情报，建虏近日欲图谋不轨，侵我疆界。本督意欲与东江毛文龙联手，先发制人，令建虏无暇西顾。今日召诸位来，是责成诸位各司其职，修好战备，如若贻误军机，本督严惩不贷！"

众将军齐道："我等秣马厉兵，静候督师下令！"

"好！"袁崇焕满意地点了点头，道，"祖大寿，你率本部人马守城，务须当心，若我宁远有失，则关外危矣！"

祖大寿从众将中走出，朗声道："谨遵督师钧命，不敢稍有懈怠。"

袁崇焕又命："黑云龙，你速速准备二十艘巨舰，挑选一千精干水军，随时供本督调用！"

"麻登云，你速拿本督将令，至锦州、杏山、塔山、大小凌河，命其守将严修战备，以防建虏偷袭！"

诸将纷纷领命而去，袁督师退帐，心神不宁地等候何可纲的到来。直到末时将近，军卒来报："中军何可纲求见。"

袁崇焕急命："快让他进来。"

何可纲风尘仆仆走了进来，匆匆说道："启禀督师，卑职奉命出使后金，打听到毛文龙果然私通建州。卑职依照督师吩咐，谎称咱们要用四百万两易地，那虏帅不敢做主，要请示其主人，后来说金人最重盟誓，他们既与毛文龙有约在先，便只将两卫之地换给毛文龙，除非……"

"除非什么？"

"建虏言道，除非毛文龙出什么变故！"

"他们有没说何时与毛文龙交易？"

"听说在半月之后。"

"好，你下去吧，本督已有计策，决不容毛文龙欺君误国！"

毛文龙接到袁督师手书，顿时满腹狐疑。信中声称："本督知岛中军饥，发饷银十万，至双岛约公会议灭敌。"

"这袁蛮子搞的什么鬼，先是卡老子的粮饷，害得弟兄们拿树皮野果充饥，现在又突然间要发银饷，其中必然有诈！"

毛文龙之子毛承禄任职中军副将，正在毛文龙身侧，闻听父亲所言，也大有同感，说："爹爹，袁崇焕三番五次与咱们作对，这次忽然变脸，只怕也是黄鼠狼给鸡拜年，没安好心，爹爹万不可中了袁崇焕的奸计！"

"想打老子的主意，可没那么容易！"毛文龙愤然说道。不过，他嘴里这么说，心里却另有一番想法：岛中三月无粮，以前存粮早已消耗光了，如果袁崇焕再有一个月不发粮饷，岛中两万军卒、两万百姓恐怕只有等死了。自己若不赴约，粮饷定然没有着落。想到这里，毛文龙恨恨道："不给我发粮，自以为狠辣。哼，约我到双岛会合，双岛离皮岛不足八十里，距宁远倒有五六百里，我就是去了，你又能把我怎么样？我倒要看看你葫芦里卖的是什么药！"

六月初一，袁崇焕指定会合议事这天，毛文龙率三千五百名健卒及二十员战将，乘战舰抵达双岛，但见袁督师的舰队远远驶来，只有稀稀落落的十艘大船。毛文龙一见，登时放下大半心思。

两个人相见礼毕，袁崇焕传命："本督闻岛中将士饥馑多日，特携牛羊来加以犒劳，又有羊羔美酒千坛，分赠将士，以示朝廷恩赏无限！"

毛文龙的将士听了，欢声雷动，他们本来就不很清楚主帅的用意，此时肥羊美酒当前，恰恰满足了他们的辘辘饥肠，他们能不欢欣鼓舞？！

中军帐里，袁崇焕手下军卒早已备好酒宴，袁崇焕引毛文龙入席，二人推杯换盏，丝毫不提此行目的。毛文龙尽管疑虑重重，却也没有理由推辞袁崇焕的盛情。

这一天，双方将帅及其麾下士卒都开怀畅饮，毛文龙手下将领、士卒本来奉命小心谨慎严阵以待，但是经半日宴饮，他们大都放下戒备之心，一味猜拳行令。

酒酣耳热之际，袁崇焕举杯对毛文龙说道："毛将军，你我同受皇恩、肩负抵御建虏之任，便当勠力同心，互无猜疑。自今而后，你我以旅顺为界，旅顺以西属贵镇辖制，旅顺以东属本督辖制，将军不必担心本督会削夺你的兵权。"

毛文龙像吃了一颗定心丸，当即喜形于色。他端起一杯酒，摇摇晃晃走到袁崇焕面前，道："督师大人，只要你不打毛某的主意，事情总有的商量！来，我敬你一杯！"

毛承禄听出父亲已有醉意，便出来打圆场："督师大人，我父子孤悬海外，备尝艰辛，朝廷里一些小人却造谣生事，使我父子蒙污，甚至有不少清正大臣亦遭蒙蔽。督师大人慷慨磊落，我父子早就钦仰万分，今日之会，真是难得，痛快。来，我随父亲敬督师大人一杯！"

袁崇焕心下厌恶，面色却依旧神采飞扬，当下端起酒杯，装作不胜酒力，将杯中酒泼了大半，说道："灭虏复辽是我袁崇焕的最大心愿，袁崇焕只有两个选择：一是赶走满人，恢复祖宗疆域；一是归罪阙下，听从皇上裁处。若有人与我为难，坏我大计，到时候军法无情，也是不得已的事。"

毛承禄听得话里有话，生恐父亲酒醉争执起来，急忙接口道："我父子从军既久，自知辽事孔棘，势不容怠，听命尚且不暇，何敢目无国法？”

“如此甚好！”袁崇焕爽快地将杯中残酒饮下，又掷杯于地，道，“待辽东事了，本督定然保你父子尽享富贵荣华，而本督亦可归老林泉，坐享太平。”

这一夜袁崇焕与毛文龙父子边饮边谈，不知不觉已至深夜。

次日众人醒来，已是日上三竿，袁崇焕仍绝口不提正事，依旧置酒高会，大排筵宴。毛文龙感觉袁督师并不像自己印象中那样不近人情，渐渐放松了戒备，肆无忌惮地喝起酒来。

约莫正午时分，忽然有军卒来报，道是有小股满洲精骑在旅顺口附近出现，请督师裁夺。

袁崇焕似乎吃了一惊，随即命参将谢尚政率领自己带来的一千军卒增援旅顺口。

傍晚时分，谢尚政率水军返回，说是满洲兵见有增援，已然退去。

第三天，袁崇焕又把毛文龙招来，一边喝酒，一边商议粮草供应、防务调度诸般事宜。毛文龙向来没把袁崇焕当作一品大员、太子少保、兵部尚书兼蓟辽总督，言谈间当仁不让，寸利必争，而袁崇焕似乎也并不介意。

正午时分，又有哨探匆匆来报：“旅顺近郊有数千后金军兵出没，看样子要袭取旅顺。”

袁崇焕冷笑道：“我早料到昨日建虏不是无由而至，看来他们要发动攻势，旅顺重地，决不能有失，谢尚政，你点齐五百水师，准备出发！”

说着，他又对毛文龙说道：“毛将军，本督此行未带多少军卒，你可否借给本督两千兵马，待击溃建虏，再如数奉还？”

毛文龙骤闻此言，颇为意外。他疑惑地看了袁崇焕一眼，欲待推辞，却一时找不到合适的理由，犹豫了一会儿，这才不情愿地回答：“好吧！”

就这样，谢尚政领二千五百兵马扬帆而去，剩下的人依旧无所事事，猜拳行令。

这一天，派出去的水师没有回来。

第四天一早，袁崇焕邀请毛氏父子围猎，诸偏裨将领随行，毛文龙欣然从命。

围猎地在一环形山中间相对平缓的地带，袁兵早在土坡上设下一座中军大帐，供督师、总兵休憩之用。

毛文龙乘一匹雪花骢，佩紫电剑，背射雕弓，神采飞扬，精神百倍。他从军既久，骑射皆精，今天又抱着露一手给袁崇焕看的心思，便刻意打扮了一番。

一行人从谷口而入，袁崇焕的中军何可纲率三百军兵守住谷口，以防猎物脱逃。

毛文龙与手下将领入谷，其中营亲军也要进入，却被何可纲挡住，于是两支人马争执起来。

毛文龙正待讲情，袁崇焕却已经开了口，说道：“我等围猎，竭力尽兴，谷地本不甚大，这许多人一搅，狐兔窜避，反不能尽兴，不如就命他们在这里静候如何？”

毛文龙未暇细想，便欣然从命。

在猎猎作响的海风与起伏摇曳的深密草丛之间，袁崇焕、毛文龙并辔而行。

袁崇焕好像是想起点什么，很随便地说道：“毛将军，我大明祖制说武将在外，必须有文臣监军，你以前孤悬海外，监军派遣不便，以后你我联手进退，沟通必多。若再无监军，于祖制大有违犯，难免引起朝廷悬疑。今后你可以上表皇上，请派监军，如何？”

毛文龙不悦，朗声抗辩：“毛文龙在皮岛多年，没有什么监军，不是也屡次出击，大败建虏吗？老子的赤诚之心，难道非要监军褒奖通禀，才能口达天听吗？监军有无，又有什么干系？”

袁崇焕无言，又行片刻，转移了话题：“将军离乡从戎，时间不短了吧？”

毛文龙顿起自豪之色：“毛某十七岁入伍，今年五十七岁，为朝廷卖命已经整整四十年啦！”

“可曾想到荣归故里，衣锦还乡？”

毛文龙疑心重重地看了袁崇焕一眼，说道：“我也早有此意，只是辽东敌我状况，唯我毛某最为明晰，等灭了建州满人，我就解甲归田！”

边走边说，已来到中军帐前，众人下马，依次走进帐中，稍事休息。袁崇焕忽然离座，对毛文龙说道：“本督明日便要回宁远了，将军当海外重寄，干系重大，请受我一拜！”

毛文龙急忙起身，也向袁崇焕拜倒，口中谦逊道：“督师大礼，毛文龙不敢当！”

交拜毕，袁崇焕回归本座，脸色变得郑重，道：“本督奉敕节制四镇，清严海禁，唯恐登州、天津遭受腹心之患。东江粮饷由宁远验解既方便又快捷，毛将军何必非要解钱由登州、天津自籴？如此虚耗国家钱粮，并无实效，要这东江何用？”

毛文龙感觉刺耳，大为不忿，道：“督师此言差矣！毛某以九十义旅袭取东江（皮岛），没有耗费国家一粒米、一两银饷，又抚慰聚揽辽民无数，分散各岛以为犄角。以义取朝鲜粮饷，以信括商贾捐税，屯田铸兵器，杀顽敌，复疆土。六七年来，只受国家银一百零五万两、米九十余万石，还能说是无功虚冒吗？”

袁崇焕怒声驳斥：“本督与你洽谈三日，早知你毛文龙狼子野心，一片欺诳，若不杀你，皮岛这方土地，他日必非朝廷所有！”

毛文龙大惊失色，厉词辩白：“督师只有节制之权，怎可擅杀毛某？”

说着，毛文龙挺身而起，手按剑柄，便要发作！

袁崇焕当机立断，将手中酒杯“啪”地摔在地上，厉声道：“来人哪！将毛文龙拿下！”

说时迟，那时快，中军帐四下里呼喝声四起，早有数十名兵卒一拥而出，不待毛文龙利剑出鞘，已将他的手脚抓了个结结实实，随即用绳索捆了起来。

毛文龙气急，一边强自挣扎，一边骂道：“袁崇焕，你跟老子玩真的，你有什么权力捆我？”

“今日之事非本督之意，乃上旨所命！”

“圣旨在哪儿？”

袁崇焕吩咐：“请尚方宝剑！”立刻有捧剑官恭恭敬敬捧出尚方剑，置于帅案正中。袁崇焕离座，行至案前，行三拜九叩之礼，众军将不敢怠慢，亦随督师叩头，只毛文龙一人立而不跪。拜毕，袁崇焕再次升座，喝道：“毛文龙，尚方宝剑在此，你还有何话说？”

毛文龙鼻子里哼出一道冷气，叫道：“尚方宝剑老子也有一口，拿了剑便可诛杀朝廷大将，我大明朝有这样的先例吗？”

袁崇焕早已怒不可遏，疾言厉色说道：“到如今你还狂言狡辩！你可知道，你有十二条该斩之罪，每一条都死有余辜！”

“哪十二条？！”

“祖制大将在外，必命文臣监制，你专制一方，军马钱粮不受查核，一当斩；人臣之罪，莫大乎欺君，你所奏报尽属欺妄，杀濒海难民冒功，二当斩；人臣无将，将则必诛，你奏称牧马登州，袭取南京易如反掌，大逆不道，三当斩；你每年吞饷银数十万，不尽数分发，每人每月只发三斗米，其余尽行侵盗，四当斩；你擅自在皮岛开放马市，私通海外诸国，五当斩；你命部下将领随你之姓，副将以下，滥施奖赏，走卒、轿夫尽佩金绯，六当斩；你剽掠宁远商船，自作盗贼，七当斩；你强娶民间女子，不知纪极，致部下效尤，人不安室，八当斩；你逼迫难民到建州疆域内挖窃人参，不从则幽禁狱中，致使饿死者白骨如柴，九当斩；你运巨金贿赂公卿，拜魏忠贤为父，塑逆阉冕旒像于岛上，十当斩；铁山之败，你丧军无数，却掩败为功，虚声报捷，十一当斩；你开镇八年，拥兵观望，不能恢复寸土，十二当斩！”

这时，毛文龙才明白袁崇焕早有预谋，不是临时发难。好汉不吃眼前亏，不如先服软，待逃脱此难，回到皮岛再做计较。

想到这里，他“扑通”跪在地上，磕头如捣蒜，频频哀恳：“督师所言条条俱实，文龙死有余辜！但求大人网开一面，许我戴罪立功，文龙保证三月之内有所建树，如若失言，再依军法从事？”

袁崇焕冷笑道："哪里用得了三个月？只要凑足三百万两白银，自会有两卫之地交到你手里！"

此言一出，毛文龙登时汗如雨下，一双绝望的眼睛呆呆地看着袁崇焕，一句话也说不出来！

袁崇焕请出尚方宝剑，交与行刑官，喝令："将毛文龙推出帐外斩首！"

此时的毛文龙失魂落魄，听凭军卒推推搡搡出了中军帐。不一会儿，刽子手提着毛文龙血淋淋的人头回来复命，众将早惊得面无血色。袁崇焕安慰道："皮岛之事，只诛罪魁毛文龙一人，余者身不由己，本督无所怪罪。即使是毛文龙的妻妾子女，也可安心，继续吃朝廷禄米。"

毛文龙手下的将士平日无法无天，恣意妄为，今天却变得唯唯诺诺，唯命是从。这一半是因为袁崇焕周密策划，突然发难，众将措手不及；一半是慑于袁崇焕的威严，不敢有异议。

这天傍晚，出外增援的水师回来了，毛有德等人才知道根本就没有后金军的进攻，这只是袁崇焕的调虎离山之计。

第二天，袁崇焕换了素服，亲自主持毛文龙的葬礼。袁崇焕隆重地祭敛了毛文龙，复集诸将议事，将毛文龙属下两万八千兵卒分属四协，命毛文龙次子毛承祚，副将陈继盛，参将徐敷奏，游击刘兴祚分掌。收回毛文龙敕印、尚方宝剑，令陈继盛代掌。而后犒赏军士，传檄抚慰毛文龙所辖诸岛，尽除毛文龙所施虐政。数千随毛文龙改姓的将士亦各复本姓。诸般措施条理停当后，袁崇焕率水师回归宁远。

袁崇焕回到督师衙门，立即写了一道奏疏，将诛杀毛文龙的起因过程详细呈告崇祯。尽管他深信自己所作所为毫无私情，但心里还是有一点担忧。不错，崇祯是赐给他尚方宝剑，而且准许他便宜行事，然而这"便宜行事"终归是有一个限度，杀总兵是不是出了格？难说。

崇祯览奏，果然惊骇非常。对于毛文龙的情况，崇祯知道得很清楚。毛文龙固然虚报战功，谄事魏忠贤，侵耗国家钱粮，可是有他在皮岛，皇太极就有了后顾之忧，毛文龙不一定要打胜仗，他只要偶尔骚扰，就能牵制后金的兵力，使其不敢倾巢东进。所以崇祯明知毛文龙种种恶行，却对其迁就姑息，谁料袁崇焕突然无声无息地把他干掉了，崇祯焉能不惊？！

崇祯想得更多：凭袁崇焕的才能，或许杀了毛文龙之后，照样能保持东江巨镇的地位，发挥更大作用。但无论如何，你袁崇焕不该擅作主张，在朕毫不知情的情况下，斩杀朝廷一品大员，你的眼里还有朕在吗？实在是太过分了！究竟有多么迫切，竟然事先不给朕打个招呼？

崇祯思来想去，还是决定安抚袁崇焕。毛文龙死了，辽东战事要全权倚仗袁崇焕。

崇祯一方面优诏褒答袁崇焕，一面传谕京城百姓朝臣，历数毛文龙之罪，以安定袁崇焕之心。他还下令五城巡检司搜捕毛文龙在京的爪牙。

然而还是有不同寻常的消息传到崇祯耳朵里，高时明向他报告，兖州、蓟州、北京有不少百姓私下聚众哭奠毛文龙，传言：“袁崇焕捏造十二大罪，矫制杀毛文龙，和秦桧以十二道金牌矫诏杀岳武穆，如出一辙。”

崇祯听了这些报告，心中的疑惑越发地加重了。

不久，袁崇焕又上疏说：“东江重任，牵制所必须倚仗，今又定为两协，马军十营，步军五营，岁需银饷四十二万两，米十三万六千石。”

崇祯大疑，毛文龙在时，谎称有十万劲卒，票发饷银十五万，后经袁崇焕查核，仅有两万八千，兵员少了七成，而现在所需饷银却增加了将近两倍，这又从何说起？若说毛文龙侵盗冒领，袁崇焕凭空多要这许多银两又是怎么回事？崇祯最后还是勉强同意了袁崇焕的请求，然而此时他心目中的袁崇焕，与去年平台召对时相比，早已经判若两人。

崇祯当然不会想到前锋线上瞬息万变的局势是多么复杂微妙，斗智斗力的方式会有多少种。甚至连袁崇焕也不能预料，自己精心策划的这一手成功的虎穴擒龙会给辽东的形势带来什么样的影响。毛文龙虽然残暴骄横，但是有一套极高明的笼络之术，令互不相让的骄兵悍将服服帖帖，如今皮岛骤失主帅，四协首领各自为战，后来改作两协，而将士心散如故。袁崇焕给将士们增加粮饷，他们的情绪却还不如毛文龙克扣侵盗时高昂。渐渐的，有人开始偷偷逃走，投降后金去了。

袁崇焕更不会想到，在自己每有所请，朝廷尽量满足的背后，刚愎自用的皇上已经积蓄了太多的不满与怀疑。袁崇焕依旧照自己的策略，一面与皇太极谈判，求得暂时的和平，一面整修军备，加固城墙，以为进攻退守之用。

似乎只有一个人对已经发生的一切洞察得清清楚楚。这个人就是最令袁崇焕不敢小视的后金国主——皇太极！

袁崇焕不避艰险双岛“屠龙”的消息传至沈阳，皇太极喜不自胜，当即传命，召集诸贝勒亲王设宴庆祝。

努尔哈赤父子最头痛的事情有两件：一件是明军铜墙铁壁般的锦州、宁远防线，这防线先是熊廷弼，后是孙承宗，现在是袁崇焕防守；另一件就是毛文龙，这毛文龙虽然没有才略，但是因为他占了极重要的位置，不断派人骚扰后金腹心地带，令努尔哈赤与皇太极万分恼火。

如今，心腹大患之一的毛文龙已经借袁崇焕之手除掉，再与明军作战便没了后顾之忧，皇太极自然欣喜异常。

亲王贝勒们也都明了大汗用意，纷纷向大汗敬酒。席间，一位文士模样的中年人站起，向皇太极祝贺道："大汗不动刀兵，便除掉心腹大患，此乃天佑大汗成功。而今明朝已历三百年，武弱文强，弊端丛生，上下欺骗，贿赂公行，况且其连年用兵，财力枯竭，此正是我大金顺应天命，取而代之的良机。毛文龙一死，皮岛失去主帅，难成气候，大汗正可以倾心东顾，大举攻明，此天赐良机，切莫错过。"

皇太极抬头一看，讲话的人正是范文程。

这范文程是沈阳人，范仲淹的后代。他为人颇为机敏，沉着刚毅，少时喜读治乱之书，自负有经国之才。他见大明朝日渐衰落，气数难以长久，便追随了皇太极。皇太极见他颇有见地，便生爱才之意，十分器重。

皇太极喝下一大碗酒，对范文程道："朕早就听人说大明朝的江浙一带人杰地灵，物华天宝，有三秋桂子、十里荷花，曾发誓要牧马江南。只是这袁崇焕拦在宁远，着实厉害，不知范先生有何妙计？"

范文程似乎猜到皇太极的心思，进言："大汗如果没有计策，臣倒不妨献丑。只怕大汗早已成竹在胸，只是随意考较学生罢了。"

皇太极一笑，道："不如我二人将伐明之计各自写在手上，看是不是君臣所思略同？"

说着仆从递上笔墨，君臣各自写毕，两掌同时伸出，仔细看时，见两个人的手上写着同样的四个字："假道伐明！"

两个人禁不住同时仰天大笑。

后金天聪三年（明崇祯二年）十月，也就是毛文龙被杀三个月后，皇太极征集十万大军，绕道蒙古科尔沁大草原，直扑明长城的各个隘口。

后金兵分三路：七贝勒阿巴泰、十二贝勒阿济格攻龙井关；大汗堂弟济尔哈朗、侄儿岳托攻大安口；皇太极亲统大军偕大贝勒代善、三贝勒莽古尔泰入洪山口。十万满洲铁骑魔术般铺天盖地杀来，直惊得明朝守军魂飞天外，三路人马势如破竹，只三天时间，便已攻至马兰镇。

自明朝采纳刘懋的建议裁撤驿递以来，各地驿站信息传递愈发缓慢迟滞，有的驿站人都已跑光，成了废站。长城各口陷落的消息递到京师之时，已经迟了三天，当时满洲兵已经占领了蓟州城。崇祯一向自以为沉着老练，这时突闻后金铁骑已近在咫尺，一下子惊得面如土色，呆了半晌也想不出应对之策。还是韩爌稍稍老练一些，当即请皇上下诏，宣布京师戒严，附近机动军队全部防守京师；飞檄传袁崇焕回师拦截后金大军；诏告各地督抚率兵入卫勤王。

三道诏书颁下，崇祯怦怦乱跳的心才稍稍安静了一些，正待喝口茶安顿一下过度紧张的神经，老太监王承恩急惶惶地走过来，到他身边附耳说道："皇上，刚刚传来战报，说山海关总兵赵率教战死在遵化城下！”

王承恩声音不大，而且生怕吓坏了皇上，话说得极缓慢，但听在崇祯耳朵里，仍然像晴天霹雳一般，惊得目瞪口呆！

原来，山海关总兵赵率教闻警，不待督师与巡抚下命，立即率两千人马前往遵化救援，疾驰三昼夜，几乎与后金兵同时抵达遵化外围重镇三屯营。

三屯营守将是蓟镇中协总兵官朱国彦。这朱国彦是蓟辽总理刘策属下将官，刘策一向与皇上最近的红人袁崇焕不睦，影响到其部下也对袁崇焕的属下充满敌意。此时，朱国彦正为满洲兵的突然到来忧心忡忡，忽然听说赵率教前来增援，心下大喜，当下便欲开门迎纳。他的幕下师爷走了过来，捋着山羊胡子劝朱国彦道：“赵率教是我朝名将，将军若延之入内，势将反客为主，胜敌是增援之功，失守则将军难逃其责。况且满洲兵虽强，却也未必能攻下三屯营。”

朱国彦以为言之有理，当下紧闭城门，拒不接纳援军。赵率教三天三夜强行军，早已人马疲惫，却不料遭此冷遇，当下怒火中烧，指着城头道：“朱国彦，我好心帮你，你却这样待我。待三屯营失守，看你怎么向皇上交代！”

骂阵自然无济于事，赵率教只得绕过三屯营来援遵化，途中与阿济格所率镶红旗遭遇，双方一场混战，羽箭若狂风怒雪，兵戈击打如潮。最后赵率教所率两千人马全军覆没。

拒不接纳援兵的总兵朱国彦终究没能侥幸抵挡住能征善战、士气正盛的满洲兵。就在后金军攻入三屯营那天，他穿好朝服、向京师方向叩拜如仪，之后与妻子张氏一同上吊自杀殉国。

满洲三路人马汇集遵化城外，合兵攻城。遵化巡抚王元雅是一介文官，哪见过这等阵势，急令总兵官李槚坚守，谁知道武将更是稀松，没等开兵见仗，早跑得无影无踪。王元雅悲愤交集，便把逃跑诸将名单张榜于抚衙之前，而后与永平知县徐泽等人相继自缢而死。

皇太极夺了遵化，继续挥师东进，明军的抵抗出乎他意料的软弱。十一月八日，探马来报：大军前锋已至蓟州。

皇太极见天色已晚，便传令三军：“今日就地扎营，来日一早攻城。”

第二天，天刚刚亮，后金军便开始攻城。代善、皇太极素知蓟州乃是重镇，攻取不易，便令莽古尔泰、阿巴泰、岳托各领一旗人马轮番攻城。

城头的滚木、礌石、羽箭像密雨冰雹一样倾泻而下，仰攻的满洲将士纷纷倒下，但这丝毫阻挡不住越来越猛烈的攻势。

突然，一支羽箭射中了莽古尔泰的前额，顿时血流披面，痛得他哇哇大叫。这莽将军血性大发，猛地一把将那箭杆折断，头上戴着残余的箭镞，疯了一样登上云梯，狠命向上攻去。周围的将官士卒被主帅的神勇所感染，军威大振，在声如牛吼的号角声中，满洲兵置生死于不顾，嗷嗷叫着往前拥，这番气势将城头兵将吓得心惊胆战，抵抗之势顿减，眼见有数十名敌军就要爬到城垛口，蓟州城危在旦夕。

忽然，城上“轰”“轰”“轰”三声炮响，紧接着杀声震天，仿佛有数万明军如神兵天降一般出现在城头，半空中飘扬一杆大旗，红色的大旗上书有一个斗大的黑字——“袁”！

这个字，满洲兵将再熟悉不过了。不错，这正是蓟辽督师袁崇焕的大纛旗！

主客之势登时逆转，城头木石铺天盖地而下，满洲铁骑攻势受挫，莽古尔泰右臂又中一箭，在军将的保护下撤了回去。留下千余具残肢断臂的尸体，无声地点缀着这惨淡血腥的战场。

皇太极闻报大吃一惊，喃喃说道：“莫非这袁崇焕真是神人转世！”

要知道，宁远至蓟州有千里之遥，袁崇焕在这么短的时间里整军前来，简直不能想象！

“这可如何是好！难道朕此番入塞，又要功败垂成，坏在这袁蛮子手里不成？”皇太极自言自语道，“不行，袁蛮子一日不除，伐明的大计就一日不得施展，总得设计除掉他才是！”

这时，范文程走上来，文绉绉说道：“学生素闻明主朱由检生性多疑，虽然已将辽东全权交给袁崇焕，却也未必用之不疑。学生有一策在此，供大汗参谋。”接着，范文程在皇太极耳边低语良久，说得皇太极频频点头。

第二天，皇太极命贝勒豪格及额附恩格德尔率一旗兵马绕过蓟州，循三河、临顺、义城，目标直指京师。其余各旗分散在蓟州城方圆百里之内，抢夺人口、牲畜、金帛、粮食，补充给养，消耗明朝实力。

袁崇焕不愧是一代名将，后金军兵抵遵化之时，他才得到报告，当时也是万分惊骇。不过他到底有十数年临敌经验，当时他即刻做出决定，留一万兵马镇守宁远、锦州，其余大队人马随自己千里赴援。俗话说，疾行无善迹。但袁崇焕还是将这支精锐之师带到蓟州城内，比皇太极快了半拍，而且沿途抚宁、永平、迁安、丰润、玉田诸镇，还都妥善派兵把守。

但是袁崇焕却对皇太极的新举动有点茫然，按理说皇太极应该猜到他千里行军，人马困顿，该当继续夺城才是。即使不愿与袁军作战，也完全可以以主力绕道蓟州，去攻打京师。为什么他只派一支偏军绕城而过，主力却在蓟州城外游荡起来，这其中必有险诈！

袁崇焕正在思考皇太极的用意何在，祖大寿赶来，急火火地说道：“督师大人，听说豪格已东去袭取京城，大人为何还不动身去援京师？”

袁崇焕看了看这员心腹爱将，心里涌起一股暖流，只有他这鲁莽勇猛的汉子才会直率地讲出自己的所思所想，一心为督师安危、为朝廷大计着想。袁崇焕便也坦陈自己的顾虑：“皇太极本可以全师东进，却在这里休养，不知有何阴谋。蓟州东去抵京师一马平川，再无重镇可依，如若本督移师，恐怕蓟镇难保啊！”

“但是督师已至蓟州，京师遥遥在望而不前，谁能保证朝臣们会说出什么话来？”祖大寿说出了自己的担忧。

“大安口、龙井关、洪山口都非本督负责地带，满人由此而入，不是咱们疏于防范。咱们闻讯即千里赴援，谅百官也挑不出什么漏洞来攻讦。即使他们说了，咱们皇上英明神武，想来也不会相信。”

“督师说的是，不过，历来辽东主帅都不是败在满人手中，而是败在朝中谗言与胡乱调度之中。督师虽然有皇上宠信，小心一点总不会有错。”

正说着，何可纲走了进来，道：“禀督师，皇上派人来宣读诏书！”

话音未落，内宫太监高起潜已带人闯了进来，尖声颂道：“袁崇焕接旨！”

“臣在！”袁崇焕匆忙率祖大寿等人跪倒。

“蓟辽督师袁崇焕千里赴援，忠勇可嘉，朕心甚慰。今京师危急，特命袁崇焕火速入京勤王，以息虏难。钦此！”

袁崇焕叩头领旨，站起身对高起潜说道：“本督有一主张，还须公公禀明皇上：现今建虏国主皇太极及八旗主力还在蓟州，其去向难明，崇焕须得稍待数日，察其意欲何往，再做定夺。”

高起潜感到有点意外，说道：“虏骑入境，自然是京城最为危急，督师大人不去入卫皇上，却在这里察探动静，怕是不妥吧？”

“本督千里赴援，正是担心皇上安危，此时驻守蓟州，是扼皇太极东去之路。公公所言差矣！”

高起潜不再争辩，只懒懒地说道：“好吧，咱家替大人转告皇上就是啦。督师身担大任，倒要好自为之。咱家一路奔波，鞍马疲惫，请督师先安置咱家歇歇脚，再回去复旨。”

袁崇焕答应了。

玉兔临空，清光皎皎。崇祯焦躁不安地在殿前的大理石丹墀上来回踱步，偶尔仰望夜空，然后低下头来长叹两声。

有生以来，他从没有像这半个月这样忧心忡忡，无所适从。他弄不明白，一向在千里之外叫嚣跳梁的满人，怎么一夜之间跑到了京师近郊？京师百姓与满朝大臣惶惶不可终日的躁动气氛更令他六神无主。

四方勤王的军队迟迟不能到来，而满人却一天天临近，这份等待的痛苦让崇祯倍感折磨。昨天传来的消息说，大同总兵官满桂与宣抚总兵官侯世禄率所部入援，在临顺、义城先后接战，都遭惨败。两个总兵只好收拾残兵越过通州河，驻扎到京城北面，算是让崇祯稍稍松了一口气。不管怎么说，好歹有几千人挡在城外了。

这时卢维宁来报：高起潜回宫复旨。

崇祯登时精神一振，匆匆说道："快让他进来！"

高起潜的身影刚刚出现，崇祯就迫不及待地说道："袁督师到了哪里，他怎么说？"

高起潜回道："袁督师已至蓟州，正在休养兵马！"

"他为什么不来守卫京师？"

"督师说敌情未明，他不便轻举妄动，待判断明白满人的真实意图，他再相机行事。"

"虏骑已深入京畿，他竟然还在观察动向。"说到这儿，崇祯忽然停了下来，他一向饱读历朝政要与祖训，书上都说不要在妃嫔与阉官面前显露帝王意向，以免为其所乘。现在他忽然意识到这一点，便改口道："战场千变万化，袁崇焕或者别有良策退敌，也未可知。好了，朕都知道了，你下去吧！"

高起潜唯唯而退。崇祯也回到暖阁里，脑子里思来想去都是高起潜的话。这袁崇焕到底是何居心，逗留在蓟州不前，难道想要要挟朕不成？不对，他没有理由这样做嘛！也许他真的有所顾虑吧？这一夜，崇祯失眠了。第二天早朝，崇祯召朝臣平台议事。他已经连续好多天没有休息好了，以至精神委顿，眼睛里布满血丝。

朝臣们都是头一回面临敌人兵临城下的局面，纷纷扰扰，丝毫理不出头绪，只好按照自己所思信口开河。这时，吏部右侍郎成基命忽然走出朝班，拱手启奏："皇上，虏寇已然迫在眉睫，朝臣却在这里不着边际地议论，臣恐怕敌兵未至，我已自乱；敌兵一至，必败无疑！"

崇祯大奇，问道："依卿之见如何？"

成基命的目光扫过两班栖栖惶惶、交头接耳的朝臣，朗声说道："臣请仿效嘉靖朝抗击鞑靼的先例，增设中枢辅臣，各负城守、供应军械、粮饷、维持治安之责，失职则按律治罪。朝廷上省去一切浮华议论，有提出议和、迁都等议论惑乱人心者，杀无赦！"

崇祯半个多月以来，头一次听到负责任、有见地的建议，当时大为感奋，急忙问："依卿所见，目下谁人可用？"

成基命道："先朝辅臣孙承宗谙于兵事，治军有方，他曾督师辽东三年，寸土未失，还收复大小凌河、塔山等地，蓟辽督师袁崇焕就出自他的门下。皇上若用孙承宗守京师，必然万无一失，如果无效，臣请与孙承宗一同治罪。"

“那么孙承宗现在何处？”

“孙承宗为魏阉排挤，现在高阳故里颐养天年。”

“那么，传朕旨意，召故辅孙承宗以原官兼兵部尚书火速入京！”

崇祯见成基命敢作敢当，见识不凡，也是一个难得的人才，于是回宫之后立刻传命韩炉，草拟一道诏书，升成基命为礼部尚书兼东阁大学士，主要负责北京城的防守事宜。韩炉等人一向都是太平宰相，处理朝廷上的日常事务倒还得心应手。自有边警以来，三位阁臣骤出不意，早已不知所措，丢三落四的事情不知发生了多少。现在有成基命代理其事，三位阁臣都大大松了一口气。

远在高阳的孙承宗在成基命举荐之后的第四天就到了京师，他甚至没有掸一掸衣上的风尘，就请求觐见。

文华殿上，崇祯召见这位三世老臣。崇祯今天的情绪出奇的好，举止言谈中也带了几分生气：“孙卿历仕二朝，功在社稷，向为先帝所倚重，此番建虏逼临，形势危急，孙卿还须为朕分忧！”

“微臣自当鞠躬尽瘁，解民倒悬！”孙承宗声若洪钟，掷地作金石之声。

面对这位自信心十足的老臣，崇祯一直悬疑的心神安定了下来，对摆脱目前的困境有了切实的希望：“孙卿对目下京城守御有什么方略？”

孙承宗奏道：“臣以为先前袁崇焕驻蓟州，满桂驻顺义，侯世禄驻三河，此乃得宜之策。臣听人说皇上命尤世威回守昌平，尤世禄改驻通州，似乎不大妥当。”

“为什么？”

“前策乃积极御敌之计，后策乃规避防守之略，主客易位，进退失宜，难免长敌人之锐气，消我臣民之厚望。”

“如此说来，卿欲何往？”

“老臣愿提一旅弱卒镇守三河！”

“这却是何意？”

“守三河则进可以阻断敌人西奔之路，退可以扼虏骑南下之途。”

“不错，不错，是这样，”崇祯连连称善，“那么守卫京师当以何为先？”

“目下乃存亡危急之秋，而守御将士暴露于外，饥寒难耐，此决非万全之策。若言守御，当以整治器械工事，犒赏三军，安抚人心为第一要。”

“孙卿所言极是！”崇祯像溺水的人忽然抓住一根粗大的木头，心里一块石头落了地。他想了想说道，“你不必去三河，就在这里为朕谋划京师的防御吧！”

“老臣谢皇上信赖！”

崇祯立即传旨，命内阁首辅韩即刻草拟孙承宗的委任状，升孙承宗为兵部尚书兼中极殿大学士，为其铸造关防印信。

孙承宗辞别崇祯出来，已近四更天了。寒星闪烁，霜风凄紧。他来不及休息，就率领十几名贴身随从巡阅都城。

到五更时，孙承宗已将内城巡视一遍，又去巡视外城。崇祯听人报告孙承宗的行动，既感动又振奋，命卢维宁将白银五十两、绢十匹赐予孙承宗，以嘉奖其忠直之举。

再说袁崇焕在蓟州驻扎数日，几次出城与后金兵决战，皇太极都是一触即退，从不正面交战。袁崇焕又不敢离城太远，只好无功而返。

这一天，袁崇焕正在与诸将议事，忽然有军卒来报："敌军整兵绕城而过，似乎要西向京师而去！"

袁崇焕大惊，立即登上城头观望，但见远处烟尘滚滚，马蹄声震动大地，果然八旗主力整军西向，矛头直指京师。

事不宜迟，袁崇焕立即升帐，命祖大寿为先锋，率部赶在后金军之前赶到京城防守，自己与何可纲统中军随其西行，尾追皇太极求战，力求给后金军以重击！

谁知皇太极无心恋战，只是一个劲儿地往西赶。袁崇焕无奈，也只得加紧行军，先期赶回京师。就在他刚刚踏入左安门之时，皇太极的八旗兵也旗幡招展铺天盖地而来！

袁崇焕不敢怠慢，立即整队与满洲兵战在一处。袁军长途跋涉，既无充足给养，又没有充分休整，情形未判，骤与皇太极接战，难免损折兵将。幸赖袁崇焕平日训练有方，部伍临危不乱，才侥幸没有大的伤亡。袁崇焕在广安门外立脚不住，只得移驻沙河，祖大寿驻营广渠门外。

八旗铁骑如影随形杀到，皇太极身着金盔金甲，坐在黄罗伞盖之下，亲自督阵。八旗兵在大汗面前，欢欣鼓舞，没命一般向前冲。两支人马直杀得天愁地惨，日色无光。袁崇焕立马大纛旗下，面色铁青，一言不发，半晌，看这样的混战很难击败皇太极的进攻，才对何可纲下令："放炮！"立刻有火器营的军兵推出两门红衣大炮，装好火药，点燃引线。

随着一阵清脆的锣声，袁军忽然间撤了回来，没等激战正酣的后金兵明白过来，"轰""轰""轰"，几声震耳欲聋的炮声，炮弹在后金阵营落地开花，霎时火光一片。

皇太极的坐骑也受了惊吓，掉头向东北方向奔去，后金军兵中弹者累累，这时又见大汗仓皇奔逃，立刻乱了阵脚。袁崇焕挥动令旗，明军一阵掩杀，后金军败退。

与此同时，另一场激战在德胜门外展开。

对阵的一方是大同总兵满桂与宣府总兵侯世禄，另一方是后金贝勒豪格、固山贝子岳托及额附恩格德尔。满桂是蒙古族，身材高大剽悍，以勇猛敢战著称，而豪格也是生就一副天不怕地不怕的性格，两强相遇，自然免不了一场你死我活的恶拼。

激战刚一开始，侯世禄部的兵痞子们就鼓噪四散，乱了明军的阵脚。豪格见有隙可乘，身先士卒杀进明军阵营，乱兵裹挟着侯世禄逃离了战场。

满桂见状惊怒交集，大喝一声，拍马舞刀直取豪格，两员猛将战在一处，手下兵将也捉对厮杀起来。八旗劲旅能征善战，斗志昂扬，而且他们的人数也超过明军数倍。满桂仗着一股血性与勇气，苦苦地支撑着局势。

恰在此时，忽然远处杀声震天，一旅精骑如飞而至，为首一员战将，正是袁崇焕中营亲军何可纲！何可纲身先士卒，亲冒矢石，袁军将士如生龙活虎，锋芒毕露，战场上明军颓势登时被制止住了。

豪格、岳托见对方来了援军，而且天色已晚，便下令收兵。

德胜门外，硝烟渐渐散去，战场上一片狼藉。

夜，已经很深了，文华殿的灯光依旧明亮，崇祯一会儿坐下来沉思默想一阵儿，一会儿又匆匆站起来来回踱步。

袁崇焕与满桂的战事，已经有亲信太监不时打听了来告诉他。最令他欣慰的是，救命稻草袁崇焕终于来了！袁崇焕治军有方，关宁军勇猛善战，有了他们，京师还怕不固若金汤？

然而另一些消息却让他隐隐地有点疑惑。上午，东厂提督太监高时明来了，告诉了他许多京师百姓的传言。他们说，满洲人是袁崇焕故意放进来的，袁崇焕先杀了毛文龙这块满洲人的绊脚石，再勾引皇太极来攻京城，他与后金约定打下京城后一路南攻，覆灭明朝之后平分天下。

崇祯对这些无稽之谈嗤之以鼻，他不相信间接杀死了努尔哈赤的人会向他的儿子妥协，这简直是天方夜谭！

但高时明说的另一件传闻却对他有所触动：有一些朝臣及军将私下里议论，说袁崇焕要和满人讲和，怕朝中有人反对，便借后金之势，兵临城下，胁迫皇上与朝臣就范，就像宋朝真宗年间的澶渊之盟那样！

是不是确有其事呢？崇祯拿不定主意。整个下午，他都在焦躁与狐疑中度过，袁崇焕重兵在握，有勇有谋，他如若心怀不轨，京师危矣，大明危矣！

入夜的时候，吕直前来禀报：袁崇焕在广渠门外击退后金主力，又协助满桂打败德胜门外的豪格铁骑！

崇祯长出了一口气，真是的，袁崇焕怎么可能投降呢，自己竟然对正在城下浴血奋战的良将起疑心，真是大大的不应该！想到这里，他内心里生出一丝愧疚，当即对等候圣谕的吕直说道："传朕的旨意，召袁崇焕、满桂入宫，朕要亲自慰劳二人！"

吕直领命去了，崇祯望着一盏宫灯，又陷入了沉思：袁崇焕千里赴援京师，以饥疲之军竟然还连打两个胜仗，果真是既忠且勇！那么守卫京师，指挥各路勤王军的担子理应由袁崇焕承当才名正言顺众望所归。

这时，内阁大学士韩炉求见，崇祯照准。韩炉拖着疲惫的脚步走了进来，叩拜，启奏："皇上，目下虏难正殷，人心混乱。礼部印信司的郎中瘳正则又因病乞休，皇上所命为孙承宗铸造关防之事仓促之间不能办好，还请皇上稍稍宽限时日。"

崇祯忽然灵机一动，说道："铸造关防的事就先免了吧，你回去票拟一道旨意，命孙承宗去驻守通州，即刻前往。命袁崇焕代孙承宗总理京师防御，督率各路勤王兵马。"

韩炉骤闻此言，一时回不过神来。待过了片刻，才似乎明白了一点，禁不住大为惊愕，京师防御这等重大任命，岂能像补锅匠补锅一般随意东挪西补？尤其是在眼下这生死攸关的时刻？皇上这般轻易地朝令夕改，岂不是伤害了他至尊无上金口玉言的威严形象？

不过，韩炉也素知皇上自以为是一意孤行的性格，知道劝谏恐怕不起作用，况且袁崇焕的才能、声望与地位确实也比孙承宗更适合挑这份重担，于是他没有说什么，只老老实实地答应了下来。

崇祯放心不下。虽然袁崇焕、满桂、孙承宗都用事实证明了他们的忠心，但是崇祯终归与他们缺少沟通与交流，内心深处不能没有一点怀疑。想到此处，崇祯对正准备告辞的韩炉说道："韩炉，朕打算派内监到京师各勤王军中监军，以便朕能够迅速知晓军情，做出决断，你以为如何？"

韩炉又是一惊，好在他早已习惯崇祯兴之所至的说话方式，只低头思忖了一会儿，便委婉而坚决地说道："先帝之时，逆贤擅政，内监四出监视九边，以至沸反盈天，鸡犬不宁。先鉴不远，微臣还望皇上三思！"

崇祯忽然变了脸色，怒冲冲说道："魏忠贤是个什么东西？！你竟拿他来与朕做对比！"

韩炉依旧从容不迫，坦然陈述："微臣比拟不伦，罪该万死！然而历来内臣出外监军大都克扣军饷，贪财好货，有百害而无一利。况且派内臣监视武臣，是授人以不信，难免伤害武臣自尊，不仅收不到监视军法之效，还难免令武臣起疑。"

崇祯此刻一句话也听不进去，断然说道："朕早就说过，派监军不过是为通讯联络，别无他意，况且他们都在朕的眼皮底下，谁敢做出不法的事来？朕意已决，你不用多说了。你只管票拟诏书，命吕直提督京营，命高起潜监袁崇焕，邓希诏监侯世禄，纪用监孙承宗，杨春监山西军，李成德监河南军，其余勤王兵马来时，朕再一一指派。”

韩炉无奈，只得领旨而去。

此时，南海子后金营地的中军大帐里，也是红烛高烧，甲士环绕，后金国主皇太极正与谋士密谋攻取大计。

外貌粗犷威猛的后金大汗其实并不乏心智。此番大举入塞，在亲王贝勒看来是到大明天子脚下耀武扬威，掠夺奴隶金帛，但在皇太极的内心里，却另有一番打算。

这是皇太极平生第一次见到北京城，京城那雍容威严的天朝大国的帝都气象令他振奋不已，更勾起了他取明而代之的决心。

然而要取代大明，最关键的一步是夺取明朝的门户——山海关。这座巍峨坚固若铜墙铁壁的关口一天在明朝的防守之下，取代明朝就是痴人说梦，而果敢睿智的袁崇焕镇守宁远、山海关一天，后金夺取山海关的希望就会像海市蜃楼一样虽辉煌而缥缈。皇太极在苦苦地思索着铲除袁崇焕的良策。计划在按部就班地进行着：首先绕道蒙古，深入明朝腹地，令崇祯对北方边防有了袁崇焕便高枕无忧的念头发生动摇，让不知就里的京师官员与百姓把怨气撒到袁崇焕身上。

第二，在蓟州城下故意逗留拖延，让袁崇焕摸不清自己的动向，不敢轻举妄动，从而给崇祯造成袁崇焕不顾京城安危，逗留不进以提高自己身份的印象。

第三，派奸细打入京城，在街头巷尾传播袁崇焕以战胁和的谣言。

这一切，都在皇太极的授意之下成功地进行着。然而，对于像袁崇焕这样一直精忠报国的形象，仅靠这些是绝对不能给他以致命创伤的，必须寻找机会，给他以直接而有效的打击。

范文程似乎猜到了大汗的心思，他悄无声息地走到皇太极身旁，轻声说道：“大汗，古人云：欲速则不达。若欲离间明朝君臣，则我军不可急攻京师，否则我军攻之愈急，明朝国主就愈发倚重袁崇焕。京师城高墙厚，攻取实为不易，大汗既不能取明都以得实利，又白白加重了袁崇焕的地位，此乃为临渊驱鱼之策，实不足取。”

皇太极的心思被人说中，眼睛忽地一亮，一把抓住范文程的衣袖，请教：“依先生之见如何？”

范文程不慌不忙地说道：“京郊多富庶之地，我军可分兵四出掳掠粮食、壮丁、金银，一者以耗明之实力，一者储足粮草，静以待变。朱由检生性多疑，咱们围城既久，自然能找到机会，置袁崇焕于死地。即使找不到机会，袁崇焕身为兵部尚书、蓟辽总督、勤王兵马总调度，久久不能退敌，也是一条罪过。”

“好计策！”皇太极一拍大腿，极口称赞道。

在接下来的十几天里，皇太极减缓了对京城的围攻，而是派人四处扫荡掳掠，一时间京师周围方圆百里之地烽烟四起，生灵涂炭。老百姓家园被毁，牲畜粮食遭抢，哭天抢地，怨声载道。而袁崇焕身负守城之责，不敢分散兵力去消灭恣意践踏的满洲精骑，只得硬着头皮接受越来越强烈的舆论压力。

京师百姓看袁崇焕按兵不动，更是怒不可遏，他们大骂袁军无用，说袁崇焕先找借口杀毛文龙，杀掉后金心腹之患，又放纵后金大举进攻，自己则借勤王之名，回军反噬……有的百姓从城墙上向祖大寿军抛石块，砸死了七八个人。袁崇焕无奈，只得把军营向外移了半里。

更糟糕的是，京郊的良田美宅园林庄舍，九成是京城里的达官贵人皇亲国戚的产业，这些人可以不理会京郊百姓的死活，但当他们自己的庄园遭到践踏焚毁的时候，却扼腕叹息，心痛不已。愤怒与怨气化作一道道弹劾的奏章与私下的埋怨，焦点就是袁崇焕。而这些都以冠冕堂皇的方式直接或间接地传到崇祯的耳朵里，多疑的皇上变得更加举棋不定。袁崇焕几次请求入外城修整兵马，都被崇祯矢口拒绝。

皇太极的机会很快来了。这一天豪格来报，说是在外出掳掠时意外地抓住两个太监，一个叫杨春，一个叫李成德，两个人的品级很高，是监军太监。

“监军太监？”皇太极重复了一句，“这种男不男女不女的玩意儿有什么用？一刀杀了算了！”

“大汗且慢！”范文程急忙制止，转身对豪格道：“将军是怎么把他们抓住的？”

“这二人在西山各有一套豪宅，里面陈设极尽奢华，他们听说我军在四郊狩猎，便想把豪宅的值钱东西运回京城中。没想到在中途与我巡逻军相遇，明朝兵丁四散而逃，这两个太监跑得慢了，给咱们抓了来。”

“太好了！此乃天赐二人与我主，助我主成其大事！”

“这话怎么说？”皇太极急忙问道。

范文程俯身凑到皇太极耳边，低低地说出一番话来。皇太极听着频频点头，到了后来，不由兴奋得一拍桌案，哈哈笑道：“范先生所说，真是太高明啦！真不愧是我的诸葛孔明！”

范文程莞尔一笑，转头吩咐中军官：“传大汗将令，命高鸿中、鲍承先、宁完我三位将军到这儿来，大汗有要事商议！”

不多时，三个降将来了。范文程屏退帐中闲杂人等，然后对三个人细细吩咐了一番，三员降将领命而去。

再说崇祯半月来一直为流言所困扰，百思不得其解，种种有关袁崇焕的说法让他如坐针毡，一方面他实在想不出袁崇焕有什么理由背叛自己，另一方面他又觉得京城几近万口一词的传言不像是空穴来风。事实到底是怎样的呢，他想破了脑袋却仍理不出一点头绪。

忽然间，他一眼瞥见了御案上放着的几只雕翎箭，心头忽的一紧：箭是满桂亲自送来的。当时，满桂怒不可遏地奏道，他在与豪格所部的一次恶战中，突然从背后阵营飞来几支羽箭，三支射中了他的左肩、右腿和战马，两支射中了他的甲胄。待军医起箭疗伤时，却发现箭杆上乃是袁军记号！

崇祯闭上眼睛，脑海里浮现出满桂暴跳如雷的样子。凭直觉，他相信这绝非满桂栽赃，那么，这一切该怎么解释？

正思忖间，忽然杨春和李成德跌跌撞撞地窜了进来，全身瘫软地跪倒在地，呜呜哭诉："皇上，奴才差点丢了命，不能伺候您了。"

崇祯一愣，急忙喝道："你们俩在朕面前哭哭啼啼，成什么体统？"

两个人呆住了，一齐止住泪水，可怜巴巴地说道："奴才二人先被满人掳去，本打算舍生取义，杀身成仁。谁知道探听出一件天大的秘密，这才冒着九死一生的危险，逃了回来，要把这秘密禀告给皇上！"

"什么秘密，快说！"崇祯最看不惯这种小人相，皱了皱眉头，不以为然地说道。

"皇上——"杨春跪爬了几步，神秘兮兮若有其事地说，"昨天夜里，奴才与李成德被关敌军营里，听两个看守私下里耳语，其中一人说前番广渠门汗王诈败，是为让袁崇焕取信于皇上。"

"住口！"崇祯口不择言地喝道。而后，他惶惶不安地对左右侍值太监与宫女下令，"你们都退下，没有朕的旨意，谁也不准进来！"

大殿里只剩下崇祯、王承恩、杨春、李成德。"讲吧！"崇祯命令道。

"奴才假装熟睡，听那看守说道：'汗王不日就要撤兵，刚才袁军中来了两个人，向汗王密报情况，说袁督师信守密约，只要汗王佯作撤兵，他就能骗开城门，那时就大功告成了'。另一个看守说：'听说一旦成功，汗王就与袁督师隔长江而治，江北归满洲，江南归袁崇焕，两国结成兄弟之邦'。"

"够了！"崇祯"嚯"地站起来，也许是太急了，头一阵眩晕，身体晃了晃，差点摔倒。

一股彻骨的寒流从崇祯的头顶一直透到脚底，他哆哆嗦嗦倚在御案前，自语："反了，反了！"

过了片刻，崇祯苍白的面孔恢复了些许红润，大脑也分外清晰起来。袁崇焕多少年来一直主张议和，杀毛文龙，蓟州逗留不进，广渠门外打了胜仗却不乘胜追击，听凭满人在天子脚下掳掠，暗害满桂。所有这些，都为杨春、李成德的话做了最清楚最确定的注脚。霎时，崇祯已认定袁崇焕死心投敌，必须在他没有采取行动前果断铲除！

怎么办？怎么办？！崇祯的脑海里勾画出一种又一种杀掉袁崇焕的方案，又被他一一否决。袁崇焕武功高强，机智百变，而且手里又有重兵在握，一旦出了岔子，恐怕没有任何一个人能将其制服。这种恐惧的心理又促使崇祯下定了斩杀袁崇焕的决心。

“朕要杀了你！”崇祯恨恨地自言自语。

在地下跪着的杨春、李成德听了，吓得脸色惨白，像两摊烂泥般瘫在了地上。李成德白眼一翻，昏了过去。

十二月一日，北风呼号，黄尘漫天。

袁崇焕、祖大寿与满桂同时接到谕旨，到建极殿后左门议饷。袁崇焕正为军粮接济不上而着急，接到谕旨，便欣然率了祖大寿驰马进城。城中百姓的议论，袁崇焕也耳闻了不少，他也想趁此机会略加解释，并且为被百姓砸死的几个士卒请求抚恤，以安抚不安定的军心。

一进殿门，袁崇焕便觉察出气氛有些不大对头，但见两厢文臣武将肃穆寂然，四周披甲持杖的武士环列。崇祯高高在上，满脸杀气，森然地望着叩首拜见的朝臣，冷冰冰的神情里仿佛要滴下水来一般！

袁崇焕正待请问军饷事宜，皇上却先开了口：“袁崇焕，你因何擅杀东江总兵官毛文龙？因何在蓟州逗留不进？！”

袁崇焕万万料不到皇上会在此时此地提起这事，满脑子的召对辞令一下子被击得粉碎，愣愣地待在了当场！

崇祯更不容他多想，立即下令：“锦衣卫，把袁崇焕给朕拿下！”

高起潜立刻冲出朝班，亲自指挥，还没等袁崇焕明白发生了什么事，早将他捆了个结结实实！

满朝大臣骤出不意，不禁相顾失色。大学士成基命第一个清醒过来，出班跪倒，说：“皇上，目下强敌压境，国朝临危，袁崇焕负有御敌重任，纵有罪过，也不宜现在处置，请皇上慎重行事！”

“慎重！”崇祯的鼻子里喷出一道冷气，气咻咻地说道，“慎重有什么用处？敌军已然到了城下，再慎重下去，恐怕就要到城里来啦！”

袁崇焕似乎明白了什么，大声抗辩道：“皇上，都城中百姓传言，切不可轻信！袁崇焕职守宁远、山海关，满洲入境的洪山、喜峰诸口乃蓟辽总理刘策防守。微臣闻警即千里赴援，自问有功无罪，请皇上明察！”

崇祯早有准备，当下侃侃斥责道：“连年以来，你背着朝廷私自与满洲议和，是不是传言？！你擅杀朝廷大将，用意何在？！你已到了蓟州，却故意逗留不进，挟兵自重，是否属实？！你引敌胁和，又怎么解释？！”

一席话，说得袁崇焕哑口无言，冷汗淋淋。他这才知道，皇上举动不是心血来潮，而是处心积虑的谋划。为自己开脱罪名倒并不难，难的是一时之间没办法改变皇上已经定型的成见！

崇祯的心里对这位威名远震的主帅多少有一点恐惧，一连串的发问之后，不等袁崇焕分辩，便传口谕："把袁崇焕打入北镇抚司死牢，派人严加看管，不得有失！"

锦衣卫武士押着袁崇焕走出殿外，袁崇焕知道无论说什么都无济于事，索性一言不发。成基命再次跪倒，恳求崇祯："皇上，敌人兵临城下，非他时可比，军中情形瞬息万变，请皇上三思，三思！万勿中了后金反间之计！"

崇祯喝道："袁崇焕引敌胁和，罪证如山，你还替他说话，是何居心？！"

成基命见圣意难回，弄不好连自己也牵涉其中，便不再作声了。他默默地退了回来，寻思挽救局面的办法。

当袁崇焕被锦衣卫绳捆索绑的时候，祖大寿就在他的旁边。他见自己的主帅被捕，当时吓得面色苍白，双腿发颤，以为自己的末日也到了。谁知崇祯并未将他治罪，反而温语劝勉了一番，仍留职军中。祖大寿随袁崇焕征战多年，深知其忠心耿耿，胆略盖世，无论是私交还是公谊，二人的交情都极为深厚，祖大寿对袁崇焕所报的态度只有钦佩与崇敬。这次督师被逮，祖大寿既惊又怒，一俟回到营中，便与中军何可纲商议，率领亲军急走山海关。

崇祯闻报，大吃一惊，急忙招来韩爌等阁臣商议。成基命还在为袁崇焕被逮一事忧心忡忡，又听说祖大寿畏死东逃，深知如若安抚不力，这支最精锐的人马说不定就会投到皇太极的怀抱中。当下，他立刻上疏请求崇祯命祖大寿的老大人孙承宗先行安抚祖大寿的人马，一面又赶来面见皇上，陈述解救之道。

崇祯端坐在朝堂上，面无表情。他的额头青筋迸跳，手心里全是汗，只是强忍着才没有歇斯底里地发作起来。他本以为先声夺人逮捕袁崇焕就会消弭全部的不安，哪知道局面却变得比原来更糟，保卫京师的人马一下子丢了七成，而且这支人马随时可能加入敌军的行列，反戈一击！

在场的阁臣都窥探出皇上色厉内荏的心态，韩爌、李标、钱龙锡都默无言语，心里却在责怪他不顾后果的鲁莽举动。成基命进言："皇上，大寿乃州家子弟，世代为良将，万无降敌之理。大寿此去，不过为袁崇焕被逮而起，臣请命袁崇焕手书召回祖大寿，皇上亦传圣谕赦免大寿擅自逃走之罪，准许其战场立功为袁崇焕赎罪。"

"让袁崇焕手书，他肯吗？"崇祯心怯地问道。

"袁崇焕自入仕以来，披肝沥胆，精忠报国，虽然有私自议和、擅杀边帅的过失，但这都是他的个性使然，其本心不在投敌邀功。臣敢以性命担保袁崇焕一定肯做！”

事已至此，崇祯只得抱着死马当活马医的想法，对成基命说道：“卿可前往北镇抚司姑且一试，若不成功，朕也不会加罪于你！”

“谢皇上天恩。”成基命的心底里升起一团希望，若能让袁崇焕手书，祖大寿再阵前立功，或许就能把袁崇焕这位不可多得的帅才从死囚牢中救出。

“皇上，”老成持重的韩炉现在开了言，“袁崇焕下狱，大寿东逃，军中不可一日无帅，臣请命一人总揽军权，节制天下兵马。”

“依首辅看来，谁人能当此任！”袁崇焕事件之后，崇祯对每一位武臣边帅都怀着深深的疑虑，连袁崇焕都投敌，那还有谁能确保一定不变节！

“皇上，朝臣、外臣若论才干无人能与袁崇焕比肩，只是眼下形势危急，可先命满桂代统。”

“就依首辅所言。”崇祯无奈地点了点头，眼睛里全是焦灼而失望的神色。

袁崇焕被逮的消息霎时间传遍都城，京中士民奔走相告，都称颂皇上圣明。人们把崇祯设计逮捕袁崇焕的惊险与巧妙做了无限的夸张，都认定铲除袁崇焕甚至比当年铲除魏忠贤还要惊心动魄，果断英明。

与此同时，南海子的后金军闻讯，全营上下欢声雷动。皇太极立马高坡之上，遥望露出城墙一角的紫禁城，仰天哈哈大笑，道：“从此以后，朕无忧矣！”

满洲铁骑从南海子出发，且猎且行，克良乡，杀知县党还醇、教谕安上达、典史史之栋、千户萧如龙等人，之后分兵攻固安，一鼓而下。后金所到之处，玉石俱焚，血流成河，十几天后，皇太极的狂喜心情才渐渐收敛，遂还军至卢沟桥。

此时镇守卢沟桥的明将是副总兵申甫。说来可笑，这申甫十天之前还不过是一个落魄和尚，现在竟然成了距武职最高职位（总兵）仅一步之遥的一军统帅！

申甫生性夸夸其谈，尤好谈兵法。在他的知交好交中，有翰林院庶吉士刘之纶，也是一位纸上谈兵的高手。两个人每次凑到一起，都不免高谈阔论，口若悬河，那样子就如同胸中有雄兵百万一般。他们俩还借钱私自造了兽形火车、偏厢车、兽车、火龙车等各式战车，期望着有机会阵前效用，不致埋没了自己的军事才能。

与刘之纶同为庶吉士的金声素知二人志向，便向崇祯举荐。崇祯正为袁崇焕去职后的混乱局面心烦意乱，忽然听说有人才可用，喜不自胜，立即传旨召见，连同申甫、刘之纶造的战车一同呈览。那些奇形怪状的战车一下子激起崇祯的兴趣，再加上申甫、刘之纶侃侃而谈的那份激昂与从容，崇祯认定他俩是深藏于都市之中的张良、韩信，当即下令擢申甫为副总兵、刘之纶为兵部侍郎，连举荐者金声素也得了实惠，被委任为监军御史，监申甫军。崇祯不光病急乱投医，还破例从自家的帑库中拿出七十万两白银，供申甫造战车之用。

申甫与刘之纶一步登天，惹得满朝文武议论纷纷。当着皇上的面，大伙都不好说什么，心里却对这突然之间的升迁大为不满，于是各衙门互为掣肘，申甫所需之物、人，都迟迟不能给足。申甫无奈，只得自己招募兵马，结果却招来一批市井无赖及游手好闲之徒。这些人出城与后金军接战了几阵，每战皆败。申甫只好把战车结阵于卢沟桥，欲凭地形之利抵御后金军。也是他运气不佳，等来的偏偏是后金国主皇太极。

皇太极立马阵前，仔细观瞧，但见明军旌旗不整，阵形散乱，看起来决非自己的敌手。只是明军炮车当前，若硬要冲锋难免有不必要的损失。正思忖间，忽然灵机一动，乃命阿济格、济尔哈朗上前，细细交代一番，二人听命而去。

这日午时，皇太极下令进攻。霎时间，满洲铁骑若万朵黑云，铺天盖地而来。申甫见状，心里先自怯了一半，急忙命手下的杂牌军放炮毙敌。还等不及引燃炮药，忽闻背后一声信炮，紧接着正红、镶蓝两旗满洲铁骑从明军阵后杀了出来！

申甫所造的战车都是生铁铸成，每一辆都重逾千斤，转动极为困难，敌人忽然出现在背后，明军士卒慌忙转动大炮，却丝毫也挪不动。转眼间，满洲铁骑已然近在咫尺！

申甫大惊，一伸手掳掉头上总兵官的头盔，露出又秃又亮的脑袋，紧接着从马上跳下来，一脚把一个总也点不燃引信的士兵踢了开去，他要亲自燃炮击敌！

“轰”的一声巨响，硝烟弥漫。不过炮弹并不是在满洲兵的中间炸开，而是没出炮膛就炸开了花。申甫还没有搞清是咋回事，半条胳膊就不翼而飞，他痛得一下子昏了过去。

阿济格一马当先冲到申甫面前，手起刀落，申甫的身体立刻分为两段！

这一场战斗，满洲兵不费吹灰之力，便将申甫全军歼灭殆尽。皇太极乘势而进，南往永定门。

满洲主力去而复返，卢沟桥明军全数覆没的消息像一阵风吹进皇宫大内，崇祯刚刚缓和了没几天的心忽然又悬了起来。

“去，跟满桂说，让他赶紧出师与敌军决战！”崇祯所能想到的只有这一条路。

“回皇上，满将军刚刚上过一道奏疏，说眼下敌我‘众寡悬殊，未可轻战’，现在下旨促战，恐怕不合适吧？”老秉笔太监王承恩小心翼翼地说道。

“满人在京城周围耀武扬威，大明朝却无可奈何，这事若传扬出去，我大明天朝大国的颜面何存？”崇祯说得冠冕堂皇。

王承恩不敢再说话了。明代祖制，内臣不得干预朝政，对这一点，崇祯一直严守。于是他只得替皇上拟旨，严词催促满桂移营与皇太极决战。

满桂领旨，心神黯然。满桂深知敌兵势重，贸然进攻只能自取其辱，弄不好甚至会有去无回。可是皇上却接二连三派人催战，圣旨中甚至拿袁崇焕的下场来要挟他。满桂知道，这次恐怕不出战是不行了。

第二天，满桂督孙祖寿、黑云龙、麻登云三位总兵从城南永定门移营至城北安定门，在距城门二里的地方安营扎寨。皇太极闻报，亲统岳托、阿济格、济尔哈朗、豪格共六旗人马前来决战。满桂的兵马相形之下太少，被满洲兵团团围住。

满桂早已抱定必死之心，所以也不怎么畏惧。看着渐逼渐近的后金铁骑，他忽然感到一种从未有过的轻松。忽然，他的精神异样地亢奋起来，勒转马头，对将士们说道："弟兄们，现在敌军已把咱们包围了，往前冲是死，往后逃也是死，同样是死，咱们干吗不死得轰轰烈烈一点呢？"

"愿随将军战死疆场！"一万人马异口同声地喊道。

"好！那么现在就随本帅冲锋！"

满桂死难的消息当天就传到崇祯的耳朵里，他惊呆了。

和满桂一同赴死的还有总兵孙祖寿、参将周镇，另外两位总兵黑云龙、麻登云被伤后投降。

崇祯陷入了极度的迷惘与惊骇之中。袁崇焕下狱，祖大寿东逃，满桂战死，这三个最得力的将领先后去职，谁来替他挽救危局？孙承宗或许是一个合适的人选，可是，祖大寿东逃之后，京郊尽为虏骑凭凌，通州以至宁远、山海关都与京师失去联系，根本无法把圣旨传到孙承宗手里。再说孙承宗整顿通州防务，还要安抚哗变的祖大寿，他的担子也不轻啊！

崇祯思来想去，脑子里像塞了一团乱麻，越理越纠缠不清。无奈，只得召吏部尚书王永光入见，看他有什么办法。

王永光以深沉稳健著称，这时却也无计可施。崇祯接二连三地催问，王永光情急之下说出了事过之后追悔莫及的一条建议："皇上，目下我朝实乏良将，而京城之外已尽归虏寇，山海关是否还在我朝之手，还是个未知数。若山海关有失，京城失守也是早晚的事儿。依臣愚见，莫若迁都南京，做久之计，将来形势稳定，再挥师北伐不迟。"

"你说让朕迁都？"崇祯的惊讶丝毫不下于听到满桂的死讯，"那这京师不要了？不行！"

"臣只是不忍心见皇上过分忧劳，至于何去何从，还请皇上定夺。"

崇祯的惊骇渐渐平息，开始仔细考虑王永光的建议。是啊，京城危在旦夕，除了南迁，哪里还有什么更好的办法？南迁或许还能留下一点发展的火种，而就眼下的境况，困守京城很可能就是坐以待毙。

“你先退下，容朕三思而行。”崇祯无奈地挥手让王永光退下。

第二天，崇祯没有上朝，而是传旨备办八百个布囊以供急用。宫中的太监也忙碌起来，竞相贡献马骡。紫禁城中躁动着一股惶恐不安的气氛。

申时，卢维宁来报：“总兵官马世龙派特使来觐见皇上。”

崇祯的两道浓眉抖地一竖，急匆匆地说道：“快让他进来！”

堂堂一国之君为什么对一个小小的总兵官所派特使这般礼遇有加？原来，这和马世龙将带给他的消息密切相关。

马世龙原是督师孙承宗手下的一员名将，因为和当时以兵部尚书经略辽东的王在晋有隔阂，被王在晋暗中使手脚逮捕入狱。京师戒严之初，刑部尚书乔允升推荐马世龙的才能。崇祯下诏，命马世龙立功自赎。这时，正逢祖大寿东奔，孙承宗奉命抚慰。孙承宗上疏说道，祖大寿所率关宁铁骑，大部分都是马世龙的老部下，若遣世龙前往驰谕，其将士必解甲而归。崇祯大喜，当即命马世龙前往招抚祖大寿。

现在，马世龙派人来觐见皇上，必然会带来祖兵概况及通州、山海关的消息，这是关乎全局的信息，难怪崇祯如此急切。

特使进入，叩拜礼毕，崇祯问道：“你既是奉命而来，必有要事要禀报于朕，快讲！”

“是！”那特使应答一声，便陈说道，“马世龙奉皇上诏谕前往安抚祖兵，果不出孙督师所料，祖大寿手下兵卒见老大人来了，纷纷前来投奔。孙督师又密札晓谕祖大寿，命其上奏章自陈罪孽，以图皇上赦容。祖大寿之妻左氏系名门之女，幼读诗书，深明大义，亦责备祖大寿背君弃主，不明为人之道。大寿众叛亲离，亦幡然悔悟，乃敛兵待命。”

“这就好了。”崇祯长长地出了一口气，感叹道。

使者接着说道：“当祖兵溃而出关之时，关城被劫掠，闭门罢市。督师至，人心始定。今敌兵在关内，关门无屏障可守，孙督师另筑围墙，横互于关城，由此关门才得以保全。之后，督师又遣马世龙率步、骑兵一万五千人入援，目前，入援兵马距京城约四十里，听候皇上调遣。”

“噢？！”崇祯精神一振，“你说马世龙已经统兵到了京师北郊？”

“是！”

“哈！太好了！”崇祯忍不住喜形于色，“嗯，朕要让马世龙总理各路援军，赶走敌军！”

一度迷惘消沉的崇祯忽然间捞到了一根救命稻草，顿时觉得眼前一片光明。

另一件更令他兴奋的消息接踵而至，负责京师护卫监军的太监李凤翔来报：

“皇太极已率中营亲军离开京城，像是准备撤兵！”

傍晚的时候，消息再次得到证实。皇太极先是到房山朝谒了金太祖完颜阿骨打的陵墓，而后率大队人马浩浩荡荡绕过北京城，向东北方向而去，离京城越来越远了。

崇祯知道后表现得喜怒不形于色、深藏不露，但狂喜的心情还是忍无可忍地流露出来：在听到皇太极确实离开的消息时，他的右腿条件反射似的一弹，把龙椅的一根横木都踢断了！

皇太极既去，后金军对京师的压力大为减缓。崇祯仿佛死里逃生，栖栖惶惶的心神渐渐安定下来，于是他决意重新振作，清理这次巨变之后留下来的烂摊子。

崇祯力图振作的头一件大事就是亲自视察防守。这日，他换了戎装，在文武百官前呼后拥之下，登上北京城头。

极目远眺，但见后金军的毡帐还稀稀落落地遍布在郊原上，营帐间不时匆匆走过一队队明甲持杖的武士，号角之声在萧瑟的冷风中传来。崇祯这才意识到，尽管后金国主已然离去，而留下的军队却不在少数，危险依然存在。看到那些后金军马，崇祯还算轻松的神经又蓦地紧张起来。

接下来的所见所闻更令崇祯恼火万分：守城的将士没有地方休息，轮换下来的士卒也只能在高墙的一角蜷作一团，瑟瑟发抖；被敌方大炮轰坍的城楼还没有修复，残缺处临时堆放着一些榆木、碎石、砖块，一阵大风吹过，豁口里的黄土漫天飞扬，更增添了几分破败的气氛。

崇祯当即变了脸色，恶狠狠地吼道：“张凤翔，你给朕滚出来！”

工部尚书张凤翔听了皇上的怒斥，吓得魂飞魄散，哆哆嗦嗦从朝臣队伍中挪了出来，躬腰曲背说道：“臣在！”

崇祯的眼角挂着一点泪花，眼睛里却像要喷出火来：“朕早已下旨，命工部在城头搭建营帐，以备军卒御寒之用，为何到现在还有这许多将士在冷风里呻吟？”

说到这里，他又指着城墙说：“像这样敷衍了事，能挡得住敌军的进攻？这样与卖国何异？！”

张凤翔的牙齿咯咯作响，几乎说不出一句完整的话来：“臣——臣奉命置办营帐，只是京城物料奇缺，一时难以备足，有所延迟，请皇上恕罪！”

“敌人已兵临城下，你还有胆子‘有所延迟’？难道要等皇太极进了城，再置办不成？”

张凤翔脸色惨白，像捣蒜一般叩头不已，额头撞在方砖上，砰砰作响。

崇祯不理会张凤翔的举动，吩咐：“来人，将张凤翔与工部三司郎中重责八十，杖毕下狱！”

立即有行刑手上来，把张凤翔以及工部营缮司郎中许观吉、都水司郎中周长应、屯田司郎中朱长世四个人的冠带掳去，准备行刑。

韩炉、李标急忙走上前，为张凤翔求情：“皇上，张凤翔一直尽力营办城守器具，偶有失误，非其本意，乞皇上法外开恩！”

崇祯怒不可遏，斥道：“眼下朕与逆虏只隔着这么一道墙，宗庙、社稷也都靠着这道墙，如果这道墙一倒，宗庙、社稷就都没了，这是何等大事，竟然如此玩忽职守！若不重处，恐怕以后敌军爬上城墙都没人管了！”

张凤翔是老牌的东林党人，而韩炉、李标、钱龙锡、成基命等内阁阁员，都与东林过往甚密，所以此刻钱龙锡尽管看出皇上已决心杀伐立威，还是出来为张凤翔说话：“皇上，自戒严以来，京师与外地失去联络，一应救援器具全难输入，工部虽有成事之心，无奈巧妇难为无米之炊，还请皇上体念其难处，予以宽宥。”

内阁大臣纷纷逆帝意而动，惹恼了崇祯，他咆哮道：“你等内阁僚员，当国家危难时无一计一策可以佐朕。现在工部潦草塞责，你等还为他们求情，工部失职，你们阁臣就没有责任？！你们平日结党营私，排斥异己倒也罢了，现在敌军到了城下，你们还偏袒同党，居心何在！”

群臣见崇祯天威震怒，吓得个个心胆俱裂，面色如土，没有谁再敢强做出头椽子了。于是崇祯下令：“给朕狠狠地打！”这下工部的头面人物们可吃了苦头，四个人都已老迈不堪，哪里禁得住这一番惊吓责打？不到六十下，许观吉、周长应、朱长世就都断了气。其实周长应与朱长世本来负责水利及屯田，与城守毫无关系，这次受连累其实是很冤枉的。三个人受刑之处，皮开肉绽，鲜血直流，血顺着城墙的方砖四处流淌，不久便凝结成红色的冰片。

自大明建立以来，像郎中这样级别的高官被毙杖绝无先例，众朝臣看着这残酷的一幕，个个骇得面无人色，那样子就像深秋的知了一般，战战兢兢，瑟缩发抖。

崇祯铁青着脸看着大臣们惶恐的神情，心里滑过一丝激动与快慰，他心灵深处的虚荣与自尊仿佛得到了某种异乎寻常的满足，他暗自希望朝臣们永远像此刻一样出现在自己的面前。

八十大杖过后，张凤翔昏死过去，这还得感谢行刑手的杖下留情，若不然，他恐怕也要像自己的三个属员那样驾鹤西归了。崇祯吩咐带他下去，在刑部监狱看押。

正像俗话里常说的那样，月儿弯弯照九州，几家欢乐几家愁。张凤翔一日之间由工部尚书沦为刑部囚犯，尝尽人生酸苦，而领礼部尚书衔协理事府的钱象坤与礼部尚书何如宠却时来运转了。

钱象坤在戒严期间负责西城防御。他为人勤勉谨慎，自领命之后，丝毫不敢懈怠，每日巡城不止，即便是异常寒冷的日子，也照常督率士卒修城备战。当崇祯视察到他的防御地段时，钱象坤正在搬石筑城。崇祯见此情景，大为感动，脑海里留下极深的印象。回宫后，他御笔钦点钱象坤以礼部尚书兼东阁大学士入内阁，参与机务。

何如宠的受知则另有一番隐情。原来，当京城最危急时，有狡诈的富户说要用私财聚揽军卒助官军守城，崇祯当时病急乱投医，准备照准。何如宠力言其居心叵测，他的话给崇祯提了醒，崇祯派人私下调查打探，最后果然像何如宠所说的那样。崇祯觉得何如宠有见识，敢直谏，便任用他为东阁大学士，参与机务。

紧随钱、何二人之后受知的是礼部右侍郎周延儒，崇祯对周延儒的好感由来已久，早就想把他点入阁中，只是温体仁、周延儒因枚卜之事与东林闹得太僵，崇祯为平衡起见才拖延至今。待崇祯询问御敌方略之时，周延儒避实就虚大巧若拙，说道："臣本文臣，无力操戈，若城陷则必捐躯以报国，至于援兵城守，实非臣之所长。"崇祯听后，认定周延儒忠心耿耿，绝无欺诳，便借机将周延儒与钱象坤、何如宠一同任命。

随着后金对京师压力的缓解，崇祯的心思更多地转到朝廷内的人事纠纷上来。而此时的朝臣们也逐渐从敌人兵临城下的恐慌中安静下来，根深蒂固的党争与势力的争夺瓜分甚至还没等敌人退去就沸沸扬扬地铺陈开来，演出又一幕悲壮的闹剧。

新一轮的朋党之争是从高捷弹劾钱龙锡开始的……

夜深了，文华殿的灯光兀自柔和地亮着。今夜，崇祯照例在批阅御案上堆得像小山似的奏章，其中一份御史高捷的奏疏挑起他心中的波澜，疏中云：

袁崇焕罪案已明，臣不必言。独发踪指示之钱龙锡，不胜伤心之痛。前逮袁崇焕时，大寿口不称冤，后即飏去，此非崇焕、龙锡排激之哉？崇焕之杀毛文龙也，龙锡密语手书不一；崇焕书有"低徊臣寓"之语，可复按也。又崇焕与王洽书，言建虏屡欲求款，庙堂之上，主张已有其人，主张之人，非龙锡而何？又龙锡密语手书中言，文龙能协心一意，自当无嫌无猜，否则斩其首。是乃崇焕效提刀之力，龙锡发推刃之谋也。宜今日皱眉疾首，不得不做同舟之救也。

"这高捷简直是捕风捉影，胡说一气。"崇祯撂下奏疏，自言自语。

他站起来，在殿里来回踱步，脑子里仍在想着高捷的攻讦。不错，袁崇焕入狱之后，写过一道为自己杀毛文龙辩白的奏疏，中间确实有一句“辅臣龙锡为此一事低徊至臣寓”的话；在袁崇焕被逮之后，钱龙锡、成基命、李标等不少人都为袁崇焕求情。可是，这又能说明什么呢？像钱龙锡这样忠实厚道的人，办事偶尔糊涂是有的，若说是勾结袁崇焕、挑拨祖大寿、主持诛杀毛文龙那绝对不可能，再说钱龙锡即便与袁崇焕有密谋，身处局外的高捷怎么可能知道呢？

想到这里，崇祯拿定了主张，回到御案前，在奏章上批道：“辅臣佐理忠顺，岂有是事！”

写完，他将奏章往旁边一推，拿起另一份来审阅。

这一份是新上任的兵部右侍郎刘之纶递来的。刘之纶由翰林院庶吉士被提升为侍郎，一下子越升了十七八级，自然对皇上感恩戴德，誓死以报，所以他在就任之后勤勉奋发，颇为张扬，惹得许多本来就对他的一步登天眼红嫉妒的官僚们心生暗恨。及至申甫与满桂相继败没，刘之纶奋然请行，要率军与后金决一死战。他上疏请求将京营兵的一部分划归自己直辖，闵梦得不同意，又请求将关外兵及川兵划归己部，朝臣又上疏阻拦。刘之纶既气愤又无奈，于是请求自己招募新军。崇祯感于刘之纶的一片忠愤之心，破例从内帑中拿出七十万两白银给他当军费。刘之纶募集到一万余人，勒为八营，任命八名副总兵作统领，冒着风雪誓师，之后开赴通州。谁知道驻守通州的保定巡抚解经传与仓场侍郎南居益拒不接纳，刘之纶愈发义愤填膺，却也没有办法，只得在大风雪的天气里驻扎古庙之中。朝臣知道了刘之纶的行踪，又纷纷上疏弹劾刘之纶虚耗粮饷，逗留不进。在这种情形之下，刘之纶的奏章递到了崇祯的案头。

刘之纶在奏章中先是叙述了自己在各个环节遭到的冷遇，接着慷慨陈词：“小人意忌，有事则委卸推脱，无事则议论蜂起，所以如此待臣，只是从一侍郎头衔起见耳。乞削臣今官，赐骸骨。”

“这刘侍郎真的火气挺大的！”崇祯想象着刘之纶暴跳如雷的样子，不由得感觉好笑。

正想着，忽然曹化淳匆匆走了进来，慌慌张张地禀报：“皇上，适才有人来报，刑部疏于防范，狱囚刘仲金率一百七十名囚徒破械而出，抢了兵器，逃奔安定门方向而去。”

“你说什么！？”崇祯气急败坏地站起来，“马上命京营兵派一千人把逃犯全给朕抓回来，不！全给朕就地斩杀！若是有一个逃出城去，就让李邦华提头来见！”

“是！”曹化淳颤抖着答应，崇祯又想到了一点：“传朕口谕，把刑部尚书乔允升、侍郎胡世赏，还有，刑部哪一个负责狱政？”

“回皇上，刑部提牢主事名叫敖继荣。”曹化淳答。

“对，还有敖继荣一同下狱，静候圣裁！这群光吃饭不干事的东西，真是该死！”

曹化淳领命而去，崇祯兀自气咻咻地在殿里转来转去，心情久久不能平静。

第二天一早，文武百官就都知道了刑部发生的事情，不干己事的人暗自幸灾乐祸，曹于汴、钱龙锡等东林同道则纷纷赶来替乔允升求情讨饶。

曹于汴在官场历练了四十年，却依然是一副刚直不阿的脾气，说起话来疾言厉色：“皇上，乔允升居官数十年，清慎自持，傲视权贵。自主持刑部以来，提刑断狱，隶徒勾复无不安帖妥当，天下称其贤。窃以为只凭偶尔疏忽便将其下狱，有处罚过当之嫌，望皇上三思。”

崇祯对曹于汴向来是既敬又恨。像曹于汴这样风骨劲节、直言劝谏的大臣才是难得的忠臣，应当予以亲近重用，然而他总觉着曹于汴锋芒太露，说话太不委婉。今天曹于汴一站出来，崇祯就又情不自禁地生出厌恶之心来。

“知道了。”崇祯不冷不热地回绝了曹于汴。

曹于汴没听出皇上语气之中的冷漠，正待再申说些什么，御史史漠站了出来，说道：“皇上，目下京师戒严之际，百官都应当恪尽职守，刑部一百七十余人破械而出，岂是一句‘偶尔疏忽’就推脱得了的？若非城守森严，恐怕这许多亡命之徒早已打开城门迎进建虏来了！臣以为当重处刑部主持人等，以儆效尤。”

“皇上，史漠夸大其词，危言耸听，不足为训！”曹于汴凛然说道。

“皇上，曹于汴公私不分，袒护同党，为害朝廷！”史漠寸步不让。

“你胡说！”

“我都是为皇上着想，忠言直谏！”

两个人你来我往，在森严的朝堂上斗起嘴来。

“够了！”崇祯猛地一击御案，断然喝令道，“你们在朕面前大吵大叫，有没有把朕放在眼里！都给我退下！”

两个人唯唯退下。

崇祯眼见曹于汴极力为乔允升开脱，又听了史漠的挑拨，对曹于汴的用心也产生了怀疑，感觉他有朋比袒护之嫌。这时，钱龙锡又站出来说话了：“皇上，乔允升身为刑部长官，致使囚徒群起越狱，城中汹汹，其罪自然不小。然而，前番张凤翔当众受杖，都中已然议论蜂起。今又下乔允升刑部牢狱，臣恐有伤朝廷威严，有损朝廷体统。”

“体统？！”崇祯不屑地重复着这两个字，“体统有什么用？当乔允升玩忽职守之时，他可曾想到自己是卿贰大臣？可曾想到庙堂尊严，朝廷体统？”

钱龙锡碰了个硬钉子，脸刷的一下红了，悄无声息地退了回去。

朝臣们见曹于汴、钱龙锡等头面人物都颜面扫地，谁也不敢再出来找难堪了。廷议的结果乔允升被判绞刑，敖继荣戍边，胡世赏纳银五千两赎罪，削职为民。

崇祯顾忌到一班朝臣的想法，还是在乔允升的判决上通融了一下，以年老为由减死，与敖继荣一同发配边地。

钱龙锡下得朝来，回到内阁值房，闷闷不乐。尽管心情不佳，钱龙锡还是坐到自己的桌案前，审阅从司礼监发回的奏章。

忽然，钱龙锡的眼睛瞪大了，额头上青筋暴露，冷汗也涔涔而下。他拿奏章的手簌簌抖个不停，嘴里喃喃自语："怎么能这样？简直太卑鄙了，简直太卑鄙了！"

原来他看到的正是高捷的奏章——《劾钱龙锡议和杀将误国疏》，愤怒、惶惑与恐惧占据了钱龙锡的心灵。

按照惯例，辅臣受人弹劾，都要立即停止入阁办事，同时写奏疏自陈罪过，以示改过之意。待皇上驳回弹劾人的奏章，才能重新理政，否则就只好引罪辞职。

第二天，钱龙锡递上"引罪"与抗辩合而为一的奏章，然后就依照惯例，回到自己的府上，静候皇上的处分。

这日晚间，便有太监到钱龙锡的府第，宣读圣旨："辅臣钱龙锡勤谨忠慎，言官不得苛求，龙锡致仕之请不准，立即回阁办事。"

钱龙锡兴高采烈地叩头领旨，这证明自己还是受皇上宠信眷顾的！

就这样，一场弹劾辅臣的事件在钱龙锡的头脑里画上了句号，他万万想不到不论对他还是对他的东林同道，这只不过是阴谋的一部分，真正的攻讦举动才刚刚拉开序幕。

原来，钱龙锡、韩爌、李标等人当年奉旨定立逆案之时，曾经广为搜罗，弄得一干多少与阉党有些牵连的人如高捷、史漠之类惶惶不可终日。逆案定立之后，钱龙锡、曹于汴等东林同道对高捷等人多方压制，所以高捷、史漠等人对东林，尤其是对钱龙锡、曹于汴恨之入骨，日夜寻隙以伺其短，专等着他们出岔子，好借机报复。

时机很快来了，袁崇焕以叛国罪下狱，在为自己辩白的疏状中多次提到钱龙锡对杀毛文龙、议和的知情和支持。若是在平时，边帅与辅臣书信往来，沟通情况本属正常交往，职责所在；现在则不同了，袁崇焕通敌卖国，成了人人厌弃的大汉奸，他所做的一切都是为了谋叛，那些曾经和他有关系的人能逃得了通敌的嫌疑？

于是高捷把握住这个机会，对钱龙锡进行了第二次弹劾。高捷在疏中道：

臣高捷冒死以闻，皇上赫然震怒，下督师袁崇焕于狱，内患除而国法申。独发踪指示之钱龙锡赖皇上仁善之心，尸位阁中，为所欲为，令朝中有识之臣殷忧不已。钱龙锡私结边帅，居心叵测，事实俱在，罪无可逭，宜与崇焕并罪。即不然亦应准其致仕乞休，以免其为害朝廷。臣知钱龙锡羽翼如林，死党遍布，此疏一出，大祸立至。但求一点忠心仰达天听，为皇上除绝祸根，臣即再受刀俎亦无所遗憾。

崇祯读毕，点了点头，想，这高捷说的不一定都对，但这份忠心却着实难得。又忽然想到钱龙锡为张凤翔、乔允升求情的事，觉得疏里说钱“死党遍布”，虽夸张了一点，但基本事实是不会错的。

再看第二份奏疏，却是三边总督杨鹤递来的，读着读着，崇祯的眉毛拧成了疙瘩，脸色也阴沉下来。

原来，崇祯下诏天下兵马勤王，三边总督杨鹤、陕西巡抚刘广生、甘肃巡抚梅之焕、延绥巡抚张梦鲸也不敢怠慢，急从各镇抽调精兵一万七千人，由吴自勉、尤世禄、杨麒、王承恩（这是另一个王承恩，与司礼太监王承恩不是一人）、杨嘉谟率领，入卫京师。谁料延绥总兵吴自勉克扣行粮，勒索不愿入卫的军士交纳贿银，之后又沿途抓壮丁以补足差额。许多军卒开了小差，延绥巡抚张梦鲸忧愤而死，吴自勉的军队就此土崩瓦解。梅之焕、杨嘉谟统领的军队走到安定县也发生哗变，哗变领袖王进才率领不愿入卫的士卒，夺了营中银饷马匹，自行返回驻地。经梅之焕一番布置，这才把王进才杀掉，整顿以后的勤王军一部继续东行勤王，一部遣还原戍地，还有一部分没了踪迹——跑去做了流贼土寇。

崇祯看着这份条理分明、头绪井然的奏疏，气得牙根直痒：“这群白痴！朕的天下，全让他们搞得一团糟，简直是愚蠢透顶！来人，传朕旨意，罢吴自勉总兵之职，着锦衣卫逮捕进京议罪。梅之焕、杨嘉谟官降三级，戴罪视事。对，还有命陕西参政道洪承畴升为延绥巡抚，督兵讨贼，切勿辜负朕意。”

王承恩一一记下。

崇祯兀自气恼不休，想找什么发泄一番。无意中他又看到了弹劾钱龙锡的奏章，立刻将怒火牵到钱龙锡的头上。钱龙锡的命运就这样被决定了。

第二天，钱龙锡见到高捷的奏章，当即怒不可遏，立即照例引罪请求致仕，同时又疾言厉色地为自己申辩。

奏折递上去，钱龙锡静候皇上慰留的圣旨，谁知等了两天，却等来了皇上对他的抗辩引罪奏疏的批复，上面冷冰冰地写着四个皇上御笔亲书的大字：“着致仕去！”

钱龙锡看着崇祯龙飞凤舞的大字，不发一言。

崇祯三年的新年在一片凄凉萧瑟忧郁落魄的气氛中姗姗而来。

因京师尚在戒严期间，崇祯传旨免了每年一度的大朝礼仪，只在便殿让群臣行了朝拜礼。一想到大明朝在自己的治下，竟然被敌人攻到眼皮底下，连新年都过不好，他就既羞愧又恼怒。

皇太极仿佛故意要让自视甚高的崇祯颜面扫地，揭掉他虚弱的自尊。正月初二，通州守将保定巡抚解经传急报，皇太极率大军夺取了香河，知县任裕之死难。初四，后金军克永平；初八，拔迁安，顺便夺取了滦州。在京师四周及山海关以东这块地方，皇太极就像巡游田猎一样，攻城略地。马世龙督天下援军二十万，却一筹莫展。非是马世龙无能，只因各路援军素质不一，号令不一，而且工部器械、户部粮饷都供应不暇，虽有二十万之众，却像一大群绵羊一样，乱哄哄地没有一个章法。

皇太极分兵夺取抚宁、昌黎。幸赖抚宁参政道史可法誓死力战，才算没落入皇太极掌中。皇太极乃弃抚宁、昌黎，留下兵马分据遵化、永平、滦州、迁安四城，自己率中军西行，趋山海关，距关三十里安营扎寨。此时，孙承宗、祖大寿在东，马世龙在西，交通隔绝，声讯不通，山海关就像是大洋里的一叶孤舟，内外交困，随时都可能沉没。

自袁崇焕下狱，满桂战死，崇祯便再也找不到一个合格的三军统帅。马世龙有才善战，足堪独当一面，统御十万之众，但对二十余万杂七杂八的援军却无可奈何。在崇祯心目中，早对赶走金虏失去了信心，唯一盼望的便是皇太极掳掠已足，赶紧带着战利品回老家。

幸好皇太极主动撤除了对京师的围攻，把战场移到了京师以东，从而给崇祯以喘息之机。

崇祯思来想去，觉得之所以局面弄到今天这个地步，都是蓟辽总理刘策疏于防范与袁崇焕叛国投敌所致，袁崇焕既已下狱，刘策却尚未得到重处。于是，在收到马世龙等人战报之后，怒气不息的崇祯不去张罗如何稳定军心，围歼强敌，却先来处理误事的罪臣。

朝臣廷议的结果，是蓟辽总理丧师失地，下狱论死，而积极的主张是将原兵部尚书兼蓟辽总督张凤翼重新起用，暂时代理刘策的职位。另外，崇祯又觉得口北道参政梁廷栋支撑危局，调度防御也还说得过去，便不顾朝臣反对，将其提升为文经略，负责京师防守。

然而朝臣们似乎并不关心国家的安危，他们更多想到的是一己利益之得失，所以遵、滦、永、迁的失守远不如钱龙锡的去职震动大。机警的官员们已经从这件事中嗅出皇上好恶的变化，一些宵小之徒开始酝酿如何乘此机会去掉自己的眼中钉，纾解自己积年的仇恨与愤怒。

中书舍人加尚宝卿原抱奇本是商人之子，仗着家资巨万，花大价钱买了一个中书舍人的官衔。按理说，内阁的中书舍人有几十个，他父亲又花钱为他广为疏通，只要他老老实实当自己的虽然官职不高但颇为实惠的中书舍人，也不会有人为难于他。哪知道这原抱奇自幼娇生惯养，仆从如云，养成一副唯我独尊的臭脾气，总喜欢招摇过市，出头露面。这自然引起内阁中一班有涵养有学识人的反感。

原抱奇既然不学无术又自命不凡，在文牒往返如行云流水的内阁里自然免不了出错。韩炉身为首辅，自然难辞其咎，他曾几次奏请将原抱奇逐出内阁，都因为吏部尚书王永光的阻挠及内阁中人的说情而未果。由此，原抱奇也恨极了韩炉，总想找机会报复韩炉。

钱龙锡被黜，为原抱奇提供了现成的样板，他觉得机会来了。

袁崇焕是万历四十七年进士，当时韩炉官拜吏部右侍郎，协理詹事府兼教庶吉士，正是这一年大比的主考官，两个人是门生与座主的关系。明末党派之争，科考选拔是其重要途径，即使主考官完全出自公意，也摆脱不了借机“提携”“简拔”同党之嫌，何况当时东林闹得正欢。天启二年正月，袁崇焕经监察御史侯恂推荐，被破格提拔为兵部职方司主事，这时韩炉是吏部尚书、内阁辅臣、少师兼太子太师、中极殿大学士。袁崇焕得以重用，韩炉起了作用。只是当时韩炉正蒙皇上信任，仕官生涯如日中天，而且袁崇焕没有辜负侯恂的举荐与韩炉的提拔，在辽东屡立战功，军事才能卓绝一代。那时，即使有人想弹劾韩炉结党营私、朋比为奸也无从置喙。

但现在形势不同了，袁崇焕是罪大恶极的叛国者，那么与他有师生之谊的韩炉自然脱不了干系，更何况皇上对辅臣们在敌人兵临城下之际无所作为的表现早就暗生不满。

原抱奇审时度势，毅然决定上书弹劾韩炉，弹劾的奏疏写的还过得去：“内阁首辅韩炉勾结前兵部尚书袁崇焕及内阁辅臣钱龙锡，主款误国，招寇欺君。炉为首辅，坐视郡都残破，宗社阽危，不能设一策，拔一人，以人国为侥幸。今崇焕下狱，龙锡致仕，而韩炉为崇焕座主、内阁首辅，不自忏悔求罢，果见心肠大坏，宜与钱龙锡并罢！”

未几，圣谕颁下，并没有触动韩炉，反而把原抱奇贬秩三级。原抱奇偷鸡不成蚀把米，垂头丧气，觉得自己的尊严受到了伤害。

这天，原抱奇郁郁寡欢地回到家里，落座未定，忽然有家人来禀报，说工部主事李逢申请他过府叙旧，接人的大轿已抬至门外。

原抱奇自做官以来，还从没有人对他这般器重，一高兴，他就把白天的晦气忘掉了一大半。

李逢申亲自出门迎接，原抱奇飘飘然。二人寒暄两句，携手来至待客厅，早有一人等候在那里，原抱奇细看时，却是左庶子丁进。

“老丁，你咋到了这儿？”原抱奇和丁进熟识，话语间便没有讲究。

“原兄不畏权势，弹劾奸相，举朝震骇。丁某欲一瞻先生仪容，故而特地到李兄府上相候。”

原抱奇脸一红，道：“你有什么话照直说，别拐弯抹角损我！”

李逢申怕原抱奇恼羞成怒，急忙出来解释：“原兄莫急，丁进所说都是真心话，不要说丁兄，就是我李逢申也对原兄钦佩得很呢！”

原抱奇看丁、李二人不像是讥讽，心下释然，遂郑重说道：“唉，韩炉老贼位高权重，老子费半天劲弹劾他，他安然无事，我却被贬三秩。打不着狐狸，反倒惹了一身骚，有什么好说的！”

“我看不然，”丁进说道，“你想，韩炉是当朝首辅，那是一人之下，万人之上的官职，即使皇上不喜欢他，又怎么可能单凭你的一份弹劾奏章，就罢了他的官呢？”

原抱奇听出话里有音，登时来了兴趣，问道：“你这么说是什么意思？”

“你想，首辅是什么人物，那可是朝中举足轻重的大臣，岂能随意撤换。可是，你一个中书舍人冒险弹劾他，却仅仅贬了三秩，这么轻的惩罚是不是告诉咱们，皇上只是在顾及朝臣的脸面，其实他对你说的深有同感呢？”

“对呀！”原抱奇恍然大悟道，“在弹劾韩炉之前，我就想，这次反正豁出去，成功了我就解除一块心病，不成功我就下狱，谁料竟然谁都没事，幸亏你提醒，要不然白白便宜了这老家伙。”

“原兄的意思是说——”

“老子还要接着弹劾他，弹劾不成，最多我丢官罢职。”

“好，有血性！”李逢申称赞道，“我和丁进也各自准备弹劾奸相，如今原兄开了头，那我俩就接二连三地弹劾他，尽管老贼树大根深，咱们若怀着争个鱼死网破的劲头，不愁他不倒台。”

“你们俩也要弹劾韩炉？这是为何？丁进，你不是韩炉录取的进士吗？”原抱奇疑惑地问道。

“还说呢，某与逢申都是韩炉所录取的进士，按说老家伙对自己的门生，该当照顾提携才是，可他却对我俩一直置之不问。不光如此，去年十一月，我俩都到了按例升迁的时候，可是这老家伙以戒严为由，一直拖着不办。京师戒严，首辅有责任，可凭什么耽误我们的升迁，我俩气不过，决定联手搞掉这老家伙。现在有了你，更是得力的外援，咱们合伙干吧！”

“噢，原来是这样。也好，咱们联手总比单干要好得多，出了漏子也有个照应。”

“这个你放心，吏部王尚书与家父交谊颇深，他老人家也早看不惯韩炉所为了，咱们若弹劾不成，王尚书不会坐视不理的！”丁进言之凿凿。

原抱奇回到自己的住处，左思右想，感觉备受鼓舞，当夜便请师爷替自己草成一道奏章，继续弹劾首辅韩炉。第二天一早，他便将奏章呈了上去。

接下来，丁进、李逢申也信守诺言，先后递上奏章，一时间老成持重、忠厚拘谨的韩炉成了众矢之的，举朝上下议论纷纷。

韩炉自入仕以来，从未遭到如此沉重的打击，最令他尴尬的是，自己的门生竟然也跳出来造自己的反。三十八年的仕宦生涯，韩炉早已看透了纷纷扰扰的世象。他决心退出这纷争，到家乡的田园中了却自己的残生。

第二天，韩炉递上引罪疏，在其中恳切地请求致仕。奏疏递上之后，他便领家人出阜成门，在西郊赁屋而居，以示自己退志坚决。

崇祯御览韩炉的疏奏，又听人禀报了韩炉的举动，心想：尽管老首辅执政有不合己意之处，但他到底是四世老臣，无论是在朝威望还是主持内阁的经验都无人能出其右。于是，他亲自拟旨，温语慰留韩炉。同时诏命贬原抱奇、丁进、李逢申三秩，算是给足了韩炉的面子。

无奈韩炉去意已决，在接到崇祯谕旨后，复又上疏乞求致仕，言辞更为坚决而恳切。如此三往三复之后，崇祯不再强求，准了韩炉的辞呈。

钱龙锡、韩炉相继去职，在东林朝臣中震动非小，直到此时，曹于汴、文震孟等人才意识到形势的严峻。众人计议多时，决定寻求机会，反击对手咄咄逼人的攻势。

不久，左庶子丁进以奉旨召对阴阳闪烁降职，而工部主事李逢申主持督治的京师火药厂发生爆炸，崇祯下诏议罪。东林曹于汴、许誉卿等交章弹劾，倒霉的李逢申下狱遣戍，东林同道这才算是给韩炉出了一口恶气。

原抱奇被贬六秩，换来了韩炉的去职，相较之下，原抱奇大胜。他虽然仅是一个小小的中书舍人，经过两度弹劾韩炉之后，霎时间便成了朝中名人，甚至连老谋深算的王永光都对他假以辞色，这就更令原抱奇飘飘然。

然而丁进的降调与李逢申的下狱却令原抱奇惶惶不安，他疏劾韩炉时，全是出自个人恩怨，哪里想到奏章一出，就会陷入党争的泥淖。眼见丁、李二人的失意下场，他知道，下一个轮到的便会是他原抱奇。原抱奇掂量来掂量去，决定拜托吏部尚书王永光这棵大树为自己遮一遮风雨。

这日晚间，原抱奇备足白银五百两，由两个小厮抬着，亲自到王永光的府上求计。

名刺递进去，不一会儿王府仆人出来，开了一道小门，放原抱奇及其随从进去。

老气横秋的王永光端坐在太师椅里，目光盯着冒冒失失的原抱奇，令他感到自己的无能。

“原中书，你见老夫有什么事情吗？”王永光从容不迫却又开门见山。

“卑职久慕老大人名望威严，只是一直无缘亲近，故而今日才不揣冒昧，登府拜见。卑职略备了一点小小的礼品，还请老大人笑纳。”

王永光脸色一变，道：“这是从何而起？永光历仕四朝，立身行事先帝早有定评，难道你当老夫是贪秽之官不成？如此说来，咱们或许还是不相识的好，来人啊，送客。”

原抱奇慌了，搓着两手又是摇晃又是拍打，嘴里一个劲儿哀求：“大人且慢，大人且慢，卑职有要事相求，这才出此下策，请老大人大人大量，不要责怪！”

“噢？！你见本官有要事？那说来听听。”王永光把他戏弄够了，顺水推舟说道。

“大人，卑职激于义愤，弹劾韩爌主款误国，招寇欺君，亏得皇上英明，放逐了韩。谁料韩爌一党挟私报复，先后赶走丁进、李逢申，卑职岌岌可危，因为老大人立身清正，主持正义，这才来向老大人求教，请老大人给卑职指条明路。”

王永光缓缓站起身来，在厅里来回踱了一遭，缓缓说道：“唉，自神宗朝以来，东林一脉结党营私，斥逐异己，由来已久，其势难当。你一个中书舍人，竟敢弹劾首辅，虽说是出于公心，但是朝中东林势力强大，岂是你一个人能搬得动的？”

“卑职还请老大人主持公道！”原抱奇可怜兮兮地说道。

“这个恐怕老夫帮不了你什么忙。东林在朝中盘根错节，牵一发而动全身，凭老夫一个人能主持公道？！嘿嘿。”说着，王永光无奈地摇摇头。

“难道就任他们横行不法，欺蒙皇上，败坏朝纲，打击正直不成？”原抱奇愤愤然。

“那也不尽然，东林毒网虽厚，但是皇上天纵英明，决不会任他们恣意而为。只是朝臣中无人挺身而出，不计个人安危，揭破东林朋比为奸的事实，以使皇上认清他们嘴脸而已。”王永先一副忧国忧民的样子。

“卑职不才，愿意为皇上分忧，撕破东林毒网，只是不知从何做起？”

“这个说来也简单。你既然已经和他们撕开了脸皮，倒不如索性挣个鱼死网破。眼下，六部尚书之中除老夫之外，礼部何如宠早已入阁；户部毕自严年已老迈，与人无争；刑部乔允升去职；工部张凤翔下狱，剩下的只有兵部申用懋与东林有勾连。内阁钱龙锡、韩爌致仕；周延儒、何如宠、钱象坤都是新入阁，不敢轻举妄动；李标、成基命虽与东林有涉，但关系都不是很深。都察院左都御史曹于汴乃东林骨干。如此看来，原舍人只需不避利害，弹劾掉曹于汴与申用懋，便可高枕无忧矣。不知道原舍人有什么看法？”

原抱奇本来惶惶无主，听了王永光这一番分析，登时一天乌云满散，他“霍”地站起，向王永光深深一揖，激动地说道：“老大人一番理论，抱奇茅塞顿开。我回去之后，立刻上奏章弹劾申用懋与曹于汴，除掉这班邪党！”

“那倒不必如此着急，你可以静观事态发展，一旦找到机会，再死死咬住也不迟。”

“谢老大人提醒！”原抱奇心悦诚服地又给王永光作了一揖。

原抱奇此行目的已经达到，见时候不早，起身告辞。王永光破例站起来给他送行，原抱奇受宠若惊，连连作揖。

王永光低声说道：“原舍人若决意重创东林，可以先劾兵部尚书申用懋。申用懋新掌兵部，立足犹未稳，且目下兵事丛杂，漏洞多多，若要弹劾，把柄易寻。申用懋是死脑筋，上不能仰副圣意，下不能笼络僚属，远不如曹于汴权高位重，根深蒂固。据老夫看来，弹劾申用懋较为容易，用懋既去，曹于汴孤掌难鸣，也就不会成多大气候啦。这是老夫的一点意见，供原舍人斟酌，舍人知道就可以了，切不可向不相干的人谈起。”

“老大人指点迷津，原某人只有感恩戴德之心，岂能不知深浅，轻泄于人！”

“这样最好。”王永光以威严而不容置辩的语气，说出这番交谈的最后四个字。

此后的日子里，原抱奇便踌躇满志地寻找着弹劾申用懋的机会。果然是“功夫不负有心人”，他很快就找到了弹劾的借口。

事情还得从受命视师的兵部右侍郎刘之纶说起。

刘之纶统率自己招募的一万新军绕通州东进，当时后金军已拔遵、永、迁、滦四城，屯兵三屯营，分兵据守汉儿庄。刘之纶至蓟州，眼见二十万援军坐视后金军烧杀掳掠，却畏缩不前，不由感慨万千。正月二十五日，刘之纶率军出蓟州，遣副将吴应龙从小道袭取罗文峪关，自率八营兵抵遵化，列阵城外，想把遵化夺回来。

后金军出击，连破刘之纶二营，刘之纶兀自率其余六营死战不退。皇太极闻报，即在三屯营整兵，亲率三万精骑急驰遵化，当时炮火阵阵，箭如雨发。刘之纶军大溃，退守数座小山丘，凭险死守。刘之纶所率不过是些乌合之众，能打到这个份上，不能不说是一个奇迹。

皇太极抓住一位明军裨将，审讯得知刘之纶的中军结营娘娘庙山，当即命人围山，招降刘之纶。刘之纶不从，皇太极纵兵出击，刘之纶亲自发炮，谁料炮身炸裂，明军不战自乱。左右将领请求结阵慢慢撤退，刘之纶痛加责斥，道：“别说了！我受国恩深厚，今日有死而已！”遂鸣鼓再战，流矢四集。刘之纶解下所佩侍郎印信交付家人转呈朝廷，自己躲在岩石后坐阵指挥，不幸被镶红旗总兵官额礼之子穆成格所发的箭射杀。八营明军七营溃散，只有一营乘夜逃遁。

败报递至阙下，崇祯感叹唏嘘，连声称赞刘之纶的忠勇，传旨从优抚恤，而且要赠刘之纶兵部尚书之衔。文震孟出来制止道：“战死乃是刘之纶的分内之事，况且对刘之纶来说，以侍郎之礼下葬也并非不尊崇。”于是，刘之纶就以侍郎之礼轰轰烈烈地下葬了。

中书舍人原抱奇从这件事中找到了可供利用的东西。起初，原抱奇对刘之纶的死并没有什么想法，只是随大家嘲笑了刘之纶一番。这日深夜，原抱奇躺在床上，半梦半醒之间，脑海里忽然灵光一闪，禁不住一下子跳了起来，哈哈大笑，道：“我干吗不这样做呢，这是一个多么好的机会！”

第二天，原抱奇一大早便将一份奏章递到通政司，并极言其重要与迫切。通政使吕图南不敢怠慢，不到中午，这份奏章便放到了崇祯的书案上。

在这份奏章中，原抱奇弹劾申用懋嫉贤妒能，扼制新人，既不给刘之纶正规部队，又不在器械、粮饷及关防勘合等方面给予支持，致使兵部右侍郎刘之纶处处为难，过人才华无由施展。刘之纶激于义愤，才不顾自身安危，冒死与数倍于己的满洲铁骑接战，以致年纪轻轻便为国尽忠。虽然表面上看刘之纶是死于战阵，实则是死于申用懋的刁难坐视，申用懋误国误民，惨杀贤才，其罪之大，非杀之不足以平臣民之愤。即使皇上宽大为怀，也应将其落籍削职，待罪候勘！

积于以往的经历，原抱奇料想皇上必定要先安慰申用懋，贬斥自己，他已经做了再贬三秩的准备，并且抱定一旦皇上慰留申用懋，他原抱奇无论如何也要再度弹劾于他。事态既然已经到了这一步田地，他事实上也已经无可选择。

然而，弹劾竟然出乎意料的顺利，三天之后，内监王坤宣读崇祯的意旨：“申用懋着解任回籍，梁廷栋回部管事！”

原抱奇一击得手，禁不住心花怒放。

在这一轮的动荡里，出力最少而受益最多的人就是文经略梁廷栋。梁廷栋在三个月之前还不过是一个小小的口北道参政，拜八旗兵入侵所恩赐，在一大堆稀泥软蛋的地方抚道之中脱颖而出，官位在京师的劫难中节节高升。如今，他又升任武臣之首的兵部尚书，当真是红运当头，春风得意。在正式拜官的当天，梁廷栋在自己的府第里大摆筵宴，与知交、同道共同庆祝自己的这次升迁。

原抱奇职位卑微，所以被排斥在被邀请者之列，这使他心里愤懑难耐，于是他打算去王永光的府上寻求建议。到王府之后，王永光带他进入密室。落座之后，王永光首先开口道："原舍人一纸弹劾，把误国的申用懋赶下朝堂，果真是不畏权势，直言不讳。今天老夫到宫里去，皇上还亲口对我称赞你为朝廷着想呢！老夫也说，像原舍人这般位卑未敢忘忧国的朝臣，理当嘉奖才是。皇上觉得不错，已经命司礼监拟旨，恢复了你原先削夺的品秩，估计明天圣旨就会传到原舍人的手上吧。"王永光仿佛自言自语，然而字字句句却叮叮当当地敲在原抱奇的心坎上。原抱奇听了，立刻喜形于色，说话的声音都有些异常："多谢老大人提携，若没有老大人指点，恐怕卑职的一片忠心永远也不可能上达帝听，卑职对大人感恩戴德！五体投地！"说着他竟真的给王永光叩了一个响头。

王永光的脸上第一次出现了笑容，说话的口气稍稍缓和了一些，却仍旧威严冷漠："事情是原舍人做的，你也不必太客气。但皇上这样赏识于你，你可要善自珍重，不可辜负了皇上的恩情！"

"那是自然，那是自然。不过——"原抱奇想起了梁廷栋对自己的冷淡，忽然变得愤愤不平起来，"梁廷栋那厮平白无故拣了个兵部尚书，对老大人与我却毫无感激之情，想起来真让人生气！"

王永光不动声色，轻蔑说道："一般小人得志，都是这个样子，原舍人不必与他计较。眼下申用懋已经彻底完了，原舍人有什么想法？"

原抱奇想了想，道："朝中横行霸道的人，如今只有一个曹于汴还在，卑职打算破釜沉舟，一并把他也弹劾掉算了。"

"曹于汴立朝已久，操行履历都不易找到可以挑剔的地方，不知道原舍人有什么方法能扳倒这尊大佛？"

原抱奇一下子卡了壳，想了一会儿，却也没有什么好法子，只得乖乖承认："卑职还没有定见，老大人有何见教？"

王永光胸有成竹地说道："皇上自御极以来，深感朝臣只知结党营私，尤以东林为甚。原舍人若要弹劾曹于汴，愚以为从'结党'发端最为有力。"

"谢大人提醒！只是曹于汴虽名列东林，有结党之实，但他向来言行举动都是一副道貌岸然的样子，说他结党恐怕皇上不一定深信呢！"

"这个你只管放心，朝臣中受曹于汴压制刁难过的不在少数，他们只因惧于曹于汴的权势，才隐忍不言。一旦舍人率先发难，不愁没人群起响应。到那时曹于汴四面楚歌，即使舍人所劾有不实之处，恐怕他也没有时间来一一辩白呢？"

原抱奇闻言大喜，赞叹道："老大人神机妙算，卑职佩服！卑职就依老大人的主张去办，不怕他曹于汴捣鬼。反正原某已经受够了这帮自命正人君子们的围攻，再多一点也不在乎。"

王永光的嘴角露出一丝笑容。他捋了捋胡须，继续给原抱奇打气："舍人坚毅果敢，难怪皇上会注意到你！老夫与舍人交往这么多，竟还不如皇上的直觉真切。真是圣明天子啊！”

原抱奇飘飘然，全然没有想到自己只不过别人棋盘上的一枚小卒。

午夜的文华殿沉浸在一片凄清与寂寞之中，白日里鲜红富丽的大殿此刻变得浑浊而又灰暗，除了偶尔传来的一两下击柝声，再没有其他的动静。

崇祯的心境也像此刻的大殿一样空寂、灰暗、凄清。他总也弄不明白，就凭他的勤奋、英明，怎么这国家看起来却一天不如一天呢？

大约一个月前，有人弹劾杨鹤招抚流贼无效，致使贼势猖獗，生灵涂炭。崇祯素知朝臣间倾轧得厉害，若不是和自己一派，便夸大其词，耸人听闻；若是自己同道，便极力开脱，避重就轻，故而他在看到一些慷慨激昂的弹劾奏章时，总是夹着一份小心。就像这次，他就没有当即处置，而是决定静观事态的变化。果然不久，杨鹤便呈来奏疏，说已有王虎、小红狼、一丈青、混江龙等大小数十家流贼接受招抚，拿免死牒回乡了。崇祯揽奏大喜，暗自得意自己见识长远高妙。

然而时隔不见，另一份山西巡抚许鼎臣的急报却给崇祯的好心情泼了一盆水。许鼎臣说，陕西大贼王嘉胤、高迎祥、老回回、张献忠等自神木渡河，陷蒲县，分兵东掠赵城、洪洞、汾、霍，西掠石楼、永和、吉、隰诸州，把富庶平和的山西搅扰得鸡飞狗跳、人心思乱。

山西与京师只隔了一道太行山，直到此时崇祯才意识到危机已经发展到何种程度，只是眼下八旗兵还在京城外转悠，不可能分兵前往镇压。无可奈何之下，崇祯只得下令让山西抚按各自督本省兵马分防战略要地，先扼制住流寇蔓延再说。另一方面，崇祯觉得流贼渡河，杨鹤有责任，便下旨切责杨鹤，命其拒实回话，给朝廷一个满意的解释。

流寇这面有了布置，皇太极这面也没有新消息，崇祯操劳的心暂且平息下来，他想休息一下！

然而朝臣间无休无止的争斗却更令他烦之又烦，尽管他对其中许多人处以无情的惩罚，却丝毫不能减轻愈演愈烈的撕咬。崇祯有时候真想把所有的朝臣统统换掉，选一批与世无争的秀才什么的来取代这些正事不做，却为一点无关紧要的琐事争得面红耳赤的卿贰大臣们。他真的烦透了。

当原抱奇的奏章送到崇祯的阁中时，崇祯正处于这样一种躁动中。一见到原抱奇的笔迹，他就气不打一处来：“这原抱奇到底算个什么东西，整天像疯狗一样东咬西咬？”

说着，他抄起笔来，在原抱奇的奏章上狠狠批道：“曹于汴操履粹白，立朝正色不阿。原抱奇胡言乱语，着削职回籍料理！”

老太监王承恩默默地站在一旁，看着怒气冲冲的皇上在奏章上发泄怒气，觉得自己该说些什么了。想到这里，他便正了正衣冠，在御案前从容跪倒。

崇祯注意到王承恩的举动，温言相问：“你想说什么？”

王承恩恳切地说：“老奴有一句话，一直想对皇上说。朝臣劾奏，或者出于公心，或者阴有所谋，然则皇上读奏本，切不可有成见存于心中，只当就事论事。如果皇上感情用事，难免会有处置不当之举，也难免被一班善于窥察圣意的小人所乘。原抱奇或许只是因为私怨弹劾曹于汴，但皇上若以此定其罪，朝臣不知底里，以后不敢再直言不讳地劾奏奸党庸臣，这是朝廷的损失啊！”

崇祯的激愤被老太监一番推心置腹的话语平息了不少，他认真地点了点头，对王承恩说道：“你的意思，朕都明白了。你起来吧，朕以后注意就是了！”

王承恩缓缓站起来，退到一旁，看到皇上将自己刚刚写就的“胡言乱语，着回籍料理”几个字勾了，重新写上：“（原抱奇）所奏不当，贬一秩！”

老太监王承恩的一番忠言，无意中使一个无赖般的小官僚原抱奇改变了命运，这或许是这位忠心耿耿的老太监始料不及的。

原抱奇不知其中周折，反倒自以为占了便宜，一弹劾首辅贬三秩，而弹劾左都御史却只贬一秩，看来皇上并不是想庇护曹于汴，只是要保持左都御史这一官位的权威。自己若再上章弹劾，恐怕曹于汴就不会再在那个位置上坐下去了。

他的新奏章还没有写就，朝廷上忽然兴起了一轮弹劾曹于汴的高潮。工部尚书陆澄源劾奏韩、曹于汴及工部新任尚书孙居相、侍郎程启南、府丞魏光绪据置要津，阻塞言路，都应该罢黜。在疏中，陆澄源还给这五个人起了个名字“西党”——原籍都是山西的一党。继陆澄源而后，是都察院的两位卿史高捷、史滢，高、史弹劾曹于汴朋比为奸，欺君罔上，用语极为狠辣阴毒。

崇祯虽然不喜欢曹于汴刚直不阿的个性，甚至从心底里有点讨厌他，但他却知道像曹于汴这样性格的人，若说他在品质上有问题，那是绝对不可能的事。他思忖再三，决定将原抱奇、陆澄源、高捷、史滢各自予以严旨切责，不准许他们再进行这种无益的攻讦。

然而，曹于汴的反应却出乎崇祯的意料，他怒不可遏地指斥原抱奇、高捷等人祸朝乱政，捎带着指责皇上不分黑白，偏袒这些为清议所不容的小人们。另外，曹于汴还言辞激烈地请求致仕。

这下惹恼了崇祯，自即位以来，还从没有人怀疑过他的英明，而这也是他最为自豪的地方。现在曹于汴竟然胡言乱语，连皇上的英明与公正都一并予以怀疑，哪还有一点为臣之道?

崇祯在盛怒之下准了曹于汴的辞呈，又迁怒于陆澄源无中生有搬弄是非，将其贬为工部都水司郎中。此番东林与王永光之流的争斗，可说是两败俱伤，而东林所受打击尤其严重。

曹于汴去后，左都御史的职位由闵洪学代理。这闵洪学是礼部尚书温体仁的老乡，朝臣间谣传闵、温二人过从甚密，只是绝大多数官僚从没有见到过两个人的交往，所以这传言并没有动摇温体仁的地位与闵洪学的升迁。崇祯素来觉得温体仁孤立无党，听了这“毫无来由”的传言，反而怀疑东林诸臣以己度人，诽谤对手，崇祯对朝臣结党欺君的成见愈发坚定了。

连月以来，张凤翔、乔允升、韩炉、申用懋、曹于汴先后去职，东林在朝堂上的势力愈发单薄。时移世易，李标的日子比起一年前可难过得多了。

李标对仕途已经心灰意冷。两年之前，他还满怀期望地要和刘鸿训、钱龙锡几个志同道合的同事一同辅佐英明盖世的崇祯创造一个太平盛世。而今，那一刻的豪情壮志已经被铁一般的事实砸得粉碎，李标感到从未有过的疲倦与厌烦，他决意退隐了。或许自动退职是最好的办法，不然，谁能保证哪一天不会有接二连三的弹劾从天而降?

请求致仕的奏疏递上，崇祯照例不准。无奈李标去意已决，接连上了五道乞求致仕的疏奏。崇祯没了耐心，也不想再强迫李标留任，便在最后一次的乞休奏章上照准，同时任命兵部尚书、中极殿大学士成基命按顺序继任为首辅。

此时的内阁由成基命、周延儒、何如宠、钱象坤四人组成，成基命虽为首辅，而崇祯的心里却更垂青于次辅周延儒。次辅周延儒更是希望借故捣掉他，使自己登上万人瞩目的首辅之位。在这样的环境之下，成基命的座位能坚持几天，只有听从命运的安排了。

朝堂在暂时平静的表象之下酝酿着汹涌的激流，而来自辽东战场的消息却令剑拔弩张的朝臣们统统松了一口气——后金兵在入侵八个月之后，终于在这年五月取道冷口回老巢了!

原来，八旗兵在明朝的疆域里扫荡了大半年，初时的斗志渐渐随着时光的流逝而逐步消失，向来剽悍勇猛的八旗将士渐渐生出思乡之情，而且他们掳掠来的战利品——牛羊、金银、布帛、壮丁——几乎都没办法弄回去。皇太极顺应时势，传令大军分批取道长城冷口而归。

皇太极在撤退之前，召二贝勒阿敏及岳托两个人驻守滦州、迁安、永平、遵化四城。其实，皇太极之所以命阿敏驻守四城，还有一层更深的用意在里面。阿敏乃是努尔哈赤之兄舒尔哈齐之子，自幼投身行伍，骁勇敢战，在历次战役中屡建功勋。然而阿敏性情粗犷，行事随意，对皇太极不甚尊重，而且他率领正黄旗和镶黄旗，实力非常之强。皇太极要树立绝对的权威，则必须处置像阿敏这样有实力又不尊崇大汗的亲王贝勒，以儆效尤。

皇太极估计，若八旗主力一退，明朝必倾全力收复四城，四城势必难以保全，所以他才把四城交阿敏镇守，欲以失地之罪置阿敏于死地。

果然不出皇太极所料，后金兵尚未完全退尽，老督师孙承宗便于五月五日誓师收复四城。十日，祖大寿及监军张春、辽东巡抚丘禾嘉先抵滦州城下，马世龙、龙世禄、吴自勉、杨麒、王承恩继之，急攻两昼夜，收复滦州。

阿敏当时驻永平，闻听滦州丢失，大吃一惊，他早就没有心思守这几座残城，当下命迁安守军与居民全部撤至永平。没过一天，又决定弃永平逃跑。逃跑之前，阿敏下令屠城。顷刻间，永平城血流成河。当夜，阿敏在永平放了一把大火，而后仓皇逃遁。

就这样，迁、永、滦、遵四城仅四天之间便重新为明军所恢复。阿敏逃归沈阳，自然难逃冷遇。皇太极做出怒不可遏的样子，召集诸亲王贝勒开会，历数阿敏弃城逃跑、屠杀降官、纵容抢掠等大罪。大臣公议应予处死，皇太极“不忍”，决定予以幽禁。

然而在另一面，明朝君臣却欣喜若狂。尽管孙承宗收回的四城都虚有其名，其实是一片瓦砾堆，但无论如何这是一件大功勋。大明皇帝崇祯亲自到太庙告祭，大行赏赐，并且加孙承宗太傅之衔，赐莽服、白金，世袭锦衣卫指挥佥事。孙承宗一生历经几番大起大落，早已经视荣华富贵如浮云，他更担心朝中倾轧无已的局势。自己领兵在外镇守，说不定哪一天就会有一项莫名其妙的指责落到头上，倒不如趁现在风风光光地退休为好。

于是，孙承宗极力推辞掉太傅的荣誉，又屡疏称病乞休，却都被崇祯客客气气地挡了回去。孙承宗隐退不成，便又认认真真地担负起东北边防的重任。这位老大学士实质上并不畏惧皇太极的八旗铁骑，他真正畏惧的，是朝中那些拉帮结派、搬弄是非的官僚们，以及那些只知其一不知其二便信口开河、弹劾指斥的御史与给事中们。

正像孙承宗担忧的那样，黑云压城的外患刚刚销声匿迹，新一轮的倾轧又进入了火爆的阶段。

当此之时，八旗铁骑虽然退去了，京畿却是一片千疮百孔，崇祯深感朝廷中缺乏良将，便下旨号召群臣举荐干练的军事人才。王永光乘此机会，放出了一只试探性的气球——推荐以结交近侍名列逆案的原兵部尚书吕纯如。

吕纯如本是吴江人，天启时任兵部侍郎，平生亦无大恶，只是性情比较乖巧，与当时耿直方正的吏部尚书赵南星有些合不来。吕纯如曾奉命护送崇祯的叔父惠王朱常润到荆州封藩之地，在其复命疏中，对护送太监刘兴、赵秉藏极尽赞扬褒美之能事。同时，吕纯如又称颂魏忠贤用人得当，正是表率僚属的典范。当时像这样恭颂魏忠贤的奏疏连篇累牍，许多正派人士也难免言不由衷地写上那么几句，至于吕纯如是成心谄媚还是虚意敷衍，那就只有他自己心里最明白了。

谁知道天有不测风云，吕纯如的奏章递上不久，正逢天启帝一命呜呼。当时，吕纯如正代替与魏忠贤小有摩擦的兵部尚书霍维华主管兵部事，他与霍维华一样，预见到形势将有变动，便买通通政司与兵科，将自己的奏疏偷偷改换过来，去掉了其中称颂逆阉的词句。

然而奏疏可以更换，据奏疏公之天下的邸报却无法抵赖。钱龙锡、韩便是根据邸报的内容将吕纯如定为谄媚内侍罪，坐徒三年，纳赎为民的。吕纯如当时不叫冤，心里未必服气。如今，虏骑甫退，朝廷急需人才，而且又有王永光为之援手，吕纯如便大着胆子地跳了出来，为自己辩白。

吕纯如的辩白刚刚递上，通政司便在王永光授意之下，将其复命疏的抄本封送。崇祯打开细细观看之时，果然并无半句称颂魏忠贤的言语，当下疑心大起。恰在此时，王永光举荐吕纯如的奏疏到了。王永光在荐疏中云：

前兵部尚书吕纯如，以与东林尚书赵南星有隙，遭人排挤。故韩炉主持逆案之时，阳出公意，阴为报复，依据莫须有之言辞，定至大且重之逆案。其用心险恶，行乖圣意，微臣屡欲言明真相，都惧于韩炉、钱龙锡之势而止。今皇上留意兵事，降心求贤，微臣感于圣心焦劳，特不揣冒昧，辨明实情，至于去取，一凭皇上定夺。

崇祯揽奏，果然心动，便有意起用吕纯如。但想到吕乃名列逆案的官员，一旦起用，则其他阉党说不定会找到攀附的例子，群起而效尤，到那时纷纷扰扰，反倒弄得得不偿失。

在经过一番犹豫不决的思考之后，崇祯决定派曹化淳去调查吕纯如的案件，先看看吕纯如是不是确有冤屈，而后再决定取舍。

翰林院日讲官文震孟此时已由左中允提升为左谕德，因为经常给崇祯讲解典籍，与崇祯接近的机会很多。吕纯如气焰嚣张地为自己辩冤，王永光暗地里为其主使，这些自然都在文震孟的视野之内。眼见平日里为了一点小事便撕咬不已的言官们此时都成了哑巴，谁也不敢得罪老谋深算的吏部尚书和狂妄叫嚣的阉党余孽，文震孟痛心疾首，愤然出疏弹劾吕纯如和王永光。其疏云：

帝王之前，与经生学士不同，必以经术经世，乃为实用。窃见虏骑内犯，圣心焦劳，综数事功，须挈纲领。刑法虽峻，猜疑渐起，于是未有济也，故于《君使臣以礼》章，劝皇上培养元气，推心感人，而辨贤奸，酌用舍尤倦倦焉；今群小合谋，必欲借边才以翻逆案，愿皇上剖析是非，辨别邪正，故于《于语曾太师乐》章，日一音杂而众音皆乱，一小人进而众君子皆废。今有生平无耻、惨杀名贤之吕纯如，且藉奥援而必辨雪矣。削长剥复之间，甚可畏也；臣又见吏部尚书王永光，身为六卿之长，犹蒙皇上眷注，而假窃威福，擅行私臆，故于《甘誓》章言："战胜攻取，非独左右之共命，尤在六卿之得人，而且用舍不淆于仓促，则国是定而王灵畅，威福不假于信任，则神气振而敌忾伤。"大抵皆为用人之人发也。又见永光机深计巧，投无不中，欲以年例大典而变乱祖制，考选公典而摈斥清才，举朝震畏，莫敢讼言，故于《王子之歌》章言"识精明，则环而伺者无所售其欺；心纯一，则巧于中者无所投其隙"。臣故知皇上聪明天纵，必能洞烛其情，而臣犹为此语者，则忧治危明之极思耳。总之今日大小臣工，当视国如家，除凶雪耻，不当分门别户，引类呼朋。此臣一念孤忠，九死不回者也，伏唯皇上思之！

奏疏递上，倒让崇祯吃了一惊。自从上次王永光在危急时刻建议迁都南京以来，崇祯对他的看法改变了许多，态度也日渐冷淡，但他却很少听说关于王永光在品质与操行方面的议论。这次文震孟对他的指责，对崇祯还是头一回听说，抱着怀疑的态度，崇祯在文震孟的奏疏上批复："文某讲幄敷陈，寓规时事，朕甚赏鉴！所指吕纯如惨杀名贤、藉援求雪，及王永光变制年例、考选摈才等语，着据实奏明！"

很快，文震孟的第二道奏疏呈了上来，口气依旧严厉而且咄咄逼人：

臣所谓吕纯如惨杀名贤，盖指故吏部员外郎周顺昌也。当纯如为福建守道日，以谄媚权监为能事，及高权监窘执闽抚，激成民变，纯如与权监二人携手同步洋洋市廛，致万口唾骂。周顺昌时为福州推官，剪除恶棍，抚定人心。纯如忌之，屡肆下石。后纯如投身逆，猎取节钺，顺昌讼言攻之，语多过激。纯如遂挑怒巡抚毛一鹭，复旨时定入京师，与诸用事者构成顺昌之罪，致顺昌被逮且惨死狱中。同时惨死诸臣，所号为彻骨之清及公忠亮直，人人心服者，以顺昌为第一。其致死之由，全出于纯如，此天下所共知。今纯如上疏求雪，不但变天下之是非，且摇皇上之釜钺，则恃有吏部尚书王永光为之奥援也。夫逆案之定，其主持全禀圣断，而群小营营窥阚，以为旋转圣意，易于反掌，故首借边才之说进，而纯如之疏继云，呼吸通灵，投掇如响。不然，通政司固喉舌之寄也，非大力者主之，此何等事、何等人，而辄其汇以进哉？至于台省为公论所自出，凡会推年例等大关系事，则吏部不自主，而必会同吏科河南道；若近日所推年例，吏科都给事中陈良训，谁为开送，谁为商计哉？不过以其稍待公道，每多参考，乃借外转以除碍手耳。至于考选新资，贤才辈出，永光度无所施其笼络，乃独斥一才名素著、物望所归之陈士奇以示有权，而十年冷暑之潘有功，亦以猜疑见弃；迨人情汹汹，众议沸腾，则始为两请而终摈之。为大臣而心术如此，斯亦不忠之尤者矣。

崇祯看罢奏疏，原有的疑心不仅没有释然，反而愈发严重起来。若照文震孟的说法，这王永光在朝堂上呼朋引类，杀罚立威，岂不又是一个结党营私、排斥异己的败类？而文震孟所云，又不像是空穴来风，这到底是怎么回事？崇祯自恃英明天纵，这时对两个自己印象都还算不错的臣子互相攻讦却也判断不出孰是孰非，遂决定将事情撂一撂，看看王永光有什么说法。

未几，王永光的辩疏也递了上来。他说：

前者阁部定逆案进呈之时，臣被言注籍，吕纯如入案，臣之及知。如臣果有奥援之意，何必待此时方始冒天下之大不韪？微臣一点孤忠，全为皇上求贤若渴，致不避嫌疑，举荐逆案中人。至若陈良训滥厕首垣，与参廷议，人言啧啧，夫岂无因？至考选过赏，十六人内，选授科道十四人，部属二人，而此二人者，前途正远，因材储用，期待殊不薄也。

这样说来，王永光未将陈士奇、潘有功选授科道，倒是为国储材的考虑，与文震孟所说斥贤立威有着大壤之别。崇祯愈发搞不明白了。

说来也“巧”，这一天侍候崇祯的，正是司礼监太监王坤。崇祯对信王府的旧人，向来比较信任，每当无计可施之时，偶尔也招这些人垂询一二，合意的就听上一两句，不合意呢就权当他们没说。他觉着，凭自己的智慧完全可以取这些人之长，而丝毫不受他们的影响。

“王坤，你看过这两个人的奏疏了，”崇祯指着御案上的两份奏章，“说说你怎么看。”

王坤低眉顺眼走上前，匆匆扫了一眼，又退回原来的位置，从容而谦恭地说道：“回皇上，奴才听人议论，说陈士奇考选之时，掌房座主乃是左庶子姚希孟。后来录用的十六个人，独陈士奇没能备选科道，姚希孟颇为愤愤，曾经到吏部与王永光分辩此事，朝廷上不少人都知道这事。左谕德文震孟本是姚希孟的外甥，或许他想替姚希孟打抱不平，也未可知。至于吕纯如、陈良训、潘有功与王永光、文震孟有什么瓜葛，奴才不知情，不敢瞎说。”

“噢？！有这种事？”崇祯仿佛一下子恍然大悟，猛然间生出一种被蒙蔽之后的愤慨，“怪不得文震孟一门心思和王永光过不去，原来还有这许多曲折！可恶！”

盛怒之下的崇祯对文震孟的恶感油然而生，再也无暇顾及文震孟的指责是真的出于私愤，还是出于公心。他提起笔来，在王永光的奏辩上温语慰藉一番，而后毫不客气地指斥被他曾经感叹为“真讲官”的文震孟：“讲官怀忠启决，循职自可敷陈，文某不得任情牵诋！”

写罢，崇祯将手中的朱笔往案上一扔，身子向后一仰，靠在椅背上，双眼轻轻闭上，陷入了沉思。“必须选几个无帮无派，一心一意唯朕是忠的人！”这个念头刚一出现，就攫住了崇祯迷乱的神经，“必须找一个孤立无派的人！”他又一次坚定自己的信念。

一个熟悉的名字猛然间跳入崇祯的脑海，不错，正是他——温体仁。

第二天，任命温体仁的诏书颁布。温体仁照例以德才不足为名辞谢，言辞极为诚恳，在其中他还真诚推荐吏部右侍郎吴宗达代替自己入阁，因为吴宗达的政绩、能力比自己更强。崇祯对吴宗达并不很了解，便询问大学士钱象坤，钱象坤替吴宗达美言了几句。崇祯有感于温体仁在自己晋升入阁之时还为朝廷荐贤的高风亮节，更坚定了起用温体仁的决心。于是，崇祯索性将温体仁和吴宗达一并征召入内阁。圣旨颁出，当朝权要们有九成都欢欣鼓舞。

倒霉的人里首屈一指的该是文震孟，弹劾了半天，自己却惹了一身骚。文震孟情知自己这次与王永光撕破了脸面，此后恐怕很难在朝廷立足，便寻思趁王永光一党还没有大举反击，找一个体面的台阶下台，避一避风头。

几天后，文震孟上疏自请到南京职掌翰林院，但过了许久也没有动静。正当文震孟失去了希望的时候，一道圣旨忽然传了下来：着左谕德文震孟赴任益王府属官。

文震孟等了这么长时间，却只得到了这样的结局，不由心灰意冷，遂在去成都益王府赴任途中，乘便回了老家，就此隐居下来。只写了一封奏疏，辞了益王府的官职。

七月的一天，一骑飞骑踏着滚滚黄尘而来，马上之人高大威猛，一望便知是关东人。路人纷纷猜测：难道辽东又出事了？

果然，来使带来的消息引起举朝震骇！

原来，辽东重镇皮岛发生了叛乱！皮岛本是毛文龙的老巢，袁崇焕杀毛文龙后，分其兵两万八千人为四协，由毛文龙之子毛承祚、副将陈继盛、参将徐敷奏、游击刘兴祚分领。后来，为管理方便，改成二协，由副将陈继盛与刘兴祚的弟弟刘兴治分摄。

俗话说一山不容二虎，皮岛军将都是毛文龙的部下，个个狂悍凶狡，刘兴治更是如此。两个月前，游击刘兴祚随孙承宗抗击后金时，力战而死，而陈继盛因为消息隔绝，以为兴祚并没死。刘兴治怒不可遏，亲自为兴祚治丧。诸将都前往吊唁，陈继盛也随众而至。他哪里想到，刘兴治已经专门为他设计了一座陷阱。

陈继盛刚到，伏兵四起，不待他反应，便被五花大绑起来，一同被抓的还有杨应鹤等十一人。此时，刘兴治拿出一封书信，声称信中说刘兴祚诈死，岛中诸将妄图谋叛。写信的人即陈继盛。

皮岛诸将大都是直爽的汉子，哪猜得到这是刘兴治的诡计？一时间群情激奋，兴治乘势将陈继盛、杨应鹤等人悉数杀掉。而后他又威逼岛中商民合辞奏请：优恤为国捐躯的刘兴祚，并请求让刘兴治总镇东江！

崇祯登时如坐针毡，会集众臣商议，也没人能说出个所以然来。皮岛孤悬海外，努尔哈赤、皇太极都拿它毫无办法，大明朝廷又能将它怎样？

幸好这时登莱巡抚孙元化自己跳了出来，请求派都督佥事黄龙为总兵官，前往皮岛平定刘兴治之乱。崇祯正自无计可施，忽然有人自告奋勇，不禁龙颜大悦，当即准奏。孙元化原本是孙承宗、袁崇焕手下的属员，以善造红夷大炮闻名，他的手下大都是辽东人，与皮岛将领有交情的人也不少，或许他出面就能平息迫在眉睫的叛乱吧！

心里这么想着，崇祯还是忧心忡忡。当初毛文龙在的时候，皮岛哪里用得着朝廷操心？！那时，只要把粮食、银子给了毛文龙，皮岛便稳如泰山，还时不时给后金添点腻味，哪像现在？

归根结底，这一切都是袁崇焕一手造成的。被逮下狱的袁崇焕在崇祯的怨念中，走上了绝路。

崇祯下达圣谕：

袁崇焕谋叛欺君，结奸蠹国。斩部曲以践虏约，市米粟以资盗粮。既用束酋，阴导人犯；复散援师，明拟长驱，及戎马在郊，犹屯兵观望，暗藏夷使，坚请入城，意欲何为？致庙社震惊，生灵涂炭，神人共忿。敕法司定罪，依律家属十六岁以上处斩，十五岁以下给配。朕今流他子女妻妾兄弟，其余释放不问，崇焕本犯置极刑。钦此！

忠心为国的袁崇焕在中秋节过后的第二天，被行刑，一代名将就此陨落。

【第五回】

崇祯帝责斥结党，周延儒弄权营私

大明朝像一架即将散架的破车，在盛衰无常的历史快车道上，一刻快似一刻地飞驰向末路，等待它的将是“嘭”的一声巨响，最后分崩离析。没有人能够挽救它的最终灭亡，尽管它现在的主人并不这样想。

袁崇焕虽死，但御史高捷、史漠并没有就此罢休，在王永光的授意之下，史漠又上疏，弹劾故辅钱龙锡。

史漠在劾疏里说：“袁崇焕出都时，重贿龙锡数万。龙锡转寄姻家，巧为营干，致国法不伸。”

崇祯览奏，赫然震怒，敕刑部五月内具狱，同时派锦衣卫到钱龙锡的老家将其逮捕归京候审。

十二月，钱龙锡被解送进京，关进刑部监狱。他再次上疏为自己辩解，并把袁崇焕与自己通信的原件一并上交。然而崇祯决心已定，丝毫不为所动，只是催着刑部定案。

新任刑部尚书胡应台上任才不到十个月，对如何处置这位老辅臣没有把握。重了怕引起朝臣反感，轻了又恐怕皇上恼怒。掂量的结果，胡应台写在了一封奏疏里面：“斩帅虽龙锡启端，而两书有‘处置慎重’等语，其意不在擅杀；至议和倡自崇焕，龙锡亦未之许。然军国大事，私自商度，不抗疏发奸，何所逃罪？！部议龙锡大辟，决不待时，且用夏言故事，设厂西市以待。”

崇祯似乎又觉得斩首的处罚太过严重，便道钱龙锡并无谋逆之举，令刑部将钱龙锡长系狱中。不久，中允黄道周又上疏申救，惹恼了崇祯，被贬秩调外使用。然而崇祯的怒意到底还是缓解了下来，诏命钱龙锡减死，遣戍定海卫。

自温体仁、吴宗达入阁，首辅成基命的日子便愈发难过了。周延儒倚仗着皇上的眷注，虎视眈眈地盯着首辅的位子，而温体仁表面上与人无争，暗地里也在策划代替成基命与周延儒。

当袁崇焕的罪名未定，朝臣正议论纷纷的时候，成基命的左脚出了毛病，疼得无法上朝。锦衣佥事张道濬便弹劾成基命故意推脱，工部主事陆澄源继之。一时间，成基命又成了众矢之的，地位岌岌可危。

成基命孤掌难鸣，决意退隐。在退隐前，他草草写成一道奏疏，为自己辩白："陆澄源谓臣两度列廷相之首，乃故韩爌、钱龙锡为申救袁崇焕而力为把持。殊不知当臣廷推之时，袁崇焕叛迹未彰，且为朝廷倚任，谁人有此先机，未待犯罪，先行申救？澄源所言，不过拾人牙慧而已！"

崇祯为了首辅的面子，贬陆澄源秩，温言慰留成基命。无奈成基命去意已决，三疏请退，而此时的皇上正看好风神潇洒、精明机敏的周延儒，遂加成基命文渊阁大学士、太子少保，准许他致仕。次辅周延儒顺理成章地当上了首辅。

成基命去后，当朝的六部九卿再没有一个与东林有瓜葛，崇祯心里暗自得意，朝中没了爱纠集惹事的东林要员，纷扰不已的党派之争该平息下去了吧。然而事情并没有像他希望的那样发展下去。

袁崇焕惨遭凌迟，钱龙锡远戍定海卫，成基命上疏致仕，这些接踵而至的好消息令高捷、史褷、张道濬等辈欢欣鼓舞。几个人聚集王永光的府里，合计要借此机会大举反攻，指袁崇焕为逆首，钱龙锡为逆党，再立一个逆案，与前次逆案相抵。

计议已定，温体仁、王永光居中主持，两个人寻思，袁崇焕本为兵部首脑，要向袁崇焕发难，最好还是从兵部开始。

张道濬奉王永光的差遣，来找梁廷栋商议，谁知梁廷栋也是精明人，没有啥好处，哪肯替别人打头阵？另外梁廷栋也有后顾之忧，皇上是聪明人，万一偷鸡不成蚀把米，头一个倒霉的还不就是自己？

王永光的如意算盘落空，自然大为恼火。王永光并未就此罢休，在他的授意之下，御史田唯嘉荐举阉党杨维垣、贾继春，新任通政使章光岳疏荐吕纯如、霍维华，御史袁宏勋疏荐徐杨光、傅櫆、虞廷陛、叶天陛。昔日被推翻在地的阉党大员们被一一翻拣出来，以各种各样的理由推举到崇祯的面前。

幸好崇祯还算明白，批旨：逆案奉旨方新，居然荐用，成何体统！

王永光碰了一鼻子灰，思来想去，都是梁廷栋不肯帮忙，于是对梁廷栋的怒气更大了。

梁廷栋虽然上任仅仅一年，但也并非孤家寡人，他很快就知道了王永光的不满，而且知道那些平日与自己作难的御史、主事许多都是王永光的死党。现在，要么向王永光求和，要么就要和他斗上一斗，不然坐以待毙，后患无穷。梁廷栋选择了后者。

温体仁一直冷眼旁观，洞悉其中细密。他想，王永光把持吏部多年，在朝中得罪的人不在少数，而且王永光一直是周延儒的左膀右臂，如果兵部与吏部争执起来，周延儒必定支持王永光。自己如果再加盟进去，一则显不出分量，再则胜算也不是很大，倒不如暗中扶植梁廷栋，借梁廷栋消耗周延儒与王永光。

崇祯四年二月，适逢三年一度的大比之年，数千举子云集京城，忧心忡忡地等待着即将到来的会试与殿试。

这日，崇祯召见九卿科道，钦点周延儒、何如宠为此次会试的正副主考官。

崇祯告谕："二位爱卿，此番会试，乃为国选材，你二人须得勤谨从事，秉公判断，为我大明朝选拔一批干练经世之才！"

周延儒、何如宠一同领旨谢恩，齐道："臣蒙皇上恩宠，敢不殚精竭智，以效愚钝之力！"

出得文华殿，周延儒忍不住趾高气扬，心旷神怡。正在春风得意的周延儒恐怕做梦也不会想到，一场阴谋正在按部就班的酝酿实施中，而这场阴谋最终的矛头将指向他。现在，梁廷栋在温体仁的暗中支持下，开始对周延儒的盟军与左右手——王永光发动攻势。

第一步吏科给事中葛应斗弹劾御史袁宏勋及锦衣佥事张道濬通贿鬻权。原来，袁宏勋一直倚仗王永光做靠山，收银子卖官。这次，他收了蓟镇参将胡宗明的三千两银子，答应胡宗明把他调到京营，又收了户部主事赵建极的银子一千七百两，答应给他调到吏部。这两件事一件要经梁廷栋之手，一件要经王永光之手。葛应斗表面上弹劾张道濬、袁宏勋，实质是在指斥吏、兵两部尚书。

梁廷栋似乎早有准备。葛应斗的奏疏刚刚递上，梁廷栋便立即上疏纠弹袁宏勋向自己行贿，把银子如数封进，并且罗列二人种种不法之举。崇祯当下龙颜大怒，传旨将二人革职查问，关进了刑部牢狱。

袁宏勋和张道濬两个都是王永光的心腹死党，这是举朝皆知的事实。有擅长察看风向的御史立刻闻风而动，弹劾王永光贪赃受贿。

王永光想不到被对手占了先机，一时间猝不及防，陷入被动之中。正在王永光打探事件的来龙去脉，准备理顺头绪反戈一击时，又有许多朝臣上疏弹劾他，而吏科给事中吴执御的奏疏最为锋芒毕露。吴执御说："王永光贪恋权位，无德无行，不可以表率群僚，该痛加革斥。"

王永光撑不住了，他草成一道辩疏，试图为自己开脱。

王永光辩疏递到内阁，正值周延儒在外主持会试，温体仁代行首辅的职分。温体仁趁这千载难逢的良机，拟了一道圣旨，严厉申斥王永光一番。

崇祯这些天心情一直不大好，他看了温体仁的奏疏之后，联想到以前朝臣们对王永光的一些指责，想着申斥一下王永光也好，或许他真的有一些地方做得不好，不够让百官口服心服。

严厉申斥王永光的圣旨就这样轻易地流转出来，王永光禁不住大吃一惊。他并不知道这其中的曲折与奥妙，但他从中看出了皇上不再像以前那样眷顾他了，而且内阁与司礼监也必定有人故意和自己过不去，这么想着，他不禁感到后脊梁直冒冷气。

按照惯例，朝臣受到弹劾，该当上疏请求辞职，并且在家里等待皇上的挽留。谁知道王永光在家里眼巴巴地等了半天，盼来的却是冷冰冰的五个字："着回籍料理！"

一向沉稳老辣的王永光听到这个消息，顿时如遭雷击。在他的心头，闪跳着一个重逾千钧的想法——完了！

就这样，王永光灰溜溜地退出了政坛。

赶走了王永光，梁廷栋的心情格外开朗，就连走路都透着一份自信。朝廷上谁不知道，王永光这尊雷打不动的大佛是他梁廷栋给处理掉的。

不过，梁廷栋的好情绪没能持续多长时间，因为他发现自己的前程并不像起初估计得那么光明。王永光在朝四十年，他所积聚的能量，远比梁廷栋所想象和估量的要大得多。梁廷栋不会想到，与一个强大的敌手硬碰的结果只能是两败俱伤。

这年三月，周延儒主考已毕，奉上所取中进士名单。崇祯亲自主持廷试，御赐陈于泰、吴伟业、夏日瑚为三甲，其余三百余人皆赐进士及第，各自予以授官加秩。周延儒功德圆满，与大学士何如宠向崇祯复奏已毕，便回阁理事。

但回到内阁后的周延儒却怒火中烧，竟然在他这个首辅毫不知情的情况下，把朝廷中举足轻重的吏部尚书给搞掉了，这还了得？！

他怒冲冲地闯到温体仁的值房，气咻咻质问道："王永光清廉自持，名闻朝野，为什么要将他致仕归籍？！"

温体仁仿佛早就预料到会有这样的场面，不慌不忙地站起来，做出一个请周延儒落座的手势，而后从容说道："玉绳（周延儒字玉绳），你先请坐，有什么事慢慢说。"

周延儒依旧不依不饶，道："王永光是怎么回事？"

"噢，原来是为这事。"温体仁摆出一副清白无辜的样子，缓缓说道，"兵部有一桩案子，牵涉到袁宏勋、张道濬，也关系到王永光。朝廷上便有人弹劾王永光贪赃枉法。玉绳，你我都知道，王永光的清白是有目共睹的，这样捕风捉影自然不会损害他。可是吏科给事中吴执御劾奏王永光诲贪崇墨，这就不能等闲视之了，你想，吴执御是吏科的人，他对吏部的事最清楚；再说，吏科说话在皇上面前的分量，你也是知道的。皇上自然恼怒万分，屡次催促阁臣拟旨，我不得已才拟圣申斥他做做样子。"

周延儒的怒气消了消，随即又追问道："既然是做做样子，为何最后王永光却给打发回老家了？”

温体仁依旧诚恳而从容地说道：“这其中的周折，我就不是很明晓了。卑职三次为王永光的辞呈拟旨，都是温言慰留，谁知道最后一道圣旨出来，竟然会是准许王永光辞职，不要说玉绳你，就是身处局中像我这样的，也弄不明白岔子出在哪里。”

“有这种事？”周延儒半信半疑，自言自语，“王永光好歹也是一朝重臣，谁有那么大的本事说辞就给辞了？！奇怪！”

温体仁好像也深有同感，随声附和道：“说得也是，不要说如今皇上君威不测，就像一般大大小小的朝臣，还有皇上身边洒扫服役的太监，谁也不知道这些人中会有什么不可估量的能量呢？”

这句话好像一下子给周延儒提了醒，他恨恨地说道：“事情既从梁廷栋而起，必定是这小子从中捣鬼。我听人说，他与阉宦交往甚密，他屡屡升迁，也多是这些太监公公们在皇上跟前吹风。这次倚仗着皇上宠信，胡作非为，着实可恶，若不给他一点教训，他也不知道天高地厚！”

温体仁其实并不关心梁廷栋的沉浮，能看着周延儒与梁廷栋斗法，让周延儒再在朝廷上树一支仇敌，更是他的心愿。此刻，他拐弯抹角给周延儒打气：“哎，玉绳，梁廷栋刚到京师没几天，于朝廷上的规矩还不明了，偶有触犯也情有可原。你又何必和这样的人生气，平白失了首辅的身份。”

“哼，他越是不懂，就越该好好教教他，让他知道，京城比不得乡下，靠一点小聪明就想混得人模人样，没那么容易！他以前狗运当头，不费力就捞个尚书当，要再不给他点苦头尝尝，他就要骑到你我的脖子上了！”

周延儒大张旗鼓地要向梁廷栋问罪，趁这机会，温体仁指使吏科给事中吴执御等人推荐左都御史闵洪学替代王永光，总揽吏部。

崇祯征询辅臣的意见，周延儒情知闵洪学乃是温体仁的同乡，二人过从甚密，碍于这层面子，他没有说什么。

温体仁却道，闵洪学虽然有点清廉的名声，办事也还干练，只是他刚任左都御史不久，而且这个职位还是自己举荐的，如若再加升迁，会不会引起朝臣嫉妒？说阁臣引荐私人，合并阁、部之权？

崇祯大不以为然，道：“既是廉洁干练之臣，理当升迁，何来退速之说？既然阁臣自己坦陈有引用私人之嫌，足见心底无私。朕特准闵洪学迁吏部尚书，即刻入部理事。”

温体仁既惶恐又感激，连连称颂皇上明见万里，洞察秋毫。心里面却又忍不住暗自得意：枉你朱由检自作聪明，还不是得乖乖地按我设计好的路子往下走？

正像古语说得那样，欲加之罪，又何患无辞。周延儒既然一门心思要找梁廷栋的碴儿，那么梁廷栋的前途就值得担忧了。更何况梁廷栋本就不是什么两袖清风、从不授人把柄的清廉货色。

这日，早朝已毕，群臣从文华殿退出来。周延儒悠然自得地走下殿来，准备回东阁入值。这时，行人司左司副水佳允若有意若无意地赶上来，低声说道："大人，姓梁的趁您出阁主试，在皇上面前进谗言诬陷王永光，阴谋取而代之，气焰嚣张，不可一世。大人回阁已有时日，独不念香火之情，替王永光出这口恶气？"

周延儒素知水佳允与王永光过往甚密，所以说话不再隐讳："我如何不想给这姓梁的小子一个下马威，只是机会难得，这才迟迟未有所动。"

"既如此，水某已有弹劾梁某的奏疏递至通政司，请大人留意票拟！"

"只要有机会，本阁定不会轻易放过这不知天高地厚的梁家小儿！"周延儒信誓旦旦地说道。

说来也巧，周延儒回到东阁，路过钱象坤的值房，忽然灵机一动，便信步走了进去。

钱象坤正在办公，见首辅光临，忙起身迎接。周延儒摇手示意，道："弘载（钱象坤字弘载）不必客气，我只是来随便转转。"

说着，他的目光随意在钱象坤的案上扫过，忽然发现水佳允的弹劾奏疏恰恰正放在案头！周延儒吃了一惊，情急之下，他一把将那奏疏抓到手中。

奏疏上是钱象坤正写到一半的票拟字样："水佳允挟私报复，显为袁、张张目，着——"

钱象坤对周延儒的举动颇感意外，惊疑地问道："首辅大人，是不是有什么不对劲的地方？"

周延儒嘿嘿冷笑，道："你钱象坤有何证据，便诬蔑水佳允挟私报复？我早就知道，你是梁廷栋的座师，当年是你录用梁廷栋为进士的。如今梁廷栋横行不法，遭人弹劾，你公私不分，竟然压制直言弹劾的人，到底用意何在？！"

钱象坤万料不到堂堂首辅竟然说出这样一番话来，登时惊得目瞪口呆，好一会儿才转过弯儿来，说道："首辅大人，你说话可要负责任。不错，钱某是梁廷栋的座师，但我扪心自问，无朋比袒护之心。水佳允乃袁宏勋、张道濬一伙，前吏部尚书王永光的死党，此中干系举朝谁人不知？钱某说他挟私报复，难道说错了吗？"

周延儒又是一声冷笑，道："难道仅仅过往密切，便不能弹劾奸臣吗？水佳允便不能凭自己独到的见解上疏吗？如果这样便是挟私报复，那么阁下与梁尚书有师生之谊，说阁下袒护门生应该算不上过分吧？"

"这怎么能混为一谈，这怎么能混为一谈！"钱象坤气得浑身发抖，来来去去只是这么一句话。

“既然你并无挟私袒护之见，那就把这份奏疏交给我好了！我代你重新票拟。”说着，周延儒不等钱象坤回答，便将水佳允的弹劾奏疏塞入衣袖中，昂首走出钱象坤的值房。

周延儒的票拟自然偏袒水佳允。水佳允得到鼓励，遂再次上疏，揭发梁廷栋私党、兵部郎中沈敏与蓟州巡抚刘可训私自往来的诸般事实，而且水佳允不知从哪里把沈敏与刘可训的往来书信搜罗了一大堆。

梁廷栋等人猝不及防，狼狈不堪。梁廷栋情知水佳允此番弹劾有理有势，不可小视，当即奏辩，指望着虽然还不能抓住水佳允的小辫子大举反攻，先把水搅浑了再说，或许时间一长，又能生出其他变化来。

可是梁廷栋还是忙中出了错。一般说来，内阁拟旨，司礼监朱批，通政司封进，都不得泄露任何奏疏内容，朝臣只有在圣旨颁下之后才可能知道自己遭人弹劾，才可以为自己辩护。这次梁廷栋从内部得到消息，不待圣旨颁下即行奏辩，又触了皇上之大忌。

水佳允也义愤填膺，抓住梁廷栋这一点漏洞大加讨伐，言语中稍带指涉钱象坤泄露朝廷机密，连钱象坤也牵扯到其中。

崇祯果然赫然震怒，他饱读历代治乱经典、皇明祖训，对廷臣私结边臣深恶痛绝。如今，这梁廷栋不光结交边臣、营私纳贿，还结交阁臣，委实是手眼通天，左右逢源，若不痛予惩处，那还得了？！

于是，他严命刑部定案拟刑，并气势汹汹地追查内阁泄密者，查来查去，并没有找到什么真凭实据，事情便不了了之。只是内阁辅臣钱象坤因为梁廷栋的事与周延儒有了嫌隙，而他虽然与温体仁有师生之谊，对温体仁礼敬有加，但毕竟极少附和温体仁，而是有自己的处世原则。

这样一来，他在内阁中便陷于孤立的境地。崇祯兴师动众追查泄密者，他又是最大的嫌疑人，钱象坤在内阁里待不下去了，便几次引疾请求致仕，周延儒痛痛快快地放过了他。

梁廷栋果然还是有办法，尽管他私自结交边臣的罪证无可抵赖，而且皇上的态度十分严厉，但还是有人暗地里给他开脱罪责。

刑部的答复迟迟没有报到皇上面前，直到崇祯的怒气消得差不多了，才试探着请求将梁廷栋冠带闲住。崇祯此时也想起梁廷栋在去年京师戒严期间的种种得力之处，便照准了刑部拟定的罪名。梁廷栋得到了对他来说最有利的结果，欢天喜地地回家养“老”去了。

周延儒一举赶走了梁廷栋与钱象坤两个人，算是报了“一箭之仇”。不过他也并非没有付出代价，早在他入阁之前，他弹劾原兵部尚书王洽和在处理蓟辽总理刘策时，就已经触动了不少山东、江西籍的官员。如今他又明目张胆地袒护水佳允，攻讦梁廷栋，压抑一向口碑不错的钱象坤，更是惹恼了这批人，现在大家都觉得还是温体仁稍胜一筹，或许倒掉周延儒，把温体仁推为首辅才是明智的选择。

此时，东北边境却又传来令人不安的消息——建州骑兵包围了锦州！

原来，自后金军退归本国，大学士孙承宗便倡导在右屯外的大陵河筑城，以图进取。动议一出，朝臣免不得要絮絮叨叨地争论一番，有人说，边事刚刚平静，无端筑城，恐怕给逆虏提供借口，又要发兵进犯。此言一出，许多人都噤若寒蝉。这时，梁廷栋力主筑城，说若不筑城，任由虏骑欺凌，那么天朝大国颜面何在？！此言一出，反对者登时语塞。于是，崇祯遵从兵部主张，改邱禾嘉为宁锦巡抚，主持筑城事宜。兵部令祖大寿、何可纲领四千铁骑据守，派班兵一万四千人筑城保护。

但邱禾嘉一向是个胆小怕事的人，嫌大陵城荒远，不若在广宁、义州、右屯筑城。筑城大陵河的工作在邱禾嘉的扯皮中还是按期开了工，并且速度很快。谁知此时梁廷栋被罢官，他的一切主张措施都遭指责，筑城之事也在其中。论者谓大陵河荒远孤僻，根本就不应该在那里筑城，于是又改命令，让班军撤回蓟州。孙承宗眼看着功败垂成，痛心疾首，但是也无可奈何，只得提议将大陵河的万石存粮运走，军队遣散，把空城留下。巡抚邱禾嘉此时又觉得这样有点可惜，不理会孙承宗的提议，坚持让祖大寿、何可纲领兵驻守这半吊子的大陵城。

这年八月，皇太极探知明军在大陵河筑城为拒守之计，大怒，即刻点齐兵马来攻。后金在大陵河外掘壕树栅，四面合围，又派阿济格领一只兵马挡在锦州城外，阻止明兵增援。

此刻，邱禾嘉叫苦不迭，只得率领监军张春和总兵宋伟、吴襄前来增援。一路上邱禾嘉磨磨蹭蹭，百般推托，两位总兵一个主张速进，一个坚持不可，两不相下。后来，孙承宗赶到，克期进兵，否则军法处置，但吴襄还是拖了八天才开始前进。

兵至长山，安营扎寨。宋伟主张靠近山坡，吴襄主张靠近水源，二人计议未果，满洲兵已经杀了过来。阿济格先是猛攻宋伟大营，久攻不下，又掉头来攻吴襄大营，吴襄本就无心恋战，不一刻便溃不成军，战至午后，宋伟的大营也坚持不住，一路溃败下来，监军张春被敌人俘虏。邱禾嘉闻讯，屁滚尿流地逃回锦州，再也不理会孙承宗的指挥调度，反而编造故事，将败兵之罪全推到孙承宗筑城上。

再说何可纲与祖大寿坚守数月，救兵迟迟不至。城中粮食吃光，到了卖人肉的地步。祖、何二人数十次冲杀，都被后金兵挡了回来。万般无奈之下，祖大寿主张投降，何可纲体谅老战友的无奈，但也不愿违背自己的信念，便自作祭文，自杀而死。祖大寿自称杀了副将，率领残余人马开城门请降。

祖大寿投敌的消息霎时间传遍大明朝与后金国，明朝的震动可想而知。京师的空气陡然紧张起来，上至王公大臣，下至小民百姓无不人心惶惶，如临大敌。崇祯急忙召集九卿商议对策。

周延儒身为首辅，临头大事自然无可推托。不过他又着实想不出什么良策，只好把一肚子气全撒到老督师孙承宗的身上，说道："皇上，我朝长山之败，丧师失地，军械辎重丧失无算，其起衅缘由，都是督师孙承宗筑城所致。臣恳请皇上以矫旨复城，擅开衅端治孙承宗罪！"

崇祯也正无所主张，心里埋怨孙承宗多事，白白丢失了一块地方，自取其辱不说，还让皇上在天下人面前失了脸面。听周延儒这么一说，他也深有同感，道："孙承宗筑城招衅，罪不在小。姑念其历仕四朝，又在京师戒严时以高龄赴召，减罪处置，诏冠带闲住，宁锦所叙军功世荫一概削夺。目前虏难正殷，不宜临阵易将，待边事稍息，再行宣旨。"

处置完孙承宗的小插曲，崇祯又回到原来的话题："众位卿家，目下建虏猖獗，屡犯我大明疆界，致我大朝百姓屡遭涂炭。哪一个有御敌良策，速速奏来！"

满朝文武面面相觑，不发一言。"哪位卿家有御敌之策？"崇祯不甘寂寞，又问了一遍。还是没有人吱声。首辅周延儒是有些小聪明的，可今天不知怎的，也没了话说。

崇祯的脸色阴了下来，愤怒在潜滋暗长。周延儒见状，骇得急忙率先跪倒，道："臣等不能为皇上分忧，死罪，死罪！"

"哼，"崇祯鼻子口喷出一道冷气，脸上挂着恶毒刻薄的冷笑，"死罪？！你们都太客气了。国家平定的时候，你们拉帮结派，朋比倾轧，全不顾百姓死活，将士饥寒；朝廷有事，你们却一个个像闷葫芦似的，半点计策也拿不出！朝廷花费许多钱粮，养你们这群废物有什么用？！"

说罢，崇祯猛地站了起来，一甩袍袖，离开了大殿。只剩下面色惨白的周延儒带着一群惊慌失措的朝臣，黑压压地跪在地上，呆若木鸡。

崇祯回到宫中，兀自余怒未息，恶狠狠地说道："这群没用的东西，朕真恨不得把你们全杀了！！"

片刻之后，崇祯冷静下来，想接下来该怎么办。古来皇上所能倚仗的力量，不外乎外臣与内侍，如今外臣已令崇祯深深失望，他的心思便不由自主地转到内臣上面来了。

一想到内臣，他便记起权倾天下的魏忠贤，还有魏忠贤统治之下的恐怖年代。自己若重新起用太监，会不会造成天下大乱的局势呢？

不！当然不会，英明有谋略的崇祯岂能是庸懦无能的天启帝所能比拟的？！即便自己给了内臣大权，他们也还是自己掌中的傀儡，绝对不可能兴风作浪。

疑虑既去，崇祯已然决定重新起用内臣，让这些忠心服侍的内臣监视各路军马、部科的运作，有了这些耳目在文臣武将们身边，他们还能不尽职尽责？！

崇祯深知外廷向来对内侍有敌意，自己的主张若拿到朝堂上议论，势必会引起朝臣的反对，一旦争议四起，群言纷纷，说不定就无法实施。倒不如先将内侍指派出去，弄成既成事实，待朝臣们上疏劝谏时，再由着他们的性子去闹好了。

翌日，圣旨颁下，遣中官王应朝往关宁、邓希诏往蓟镇、王坤往宣府、刘文中往大同、刘允中往山西，各自监视所在地之兵马钱粮及抚赏之事。紧接着，又命张彝宪总理户部、工部钱粮。

崇祯的举动果然在朝廷上引起轩然大波，朝臣们暂时忘了帮派之别，一致对重新委派太监监理之事大加讨伐，劝谏奏疏像雪片一样推到崇祯的面前。崇祯对此早有预料，所有讽谏奏疏，一概留中不发，任由朝臣们暴跳如雷，痛心疾首。

依着崇祯的想法，朝臣们闹上个把月，疲了，又没啥用，就该逐渐平息了。谁知道这次他猜错了，他的举动深深挫伤了朝臣们的自尊心，他们的反应异乎寻常地激烈，弹劾内臣的奏疏和直言不讳的劝谏铺天盖般地涌来，崇祯有一点吃不消了。

监视宣府兵马钱粮的王坤到任刚刚一个月，便弹劾宣化巡抚御史胡良机贪贿侵饷。崇祯闻讯大喜，以为自己果然用人用得正确，当下传旨削去胡良机的官职，命王坤主持查证治罪。

王坤得了皇上撑腰，胆子愈发大了起来。不久，他又上疏弹劾翰林院修撰陈于泰。

礼科给事中傅朝佑从王坤的奏疏中看出了与众不同的东西：一般太监都是些读书甚少的人，即便有一点才学，也只是皮毛而已，然而王坤的弹劾奏章却与平常太监所做疏奏大有区别，其条理明晰，语句流畅，倒更像某位饱读诗书的文臣手笔。

如此看来，王坤的所作所为，决非像一般人所说的哗众取宠，狂噪胡言。在他的背后，必定有朝中大吏指使倚仗，假借得势且得信任的太监们倾轧排挤自己的对手。

于是傅朝佑进言："王坤妄干弹劾之权，且其文辞练达，机锋排激，必有阴邪之人主之。臣请皇上裁处一切监守太监，以防阴谋之士借之祸乱朝纲，不唯朝臣受其毒锋之害，即皇上千载之名亦不免有白璧微瑕之憾。"

崇祯览奏，不免心动。从来阉宦横行的朝代，当朝皇上都不免受到史书的责难，自己这样大肆起用内臣，是不是也会像天启帝那样留下恶名呢？

况且，如果内臣真的掺入党争的行列，那形成的危害恐怕比单纯朝臣之间的门户之争更为错综而且激烈，那就完全背离了自己的初衷。

看来，有必要就起用太监一事向朝臣做解释，一者平息朝臣与内臣之间水火不容的心理，二者为自己陈说一番苦衷，最好是求得朝臣的谅解。

崇祯还来不及放出和好的气球，朝臣已经和新贵的阉宦们斗在一处。按照崇祯的设想，张彝宪是个极富心计的人，若令他去勾校户部钱粮、工部器具，定能有一个满意的结果。

于是，他便给张彝宪封了一个“户工总理”的头衔，又怕太监的身份不足以慑服户工两部的僚属，特地传谕说户工总理之权外与总督平级，内与团营提督相当，而且还传旨建户工总理署，规模还在户工两部衙门之上。

崇祯的用心可谓良苦，可是朝臣们却并不买账。工部右侍郎高宏图闻讯，当即上疏苦谏，疏云：

臣部有公署，中为尚书，旁列侍郎，古礼也；内臣张彝宪奉总理二部之命，俨临其上，不亦辱朝廷而亵国体乎？！臣今日之为侍郎，乃尚书之辅佐，非内臣之附庸。体国家之大体，臣固不容不慎，故仅延之川堂相宾主，而公庙毋宁已之。且总理公署，奉命别建，则在臣部者，宜还之臣部，岂不名正言顺而内外皆平乎？

崇祯用张彝宪的本意，即在于勾校检验户部贡赋财税及工部经营修缮，若不能到部验检，那设定“户工总理”还有什么意义？他当然不能同意高宏图的提议。高宏图见状，愤然引疾求去，请求退休的奏疏一共上了七道。最后崇祯也发了火，一怒之下将高宏图削职为民，罢官了事。

事情并没有就此了结，工部的人和张彝宪较上了劲，工部主事金铉把同僚召集到一起，道：“谁若是单独与张彝宪有勾连，私自谒见内臣，那就是与整个工部的人过不去！”

这并不机密的协议很快被张彝宪获知，他当即怒发冲冠，决意给金铉一点颜色看看。不久，金铉奉命督造一批盔甲军械，期限甚是紧严。金铉不敢怠慢，立即组织工匠赶制。

这时怪事出现了，一向高效有序的流程却处处掣肘，不是造箭的雕翎迟迟不到，便是炼出的铁器碎不堪折，弄得金主事火冒三丈。

工期一日日临近，军器却迟迟造不出来。待交接日期一到，张彝宪便上疏弹劾金铉办事不力，稽滞军事，崇祯查证属实，一怒之下罢了金铉的官职。

类似金铉的事件接二连三地发生在那些与新任户工总理不合作的官员身上，主事周日华遭罢官，郎中孙肇兴被遣戍，员外郎李凤龙、方继贤罚秩，户工两部的臣僚们这才知道张彝宪的厉害。

张彝宪杀罚立威，日益骄纵，他又借机奏请崇祯将天下历年所积欠户部的贡赋一并严加征缴，用以资佐军饷。冠冕堂皇的前景令崇祯不免有所心动，他愈发认定自己用人得当，意见英明。

这日晚朝，崇祯在文华殿询问军国事务。诸臣不由自主地语及任用内臣之事，御史李日辅进言道："启奏皇上，近日内臣屡屡劾奏朝臣，其风愈演愈烈，致使朝臣惶恐，不知所终，臣以为此非圣朝气象。皇上历览古今，可曾见内臣用而国事兴？臣请裁处内臣，以安朝臣之心。"

崇祯道："朕之起用内臣，也是不得已的举动。无论朝臣与内臣，若是忠君爱国，本没有大的区别，内臣无意与朝臣为难，朝臣又何必对用内臣耿耿于怀？"

礼部主事周镳出班，进言："皇上，古来内臣为祸，有目共睹；内臣用易而去难，亦从来之通患。若皇上以为内臣不能全然罢黜，犹冀有以裁抑之。今用张彝宪而高宏图罢去，用王坤而胡良机遭斥，魏呈润上疏申救，亦遭贬官之处，长此则耿直慷慨之臣，益难立于朝堂。臣每读邸报，半属内侍之疏论，从此以后，草菅臣子，委亵天言，只绚中贵之心，朝廷事将不知所终矣！"

积蓄在崇祯心目中已久的怒意渐渐发作起来，他是一个比较开通的人，对历来的等级、身份差别看得比朝臣们淡得多，所以他就更不能容忍朝臣们自己碌碌无为却对任何一点变动都看不惯的态度。他说道："高宏图不思进取，汲汲于身份名位，不遂意就称疾求去，以至于奏疏上了七道，哪里还有一点为人臣子的样子？！胡良机侵贪军饷，难道就不该弹劾？！朕用了几个内臣，你们便出来说三道四，内臣若能秉公办事，与朝臣有什么区别？难道仅仅因为是内臣，便做什么都是错的？是科道官员弹劾朝臣，便无人过问，是内臣参劾，便不问情由，一概加以驳斥，这又是什么道理？"

周镳几乎高声抗辩道："皇上，太祖有遗命：内臣只供洒扫侍奉，不得干预政事，预者斩！皇上大举起用内臣，只怕与太祖遗训有违！"

李日辅也慷慨陈词："朝臣有过失，自然有科道诸臣纠正，若任用内臣说三道四，难免摧折士大夫的气节，非但无益，而且有损！"

崇祯听他俩拿出祖训来压自己，登时起了逆反心理，道："太祖高皇帝有遗命，这当然不假，可是若依了太祖的规矩，你们这般推诿搪塞，懈怠无为，怕不早就拉出打死了？既然士大夫这么有什么气节，又怎么会有那么多人贪赃枉法、玩忽职守，甚至连内臣都能抓住你们的把柄？！"

顿了一顿，崇祯续道："你们若能实心任事，朕起用这些内臣又有什么用？"

崇祯天威震怒，朝臣们立时鸦雀无声，皇上任用内臣自然伤了朝臣的体面与尊严，可是朝臣的所作所为，也确实无法为自己开脱，抗辩起来自然底气不足。

崇祯乘着怒意，传口谕："李日辅、周镳咆哮朝堂，目无尊上，俱革职为民，即日离开京城！”

朝臣们为了起用内臣一事与皇上大动干戈，两方面谁也顾不得烽火连天的辽东战事，也许是老天爷暂时还不打算覆灭明朝，辽东之急自己渐渐地平静了下来。

祖大寿投降皇太极，本来就是权宜之计，待形势稍一缓和，他便思量重新逃回明朝这边。这日，皇太极召集诸将议事，祖大寿挺身而起，愿诈入锦州，作为内应。

皇太极丝毫没有怀疑，慨然说道：“既然这样，祖将军可放心前去，本王在城东五十里扎营，静候佳音。不过，如果将军有什么不测，可命人在城头举火，本王自会亲统大军前来接应。”

祖大寿唯唯称是，十分感谢。

第二日，祖大寿换了明朝总兵官的服色，带数百名部下，轻易地进了锦州城。督师孙承宗放心不下，亲自逼问祖大寿。祖大寿也不隐瞒，将大陵河战况一五一十禀告孙承宗，而且将后金军力部署，营中虚实，亦一一告知。孙承宗这才相信祖大寿被迫出降是实，便命祖大寿上疏自陈罪孽，请求皇上从轻发落。

皇太极眼巴巴等着祖大寿的信号，但左等右等也没有个结果，这才知道祖大寿真的是肉包子打狗，一去不回头了。于是皇太极撤了锦州之围，命人将大凌河的城墙战壕统统毁掉，之后，带兵引去。

虏难既解，孙承宗的命运也就到了终点。传旨的太监来至锦州，宣读皇上诏谕，逼迫孙承宗致仕，以前种种功绩及所授封赏一概削夺。孙承宗早就料到会有这样的结局，当下并无半点怨愤之心，带了两名仆从回老家去了。

崇祯对祖大寿倒是非常之宽容，不仅免了他的罪过，还准许他官复原职，继续镇守锦州。

崇祯五年的春节一天天临近了，醉生梦死的京师人又在忙忙碌碌地准备过年，没有人去关心陕西、山西的流寇，辽东的战事。

京师人是世界上最健忘、最得过且过的人，两年前虏骑破城时的惊慌失措，对他们而言，已然是恍若隔世。

崇祯近来一直心绪烦乱，远的是陕西、山西的流寇，近的是钩心斗角的朝臣，弄得他没有半点过年的心思。

三边总督杨鹤上任，一直主张招抚流寇，事实上他也确实抚平了不少。可是这些流寇回到家里，看到的仍是赤地千里，听见的还是濒死者的诅咒，他们没有办法生存，若是不想饿死，还得拉杆子做强盗。

杨鹤欣欣然给朝中上报，道是关中巨贼抚降迨尽，请朝堂速发赈济，以安民心。谁知道奏疏尚未递至京城，流寇又攻陷了中部县，烽火又起。朝臣们纷纷上疏言奏，御史谢三宾指斥杨鹤欺君罔上，道：“杨鹤前疏说庆阳贼就抚，余尽遣散，而今中部陷落，盗贼难道是从天而降？”

崇祯见疏，深有同感，遂下诏派锦衣卫逮杨鹤进京，听从发落。又诏命延绥巡抚洪承畴升为三边总督，临洮副将曹文诏为总兵官，协力剿杀关中流寇。

幸得洪、曹两个人都极为得力，不久便斩杀了可天飞、满天星、上天龙、掠地虎等一千义军，稳住了关中局势。

残余的义军无法在陕西立足，纷纷东渡黄河，进了水美地沃的山西，与先前抵达山西的王自用、高迎祥、张献忠一起，又把山西剿得天翻地覆。

有一伙义军在一个叫李自成的小头目率领之下，流窜至直隶境内，骇得当地抚按出了一身冷汗。幸亏大名兵备道卢象升督率一标兵马，与李自成一番死战，击溃了李自成的兵马，才没有导致更大的震动。

崇祯惊魂未定，急命通州副总兵左良玉、京营总兵王朴各领三千人马，前往剿贼。派出了两拨人马，崇祯才算放了点心，这时杨鹤被押解到京，崇祯立刻催命刑部拟定罪案，一时间皇上天威震怒，朝廷上下，人情汹汹。

杨鹤之子杨嗣昌正在辽东任山海关兵备道，闻听父亲有难，急忙上疏请求代父受过。恳请疏共发了四道，崇祯受了打动，传旨杨鹤免死，改判发配贵州。

处理完杨鹤这一边，崇祯松了一口气，可是，令他惊骇的事情接踵而来。登州游击孔有德起兵反叛！叛兵在山东、直隶交界处势如破竹，连陷陵县、临邑、商河，残齐东，围德平。既而撤了德平之围，陷青城、新城。

疏报递至御前，登时惊得崇祯头皮发乍，坐立不宁。他一面派人打探叛军起事原委，一面召集九卿科道商议对策。

不久，负责监视登州兵粮海禁的太监吕直急递来奏疏，说明了叛乱经过。原来，登莱巡抚孙元化赴任时，带去七千辽兵。辽兵贪淫强悍，登州百姓怨声载道。

适值大凌河有难，孙元化便命左骑营参将孔有德，右参营都督挥陈有时，东江副总兵毛承禄三个人率辽丁赴援，一则缓解当地百姓的怨气，二则让辽兵援辽，正好回老家走走，三则在皇上面前卖乖，正是三全其美的打算。

谁知孔有德率兵从海道援辽时，正赶上大风暴，海船被毁，兵卒死伤过半，只得又回到登州。孔元化便令三人重新从陆路北向，辽兵受了挫折，不免满腹牢骚，一路磨磨蹭蹭，前队已至吴桥，后队尚迟滞在新城，松松垮垮，不成个样子。

新城的后队士兵抢了当地富豪王象乾家仆人的一只鸡，仆人向主子诉苦。王家是大族，岂能受这样的委屈？

于是王家禀告当地官府，官府一向仰王氏鼻息，闻讯后自然踊跃追查，将那抢鸡的士兵抓来，披枷游营示众。

辽兵一向匪气十足，偷鸡摸狗是家常便饭，自家弟兄抢了一只鸡，不是啥大不了的事，便遭到这种待遇，那还得了？群情激奋的兵卒一怒之下赶散押解的皂隶，救出偷鸡的辽兵，又将王氏奴仆掳来，羞辱一番之后，乱箭射死。

王家的脸面受损，自然不肯善罢甘休，王象乾把状纸递到府台衙门，定要追查作乱的士兵，杀之以解心头之恨。

孔有德等人闻讯，急忙率兵改辕向南，赶至新城。事态的发展超出了孔有德的想象，三千辽兵愤激异常，尽皆歃血盟誓，若不雪此耻，誓不北行一步！

孔有德审时度势，知道弹压不是办法，只得虚与应付，想看看形势再说。恰在这时，登州参将李九成也到了新城。

这李九成也是辽将，前些日子，他奉命去蒙古采买一批军马，回来的时候，遭遇张献忠的队伍，军马被打劫丢失了一大半。他正发愁这事情怎么交代，却不想在新城正遇到哗变的部下。

李九成素日狂躁暴戾，闻知有弟兄遭人羞辱，当下怒发冲冠，与在队伍中做千总的儿子李应元一商议，决意裹挟孔有德发动叛乱。就这样，孔有德半推半就地造了反。

起初，叛将也不过想出一口恶气，在新城一带烧杀淫掠一番。哪知道所到之处，府县州城一攻即破，牛羊酒肉任由他们掳掠，令他们胃口大开，在叛乱的路上越走越远。

叛军一路恣意横行，毫无目的，不知不觉又回到登州，在距登州五十里的马塘店扎营。孔有德、陈有时派人告知孙元化：弟兄们不过被王氏逼迫，万不得已才铤而走险，并无造反之意。

孙元化本是辽东前屯兵备道出身，与辽丁情谊甚厚，听了孔有德的托词，便信以为真，令旗鼓游击耿仲明传谕叛军，暂且驻扎城外教场，等候招抚。

登州城外的教场本有能住三千人的营房，为援辽将卒家属所居。辽兵来了，他们便奉命迁至城中居住，腾出房子供叛兵使用。谁知登州百姓恨透了辽兵，拒不接纳辽兵的家属，而且原先在城中居住的辽人家属也遭到登州百姓围攻。辽兵闻讯大怒，鼓噪李九成、孔有德杀进城中，血洗登州城。

旗鼓游击耿仲明原本也是辽将，其兄耿仲裕曾在皮岛随刘兴祚叛乱，朝廷正打算治耿仲明主使之罪，耿仲明也就怀了叛逆之志。

此时他见形势大乱，便趁机勾结孔有德，以举火为号，里应外合，一举拿下了登州城。登莱总兵张可大守水城，闻讯大恸，随即解佩印交部卒呈送济南巡抚余大成，又令弟弟张可度保护母亲航海去天津，之后解佩剑杀了小妾陈氏，自己也自缢而死。

孙元化本来一意主抚，传檄各地守军不要与孔有德为难，这时见李九成、孔有德动了真格的，才悔之晚矣。孙元化本想自杀殉职，无奈心中害怕，剑架到脖子上，刚蹭破一点皮，就吓得慌了手脚。

这时，叛卒闯了进来，夺下孙元化的剑，将他活捉。李九成念在老大人的份上，并没有为难他，只把他关了起来，侍候得也还不错。

登州的百姓可就没有这么幸运了，城陷之后，叛兵放起大火，熊熊烈焰照得登州城彻夜通明。

老百姓哭爹喊娘，乱成一锅粥，叛兵大开杀戒，逢人便砍，顷刻之间，登州城变成了一个硕大无比的屠宰场。这一天，是崇祯五年正月初三。

登州的事变令崇祯不知所措，他向来不擅长应付突发的变故，而他又一向自负，根本不想让群臣知道他内心的慌乱不安，毫无主张。而他临时做出的决定则往往颠三倒四，不但于事无补，反而使事情变不能及时处理。

依照惯例，崇祯召群臣商议对策。朝臣们密密麻麻站满了两侧，没精打采地听皇上陈说山东的境况，心里却一片茫茫然。

“众位卿家，谁有平叛良策，可及时回奏。”崇祯说出这话之后，便住了口，目光从首辅周延儒扫向排在最末尾的员外郎们。

沉默了片刻，新提升的兵部尚书熊明遇站了出来：“皇上，臣闻登莱总兵张可大自缢殉国，眼下登莱军将无首，臣请以副将吴安邦代署总兵之职，屯宁海以规取登州。”

崇祯见有人出来说话，心中高兴了一下，问道：“孙元化的部卒多是辽人亲党，若命登莱军将袭取叛兵，会不会反被叛兵招降了去？”

“皇上所见极是，微臣以为，辽人反叛，只是激于一时之愤，实则并非死心叛国，而臣所谓屯宁海规取登州，乃威慑之计，至于是剿杀是抚慰，还请皇上定夺。”

“原来如此！”崇祯略略点头，顺着熊明遇的思路想了想，道，“辽兵强悍，单是登莱军将，恐难有威慑之势，可命通州副将杨御蕃署总兵之职，尽率山东兵马，与保定、天津兵三面合击，以壮声威。”

“皇上英明！”熊明遇不失时机地称颂道。

“辅臣们有什么主张？”崇祯问。

周延儒一愣，他没想到皇上忽然间将皮球踢到了自己脚下。此刻，周延儒正想着怎么给孙元化开脱的事。

他和孙元化是同科进士，二人过往甚密，此番叛兵一举攻下登州，孙元化身为巡抚，罪责难逃，况且，他又被人活捉了去，大大丢了朝廷的脸面，巡抚的位子自然保不住了，说不定还会有杀身之祸。

周延儒寻思着怎么样为孙元化争取最轻的惩罚，让平日追随自己的御史及朝臣们有一个安慰。

可是，还没等周延儒开口，温体仁却已经占了先：“皇上，登莱巡抚孙元化驭下无方，纵兵扰民，事变之后又力持抚议，全无戒备，致重城失守。且孙元化又不能自杀殉国，致令自己以封疆大吏身陷敌手，致朝廷颜面扫地，非重治不足以谢天子。另外山东巡抚余大成临阵托疾，一战败北，还传檄叛贼所过州县不得邀击，致使各城皆失，叛贼轻视朝臣，臣请将余大成一并罢职，押解回京治罪。”

崇祯点了点头，道：“孙元化、余大成封疆失守，罪在不赦，朕自然会治二人之罪，但不知谁能代二人行巡抚之职？”

这时吏部尚书闵洪学出班推荐道：“山东参政道徐从治、布政使谢链立身有道，处事干练，在山东、登莱口碑极佳，可命徐从治巡抚山东、谢链巡抚登莱，命巡按御史王道纯监军，三人协力同守莱州，必能挫退叛贼凶锋，加之天津、保定、登莱、山东四位总兵合剿，定能平息叛乱！”

“好，就依卿奏！”崇祯的兴致也渐渐高昂起来，“四镇兵马齐集山东，若无人居中调度，恐怕难以奏效，熊明遇，依你之见，谁人可担任此任？”

熊明遇吓了一哆嗦，生怕皇上把这吃力不讨好的事情搁到自己头上。他想了想，含混说道：“皇上，山东发生肘腋之乱，殃及京师，微臣本当自告奋勇，出外督师，为皇上分忧。无奈微臣坐主中枢，部务丛杂，实在不能离职。臣请另选一精通军事的干练之才，督理山东军务，讨伐叛逆。”说着，他的眼光有意无意地落在兵部右侍郎刘宇烈的身上。

崇祯注意到这一动作，当即传口谕：“刘宇烈，朕命你以兵部侍郎之衔，总理山东军务，讨平叛贼，以抒朕怀。卿到任之后，可相机行事，务必少折损兵将，少伤及无辜，事成之后早日班师还朝，朕不吝重赏！”

刘宇烈心中极为不乐意，可是，圣谕既出，不容他推托。他只得出班说道：“臣刘宇烈领旨！”

周延儒一直盘算着怎么申救孙元化，眼下要紧的是为孙元化营造一个解困的环境。孙元化、余大成是一直主张招抚叛军的，如果刘宇烈出征，真的把叛乱平息了，正说明招抚的失策，自己一贯支持孙元化，也难免受到牵连。倒不如趁大政未定，继续主张招抚，万一成功了，孙元化和自己也能找回一点面子。

想到这儿，他出班奏道：“皇上，微臣看孔有德叛乱，不过是一时群情激奋，未必便是实心叛逆。辽丁素来勇悍敢战，如若死心与朝廷军队决战，难免玉石俱焚，大伤朝廷元气。依微臣看来，不如一面令大军四面围合，徐徐进兵，一面重申抚议，令叛兵自知顽抗无益，又感念皇上天恩，接受招抚。如此则可以少受许多刀兵之灾，朝廷也不致虚耗钱粮，草菅人命。”

兵部尚书熊明遇也道：“皇上，古人云善战者服上刑，若果如首辅所言，不动刀兵平息叛乱，自然是上上之策。臣请命兵部主事张国臣前往晓谕李九成、孔有德，一面议抚，一面进兵。如若抚议不成，则可以大兵平叛。”

崇祯觉得这主张听起来不错，便欣然应允。

孔有德破了登州，便推李九成为首，自己第二，耿仲明第三。他们念在旧交情的份上，把孙元化给放了。

不久，有哨探来报：山东总兵杨御蕃、天津总兵王洪兼程并进，前锋已至新城。孔有德不敢怠慢，亲自率兵前来迎战。

双方刚一交手，王洪便率所部逃走，明军大乱。杨御蕃苦苦支撑两天，见胜利无望，便突围而出进驻莱州。孔有德随即也驱兵赶到莱州城下。这时候，徐从治、谢链、王道纯都已到了莱州，他们与杨御蕃身先士卒死守不懈，勉强挡住了叛军的疯狂进攻。

这时兵部主事张国臣赶到。张国臣也是辽东人，自恃与叛兵是老乡，便偕同莱州知府朱延年入叛军营中招降。孔有德将计就计，邀请张、朱与徐从治一同到营中招抚。徐从治情知其中有诈，拒不从请，又三次上疏请求发兵解莱州之围。奏疏落入周延儒手中，就都没了消息。

刘宇烈到达山东，召集兵马，保定总兵刘国柱、天津总兵王洪都屯兵昌邑，不敢前进。刘宇烈请求增兵，朝廷又派来援辽总兵邓丑、副将牟文绶，备统蓟门、四川及密云兵增援。不久，山东副将刘泽清、参将刘承昌、朱延禄也赶到，这样刘宇烈手下有兵马三万多，声势甚盛。

然而刘宇烈压根儿就不懂得指挥，只是每天十几次派人到叛军营中商议招抚的事，为讨好孔有德，还把捉到的一个千总陈文才放了回去。

陈文才回到叛军营中，将官军虚实尽数告知李九成、孔有德。孔有德大喜，一面对刘宇烈虚与应付，一面派人绕道其后，一把火把官军粮草辎重烧了个精光。

明军登时军心大乱，邓圮首先趁半夜拔营而逃，刘国柱、王洪随之各奔青州、潍坊。刘泽清在莱州城外与叛军接战，伤了两个手指，也大败。不出数日，官军土崩瓦解，熊明遇见官军如此不堪一击，更坚定了招抚的主张。

莱州城的徐从治、谢链等人日夜盼望着官军来解围，城中的粮食已经吃光，沿城的房屋也被全部折毁用于加固城墙，砖瓦之类都当武器扔到了城下，而援军却不见踪影。徐从治在一次战斗中中炮阵亡，莱州城的百姓闻之，哭声震天。

徐从治的死更把刘宇烈吓得魂不附体，斗志全无，他命令推官屈宜阳入叛军营中议抚。孔有德故技重施，邀请刘宇烈入营宣读圣谕。刘宇烈不敢，便指派谢链出城开读，杨御蕃坚决不从，谢链说道："贼兵围城已逾六月，既然已经无计可施，不如招抚试一试。"遂偕知府朱延年出城。

孔有德对谢链礼敬有加，又请谢链邀请总兵杨御蕃出城，杨御蕃拒不从命。

孔有德的计策不善，顿时翻了脸，把谢链绑起，胁迫他命守城军兵投降。谢链对着城上喊道："杨将军听着，谢某误中奸计，该死。将军定要死守城池。"

叛兵手忙脚乱，把谢链杀死。城头砖石齐下，两军又是一场恶战。

两名新巡抚先后阵亡，举朝震惊。以次辅温体仁为首，朝臣纷纷上疏弹劾刘宇烈与熊明遇，捎带着也把周延儒攻击了一番。

崇祯也觉得抚贼的主张害人不浅，便下诏逮捕刘宇烈下狱，又罢了熊明遇的官。另派右佥都御史朱大典领兵部侍郎衔，到山东督师，接着命原兵部尚书张凤翼还朝，接替熊明遇的职位。

朱大典到任后，淘汰了不堪战的士兵，又增关中劲卒四千，以金国奇为总兵，其下有猛将数十名，其中较著名的就有副将靳国臣、刘邦域，参将祖大弼、祖宽、张韬、游击柏永福，以前落职总兵吴襄以及吴襄的儿子吴三桂。

八月十八日，朱大典在昌邑行誓师礼。之后分兵三路，金国奇将关外兵为前锋，邓率步兵为中军，从中路进攻昌平；总兵陈洪范、刘泽清、副将方登征由南路进；参将祖宽、祖大弼、吴三桂由北路进。诸军皆携三日粮草，尽抵新河，乱流以济，师次沙河。

孔有德见官军来势大异往日，不敢怠慢，率劲卒前来迎战，正与祖宽相遇。两军都是大明精锐之师，一场硬碰硬的较量直杀得尘埃蔽天，日色昏黄。祖宽稍作退却，祖大弼、刘泽清、吴三桂立即冲出，孔有德大败，李九成、陈有时在乱军之中被杀，莱州之围历时七个多月，至此始解。

孔有德退守登州，朱大典统兵进攻，叛军殊死反抗，两方伤亡惨重。朱大典觉得强攻不是办法，便筑围墙困住登州。登州城三面距山，一面临海，围墙筑了三十多里，东西都抵达海边，朱大典派诸将分兵防御，轮番戍守，意图困死叛军。

山东的叛乱暂时告了一段落，而朝中的争斗却未有尽时，反而又随着外患的平息而愈演愈烈。

这年七月底，倒霉的孙元化乘海船回到京师，自己投到午门外，请求觐见皇上。

当时，谢链被执的急报刚刚递至京师，崇祯正急得焦头烂额，心里窝着火却找不到撒气的地方。闻听孙元化求见，崇祯登时暴跳如雷，怒吼一声："把孙元化重责二十板子，下锦衣卫狱！"

在场的朝臣无不噤若寒蝉，骇得变了脸色。周延儒心里敲着小鼓，不敢抬头看崇祯。温体仁却一副无动于衷的样子，好像朝堂上根本就没有发生什么事情。

周延儒是聪明人，情知满朝文武弹劾主抚误国的奏章差不多都是冲着他来的，这其中有一些人是情动于中，有感而发；另一些则是受人指使，别有用心。而这背后指使的人，十有八九就是温体仁，只是凭他周延儒的智慧，却看不出温体仁在什么地方做了手脚。

但是无论如何，他决定遏制温体仁的势力扩展，在这上面，宁可冤枉温体仁，也比受突然袭击强得多。

周延儒的第一个攻击对象是吏部尚书闵洪学。这闵洪学本是温体仁的同乡，又是由温体仁一手提拔为左都御史和吏部尚书的，自然对温体仁言听计从。

在朝廷上，闵洪学每每收人心以归温，有过错则千方百计诿过于周延儒，全不把首辅放在眼里。周延儒一派的官员们早就看闵洪学不顺眼了，只是周延儒不愿与温体仁撕破脸皮，他们也不便强做出头鸟。

如今，周延儒欲行反击，除掉温体仁对自己的潜在威胁，那些曾经受过闵洪学压制的周派官员们自然跃跃欲试。

不过，周延儒也知道，单凭一己之力撼动次辅及百僚之长的吏部尚书，恐怕力不从心，他思索良久，决定联合喜欢在朝廷上兴风作浪的东林官宦们。

周延儒因为乡籍的缘故，本来与东林关系不错，在东林中也有几个朋友，只是因为他与温体仁联手发动了会推风波，才使他和东林反目成仇。不过相比较而言，东林对温体仁更加愤恨，自己若是向东林求和，联手搞掉温体仁，相信东林会答应的。

于是，周延儒指使礼部左侍郎张捷与太仆寺少卿贺世寿暗中拜访了东林诸君子，说如果东林言官能赶走闵洪学，那么搞掉温体仁的责任包在自己身上。

周延儒本人也在积极做准备。早在钱象坤致仕不久，何如宠也因为屡屡受周延儒、温体仁排挤压制，总感觉郁郁不得志，递上了辞呈，回老家去了。

如今内阁中只剩下周延儒、温体仁和吴宗达三个人，而吴宗达虽是周延儒的姻亲，却对温体仁唯命是从。

崇祯命令推举新阁员的口谕前些日子也已经颁下，周延儒决定拉礼部左侍郎徐光启入阁，作为自己的同盟。

俗话说人算不如天算，周延儒的如意算盘还是算错了半步。崇祯倒是点用了礼部左侍郎徐光启与礼部右侍郎郑以伟一同入阁，可是与此同时，又传旨将孙元化押解至西市斩首。周延儒与徐光启一同上疏为孙元化请求免于死罪，无奈崇祯不为所动，孙元化最后还是落得个身首异处。这次周延儒白忙活了一番。

东林奉了周延儒的意旨，立即对吏部尚书闵洪学大加挞伐。闵洪学不久被迫辞职。

周延儒的大举进攻出乎温体仁的意料，使他措手不及。自从入阁以来，温体仁一直在暗暗培植自己的势力，而且在崇祯和朝臣的印象里拆周延儒的台，周延儒的做法使他感觉到有过早暴露他们两个人之间敌对状态的危险，他要设法弥补这一点。

温体仁直接到周延儒的府第，表白自己并没有和首辅作对的想法，闵洪学的所作所为完全不是他温体仁的意思，而他温体仁请求周延儒宽宏大量，忘记这起不愉快的事件，与自己重归旧好。

周延儒本来就吃不准温体仁是不是真的有意和自己作对，听了这番情真意切的表白，看着温体仁老泪纵横的道歉，他受了感动，赌咒发誓说自己绝没有怀疑次辅的想法。他紧紧地握着温体仁的手，真诚地说道："温兄，以往的误会，就让他烟消云散吧。自今而后，我周延儒死生决不相负！"

温体仁稳住了周延儒，便开始回过头来收拾那些明目张胆与他为难的朝臣。他这样做的时候，手段极为高明，而周延儒因为深信了温体仁的忏悔，对他没有丝毫的怀疑，于是在不知不觉之间，周延儒的身边的人日渐稀少，一时捷足趋进者也看出了苗头，竞相奔走于温体仁门下。周延儒渐渐地被孤立了。

礼部左侍郎张捷与太仆寺少卿贺世寿在驱闵事件中是立了大功的，闵洪学去职之初，他们神采飞扬，志足意满。谁知过了没多久，两个人就觉出了势头不对：一些曾经弹劾过温体仁的小官或遭贬抑，或被罢斥，而周延儒却丝毫不加以援手。在明里暗里，首辅与次辅都亲密无间，形同兄弟。

这让张捷与贺世寿吃惊非小：自己出谋划策奔走效力，得不到应有的报答倒是小事，若是跟了一个小处英明、大事糊涂的主帅，岂不是前景堪忧？两个人越想越是后怕，决定抛弃周延儒，另择明主，免得周延儒这棵大树倒下时，自己也跟着受连累。

就这样，张捷二人转而投到了温体仁的幕下，而且将"倒闵"始末一一告知温体仁。张捷告诉温体仁，华允诚的奏疏都出自詹事府少詹事姚希孟之手，主持弹劾事件全局的，则是东林老将、左都御史陈于廷。

温体仁既添羽翼，又明晰了内情，自此下手更有了目标。不久，有人弹劾姚希孟主持武举会试时核查不严，致使两名举子冒籍入场。温体仁密呈揭贴，挑起崇祯的怒意。最后，崇祯传旨：姚希孟降二级调用！

陈于廷也未能幸免于难。这年九月，两浙巡盐御史祝徽、广西巡按御史毕佐周，双双擅自挞打指挥使，遭到弹劾。指挥使乃是军中高官，大明三百年间，从没有御史擅自惩罚指挥使的先例。

对历代典制了如指掌的温体仁自然深悉其中诀窍，拟旨时，他故意下兵部稽核典制，看有没有先例可循。结果自然是没有，而陈于廷因为御史理直，始终偏袒两位御史，勉强援引的例证甚至过不了温体仁这一关。

最后，先后三道辩解奏疏都被驳回。陈于廷所奏不当圣意，只得请求致仕，最终却落得一个更加凄清的结果——削籍归家。

崇祯六年的元旦伴随着一件举朝震动的消息到来了。

这年初，孔有德想放弃登州，在渤海中占据一两座小岛，据地称霸。而大明水师提督黄龙派遣副将龚正辞率舟四千距于海口，使得孔有德无隙可乘。

一场罕见的冬季飓风挽救了孔有德。大风打乱了明朝水师的舰船，使之不能成阵，孔有德乘机突袭，活捉了龚正辞，还杀死一名千总毛英。明朝水师船队除了被打翻沉没的以及几艘逃走的之外，尽数为叛军所得。

督师朱大典闻讯，命官兵强攻登州。不久，参将王之富、祖宽强行突破，夺得登州水城外护墙，叛军震惊。

孔有德见大势已去，顾不得一同反叛的弟兄，抢先安排一艘大船载子女玉帛扬帆而去。耿仲明闻讯，也将水城委之副将王秉忠，自己驾一艘小艇逃遁。

官军继续猛攻水城，叛兵支持不住，退保蓬莱阁。督师朱大典亲自招降，叛军首领王秉忠率领大小将领七十五人及千余叛兵投诚，其他自杀及投海而死者不计其数。

持续了一年的山东叛乱以明军的大获全胜而告终。

孔有德、耿仲明逃走之后，先后都投到了皇太极的怀抱，皇太极欣喜若狂，当即大摆筵宴，热诚招待两位降将，还亲自为他们把盏，周到之至。

崇祯没有意识到，这场战争给他带来的将是什么样的恶果。而这颗恶果在不太遥远的将来，他将含着苦涩的泪水咽下。

而现在，他素所宠爱的首辅周延儒却要咽下另一枚苦果。

这是一个巧妙至极的陷阱，这个聪明的陷阱是温体仁一手设计的。

事件的开头是一次毫无特异之处的上疏。崇祯六年二月，翰林院修撰陈于泰，也就是周延儒的姻亲、新科状元上疏，痛陈了一番时弊。这没有什么特别的。然而巨变往往就潜伏在平庸之中，陈于泰的奏疏无意之中便成了酿成巨变的引线。

宣府监视内臣王坤见邸报之后，立即上疏诋毁陈于泰，而且还揪出陈于泰是周延儒的姻亲，周延儒任主考，陈于泰中状元这些陈芝麻烂谷子抖落了一番。这些都还在其次，最激烈的是王坤以一个太监的身份，竟然指斥首辅周延儒。

王坤的奏疏一下子捅了马蜂窝，朝臣们都炸了窝。让朝臣们义愤填膺的是，纵然周延儒有千般不是，他好歹也是大明朝的首辅，文武百官的领袖，他身有毛病，也轮不到一个太监来指手画脚。

崇祯也觉得王坤的举动有点出格了，便传旨谴责了王坤越位乱言之罪。但他也只是如此而已，一个太监并无从政的经验，偶尔办一两件不合身份的事，也在情理之中。况且，王坤也是出于公意，不然的话，弹劾首辅能有什么好处？

然而朝臣们却并不这样看，他们的尊严受到了伤害。今天他敢攻击首辅，明天还不随便骑到哪一个朝臣的脖子上？！

平日里争风吃醋的朝臣们，在这件事上表现出前所未有的团结，他们同仇敌忾，一致要求惩治王坤的妄言之罪。

朝臣如此气势汹汹，不容崇祯不认真对待。不过，他总觉得朝臣们这样做，很有点借酒撒疯的味道。自己起用内臣，朝臣早就满腹牢骚，这次王坤弹劾周延儒，恰恰让他们找到一个理直气壮的借口。实际上，他们并非就事论事，而是借机对他朱由检发泄不满，故意和自己过不去。

这么想着，崇祯勃然而起一种强烈的逆反心理，他倒要看看这些朝臣们能耍出什么花样来！

第二天，崇祯召群臣于平台召对，专论王坤弹劾周延儒的事儿。

他先让左副都御史王志道出班，王志道晓谕道："朕当初遣用内臣，原是不得已之举，圣谕中已非常明了。你们不自己反省，却又借题发挥，是何居心？"

王志道没料到皇上一上来就拿自己开刀，禁不住有点茫然。还没等他醒过味来，崇祯又开了火："王坤的奏疏，有不当之处，朕已责他轻率妄言，为什么还要牵扯许多？如今群臣弹劾，无不牵涉内臣，如此说来，所有被处置的百官，都是因为内臣了？"

王志道只得答道："王坤疏劾辅臣，举朝惶惶不安。臣疏都是为纲纪法度担忧，并非为朝臣开脱。至于臣疏中不能详慎之处，语多谬误，罪该万死。"

崇祯接口说道："又有这语多谬误了。你在朕前说谬误，写到史册上就不谬误了？多少国家大计，你们不发一言。如今起用内臣，不利于你们作奸犯科，恰有王坤一疏，就张大其事，故意借个题目，要挟朝廷，真是奸巧之极！"

崇祯逐渐被自己的怒气激发起来，也越发痛心疾首，转而对众朝臣说道："文武百官，朕未尝不信用，可是谁肯打起精神，实心任事？只是一味蒙混诿卸。朕不得已起用内臣查核监理，原是一时权宜之计。你们外臣若是实心任事，朕要内臣何用？"

朝臣们本来有一肚子牢骚要到朝堂上宣泄，却没想到皇上先声夺人，把朝臣数落了一番。谁都知道崇祯向来处罚极严，这时候若是和他抬杠，弄不好今天晚上就会在锦衣卫北镇抚司或者刑部的大狱里度过。反正王坤弹劾的又不是自己，在天下人面前丢脸的又不是自己一个人，犯不着因为这事弄得丢官罢职，和自己过不去。

周延儒却没有办法往后缩，他只得跪上前去，劝解道："王志道并非专论内臣，实乃责备我等阁臣溺职。诸臣不能尽心修职，以至封疆多事，寇盗繁兴。皇上万非得已，遣用内臣查核边防，原是一番忧勤图治的苦心，屡次上谕言之甚明，外廷也都知晓。臣等于皇上无不钦佩敬服，只是臣等平庸无能，罪状多端，才惹得内臣都来责备。"

这话虽然言不由衷，而且全无逻辑可言，但听在崇祯的耳朵里，还算受用。

愤怒不能支持太长的时间，崇祯现在有些累了，脸色也和缓下来，而语气却依旧严厉："王志道职掌不修，沽名立论，哪里还能担当风宪之责？本该捉拿问罪，念在辅臣申救，姑饶这遭。起来候旨吧！"

召对就这样草草结束了。第二天，圣旨颁下：王志道革职回原籍。

崇祯在朝堂上一通发泄，把积聚已久的怒气都撒了出来，心里感觉舒服多了。不过，在安静的时候，他慢慢回想这事的来龙去脉，又不免有些蹊跷：周延儒这么急着反击王坤，借以转移视线保护自己，又是为了什么呢？嗯，说不定周延儒真的有什么见不得人的事情，不愿意朕知道也说不定。这样说来，真该好好查一查他了。

这个疑念一旦在崇祯的头脑中出现，便再也挥之不去，于是，他把曹化淳找来，下密旨命他私下里调查周延儒是不是有什么不法行径。此时曹化淳感觉皇上对首辅的信任大不如以往了。

在曹化淳看来，周延儒的地位已经动摇，自己犯不上跟首辅套交情，而让那些虎视眈眈地盯着自己的人抓住把柄。他半心半意地派人调查了一番，挑了周延儒一些不大检点的事情，汇报给崇祯。

然而对次辅温体仁来说，这些还远远不够，他需要的，是让周延儒下台！

这次王坤弹劾周延儒，正是温体仁全盘倒周策划中最绝妙的一招：太监弹劾首辅，必然会导致朝臣的愤怒，但是朝臣的抗议，又必然会导致皇上的愤怒。如此一来，周延儒在皇上心目中的地位，又将会一落千丈，最终导致周延儒的倒台。

现在，温体仁所要做的，是对风雨飘摇中的周延儒给予最后一击！

温体仁是那种大智若愚型的人，与周延儒表面机灵的小聪明截然不同。温体仁对崇祯的个性了如指掌，他知道如何给崇祯留下一个好印象，也知道怎样做能激怒崇祯，所以当他决定做什么事的时候，他差不多已经成功了一大半。

朝廷上弹劾周延儒的奏疏多了起来。有人弹劾他主抚误国，而且不遗余力袒护罪抚孙元化；有人说他包庇三边总督杨鹤，收受陕西大盗神一魁的贿赂；有人说周延儒当侍郎时曾私下招妓女入府；有人说周延儒纵容幕宾李元化招摇罔利，私下分成……林林总总的奏疏把周延儒攻击得体无完肤，各式各样的罪状也够周延儒喝一壶的了。

然而温体仁的撒手锏却不在此列，那是一条看起来根本就没有什么价值的弹劾。礼科给事中陈赞化上疏：

周延儒自恃相权在握，便欺君罔上，招权纳贿，种种罪孽，不一而足。延儒尝言于前辅李标云：上先允于放，余封原疏，上即改留，颇有回天之力。延儒又云：今上，羲皇人也。此示何语，岂经小人之轻泄乎？至若延儒重负国恩，毫无补救，又固通国所共知也。

崇祯览奏，登时勃然大怒，立即传命周延儒觐见，同时诏九卿科道文华殿召对。

"周延儒，'羲皇上人'这个词是什么意思？"崇祯冷冷地发问，脸色沉得像要滴下水来。

机敏的周延儒几乎立刻就意识到问题的严重。"羲皇上人"不过是他在背后对皇上的一种幽默称呼，他平时只极少地说过那么两三次，怎么竟会传到皇上的耳朵里？

不待周延儒回答，崇祯继续发问："周延儒，你可曾说过你'颇有回天之力'？"

冷汗从周延儒的额头流了下来，豆大的汗滴落地有声，一向丰神潇洒的周延儒此时却是一副狼狈不堪的样子。一个声音从他的心底绝望地叫了出来——完了！

"周延儒，朕问你话，你怎么不回答？"

"臣死罪，死罪！"周延儒一面说，一面把前额砰砰地碰在大理石的地面上。一向以反应机敏著称的周延儒此刻却头脑空空，再也想不出什么合适的言辞向皇上交代。

忽然，他一眼瞥见次辅温体仁正站在旁边，便乘着长袍大袖舞动叩头的时机，连连向温体仁使眼色，而温体仁却像什么也没有发生一样，两眼淡淡地平视前方，脸上的表情既不喜悦，也不悲哀。

崇祯总算给周延儒留了一点余地，不再紧紧逼迫周延儒为自己的言辞做出解释。但也仅此而已，他丝毫也没有给周延儒任何可能缓和的暗示。

"或许皇上不会对我那么绝望吧？"周延儒暗自宽慰自己，然而这自我安慰却丝毫不能让他摆脱恐惧与焦躁。

依照惯例，周延儒上疏乞休，而且暂时不再去东阁办公。第一封奏疏，温旨慰留；第二封奏疏，温旨慰留……周延儒的希望又重新升腾起来，或许事情不会像自己想象的那么糟吧？！只要当值的温体仁再拟一道慰留的诏旨，或许皇上就会尽弃前嫌，把自己留下来呢？

第三封奏疏呈上，周延儒徘徊在绝望与希望之间，仅仅一天的时间，他仿佛已经衰老了四五岁。

诏旨终于颁下来，上面是温体仁的漂亮书法："准——予——休——告！"

【第六回】

夙夜心忧天下计，宵旰眉锁黎民安

御书房里是如此静寂，几盏宫灯默默地在轻风中摇曳着。崇祯静静地坐在御案后的龙椅上，仿佛在寻找一根失落的钢针似的，目不转睛地盯着御案上的奏章或是奏本，不时地，只见他抬起头来略略沉思，然后便提起朱笔在这些似乎永远没有完结的奏本与奏章上批阅着。每当批阅完一份后，他也会不由自主地抬起头来，一种莫可名状的自得与信心写在他的脸上。

就在他全神贯注地沉溺甚或陶醉于这种枯燥却似乎又有着强大诱惑力的工作时，门外突然传来了一阵急促而轻快的脚步声，声音由远及近，很快，随着门外的执事太监一声“首辅大臣温体仁温大人求见”，脚步声便已递进至门口。

全神贯注的崇祯突然被这脚步声和呼唱声打断了。温体仁一步跨进了御书房。

“微臣叩见皇上！”温体仁扑通一声跪俯在地。

崇祯直盯着地上的温体仁，欣喜地道：“爱卿平身，平身！”

崇祯从龙椅上站起身来，他一边朝温体仁挥了挥手为其赐座，一边则十分欣喜地问：“什么风把爱卿给吹来了？”

在温体仁听来，崇祯的话似乎有一种少有的幽默。今天是周延儒被罢以后他第一次来见皇上，他一直担心崇祯是否已经明白了什么，可是一听崇祯的话，他那悬着的心便终于落了地。于是，他一边踌躇满志地坐到旁边的一张黑木雕花的凳子上，一边十分谦恭地赶紧道：“启禀皇上，据兵部所奏，河南、山西贼寇日盛，臣以为当着即援剿才是。”他显出一副忧心忡忡的样子。

崇祯一听便皱起了眉头，他一只手托着下巴，双眼平视着前方若有所思，少顷，他猛地把头一扬厉声道：“各路援剿的兵马难道都是饭桶不成？”

温体仁一听不由得全身一怔，立即躬身回答：“据臣所知，河南剿寇的兵马已竭尽全力，但饥民贼寇毕竟人多势众，当加派兵马才是。”

崇祯听后略一思忖，点了点头，终于道：“温爱卿所言极是，只是眼下各镇兵马都紧得很，爱卿可有良策？”

听着崇祯的话，温体仁的前额突然浸出了虚汗，他没想到崇祯会让自己拿出对策，他十分清楚，像这类烫手的事，弄得好，崇祯理所应当认为是他自己的英明，弄得不好，刚愎的皇上不仅会迁怒于自己，而且还会招致朝臣们的不满。于是，他双眼骨碌碌一转，轻咳了两声又拉长声音回答道：“启禀皇上，各路兵马也着实紧得很，前日里皇上刚派出高公公去监镇宁远，臣想来，宁远兵马无论怎样也是不能抽调的了，再说满人那边——而京师城里——还有延绥一带——”

温体仁的话提醒了正在静静地打量着他的崇祯。崇祯抖了抖身子，又轻轻地理了理衣袖，胸有成竹地大声道：“传旨下去，立即命延绥副将李卑和昌平副将汤九州援剿河南。”

“臣遵旨。”温体仁终于舒了一口气，他轻轻地抹了一把前额便要躬身告退。

这时崇祯突然想起什么又十分严厉道：“温爱卿，补赋督征得怎样了？”

温体仁一听又有点紧张，他不知道该怎样回答才是，一时间便只有站在那里发怔，好一阵他才支支吾吾道：“皇上，这——这——”

恰在这时，内务府的执事太监张彝宁急匆匆地一步跨了进来，一发现首辅大臣温体仁那发怔的样子，立时便有些吃惊。

崇祯正等着温体仁回话，一看见张彝宁突然间闯了进来，便大声道：“不在内务府好生做事，又跑来烦朕？”

张彝宁一听立即俯跪在地一边叩着响头一边诚惶诚恐道：“启奏皇上，倒不是奴才有意要来扰烦皇上，实在是内务府的日子越来越不好过了，奴——”

“朕让你管好内务府，你倒要在那里享清福不成？”崇祯讥讽似的突然打断他的话，一看温体仁还站在那里发怔，便又接着道：“温爱卿，朕问的话你还没回答呢，补赋究竟督征得怎样了？”

张彝宁一听立即接过来：“奴才来见皇上正是为这事！”

崇祯已经重新坐回到龙椅上，听过张彝宁的话，立即把手一招大声道：“把话给朕奏明白就是，看你这不慌不忙的样子！”他略一停顿又接着道，“还跪在那里做干什么，还不快快平身，快快给朕奏来！”

张彝宁站起身来，把衣袖轻轻一甩立即禀奏：“启奏皇上，天下补赋至今已累计达一千七百余万，却分文未征，内务府大有入不敷用之势，奴才奏请皇上，立即遣科、道官员督征。”

崇祯一听不禁立时大怒起来：“全是一群饭桶。朕屡次下诏督征，却置若罔闻，几年的补赋分文不征，要让朕也去饿饭吗？”他顿了顿，立即站起身来厉声对正站在那里无所适从的温体仁道：“立即责成各抚、按官员回奏，速速督征！”

崇祯说完，衣袖猛地一甩，转过身来便要往御书房门外走去，正在这时，贴身小太监小毛子急匆匆地进来禀报道："启禀皇上，给事中范淑泰叩见皇上。"

气呼呼的崇祯立时一怔，随即大声斥责道："不见，不见，朕烦得很，全都是些废物。"

小毛子双眼一转，又轻咳一声，然后十分谦恭地："见见吧，皇上，范大人说有要事禀奏！"

崇祯长叹了一声，无可奈何道："好吧，朕就见见吧！宣！"

范淑泰三步并着两步跨进了御书房。这时崇祯则在御书房里踱起了方步，他倒背着双手，双眼时而目不转睛地扫一眼正各自在那里发怵的温体仁和张彝宁，时而则不知所往地抬头望一眼头顶上的宫灯，当范淑泰来到面前的时候，还没待其俯跪请安，他便道："范爱卿既来见朕，你倒为朕说说，眼下这多年的补赋无法督征，究竟是何原因？"

范淑泰静静地听着，崇祯刚一说完，他便十分虔诚地谦恭道："启禀皇上，臣正是为这事才来叩见皇上的。"他一边说一边从衣袖里拿出一份奏折，递给了崇祯。

崇祯接过奏折一边踱到龙椅旁，一边漫不经心地翻看起来，当他正要坐到龙椅上的时候，却突然猛地一下抬起头来咆吼道："范爱卿苦口婆心，拐弯抹角，难道这补赋督征的事就算了不成？"

范淑泰一听便直言道："皇上，近年来，山、陕之地旱灾蝗灾不断，中原、京畿赤地千里，民不聊生，百姓苦不堪言，常言道，民贫则盗起，眼下山、陕及河南一地贼寇日盛，若再督追补赋，只怕会为贼势火上浇油，更何况，方今形势，补赋本就难以督追。"

崇祯听着范淑泰的话，脸上青一阵红一阵，大有苦不堪言之态，待范淑泰刚一说完，他便把手里的奏折猛地往御案上一甩，立时御案上的朱砂四处飞溅，随即一屁股猛地坐到了龙椅上。

这时，一直察言观色的温体仁立即站出来道："皇上息怒，补赋督征之事不妨从长计议，待明日早朝和诸大臣商议后再定，当然范大人所言自有他一定的道理。只是空口说白话容易，补赋若不督征，辽饷、练饷及内务府所用又该怎样解决呢？"

范淑泰一听温体仁所言，立时怒目圆睁，本想要发作，可是一想到皇上还在生着气呢，因此他只得无可奈何地强压住了心头的怒火。这时崇祯似乎也已经意识到了什么，只见他有气无力地抬起头来，轻轻地把手一挥无可奈何地道："都退下吧，退下吧！"

温体仁、范淑泰和张彝宁各自告退，当温体仁正要跨出御书房的时候，崇祯却又突然喊住他："温爱卿，调遣兵马援剿河南贼寇之事，须着即传旨下去。"说完他便长长地叹了一口气。

温体仁回过身来十分谦恭地道了一声"臣遵旨"，又如释重负地看了一眼正若有所思的崇祯，一步跨出了房门。

一时间，崇祯陷入了深深的沉思之中。

他怎么也不明白，自己要重振这正在倾塌的朝纲，可是一切却都有意在和自己作对。他相信自己的能力，也相信自己的运气，可是也不知从什么时候开始，他在冥冥之中又对这种信心下意识地表示怀疑。一想到这里，他突然感觉到了一种无法言说的痛苦，一种莫可名状的压抑，一种欲说还休的惆怅。

这时，施礼监的秉笔太监王承恩突然急急忙忙地跑了进来而且急切地道："启奏皇上，辅臣徐光启徐大人不幸仙逝！"

崇祯不禁一惊，少顷才颇感诧异地道："怎么，前日里平台召对时朕看他的身体不是还挺硬朗的吗？"说到这里，他的心里不禁感到一阵难过，他知道，自己失去了一位真正懂得西洋科技的大臣。

对于崇祯来说，正是徐光启为他展示了一个光怪陆离的西方世界。他还在信王府时，就时常听说徐光启如何将西方的一系列数学、天文学、农学及水利学等知识引进中国，而且还早早地就见识过由利玛窦带到中国又由他所在的翰林院编修和翻译的欧几里得的《几何学原理》，因此一登上皇位便立即任命他为礼部侍郎，后又让他充经筵讲官，并任詹事府詹事，就在去年，虽然他已是七十一岁的高龄，却仍任命他为东阁殿大学士以礼部尚书入阁成为辅臣。

几年来，也正是在徐光启的推荐下，邓玉函、龙华明、罗雅谷及汤若望都进京在朝廷里任职，他们立时为这无论前朝还是后朝吹进了一股新风。不仅如此，在他的主持下，朝廷还在京师城内开办了第一家制造西洋火器的小型兵工厂，而且很快就生产出了西洋铳和大鸟铳等火器及弹药等，而他制造的这种大铳便是以后曾经一度威名远扬的"神威大将军"大炮。为了充分地发挥这些西洋火器的作用，他屡次上书谏言，要朝廷建造铳台、多造铳器、教演大铳、区画战兵、精造军需，并且指出，西洋铳的制造、大铳的装放、望远镜等技术都必须保密，以免外传敌人。在他看来，要对付后金，唯有尽用西术，方能胜之，并因此提出了建立一个装备有车营和台铳以及望远镜的精锐的野战军的方案。与此同时，他还建议修订历法，采用西洋历法。

可是，这一切对于崇祯来说似乎都才刚刚开始，去年任命他为辅臣本就是希望他能多为自己担待一些，但是谁能想到——哎！一想到这里他不禁长长地叹了一口气。

好一阵他才终于回过神来对王承恩道："着礼部厚葬徐爱卿，家人赏银五十两。”

王承恩领旨跪安便要离去，这时崇祯却又突然喊住他道：“传汤若望到御书房见驾！”

王承恩领旨离去。崇祯看着成堆的奏折，打开一份，仔细读了起来。这是一份由给事中黄绍杰等俱奏的谏言书，从字里行间他看出，他们似乎是在暗示他，温体仁在内阁里日益权重，恐对圣上不利。

于是，他不禁皱起了眉头，也是，自己怎么就没有想到这一点呢？内阁里应当有人抑制或是和他抗衡才是，可是又由谁来和他抗衡呢？已有的几位辅臣不是唯唯诺诺就是溜须拍马，全是些怯懦无能之辈。

他抬起头来静静地想了想，对，就是他，旧辅何如宠。

他提起朱笔在黄绍杰的奏章票拟上流利地批上一句：诏旧辅何如宠速返京师。

第二份奏折是兵部所奏，他刚一翻开，脸立时变得刷白，原来这是兵部所奏的后金兵攻取旅顺的事，奏折曰：

总兵官黄龙，前以邀击孔有德等，有德思报之。会鸭绿江有警，龙遣水师往援。有德等侦知旅顺空虚，遂导满人袭之。龙数战皆败，火药矢石俱尽，遂自刎。游击李惟鸾知事不支，自焚其家属，力战死。部将项祚临、樊化龙、张大禄及尚可义俱死焉。

读到这里，他不禁悲从中来，那种原本不在的忧心又重新回到了他的心间，他仿佛觉得一块石头正压在他的胸口，他只感觉一阵气闷。在昏黄的宫灯映照下，他抬起头来，只得深深地发出了一声无可奈何的叹息。

正在这个时候，王承恩不紧不慢地一步跨了进来，待走到离御案前不远的地方，便柔声道：“皇上，汤大人到了。”

崇祯一听随即回过神来，还没待他坐直身子，汤若望已经一步跨了进来。

“臣汤若望叩见皇上。”汤若望来至御案前，立即躬身行礼，一口汉话说得虽不十分标准，却也称得上流利顺畅。

崇祯站起身来轻声道：“徐爱卿不幸仙逝，想必卿已经知晓了，他既已故去，修订历书及铸造火器之事须得有人接替，朕要卿来为朕担待。”

汤若望深深地鞠了一躬道：“尊敬的徐先生的逝世，实乃大明之不幸，鄙人为此深感悲痛。”他仿佛不知道该从何表达似的，略略停顿了一会儿，又才接着道：“至于徐先生的未竟之业，皇上如此信赖，汤某定不负重托，只是对于铸造火器之事，汤某不十分熟悉，须要先得有所准备才行。”

事实上，崇祯也十分清楚，选择汤若望来办这样的事不是很恰当，以前听徐光启说起汤若望的确不是十分熟悉西洋火器的制造，可是朝中能对这些西洋先进玩意儿多多少少了解的又有谁呢？看来也只好先用上这个西洋人了，毕竟他是从西洋来的！

一想到这里，他不无满意地道：“卿不必过谦，朕相信你。”

“谢皇上！”汤若望感激地躬身行礼。

待汤若望跟随王承恩告退后，崇祯便准备继续批阅奏章。

其时，小毛子即走过来柔声地劝慰道：“皇上该歇息了，龙体要紧！”

“啥时辰了？”

“兴许是子时了。”

“噢。”崇祯一听，不禁恍然大悟。这时，他才突然想起明日还有早朝。

天空才刚刚露出鱼肚白，此时此刻，崇祯正一步步走出养心殿的暖阁，来到殿外的丹墀上。

他打了一个哈欠，又伸了两个懒腰，还没待王承恩和小毛子及鸿胪寺、施礼监的几名小太监跟上来，便自顾自地往内右门走去了。

王承恩眼见崇祯已动了身，便立即招呼小毛子等立马跟了上去，他三步并着两步赶上了崇祯，见其似乎已经沉醉于平台召对的一本正经的样子，他原本想说上一句“皇上莫急”之类的宽慰话也就只好打住，只是一边走一边为其理了理龙袍的衣袖，算是对这位至高无上的年轻皇上的无言的理解。

不多时辰，崇祯便在一大帮太监及锦衣卫的侍陪与护卫下来到了内右门。

一段时间以来，原本在乾清宫或是养心殿举行的早朝被他移到了很不起眼的内右门。内右门正处在养心殿和乾清宫之间而又离前朝很近的地方，因此在他看来，在这里处理例行的军国大事无论对他本人还是对文武大臣们来说都是十分方便的，更何况，内右门的大殿不大不小，正适合他和主要的文武大臣就很多问题进行直接讨论处理，也恰是在这种非正式的召对中，他试图要去创造一个融洽的气氛。

随着静鞭三响，施礼太监便立时发出“皇上驾到，上朝”的声音，他只得立即打起精神，一如既往地板起一副严肃的面孔，一步一步地登上了丹墀。

闹嚷嚷的声音立时戛然而止，整个大殿刹那间掉进了黑洞般的静寂之中。

他方才在龙椅上坐定，丹墀下立时传来“万岁，万岁，万万岁”的朝贺声。

待声音落地，他便抬起头来，神色十分严肃地大声道：“旧辅何如宠可来上朝了？”

没有人答应，他露出了不喜之色。

过了好一阵，给事中黄绍杰终于站出来道：“启奏皇上，何大人有言，方今阁内，小人当道，权奸倾国，君子小人不并立，除非权奸被除，他方会入阁。”

崇祯怒从中来，一边从龙椅上站起来一边斥责道：“黄绍杰，你口出狂言，居心何在？”

黄绍杰静静地站在那里，大气都不敢出，却仍显出一副不服气的样子。

这时，只见首辅大臣温体仁出班奏道：“启禀皇上，黄大人若非指桑骂槐，便是目无圣上，方今国事，黄大人不思献策，只知攻讦他人，制造分裂，如此行为，绝非良臣所为。”

温体仁一路慷慨激昂，掷地有声，完全一副直言良臣的样子。

崇祯站在丹墀上，早已气得面红脖子粗的，待温体仁刚一说完，他又立即斥责道：“黄绍杰如此瞻顾何如宠，必是意结朋党，危害朝廷，着即削籍为民。”言毕，他仍是一副气哼哼的样子。

其时，次辅吴宗达一直在静静地听着，观望着，对于温体仁在内阁的所作所为，他虽然时常有些不满，可是有鉴于自己的实力，他只能对其睁一只眼闭一只眼，甚至无可奈何地为其马首是瞻，今儿黄绍杰一番直言，仿佛为他出了一口气，他十分清楚，黄绍杰虽没有明指温体仁，但谁都听得明白，所指的内阁小人不是他温体仁又是谁呢？徐光启已死，自己和黄绍杰本就无冤无仇。他想他得为黄绍杰解解围才是。

于是，崇祯刚一说完，他便立即出班道：“启禀皇上，微臣以为，黄大人如此口出狂言，有欠妥当，不过黄大人一向心直口快，实是忠诚为国，唯恐有人欺瞒圣上，祈皇上对他从轻发落。”

崇祯仍是气呼呼的，听吴宗达一说，气便消了些，又一想，早朝才开始便如此生气似有不妥，于是，想了想即稍稍心平气和地道：“黄绍杰口出狂言，攻讦他人，意结朋党，本当从重发落，朕念他一片忠心，宜思自处罢了。”言毕仍是一副意犹未尽的样子。

待诸大臣都已回班站立，他便目不转睛地直盯着丹墀下的文武大臣道：“日前阁臣徐光启故去，朕决定特简三两位大臣参与机务，诸卿都以为谁合适啊？”

众文武一听皇上又要特简参与机务的阁臣，一个个立时便热火朝天地议论争执起来，他们都意识到，一个新的升官发财的机会已经来临。

待诸大臣闹哄哄的争论声稍有平息，崇祯便大声问道：“诸卿可有合适的人选？”

没有人回答。

那些方才还争得面红耳赤的科道官员，眼见崇祯发问了竟然立时变得大气也不敢出，只是噤若寒蝉地等待着。东林党在朝中的几位支持者因为周延儒被罢，也不好明确提出他们的人选，他们唯恐崇祯怀疑其在朝中重植东林势力，再说，现今东林在朝中的势力也十分弱小，和那些已经重新捞回失地的阉党旧势力根本就难以抗衡。

与此同时，首辅大臣温体仁却超然物外地站在那里观望着，等待着，他十分清楚，自己正是因为和东林和阉党故旧都没有什么太多的瓜葛才受到崇祯的青睐，若自己一开始便提出人选，崇祯兴许会怀疑自己在朝中培植势力，因此他必须等待时机，等待一个自己仿佛是迫不得已而提出的时机，他相信这个时机一定会到来的。

也恰好在这个时候，崇祯突然大声对他道："温爱卿可有合适人选？"

早就在等待这一时机的温体仁一听见此言立时便出班道："回禀皇上，臣以为南京礼部右侍郎钱士升、北京礼部右侍郎王应熊及何吾驺可入阁参与机务。"

崇祯立即满意地点了点头，钱、王、何三人他都是识得的。

钱士升本乃旧辅钱龙锡的门生，万历四十四年的状元郎，崇祯元年起任少詹事掌南京翰林院，四年十月起任南京礼部右侍郎，曾奉诏去凤阳祭告皇陵，回部后上言凤阳土地荒芜，庐舍寥落，且民穷财殚，赋重政苛，并奏请宽赋救民。

看来他是堪当辅阁重任的。

王应熊乃四川巴县人氏，万历四十一年的进士，四十五年馆选授检讨，三年七月召为礼部右侍郎协理詹事府，此公博学多才，而且熟谙典故。

看来由他充阁辅定会十分有趣。

何吾驺乃万历四十七年进士，天启初年馆选授编修，元年为左中允，不久又任少詹事，五年任礼部右侍郎，此公仪表不凡，善于言辞。

看来由他来充任辅臣也必是无伤大雅的。

于是，崇祯很快便做出决定，并大声宣布道："以南京礼部右侍郎钱士升、北京礼部右侍郎王应熊、何吾驺俱进礼部尚书兼东阁大学士，参与机务。"

他方才宣布完毕，还没待他坐到龙椅上，只见左边的文臣班列中突然走出一个人，他仔细一看，此人不是别人，正是给事中冯元飚。他方才在丹墀前站定，便立即大声道："启禀皇上，王应熊心性刚愎，独行独断，在吏部任职时，曾贪污纳贿，聚敛私财，试问此公怎能入阁参与机务？"

"汝可有真凭实据？"崇祯随即问道。

冯元飚稍一犹豫便直着脖子回答："回皇上的话，吏部李建泰可以作证。"他一边说一边用手指着文官班列中的一位中年官员。

此时的李建泰还只是吏部管理文官诰敕的一位小官，无论从地位还是从权势都是不能和前面的这些大臣们相比的，这些人他是谁都不敢得罪的，对于这一点，他十分清楚。

一时间，他不仅感到不知所措而且还有些紧张，正在他不知该如何是好的时候，崇祯突然扔过来一句："李建泰，王应熊贪污纳贿可是真？快快据实奏来。"

李建泰立即出班禀奏，可是他又不知该说什么，一时间不禁虚汗直冒，只是支支吾吾地拖延。

一直在静观事态发展的王应熊本人见此情景，立时出班大声道："启禀皇上，冯元飚完全是在血口喷人，皇上登基不久，他一远房表亲因强奸民女，被臣捉拿处置，是以至今怀恨在心，伺机报复。"说到这里，他一边看了看正在直盯着自己的崇祯，一边咽了一口唾沫又接着道："冯大人今儿目无圣上，捏造事实，诬陷忠良，祈皇上圣裁。"言毕他仍是一副愤愤不平的样子。

这时，崇祯已有些怒气了。

温体仁见是自己该出击的时候了，立时出班奏道："启奏皇上，据臣所知，王大人一向克勤克俭，尽忠尽职，实乃当今难得之良臣，今儿冯元飚借上朝之机搬弄是非，实为不忠不孝，目无圣上，若文武大臣都如他这般专门挑起事端，制造分裂与不和，朝廷上下还能安宁？"

崇祯本来就有怒气，经他这一煽动，不禁气得面红耳赤，可是他正要发作，却不承想文班中突然又有一人站了出来，他睁着迷蒙的双眼仔细打量了好一阵才认出此乃是又一位给事中章正宸。

这章正宸一出班便掷地有声地直谏道："启奏皇上，王应熊一向强愎自张，纵横为习，小才足覆短，小辨足济贪，今有大用，必且芟除异己，报复恩旧，混淆毁誉，况狼藉封靡，沦于市行，祈皇上收回成命，别选忠良。"

崇祯早已气得面红脖子粗了，章正宸方才说完，他立即呵斥起来："放肆，放肆，成何体统，成何体统！"少顷，又对旁边的几名锦衣卫大声道："冯元飚、章正宸专生是非，着即革职问罪，还不快拿下！"

只片刻间，两位给事中便被去掉冠冕，又被拖出了大殿。

此时，一个个文武大臣见此情景，全都噤若寒蝉，大气都不敢出，完全一副事不关己高高挂起的样子，而温体仁、王应熊及何吾驺等人则在内心深处发出了会心的微笑。

隔了一会儿，温体仁待崇祯的怒气稍稍有所平息，便一本正经地道："皇上息怒，冯、章二人皇上不必挂在心上，甚为至要者，方今河南、河北贼势日盛，朝廷须着即遣兵援剿才是。"他又一次习惯性地提出了问题。

这时，崇祯已经重新坐回到了龙椅上，他一听便打起精神道："前日里朕不是已遣李卑及汤九州二将领兵援剿吗？"

温体仁一时不禁有些语塞。

崇祯则目不转睛地直盯着他，等待着他的回答。

就在温体仁搜索枯肠不知该如何是好的时候，兵部职方郎中李继贞却站出来道："启禀皇上，贼寇日盛一日，朝廷兵马兵少饷缺，一时实在难以抵挡，请皇上调京营兵赴援。”

崇祯不禁踌躇起来，贼寇日盛，边患日急，各镇兵马穷于应付，宁远一线根本就难以抽出人马，宣大及西北各地亦须有重兵防守，看来也只好调京营兵了。

一想到这里，他不禁无可奈何地摇了摇头，隔了一会儿又大声道：“京营副将倪宠、王朴皆授总兵官，总京营兵着即援赴河南河北。”

言毕，他立时示意王承恩宣布退朝，但是李继贞却又接着奏道：“皇上，倪、王二将皆以总兵官职驰赴援剿，已援剿河南的左良玉和李卑二将，身经百战，位反在倪宠、王朴之下，若左、李二将得知此情，臣恐生变故，祈皇上圣裁。”

崇祯立时皱起了眉头。也是，若因此生出些变故又该如何是好，可是，两位京营官在出征之际也应该鼓励呀，一时间他真有些不知该怎么办了，他抬起头来，看了看正在等待他发话的众文武大臣，一边又认真地瞧了一眼站立在丹墀前的李继贞，然后又望了望大殿上方一盏盏仿佛摇摇欲坠的宫灯，他突然有了主意似的，“对，就这样，把左、李二人也提拔不就得了。”他终于会心地笑了。待他在龙椅上坐直了身子，立即大声道：“擢升左良玉、李卑二将署都督佥事，为援剿总兵官，着即会同倪宠、王朴及各镇兵马剿除河南河北之贼寇。”

言毕，他一下有了一种舒心的满足。

对于至高无上的崇祯来说，他的确是有了一种暂时的满足，而且也应该有一种满足，即使这种满足只能成为一种短暂的喘息。

但是对于那位不久前才被排挤下台的首辅大臣周延儒来说，他却连一点暂时的满足都没有。

此时此刻，在江南虎丘的剑池旁，致仕回乡的周延儒，静静地注视着池中碧绿的清水，完全一副落魄失意的样子。在他的心里，他怎么也想不明白，只知阿谀奉承、揣摩帝意的温体仁竟如此轻而易举地将自己扳倒了，而皇上也竟如此轻易地相信了这个奸佞的小人。

可是，他十分清楚，自己无论怎样也不甘心，他周延儒难道就此善罢甘休吗？不，他绝不能，他必须等待时机，他相信会有东山再起的一天。

这时，一位书童兼小厮的小少年走上前来轻声道：“大人，张先生他们来了。”

周延儒下意识地“噢”了一声。他方才转过身来，便看到张溥、张采、吴伟业及陈子龙等人有说有笑地走了过来。

张溥远远地一看见周延儒便乐哈哈地大声道：“哈哈，周公从宜兴到苏州来也不预先有个信儿，否则门生一定亲往迎接的！”

周延儒淡淡地笑了笑，道：“周某怎敢劳张先生的大驾呀！”

他说话的时候，张溥已经握住他的手。

张溥甚是热情，虽然在他听来，周延儒对他“张先生”的称呼不免有些刺耳，可是他又觉得这称呼也的的确确配得上自己今天的名望。

一段时间以来，自从他以孔子自居以后，他的那些所谓的弟子乃至溜须拍马之徒，更加挖空心思想出一些法子来满足他的自我膨胀。

他们仿效孔子把他的住所称为“阙里”，把他讲文论道的地方称为“杏坛”，把他屋后的小山叫作“尼山”。

每当到了风和日丽的一天，他们便拥着他到处游山玩水，或是到南京的秦淮妓家去追求声色满足，他们把这种生活情调名之为“风乎舞雩”。

一旦天气不好，他们就聚集在家里，一起痛骂“迫害”过张溥打击过东林势力的温体仁，肉麻一点的吹捧者甚至用纸画上温体仁的画像，先挂起来一边打骂一边向其吐口水，最后则用刀子将其砍碎，这种方式他们名之曰“诛少正卯”。

也正是在他们这种阿谀逢迎的吹捧中，他完全迷失了自我。他已经完全陶醉在一个自我满足的幻觉之中了。他自以为高高在上，领袖群伦，什么理想、抱负早已荡然无存。他的心中也压根儿没有了那种“天下苍生”的存在，有的只是他自己。

一段时间以来，他所关心的第一要事便是如何运用现有的地位和名望，去组织一个强有力的政治集团，并最终打倒朝廷里以温体仁为代表的敌对势力。

因此，当他得知周延儒被排挤掉的消息后，一方面他不禁感到十分悲哀，他明白，周延儒的倒台便意味着复社失去了一个强有力的支持者；但另一方面他却又不免感到某种欣慰，在他看来，周延儒的致仕回乡，似乎又表明周延儒和这个朝外政治集团更加紧密的联系。

于是，他得知周延儒从宜兴到了苏州后，立即带领一帮得意门生前来拜见。

当然，对于周延儒来说，复社对自己的拉拢与支持也正是他求之不得的，他们既成为他强有力的支持者，那么有朝一日自己东山再起的可能性也就自然要大得多，利用他们正好可以打击温体仁这个最大的敌对势力。

周延儒和张溥等人简单寒暄后，一干人等便一起来到虎丘边的一座茶馆里，一边饮着龙井清茶，一边则不断就时局东聊西谈，不知怎么的，话题竟又扯到了温体仁。

吴伟业毕竟年轻气盛，他一看到周延儒在听到“温体仁”三字时的表情，立即大言不惭地道：“周公何必又将这温体仁挂在心上，今儿皇上倒是什么都听他的，可是明天呢？谁能保证明天皇上还会相信他？再说，只要我等重新集聚起势力，咱就不相信不能推倒他这个无耻小人。”

陈子龙也立即站起身来安慰他道：“伟业兄说的是有些道理，不过我倒以为，兴许皇上已经有所醒悟了，你们想，温体仁这无耻小人，只要他在皇上身边转悠久了，精明的皇上又哪有不意识到他的阴险与奸诈的呢？因此我倒以为，一方面我们须得做些准备，另一方面又得耐心等待时机，一旦时机成熟，周公的东山再起就自然不在话下了。”

周延儒一听众人的劝解，心情也释然了些，于是，他在喝下一口清茶后，释然地道：“多谢诸位，多谢诸位了，周某一向忠心报效皇上，皇上年轻刚愎，听信谗言，周某倒是为这社稷十分担心，对当下这时局，诸位想必也是有些了解的吧。”说到这里他不无忧心轻轻地咳了两声，“眼下边患甚急，贼寇日盛，皇上周围却又全是些无能的小人，哎，也不知皇上是怎么考虑的。”

他在叹了一口气后道：“诸位兴许也明白，周某说到这些，倒不是在杞人忧天，也根本不是在为自己考虑，个人得失又算什么，对温体仁这位无耻小人，周某也并非有意要去把他打倒，实在是为皇上和国家社稷着想啊！”

言毕，他便显出一副忧心忡忡的样子。

周延儒说话的时候，张溥等人全都平心静气地听着，他一说完，众人一时间也陷入了不知所从的沉默之中，可是方才隔了一会儿，吴昌时却突然大声道：“哼，温体仁这无耻奸人，咱非得弄倒他才出得这口气。”

一听此言，张采便放下手中的茶杯阴阳怪气地说：“你说起话来一点不腰痛，眼下温体仁可是受宠得很，你我要去弄他那简直就是鸡蛋碰石头！”

“难道就白白地受这窝囊气不成？”吴昌时愤愤不平地说。

张溥早已在屋子里踱起了方步，待听过二人的话后，看了一眼周延儒，深思熟虑地道：“弄倒是可以弄他一下，只是得想一个办法才行。”

吴昌时在一边赶紧道：“有啥办法，大伙快点想一下！”

少顷，只见陈子龙站起来道：“既然温体仁是暂时不能碰的，弄弄他的弟弟温仁育怎么样？”

于是他便说起了温仁育之事。

原来，温体仁的弟弟温仁育眼见复社日盛，张溥等人终日趾高气扬，他委实有些咽不下心中的这口恶气，可是偏偏远在京师的温体仁又没有指令下来，因此他也不敢贸然动手，公开和复社作对。

但是温仁育实在又咽不下这口气，于是他想，自己无论怎样得找个办法来发泄一下。想来想去，他终于想出了一个办法。

也就在前几天不久，他花钱请人写了一本名为《绿牡丹》的传奇，把张溥等人的跋扈与恶行恶德冷嘲热讽了一番，进而在苏杭一地将其搬上了舞台，一时间，观看的人无不因此而哈哈大笑。

正在踱着方步的张溥一听，立时有些受不了，陈子龙刚一说完他把桌子猛地一拍，怒骂道：“他是吃了熊心豹子胆了吗？竟敢和我们作对？”

张采立时火上浇油：“他这是在仗着温体仁的势力，不然他又怎敢和我们作对呢？”

张溥越发怒不可遏，当即决定要好好地整治一下这个温仁育，即使他是温体仁的亲兄弟。

于是众人又你一言我一语地讨论起措施与办法来。

但是，讨论来讨论去，却总没有一个万全之策，末了，还是周延儒道：“还是去找找浙江学臣黎元宽吧，兴许他能动动温仁育，前年他要送个折子给皇上，走的是我的门子，再说周某和他也还是有相当交情的。”

众人都觉得也只好找这位黎学臣了。

张溥想了想，便决定派张采和陈子龙二人前往，接着又请周延儒写了一封手书让其捎带上。在他们想来，黎元宽无论怎样也是会卖这个情面的。

待这件事安排妥当，一干人等无不感到心情畅然。末了，张溥提议请周延儒到南京消闲游乐，说是为了周延儒的到来正式接风。

应该说，对于文人雅士，流连歌台本是他们的习气，出入妓院青楼则更是他们的风流雅事。

到明代末年，南京城外的秦淮河畔，也早已是繁华至极而又名妓辈出了，其笙歌管弦与烟柳红粉之胜已经成为全国之冠。

在这众多的烟柳红粉之中，有一位非同寻常的妓女，姓徐名佛。她聪明美丽，且琴棋书画诗酒花样样精通，尤其擅长画兰花，也恰是这兰花培养了她的性情，因此她的日常装束与风范全都透现出一股清雅与崇高，从而使她有了一种独特的魅力，也正是因此，一大批文人都希图成为她的座上客。

也恰是在崇祯元年的一个夏天，张溥却不过一位朋友的好意，在一天傍晚出席了几位文士在归家院徐佛馆中的一次聚会。

其时，张溥一见到徐佛立时被其“惊为天人”的美所打动了。对于徐佛来说，她也早已耳闻了这位文名甚盛的张溥的大名，在她的心里，也早已有一种暗暗的崇敬之情。二人一见也就不免大有相见恨晚之感。

从那以后，张溥便时常约上三五个朋友来到徐佛的会馆中连日连夜地盘桓，每当苦闷的时候或是在科场忙碌的间隙，他便来到这里寻求心灵的慰藉。

与此相应，徐佛也把他当成了自己的知音乃至生命历程的寄托。

此时此刻，徐佛正坐在窗前，一袭素雅的装束和淡淡的脂粉深刻地透现出莫可名状的清幽。

归家院里的一位老妈子来通报说张溥和一帮文士朋友来看望她了。听此消息，适才那忧伤的心境立时释然了不少。她立即擦干眼泪，又梳妆打扮起来。

没隔一会儿，一阵急促的脚步声远远地传了过来，还没待徐佛从梳妆台边站起身来，房门便被推开了，张溥及周延儒一干人先后跨了进来。

张溥满怀深情地看了一眼徐佛，十分柔情地道："徐姑娘，别来无恙？"

徐佛不无感动地轻启朱唇："多谢张先生，只是——"

她下意识地停下来，默默地抬起头来好奇地打量着周延儒，随即改变话题道："这位先生——"

张溥一看她不认识这位大名鼎鼎的前任首辅大臣，立即介绍道："哎呀，徐姑娘有所不知，他便是前任首辅大臣周延儒周大人！"

听罢此言，周延儒立即上前一步，然后又双拳一抱，十分恭敬地道："久仰徐姑娘大名，今夜来此打扰，还望徐姑娘多多海涵才是！"

徐佛也的的确确早闻这位前任首辅大臣的大名，而且也知道他已致仕回乡，只是在此之前还没能有机会认识。因此，今日一见，不禁感到一阵欣喜，在她想来，能够结识这位前任首辅，也总算是她的荣幸了。

老妈子早已为众人分别端上茶来，徐佛欣喜地招呼众人落座。徐佛看着他们落座饮茶的时候，却变得有些羞涩起来。

张溥饮了一口茶后抬起头来，发现她那不知所措的样子，便柔情地道："多日没能看顾徐姑娘，不会怪罪吧！"

徐佛一听，一边坐到一张凳子上，一边又十分优雅地赶紧道："哪里，哪里，小女子还好，多谢张先生！"

这时，周延儒一眼望见案儿上的古诗典籍，好奇地问道："徐姑娘都在翻捡些什么诗稿啊？"

他一边问，一双眼睛则直勾勾地盯着徐佛。

徐佛感受到了他那灼人的目光，心里虽是咯噔一颤，但还是赶紧回答道："近日里，小女子闲来无事，找出一部李清照的旧诗打发时光，此乃小女子的一位侍女莉儿所留。"

"没想到徐姑娘倒有如此雅兴，真是难得！"周延儒不知是有些过于激动还是某种莫可名状的不知所措，他的话听来倒有些让人觉得有一股阴阳怪气或是酸溜溜的味道。

吴昌时一听她提到了莉儿，有些激动，本想马上接过话茬问却不想又被周延儒接上了，于是周延儒刚一说完，他便立即站起来大声道："徐姑娘，莉儿怎么不在呢？"

张溥也赶紧问："是啊，莉儿不是去陪别的相公了吧？"

徐佛的脸上早已露出忧忧哀泣之色。

吴昌时见她的样子，有些急了："前几日来，莉儿不都好好的吗，今儿个怎么就不在呢？"

徐佛更是欲语泪先流，少顷，她在抹了一把眼泪后，道："吴先生有所不知，就在前天，吴江的周道登周大人来到会馆，一眼看上了咱莉儿，便向会馆妈妈强行要了去做小妾。"

吴昌时一听有些愤怒了："我不是告诉她，我很快便会赎她出乐籍吗？"

一听此言，徐佛不禁止住哭声哀叹道："身在乐籍，哪得自由？更何况，青楼女子谁又会有好下场！"

一时间，众人都陷入了深深的沉默之中。

秦淮河畔的青楼会馆是迷人灿烂的，秦淮河畔的风花雪月也是迷惘哀怨的。

但是对于北京城里的那些达官显贵来说，秦淮河畔的迷人灿烂与迷惘哀怨则只不过是烟波浩渺历史迷雾与黑洞。

按理说，自从温体仁扳倒周延儒以后，他就差不多处于一人之下万人之上的地位了。或许他应该心安理得才是，可是终日里他却不断感到一种莫可名状的惴惴不安，那种官运仕途中的朝不保夕与如履薄冰不时地伴随着他。崇祯生性刚愎、乖戾多变，不是对这个朝臣兴师问罪，就是要撤那个文臣或是武臣的职，每一次内政或是外患的困境必是意味着某一大僚的不幸。更何况，他十分清楚，他在朝廷内外的那些敌对势力不正虎视眈眈地伺机而动吗？那位被他推倒的周延儒会就此善罢甘休吗？难道他就没有等待着东山再起的一天？

如此看来，虽说他今天还坐在首辅大臣的位置上，可明天，明天呢？明天谁又能保证他还是首辅大臣呢？一想到这里，他一下子又陷入了深深的踌躇之中。

隔了一会儿，他似乎突然想起来什么，双手在大腿上轻轻地一拍，自言自语道：对呀，得想个办法使皇上对自己永远相信才行！

他明白，由自己直接向皇上施加影响肯定是不行的，很明显，必须采取迂回曲折的办法才行。

那么，这朝廷上下能够对皇上最有影响的人又是谁呢？是宫女？是太监？对，是皇上的老婆——皇后！

可是，大明祖训上说内宫是不得干政的。不过，想想这大明自建立以来，一个个祖训哪一个又真正被彻底地执行过呢？可不管怎么说，直接去求皇后也不太好吧，再说，周皇后多少还是有些纯朴正直的，如自己直接通过她，只怕会引起她的不满。

那么，对皇后最有影响的人又是谁呢？毫无疑问，那自然是她的娘家了。

温体仁十分清楚，当今皇上的两大外戚周奎和田弘遇是怎样的炙手可热。

田弘遇是贵妃田氏的父亲，他本是扬州的一位富商，却凭着女儿田氏的命运变迁一夜之间成了堂堂的当朝国丈。他仗着女儿在皇上面前受宠，在这京城里四处飞扬跋扈，虽已年届六十有余，却成天拥着一大帮姬妾美女。就在前不久，他还借到宣府私访为名，去游玩享乐。

周奎则是皇后周氏的父亲，本是京师近郊的一家百姓，同样靠着女儿的皇后地位成了京师城里一大举足轻重的财阀。

自从女儿被封皇后的那一天起，他就四处打着女儿的招牌为自己聚敛财富。那些趋炎附势或是溜须拍马者也大都找上门来，他们不是借着他的国丈地位为自己贴金，就是试图借着他的门子去捞个一官半职，周奎也恰是从中找到了一条发财的重要路径，因此凡是来托他办事的或是试图依靠他这位国丈的，都必须交纳相当数量的银子，其数目多则万金少则千两。几年之间他便聚敛起一笔可观的财富，成为京师城里数得着的大财阀。

不仅如此，当今皇上的这两大国丈却又为了争权夺利，互相攀比较劲，争吵不休。

温体仁明白，无论怎样，自己毕竟是堂堂的当朝首辅，若自己甘愿附就去结交周奎，他周奎自然是求之不得的。

前几日，皇上虽然封了他嘉定伯的爵位，而今他正处在志得意满的时候，可他总应该清楚自己这首辅地位的分量。如果有了自己的支持，那么他要和田弘遇争斗，简直就是如虎添翼。

不过，温体仁又十分明白，虽然周奎在这举国上下有着举足轻重的地位，可那田弘遇也绝不是吃素的，他同样有着不可忽视的影响力，因此自己在靠拢周奎的同时，也绝对不能惹恼了这位田外戚，或许最好的办法是向他们各自都同时送以红包，双管齐下或许更能奏效。

想好了这一切，温体仁立时便在头脑中理出了一个完整的策略：先给两家各送十万两银子，然后再视情况为周奎另送出一份厚礼，必要时还以这两家外戚的名义分别向周皇后和田贵妃也同时各送出一份礼物，年关将近，新年到来，为其送礼也就自然有了一个说法，顺理成章。

温体仁不禁喜上眉梢，一张瘦长的脸露出了一丝灿然的笑容。

打定了主意，心满意足的温体仁三步并作两步走到门口对着门外大声喊道：“狗娃，狗娃！”

但没有人答应，他不禁有些愤怒，但是隔了一会儿，他还是提高嗓门儿又大声喊了一声。

远远地听到了后院的厅房里有人答应，于是他转过身来准备重新坐回到椅子上。就在他正要一屁股坐下去的时候，名叫狗娃的贴身家仆跌跌撞撞地跑了进来。

温体仁听见声音，抬起头来一眼看见狗娃有些诚惶诚恐的样子，便不无好气地：“我说狗娃，你跑到哪儿去了，我坐在这里，火盆早就冰凉了你也不来管一下！”

“是，大人，小的实在该死，只是大人昨日里脱下的一堆衣服，小的正准备把它们都洗了呢！”狗娃一边说一边眨了眨眼睛。

温体仁一听不禁有气的样子：“洗衣房的人全都睡大觉了不成？”

狗娃听罢想了想即接着道：“前几日，大人说皇上正在倡导廉政，咱府上也应克勤克俭一些，再说近来府里的开销也紧了些，大人就让洗衣房的人回家了。”

温体仁恍然大悟。他想了想，便又直盯着狗娃柔声问道：“洪承畴、何如宠送来的银子数目都对头吗？”

“回大人的话，洪承畴送的银子是一万两，分文不差，只是何大人送来的银子里有两块碎银，兴许是充数的。”

温体仁立时有些不满，少顷，他好像是在对狗娃说又仿佛是在自言自语：“哎，何如宠这人也真不够意思，上次皇上择选辅臣，温某当廷为他美言，他倒这般来打发！”

说完他便站起身来，完全一副气恼的样子，可是他方才站定，却一下感觉到了脚底下的凉意，这时他才突然想起自己还没叫狗娃去给火盆加炭，于是他看了一眼正目不转睛地看着自己的狗娃道：“快去拿些木炭来，把火烧旺些，我还有重要的事让你去办！”

不多时辰，火盆里又是明旺旺的火焰了。

待狗娃收拾好了火方才站定，温体仁立即对他道：“去把王总管给老夫叫来！”

只顷刻，温府的内务总管王涛便来到了大堂。

温体仁对他大声道：“速准备好两份厚礼，各十万两银子！”

王涛立时有些吃惊，略一迟疑便想要问个究竟，正要开口，温体仁仿佛早就看穿他的心思，却又接着道：“你只管去快快准备好，别的就不要管了。”

不多时，王涛和一帮家仆抬着几个沉甸甸的箱子一前一后走了进来。

温体仁没多少表情地对他们道：“王涛、狗娃，你们俩都给老夫听着，老夫要你们马上将这银子分别送到周、田二国丈府上，就说是老夫新年孝敬给他们的，并转告他们说老夫近日忙于朝政少去看望，请其多多包涵。”

他一边说，一边站起身来，走到大堂中央又转过身来，大声道：“尔等须小心从事，速去速回，切莫叫他人知晓，王涛负责田府，狗娃则送嘉定伯，不得延误。”

王涛及狗娃等人立即领命而去。

待王涛一帮人离去后，温体仁如释重负地出了一口长气，他坐回到椅子上，有意识地伸出双手在火盆上暖和了一下，一时间他觉得自己终于完成了一件伟大而又充满了惊涛骇浪的事业。

于是，他仰靠在椅子上，微闭着双眼，头脑空空如也，灵魂与思绪如坠五里云雾，他只觉得自己正置身在一个莫可名状的极乐世界。

可是，也就在他寻求并自慰着那永恒的舒心的时候，一阵不紧不慢的脚步声突然扰乱了他的舒心。

他下意识地睁开双眼，只见一位年轻的家仆正跨进门来，他一进来便躬着背柔声道："大人，江南老家来人了，说是有要事须当面向大人讲。"

温体仁下意识地"嗯"了一声。

过了一会儿，他突然张大嘴巴："噢，那就快带他来吧！"

少顷，家仆便带着江南老家的来客一前一后地走了进来。

来客在十分谦恭地行了叩拜的大礼以后，便从衣袖中掏出一封信札，温体仁接过信札眯着眼瞧了一下，见是自己的兄弟温仁育写给自己的。

他想，兴许又是自己的这位弟弟来托办什么事了。他立时感到一阵厌烦。

不过，隔了一会儿，他还是抬起头来轻声地问了一句："你家老爷还好吧？"

"回大人的话，近来老爷一直不痛快，都是被复社那帮人搞的。"

温体仁一听到"复社"二字立即来了精神："复社？复社那帮人又怎么啦？"

"老爷让小的专门到京城里来找大人就是为这事！"

温体仁赶紧拆开信，他一边读一边显出十分愤怒的样子。

原来，张溥和周延儒等人在决定整治一下温仁育并派出张采和陈子龙二人后，张、陈二人随即亲赴浙江，拜访学臣黎元宽，要求黎元宽"秉公"处理有关《绿牡丹》的这件案子。

黎元宽本是复社的成员，一看是张老夫子亲自来访，而且又是周延儒托办的，他的第一个反应就是"受宠若惊"，毫不犹豫地就把这件事给承担了下来。

不过这黎元宽也着实狡猾得很，他知道自己无论怎样也是不敢直接和温体仁作对的，而且也根本不敢直接对温仁育采取什么行动，但复社的事他又不能不管。

于是，他便想出一个绕着圈子迂回转折的办法。

他故意大张声势，以"诽谤"的名义捉来了刊刻《绿牡丹》的人，而且把刻版给毁了，又把那些还没有流传出去的书销毁。在做完这些以后，他又大张旗鼓地说是要把书的作者捉拿治罪，最后经过温仁育的疏通，他便捉拿了温仁育的几个家仆，并将其关押几天就释放了，算是了事。

黎元宽这样做自然是雷声大雨点小，既给复社撑足了面子，又没太直接冲撞温体仁兄弟，不过明眼人一看这似乎又是冲着温家兄弟来的，而他自己则白白地赚到了一个"刚正不阿"的好名声，复社的人个个都对他褒奖有加，周延儒对他也是非常感谢，一时间，他不禁有些得意。

当黎元宽正在得意忘形的时候，温仁育却被气得有苦说不出，他明知道复社是有意冲着温家兄弟来的，可他却抓不到人家的把柄，人家有理有据，真让你有口难辩，而且更让他受不了的是，把他的家仆抓起来那不明显是在打他的脸吗？

事后，他实在咽不下这口气，想无论怎样得向京城里的哥哥汇报一下，让他设法打击一下复社等人的嚣张气焰。

温体仁看完了温仁育写来的这封长信，早已气得七窍生烟。他没想到张溥、张采等人竟敢如此不知天高地厚的来向自己挑战，当然他也更没想到周延儒也正在不断地寻机向自己报复，他不禁怒火中烧。他暗暗发誓，他一定再给他们一些颜色看看，让他们再领教一下他温体仁的厉害。

新的一年又到来了。

正月初一一大早，金碧辉煌的大明皇宫率先响起了“噼里啪啦”的鞭炮声，随即，整个京师城里相继传来一阵又一阵震耳欲聋的轰鸣声，一时间，紫禁城内外、北京皇城乃至整个中华大地都被一种欢快的气氛所笼罩。

此时此刻，在皇极殿那高高在上而君临一切的龙榻宝座上，崇祯平心静气却又不无得意地正在接受满朝文武大臣的朝贺。

新年朝贺大典之后便是连着几天的假期，这对日理万机的崇祯皇帝和满朝文武来说都是十分难得的，而崇祯似乎也终于得了闲暇，心情也比前日里好了不少，尤其难得的是，他终于可以在后宫里去享受难得的天伦之乐了。

对于崇祯而言，周皇后及田、袁二妃可以说构成了他日常焦灼的消愁器，几个孩子，不论长幼嫡庶或男女，他们全都是他心中的至宝，是他消解心中块垒与愁烦的最大安慰。

此时此刻，在养心殿的东暖阁里，他和周皇后正在接受田贵妃、袁贵妃及几个儿女们的朝拜。

田贵妃和袁贵妃早已拜祝过了，她们都已一左一右地分别坐在了崇祯和周皇后的旁边。

五个孩子除五皇子才几个月还抱在奶娘的怀中外，其余几个正一字排开站在他们的跟前，动作整齐划一地下跪叩首，又一齐用稚嫩的童音大声呼着：“儿臣叩见父皇，祝父皇万岁，万岁，万万岁！”

崇祯立时高兴得合不拢嘴，待几位儿女拜祝完毕，他便从高高的座榻上站起身来，嘴里一边说着：“好，好，皇儿们也真是的，好，好，都快起来，都快起来吧，父皇都有赏的！”

他一边说，一边把几个正从地上爬起来的儿女一一拉到自己的身边，先是一一地仔细打量，继而将他们拉到怀里抱一抱，他那样深情地打量着，那样慈祥地爱抚着，他发现，他们一夕之间似乎全都长大了不少。

在他的眼中，他们全都是那样的活泼可爱，在新年之际，他们全都穿着一式的新衣，全都带着一式欣喜的风范，如果说他们有什么不同，也就全在于年龄差异或是高矮的不同罢了。

作为大明皇朝的太子，慈烺看起来庄重了很多，一张俊秀的脸上似乎更多了一些懂事的神态，他的穿着和几个弟妹也多少有些不同，明黄色的外袍上绣上了几条小金龙。不仅如此，由于年龄要大一些，而且又是男孩子，骨骼自然便大了不少，他看起来也就自然更显特别了。

崇祯爱抚着自己的儿女，心里充满了无限的喜悦与温暖。

他看着孩子们一个个在他的怀里撒着娇，拉着他的手，或是亲着他的脸，然后，他便命令小毛子和王承恩向他们一一分发他赏赐的礼物和压岁钱。

孩子们一一叩谢着，欣喜着。

周皇后及田、袁二妃目不转睛地看着，想着，欣喜着，她们各自看着自己的孩子一同在皇上面前受着百般恩宠不禁心花怒放。

待礼物和压岁钱分发完，崇祯则专门叫过太子慈烺，等他走到跟前便拉着他的小手，语重心长地勉励他道："皇儿噢，常言道，过了一年大一岁，你可是懂事的呀。"他轻轻地咳了一声，此时，周皇后立即十分体贴地示意自己的贴身宫女梅箫为他端过一碗茶来，崇祯接过茶碗轻轻地呷了一口，又接着道："你是储君，以后可是要治理国家的，父皇已在给你挑选侍读官了，过些时日，朕就让你出阁讲学！"

这时，周皇后插了一句："皇儿还不快拜谢父皇？！"

慈烺一听母后提醒，立马跪俯在地："儿臣叩谢父皇！"

当崇祯对太子百般调教的时候，坐在一旁的田贵妃的脸上却下意识地显示出一种痛苦的表情，此情此景不能不勾起她对自己所生的孩子之命运不幸的痛苦，是啊，为什么偏偏是她周氏做了皇后，为什么自己竟要身处低人一等的贵妃的地位啊，哎，自己的不幸为什么也是孩子的不幸啊！

一时间，痛苦的表情写满了她的脸，刚好这时，崇祯转过脸来看到了她的不满，于是，他最后又对太子说了一句："父皇对你的最大希望就是要你将来能做个好国君啊！"

说完，他一改适才严肃的口吻微笑着对远远站立着的长平公主和昭仁公主道："来，来，来，朕的乖女儿，你们都过来让朕好好瞧瞧！"

待两位娇女儿一前一后来到身边后，他一边一个拉着她们的小手，笑吟吟地道："噢，朕的乖女儿竟是这般的漂亮，适才怎么就没瞧清楚！"

长平公主一听此言，忍不住轻轻地笑了一下，崇祯见此又立即道："呀，小娇娇，怎么你的牙竟少了一颗！哎，不打紧的，不打紧的，过几天朕让御医给乖女儿补上就是了，噢，不，兴许它会自己长上的！”

说完崇祯竟忍不住先笑了起来，随即众人也都一起笑了起来。

这情景不仅感染了几位妻妾和其余的几位皇儿皇女，也使在场的宫女太监们感慨万端。

也恰在这个时候，东厂提督李凤翔突然一步跨进来。

其时，大家都还沉浸在其乐融融的喜悦中，根本没有意识到他的到来。好一会儿，他眼见众人全都直盯着皇上和他怀中的孩子，他便轻咳了一声，于是，众人才都猛地转过头来。

崇祯抬起目光见是李凤翔，便笑着问道：“李凤翔，又是何事，非得这个时候来见朕。”

“皇上，因为，因为——”

李凤翔扫了扫众人，话说了一半竟又停下来。

“启禀皇上，是这样的，驻守广鹿岛的尚——尚——”李凤翔张着急切而又紧张的双眼竟又不说下去。

崇祯大声道：“李凤翔，你今儿倒是怎的，有事就说嘛，快快给朕奏来，但说无妨。”

于时，他才终于鼓起勇气大声道：“启禀皇上，据奴才手下的几位密探所报，驻守广鹿岛的尚可喜已投降满人了！”

崇祯一听，吃惊得张大了双眼，脸色也由红变青，一时间，他真有些不知所措了。

在浩浩的皇极殿里，殿外还是灰蒙蒙一片，可偌大的殿内却早已灯火通明，满朝文武及科道九卿分文武两厢站满了大殿，各处值守的锦衣卫和御林军如临大敌，崇祯高高地坐在龙榻宝座上，表情严肃，王承恩、小毛子、沈良佐、曹化淳等一帮太监事不关己地静静地站立着。

待全体文武大臣叩拜完毕，崇祯立大声道：“诸卿可都知否，那尚可喜降了满人是怎么回事啊？”

满殿的文武大臣有的早就知道了这一消息，听了此言，也就权当什么都没发生似的，仍静静地站立着，那些第一次听到这一不幸消息的立即露出了十分惊异的表情，虽然如此，却没有人出班奏对。

眼见大家都保持沉默，崇祯便又提高了嗓门：“诸卿难道都不知晓吗？”

整个大殿里仍是一片寂静。

崇祯似乎有些急了：“兵部，兵部，你们这些饭桶，难道预先就没得到什么消息？”

一听皇上专门点到了兵部，兵部尚书张凤翼方才站了出来："启奏皇上，尚可喜投降之事，兵部早有所闻，有关此事的奏章微臣曾派人送进宫来，可不知怎么，奏章很快竟又被退回了兵部，后来听属下讲，宫里的一位执事公公非要收几两银子才肯面呈皇上。"

崇祯被气得猛地一下站起身来，又猛地一下把手一挥，大喝道："竟有这等事，简直岂有此理，王承恩，你是司礼监秉笔太监，你给朕说说，都是谁干的，是谁干的？"

王承恩虽早在信王府就一直侍奉着崇祯，而且崇祯自登基以来对他也是十分信任，可今儿皇上竟当着满朝文武质问他，一时间，他不免也是十分紧张。

他很快即稳住了阵脚，待紧张的心情平静下来后，便十分谦恭地跪在崇祯的旁边镇定地道："启奏皇上，这等事奴才倒是从未听说过的，司礼监的人干净与否皇上想必都看得明白，只是张大人言那奏章是送进来了，可谁能说那奏章兴许根本就没送进来呢？"

崇祯一听，心想，也是，兴许那奏章压根就没送进来呢，于是他便大声斥责张凤翼道："张凤翼，奏章可真是送进来了？"

"回禀皇上，送进来的，千真万确！"

一时间，崇祯便不知道该怎样回答才好。

站在前排的温体仁眼见崇祯不知该如何是好的样子，他想，这正是该自己表现的时候，遂上前一步大声道："启奏皇上，微臣以为，眼下当不是追究奏章送否的时候，奏章送否已无关紧要，目下最紧要者乃立即采取对策才是。"

他方才说完，何如宠立即站出来接着道："温大人言之有理，朝廷当好好分析尚可喜投降的缘由，这尚可喜本是黄龙之部下，自黄龙战死，孔有德、耿仲明都一同降了满人，想必这尚可喜也早就有了反叛之意。"

崇祯适才本有些不知该怎样办才好，温体仁和何如宠一番奏对似乎终于给了他个台阶，听了温、何二人所言，他一边坐回到龙椅上，一边又平静地道："诸卿以为，朝廷又该如何对策？"

温体仁竟佯装不知，保持沉默。

何如宠则"这——这——"地支支吾吾不知所以。

隔了好一阵，还是张凤翼站出来道："皇上倒不必担心，广鹿岛本就一座孤岛，早就对朝廷无用，尚可喜也不过几千人马，更何况朝廷在大凌河一线已派驻重兵防守，高公公在此提督，皇上更不必多虑，臣以为，眼下最要紧者实乃湖广之贼寇也！"

崇祯一听，心想，也是，天要下雨，娘要嫁人，尚可喜既要投降满人，那就让他去吧，哎，倒是这贼寇实在让人烦心，于是他急切道："张凤翼，你倒说说，湖广的贼寇怎样了？”

张凤翼仿佛早有准备，崇祯刚才说完，他便立即从怀里掏出一叠奏本样的东西大声念读起来：“启奏皇上，湖广贼寇，真可谓日盛一日，六年底，贼往南渡河，掠湖广，窥四川，无所不作，百姓苦不堪言。自贼渡河始，总兵张应昌遂渡河，随即败贼于灵宝，而贼竟又自郧阳渡汉，先薄穀城，继则犯襄阳、紫阳、平利。其时，渑池教谕罗世济子罗得鸿练兵守平利，得鸿杀贼颇多，然贼寇毕竟人多势众，得鸿不敌，城陷，得鸿妻子俱死。平利既陷，贼寇遂往南入川，先陷房县，知县贡从贵死，又陷保康，知县方国儒、竹溪训导王绍正相继战死。其时，朝廷诸将先是追贼于河南，除张应昌外，汤九州、李卑皆败贼于嵩县、内乡。及贼入湖广，李将军又败之于光化。而贼闻官军至，即以老弱病残委之，精锐则或隐匿或分走，而诸将皆称捷报功，贼势弥炽。”

读到这里，张凤翼轻咳了一声，这时，他看见崇祯已经从宝座上站了起来，显出一副焦躁不安的样子，他本以为皇上要让他停下来，可他等了一会儿，发现皇上似乎并没有要他停下来的意思，于是，他便清了清嗓子又继续念下去：“……贼寇既入蜀，陷兴山、归州，掠巴东、夷陵，蜀地遂烽烟四起。归巴之地，万山叠密，贼入其中，首尾排连，荆州推官刘振缨遂提兵入援，斩获贼寇无数。贼遂入瞿塘，攻夔州。夔州虽蜀地天险，而城中却仓促无备，通判、推官闻贼悉遁，其时同知何承光摄府事，遂率吏民固守，承光坚守三日不敌，夔州遂告陷，承光整衣冠危坐，贼寇杀之，并投尸于江。随后，贼寇连陷大宁、巫山、通江，知县高日临、巡检郭赞化、指挥王永年皆战殁于阵。贼自陕西起，继而转犯山西、畿辅、河南及湖广、四川，陷州县以数十计，未有破大郡者，然夔郡失守，远近震动。

“是以，秦良玉遂自石柱赴援，川北副将张令复以兵扼诸要害，贼不敢进，乃析其党为二，一走还楚，一自通江走广元冲、百丈关、由七盘、阳平关入秦。

“三边总督洪承畴知贼入秦，乃领兵御之秦州，贼遂越两党，袭凤县。其时，主簿吉永祚将谢事归，适逢贼至，知县竟弃城逃遁，永祚对其曰：‘吾虽小吏，尝食禄于朝，敢以谢事推诿乎！’城破，永祚北向再拜，与子吉士枢、吉士模俱死，训导李芝蔚、乡官魏炳亦同时遇害。

“贼之入秦者，又析之为二，一由凤县奔宝鸡、咸阳，一向汉中，取间道犯城固、洋县，东下石泉，以窥商洛，于是张献忠亦自应山西奔商洛，以十三营流入汉南。贼之入楚者，总兵张应昌击之五领山，应昌身中一矢，告败，楚地贼势遂烽起。”

张凤翼一句一句地读着，崇祯则倒背着双手在丹墀上的宝座前十分焦灼地来回走动着，满堂的文武大臣有的静静地听着，有的悄悄地在交头接耳，不时发出一阵苍蝇般的嗡嗡声，末了，崇祯竟有些听不下去的样子，他大声咳了一声，待张凤翼抬起头来后，他便向其摆了摆手，示意他止住。

待众人都安静了一会儿，崇祯便大声对满殿的文武大臣道："贼寇甚嚣尘上，秦楚蜀地，烽烟日炽，难道真是野火烧不尽，春风吹又生不成，诸卿须速拿对策才是！"

说完他便静静地看着众大臣，等待有人提出意见。

众文武大臣却大眼瞪小眼，相互你看着我，我看着你，都是一副事不关己高高挂起的样子。隔了一会儿，崇祯都有些等不住了，这时，还是张凤翼站出来道："启奏皇上，臣以为，湖广秦楚之贼日盛，全在于官军各自为战缺乏统一剿抚所致，诸镇抚事权不一，便会互相掣肘，朝廷当设一大臣统之。"

崇祯听罢，十分满意地点了点头，想了一会儿，便抬起头来问道："依卿所言，谁统之合适？"

张凤翼想了想，正要说下去，却不承想，首辅温体仁竟突然道："启奏皇上，臣以为，三边总督洪承畴便是合适之人选，洪军门督抚秦地，屡有斩获，有勇有谋，甚是合适，祈皇上圣裁！"

张凤翼赶紧道："不可，不可，三边乃镇抚重地，承畴方督三边，不可易也！"

他方才说完，辅臣吴宗达又立即出班奏道："温大人、张大人所言极是，承畴倒是合适，只是他刚任三边总督不久，此时若去，必不利于三边重镇，臣以为，延绥巡抚陈奇瑜倒堪当重任。贼自秦入晋，奇瑜即分遣文武将吏，擒斩贼渠截山虎百七十七人，他贼亦多解散，后又遣部将贺人龙斩获贼首钻天哨、关山斧以下千六百有余，延绥众盗尽平，奇瑜威名著扬关陕，若总督河南、山、陕、川、湖五省剿抚事宜，必不负众望。"

其时，工部尚书侯恂也站出来道："启禀皇上，奇瑜担此重任，当不在话下，奇瑜一向忠心耿耿，此番剿抚，必是誓死效命皇上。"

崇祯认真地想了一番，终于道："好，好，朕就专设一河南、山、陕、川、湖五省总督，以延绥巡抚陈奇瑜统之便是。"说完他突然想起什么又立即补充道："对，陈奇瑜更要兼兵部侍郎，统领湖广剿抚事宜。"

他如释重负，望了望丹墀下的满朝文武大臣，心里一下有了一种莫可言说的满足，一时间他真有些忘乎所以了。

可是，他还未从这美好的思绪中回过神来，殿前一位大臣却突然对他奏道："皇上，臣有一事不知当讲不当讲？"

崇祯仔细一瞧，这人不是别人，正是年前自己择选的辅臣郑以伟，于是他想了一下，便大声对他道："讲，讲，有什么今儿都给朕讲出来，今儿朕本来就是要叫你们说话的嘛！"

郑以伟阴阳怪气地讲了起来："张大人言，湖广剿抚缺乏统一调度此乃实情，不过，剿抚之各路人马也确有不力，臣以为，若不严处，纵有陈将军统一之调度，湖广剿抚也必难有大的改观。"

崇祯一只手托着下巴，一副若有所思的样子，待郑以伟说完，便把头一扬大声道："郑以伟，你倒说清楚些，都是谁剿抚无力呀？"

郑以伟略一思忖，直言道："臣以为，当初贼陷郧阳时，郧阳抚治蒋允仪闻警便逃，致使贼寇劫掠屠戮，连下州县，皇上当对其严行处置，以儆效尤。"

崇祯的不满似乎已经被煽动起来，但是兵部尚书张凤翼却又站出来道："皇上，郑大人所言绝非实情，据臣所知，当初贼陷郧阳时，蒋大人曾率吏民固守，实乃贼寇人多势众，终是不敌，为使百姓免遭贼寇屠戮，蒋大人遂率少数吏民撤退。"

给事中吴甘来却突然站出来，只见他把衣袖一理，便掷地有声地大声道："启奏皇上，方今贼寇愈演愈烈，剿抚不力，调度不一，此乃一理也，然则饥民盗起，贼寇势众，愈扑愈炽，此乃何故？山西自去年八月不雨至今，赤地数千里，民大饥，人相食，陕西、山东、河南亦旱，是以，各地饥民流离，纷纷入草为寇，总兵张应昌等，多杀良民冒功，中州诸郡，百姓畏官军甚于贼，皇上生之而不能，武臣杀之而不顾，臣实痛之，甘来请发粟，以治根本。"说到这里，他便停了下来，眼见皇上正目不转睛地瞧着自己，仿佛多少有些不满的样子，不过他咽了一口唾沫后仍接着道："常言道，赏罚者，将人机权者，皇上加意边陲，赏无延格。乃闽海献捷，黔蜀争功，待勘累年。急则用其死绥，缓则束以文法。况封疆之罚，武与文二，内与外二，士卒与将帅二。受命建牙，或逮或逐；而跋扈将帅，罪状已暴，止于戴罪。偏裨不能令士卒，将帅不能令偏裨，督抚不能令将帅，将听贼自来自去，谁为皇上翦凶逆者。"

言毕，他不禁唏嘘下泪，而众文武也都忧泣有加。

其时，崇祯的心情也已坏到了极点，他有气无力地坐在龙榻宝座上，心事重重，闷闷不乐，整个大殿都静寂无比，好一阵他才有气无力地道："赏罚之事，朕自有主张，休得多言，工部会同内务府着急发粟以赈。"说到这里，他立即喊过内务府总管太监王心之，似乎做出重大决定一般："速发帑币五万两以赈山陕饥民！"

王心之不禁迟疑起来："皇上，内务府也实在——"

"少说废话，速速办理便是！"然后，他便转过身来对站在丹墀下的钦天监官员杜二流道："上旬日食乃何意？甘霖当在何时？"

杜二流当即跪俯在地，却只是自顾自地叩首没有言语。崇祯有些急了，站起身来又大声道："你倒给朕说说，究竟怎么回事？"

杜二流一想，看来不说是不行了，遂支支吾吾起来："启奏皇——皇上，日食卦辞乃暴兵、旱世，甘霖无期。"言毕他便有些诚惶诚恐的样子。

崇祯的脸立时变得煞白，好一阵他才有气无力地道："此乃天意，天意，天意也！"少顷，他便张着一双渴慕的眼睛对着众大臣问道："众爱卿，旱世灾异迭见，朝廷该若何策免？"

他方才说完，只见给事中黄绍杰急步出列，仿佛早就在等待恰当时机，来到丹墀前稍一叩首还没完全站定，便铿锵有力地道："启禀皇上，汉世灾异策免三公，宰执亦因罪以求罢。今者久旱，皇上修明政治，纳谠言，可谓应天以实矣，而雨泽不降，何哉？天有所甚怒而不解也。首辅温体仁者，秉政数载，上干天和，无岁不旱灾，无日不风霾，无处不盗贼，无人不愁怨。秉政既久，窥旷益工，中外趋承益巧。一人当用，则曰'体仁意未遽尔'也；一事当行，则曰'体仁闻恐不乐'也；覆一疏，建一议，又曰'虑体仁有他属'；不然，则体仁忌讳，无撄其凶锋也。凡此召变之尤，愿皇上罢体仁以回天意。体仁罢，而甘霖不降，杀臣以正欺君之罪。"

温体仁一直站在前排静听着，观望着。他以为今日的上朝很快便要完结，更何况他压根儿就不想过多地言语，以免皇上每每让他拿主意。而且他也知道，自己的诸多所作所为，早就引起了众文武的不满，若自己在这里说得多了，弄不好，正好为他们提供了口实。是以，今日里一上朝他就有些谨小慎微，在说了不多的几句话后便一直保持沉默。可哪想到，这时却突然有人出来参奏自己。

一开始，他不免有些慌乱，听着黄绍杰不断地数落自己，他的脸上青一阵红一阵，还冒出了些许虚汗，不过温体仁毕竟是温体仁，他很快便稳住了阵脚，末了，他的心情似乎倒是出奇的平静。黄绍杰奏完以后，他不慌不忙地走过来站立到大殿的正中央，待众人的目光全都投向他而崇祯也目不转睛地瞧着他的时候，他才不紧不慢地疏辩道："启奏皇上，微臣自任首辅，所作所为，皇上自当一清二楚，暴兵旱世，本乃天意，忌讳凶锋，当从何言起耶？今皇上因求旱言，黄大人竟诬陷攻讦，口出狂言，参奏乱吠，扰乱朝纲，小小言官，如此放肆，定别有指授，祈皇上明察。"

言毕，他看了一眼站在不远处的黄绍杰。

黄绍杰又道："皇上，廷臣言事，指及乘兴，犹荷优容；一字涉体仁，必遭贬黜。谁不自爱，为人指授！"紧接着他便罗列温体仁的罪状："臣所仰祝圣明，洞烛体仁奸欺者，其说则有两端：下惟朋党一语，可以箝言官之口，挑善类之祸；上惟票拟一语，可以激圣明之怒，尽愤误之愆。"

这时，温体仁早已显出愤怒的样子，立时就要分辩，但黄绍杰却根本不让他有插话的机会，而是立即道："体仁自任首辅，收受贿赂无数，曾受铜商王诚金，体仁长子受巡抚沈杰及两淮巡监高钦顺等金，皆万计；体仁用门生王治，东南之利皆其转输；体仁私邸两次被盗，失黄金宝玉无算，匿不敢言。"

言毕，他仿佛意犹未尽，不过他抬头看了一眼，发现皇上的心里似乎正在集聚一场狂风暴雨，他便立即低下头来，退回班中，只留下温体仁孤零零地站立在丹墀前。

待黄绍杰退班后，温体仁仿佛受了千般委屈，大声对崇祯道："皇上，皇上，今日黄绍杰，黄绍杰——"他仿佛有些说不下去的样子，末了，他竟掉下了两滴伤心的眼泪。

崇祯眼见自己这位爱臣这副可怜相，便发作起来："黄绍杰，今借上朝之机，攻讦忠良，罗列诬陷，全是不实之词，以朕所察，温爱卿一向忠心可嘉，诚心可鉴，黄绍杰不思进言，只知搬弄是非，挑拨善类，当降职反省，调黄绍杰上林苑署丞。"

言毕，他便示意王承恩宣布散朝，可是也正在这时，辅臣郑以伟却又出来道："皇上，郧阳抚治蒋允仪又当如何处置？"

崇祯仿佛被突然提醒了："噢，朕倒给忘了，蒋允仪，蒋允仪，如此见贼逃遁，实在罪不可恕，刑部着急捉拿问罪，只是这抚治一职——"

当崇祯说要将蒋允仪捉拿下狱的时候，兵部尚书张凤翼本想站出来再为其辩解，可转念一想，都到这份儿上了，辩解又有何用，不如多思量一下新的抚治的人选，以免被温体仁等人抢了先。是以，崇祯刚一提到抚治一职，他便立即从班中站了出来，虽然一时没想好恰当的人选，但他只要先站了出来，别人也就落在他的后面了。

所以，他一边往前面走，一边飞速地翻转着思绪，只见他方才在丹墀前站定，便大声道："启奏皇上，大名副使卢象升可代抚治一职！"

"卢象升，卢象升是何许人也？"

张凤翼随即道："卢象升乃南京宜兴人氏，天启二年进士，遂由户部员外郎出任大名知府，己巳之警，象升自募万人成军，入卫勤王，事后，人马保留，称作'天雄军'，且一直由象升统领。象升少年大志，读史至张巡、岳飞，大受感染，忠佑圣主，诚心可鉴。象升年轻有为，治军有方，颇通兵法，近年剿抚贼寇，屡有斩获，实为郧阳抚治之最佳人选，祈皇上明鉴！"

说完，他便目不转睛地看着崇祯，以等待他的决定。

崇祯听了，终于有所醒悟，略一思忖，便对温体仁道："温爱卿，卿以为——"

当崇祯问郧阳抚治一职的时候，他本想要站出来推荐，可不承想竟被张凤翼抢了个先，心里立时有些愤愤不平，不过仔细一听其所荐之人，觉得又未尝不可。在他看来，卢象升虽是年轻有为，但毕竟乃黄口孺子，对他实构不成多大威胁，所以当崇祯问他言的时候，他便立即道："启奏皇上，臣以为，卢象升可代郧阳抚治一职。"

崇祯当即决定大名副使卢象升调任郧阳抚治。

待做出这一决定的时候，崇祯便有些兴味索然的样子，而且他也感觉到，自己的肚里在闹饥荒了，而贴身内侍小毛子也在他的耳边提醒他说快要到午时了。可是也正在这个时候，温体仁却又在提醒他："皇上，会试之事该当如何安排？"

崇祯一听便有些不耐烦，想也没想即大声道："温爱卿就任考官，全权办理便是！"

当崇祯在紫禁城内为了大明朝的江山不知所往地运筹帷幄的时候，在苏州城内的春香堂内，有一个人却正在为那难解的千愁万绪而同样不知所往，这便是吴昌时。

这些天来，早就听说张溥已经病卧床头，自己竟一直没能去看望他。

吴昌时很快来到了七录斋。

七录斋的陈设依旧，风范依旧，文房四宝与琴棋书画亦依旧，然而在吴昌时看来，这曾经让其无限感慨的圣地却又再也不是它从前的样子了，因为在这诸事依旧的陈设中却不时飘来一阵阵让人透不过气来的药香，这药香仿佛正在吞噬着这里的一切，摧毁着这里的一切。

张溥的一位小书童端着一碗药正站在张溥的床前侍奉着，一听见门口的脚步声，立即下意识地转过身来。

吴昌时立即走到床前，他看见，张溥正在熟睡中，一张蜡黄憔悴的长脸靠在枕头上，完全有气无力的样子。见此情景，他不禁感到一阵伤感，他没想到，堂堂的一位复社泰斗竟成了这个样子，这是他无论怎样也没想到的。

他不想惊醒正在熟睡中的张溥，看见床边的案几旁有一张深褐色的椅子，于是，他便轻轻地坐到椅子上。

不多时辰，他突然听见从外面的院落里传来不紧不慢的脚步声，还没待他回过神来，两位身着青布长衫的来客已来至斋前，定睛一看，其中一人是陈子龙，而另一人他则不认识。

这时，正进来的陈子龙也瞧见了吴昌时，大大咧咧的陈子龙立即大声道："吴昌时，你小——"

吴昌时一听陈子龙如此大的声音，遂轻轻地"嘘"了一声，示意他别作声。

陈子龙当即明白了他的意思，遂和另一人默默地到床前看了一眼张溥，便又一起走到和吴昌时正对着的地方各自捡了一把椅子坐下。

他们方才坐下，吴昌时下意识地向另一人投去问询的目光，正巧此人也抬起头来，他似乎亦同样下意识地会意了这一问询的目光，于是，他轻声地说了一句："鄙某姓宋名征良也。"

正在整理衣衫的陈子龙一听此言，便也抬起头来，朝吴昌时证实似的点了点头。

吴昌时会意地点了点头。

作为陈子龙的娘家人，宋征良这名字他倒是听说过，人们都说他一直在锦衣卫，只不知怎么今儿竟突然回江南了。

恰在这时，斋门外又传来一阵有说有笑的闹嚷声，吴昌时和宋征良都下意识地站起身来。吴昌时赶紧来到门口，原来复社的另一领导人张采和致仕归籍的前任首辅周延儒在几名门生的陪伴下正有说有笑地朝门口走来。

那张采也是性急之人，他一看见正站在门口朝其观望的吴昌时和陈子龙便大声道："哈哈，你们二人倒来得早啊。"

待吴、陈二人为其让开道，他和周延儒一前一后跨进门来的时候，立即风风火火地道："张夫子病情倒是若何？"

他那沉闷的话声在这不大不小的七录斋里听来着实有些摄人心魄，吴昌时本想示意他张溥正在熟睡，可也正在这时，张溥睁开了眼睛，他一见众门生友人都来看望自己了，便强撑着身体想要坐起来。

张采和周延儒见他如此，二人都立即忙不迭地赶紧走到床前用手示意他躺下，而周延儒则一边用手轻轻地扶住他的胳膊，一边急切地道："夫子不必起来，外面可凉得很！"

张采也道："老兄躺下便是，大家都不是外人嘛！"

虽然如此，张溥却仍是强撑着身体坐了起来，他方才坐定，小书童便立即为其在背后塞上一个早已准备好的靠垫，张溥轻轻地靠上去，觉得舒服了些，遂深深地出了一口长气。

少顷，他便示意小书童奉茶，并用手示意众人都各自捡个地方坐下，只是因没想到一时会来这么多人，所以屋里坐的地方压根儿就不够，是以，张采和周延儒的门生便只好站在了一旁。

待小书童为众人一一奉上茶来，张溥便想对周延儒这位前任首辅说上一句话，可还没待他开口，周延儒竟先开了腔。只见他呷了一口茶后柔声道："前些时候见到夫子时，看您身体还好，近日里天气变化大，恐是受了些风寒吧？"

"哪里，哪里，周公有所不知啊！"张溥提足一口气说了一句，听来虽说是有些勉强，不过倒是有一定力量的样子。

这时，静静地坐着的陈子龙刚要接着张溥说话，可周延儒却又接着问道：“夫子没请个郎中把把脉？”

张溥费力地举起手抹了抹脸，然后有气无力地道：“郎中倒是天天都来的，这不，他还开了不少方子！”他一边说一边指了一下案几上的药碗和还未煎的几包草药。稍停了一下，他又接着道：“只是诸位有所不知啊，这病哪里是这药医得了的，全都是给温体仁这奸臣气的啊！”

说到这里，他显出一副十分愤怒的样子。

他一提到温体仁，众人全都显出十分惊异的样子。他方才说完，张采便愤怒地站起来道：“温体仁，温体仁，又是这个温体仁！”

吴昌时也站起来愤怒道：“温体仁这老匹夫，难道他又来报复不成？”

张溥正了正身子，道：“正是，正是！”这时，他抬起眼看坐在不远处的陈子龙和宋征良都正在看着自己，便举手朝陈子龙指了一下，然后神色严肃地对他道：“子龙，你都给诸位说说！”

陈子龙听罢，立即站起身来，十分愤怒地大声说了起来：“那温仁育被我复社教训后，便遣人至京师找温体仁，让其设法对我复社施以报复。是以，他便一直伺机打击我复社。前些时日，给事中黄绍杰当廷参奏温体仁，可皇上却眷顾于他，反将那黄绍杰降职。”说到这里，他轻咳了一声，端起茶碗喝了一口，又接着道：“那温体仁则更加得意忘形，回府后，一想起黄绍杰多少和我复社有些联系，便以为报复我复社的时候到了，遂当即参奏黄大人和张夫子私结朋党云云，皇上盛怒之下，即命令将黄大人问罪下狱，又让锦衣卫速往江南查处夫子及我复社，这不，征良就是来办这件事的。”言此，他下意识地看了一眼坐在他旁边的宋征良。

于是，众人全都把目光集中到宋征良的身上，宋征良十分肯定地点了点头。

到这时，吴昌时也才明白宋征良为何在这时候回江南，看到张溥竟被温体仁弄成了这副样子，遂不无有气地对宋征良道：“难道征良倒真以为黄大人在和夫子私结朋党不成，非要将夫子问罪下狱吗？”

他这一说，宋征良倒有些急了的样子，立即站起来道：“昌时兄哪里话，诸位想必也是了解咱宋某的，再说子龙又是何人，夫子既为子龙恩师，当必为征良恩师也！”说到这里，他举起左手猛地挥了一下，然后又接着道：“当时，皇上甚怒之下急诏锦衣卫提督曹化淳速速遣人查办。曹公公领旨后也甚是着急，适逢我从西域为他办一批良马生意回来，此番我倒是为他赚了大大的一笔，自然对我信任有加，遂让我回江南查处此案。其实，诸位都明白得很，只要曹公公那里说得过去，一切也就万事大吉。曹公公，大家也必知晓，有银子就行的。可哪想到，待我到了金陵，皇上的新旨竟也一同到了，要我会同留都刑部一同查办此案，留都刑部左侍郎正是温体仁之门生，他竟非要将夫子问罪下狱不成，这不，我正设法拖着呢！”

一直静静听着的周延儒这时突然插了一句：“还是得找曹公公才行啊！”

张采也道：“曹公公一向对我复社倒是有些好感的！”

听了二人所言，宋征良十分有信心地道：“那我倒是知道的，这不，昨日，我已遣人回京找曹公公，诸位放心便是，宋某以为，此乃皇上盛怒之下的旨意，只待皇上气消了些，保管夫子没事的，温体仁，温体仁算个什么东西！”

言毕，他仍是一副满不在乎的样子。

到这时，张溥的心情也好了不少，以为自己不妨暂时摆脱一下这个实在让人烦心不已的温体仁。而且他也不想让大家如此为了自己担心甚或提心吊胆，他十分清楚，复社还有很多重要的事情等着大家去做，同时也为了舒缓一下大家的紧张心理，他定了定神便神色严肃地道：“征良啊，京师城里可有些什么别的消息吗？”

宋征良方才说完后一直在不紧不慢地饮着茶，一听张溥喊自己，遂立即抬起头来，稍一迟疑便大声道：“有倒是有的，我方从西域回来时，传闻可就多了，不过大都是有关满人和贼寇的！”

一听说到了后金的事，吴昌时一下来了兴趣，遂多少有些激动：“大凌河一役，我大明竟如此惨败，难道那皇太极真有三头六臂不成？”

宋征良不禁慨叹道：“哎，倒不是那皇太极有什么三头六臂，实在是皇上根本就不信任在外的大将啊，自孙承宗被罢，大凌河一线的各位将军全都人人自保，试想，如此军心，一遇那满人的铁甲骑兵又能有多少战斗力啊！”一说到这里，宋征良的心情便忧郁起来。

隔了一会儿，陈子龙则站起来道：“听说现今那皇太极倒是很优待汉人的，据说大凌河一役被俘虏或是投降的汉军全都被给予相当的礼遇，是吧？”

宋征良十分肯定地点了点头。

这时，周延儒却不无忧心地分析起来：“这倒是皇太极很厉害的一招棋啊，只是当今皇上定是不会明白的。”迟疑了一下，他又接着道：“关外之地本多为汉人和蒙古人，是以努尔哈赤时对我汉人多行屠戮，然那皇太极接汗位后为抚平这伤口，竟大肆笼络汉人和蒙古人，这是在从根本上动摇我大明啊！”

言毕，他同样是一副十分忧心的样子。

众人沉默了一会儿，宋征良便又接着刚才的话道：“周大人言之有理，大凌河一役后，皇太极没再直接对我大明用兵，却绕了个圈子征讨了蒙古的察哈尔部。这一次他是率军亲征，一直打到了察哈尔的归化城。在这里，他一面和大同总兵沈綮订立城下之盟，一面则直接进攻林丹汗，很快便征服了察哈尔蒙古，所幸的是，那皇太极既与沈将军有了城下之盟，我大明也才没被骚扰。”

这时，周延儒则接过道：“这也正是那皇太极的厉害之所在，他这城下之盟亦正是他的一箭三雕之计，一方面，有了城下之盟他便可以放心大胆进攻林丹汗；另一方面他不骚扰我大明则又可以尽收我百姓民心，更重要的是引起皇上对沈将军的不满！”

宋征良愤怒地接着道：“正是，皇上知晓沈将军和皇太极订了城下之盟后大为震怒，听曹公公言，皇上说后金乃一番邦小夷，哪有资格和我大明朝平起平坐互订盟约，是以，皇上便将沈将军问罪下狱了。”

吴昌时也愤怒地慨叹道：“当初袁崇焕、熊廷弼不正是这样蒙冤的吗？”

这时，一直静坐在床上不发一言的张溥也突然长叹了一声道：“是非黑白全都扭曲了！哎，这是一个怎样的时代啊！”

他这一说不承想竟一下使大家都陷入了深深的沉默之中。

好一阵，一直仿佛有些超然物外的张采提起话头道：“山陕一带之贼寇可有啥新消息？”

宋征良本来也闷闷不乐地在沉思着，一听张采这样说知其是在问自己，便立即回答道：“贼寇渡河后便肆掠湖、广、川、陕一带，现今三十六营定在陕南一带结集，皇上已专设五省总督，以延绥总兵陈奇瑜专负督抚之责。”

这时，陈子龙突然道：“贼寇倒不必担心，想那饥民匪盗，全是乌合之众，又能有啥作为呢！”

吴昌时当即反驳道：“子龙想必是太理念了吧，我倒以为，督抚贼寇倒是甚为关键的，攘外必先安内，内患不除，外患又怎能消啊！”

陈子龙当即据理力争：“昌时若以为消外患得以除内患为前提，那陈某倒以为，若外患不消内患又怎能除啊！”

张溥眼见二人如此争执，唯恐因此伤了和气，遂向他们摆了摆手让他们止住。这时宋征良却又接着道：“外患亦好，内患也罢，贼寇和满人倒都是不能轻视的，尤其是皇太极本人，无论怎样都是不可低估的。传言，皇太极前些时日竟明令诸贝勒大臣的子弟都要尽心竭力念书！”

周延儒立即评论道：“他这是在思虑治天下了！”

这时，宋征良突然想起什么似的：“噢，我出京时，大家都在传言说太子快要出阁讲学，皇上准备让吴伟业做帝师！”

一听说吴伟业要做帝师，众人全都显出了兴奋的神情，尤其是张溥，一听自己的这位大弟子竟有如此佳运，仿佛突然被某种神气灌注一般，遂提高嗓门道：“伟业年前钦赐归娶，回京后来书，言皇上对他的诗文十分喜欢，只是没想到皇上竟对他如此看顾！”

“哈哈，伟业兄既做了帝师，有朝一日太子登基，夫子便为太师了哟！”

陈子龙竟趁此捧起张溥来。

这时，吴昌时正饮下一口茶，不知怎么竟一下将茶水吞到气管里了，被呛得将茶水喷了一地。众人也都被他这一下吓住了，而那陈子龙却又借此打起趣来：“昌时这是怎么啦，吴榜眼要从翰林院编修摇身一变成为帝师，难道你竟不满不成？”

吴昌时听了有些急了，当即一边咳嗽一边道：“子龙哪——哪里话，可别把咱吴某人说得太贬了吧，三年前的乡试、会试和殿试，他吴榜眼都名列榜首，今能做帝师那自然是理所应当的嘛，咱吴某人三年前虽是科场落第，却总不至于竟如此无耻到心存嫉妒之心吧，更何况，新的一轮科场及第在即，难道咱吴某人就不会有金榜题名的时候？”

言毕，他竟显出一副多少有些不服的样子。

话题一转到即将举行的考试，众人便都一下来了劲，尤其是陈子龙，因他来看张溥的目的之一就是试图寻求复社对自己科考的支持的，所以吴昌时一提到考试他就有些按捺不住，而且一听吴昌时说也要参加，他更是有些急了。所以，吴昌时刚一说完，他便立即跳起来道：“是啊，这科考之事对我复社可是大事，诸公得合计合计，没曾想今儿倒将这大事忘了！”说完他便目不转睛地看着张溥。

张溥想了想，随即提神道：“昌时所言极是，以前咱说话倒是很管用的，可眼下若有罪在身且又成了这副样子，只怕——只怕——哎！”说到这里，他竟有些无可奈何地叹起气来，然后又下意识地看着一直在自顾自地饮茶的宋征良。

其时，周延儒因坐得久了便站起身来，在屋中走了两步后，突然问宋征良道：“有关科考之事，京师可有传闻？”

宋征良知其是在问自己，想了想才道：“似乎听曹公公说起，皇上要温体仁全权负责什么的。”

宋征良的话说得稍稍有些轻描淡写，可是张溥和周延儒等人听来却简直似闷雷一般。而陈子龙则吃惊地“啊”了一声，随即不无着急地道：“这——这——皇上怎能如此相信温体仁呢，这样一来咱复社的人定不会有出头之日了，夫子和周公当要想出对策才行啊！”说完他看了一眼一直坐在他旁边的宋征良，又接着道：“征良既在曹化淳手下做事，想必总是有办法的吧？”

可哪曾想宋征良却把手一摊无可奈何地道：“诸位兴许都知晓，那瘟神现今可是皇上面前的红人啦，就是曹公公有时也不得不让他一些，只是若能捅到王公公那里，兴许也会有些办法的，只怕现在已经太晚了，皇上既已决定，要更改必是不易了。”

他方才说完，不承想吴昌时却突然问了一句：“你说的王公公倒是谁呀？”

陈子龙则有些不以为然："除了秉笔太监王承恩那还有谁嘛！"

这时张采却慢条斯理地理了一把长长的髭髯后神情严肃地道："皇上让温体仁主考，确实对我复社很不利，可难道我等竟要怕了他温体仁不成？"他若有所思地沉思良久，然后转过身来对周延儒问道："周公看可有办法否？"

周延儒皱了皱眉头，显出一副既犹疑不决却又心事重重的样子，然后道："眼下要斗过奸猾的温体仁实在是有些困难的，这倒并非老夫有意怕他，实在是——哎，老夫都吃了他的亏。"说到这里他无可奈何地笑了笑，然后又接着道："不过，考试倒是要参加的，否则倒真是显得复社畏惧他了，至于及第希望有无那又另当别论，老夫虽致仕回了乡，朝中总还是有两个信得过的人吧，更何况，伟业既要做帝师了，那也定是能在皇上跟前说上一两句话的人吧，多多少少复社总不至于惨败的。再说，他温体仁也断不会做得太明显，当然，若能先给伟业修书一封，让他探听些消息也好。"

他这一说，众人全都把目光扫向坐在床头的张溥，兴许在大家想来，这修书之事，定是只能由张溥来了，可哪曾想，到这时大家却不无惊讶地发现，那张溥竟早已不知在何时垂着脑袋晕过去了。

一时间，大家都被吓得非同小可，吴昌时则脸色惨白，简直有些不知所措。

见此情景，张采才大声喊"来人"，待那小书童来了后，又赶紧吩咐他快去请郎中。

小书童眼见张溥这个样子，也早吓得不得了，听了张采的吩咐，立即转身往屋外走。

不多时辰，小书童领着一位年逾古稀的郎中风风火火地赶回来了，随着郎中的到来，众人似乎一下有了某种希望，便都一起站起来。

那郎中立马来到床前，随即给一直在昏睡中的张溥把脉，少顷，他便转过身来轻声道："夫子没事，兴许是累了些，短时间他倒不会有事的，不过要有所好转倒也是难的。"

众人终于舒了一口气。

当江南的一帮复社人士愁眉不展的时候，远在北京紫禁城里的崇祯却也正在他的御书房里犯着愁！

他静静地坐在御案后面，目不转睛地盯着御案上摊开的一摞黄黄的表章，这是前日里温体仁送来的两道殿试策问，他仔细地读着，可是越读，他却越觉得这两道策问空洞无用，它们似乎压根儿就不符合自己的理念。

虽然如此，他仍是坚持把它们读完，末了，又用朱笔在有些地方圈点了一下，然后他便抬起头来，一只手托着下巴，仔细地思量着，不时地，他还会下意识地去咬一下朱笔的笔头。

本来，这一次考试他是要交给温体仁全权负责的，可是过后一想他却又很不放心。

从理论上讲，殿试是由皇上亲自主持的一次考试，皇上亲自出题，亲自监考，亲自阅卷评定名次，因此进士们都十分得意地自称是天子门生。

但是长期以来，明代的皇上们大都对朝政毫无兴趣，因而所谓主考其实只是名义上的，有的皇上只是仪式性地在考场上露一下面，有的则根本就不到场，一切事宜都全交内阁去处理。

但是对于决心要重整朝纲的崇祯来说，事情却完全不一样了，他一改他的先辈们在殿试时放任自流的风范，而竟至每一个环节都要事必躬亲，从出题到监考乃至阅卷评点他都要亲自过问。

三年前的那一次多少让他大失所望。这一次他本来也是不准备抱多大希望的，所以才让温体仁全权处理，可是他那求贤若渴的理念却又使得他不太死心，因此，他想，这一次殿试他还是必须得亲自过问。

于是，殿试策问的考题也就再一次被放到了他的御案上。

但是思量来思量去，他总是觉得，以这样的策问，无论怎样他是挑选不到所谓的栋梁之材的。

他想了想，终于决定必须重新亲自拟一道策问。可是究竟该提出怎样的问题呢，该从哪些方面入手呢，一时间他真有些不知该如何是好了。

不过，他十分清楚的是，自己之所以不满意温体仁的策问，其根本就在于他们那空洞的说教，那烦琐而又言之无物的臭八股，而那些进士们之所以差不多都庸愦无能，也全在于他们对社稷、对朝政、对一系列实际的问题不甚了了，一个个都是八股文的能手，那么他们中究竟有没有真才实学的呢？有没有确实能让自己信得过的能干人呢？

他决定用时下那些最让他烦心的一些问题来考考那些进士们，看看他们对时下的这些内忧外患都有怎样的一些看法，是否真的有自己马上就可以依赖的栋梁之材。

是啊，人的问题解决不了，也才有边患内乱的困扰啊！

一想到这里，眉头紧锁而似乎又在冥冥之中充满希望的崇祯感到了一种莫可名状的欣慰。

于是，他当即提起笔来，或是论说，或是展问，不多时辰，一篇三百字的考卷便大功告成。

随即他捧着这篇精心构思而成的策问细读起来，他十分清楚，这虽然是一道试题，却实在是他有感而发的，因而十分清楚地反映出他最关心的问题和对时事的看法，是他最急需解决的问题，因此他对自己的这番思索不能不感到十分满意。

他那瘦削的脸上终于露出了些许灿然的笑容。

当天边才刚露出鱼肚白的时候，崇祯便在王承恩、小毛子及一帮御前侍卫的陪伴下，前呼后拥地前往皇极殿主持这又一年的殿试。

崇祯在皇极殿里的御座上坐定，群臣们一拜三叩的仪式完毕，他透过皇极殿的大门远远地看见，在一位礼部官员的引导下，几百名参加殿试的贡生们各按会试的名次正前呼后拥地登上丹墀，随即便向这偌大的大殿鱼贯而入。

此时此刻，此情此景，他不禁心生起无限的感慨："是啊，这些天下学子不都尽显在朕的面前了吗？"

一想到这里，他感到了一种从未有过的至尊与伟大。可是细细一思量，他不禁叩问，他们中谁又是真正的干才呢？一时间，一种莫可名状的忧心又猛地袭上心头。

当崇祯沉思着的时候，朝臣们早已散了开来，参加殿试的贡生们也已经各自坐到早已摆放好的考凳上。

其时，作为这场大考主考官的温体仁站在大殿前却一直显得有些闷闷不乐。只见他站在那里，双眼呆涩，无精打采，时而漫不经心地扫一眼满堂的贡生，时而望一眼大殿上方悬挂的一排排宫灯，时而又目不转睛地盯着坐在龙榻宝座上的崇祯，反正对这场如此重要的考试他竟显出一副超然物外的样子。

当然，温体仁对这蹊跷倒是十分明白的，他只是怎么也没想到，皇上明说交由自己全权处理，他却又出如此怪招，自己送上的两份策问竟一份也没通过，而且还要换成他自己拟定的。昨日里，当皇上命令将他重新拟定的策问拿去紧急刊刻的时候，一时间，他竟有些目瞪口呆，他没想到，自己完全被弄了个措手不及。

本来，他在拟好了两道策问试题后，便以为这次皇上会按照通常的样子，在这两道策问中选择一道便行了，所以他把两道策问早就悄悄地卖出去了，每卖一份，收银五百两，而弄到试题的人，则立即事先写好了两篇洋洋洒洒的空洞文章，想在殿试时默写一份就算了事，可皇上却突然来了这样一招，待他想要补救却又怎样也来不及了，这实在太让他在朋友故旧面前丢脸了。

早在考前很久，他就在朋友故旧面前夸下海口，说这一次会试乃至殿试全都由他温体仁说了算，而且这也是他自作首辅以来第一次主持考试。周延儒已经下台，自己坐上了首辅的位子，大小实权一把抓，按理说，无论怎样也是不能轻易放过这一发财机会的，更何况，自己也希望趁这一机会好好地打击复社一把。

以往，复社人士走通了大小考试的各种门路，尤其是周延儒做主考官时，复社人士中举的人不少，而今周延儒虽说是被自己赶下了台，可各地的学官、考官中仍然存留着许多复社的人际关系。因此，从乡试中录取的人员里面便包含了许多复社的成员，上一科落第而这一科又卷土重来的士子中则有不少是复社人士，这其中有两人他倒是熟悉，这便是陈子龙和吴昌时。

本来，他把策问试题事先卖出去除了想以此聚敛些钱财外，一个重要的目的便是想以此来好好地打击一下复社，让那些复社人士对题目摸不着头脑，这下倒好，大家都在同一条起跑线上，自己要打击复社便只好重费周折了。

一想到这里，温体仁似乎又重新充满了信心，在他想来，复社人士无论怎样也休想逃得出他的手心，他必须把他们封杀在进军仕宦的路途上，于是，他的目光不禁下意识地扫过坐在不远处的陈子龙和吴昌时。

此时，吴昌时和陈子龙都在奋笔疾书，他们时而仔细思量，时而奋笔书写，似乎完全沉浸在难得的科考之中，根本没有意识到温体仁正在注视他们。

应该说，此番进京赶考，他们本来对能否及第就不抱太大的希望，所以心情也就自然洒脱了些，不过他们似乎又都在冥冥之中企盼着。

那些早已买到题的人，在崇祯的监视下，发现题目竟和事先费尽千辛万苦弄来的不一致，一时便心烦意乱，简直不知该如何是好，只好在心里直骂温体仁骗了自己的钱财，反而弄得这般手足无措，人不是人脸不是脸的，人财两空。可是，众目睽睽之下，他们却又不得不将将就就地应付这新的考题，虽早已被弄得文思全无，也只好硬着头皮定神来做，然后勉强凑成一篇文不对题的东西交卷，算是了事。

也不知什么时辰，这些贡生们三三两两地先后开始交卷了，他们把自己好不容易凑成的答卷一一交到主考官温体仁和副考官何如宠及郑以伟的面前，而温体仁凡见到复社人士的卷子，即大致过一眼便放到所谓不中用的一摞里。而当陈子龙和吴昌时交来的时候，他则将那答卷倒举着，然后便装出一副认真阅读的样子，少顷，有些愤愤然地将他们的考卷放入到末等卷里，事毕，嘴里还道："简直文不对题，文不对题，实乃庸才也！"

那何如宠和郑以伟本就昏聩无能，作辅臣后，就一直唯温体仁马首是瞻，二人能当上辅臣，在相当程度上也是温体仁的功劳，自然，二人对这温体仁的所作所为也就完全睁一只眼闭一只眼。

因此，对于温体仁对复社的当场打击，他们也就心领神会，装聋作哑。

待大致翻检过一遍后，温体仁便选出所谓的前十名的卷子，当廷面呈一直静坐于龙榻宝座上的崇祯。

见此，崇祯当即命令王承恩去将那些考卷呈上来。

对这次殿试的策问试题，他是经过深思熟虑的。国事日趋艰难，他却毫无办法，他很想通过这些候补进士们的集思广益来找出亟待解决的问题的答案，同时也能发现几个人才俊杰，以便让自己的王朝由乱而治，从而重新昌盛起来。

因为有了很高的期望，要急于看到这些答卷的心情也就可想而知了。

王承恩还没将那些答卷呈到跟前，他便立即站起身来将它们接了过去，并随即全神贯注地读了起来。

可是，当他读下去的时候，渐渐地，他的脸上便露出了某种失意的表情，而且他越是往下读，这种失意的表情越来越浓，到最后他竟一下皱起了眉头。

原来，他面前的这些答卷，除了显露出卓越的八股文技艺外，竟全都是些文不对题或是空洞无物的东西，简直没有一篇是他满意的。他不禁大失所望。由于期望太高，因此，很快，他的失望也就转变成了一种出奇的愤怒。

只见他突然站起身来，一把抓起那些答卷，满脸怒容地对着丹墀下的温体仁大声道："温体仁，你都选了些怎样的东西，简直狗屁不通，狗屁不通！"说完即猛地将那些答卷从丹墀上扔了下来。

一时间，温体仁被吓得非同小可，当即便诚惶诚恐地跪俯在地，众文武大臣也都惊诧地盯着丹墀上下的皇上和首辅发呆。在他们听来，一向谨言慎行的皇上对着满朝文武说出了脏话，这不能不多少有些新鲜。而对有些文武大臣来说，看到一向不可一世的温体仁当廷被骂，却也不能不是一件快事。

好一阵，待崇祯的怒气多少有些平息了，温体仁才柔声道："启禀皇上，倒不是臣——实在是贡生们——"

崇祯听后想了想，便有些无可奈何地说："重新评选！"

不多时辰，经过温体仁等几位考官重新选定的十份答卷又被呈了上来。

崇祯接过这些答卷又认认真真读了起来，他不甘心，他不相信在这几百篇的策问答卷中竟没有一篇让他中意的，他不相信他这堂堂的大明王朝的人才竟是如此枯竭。

不过，当他一口气读完了这十篇重新选送的答卷后，除了有一篇能多少让他感到些许的欣慰外，其余的则同样是让他大失所望，末了，他不能不摇头叹息。

即使这篇多少能让他欣慰的答卷，其实认真说起来也并不就让他真的满意，如果说其余的答卷差不多全都文不对题或是言之无物的话，那么这一篇则只不过针对策问中提出的一系列问题多多少少说了一些自己的看法，但不管怎样，总算是有人对他的问题提供了一些也许根本就算不上答案的答案。

于是，他便打起精神，提起朱笔，在这份答卷上画上了一个红红的大圈。

状元终于钦定了，他终于舒了一口气，温体仁终于舒了一口气，大家也都终于舒了一口气。

随即，心情释然的崇祯便十分好奇地命令王承恩打开密封，他要看一看自己亲自圈定的这位状元究竟是谁。

当王承恩小心翼翼地打开密封后，他定睛一看，原来，这名钦定状元竟是河南杞县举人刘理顺。常言道，矮子里拔将军，他也只能从这一大堆矮子里来拔出这个将军了。

其实这位刘理顺也并非有什么真才实学，他只不过关系少没什么门路，在殿试前没有探听到温体仁等人原来拟定的试题。因为本来就没有怎么准备，所以一见了皇上出的策问试题，他倒是反而不紧张了。既然没有什么准备，他也就只好按问作答，就所问的问题把自己所思所想的从从容容地写出来便是，这样一来他竟反而中了头魁。

这是没有什么运气的刘理顺没有想到的。当紫禁城里那位至高无上的皇上求贤若渴地为其一系列内忧外患寻求干才与良策的时候，那些敢于造反的所谓的贼寇却在一次次的剿抚中迅速发展起来了。他们不仅人数众多，而且活动也更加频繁，流窜的州县已不下数十个。

除了高迎祥和张献忠这一路人马四处劫掠、斩获颇丰外，其他各路人马活动频繁的还有老回回、过天星、满天星、闯塌天和混世王五营。他们和高迎祥、李自成一起一路踏冰渡河后，便一同四处劫掠，然后即分头进犯南阳、汝宁，南逼湖广，再折入四川，并攻破了夔州，继而，入川的人马则又折回湖广，而今他们正屯聚在郧阳的黄龙滩，计划兵分三路，一路从均州入湖南，一路从郧阳进入淅川，另一路则从金漆坪进入商洛地区。

可哪想到，他们方才开始行动，计划便被官军知道了。

这时的官军随着陈奇瑜和卢象升的走马上任，其行动迅捷乃至战斗力都大有改观，再加上陈奇瑜的运筹帷幄，高迎祥等人可以说又将面临新的困难。

作为防守边关重镇的一员大僚，陈奇瑜在其任上对山陕之地的各路义军进行了一次又一次的打击，从而使得山陕之地的局面让崇祯多少有些安慰。而今他作为专负剿抚之责的五省总督，崇祯把广大地域的征战放到了他的肩上，一方面他感到这是崇祯对自己的信任，可另一方面，他却又深感这重担的分量，对其多少有些隐忧，不过他又相信自己的能力，相信自己能剿灭贼寇，更何况还有新上任的郧阳抚治卢象升的配合，而且自己的手下又有贺人龙这位能征善战的猛将！

贺人龙很能带兵打仗，在山陕之地剿抚义军时，就为各路义军带来了一系列的麻烦，如今随着陈奇瑜做上了五省总督，这样一个负责全局，一个负责征战，倒着实像要剿灭各路义军的样子。而这一次义军的行动计划被侦知便是贺人龙的功劳。

陈奇瑜也确实是个能干的将才，他从贺人龙那里得到情报后，立即进行了完整而周密的部署，迅速指挥各路官军对各路义军进行围剿。

他本人首先亲自率师赶至均州，随即发出羽檄，命令陕西、郧阳、河南及湖南四地巡抚率兵会讨：陕西巡抚练国事驻守商雒，负责西北；郧阳抚治卢象升驻守房县和竹溪，负责西部地区；河南巡抚玄默驻兵卢氏，负责东北；湖广巡抚唐晖驻兵南漳，负责东南。整个官军在陈奇瑜的一声令下，五路人马将各路义军严密地包围起来，随即发动了强大的攻势。

兵分三路的各路义军还没来得及展开行动，便陷入了官军的重重包围之中。仅第一仗下来，义军的损失便十分惨重，损失人马五六千人。

紧接着总兵官邓和及副将杨化麟、杨世恩、周任凤及杨正芳等又分别袭击义军于乜家沟、石泉坝和康家坪等地，义军死伤无数。

与此同时，陈奇瑜手下副将刘选等人又在竹溪和平利等地搜索围剿义军，先后斩杀义军几千人，并生擒义军首领十余人。

这样一来，湖广一地的义军损失十分惨重。随着官军的追剿，义军望风而逃，先逃入洵阳、白河、平利，又突入兴安、汉阴、石泉，进而西至西乡、洋县及汉中府，甚而更西至沔县、宁羌及略阳等地。

由于整个这一地区都与楚蜀为界，而各路官军又尽在楚蜀，于是，陈奇瑜便命令将残存的义军悉数逼入汉南。

其时，陕西三边总督洪承畴得知义军被悉数逼入汉南，亦当即率兵会剿。

陈奇瑜见湖广一地的义军差不多已被悉数剿尽，遂立即领兵向西。

他命令游击唐通防守汉中；参将贺人龙、刘选、夏镐扼略阳、沔县，以防止义军进一步西逃；副将杨正芳和余世任扼守褒城，以防止义军北遁；又羽檄练国事、卢象升、元默等各守要害，以截堵义军奔逃；陈奇瑜则自督副将杨化麟及柳国镇等驻节洋县，以防止义军东窜。

高迎祥等各路义军陷入了陈奇瑜的重重包围之中。

在这种在劫难逃的困境面前，高迎祥接受了闯将李自成的建议，领着残存的义军，逃入了兴安县的车厢峡。

官军将车厢峡团团围住，如此，整个义军似乎是插翅难飞了。

随着义军陷入绝境，大明王朝的所谓内忧仿佛就要有一个圆满的答案了，然而当崇祯在北京城里大兴科举、广选良才而五省总督陈奇瑜率领各路官军也正在对各路义军大肆绞杀的时候，远在东北角上的盛京城里，那位雄图大略的后金天聪汗皇太极却正在一步步实现着他那征服中华的龙庭梦！

正如那位年轻的大明王朝的崇祯一样，皇太极也同样认识到了人才的重要，他同样明白其得力的干才对于实现他那龙庭梦的重要意义。

事实上，早在他接任汗位的第三年，他便仿照明朝的制度举行了后金国的第一次科举考试。其取士的对象竟是当年努尔哈赤攻陷辽东、尽屠儒生时侥幸逃脱而后被编为庄丁给予满官为奴的三百名汉族儒生。通过这次考试，其中的两百名从奴隶中拔出为民，不仅如此，他们还分别按等次受到了赏缎赏布的奖励，并被免除了丁差的徭役。

五年后（在后金是天聪八年，在大明则是崇祯七年），也就在大明的又一轮科举考试正在北京城里举行的同时，在关外的盛京（今沈阳）皇太极又一次举行了专门选拔汉族生员的考试。这真是一种历史的巧合。或者我们简直不如说这根本就是对崇祯针锋相对的挑战。

和大明的科举考试形成鲜明对照的是：这里人才的选拔压根儿就没有走后门或是说漏题之类的营私舞弊的行为，有的只是才能与本事的竞争，而主考官便是那位审时度势、目光远大而被皇太极宠爱有加的范章京范文程。

经过认真的选拔，皇太极这一次又选拔了二百二十八名汉族生员，事后，皇太极本人不仅亲自召见并宴请了这批生员，而且还分别按其等级次序赏以马匹及布缎等。一时间，昔日的奴隶，一跃成为盈廷的豪杰，满殿的英俊，他们无不尽忠以报皇太极的知遇之恩。

人的因素，人的力量，人才的难得，人对于历史乾坤的重要意义，这无论是对大明那位年轻的崇祯皇上，还是对这位雄图大略的皇太极都是同样的清明朗照。可是，对崇祯来说，干才的寻求变成了求贤若渴的乖戾；而对皇太极来讲，人的意义则更是一种对人本身的尊重与礼遇，并从而予以恰当地使用。

或许，对皇太极而言，他选拔了一批一批的生员，麾下也早就拥有大批的俊杰与将才，他应该满足了，然而，不，绝没有。

此时，在离盛京十里外的广大原野上，他率领王公贝勒及文武大臣正在以盛大的仪式迎接一个人的到来。随着一阵炮声和号角声，两排盔甲明亮的金兵铁骑远远地急驰而来，他们军容整齐，全副武装，一式黄色征衣，一副威武雄壮之态。为首的两员骑士各举着一面黄黄的大旗，一面绣着偌大的金龙，一面镶着鲜明的红边，他们便是皇太极的铁甲护卫。

这些铁甲护卫一下得马来，立即将浩浩的大帐密密地围了两层。随即，一大队御林侍卫出现了，在他们之后则是各种仪仗与号手。在他们的引导下，骑着高头大马的皇太极则气宇轩昂地逶迤而前，只见他身着黄灿灿的袍甲，头戴红羽金盔，精神抖擞，神采飞扬。

紧紧跟随在皇太极后面的是豪格及一大帮王公贝勒，不久前才刚刚投降后金的明朝降将孔有德和耿仲明也在几名亲兵的护卫下紧随其后。

皇太极在大帐前下得马来，随行的一名贴身护卫和豪格等人便招呼他进帐歇息，可他把手一挥当即表示拒绝，执意要站在帐外等待贵宾的到来。

不多时辰，只见在那原野的远方，一队人马隐隐地出现了，很快，这队人马便到得跟前。众人一瞧，那为首并排着的二人，一人是后金大将多尔衮，另一人则显然是一位明朝大将，孔有德和耿仲明看得明白，这大将不是别人，正是与他同在毛文龙手下征战的难兄难弟尚可喜。

孔有德和耿仲明顿时明白了一切，原来，尚可喜也来投降了。二人不禁一阵欣喜。此时，后金大汗皇太极也同样是说不出的高兴。皇太极的心情确实非常好，在这之前，他不止一次对身边的人说："孔有德、耿仲明和尚可喜三人如今都归我大金，这对我后金的作用实在是太大了，毛文龙调教的人里面就数这三人最出色！"

对于招抚明朝大将，皇太极一登基就十分重视，而且对他们的到来更是以隆重的礼节迎接。

不久前，尚可喜招抚广鹿、长山及石城三岛上的官员兵民一起来降的时候，他就特别派了多尔衮到边境去迎接，当他们将要到达的时候，他又亲率王公贝勒及诸大臣出盛京十里迎接，他明白，他必须让他们心悦诚服地为后金国所用。

因此，他不但吩咐要将迎接的典礼办得风光体面，而且对于尚可喜归降之后的重用也事先做了妥善的安排。

于是，就在嘹亮而高亢的号角声中，皇太极竟徐徐地走上前来，迎接尚可喜。尚可喜一看见堂堂的后金大汗竟亲自来迎接自己，顿时心潮澎湃，感动得流出了欣喜的泪水。

今天，为了表示自己已经抛弃了大明的官职，尚可喜的身上不再穿着大明的官服，也没有披甲戴盔，当然由于还没有正式成为后金国的一员，他也不便佩戴后金的服饰。于是，他便索性以布衣来朝。

尚可喜看见皇太极快要走到自己跟前了，当即便俯跪在地，连续行了好几个三跪九叩的大礼不说，而且更以十分虔诚的样子说着："汗王万岁，万岁，万万岁！"

皇太极眼见尚可喜如此姿态，他舒心地笑了，不禁下意识地捋了一把胡须，随即便亲自扶起叩头不止的尚可喜。

待和尚可喜及已经走上前来的多尔衮说了几句寒暄的话后，皇太极便率领王公贝勒和满朝文武及孔有德、耿仲明及尚可喜等人，共拜天地，又行了三跪九叩的头礼，然后皇太极便亲自拉着尚可喜的手一起走进大帐。

待所有的人都走进大帐而且各按次序站好以后，随着一阵号角声，皇太极缓缓地登上了自己的御座。皇太极在御座上坐定，尚可喜便率领随行的官员与将校各按次序站立。只见那尚可喜神情严肃地走到大帐中央，先向皇太极行了汉族礼，然后走到御座前叩头，随即双手抱着皇太极的膝盖，紧接着，他又和代善、多尔衮及诸贝勒以及孔有德和耿仲明等人一一行了抱见礼。

尚可喜行礼毕，随行的官员将校便上前行三跪九叩的头礼。一套复杂的礼节完毕后，皇太极便召尚可喜坐到自己座位的旁边，又召孔有德、耿仲明一边陪坐。

丰盛的宴会开始了，皇太极亲自手捧金爵向尚可喜敬酒，尚可喜便被感动得热泪盈眶。

欢快的气氛达到高潮的时候，皇太极向尚可喜赏赐以蟒袍、貂裘、撒袋及鞍马等物品，而尚可喜则献以金银及金玉器衣物等以示谢恩。

其时，只听那皇太极满面笑容地大声说道："尚卿来得正好，人说如虎添翼，朕有了孔耿二卿是双翼，而今有了尚卿朕便是三翼了，朕还愁成不了什么大事吗？哈，哈，哈……"

紧接着，他又当众宣布道："尚卿肯为我大金国效命，朕心甚喜，朕要尚卿为我大金带领火器一军，编制规模皆与孔、耿二卿相同。朕便以孔、耿二卿所部为天佑兵，以尚卿所部为天助兵！"

尚可喜早已跪俯在地，不断叩着响头，嘴里说道："谢汗王，谢汗王……"

还没等尚可喜站起身来，两名皇太极的随身侍卫已经为他捧来一套后金的官服，皇太极亲自将其交到了尚可喜的手中。

尚可喜伸出颤抖的双手接过官服，只听他泣不成声地哽咽道："汗王英——英明——末将誓——誓死为汗王效犬马之劳。"

这时，孔有德和耿仲明二人也不约而同地跪俯叩首道："汗王隆恩，永志不忘，末将等定当誓死效忠。"

二人说话的声音虽然不大，却说得至真至诚，使得皇太极十分感动。他十分高兴地道："甚好，甚好。众卿皆尽心竭力为我后金国效忠，那自是我后金的重臣了，待来日众卿助我后金成就了大业，朕自当重重封赏的！"

说着，只见他一挥手，从他的身后走出两名侍卫，其中一名侍卫的手中托着一个早已准备好的盘子，盘子里置放着梳子和剃刀等物。

两名侍卫一走到尚可喜的跟前，便打开他的头发，当着众人的面剃去了他前额的头发，再把后半所剩的头发结成辫子，然后又为他戴上了全新的头盔和全新的甲胄。整个盔甲与服饰都是白底红边，因质材簇新讲究，所以尚可喜一穿上，全身闪现着淡淡的银光。

待一切穿戴完毕，尚可喜再次向皇太极屈膝谢恩，并连声道："末将叩谢隆恩！"随着亲迎大典的完成，一行人浩浩荡荡地回到了盛京城中，自然，等待众人的又是一场丰盛的酒宴。

几天以后，皇太极在后金汗王宫里举行了一次军事会议，其时，待众王公贝勒及满朝大臣坐定后，皇太极便以一种问询的口吻对众人大声道："众卿皆看得明白，眼下我后金的近邻大明、朝鲜及察哈尔，都乃我后金发兵攻打的对象，可眼下后金的兵力则是有限的，朕决意一一用兵，只是朕不知何处该先用兵才是？"

皇太极的话方才说完，整个大殿里的气氛顿时热烈了起来，只见皇太极的堂弟济尔哈朗第一个站出来大声道："当然应该先对明朝用兵了，明朝一向是我后金的劲敌，后金和朝鲜并无恩怨纠纷，和察哈尔也一向相安无事，对于此二近邻可以暂且不顾即是。"

此话一出，好几位王公贝勒都深表赞同。与此同时，多尔衮也站出来大声道："大汗宜集中兵力征伐大明，若分散兵力于朝鲜、察哈尔，必会腹背受敌！"

皇太极仔细地听着众王公贝勒的意见，不断点着头，他在心里似乎已经有了某种定见，可是他似乎又没有完全拿定。于是，他的目光不断在满朝文武的脸上扫动着，当其目光最终在孔有德、耿仲明及尚可喜这三位归降者的脸上扫过的时候，露出了某种莫可言说的微笑。只见他略一思忖道："三卿曾长在辽东、朝鲜及渤海一带往来，对于这用兵之孰先孰后，朕倒想听听三卿之高见。"

其时，三位降将一直在静静地听着，他们兴许根本就没想到如此重要的军事会议会有他们说话的地方，因此压根也就没有什么心理准备，这一下被问起如此重要的问题，一时间，三个人都在惊异中显出了某种惶恐的神色，因此，你看看我，我看看你。好一阵，孔有德似乎迫于无奈地第一个站出来道："启禀汗王，末将以为，朝鲜地小，且与我大金素无恩怨，而明朝地大财富，且为我大金宿敌。"

很明显，孔有德的意见并无多少新意，皇太极听罢不禁皱了皱眉头，随即露出不满的神色，其目光却又落在耿仲明的脸上。

耿仲明知道，大汗是在等待自己的意见，于是，只好硬着头皮道："启奏汗王，依末将愚见，朝鲜国邻近大金，且素为明朝之藩属，若能先征伐之，可免掣肘之患。只是——只是如今天时不适，故臣以为，大汗宜先征明才是。"

皇太极听罢，想了想，便把身子往前倾了倾问道："卿言'天时不适'，此乃何意？"

耿仲明立时暗自一惊，双眼骨碌碌地转了两圈后，硬着头皮大声道："大汗自是明白，大金和朝鲜仅一水之隔，春、夏、秋三季过往均须舟船，若要征伐则必以水师为之，而今正值夏季，我大金骑兵渡江自是十分困难，汗王若必先征伐朝鲜，那也须等得冬季到来，方能为之也！"

这在皇太极听来，似乎多少说到一些要害的东西，立时，他不禁显出些高兴的样子：“耿卿所言极是，耿卿所言极是。方今朕没有水师，后金骑兵所向无敌，然则没有水师，自是一大缺陷了！”

一听此言，那孔、耿、尚三人自是明白人，登时便跪俯在地，一起叩头高声道：“末将等不才，但昔年追随文龙元帅，多少识得些水战之术，今蒙大汗不弃，我等愿为汗王操练水师！”

皇太极一听，高兴起来，从御座上站起，倒背着手大声道：“哈哈，朕今有三位将军，何愁练不成水师，一旦水师练就，征伐朝鲜便轻而易举，明朝沿江之地也便指日可待了，哈，哈……”

他那洪亮的笑声，响彻整个大殿。

随即，满朝文武的话题便又重新回到适才讨论的军事行动计划上，经过你一言我一语的激烈争论，众人差不多也取得了一致的意见。而皇太极本人也早已拿定了主意，只见他一动不动地站在御座前，待众人的争论稍有停歇，他便把右手猛地一挥，以非常果断的口气大声道：“众位爱卿，朕决定一个月之后出兵征明！”

他清了清喉咙又接着道：“只是这出征的路线，我等须认真筹划才是，眼下明朝的山海关防线牢不可破，关外各城之守备亦十分牢固，若是硬取，伤亡必极重，朕决定此防线宜缓图，只待有朝一日我大金兵实力强盛之时再图攻伐不迟。此番出征，我等仍由间道深入明朝腹地，同时亦可收抚蒙古等外藩外地。”

紧接着他便宣布了早已想好的军事计划：“朕决定兵分四路：第一路由上方堡至宣府、应州，攻取目标为大同；第二路由龙门口伐入，至宣府和第一路会合；第三路自独石口进入，于应州和前两路军会合；第四路则由得胜堡，经大同，最后进抵朔州；另留一路后备，沿虎口至朔州一线绕杀；数路大军会合后，再一同攻伐代州，最终目标乃五台山！”

宣布到这里，他便轻轻地咳了一声，然后又道：“此番征讨以两个月为期，攻城略地非此番征伐之根本目的，各路尽须多掠财物人畜即是。”

立时，满殿的王公贝勒与大臣们全都不断点头称是，尤其是第一次参加后金军事会议的尚可喜更是暗暗称奇，他不禁暗自惊叹于皇太极的雄图大略，而且对整个后金充满的那种必胜的信心和团结一致更是钦佩有加，于是，对于那位至高无上的年轻的崇祯及其大明朝的江河日下，他不禁又生出些许感慨。难怪，百姓们总言辽东有王者之气，兴许这话是真的！哎，大明必是要完结了！一想到这里，这位大明朝的降将不禁下意识地摇了摇头。

历史也实在是一种机缘，当后金的军事会议正在热火朝天地举行的时候，大明朝一天又一天的朝议与一个又一个的决策也同样在周而复始地延展着。

只可惜，和后金那种热火朝天的气氛形成鲜明对照的是这大明朝朝议的沉闷与压抑，这里的朝议似乎更多了一种莫可言说的忧泣与无可奈何。

眼下，在这大明朝皇宫的中极殿里，崇祯正在主持讨论两封来自三边的奏疏。

只见这位至高无上的皇上坐在御座上，时而倾着身子听着大臣的奏对，时而扬着头发呆沉思，忧郁难解。

一段时间以来，五省总督陈奇瑜拟就了一个彻底剿灭农民军的计划，他主张剿抚并用。抚便是对农民军进行招安，剿则是对其予以彻底的消灭。

虽然他提出的方法没有什么新意，可是由于他新近打了几场较大的胜仗，于是，满朝的文武大臣便对这位督抚大帅有了好感。

事实上，他们压根就不懂得什么军事与战略，只以为这位陈大帅既然能够打胜几仗，那他的战法必是不错的，大家对这位上任不久的陈奇瑜和他提出的一套剿抚策略自然是交口称赞。

但是，大家对于同样来自三边的另一封奏疏却发生了激烈的争论。

这封奏疏是由三边总督洪承畴派人送往朝廷的，其主要内容就是向朝廷要粮要饷。

他在奏疏中提出，而今剿敌事急，朝廷决不能功亏一篑，眼下敌多势众，官军却实力弱小，三边急需朝廷支援，否则，一旦三边有事，贼寇窜入河北，必会对京师构成威胁。

这封奏疏刚在朝议上当众宣读，满朝的文武大臣便你一言我一语地讨论开了，大家心里都明白，若是贼寇到了京畿之地，威胁京师也就意味着在威胁他们自身。

当然，这封奏疏对于崇祯也是同样的重要，当他命令王承恩当众宣读完奏疏后，又当即让他的众位爱卿务必拿出好的对策。

既然大家都觉得这件事是如此的重要，所以很快，众人甚至包括崇祯本人都形成了一致的意见，同意当即拨给洪承畴大量的人马和钱粮。

但是同意归同意，真正要落实起来却又是另一回事，这些一个又一个只知阿谀奉承的文武大臣一旦对奏疏深表赞同后，便都事不关己地高高挂起了，而那些户部官员却作难了，因为筹钱粮的事是要靠户部的人来执行的。

因此，当首辅大臣温体仁刚向崇祯禀明必须着急按洪承畴所奏办理，一个一个的户部官员便当即站出来据理力争，他们皆一致提出，眼下朝廷里根本就没有能力再拨给洪承畴什么人马钱粮了，国库已空，而天下百姓的赋税则又早已加到了极点，有些州、府甚至已经征收了明年的赋税，因此户部无论怎样也是筹不起这笔钱粮的。

当文武大臣纷纷站出来奏对，而户部官员也一个个站出来据理力争的时候，接任毕自严做户部尚书才不久的侯恂却一直站在班列里静静地听着。他听着自己的属下列举一串串的数字，口干舌燥地诉说着户部要执行起来的困难。看着他们因激动而汗流浃背的样子，他似乎有一种莫可言说的痛苦。

但是，尽管好几位户部官员站出来据理力争，崇祯却没有打消为洪承畴拨以人马钱粮的主意，侯恂便只好自己亲自站出来争辩。

他从班中出来，行至丹墀有理有据地大声道："启奏皇上，臣自理户部以来，'辽饷''练饷''剿饷'已逾千万两银，府库早已空空如也，虽几度增税，却仍是入不敷出，而民间则更是怨声载道。若再增税，只怕盗贼更甚矣，祈皇上明察！"

侯恂算是总结性地说出了整个大明朝面临的财政困难，可是他又拿不出解决的具体办法来，跟在他身后的户部官员也一样，他们都只是据理力争国库的空虚，可这空虚的填充又令他们一筹莫展。

在这些文武大臣中，或许要数兵部尚书张凤翼最为激动了，作为兵部尚书，对于怎样才能剿灭所谓的贼寇，他自然是看得最为重要的，因此，他的观点自然也就和侯恂等人完全相反了。

当侯恂站在丹墀前为自己据理力争的时候，他就想站出来打断他的话，所以侯恂刚说完，他便风风火火地站出来大声道："启奏皇上，侯大人虽于增税一事有碍难之处，然则目下流贼四起，若山陕贼寇窜入河北京畿，京师便面临巨大威胁，京师若是不保，后果必更甚于增税，臣请皇上宜以增税剿寇为要！"

张凤翼刚一说完，其余的几位兵部官员也先后站出来支持他的意见，很明显，他们全都是站在自己的角度，甚或从自己的利益安危出发，百姓们的生与死压根就与他们无关，因此，他们便只知一而再再而三地发言，主张尽快实行以增税来为洪承畴筹措人员粮饷的政策。他们的目的只有一个，那就是尽力阻止山陕一带的贼寇流窜到京畿，以免威胁到他们自身的生命安全。

说到最后，他们竟将矛头直接对准了侯恂本人。只听那首辅大臣温体仁站出来大声道："侯大人职掌户部多时，预定征收之税额执行竟不及半数，臣实不知此乃百姓欠税抗税所致呢，抑或侯大人督行不力而延误国事所为？臣尚祈皇上明察！"

侯恂一听温体仁竟如此指责自己，马上又站出来争辩道："启奏皇上，臣自理户部以来，自认尽职尽忠，夙夜匪懈。"

可是他还没说完，温体仁当即又打断他的话道："侯大人总言尽职尽忠，赋税未能督征，能算作尽职尽忠吗？此亦不为有意违逆圣上吗？事实上，方今社稷危难之时，兴许大人早对圣上心存他意了！"

如此一来，二人当即在大庭广众之下吵了起来，从国家大事终于发展到了私人间的争斗上。二人你一言我一语，互相百般挖苦，反唇相讥，互不相让，气氛亦越来越火爆，而问题却根本没有得到任何解决。

其时，高高地坐在龙椅上的崇祯却越发痛苦不堪了，他实在有些受不了了。突然，他猛地一下从龙椅上站了起来，对着眼前黑压压的人群发出了一阵怪吼："好了，好了，都不必吵了，都不必吵了，着急加派田赋，不得有误，朕意已决，着户部督行！"

说完仍是一副气哼哼的样子，脸上也早已变了颜色，整个脸上的肌肉也不断抽搐着，样子十分吓人。满殿的文武大臣眼见他这个样子，只知诚惶诚恐地跪俯在地，除个别胆大的敢稍稍抬起头来仰视一下外，其余的大气不敢出，整个大殿里的气氛压抑到了极点。

不过，十分老于世故的首辅大臣温体仁却是出奇的平静，一向善于拿捏崇祯情绪和心态的他，眼见崇祯如此怒甚，心想该自己表现的时候，他慢慢地走上前来，跪伏在全体大臣的前面，对着高高在上的崇祯朗声道："皇上息怒，皇上息怒。臣等遵旨便是，户部定竭力督行！"

众人都听得明白，这等于是为大家也为皇上打了一个圆场，而且更为高高在上的崇祯搭了一个台阶，当然，众人眼见皇上如此发火，也就不会笨到还要继续争执下去的地步。

于是，全体朝臣立时高声地颂赞着："万岁，万岁，万万岁。"

眼见满殿的文武大臣对自己如此恭谨，崇祯皇帝的心情也就好了些，脸上的青气消减了不少。

他把黄黄的龙袍衣袖猛地一甩，自顾自地走下了丹墀，而王承恩及小毛子等一大帮大小太监则赶紧屁颠颠地跟了上去。这时，薄暮的日色早已开始拉上淡淡的帘幕，而崇祯的身影在跨出这中极殿的殿门时，便化成一个黑色的怪影，并最终消失在冥冥的黑洞之中。

整个大殿是鸦雀无声，完全成了一个死寂的世界。

其实，崇祯离开中极殿的时候，他不知道自己是怎样坐到轿子上的，他只知道，随着轿子不断上下的波动，他简直有一种呕吐的感觉。从中极殿到乾清宫的路并不长，可他觉得这路却是那样的遥远，才走到半路，他就有些迫不及待，似乎有些忍受不了。在他想来，轿子里似乎有一种莫可言说的压抑，他被憋得心里发慌，便命令太监把轿子停了下来。

轿子还未停稳，他便迫不及待地把脑袋从轿子里伸了出来，待大口地呼吸一下新鲜空气以后，又试图要吐出心里那压抑发闷的东西，可是他试图吐了几次，却又吐不出来，于是他只好命令太监继续前行。

如此这般，走走停停，从中极殿到乾清宫本不远的路，竟是走了好长一段时间。

当他终于回到乾清宫的东暖阁的时候，他的心情便似乎好了些。一进到殿里，他便径直走到了卧榻前，然后一屁股重重地坐了去，贴身太监小毛子遂赶紧上前来为他脱掉龙袍与服饰，可这位年轻的皇上却有些不耐烦，根本没等到完全脱下，便躺到了卧榻上。

小毛子和王承恩等一帮大小太监大气也不敢出，只知各按职守地站在一旁发呆，一时间，整个暖阁里竟是静寂无声。隔了好长一段时间，崇祯终于语无伦次地大声叫了起来："都是些无用的饭桶，无用的饭桶的啊。哎，全都是那些贼寇，是那些贼寇啊，啊，杀，杀吧——杀吧——把那些贼寇统统杀光——杀光啊——越杀越多——越多越杀——杀——杀啊！"

他痛苦地喊叫着，头上青筋直跳，满脸则是大汗淋漓。一开始，众太监都被吓坏了，可很快，他们都明白，当今皇上实在因心力交瘁弄得老毛病又犯了，按照以往的经验，要不了多久，他就会好起来的，所以他们一个个都保持沉默，并密切地注视着他的痛苦状态。

渐渐地，崇祯吼得更厉害了，兴许他痛得也更厉害了，只见他下意识地举起双手抱住脑袋，全身也不断地颤抖着。

眼见这种情况，王承恩和小毛子才赶紧吩咐两名小太监去请太医，而他们自己则一面用温水为崇祯净面，继而又是推拿又是捶背，试图减轻这位年轻皇上的痛苦。

不多时辰，一名老太医便在两名小太监的侍陪下跌跌撞撞地跑来了，他气喘吁吁地为崇祯把了把脉，最后终于释然道："不要紧的，皇上只是精神紧张了些，休息一宿便会无事的。"

言毕，他叫过王承恩，小声吩咐其派人好生侍候皇上，以免他受了风寒。

也不知什么时候，崇祯睁开微闭的双眼。

也正在这时，曹化淳三步并作两步进来道："启奏皇上，首辅大臣温体仁温大人求见！"

崇祯略略皱了皱眉头便点头示意他宣召，随即又示意周皇后告退。待周皇后等告退，温体仁跨了进来，他一边叩拜一边道："皇上，三年一度的武举会试近日里即要举行，皇上可有旨意？"

他这一说，崇祯才突然想起这三年一度的武举会试又到了。前一段时间，在主持了文举殿试后他就吩咐温体仁准备武举会试的事，不承想在此之后自己竟忘了。

明朝的科举制度一直是文武并行的，武科同样有生员与举人的名目，武举亦同样每三年举行一次大的会试。但是由于明代一向重文轻武，武生和武举的社会地位根本不能与文科的秀才和举人们相比，而且武举通过会试后也只是酌情授予武职，不给进士的名分。

事实上，崇祯早在他登基之前就看到了这种重文轻武对国家社稷的不利，因此，他一登基后便充分地认识到，在天下刀兵纷乱而急需军事人才的情况下，这个不利的武选制度也就到了该改一改的时候了。

当此内忧外患时节，崇祯打心眼儿里想从这次武举会试中再为自己多选拔一些堪以使用的将才，不久前的文科会试他没能找到自己满意的人才，他便把希望放在了这次武选上了。因此，上次文选殿试方才结束不久，他便要求温体仁着手准备这武选的事。

待温体仁启奏完毕，崇祯坐在椅子上仔细地思考了一会儿，便静静地从椅子上站起身来，用手捋了捋下巴上的胡须，神情严肃地道："温爱卿啊，此番武举会试，卿当和张凤翼努力协同，认真办理，方今贼势日急，满人亦正虎视眈眈，朝廷可正是需要将才的时候啊。"说到这里，他若有所思地停了一下，才接着道："此番会试，当不拘一格，凡刀马骑射之武艺确有不俗之表现者，皆可中选便是，届时，朕可要亲往主考！"

言毕，他便静静地注视着前方。

事实上，自登基以来，他就一直在为人才的缺乏不断忧心，因此在相当长的一段时间里，他在用人的风格上也是不拘一格，而且一直在探索着通过科举、词林与科道以外的非常规途径网罗人才的办法，也一直尝试文才武才并重、科第保举并重与朝官外官并重等一套新的用人办法。可是而今使他大为不满也大为失望的是，这人才缺乏的局面却似乎并没有怎样改观，尤其是那些被派出剿贼的将帅在他看来差不多全是无用的，否则这贼寇为何就总是剿灭不了呢？那么通过这一次武举会试，他是否能找到需要的帅才呢？

事实上，就在他为了寻觅新的一轮将才而忧心忡忡的时候，他又要面临新的困境了。

【第七回】

兴刀兵后金犯境，举义旗晋地起事

当大明王朝的皇上崇祯陷入种种困境不能自拔的时候，那位远在东北角上的后金大汗皇太极却胸有成竹，在他的运筹帷幄下，后金的军事机器正在疯狂地运转着。

自定下再次伐明的军事大计后，皇太极再一次召集诸贝勒大臣商议伐明的具体路线，经过认真商议，终于再一次确认了避开山海关而以明朝的宣府与大同二府为打击目标的行动计划。

皇太极选择宣府、大同为攻击目标，是基于两个重要原因：一方面，他想沿此路线于中途收拢察哈尔各余部；另一方面则是由于山海关明兵防守甚严，后金兵不易通过，相形之下，明朝的宣府防线则是其边防的薄弱环节。

宣府本是秦汉时的上谷郡，明朝初年，明太祖朱元璋在此设立了开平卫，与辽左卫唇齿相依，互为依托。大同则是秦汉时的云中郡，明初设大同府，朱元璋曾封一子为代王长期居住于此，足可见其战略地位之重要了。

宣府、大同二镇历来都以防御和控制北方游牧民族的战略价值而为兵家所重，明朝则更是为了阻止蒙古游牧民族南下而在这里筑城堡，派重兵，因此宣府、大同皆称固若金汤，牢不可破。

但是到了明朝末期，这一地区却成为边备大患。这一方面是由于受到边疆游牧民族的不断侵袭与破坏，另一方面则是由于明朝为了对付后金的军事威胁，被迫抽调宣、大之兵专力经营宁、锦至山海关一线的防务，从而致使宣、大一带塞垣空虚，并终成岌岌可危之势。

就在大军出发前，皇太极再一次检查了出征的准备情况，并命令每牛录出铁匠一名，携带镬五个、镩子五个、锹五把、斧头五把、锛子两个及凿子两个，同时每甲喇还备云梯两架，等等。

他还特别召见了范文程，单独与他就各方面的细节仔仔细细地商量了好几天，从出征的一应准备到留守盛京的人员全都谋划分派妥善而又周密之后，他才正式展开这一次军事行动。

五月二十二日，皇太极率大军离开沈阳一路西行，渡过辽河后不久，很快到达都尔鼻，在这里，蒙古各部落首领率军来会合。

为了适应远程奔袭的需要，后金打击力量的核心全是清一色的骑兵，所以后金大军的行军速度极快。整个大军从这里一路西行。

果如皇太极所料，察哈尔余部纷纷遇于途中，并络绎不绝地归向后金。也正是在行军的途中，皇太极把他的部队在原有基础上又进行了一些新的部署，继续一路向西前进。

六月二十日，皇太极命德格类统率一支人马进占独石口，并会大军于朔州。

六月三十日，遣代善和他的儿子萨哈廉与硕托攻入得胜堡。

七月五日，令阿济格、多尔衮和多铎入龙门口。

与此同时，皇太极则自率一军从尚方堡入口，经宣府趋应州至大同。

按照皇太极的计划，后金四路大军于七月八日分别破口而入。

按照预先制订的计划，皇太极的这次用兵，其根本目的不在于攻略城池和土地，而在于掠取明朝的财富，以图消耗明朝的经济与军事实力。

因此，对于明朝的城池，后金兵能攻取即奋力攻取，一时不能攻取者即放弃之，转而去攻别处。

皇太极率军一入口后便直奔宣府，在被明朝军队的大炮击退后随即转而攻向应州，包围数日后终于攻下。

阿济格从龙门口一入边，就攻龙门，没攻下，遂转攻保安州。西路的代善父子入边后，攻取怀仁竟没能攻下，遂再攻井坪，竟也没能攻下，因此，皇太极只好命令他们攻取朔州附近的马邑。

东路的德格类入边后，先陷长安岭堡，后赤城没能攻下，遂奔保安州，然后赴应州和皇太极会师。

事实上，皇太极所率的后金兵随着各路大军的会师，很快便占尽了上风，后金兵不仅人数众多，达十几万人，而且其行动也是十分迅速，整个行动自然是十分顺利，所虏获的财物人畜之多为历年之冠，士兵们既已获得了实际的利益，士气十分高昂，他们根本无畏于烈日酷暑，人人都在想着奋勇杀敌。

而明朝军队则正好与他们相反。

明朝在宣、大一带的防务十分空虚，是以，皇太极得以轻而易举地攻入明边。后金兵在攻入明边后，简直如入无人之境，明朝守土的地方官和那些带兵的将官十分怯于和后金兵对阵，即使对起阵来也只不过是一看见后金兵便落荒而逃，或是弃城逃跑。要么他们就是闭着城门根本不敢出战，看见后金兵来了便发射一下大炮算是了事。

当时，明朝在宣府、大同一带的防务主要由代王主持，兵力防守十分空虚，在得知后金兵进攻的警报后，总兵曹文诏才率领一万多人的部队临时仓促赶来增援，不难想象，如此疲惫之师又怎能敌得住勇敢剽悍的后金大兵！

大同镇的情况也根本好不到哪里去，由于驻军的军费一向被克扣太多，其粮饷与武备都十分缺乏，兵士们大多面黄肌瘦无精打采，战马既老且衰，武器堪用者不到十之五六。

一年前，曹文诏自从山陕剿抚贼寇的任上被调到宣、大一地镇守边防以来，即一直力谋训练士卒，改善各种武备防务，力图使明朝在宣、大的边防能够有所改观。

但是，大明的边防与军事等各方面的问题堆积如山，而且相互牵涉甚广，根本不是他个人的才能和努力所能解决得了的，更何况他到任也才不过仅仅一年的时间。

因此，他所率领的这一支军队不过是老弱病残的大杂烩，其战斗力可想而知。不过曹文诏生就一副刚毅不屈的性格，当然不会因为自己的实力不敌与薄弱就畏惧皇太极而不敢应战，或是说退缩不前。

事实上，他一接到警报，便一面向朝廷报告，一面又和阳和总督张宗衡取得联系，随即便带领人马前往增援。于是，曹文诏的老弱残兵便和皇太极的数万精锐铁骑在宣府外的原野展开了一场残酷的厮杀。

曹文诏派出的递送边警文书的快马以日行八百华里的速度快马扬鞭地奔驰着。而与此同时，五省总督陈奇瑜的八百里快传同样在疾速地赶往京师，事情也实在有些凑巧，两封紧急文书竟在同一天到达，只是后者比前者先到达了半个时辰罢了。当然，前者是报忧，而后者则是报喜的。

当陈奇瑜报喜的紧急文书到达的时候，崇祯主持的每日的早朝差不多也已经进行了两三个时辰，而且众文武大臣需要奏议、讨论或是崇祯需要吩咐命令的都已经完成得差不多了，随着桩桩例行公事的快要完结，大家和崇祯本人便都有一种如释重负之感，而崇祯则更是多少有了一些倦意。

也就在这个时候，正在中极殿外的丹墀上执事的两名锦衣卫却进来禀报说五省总督陈奇瑜送来了紧急文书，一直坐在宝座上而且已经有些倦意的崇祯不禁全身一震，赶紧命令随侍在侧的贴身太监小毛子为他取上来。

这是一封由陈奇瑜的幕僚们以极工整的小楷抄写的一丝不苟的紧急奏疏，一开头依旧是向皇上请安问好与歌功颂德的例行话，继而则是以充满欣喜的口吻向崇祯与朝廷奏报陈奇瑜所创造的辉煌的业绩。

他不无得意地宣称，十数万所谓的贼寇已被他的诱兵之计悉数引入了车厢峡，贼寇完全已成瓮中之鳖，要不几日，官军即可将已困在峡中的贼寇悉数消灭。

崇祯读罢此封报捷的奏疏，顿时龙心大悦，而且一连将其读了好几遍，末了才极度兴奋地抬起头来喜不自胜地大声道：“哈哈，这真是太好了，太好了！”

他简直高兴得有些忘乎所以了。只见他一下从龙榻宝座上站了起来，脸上笑容满面，双眼里完全是兴奋的神色，一边下意识地理了理自己的龙袍衣袖，一边正了正自己的冠带，然后倒背着双手，不停地点着头对满殿的文武大臣大声地接着道：“这个陈奇瑜，可真能为朕办事，朕果然没有看错他啊，哈哈，哈哈，他为朕剿除了贼寇，社稷便平安无事了，众位爱卿说是吧？哈哈，朕要重重地赏他，重重地赏他，哈哈！”他清了清嗓子，声调多少提高了些又接着说：“眼下，贼寇既已平息，除了满人外朕也就没有什么可担心的了，待过些时日，朕解决了关外问题，大明社稷便是很有希望了！众位爱卿当尽心辅佐朕才是啊，凡有功者，朕要为他升官加禄，哈哈！”

对于崇祯来说，他难得有高兴的时候，今儿他是真的高兴。

皇上高兴，满殿的文武大臣自然也就十分高兴了。他们又怎能不高兴呢？

长期以来，满朝的文武被这些造反的饥民弄得焦头烂额，根本拿不出剿抚的办法来，而且皇上更是一直对此耿耿于怀，时常拿他们这些做臣子的出气，一些官员也因此丢官下狱甚至掉了脑袋。如今贼寇既灭，皇上高兴，大家也就可以高枕无忧了。

当然这些文武百官也早就精通了在本朝做官所必备的观察与迎合皇上心意的诀窍，眼见皇上是如此的高兴，他们也就自然明白此刻自是溜须拍马的最佳时候，尤其是首辅大臣温体仁，他长期察言观色，想这皇上今儿是如此的龙心大悦，自己不乘此时机凑凑趣又更待何时？

崇祯的话刚说完，他便立即俯跪在地：“启奏皇上，方今贼寇肃清，此乃皇上洪福，百姓幸甚，社稷幸甚啊。”

说到这里，他本想要继续说下去，可是喉咙里像是被什么哽住了似的，他便赶紧抬起一只手来在喉咙里捏了一把，然后又在地上叩了两下响头，把声音提高了些大声道：“方今贼寇得以肃清，乃皇上庇佑万民之结果啊，皇上实乃洪福齐天，功德无量，天佑我主，皇恩浩荡，皇上万岁，万岁，万万岁！”

其时，众文武官员眼见温体仁已经跪俯在地，抢先吹捧迎合开了，遂紧跟在他的身后俯跪在地，一同肉麻地吹捧迎合起来。

如此这般，温体仁每说一句，众文武百官也就紧跟在他的后面重复一句，那样有序紧凑，那样整齐划一，似乎没有丝毫的异样，于是，那“万岁，万岁，万万岁”的颂祝声在整个大殿里回荡着，轰响着，久住不去。

见此情景，崇祯更加喜不自胜，文武百官每颂祝一次，他便向他们招一次手。

末了，他把自己的上半身往前一仰，右手一挥，对着文武百官含笑道："众位爱卿快快平身，快快平身！方今贼寇既灭，朕心甚喜，朕心甚喜啊，朕可要重重地赏赐，好好地庆贺，好好地庆贺啊，哈哈！"

随即他便迫不及待地连下圣旨：命令内阁着急拟就对陈奇瑜赏赐、升迁的奏疏；令首辅大臣温体仁替他拟一道手谕给陈奇瑜，专事嘉勉；命户部着即拨一批银两犒赏剿贼有功的全体将士；最后则又命内阁传他的旨意，让陈奇瑜疾速将贼寇枭首递送京师。

每下一道圣旨，满殿的文武百官即颂祝一声万岁的朝贺声，因此，整个中极殿里完全是一派祥和与喜悦的气氛。午时虽已过，众人却根本没有饥饿之感，崇祯的倦意也早已抛到九霄云外了。

然而就在这热烈而欢腾的时候中，曹文诏派出的八百里快传到达了京师，只见两匹快马一路穿过东华门向着中极殿疾驰而来。

正站在中极殿前的丹墀上执事的锦衣卫眼见两名信使模样的兵卒一边手牵着马缰，一边跌跌撞撞地向着中极殿奔来，遂赶紧奔下来将二人接住。一名信使远远地只说了一声"快——快禀奏皇上，满人四路出兵，越界犯边了"，随即便跌倒在地，晕了过去；而另一名信使也只来得及掏出曹文诏递送的奏疏，便很快倒在地上人事不省了。

几名锦衣卫得知此情都吓得了不得，好一阵方才回过神来，遂一面留下两名照看信使，其中两名则手捧曹文诏的奏疏奔上丹墀，不待通报便率直冲进大殿。

其时，喜不自胜的崇祯正坐在龙榻宝座上和身后的王承恩说着什么。他似乎觉得今儿上朝收获实在是不小，兴许该是退朝的时候了，可是他回过头来的时候，却突然看见两名锦衣卫未经通报便自顾自地冲了进来，几名大内侍卫正走上前去阻止。

崇祯顿时便也想要发作，但是两名锦衣卫还没待大内侍卫走到跟前，即扑通一声跪倒在地，且忙不迭地大声道："启奏皇上，后金国四路出兵，越界犯边了！"

满殿的文武大臣眼见两名锦衣卫这样急匆匆地进来，便把目光一起投向他们，似乎等待着什么事态的发生一般，可一听此言，个个立时目瞪口呆。

而崇祯因距离较远便对所奏之事只听见了"后金国"几个字，当其奏完，遂赶紧追问道："后金怎么了？嗯，后金怎么了，快快奏来！"

"启奏皇上，后金国四路出兵，越界犯边了！"

这一次，他因为全神贯注，自然是听得清清楚楚，而他的反应也就尤其大。

本来，他的脸上因刚才的喜不自胜一直泛着红光，可是如此一来，他的情绪似乎一下就由火炉猛然沉降到了冰窟窿里一般，脸色顿时便成了煞白。

与此同时，那莫可言说的惊惧与疑惑也在他的双眼里快速地交替幻化着，从而形成了两道令人望而生畏的绿光，而额头和手心也顿时浸出了些许的冷汗，一时间，他的整个大脑似乎陷入了一个巨大的黑洞之中了。

好一阵，他才终于回过神来，当即命站在身旁的小毛子把那锦衣卫一直手捧着的奏疏拿上来。待奏疏被拿上来后，他本想要自己先看一遍的，可他略一思忖，便示意王承恩将其对着满殿的文武大臣朗读。

王承恩以十分颤抖的声音朗读开了，刚读了几句，满殿的文武百官便一个个神情赫然战栗，不知所措，一直站在前排的首辅大臣温体仁全身更惊出了冷汗，他甚至一下想到了五年前的往事，于是全身竟是有些发抖的样子了。

一时间，整个大殿除了王承恩那越来越颤抖的声音外，竟是完全的鸦雀无声，而随着王承恩的朗读之声，崇祯的脸上也是青一阵红一阵，其内心深处似乎像倾覆的大海一般不断翻卷着永不停息的波涛，其灵魂与肉体则不断被残酷地撕扯着，于是他再一次陷入了新的痛苦之中。

王承恩不断地往下读着，当其读到皇太极攻击的路线与攻陷的地方的时候，他的声音便越发抖得厉害了。

整个大殿死一般的沉寂。隔了好一阵，还是首辅大臣温体仁最先有所醒悟，遂赶紧扑通一声跪俯在地，其余的文武百官见此情景也就跟在温体仁的后面依样画葫芦似的跪俯在地，很快，整个大殿便黑压压地跪满了一地。

崇祯的情绪在这一场大悲大喜的风云变幻中开始失控了，他脸上的肌肉不断颤抖着，脸色全变成了猪肝色。他突然抬起头来大声道：“兵——兵部何在？”他的声音尖锐而高亢，却在颤抖中带上了结巴，他的声音已经变调了。

兵部尚书张凤翼早已经被吓得魂不附体了，赶紧匍匐在地，没命地磕着头。只见他那圆圆的脑袋不断鸡啄米似的在地上点着，随着额头上下晃动，不一会儿，整个前额便已经鲜血淋漓了。

兵部的各级官员也静静地跪俯在那里，不是惴惴不安，就是噤若寒蝉，甚至魂不附体，不过让他们多少有些安心的是，在他们的头上还有一个兵部尚书张凤翼顶着！

而这时，一直跪俯在地的张凤翼眼见这么长的时间皇上竟不说一句话，他似乎在冥冥之中感觉到，这肯定不是好兆头，那种习以为常的惩处或许马上就要来临，那么这新一轮的惩处又该落在谁的头上呢？肯定是他张凤翼。一想到这里，张凤翼不禁全身颤抖起来。

也恰好就在这个时候，只听见崇祯突然语无伦次地叫嚷开了：“真是罪该万死——罪该万死——全是饭桶——饭桶，朕定要治你们的死罪——治你们的死罪！”

他这样大声地嚷着，神情非常可怕，仿佛要把满殿的文武百官悉数吞下一般。

跪俯在地的官员们一听见皇上嚷开了，都大气不敢出，只是静静地等待着他将谁如何如何处置的下文，可是等了好一阵，却没有任何下文，那些稍微胆大一些的便抬起头来看一下，发现皇上只是静静地坐在他的龙榻宝座上，仿佛气极了一般，正喘着粗气！

不过，处在这种压抑与危机的气氛中，有一个人却多少要平静自信些，这个人不是别人，正是首辅大臣温体仁。尽管他和众大臣一样跪俯在地，但是他那善于在不利形势中寻找出路的观察力、应变力与欺上瞒下的能力却并没有减少多少，而且每每到了这样的时候，他那巧言令色的本事似乎也最能发挥得淋漓尽致，在他看来，当此时节又是他出来化解这不利与尴尬的时候。

于是，他轻轻地咳了一声，然后适时地向崇祯进言道："启禀皇上，眼下满人虽已侵扰我宣府、大同二镇，但臣倒以为，皇上可完全不必担心，大同总兵曹文诏既已率军前往增援，足可抵挡一阵，谅满人也不至于向京师长驱直入，更何况，五省总督陈奇瑜既已剿灭贼寇，便尽可腾出手来率部前往赴援了。如此，皇上不如速命陈奇瑜率部迅速驰援京师，这样，皇上尽可高枕无忧了。"

崇祯静静地听着他的话，由于他一直都气愤异常，因此在他听来，温体仁的一番奏议只不过是一阵苍蝇般的嗡嗡声，他真正说的什么，除了一句"皇上尽可高枕无忧"外，他差不多一点都没有听清。

不过，那一句"皇上尽可高枕无忧"便似乎多少让他的心可以宽松一些，因此，温体仁刚说完，他便不知是有意识还是无意识地大声道："好，好，朕准奏，准奏，卿速速办理即是！"

于是，一场似乎要降临的狂风暴雨便如此这般地被化解了，文武百官全都舒了一口气，温体仁则在心里多少有些洋洋自得，而一直有些瑟瑟发抖的张凤翼则更是不断在心里念着阿弥陀佛，大有一种劫后余生的样子，不过一想到是温体仁假充好人救了自己，他便多少又有些愤愤不平了。

而这时，温体仁则正在叩头领旨，只见他不断在地上叩着响头，嘴里说着"臣遵旨"之类的话。

与此同时，一向善于察言观色的小毛子和王承恩等人也是十分识趣的，知道正好是退朝的时候了，这样一来可以使大家都能很快地免除紧张的情绪，二来又可以使皇上可以有一个好的下台之路，更何况，今日的早朝也早已是午时以后的时候了，他们这些做奴才的也实在是站累了。

于是，二人稍一会意，便听王承恩大声喊起了"退朝"。

当然，崇祯也自然落得个善始善终，认为这也正是解除自己和臣子们之间这一僵局的最好办法，遂没有任何停留便自顾自地迈开了退朝的脚步。

小毛子和王承恩等人眼见皇上已经起身了，遂赶紧簇拥着跟了上去。

崇祯悻悻地回到了御书房，他的心情坏到了极点，当小毛子和王承恩示意他用过午膳即歇息一会儿也好消消闷气的时候，他仍是独自坐在自己御案后的龙椅上默然不语，如此一来，几位太监便也不知该如何办才好。

崇祯在龙椅上默默地坐了一阵，心情似乎多少平静了些，这时他才想起当此边患如此紧急，今日自己竟因愤怒之极没有进行认真而妥善的处理，贼寇之事他倒是可以不必担心，既已被围，陈奇瑜便定能予以解决；倒是这后金兵，自己无论怎样都要小心才是。

于是，一时间，他不禁陷入了沉思之中。少顷，他提起朱笔，发出了一道道上谕：诏令总兵官陈洪范守居庸；诏令保定巡抚丁魁楚守紫荆雁门；京师着即戒严。

在发出了这样几道上谕后，他的心情似乎已经完全平静下来了，这时他也觉得肚子在咕咕叫唤了，于是他才赶紧让小毛子去为他弄些吃的来。本来小毛子和王承恩都劝他去御膳房，这样也可散散心，不过他却摆摆手，言他今日实在有些累了，懒得走动。

用罢这一顿迟到的午膳，他便觉得全身似乎都有劲了，而且一向存有的信心也多少恢复了些，于是，他便坐到御案后的龙椅上去批阅那些永远没有尽头的奏章奏疏，他明白自己埋头于这些烦琐的公文里，兴许还能多少保持一点好的心境，否则一想到这日急的内忧外患，他定会愁死的。

也不知什么时候，天色竟已经黑了，而御书房里的宫灯也已经被悉数点了起来，到这时，崇祯也才意识到自己已经干了好长时间了。他一下抬起头来，放下手中的朱笔，从龙椅上站了起来，可哪想到，他迈开脚步方才挪动了两步，便突然双眼一黑，猛地栽倒在地。

正站在不远处互相说着什么的王承恩和曹化淳一见崇祯突然晕倒在地，立时吓得了不得，遂赶紧跑过来。二人一面将崇祯扶到隔壁房间里的龙床上，一面吩咐小太监们一拨人去请御医，一拨人则去请周皇后。

不多时辰，周皇后便赶到了，她一见崇祯躺在床上人事不省的样子，顿时急得泪珠滚滚，只听她哽咽着道："怎么说病就病了呢？就算有天大的事也总不至于急成这样啊！这满朝的臣子们都是做什么的呀，吃了皇上的俸禄怎么不会为皇上多担待些呀！嗯，怎么就让皇上累病倒了呢？"

几名医道高明的御医也急匆匆地赶来了，他们一来也不待向周皇后请安便立即走到龙床前，然后便一起跪下给崇祯把起脉来。

少顷，仍在着急的周皇后便大声地问："皇上究竟怎么了？嗯，皇上这究竟是怎么了，快说？"

其时，御医已经把完脉，一个御医遂赶紧应声道："娘娘不必多虑，皇上兴许是累了些，并无大碍！”

本来他还想说他这主要是因精神压力太大引起的，不过他转念一想，这话可不是他所能说的，遂闭口不言，然后便和几位太监一起为崇祯开起处方来。

只片刻工夫，处方便开好了，曹化淳当即命令两名小太监速去取药，而周皇后则喊住本想要离去的几个御医，仿佛不相信似的，竟向他们一一问起皇上的病情来。

当然，对于几名御医来说，他们倒是十分明白，皇上这突然晕倒是无甚大事的，根本就是心忧太重所致，因此也根本不是药所能治的，而他们把脉、开方甚或太监们的拿药取药也全都不过是例行公事罢了；但是他们还是一起说了一通言明皇上无事而皇后娘娘也尽可不必担心的话后，才一起告退。到这时，小毛子则突然端着一个大药碗进来了。

他端着药碗走到龙床前，小心翼翼地品尝了一下药，这时曹化淳也已经捧碗茶水上来，二人便一起小心翼翼地悉数将药为崇祯喂了下去。

周皇后虽仍是流着眼泪，不过眼见几位太监侍候得还算周到，多少心宽了些，眼见皇上在熟睡，也就更是放心了些。本来，她很想一直在这里陪伴他的，可是一想到他定不会有大事了，又加之特别为仍待在坤宁宫的小皇子担心。

适才当其离开的时候，小皇子便吵着要一起跟来，她在仔细吩咐了梅箫、兰氤及奶娘好生照看并言明待母后回来时定要好好陪他，他方才作罢；因此，她便决定还是回坤宁宫，这里有几位公公在侍候尽可让她放心了。她在仔细吩咐一番后便回宫去了，而这时则差不多已近午夜子时。

当周皇后离去后，崇祯的龙寝卧榻之地便多少起了变化，先是小毛子待了一会儿便小声对王、曹二人说他需得出去方便方便，遂赶紧离去了。

小毛子的脚步声刚刚消失，曹化淳便拱着双手满脸堆笑地对王承恩道：“老哥子今儿折腾了一天，想必很是劳累的，就不妨先回房歇着吧，这里就由小弟拾掇拾掇得了，待小毛子回来，我们也就回房歇息去了。老哥子尽可放心，皇上不会有事的，若真是有事，让他们来通报一声，我们再赶来也不迟的。再说，明儿还不知怎么着，老哥子还是先回房歇息去吧！”

王承恩听罢他的话，一想，也是，横竖都已经没事了，更何况自己也已经累了一整天，而这上上下下轮职的大小太监都很尽力，于是他定了定神便会意地道：“适才皇上已服了安神药，兴许明儿一早也不会醒来，只是得让老弟多待些时辰了，那——老哥子就先去了！”

可是王承恩的前脚刚一跨出门，曹化淳便立即吩咐站在他不远的一名心腹小太监道：“还不快去，快，去把我的铺盖取来。”

原来，他早就打定了主意，今夜他一定要在皇上面前好好地表现一下自己，他要向皇上好好地证明只有自己才是对他最为忠诚的。

长期以来，自己在宫里的位置竟一直在王承恩之下，甚至比自己后入宫的小毛子虽然官不如自己大，皇上却对他恩宠有加，他所受到的恩宠绝不在自己之下，因此这多少让他感到有些不平。

他一直在想怎样才能在皇上面前好好地表现一下自己，以充分证明自己对皇上的忠诚，从而取王承恩而代之。于是他便这样支走了王承恩，而小毛子借故离去的时候，他也没有怎样去揭穿他。

在他想来，今儿皇上突然病倒，这不就是自己表现的好时机吗？皇上病倒不要紧，兴许自己还会时来运转！当皇上一夜醒来，他发现在他跟前一直在侍候着的竟是他曹化淳，而且还是在龙榻前打着地铺侍候着，他难道就不会感动万分？如果龙心大悦，说不一定当场就会让自己去做秉笔太监，一想到这些，曹化淳不禁满意地笑了。

于是，整个一夜，曹化淳便在崇祯的龙床前打起地铺侍候了，更有甚者，当心腹小太监为他端来一碗夜宵的时候，他也挥手作罢。

只是，一直病卧床头的崇祯又哪里知道他的这番忠心啊！事实上，崇祯自服下药以后，昏迷的大脑当然是平静了些，可他从此也就陷入了噩梦连连的境地。

他不断梦见皇太极，梦见一个甩着长辫子的彪形大汉正举着各种武器在追杀他，一排一排的长辫子大军正疯狂地朝紫禁城冲杀过来。

于是，在他的四周便完全是一派炮声隆隆与杀声震天的景象。于是，他便在不断的噩梦之中痛苦地抽搐着、惊悸着、呓语着。

在这痛苦的噩梦中，五年前皇太极兵围北京的情景似乎又重新映现在他的大脑中，他仿佛突然遭遇了皇太极，突然碰到了那些为他而战死的明朝官军，尤其是为他而战死疆场的满桂、赵率教，特别是那位被他凌迟处死的袁督师……

形势的发展也许正如他这可怕的噩梦。也就在崇祯噩梦连连的时候，已入口多日的皇太极也正在疯狂而又得意地烧杀着。而与此同时，那似乎已濒临绝境的所谓的贼寇也正试图冲破那可怕的噩梦！

七月二十六日，后金兵展开对保安军的进攻，知州阎生斗召集官民抵御，城陷后阎生斗被捉，后受难而死。守备徐国泰、判官李师圣、吏目王立本、训导张文魁、生员姚时中等也在后金兵的进攻中相继战死。

其时，沿边城堡大多已经失守，后金兵很快即进入灵丘，灵丘知县蒋秉采遂招募士卒顽强守御，但这些仓促招来的人员很快在后金兵的进攻下土崩瓦解，蒋秉采只好上吊自杀，全家也一同殉难。

在这次战役中，明军守备于世奇、把总陈彦武、典史张标、教谕路登甫也相继战死。皇太极对灵丘的进攻，极大地震撼了明朝的各路官军，事实上，他们一听到任何有关后金兵的风吹草动，便大有望风而逃之势。

而与此同时，被围车厢峡的农民军竟奇迹般地逃出了车厢峡。

在这之前，农民军包括最重要的农民军首领高迎祥、李自成以及张献忠等都一直被困于车厢峡中。

车厢峡四周皆悬崖峭壁，中间则是一道长约四十里的大峡谷，整个农民军自从被陈奇瑜诱入峡谷后，四周山上的居民和官军便向其投击石头，或者投放火把，又用石头将出口死死地堵住。

深入如此死谷，农民军纵是插翅也难逃了。不仅如此，农民军刚入峡谷不久，便一直连降大雨，仅存的粮食和武器全都深陷于雨水之中，很快，他们便粮食断绝，箭矢净尽，马匹也因缺草死了大半。

毫无疑问，农民军似乎已陷入了绝境。可是也就在这个时候，李自成手下的一个军师顾君恩却向他出谋献策，提出："吾辈万里远掠妇女辎重，何不用之以饵群帅，可诈降而狡焉以逞也。"

李自成不禁喜从天降，认定这是一条唯一使他们可以绝处逢生的妙计，当即予以采纳，在和高迎祥及张献忠等人认真商量后，立即派顾君恩携重金秘密前往官军营帐。

陈奇瑜周围的一些幕僚和手下的一些将帅在收受了顾君恩所送的贿赂后，便一致同意顾君恩提出的农民军向官军投降的建议，并随即向陈奇瑜本人报告了此事。

陈奇瑜本就十分轻视农民军，而且随着农民军陷入绝境，他也早已滋生了骄傲的情绪，在他想来，农民军既已濒临绝境，来向自己投降是必然的，而自己若能不再多费箭矢便可以轻而易举地解决这一朝廷最大的内患，那又何乐而不为呢?

更何况，崇祯早在他出征前就向他言明，须得剿抚并用，如今这便正是招抚的时候了，他又何苦逼他人鱼死网破呢？因此，陈奇瑜没有过多的思索便同意了这一让农民军投降的建议。

于是，他一面派手下人赶紧安排农民军的投降之事，一面则让幕僚们起草了一份给崇祯的奏疏，向其言明这一招抚农民军的重要策略，并派八百里快传立马送往京师。

经过一番谈判，农民军和官军终于达成了一个算是投降的协议，按照这个协议，农民军全部缴械投降，并各自回归故里种田务农，从此不再与官军为敌；而官军则对农民军上至首领下至兵卒不做任何追究，农民军投降后官军将其姓名悉数登记造册，并适当予以慰劳，然后派出安抚官护送已解除武装的农民军出峡谷，且最终送归原籍。

陈奇瑜哪知是计，农民军自称已经解除武装后，他当即派人将数万农民军的姓名登记造册，还像模像样地慰劳一番，然后又每一百人派出一名安抚官护送农民军出峡谷归原籍，又传令沿途所经州县准备粮食以接应他们，而且还命令沿途官军不得截击，否则定以破坏安抚事宜论处。

可哪想到，农民军悉数逃出了车厢峡后，随着李自成的一声令下，他们突然杀死各自护送的安抚官，又重新揭竿而起，这样，农民起义遂又重新大规模地鼓噪起来了。农民军重新揭竿而起后，大肆掠夺所过州县，官军总兵张应昌得知此情，当即派兵追杀，却不幸战败。于是，农民军遂连陷麟游及永寿等七州县。

当时，驻扎在汉阴和兴安的农民军得知高迎祥等人绝处逢生，遂立即从略阳赶来会师。一时间，关中各地大为震动。

其时，当农民军刚刚开始叛乱的时候，李自成曾偷偷地率其一部突袭凤翔城，并企图诱开城门，守城的官军知道有诈，遂诱骗农民军顺着绳子爬上城墙。先登上城墙的一批农民军被悉数杀死，其余的则奔命逃去。与此同时，攻击宝鸡的部分农民军也全被宝鸡知县李嘉彦击退。

但是，时至此时，身为五省总督的陈奇瑜却仍浑然不知，他根本不认为这一系列的鼓噪是农民军的重新揭竿而起，而完全是各地方官员或是官军将帅破坏的结果，尤其是这个敢于击退农民军的李嘉彦。

于是，他便向远在京师不明就里的崇祯发了一道紧急奏疏，弹劾李嘉彦及凤翔乡官孙鹏等人。可是刚一发出这封奏疏，他才连获报告，得知农民军的声势差不多已经完全强盛起来，于是他才终于醒悟，后悔自己的失误。

但是，对于这次重大的失误，他并没有进行认真的自责与反省，而是把罪过完全推到了巡抚练国事的身上，遂赶紧又上疏状告练国事。练国事则很快得知此情，也立马上疏为自己辩白。如此一来，一封又一封来自陕西的奏疏便相继堆到了崇祯的御案上。

连日来，崇祯自从昏迷中恢复健康后，便一直在考虑应对后金兵入侵的事，而且据奏报，京师自戒严后便多少有些恐慌，百姓们很担心后金兵像五年前那样再一次兵围京师，因此已有百姓沿运河逃离了。

而昨日，他又突然得知了曹文诏战败的消息，因此一时间他很是吃惊，他没想到，曹文诏也竟吃了败仗，在他看来，无论怎样，曹文诏兴许是能够抵挡上一阵子的。但是，他在吃惊、愤怒与无奈之余却又不得不面对这似乎越来越不利的形势。

于是，经过认真考虑，他便只好急诏总兵尤世威和吴襄等赴援，又命宣大总督张宗衡指挥各路援军，奋力抵御后金兵，而且严令：若各关隘再被后金兵攻破，守官必凌迟处死。

他本以为，处理完这满人的事，他兴许可以多少舒口气了，可哪曾想还没待他缓过气来，便接到陈奇瑜前后矛盾的两封奏疏。

前一封向他言明贼寇已悉数向官军投降，而且这些造反的贼寇不日将悉数被送归原籍，看来这贼寇之事的确是已经解决了，一时间他便大感愉快，认为满人日急，但这后顾之忧却总算解决了，那么他总算可以腾出手来全力对付这些满人了。

可是哪曾想，读罢这封奏疏不到两个时辰，他竟又读到了陈奇瑜那封弹劾李嘉彦等人的奏疏，陈奇瑜在奏疏中向他言明，本来，数万贼寇已被其悉数安抚，但李嘉彦等人却不顾他的严令，竟公然破坏安抚，终使贼寇大有重新鼓噪之势，他要求圣上将李嘉彦等人撤职查办，以利于安抚之策的顺利执行。

立时，他便大怒起来，遂当即下令逮捕李嘉彦及孙鹏等人。

但是处理完这事不到半天，他竟又读到了陈奇瑜参奏巡抚练国事的奏疏，而这一封奏疏则是说贼兵在出了车厢峡后又如何如何重新起事，贼势如何如何重新死灰复燃，这不仅是李嘉彦等人破坏了安抚之策，而且也是因为巡抚练国事剿抚不力所致，贼寇如此强悍完全是练国事长期纵容的结果，云云。

一时间，崇祯不禁大为赫然，他怎么也没想到，这些所谓的贼寇会是如此的狡诈，他本以为他从此便可无后顾之忧了，可哪想到这忧愁不仅没有被消除，却反而在这之上还更增添了新的忧愁，他简直不知道该怎样来重新面对这些死灰复燃的贼寇。

然而，当其还没有从这封让他迷惑而又赫然的奏疏中解脱出来，他竟又很快读到了练国事那封自辩的奏疏，练国事在奏疏上说："汉水以南的叛贼全部进入栈道时，陈奇瑜传令禁止动兵。臣不知道所抚叛贼的实际人数，等见了陈奇瑜奏疏，'八大王部有一万三千多人，蝎子块部有一万零五百多人，张妙手部有九千一百多人，八大王另一部有八千三百多人'，臣不禁仰天长叹！一个月安抚强寇四万多人，都经由栈道入内地，哪来那么多粮食供他们？怎么会不剽掠！况且负责护送的官军，一名大将只领有三千人，而一名贼首反而拥有一万多人，怎么会接受管制呢！

"贼寇借口回乡归农，可是延安州县骤然增加四万多人，把他们安置在什么地方？合计各路剿贼的官军不满两万人，而降贼超过四万人，难道内地的兵力可以承受吗！这样难免贼军连陷各城，而官军无能为力了。

"如果责怪我不截击叛贼，那么是先有禁止动兵的命令了；如果说贼军已接受招抚，是因为误杀他们导致重新反叛，可是在没有误杀之前，贼军为何要攻破麟游、永寿呢？当今之计，只有迅速调大军讨伐。如果仍然打算护送他们回原籍，禁兵勿剿，那么三秦之祸，不知道何时才是尽头了。"

读罢这封奏疏，崇祯十分气恼。在他想来，练国事这明显是在为自己推卸责任，而根本没去想作为专负剿抚之责的五省总督陈奇瑜应该承担怎样的责任。于是，他当即召内阁辅臣及六部官员平台引对，以决定对几封奏疏的处理，并研究应对之策。

首辅大臣温体仁首先站出来道："山陕贼寇屡剿不灭，今更死灰复燃，臣以为，当非一朝一夕之患。诚如督师所言，山陕贼寇强悍之致，全是巡抚练国事纵容之结果，如此方成今日之大祸。目下，贼寇既已重炽，此纵容之徒必予以严惩，否则便不足以威震各路剿抚之师，祈皇上明察。"

作为首辅大臣的温体仁如此一说，似乎便为整个事件的处理定下了基调，但是他们又哪里知道，他这是在力保陈奇瑜！

温体仁看得十分明白，农民军重又死灰复燃，作为专负剿抚之责的陈奇瑜也是难脱干系的，但是陈奇瑜给自己送过不少银子，而且自从升任了五省总督后，陈奇瑜四处收掠的金银珍宝除他的一份外都会悉数秘密地送往京师自己的府上。

因此，在温体仁看来，以恩图报，此时不报又更待何时。是以，崇祯的话刚一说完，他便立即站出来说话，他看得明白，崇祯似乎也有要处罚练国事的意思，因此，他必须趁此首先为这事定下一个基调，这样，即使别的人有什么不同的意见，也就不好再开口了。

事实也正如温体仁所预料的，他把话说完以后，众大臣都保持沉默，完全一副事不关己高高挂起的样子；而崇祯则也似乎十分满意地一边捻着胡须一边点着头，很显然，温体仁的话也很合他的心意。

崇祯眼见没有不同意见，当即便传旨下去：急命锦衣卫着即前往陕西将巡抚练国事逮捕下狱；命令陈奇瑜即刻调集人马围剿重新死灰复燃的农民军；同时又飞檄已在甘肃的洪承畴回师陕西和陈奇瑜一同剿杀农民军。

崇祯如此这般处理完这一事件后便示意众大臣告退，可是也恰在这时，吏部尚书李长庚却突然站出来道："启奏皇上，眼下真定知府一职尚缺多时，若不及早遣人赴任，此重镇便要六神无主了，方今满人正从宣、大一带劫掠，真定须着急派人镇守才是。臣以为郎中王茂学堪当此重任。"

崇祯听罢仔细地想了想，遂斩钉截铁地大声道："不可，不可，王茂学上番武举会试渎职朕还没来得及过问呢！"

原来，就在这次武举会试中，崇祯本是要让首辅温体仁做监试官的，可他事到临头时却推脱说他因处理内阁事务实在太过繁忙不如另择人监试，于是吏部尚书李长庚便保举了和他关系密切的郎中王茂学任监试官。

可哪想到，整个一场武举考试竟被搞得乌烟瘴气，适逢崇祯亲自到场观览，他对此自然很是生气。第二场考步射的时候，正赶上刮起了大风，应试者能够射中的极少，于是王茂学临时便决定凡能够射中一箭者即算合格。

尤其是考骑射的时候，那场面则更是让崇祯吃惊，应试者很多人差不多是让自己的仆人牵着马跑到靶子的前面，用手把箭插到靶子上的。

见此情景，崇祯当场便气得七窍生烟，他本是要从中选拔将才的，可哪曾想这选拔的场面竟是这样，于是，他当即一气之下便要治王茂学的罪。

当时一同陪侍在侧的吏部尚书李长庚替其说情，认为考试被弄得如此糟糕，并不全是王茂学之过，也实在是这些应试者没有什么真才实学啊，更何况王茂学本就是被临时抽来的，无论怎样，这罪过也不能由他王茂学一人承担。

本来他很想说武举会试被弄得如此糟糕根本就是温体仁之过，因为此前一直是由他在办理，而事到临头眼见这事会有一个不很光彩的场面遂借故推脱掉了，而且温体仁收受的贿赂银子也早已尽入囊中。崇祯经过认真一想，觉得这事也确实不全是王茂学之过，遂当场赦免了他，不过虽然如此，他对王茂学已没什么好感了。

因此，今儿一听到李长庚竟保举王茂学，遂当即将其否定了。

可是，他又哪里知道，相当一段时间以来，吏部尚书李长庚眼见首辅大臣温体仁在朝中不断地培植自己的势力，而这位李尚书在朝中势孤力单，不禁愤愤不平，遂力图和一帮好友王茂学及左都御史张登言等人结成朋党，以便和温体仁的势力相抗衡。

眼下，他明白崇祯对王茂学的印象不好，但恰逢真定知府一职空缺，遂抓住时机保举他就任这一职位，以免他在朝中再被崇祯抓住什么把柄，从而被革职问罪，削弱了自己的势力，而自己的势力本来就弱小！

因此，当其保举的奏议被崇祯否定之后，他仍是有些不死心，又重新站出来大声道："真定知府既是不可，眼下顺德知府一职正空缺，不妨让王大人就任此职。"

听罢此奏，崇祯立时愤怒，大声地斥责道："王茂学渎职之罪朕赦免他，也就罢了，汝竟三番五次保举他，此为何故？必是朋党无疑，朕要治汝欺君之罪。"

对于这朋党之事，崇祯一向就是十分憎恨的。而自认聪明一向又善于分析推理的他，一想到李长庚和王茂学一定有着千丝万缕的联系，似乎突然发现了什么重大案件一般不禁多少有些得意，而且仔细一想似乎又更加有些愤怒了。

但是，也就在这个时候，左都御史张登言竟又站出来为李、王二人说话，只听他振振有词地大声道："启奏皇上，李大人今日之保举，实为社稷着想，真定一府，本为京师南面之屏障，眼下满人正肆掠宣大边镇，若其一路势如破竹，京师必是不保，而真定知府一职空缺，必对防务有莫大隐患，是以，李大人方有今日保举之奏议。至于王大人，臣倒以为，武会试之罪本不为他之过，他可是替人受过啊，祈皇上明察！"

他不说还好，他这一说，更是火上浇油，在崇祯想来，有一个李长庚和王茂学就已经够他烦的了，而今却更有一个张登言站出来一个鼻孔出气，若不是朋党，谁还会这样大胆站出来为他们说话呢？必是朋党无疑了。

他气愤之极地道："大胆！大胆！朕多次严申，朝中不得私结朋党，尔等竟置若罔闻，如此胆大妄为，若不处置，便越是无法无天了，今查吏部尚书李长庚、郎中王茂学及左都御史张登言，私结朋党，为害朝政，着急革职查办，王茂学交刑部论处，李长庚削职为民，张登言罢职。"

他一连串说完这些，仍是一副气哼哼的样子。

崇祯这一气愤的论处倒不要紧，可乐坏了一直在静观事态发展的首辅大臣温体仁。当崇祯宣布完对李、王、张三人的论处的时候，他简直喜上眉梢，一想，自己不仅把那武举会试的责任嫁祸到了王茂学的身上，今日则更是无意中让李长庚和张登言这两个长期和自己不和的对头下了台。

问题或许还不仅仅是在这里，而更重要的或许在于，随着这二人的下台，吏部尚书和左都御史这两个重要的职位便一下出现了空缺，而他则正好可以提拔自己的亲信。想到一下有了这样的好事，温体仁顿时在心里乐开了花。

也正在这时，少詹事吴伟业突然站出来道："启奏皇上，李长庚既已革职，尚书一职须有人继任才是，臣以为刘宇宽堪当此任。"

崇祯听罢，认真地思考了起来。

温体仁倒是有些紧张了，他没想到复社的人抢了先。当然，他也压根没想到，相当长一段时间里，复社就一直在朝中积蓄自己的力量，而已经升任为少詹事的吴伟业自从接到自己的恩师张溥要他尽力在朝中为复社扩大势力的亲笔信后，便一直在寻找机会。所以，李长庚被革职，尚书一职空缺，他便顿觉喜从天降，遂立即站出来举荐。

当然，他也不好直接举荐复社某个人士，他知道崇祯对于朋党或是逆党之类一直是耿耿于怀的，因此他便采取了一种曲线的方式，推举了和复社关系密切却又不是复社成员的东林外围分子。

他自然也是明白得很，东林党和复社本就有着千丝万缕的联系，而且复社不少人士本就是东林子弟，因此举荐东林人士和举荐复社人士没什么两样。这样一来，他就既可以达到自己的目的，又可以避私结朋党之嫌。

当然，奸猾之至的温体仁知道吴伟业的用意何在，这个刘宇宽本属东林外围分子，崇祯不甚了解，可他温体仁却是知晓的，无论怎样，他绝不能让吏部尚书这一肥缺落到复社的手里，他必须要将其弄到自己亲信的手中。

于是，只见他眉头一皱，稍思片刻，便静静走到自己的心腹工部右侍郎张捷的身旁对他如此这般地耳语了几句。少顷，便听张捷站出来道："启奏皇上，吏部尚书一职空缺，臣以为吕纯如吕大人倒是可以堪当此任。"

他方才奏完，一时便满殿大哗，而崇祯也是一惊甚至有些不悦。

原来，这吕纯如正是东林党的重要成员，文武百官全都清楚，崇祯本人也是十分清楚，而他们同样也十分清楚的是，当今皇上已经对东林人士没有太多的好感，和东林多少有些瓜葛的前任首辅周延儒不是都致仕回籍享“清福”了吗？

更何况，这位从来总喜欢自作聪明的皇上对于什么逆党、朋党之类一向是十分厌恶的，而且也多次声称，他绝不会介入朝中的任何朋党之争，他必须要做一个不偏不倚的公正的好皇上。

很明显，张捷提出的人选是不可能被批准的。那么，温体仁为何又要让他举荐这样的人呢？而这正是温体仁的奸猾之所在。

事实上，温体仁让张捷举荐一个本就不可能被批准的人，其用意不在这个人本身，他的根本用意在于提醒崇祯，朝中朋党或是说逆党分子的存在，而崇祯恰好知道吴伟业本就是复社首领张溥的大弟子，那么很明显，善于抓住蛛丝马迹的年轻皇上就必然会做出这样的推论：吴伟业的举荐无论怎样也难逃朋党之嫌。那么既然如此，一向自认为是不愿介入什么党派之争的当今皇上又怎么能准吴伟业的奏而让臣子们说他自己打了自己的嘴巴呢？

张捷的举荐明显不可能被批准，吴伟业的举荐也就同样不可能被批准。而他温体仁则可正好提出自己的人选，他很清楚，自己在崇祯心目中的印象其中重要的一点就是不具朋党之嫌。

事实也正如温体仁所预料的，张捷所举荐的吕纯如很快被崇祯断然否决，而吴伟业举荐的刘宇宽也被他不置可否，虽然这位吴伟业本是皇太子的老师，而崇祯本人对这位太子师傅也很是有些好感。

隔了一会儿，崇祯眼见再也没有人站出来举荐了，遂向温体仁扫了一眼问道：“温爱卿可有合适人选？”

直到这时，温体仁才慢条斯理地站出来大声道：“启奏皇上，微臣以为，吏部尚书和左都御史二职空缺，皇上可擢升郎中谢升和唐世济继任。”

温体仁所奏方毕，崇祯不待细想，当即便任命谢升为吏部尚书，唐世济为左都御史，随即便退朝而去。

此时此刻，这举国上下燃起的大火似乎正越烧越旺！农民军重新起事后，攻城略地，大有所向披靡之势。三边总督洪承畴接到陕西警报，立即率部从甘肃回师陕西。

一路向西进攻的农民军攻陷澄城后，包围了郃阳，这时，洪承畴接到了崇祯的紧急命令后，快马扬鞭，率部正好到达这里，农民军转而进攻平凉和邠州，随即又展开对隆德的进攻。

很快，隆德被农民军攻破。破城后，农民军杀死了知县费彦芳，而乡官松江、通判杨泰初与儿子生员杨善皆投井自杀。接着，一路农民军逼近了静海州，固原参政陆梦龙遂率领贺奇勋、都司石崇德迎战。

开始的时候，农民军的人数只有一千人左右，很快便达到了数千人，而陆梦龙则只有三百余人，农民军便将其团团围住。

结果，陆梦龙及三百余官军皆悉数战死，而陆梦龙正是曾经审理过一度轰动一时之梃击案的人。当时，在山西已经投降了官府的农民军王刚、王之臣及通天柱等人已经被山西前任巡抚戴君恩所斩杀，只贺宗汉、刘浩然和王加计等人仍然在肆无忌惮地到处活动，垣曲典史秦宗恩和黎城百姓李养裕等人则先后率领一帮人抵抗农民军。

现任山西巡抚吴甡上任后，虽表面上对农民军实行招抚政策，暗地里却密令参将猛如虎、虎大威和刘光祚等人阴谋袭击农民军。

与此同时，从车厢峡绝处逢生的李自成在陕西各地肆掠了一段时间后，很快包围了陇州城。明总兵贺人龙得知此情，立即率兵赴援陇州，这时李自成的人马早已经声势浩大，人数也远远超过了贺人龙。贺人龙很快陷入李自成的重重包围之中。

但是，李自成却念贺人龙和自己是同乡，因而不愿和其直接交锋，遂派手下大将高杰带着他的亲笔信前往贺人龙营帐劝降，并力图说服他也加入农民军。然而，贺人龙却严词拒绝，并向三边总督洪承畴求援。洪承畴得知此情，当即派总兵左光先率领人马前往解围。是以，贺人龙才终于得以冲出重围。

也就在山陕之地的农民军又重新呈现燎原之势的同时，在宣府、大同一带，皇太极所率的后金兵也早已取得了决定性的胜利。

当时，皇太极曾向已经战败了的曹文诏和阳和总督张宗衡提出了议和的建议，代王的母亲杨太妃也正好在这时命令张宗衡等人向皇太极媾和，而曹文诏和张宗衡一开始也是同意的，但是很快他们又变了卦，而且还写了一封公开信挂在城门口，以策动皇太极手下的汉人和蒙古人反叛。

对此，皇太极非常愤怒。当他率兵到达阳和后，他便给曹文诏和张宗衡写了一封信，指斥明军张狂无能，他攻入明境两月来，到处蹂躏禾稼，攻克城池，而明军则差不多没有一人敢于和他对垒，甚至没有向他射上一箭，明军实在是无能之致。

因此，他向曹、张二人提出，双方就在阳和城外进行决战，以决胜负。曹、张二人哪敢应战，自然也就没有任何回应，双方便于城上城下僵持着。

明军不敢出战，可皇太极却也难于攻进城内，因为明军的红夷大炮也着实厉害，后金兵的城下叫战往往只能在大炮的射程之外，一时之间，皇太极对这阳和城池也无可奈何，当然，攻城略地也不是皇太极此番出征的根本目的，这是他早就已经定下的战略方针。

因此，他在把阳和城四周抢掠净尽后便率兵离开了这里。不久，他即率兵攻下了明朝宣府重镇的万全左卫。

万全左卫位于宣府西部，是防卫宣府的重要屏障，皇太极率领其精悍的骑兵经过轮番冲杀，终于将其攻下，明军守备常汝忠战死，其手下官兵千余人则被后金兵斩杀。

到这时，后金兵一路抢掠的人畜财物早已数不胜数，沿途破坏的明朝边防及城隘也已经是几十个。

无疑，这在皇太极看来，自己的战略目的已经达到，更何况他此番出征也已经两个月了，于是，他决定班师回朝。

皇太极此番第二次入塞，长途奔袭千余里，在两个月的时间里，蹂躏了明朝边防重镇宣府、大同周围的广大地区，而纵深则达山西中部，攻略大小城镇台堡五十余个，而且在饱掠之后，安然出口东去。

皇太极此番出征，不仅向明朝显示了他的八旗将士能征惯战的威力，而且也完全暴露出明朝整个边防的脆弱与不堪一击。

随着皇太极的原路回返，燃起在宣、大一线的边患风烟终于烟消云散了。皇太极终于没有向京师冲杀过来，京师城里的百姓、显贵、文武大臣甚至崇祯本人也终于舒了一口气，因为，和平总算是降临了。

然而，和平倒是降临了，但是，这偌大的塞北地区却已经是一片荒芜，皇太极为大明皇朝所留下的则是一座座由村庄、城镇与关隘劫后而成的一片废墟与死寂，所有的财物、牲畜与人口都成了皇太极的战利品。

当然，对于那位闭锁深宫的年轻皇上来说，他也确实是多少应该有些高兴的，他的高兴虽说不上甜蜜，但是当他得知后金兵班师回朝的消息时，他也实在感到相当舒心。

对于这满人的事，他终于可以长长地舒一口气了。虽然农民军重又死灰复燃，而且在山陕各地不断攻城略地，其声势大有一浪高过一浪之势。

连日来，他因为这没有尽头的内忧外患而头痛而烦恼，因此他竟连一向雷打不动的早朝也难得上了。

是啊，他哪有心思终日坐在那里去听一个个的不幸消息。在他想来，与其终日去听这些噩耗，还不如装聋作哑，全当作什么事都没有发生。

紧接着，他又重新信心百倍了。于是，他又重新上朝理事了。但是，就在上朝的第一天，这位重新振作起来的年轻皇上却并没有真正去反思后金兵入塞这一事件的前因后果或是说经验教训，甚至思考出对付这个正在日益崛起且实力强盛的后金国的新对策；当然，那也就更不要说去认真想一想正如火如荼的农民起义了。

如果说他也在总结什么经验教训的话，那么他的经验教训便是一如往常地追究当事者的责任，一如往常地把他的信心与精神完全放在惩戒他人之上。

他没有想到，其责任的最大承担者当是他自己，他根本没有丝毫的检讨之意，他也没有追究兵部的责任，因为作为主管国家防务的部门，敌人已经进到了家门口而他们竟然还茫然不知，无论怎样他们也是难辞其咎的，可是这位年轻的皇上似乎将他们忘了，竟反而要去追究下属官员的责任。

事实上，兵部早已按照他的旨意拟就了一份所谓的失职官员的名单。当然，名单既然是由兵部所拟就，那也就自然没有任何一个兵部官员的名字了，更何况自从有了上一次中极殿里的有惊无险，兵部尚书张凤翼近日里已经在首辅大臣温体仁面前变得乖多了，差不多已经完全是服服帖帖，当然在相当程度上他也要秉承温体仁的旨意，而在名单上全拟就一些和温体仁无甚瓜葛的人。

于是，在这份名单里排在第一位的则便是戴君恩、胡沾恩、焦源清、张宗衡及曹文诏等几个，而拟就的对他们的处分则是：戴、胡、焦三人“革职赎杖”，张、曹二人则“闲住”。

可他们哪里知道，当崇祯看了这份名单尤其是对这些所谓的当事者的惩处却并不满意。在他看来，满人进到家里，让他食不果腹夜不甘寐的，而这些当事者受到的惩处竟是如此的轻，因此他必须要完成他那所谓的严惩。

于是，他便一气之下将这份名单从丹墀上猛扔了下去。当那张黄黄的纸张还在空中翻滚着的时候，他已经连珠炮似的开骂了：“发落为何竟这样的轻？朕何曾说过？嗯？尔等竟不知晓，是吗？他们吃了朕的俸禄，朕竟要便宜他们了，是吗？朕可是说过要‘重重’‘重重’惩处的呀。”

如此这般，他竟足足地骂了半个时辰。

当他这样大声嘶吼谩骂的时候，那些一直跪在丹墀下的文武百官连大气也不敢出。末了，便听他咽下一口唾沫后，突然大声地：“马上重拟，朕非得要严惩不可！”

温体仁一听，当即出班奏道：“皇上息怒，臣遵旨，着兵部着即重拟！”

奏毕，他便立即召过兵部尚书张凤翼及王应熊、何吾驺等几位次辅，几个人略略商议一番，那张凤翼遂趴在地上很快便将新的惩戒奏疏拟成了。

于是，崇祯看到这第二次递上来的惩戒奏疏里，对那些所谓的当事者的惩戒就明显地重多了。宣、大一线的所有巡抚、总督和总兵全都给拟了个“遣戍”，而所有战败的将士则全都各降三级。

这一下，崇祯总算是满意了，不但自己心里的火气总算得到了发泄，而且他也由此总结了一个又一个内忧外患的经验教训，在他想来，自己这样重重地惩处这些失职的人，那么下一次别的人也就不敢再犯了。

他相信，乱世必得用重典。他以为，通过这种严格的惩处，他才能够拯救这个摇摇欲坠的王朝，并最终拯救他自己。可是，这种严格惩处的结果究竟是怎样的呢？

事实上，每一次严格的惩处所带来的必然是一批又一批的各级官员的流失，他们不是被撤职查办，就是被斩首消灭，一个又一个将才或是有才能者差不多全都消失了；而那些侥幸得以存活下来的，不是人人自危因而明哲保身，便最终成了唯唯诺诺或是阿谀奉承的无耻之徒。算起来，他登基也已经快九年了，而今满朝上下堪称将才或是说有本事的人则早已经是寥若晨星了。

于是，对于这一次严惩之重典，朝中的大臣们自然也就分成了两派。一派便是以温体仁为代表的，他们在朝中位居高职，对于能够趁此机会排挤掉像曹文诏这样的对头，他们自然是打从心眼里欢喜了。

另一派则是以山西巡抚吴甡为代表的，他们往往都是带兵打仗或是在地方担任实际工作的人，他们责任重大，吃苦最多，可每每出了一点乱子，有时甚至根本就不是他们的过错，而当权者却又往往唯他们是问。

于是，他们便对这种不分青红皂白的严惩极为愤愤不平。但这种愤愤不平者，到这时也是极少的，而山西巡抚吴甡便是这极少数者中的一个。

吴甡，字鹿友，扬州兴化人，万历四十一年进士，天启二年擢御史。但因与魏忠贤忤，天启七年被罢官。崇祯元年起复官。

吴甡一向为人比较正直，而且也颇多政绩，自任山西巡抚，便对山西的局势作出过一些贡献。当其得知曹文诏等人被崇祯问罪惩处的时候，他很是为他们打抱不平。

在他看来，到这时明朝堪称良将的便只有祖大寿和曹文诏二人，此二人都曾是袁崇焕的爱将，但祖大寿自从袁崇焕被崇祯问罪处死后，早已经寒透了心，而且现今又率部驻防于锦州前线；因此，朝廷真正可以有所指望的便唯有曹文诏一人了。

大同战败，本乃非战之罪，皇上却如此不问青红皂白将曹文诏遣戍边卫，这样一来，大明朝里便再也没有可用之将了。

与此同时，山西及河南一带的农民军又早已成了星火燎原之势，在他想来，这剿敌安民非得要这位曹文诏不可。

于是，他便紧急上疏请求留下曹文诏和张全昌二人不予处分，让他们率领一班人马围剿农民军，美其名曰“戴罪立功”。

崇祯认真地考虑了一番，批准了这一请求，让兵部拟议执行。兵部却决定派曹文诏率部前往河南围剿农民军。

吴甡得知此情，又上疏抗争，请求先平定山西的农民军，然后再前往河南。但是，对于这一请求，崇祯却坚决不同意。

虽然如此，但曹文诏仍对吴甡十分感激，当其率着人马途经太原的时候，他执意留在山西先平定山西的农民军，然后再前往河南。

崇祯在严厉地处置了后金兵入侵时一批所谓的当事者后，他的心情多少舒坦了些，最起码他觉得自己多少算是出了一口怨气。

可是哪曾想，这件事过后才不到半个月，紫禁城里的盔甲厂竟又突然发生了一场火灾。这间盔甲厂本是为内宫及御林军制造盔甲等武器装备的，可是不知怎么的，当一批师傅正在厂里工作的时候，一场大火竟突然烧了起来，将其烧成了一片废墟。崇祯得到奏报，不问青红皂白便命人将负责盔甲厂的太监活活地打死了。

也就在这时，五省总督陈奇瑜和三边总督洪承畴又连连奏报，言陕西的农民军四处出击，官军因寡不敌众，只能疲于奔命，因此二人皆请求朝廷立即调集人马赴援围剿。

于是，崇祯便召集内阁及兵部紧急到平台引对，众大臣讨论来讨论去却终是拿不出一个妥善的对策，到最后还是崇祯自己拿出了一个算是对策的决定：立即调集各路人马剿杀在他看来还立足未稳的农民军。

按照他这个所谓的对策，兵部连连拟出如下的命令：河南兵入潼关、华阴；湖广兵入商州、洛南；四川兵经由兴安与汉阴入陕；山西兵则出蒲州和韩城。四路人马悉数扑向陕西，大有要将死灰复燃的农民军一举扑灭之势。

但是，对这次四路围剿多少有些信心的崇祯怎么也没想到，四路人马刚才进入陕西境内，便四处受到农民军的顽强抵抗，湖广兵首先于洛南战败，副总兵杨正芳和部将张士达也不幸战死。四路围攻遂宣告失败。

与此同时，朝廷里的大臣和太监们的权力争斗却又愈演愈烈，到这时竟又演成了互相公开的攻讦。由于崇祯越来越相信这些太监，无论是政务还是军事，太监都有着相当的发言权，对此，大臣们很是不满。而这些太监则往往颐指气使，更使他们不满。

著名的太监军事家高起潜负责监视山海关及宁远两镇的军事，而那位户工总理也仍然继续监理着户工二部的一切事务。也正是这位户工总理，在这时为年轻的崇祯带来了新的事端。

身为户工总理的司礼太监张彝宁在户工二部俨然是钦差大臣一般，高高在上，颐指气使，把尚书和侍郎全不放在眼里，到这时，他更是时常命各司郎等中下级官员都必须按时到其府上拜谒。

对其所作所为，工部侍郎高宏图很是愤怒，而且也实在不愿居于一位太监的管辖之下，遂向崇祯上疏表示抗议。

他在抗议中这样阐述："臣部有公署，中间是尚书之座，两旁是侍郎之座，这是国之大体；而今内臣张彝宁奉命总理二部，位在尚书侍郎之上，这是有辱朝廷亵渎国体。臣为侍郎，是尚书的副手而非内臣的副手。今日为了国之大体，臣不能不慎重其事，祈求皇上能撤回内官。"

崇祯对高宏图的抗议置之不理，高宏图遂接连七次请求辞职，崇祯被惹火了，一怒之下便将他削籍为民。

也正在这时，工部主事金铉和同事约定从今往后不再私自拜谒张彝宁，这竟惹恼了张彝宁，张彝宁便在崇祯面前告了一状，金铉遂被崇祯免了职。

工部主事周士朴得知此事很是愤怒，而且在此之前，他因耻于和张彝宁同僚，已经多次和其发生抵触，这一次则更是有些不堪忍受，遂在工作上更是与他为难。

于是，张彝宁便到崇祯的面前去说了一大通有关他的坏话，崇祯遂下旨诘问。周士朴立即上疏回答，言辞甚是直率，崇祯看了之后，虽然很是不满意，不过在当时他还是没有将其怎么样。

可事隔两天，驸马都尉齐赞元却又突然参奏了他一本。事情的起因是由于所谓的遂平公主墓地造价不符合礼仪，齐赞元便对此相当不满，这事恰好也被张彝宁所知，张彝宁因崇祯并没有对周士朴怎样便大有意犹未尽之感，遂借这一事件鼓动齐赞元再次参奏周士朴。

崇祯见一连两人都如此这般说周士朴的不是，不加丝毫考虑就削除了周士朴的官籍，工部尚书一职则由刘遵宪代替。

一时间，朝内朝外人们众说纷纭，一些稍稍有些正义感的文武大臣对此很有看法但是他们却又无可奈何，对这种朝臣和太监们的斗争，当今皇上动辄得咎，他们也似乎心灰意冷了。与此相反，太监们则更为嚣张，甚至有些忘乎所以，而朝臣们在相当程度上也就只好仰仗他们的鼻孔出气了。

随着工部尚书周士朴的倒台，这场朝臣与太监之间的权力之争似乎暂时告一段落了，崇祯也多少能安心了。

可他这安心并没有两天。就在周士朴被削籍后没有两天，他便接连不断地接到弹劾五省总督陈奇瑜的奏疏。这一弹劾的起因自然是由于农民军自车厢峡复出而引起的。

其时，随着崇祯对后金兵入侵之当事者的兴师问罪，陈奇瑜不禁由此想到了自己的命运。作为身负剿杀农民军重任的五省总督，他不能不看到自己对农民军复出所应该承担的责任，他也明白，既然后金兵入侵之当事者已经被悉数处置，那么下一批自然该轮到他们这些剿杀农民军的当事者了。

无论怎样，崇祯也不会对这件事善罢甘休的，对于这一点，陈奇瑜是再也明白不过的，尽管在这之前，他已经把责任全都推到了李嘉彦和练国事的身上了。但是，陈奇瑜又怎逃得了干系。

因此他必须寻找办法来摆脱这不幸的命运。这一次，他采取的办法不是把责任推到别人的身上，而是把别人的功劳捞到自己的身上来。

本来，解了陇州之围的是三边总督洪承畴，可到这时，五省总督陈奇瑜却向崇祯上了一道奏疏，声称自己如何如何率领少数的官军和人数众多的农民军浴血奋战，终于击退了李自成的人马。

当然，自作聪明的陈奇瑜十分明白，自己偷窃他人军功的谎言一旦被崇祯知晓，后果肯定是不堪设想的；因此，他便在上奏的同时，做了一些防范性的准备工作，他派了一大批的人前往京城送礼给温体仁和张凤翼等人，请求他们尽力给他圆谎，并设法为其开脱罪责。

然而，这一次，幸运之神似乎再也不愿光顾他了。

他完全过高地估计了自己的实力，而更为重要的是他过低地估计了洪承畴在朝廷里的人际关系，他也太相信温体仁和张凤翼这两座靠山。

他哪里知道，就在他给温体仁和张凤翼送礼的同时，洪承畴也在更进一步巩固自己与温体仁和张凤翼的关系。而且真正说起来，洪承畴历年送给温体仁的银两压根就不比他陈奇瑜少，甚至远远在他之上。

因此，这一次，即使陈奇瑜给这位温阁老送了大批的东西，这位温阁老和张兵部又怎能真的站在他一边呢？

不仅如此，在朝中洪承畴的关系也远比陈奇瑜要多，他们得知陈奇瑜竟然要从洪承畴的头上抢功，很是为洪承畴打抱不平。

于是，崇祯便接二连三地接到弹劾陈奇瑜的奏疏。先是给事中顾国宝上了洋洋洒洒的一封万言书，他在其奏疏中不仅将其所听来的关于车厢峡一役的前因后果与经过全都十分详细地说明了一番，而且还在奏疏中更加直接地指出，农民军复出事件完全是由陈奇瑜一个人所造成的。

紧接着，御史傅永存又上了一道奏疏，他在奏疏中不但通报了一番陇州之围的经过情形，并且还通过大量的证据来说明陈奇瑜抢夺洪承畴的军功这一事实。

当顾国宝的奏疏送到崇祯面前的时候，他正坐在御书房里的龙椅上闭目养神。他一读完这份奏疏，便龙颜大变，立即传温体仁和张凤翼入宫觐见，以查明顾国宝所奏是否是实情。

温体仁和张凤翼自然是据实奏报，而且还有些添油加醋地说了一番陈奇瑜这样那样的不是。盛怒之下的崇祯顿时便下令陈奇瑜解任，赴京听勘。

然而当这封诏书还在“八百里快传”的马背上的时候，崇祯又接到了第二道弹劾的奏疏，读罢此道奏疏，他不禁怒火满腔，立即又发了一道紧急诏书，诏令锦衣卫将其逮捕下狱，并命洪承畴代替他的职务。

当时，山陕之地的农民军已经四处蔓延，成了不可扑灭之势，山西巡抚吴甡上疏崇祯帝，请求朝廷想以对策。可首辅大臣温体仁却仍说流贼只不过是癣疥之疾，不值得担忧。如此一来，崇祯对陈奇瑜更是有气，按其罪即要将其处死，但是温体仁得知此情，一想到陈奇瑜毕竟是给自己送过银两的，遂对其多少有些可怜，于是他便到崇祯的面前去说了一些有关他的好话。

因此，陈奇瑜下狱后不久，仅仅被流放戍边便算了事。

而到这时，重新起事的农民军十多万人已经自由来往于关中各地，连营一百多里；同时，另一支农民军则驻扎于洛南、阌乡，肆掠几十个郡县。

到这年的十二月，农民军则开始出陕西，进攻河南了。

当初农民军出栈道后，听说洪承畴正准备集中各路兵马进剿，农民军首领高迎祥和李自成等人便逃到了终南山中。

正好洪承畴又赶赴甘肃，农民军遂退出了终南山，且分兵攻陷关陇之地。等到洪承畴挥师东来之时，农民军却又悉数东逃，接着攻陷陈州和宝灵，并集结在南阳与洛阳之间，一时之间，河南又重新震动起来。

农民军之所以能如此势如破竹，不可抵挡，与官军的士气和实力极其不振有着重要的关系。事实上，每当农民军设置营帐的时候，士兵们全都可以轮流吃饭睡觉；而官军则缺少准备，粮饷往往不能及时送到。

农民军有盔甲战马，一昼夜可以行军几百里；而官军则步兵多，骑兵少，行军几十里就疲乏不堪，所以官军大都畏怯惧战。虽有不少官军将帅率部抵御，但面对农民军的强硬攻势，他们压根就是如入水火，不少更是亡命疆场。

当农民军攻入河南的时候，总兵殷体信战死疆场；游击丁孔应被捕后，不屈而死；指挥李学牧落入农民军之手后，与王风木等谋举大义，事情泄露后，二人皆被农民军所杀；昌平镇将领凌元机、胡良翰，本是汤九州的部下，农民军进驻闵乡的时候，汤九州派二人搜山，二人不幸战败而死。与此同时，花马池营千总蔡应昌也因血战农民军而死。

其时，左良玉守新安和渑池，陈治邦驻汝州，陈允福则守南阳，但是面对农民军的疯狂进攻，他们却都按兵自保。左良玉先前在怀庆的时候，就与总督巡抚意见不合，因此他便故意放慢攻击的速度，并且还时常收降农民军以加强自己的实力。而且当督抚传令调军的时候，他又往往违抗命令，实际上，他并没有真心进剿农民军，而且跋扈之气渐露。

农民军听说左良玉正率部前来进剿，高迎祥和李自成等便将人马移驻到了梅山和溱水之间，农民军偏师扫地王等又趋师赴长江以北，攻陷英山后随即焚烧了霍山。如此一来，农民军在河南的势头也如此这般地成了如火如荼之势。

一直静待于紫禁城内的崇祯更是忧心忡忡，为这扑不灭的贼火弄得更加焦头烂额。整个一年的冬天，没有任何雨雪下降，这预示着来年的饥荒将要更加严重。

历史小说

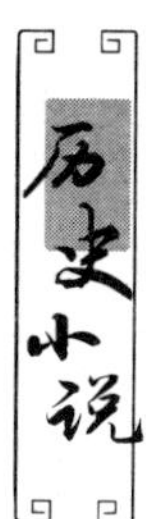

生不逢时 崇祯

傅苍松◎著

（下册）

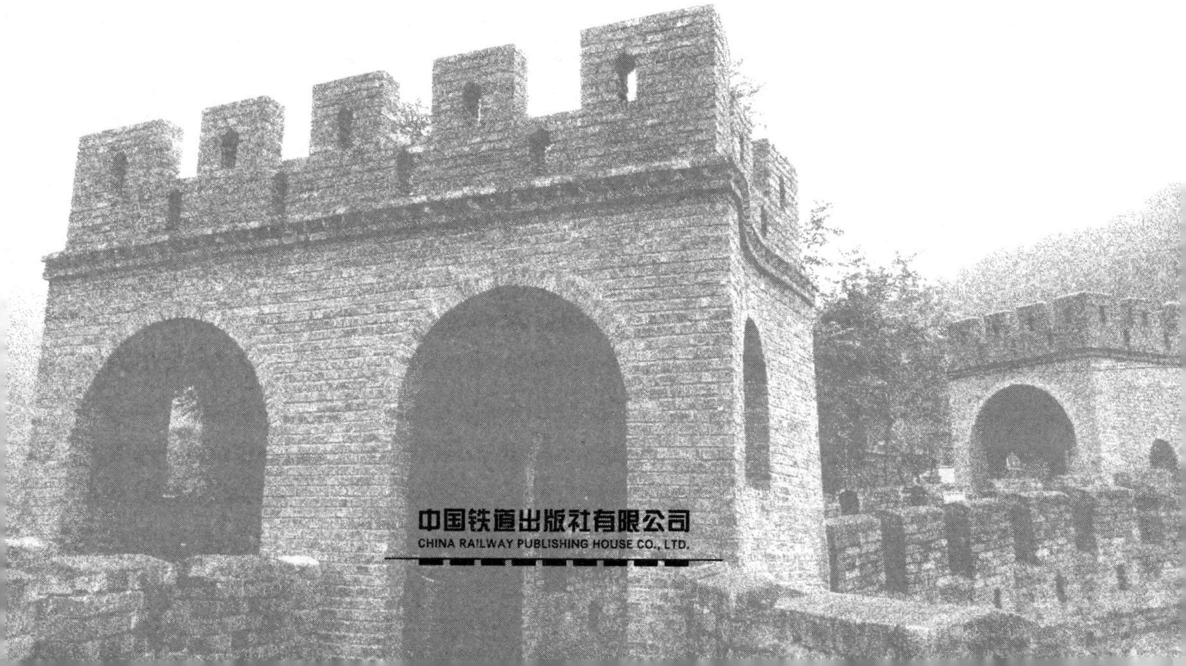

中国铁道出版社有限公司
CHINA RAILWAY PUBLISHING HOUSE CO., LTD.

【第八回】

烽烟四起遍中华，兵戎涌动满中原

在这年关将近的时节，一切的一切都是那样的萧条与冷落，对于大明的皇上来说，这种萧条与冷落则不仅是现实上的，而且也是精神上的。

但是，就在他深感现实与精神都是那样的萧条与冷落的同时，在东北角上那个正在日益崛起的后金国里，他们所展示出的却又是另一番景象。

当然，在这隆冬的时节里，沈阳天气的寒冷是远非崇祯所在的北京可比的；但是，对于那位雄图大略的皇太极而言，这天气的寒冷却抵挡不住他火热的躁动。

远征伐明并大获全胜回到沈阳后，皇太极便大肆封赏，经过短时间的休整，他又为自己的下一步进行了认真的谋划。

经过和诸贝勒大臣及范文程等高级幕僚商议，他决定把他的下一个战略重点放在对女真及蒙古各部落的更进一步的收降与征伐之上，虽然他已经一连两次率兵伐明，而明朝的国势也正在日益衰落下去。

但是他明白，就其全面实力而言，后金还是难以和明朝全面抗衡的，他必须通过收降女真及蒙古各部落来进一步壮大自己的实力。

因此，就在这隆冬最严寒的季节里，皇太极派兵征讨黑龙江上游的呼尔哈部。他任命管步兵梅勒章京霸奇兰、甲喇章京穆什喀率章京四十一员及兵士两千五百人出征。

这次兴兵充满了艰难险阻，在这样严寒的季节里，要出征遥远的北方，其艰险是完全可以想象的。对兵士们来说，在如此严寒的天气里，无论步行还是骑马都将是十分困难的。更何况，他们是到一个完全陌生的地方，远离大后方孤军作战，实在是祸多福少，他们要承受的压力是可以想象的。

皇太极也深知这一巨大的心理压力，在大军出征之前，他把全体章京召进宫里，对他们嘱咐道：“你们此行，路途遥远，务必要勇往直前，慎重从事，千万不要因劳苦而有所懈怠啊！”

这时，恰巧有黑龙江呼儿哈部夏姓武因屯长喀拜、库尔木图屯长郭尔敦及纳屯一人来沈阳朝贡。

皇太极遂将他们请到宫中，赏赐了一顿酒食后，便命他们和出征大军一同返回黑龙江，以充做向导。

于是，梅勒章京霸奇兰便率领后金大军出征了。

望着远去的人马，皇太极心里默默地充满了希望。

新的一年又来了。

新年的气氛是肃杀的，虽然没有像往常那样下雪，但整个大地却深陷于从未有过的阴冷与孤寂之中。

在北京，不时卷起的狂风一如既往地疯狂肆虐着，像一把无形的巨手不断地撕扯着房屋与门窗，仿佛正在制造一个个恐怖的场景与故事。

虽说没有下雪，可在这北国的大地上，凡有水的地方全都结上了冰，内外金水河及北海全是白茫茫的一片，给人以一种肃杀的美景。

这种景象是壮阔的，却也是令人心悸的。当然，对于一直待在深宫里面的崇祯来说，他或许并没能领略到这壮阔与心悸。

就在除夕的夜里，他仍在御书房里批阅那似乎永远没有尽头的奏章与奏本。这一年一度的新春佳节仿佛与他无关。即使是大年初一，他也仍一如既往地早起，因为他所想的压根就不是什么过年的欣喜，而是雷打不动的早朝，即使不断响起的爆竹声也不能震醒他已经死寂的灵魂。

就在这辞旧迎新的时节里，日盛一日的农民军烧起的大火正越烧越旺！

李自成所率的农民军在退出陇州之后，立即和各路人马取得了联络，并约定一同在河南会师。

他率领人马东出潼关，一路进军到河南；不久老回回、扫地王和混世王几股人马，甚至高迎祥及张献忠所率的农民军也全在年底赶到河南会师。

河南的烽烟一时四起。

正月初四，前进到梅山和溱水的农民军攻陷了上蔡。

正月初六日，农民军攻陷了汜水和荥阳。

正月初七日，农民军又攻下了固始。

到这时，“三十六营”事实上已经名存实亡，而李自成的实力也已经相当强盛，作为高迎祥的部下，他越来越受到高迎祥的器重，二人一为闯王，一为闯将，关系也日益密切。当初，高迎祥和张献忠比肩并起，而李自成根本不能和这位八大王平起平坐；但到这时，李自成却大有和他平起平坐的势头。

刚进入河南的时候，李自成便认为，必须把各路人马重新整合组织，并重定新的名称；因此，在攻下荥阳和固始后，经过他的提议，各路农民军便一致决定举行一次会议来商讨农民军的组织与战略问题。

会议在荥阳举行，参加会议的是各路农民军的首领，老回回、罗汝才、革里眼、左金王、改世王、射塌天、横天王、混十万、过天星、九条龙、顺天王、张献忠和高迎祥，一共十三家，七十二营。

开会之初，他们首先清点了各路人马的实力，清点的结果发现，各路人马的总数已经达到三十万，实际控制的地盘西自潼关，东到归德，北达黄河岸边，南至湖广。

高迎祥因是名义上的闯王，被一致推为会议的主持人。会议一开始就是一番非常激烈的讨论。

此时，洪承畴率领官军正东出潼关，一路向农民军杀来；曾经在这位洪军门的手下吃过亏的老回回马守应一开始便主张避避风头，转往山西，但一向好战却性格粗暴的八大王张献忠却坚决不同意，二人还因此争执起来，随即便大打出手。

顿时，整个会议大厅一片乌烟瘴气，各路首领除了闯王高迎祥以外都加入到了这乌烟瘴气的场景之中，而李自成和他的几位得力干将李过、高杰、刘宗敏和顾君恩等人则十分平静地站在一旁观望着。

眼见众首领斗成一团，高迎祥才不得不亲自来排解。但是时至今日，他在众人心目中的地位已大不如以前，他们对于他的排解根本听不进去，一时之间，他竟急得满头大汗。

万般无奈之下，他只得赶紧招来李自成，让他也一同来把大家劝解开。

如此一来，李自成才摆出一种仿佛再也不能置身事外的样子，漫不经心地走到大帐的门口，只见他把手向帐外一招，立时之间，一直留在帐外待命的亲信兄弟便一拥而入，将众人围了个严严实实。

原来，他早就料到会出现如此混乱的局面，所以事先挑选了一批得力的亲信待命在外，一旦需要即可进帐平息所谓的混乱局面。

李自成的这批亲信，个个虎背熊腰，孔武有力，他们冲进帐内一面将众人悉数包围，一面异口同声地大声道："闯将有何吩咐？"

整个大帐里本来是一片混乱的样子，众人一开始也并没有发觉这发生的一切，可是随着这一震耳欲聋的喊声，众首领方才下意识地停止了争斗，见四周早已站了一排全副武装的兵士，张献忠和马守应仔细一瞧，发现这些人竟全部是李自成的人，一时之间他们正在互相搏斗着的双手便都僵持住了。

整个大帐鸦雀无声。

其时，只听李自成以一种十分平静的声音对众人大声说道："闯王有令，大家先回座，有话慢慢说就是了！"

说完，他率先坐回到自己的座位上。

众首领先是一惊，随即便面面相觑，好长时间仿佛没有回过神来。隔了一会儿，一直僵持着的八大王张献忠似乎明白了怎么回事，遂一边往自己的座位走，一边十分不服气地道："吓唬小娃子是吧！"

不过他这话说到这里也就不得不打住了。本来当他明白是怎么回事的时候，他便想：你李自成有啥了不起，你有人马我八大王还不是照样有人马。

可是，当坐到自己的座位上下意识地从帐门口望出去时，他不禁大吃一惊，帐外早已被一队一队的兵卒围得水泄不通，很明显，这些人也定是李自成的人。

张献忠不禁倒吸了一口凉气。

这时，高迎祥也已经发现了一切，他同样在心里暗暗地吃惊，他没想到，自己手下的这位闯将爷会有如此深的城府，再说，大家都只知来与会议事，谁会想到会发生吵架的事呢？这位闯将爷却事先预料到了，而且还为此做好了一切准备。

这不能不让闯王高迎祥既气愤却又担惊受怕，一想到李自成的人马竟然还在帐外围了个里三层外三层，大有将这些人一网打尽的样子，他更是有些心惊胆战。

看来他必须重新考虑自己手下的这位闯将爷了。高迎祥似乎一下明白，李自成定是想要做闯王了。

当然，高迎祥也是见过世面的，更何况，常言说得好，识时务者为俊杰，而今自己的声威已大不如前，李自成的实力却大增，眼下他又是这样如临大敌，自己若趁此机会顺水推舟兴许还能获得他的尊重！

因此，高迎祥当即决定把闯王的位置与尊号都让给李自成。

于是，他在认真地思量了一下后，微笑着大声道："弟兄们，眼下这形势可不是争吵的时候啊，常言说得好，万事都要以和为贵，都是自家兄弟又吵个啥！"

他轻咳了一声，又接着道："眼下，洪承畴正率领官军一路剿杀过来，我等当齐心协力才是，人心齐，泰山移，适才大家的嗓门都大了些，现在大家什么都别说了，就听自成兄弟的吧。"

他一边看着神情严肃的李自成，一边十分坚定有力地继续说道："自成兄弟一向有勇有谋，点子多得很，车厢峡解困咱闯营就全仗着自成兄弟啊，时下，我们大家就都听他的吧！"

众首领认真地听着，有几位很有些不服，可一见四周虎视眈眈的兵士，一个个只好将不服往肚里吞；而更多的则顺其自然，在他们想来，既然人家闯王都这样说了，他们还有什么可说的呢？

众人都沉默不语。高迎祥眼见众人都不言语，遂微笑着向李自成轻轻地招了一下手，示意他站起来说话。

李自成则装着没看见，仿佛这些全都与他无关，隔了好一会儿，直到高迎祥又向他招了一下手，他才不情愿地站了起来。

他站定后，清了清喉咙，然后握紧拳头，高举手臂，以十分锐利的目光盯着众人大声道："诸位兄弟，眼下，洪承畴正率领官军一路冲杀过来，不过兄弟我倒以为，这并没有什么可怕的，试想，眼下合我十三营的兵力，是官军的好几倍，朝廷纵然调来关宁一带的铁骑军队，咱们想必也是有必胜的把握，关键在于兄弟们要团结一致才行啊，若我等仍如往常便有被官军各个击破的危险。兄弟以为，从今往后的行动都得统一调度、统筹规划才行，一旦官军到来，我等即可分定所向，多路出击，给洪承畴一个手忙脚乱！"

最后经过高迎祥的提议，统筹规划的指挥权就归了李自成，然后又以抓阄的方式确定了各路人马的任务。

整个十三营分成几路确定了各自的行动方向与目标：南路主要由革里眼和左金王所率的人马组成，其主要任务是抵御川湖官军；西路由于洪承畴所率官军的实力较为强盛，因此便由横天王、混十万、射塌天和改世王四拨人马抵挡；外号曹操的罗汝才和过天星所率人马为中路，屯驻于荥阳和汜水之间，抵御河南兵；高迎祥、张献忠及李自成则率领主力向东突破；与此同时，由老回回和九条龙所率的人马则组成机动部队负责后勤和机动支援，哪里紧急他们便开向哪里。

又经过李自成的提议，大家一致约定，凡攻占的城镇以及掠夺的子女玉帛，都必须平均分配。

组织与整合问题解决了，下一步就是他们具体的攻击目标了。由于李自成已在这次荥阳大会上成了实际上的掌控者，因此众人似乎都有意或无意地静待他的决定。

李自成眼见众人都在期待他的决定，因此他没有过多的思量便胸有成竹地提出了他的计划："兄弟们想必都非常明白，骂人最厉害的是啥？自然是骂老祖宗了。打人最惨痛的又是啥？那也自然莫过于打他的爹娘祖宗了。兄弟们都想想，当今皇上的老祖宗又在哪里？"

张献忠不假思索便愤愤不平地道："那自然是凤阳哪，还用你说！"

李自成似乎一点也不在乎，接着道："对，就是这凤阳。兄弟我已经接到了不少来自凤阳的消息，说是眼下凤阳的老百姓可苦得很呢。众兄弟都明白，凤阳是块龙地，生出了大明的朱家皇帝；可眼下，凤阳的百姓却给一帮混蛋官和混蛋太监弄得活不下去了，打从去年冬天起，凤阳的人就不断来人请兄弟我带领人马去打凤阳，把凤阳的百姓给解救出来。兄弟以为，眼下倒正是时机，若能一举打下凤阳，一则解救了百姓，再者也可好好地气气那崇祯老儿，说不一定他还会大哭一场，哈哈！"

众人一听，觉得此计甚妙，都深表赞成，一直在愤愤不平的张献忠也不断地点头称是；因此，李自成便说出了他的最后决定：各路人马在应付了官军后，先不散队，仍是统一调度，一起去攻打凤阳。

凤阳是明朝皇帝的故乡，是太祖朱元璋的发迹之地，他的父母和哥哥的陵墓全都修建在这里，是所谓的龙潜之地。

既然是皇陵的所在地，凤阳一地便受到十分重视；自明朝开国不久，朝廷便在这里设中都，特置中都留守司，朝廷派来镇守的各种官员也远比别的地方多，以尽力保护这个所谓的龙潜之地。

可是，也正因为这里是所谓的龙潜之地，所以一些被派到这里的官员便将这里看成是他们搜刮民脂民膏的肥缺；如此一来，虽说是龙潜之地，可百姓却苦不堪言。

到崇祯八年的时候，凤阳巡抚便是贪婪的杨一鹏。杨一鹏自上任以来，终日考虑的就是怎样搜刮民财，似乎从来没想过龙潜之地也有危险的时候。

在此之前，他是负责漕运的都御史，一向克扣军粮军饷，虐待士卒；到这时，他更是勾结守陵太监杨泽、指挥使郭希圣等滥征商税，压榨百姓，即使是大祸临头了，也仍是想着从百姓身上尽量多搜刮些银两，哪里会想着这即将到来的危险！

杨一鹏都没有想到那即将到来的危险，其他人又有谁能想得到呢。即使是崇祯本人也压根没想到李自成会去挖他的祖坟！

事实上，到这时，他还根本不知道李自成这个名字，即使在这些所谓的贼寇逃出车厢峡后重新揭竿而起并一路肆虐的时候，他也根本没有从奏疏上读到或是从哪一位臣子的嘴里听到有关李自成的情况，他哪里会想到正是这个此时还名不见经传的李自成谋划着要蹂躏他的祖坟！

短短的一年又过去了。一年来，他的精神状态也和国事一样江河日下，尤其是受到皇太极四路伐明和农民军在车厢峡复出的影响，他虽然在外表上没有太大的变化，他的精神状态却已经每况愈下了，这是除了他本人之外，没有人能明白的。

此时此刻，他一个人可怜巴巴地呆坐在御书房里，混乱到了极点，春节的喜气没有为他带来好的心境。

当然，他对一年一度的新春佳节本来也无所谓，对于他来说，永远在他的精神世界中搅扰不去的是日盛一日的贼寇烽烟。

他已获知农民军悉数入河南的消息，他当即就急诏：三边总督洪承畴东出潼关，山东巡抚朱大典一路西向，两路大军会师河南，共同剿杀，力图全歼。

他做出了这样的布置，可他对剿杀能否成功却又根本不抱希望。朝中的文武大臣又有几个是在真心为朕办事呢？他不禁产生了疑问。

一个个文武大臣的名字或容颜如放电影一般不断在他的头脑中映现，但是朝里朝外的大小官员多达数万，他真正能够记得名字或者是容貌的又是何其少。

于是，崇祯叫小毛子到吏部去把臣子们的花名册拿了来。

崇祯一个一个认真念读起来，每当看到一个听说过或见识过尤其是那些他所熟悉的人的名字时，他便立时停下来，仔细地思量一番，甚至搜索枯肠似的尽力去推测去设想他或他们究竟对自己是怎样的一副心肠，是忠诚还是叛逆，是真忠诚还是假忠诚。

如此翻来看去，思来想去，他竟折腾了一个晚上，即使被弄得头痛欲裂又眼圈发黑也仍是乐此不疲，直到天都快亮的时候，他才倒在龙椅上打了一个盹儿。

当他一大早在小毛子和王承恩等几个贴身太监的侍陪下去上那雷打不动的早朝的时候，他完全是神思恍惚的。

他高坐在龙榻宝座之上，头脑中却尽是些捉摸不透的幻觉，丹墀下跪俯着的黑压压的文武大臣似乎幻化成了一个又一个黑乎乎的圆团，原来，由于这些大臣们全都是跪俯着的，所以他就只能看到他们的后背。

他头脑中的那些大臣们的名字和那些跪俯在地的黑乎乎的圆团不断在他的幻觉中交替映现着，那些名字似乎还长上了一个又一个的翅膀在他的前后左右苍蝇般飞舞着，甚至还发出一阵阵的嗡嗡声，随着这些嗡嗡声的轰响，他的头脑都要炸裂开来。

“啊”，他突然大叫了起来，随即又连珠炮似的叫出一个又一个的官员的名字。

满堂的文武官员原本一直在那里静静地跪俯着，等待着，他们以为，要不了多久皇上便会叫他们全体都平身而起的；可皇上却突然冷不丁点起了一些人的名字。那些被点到名字的人，一开始很是吃惊，他们没想到自己竟突然被皇上提到了。

那些原本官职较小的人，还以为皇上要犒赏或是要提拔自己，顿时便显出高兴的样子；可等了一阵，发现皇上点的人越来越多，点了名字后，压根就没有什么下文，而是不断从他的嘴里传出的另一些人的名字。

凡被点到名字的人无论有意识还是无意识，全都自觉自愿从班中出来悉数跪俯到丹墀的跟前，很快，丹墀前就跪了一大堆，有几个大臣才走到丹墀前便晕倒在地，裤裆也被惊出的尿湿透了。

到这时，崇祯也已经累得满头大汗，甚至有些气喘吁吁，他把自己的头脑中凡能想起来的名字全都数落了一遍。

也不知什么时候，他把头脑中凡能想起来的文武大臣的名字全都数落光了，他甚至搜索枯肠，发现自己的头脑中已经空空如也了，到最后，他终于愤怒地站起身来大吼一声：“锦衣卫何在，还不快快将此番误国之徒拿下！”

他的脸上早已经是青一阵紫一阵了，却仍是一副意犹未尽的样子，末了，他十分痛苦而且有气无力地坐在龙椅上仿佛什么也没有发生。

而与此同时，一队一队的锦衣卫一听到他的喊声，便早已等不及似的迅速冲进殿来，一来到那些被点了名字的官员们跟前，即毫不客气地除却他们的乌纱帽和代表他们官职的朝服，便每两个人押着一个将他们悉数押了出去。

等到这些人被一个个地押下去后，整个大殿便陷入了死一样的寂静，坐在龙榻宝座之上的崇祯低垂着脑袋，周围的几个太监大气也不敢出，至于那些仍跪俯在地的文武官员们却仍深陷于适才的噩梦之中不能自拔。

他们全都垂着头，束着手，心里仍是七上八下地颤抖着，他们一方面在庆幸自己终于逃过了这一灾祸，另一方面却又是一副生死未卜的样子，他们不知道自己从今往后是否会有今天这样的好运气。

对这样的场面他们实在有些招架不住了。

莫说是他们，就是那位自认久历战阵善于打圆场的首辅大臣温体仁，今日也是有些措手不及，面对崇祯那种愤怒的疯狂，他实在不知该怎样办才好。

从崇祯一开始发怒的时候，他的心眼就转动了起来。他狡诈的灵魂全神贯注地观察着，猜测着，思考着，判断着。

以往他正是凭着自己这套特有的本事而青云直上，可今天，他却有些六神无主了，因为，被崇祯今日点名的这些官员有的是温体仁的人，有的则不是温体仁的人，他们的官职或高或低，有的劣迹无数，有的则是正直之人，众人全都看得明白，皇上的这番发作是没有任何来由的，而且又来得如此突然，大家根本没有任何心理准备。

也不知什么时候，崇祯那低垂着的脑袋慢慢地抬了起来，他坐直了身子，又眨了眨两下迷蒙的眼睛，似乎要重新打起精神。

此时，众文武大臣也已经回过神来，他们有的跪俯在那里交头接耳地谈论着什么，有的则默默地在那里整理着自己不整的衣冠，眼见皇上似乎都已经重新打起了精神，他们也就一个个重新提起神来，似乎刚才的噩梦压根就没有发生一般，仿佛曾经一度消隐的祥和又要重归这大殿了。

然而，也就在这时，几匹快马却风驰电掣般一路穿过东华门向着中极殿急驰而来，马上的八百里快传一到殿前便什么也不顾地直往里冲，丹墀前的锦衣卫想要阻拦却已是不及。

递送快传的信使一冲进殿里便立时大哭起来："皇上，皇上，大事不好了，贼寇已攻陷凤阳祖陵了！"

众文武立时全都目瞪口呆，崇祯更是犹如五雷击顶，突然张大了嘴巴，仿佛一场从没有预料到的噩梦突然从天而降一般。

他打开奏疏，脸色很快由红变白，还没读完，他的精神和肉体就差不多完全崩溃了。

他先是全身肢体失控，不住地发抖，继而则是双手似乎不听使唤了，拿在手里的奏疏也不断地簌簌乱颤着，末了，只听"啪"的一声脆响，白纸黑字的奏疏掉到了地上。

随即他的脸色也由白转青，全身则随着不断地颤抖，筛糠似的摇摆着，嘴里的牙齿不断发出“格格”的声响。

紧接着，他的身子竟不由自主地离开了龙榻宝座，一下往前冲了一步，不断颤抖的双脚根本支撑不了早已瘫软的重量，立时，那金灿灿的龙袍裹身的躯体便一下滚到了地上，嘴里同时发出“哇”的一声，一口鲜血挂在了他的嘴边。

满殿的大臣早已被这突如其来的不幸消息惊呆了，他们完全是一副无所适从的状态，一直静静地站立在崇祯背后的小毛子和王承恩一开始还多少有些平静，而到此时却也被崇祯这突如其来的倒地吓住了，他们手忙脚乱地赶上前来扶住他，可是崇祯差不多已完全失去了知觉，全身软绵绵的沉重，一时之间竟是扶他不动。

小毛子略略想了一下才小心翼翼地道：“皇上——皇上——怎么了？”

王承恩则是十分着急却又不知该如何是好的样子，他只好跪俯在地，一边拉着崇祯的手，一边则情不自禁地掉起了眼泪。

崇祯似乎根本就不知道这发生的一切，他躺倒在地，一张发青的脸埋进丹墀上的地毯里，全身仍不断地颤抖着，隔了好一会儿，他的双腿抽搐了两下，戴着冠冕的脑袋也十分痛苦地摇了两下，紧闭的双眼微微地睁开了一点，随即便听到一个从牙缝里拼命挤出的一声十分尖哑凄厉的哭声：“啊——太祖——高皇帝——列祖列宗——太祖高皇帝啊！”

这哭声听来是那样的凄惨，很快便成了泣不成声的呜咽，可隔了一会儿，他的哭声先是越来越小，随即竟一下没有了声息。

见此情景，小毛子和王承恩便又被吓住了，待回过神来，他们俩合力将他抬起来放到龙榻宝座上躺下，事毕，又吩咐几名小太监快去请御医。

到这时，满殿的大臣似乎全都知道发生什么事了，眼见当今皇上如此人事不省先都是有些不知所措，可是很快便都平静了些，一些稍有见识的大臣不禁为人事不省的皇上着急，个别的则提议为农民军攻陷凤阳之事思谋对策。

身为首辅大臣的温体仁一见皇上人事不省，一开始便被惊傻了，随即他终于清醒了过来，可他又不知该怎样面对或是处理此类突发事件，一时间他便只好呆站在那里。隔了一会儿，兵部尚书张凤翼走到他的身旁小心翼翼地对他道：“哎，大人，贼寇既攻陷了凤阳，皇上又这样了，总得有个对策才是啊！”

温体仁听罢想了想，仿佛胸有成竹地道：“着啥急，贼寇又有啥可怕的，不就占了个凤阳嘛，一切当待皇上醒转过来再做打算不迟！”

温体仁既然这样说了，张凤翼也就不好再说什么了。

这时，几名太医在几个小太监的带领下一溜小跑着进到了殿里，又迅速登上丹墀，见此情景，温体仁也才迫不得已地一同上来。

太医们一边为崇祯把着脉，两个小太监则随即为其喂上了已经端上来的参汤，众人全都在小毛子和王承恩的指挥调度下动作十分利落地干着自己应该干的事。

各路农民军订下攻打凤阳的计划后，他们便在李自成的指挥调度下，先从固始抵达了霍邱，并乘胜攻克了霍邱县城。

也就在李自成所率的农民军攻下霍邱的同时，八大王张献忠率部攻陷了颍州。

随着霍邱和颍州的相继告陷，农民军遂乘胜进攻寿州，前御史方震孺率领乡兵守城，农民军一时不能攻克，遂火烧正阳关然后撤走。

至正月十四日，各路农民军开始正式攻打凤阳。

早在这之前很久，南京兵部尚书李维祺就一直担心农民军一路南下，遂不断向朝廷请求派兵保护凤阳皇陵，可皇上不知怎么竟一直不予答复。

当时，给事中孙晋也十分为皇陵担心，而且还把他的想法告诉了兵部尚书张凤翼。可是张凤翼却对他说："贼军本在西北起事，不食稻米，而贼寇的战马也不吃江南的草，你是南方人，又有啥担心的呢！"

张凤翼既有如此的想法，也就根本没有在这里设防。

当农民军一路逐渐逼近长江以北地区的时候，张凤翼才慌了手脚，遂一面向崇祯报告，一面则请求敕令漕运都御史杨一鹏移兵镇守凤阳。

当时，温体仁也得知了这个情况，遂一面阻止张凤翼的请求，一面则安慰崇祯，说是凤阳不会有事的。

很快，形势越来越严峻了，给事中许誉卿遂紧急请求调拨五千人守护凤阳；但到这时，从寿阳来的农民军已经开始攻打凤阳了。

凤阳本来就没有什么城墙，当农民军开始进攻的时候，凤阳留守朱国相率领指挥袁瑞徵、吕承荫、郭希圣、张鹏翼、周时望、李郁、岳光祚、侯定国及千户陈弘祖、陈其忠和金龙化等，共三千官军在上窑发起反击，且多少抵挡了一阵。

但是不久，数万农民军相继纷至，一时间，只见流箭纷飞。

官军很快战败，朱国相和侯定国皆自杀身死，其余官兵也都相继阵亡。

其时，凤阳巡抚杨一鹏还远在淮安，农民军展开疯狂进攻的时候，他自然是远水难解近渴了。

农民军大肆焚烧皇陵，尽杀护陵太监及护陵官军。

凤阳告陷后，公私房舍被烧者达两万多间，一时间火光照耀百里。

农民军在攻下凤阳后，大肆抢掠了两天，然后又大肆庆贺，奏乐痛饮，李自成等人更是竖起了旌旗，自称为"古元真龙皇帝"，好不快活。

也就在高迎祥、李自成和张献忠等人举杯痛饮而欢庆胜利的时候，这位年轻的崇祯仍躺在他的龙榻上神思恍惚而不能自拔！

他直挺挺地躺在卧榻上，双眼呆滞无光，头脑中却尽是一些让他恐怖或者是让他痛心疾首的可怕的幻觉。

在这些可怕的幻觉中，一个个列祖列宗正站在他的面前不断数落着他、指责着他，他们都痛骂他是不肖子孙。

他的呼吸不禁急促起来，全身也不断颤抖，直至冷汗如雨。

见此情景，一直侍候在侧的小毛子便有些紧张，遂忙不迭地大声道：“皇上，皇上，怎么啦？怎么啦？”

他不禁轻轻地睁开了迷蒙的双眼，他的身体则突然鬼魂附体一般猛地弹了起来，嘴里则愤怒地大喝道：“啊，不肖子孙，不肖子孙，是谁让朕做了这不肖子孙啊？嗯？来人啦，快来人啦！锦衣卫，锦衣卫，快传锦衣卫！锦衣卫何在啊？！快传锦衣卫将那镇守凤阳的人犯给朕抓来！快！快啊！”

时间早已过了子夜午时，乾清宫的东暖阁里，除了小毛子和不远处站立的两个小太监外没有什么人影，暖阁里的几盏宫灯鬼火一般悠忽着。

崇祯这突如其来的呼喊似乎在东暖阁里投下了重磅炸弹一般，直让小毛子和两个小太监不寒而栗。

待崇祯的叫声有所停息，小毛子也多少回过神来，他的胆子似乎也大一些了，于是，他便赶紧跪俯到龙榻边小心翼翼地问道：“皇上，皇上。”

崇祯听见他的叫声，仿佛又提醒了他似的，遂又突然从帐内大声喝喊道：“快，快，快传锦衣卫拿人。”

小毛子怔住了，好一阵才连连叩首道：“是，是，皇上，奴才遵旨便是！”

小毛子不敢有丝毫怠慢，忙不迭地转过身来准备去传锦衣卫。他方才走到门口，却又听到崇祯突然对他大声喊道：“朕，朕——还要祭祖——快宣道士。”

小毛子转过身来的时候，十分清楚地看到，崇祯已经情不自禁地坐起身来，而且还从明晃晃的龙帐里伸出了大半个脑袋在对着外面大喊。

崇祯显出一副十分着急的样子，一头半黑半灰的头发完全凌乱不堪，苍白的脸颊和通红的眼睛完全昭示了他的憔悴与疲惫，混沌迷蒙的目光又似乎在说明他的害怕与恐怖。

天还不是很亮的时候，一大队锦衣卫便沿着东华门鱼贯而出，直奔凤阳去捉拿那些所谓的人犯。

与此同时，一排又一排的青衣道士也从西华门排着整齐的队形进了皇宫。到天色明丽的时候，整个大明皇宫里显出一番那种久违了的热闹场面。

崇祯明白，皇陵被毁无论怎样都是非同小可的事，虽说自己已下令去捉拿那些所谓的人犯了，而且祭祖的道士也已经进宫，但是，作为大明王朝的子孙，无论怎样他也是必须要承担责任的。

他决定立即移驾到养心殿，从即日起素服减膳并停止一切宫廷音乐，以示自己这“不肖子孙”对这“古今未有之奇变”的交代与忏悔。

而且祭祀的场面也要尽可能大一些，为此他决定开内帑，拿出自己的一大笔私房银子，在他想来，自己既然没能保护好祖宗的陵墓，那么他也就只好通过尽可能宏大的祈祷场面来表达自己对祖宗的追悔与不安。

一连几天下来，整个皇宫里，辉煌隆重的法坛、喧闹的音乐、人数众多的道士以及一道道敕令表书和形象各异的旗幡构成了一个荒唐却又正经的热闹场面。

当然，对于这种咿咿呀呀的荒唐场面，宫里或是朝廷里的个别有识之士也不是没有他们的看法。

在他们看来，皇上不和大臣们认真商量或是思谋对敌之策，却把一门心思放在这没有任何意义的仙风道骨之上，实在是让人不可思议而且也是可悲可叹的。

可是他们这些做臣子的又有什么办法呢？

对于更多的文武大臣和太监来说，这似乎正好是一个天赐的良机，是他们借此向皇上邀功请赏或是向其阿谀奉承的最好机会。

于是，当面色苍白的崇祯静静地坐在法坛一边的椅子上闭目养神的时候，一队又一队的大臣或是太监们不厌其烦地来向他说一大堆老掉牙的奉承话。

说实在的，一连几天，他整天十分虔诚地跪俯在法坛前听着道士们咿咿呀呀的说唱，而今日也好不容易跪了大半天，他实在有些累了；那些吹吹打打的锣鼓与唢呐声也让他有些烦心。可是，每当他一想到自己对凤阳奇变所应承担的责任时，他似乎又有一种追悔莫及。

他的心里是痛苦的，却也是十分迷惘的。

他方才坐上片刻工夫，首辅大臣温体仁便带着一大帮文武大臣小心翼翼地来到他的面前跪俯在地，然后异口同声地赞颂道："启奏皇上，此番设坛敬祈，皇上圣心可鉴，上达天听，列祖列宗圣明，对此凤阳奇变，皇上尽可不必多虑！"

在崇祯听来，这些话是那么耳热谙熟，他睁开了微微闭着的双眼，高兴地朝他们咧着嘴巴笑了一下。

他似乎相信，有了这番十分虔诚的祈祷，列祖列宗定会原谅他了。

崇祯总算在这种自我欺骗之中获得了某种暂时的心灵的宁静。他终于可以暂时地逃避一下现实的不安与痛苦了。

他搬到养心殿里已有好一些时日了，自搬来以后他就决定以后再也不回乾清宫了，以此向列祖列宗请罪。

他对自己采取的两项措施比较满意，捉拿凤阳奇变之当事者的锦衣卫早已派出，说法论道的道场也已经做了些时日，但是他静下心来的时候，却总觉得自己做得还很不够，还必须采取一些更多的措施才行。

他坐在养心殿的大殿里静静地思量着。这时，曹化淳不紧不慢地一步跨了进来，他自上次在崇祯的病榻前打起地铺侍候便自认为赢得了皇上对自己的恩宠后，就时常寻找机会进一步扩大这种恩宠。

这次凤阳失陷崇祯在宫里大做道场他便觉得自己又一次有了阿谀奉承的机会，因此他便为此乐此不疲地跑前跑后跑上跑下，以力图更进一步加深自己在皇上心目中的印象。

连日来，他差不多就没有离开过法坛半步，每当崇祯在法坛前十分虔诚地祈祷的时候，他也必定领着自己的一大帮心腹小太监跪俯在地不断颂赞着，每到夜晚，他更是在法坛前打起地铺守夜敬祈，说是为了皇上他必须要如此以求列祖列宗能尽可能地对皇上开恩恕罪。

今日他更是突发奇想，准备带领一帮人去郊祀，进一步扩大法事的排场；但是内务总管王心之却说皇上拨的那一笔内帑连日来已经被花光了，若要扩大法事排场，就得请皇上再拨银两。

虽然他明知道皇上对自己的私房钱看得十分重要，他还是硬着头皮来奏请皇上。

他才把自己的想法说完，崇祯却把手一挥断然道："郊祀倒是可以的，只是这内帑，哎，前日里朕拨了大笔银两眼下可紧得很了！"

他一边说着，脸上则显出不高兴的神色。

见此情景，曹化淳再也不敢吱声了。他自觉讨了个没趣，遂准备告退而去。可是，他刚刚跪下来说了半句："皇上，奴才——"

崇祯却突然打断他道："曹化淳啊，你倒给朕说说，眼下贼寇如此猖狂，各路剿抚大军多路出击竟无可奈何，朕想要增派人马，可各镇都紧得很，若再要增招也实在不易，再说朝廷里也实在没有钱了，你倒给朕说说朕要究竟该如何办才好啊？"

曹化淳一听皇上竟向自己提出这样的军国大事问题，他不禁喜上眉梢。

于是，他便站在那里先十分恭敬地鞠了一个躬，仿佛若有所思地道："皇上所言极是，目下贼寇也实在太放肆了，竟连列祖——"

他本来想要说到凤阳奇变之事，可他马上又意识到这兴许会戳痛皇上这块新添的伤疤，遂赶紧改口道："皇上不妨再多派些人马予以彻底剿灭，只是各地官军人马也着实紧得很，眼下若是再抽调又从哪里来调呢？"

他似乎苦于无甚良策，便紧张地犯起难了，可是他才皱起眉头便突然大喜过望地激动道："有了，皇上，奴才以为宫里吃闲饭的人太多，上上下下大小公公少说也有几万人，皇上何不把这些人派上用场！？"

崇祯茅塞顿开，大喜过望。

他知道，到他登基的时候，宫里的宦官总数已达数万人，仅从人数上讲便是一支十分壮观的力量。

当初魏忠贤专权的时候，他为了炫耀自己的势力，开始选拔年轻力壮的宦官太监万余名，在皇城里分队操练。

其时，一队一队的大小太监们分队操练，舞刀弄棍，喧声震天，一时间竟成为京城中的奇景。

魏忠贤倒台后，宫里的这支太监武装并没有被裁撤，只是几年来已经名存实亡，不再演练了。

而今只要将他们稍加演练，就可将其派上用场，这真是一个绝妙的主意。

于是，他便十分高兴地站起身来大声道："甚好，甚好，朕一下就陡增了数万人马，而且还不费一两银子，哈哈！"

于是，因凤阳失陷而一直扰烦着他的痛苦与忧心一下就一扫而光了，他不禁长长地出了一口气。

随即他便做出决定，由曹化淳负责，着急操练内军，以备调度。

心情已经有所好转的崇祯于是又重新坐到御案后面去批阅起奏章来，他翻看了一份又一份的奏章与奏本，发现它们不是有关各地无钱无粮的报告就是有关农民军四处出击的最新情报。

其中一份报告说，农民军在攻陷凤阳后，在那里大肆抢掠了三天，然后便继续多路出击，其中的两路最为厉害，一路往南，一路则有向西之势，眼下三边总督洪承畴正率领官军一路东向，徐州的官军听说凤阳遭变已经正在奔向凤阳等。

读罢这份奏疏，崇祯思谋起来，贼寇既然已经离开了凤阳，便需着急考虑重新修复皇陵之事了，他明白，仅仅在这宫里设坛论道，列祖列宗还是不会原谅自己的。

于是，他便提起朱笔当即起草了一份紧急诏书：一是派驸马都尉王弼和太康伯张国纪立即前往凤阳行祭慰礼；二是命令山东巡抚朱大典兼任凤阳巡抚，从徐州一路进抵凤阳后，马上先行修复皇陵，不得有误。立即为洪承畴加兵部尚书衔，授尚方宝剑，以五省总督身份指挥各路官军和农民军决战，力图以原制订的调兵集饷的作战计划，在以河南为中心的各省对农民军进行毁灭性的围剿。

派出去逮捕奇变之当事者的锦衣卫没有回来，他心里仍有些愤愤不平，遂又当即起草了一份新的命令，命令锦衣卫着即将凤阳巡抚杨一鹏等人押往京师云云。

处理完这些，他便站起身来伸了伸懒腰，一个小太监却忙不迭地进来道："启奏皇上，贵妃娘娘求见！"

崇祯睁开眼睛，想了想便柔声道："宣！"

片刻工夫，一身素服的田贵妃便在贴身侍女大毛头和二毛头的陪伴下一步跨了进来。

在简单地请安寒暄后，田贵妃多少有些欣喜地从衣袖里拿出一幅画卷。

崇祯见此，赶紧将其放在御案上展开。

当其展开来时，一株飘然出尘而亭亭玉立的莲花便呼之欲出地映入他的眼帘，莲花四周那重重翠碧的莲叶更加衬托出这莲花本身的绝代风华。

崇祯目不转睛而又凝神屏息地专注了很久，他只觉得自己的心里陡然间生起一股从未有过的清新，他的心境似乎也进入一个世外桃源般的佳境。

末了，他竟情不自禁地紧紧抓住田贵妃的双手，当着众宫女和太监满怀深情地把她打量了许久。

田贵妃竟被看得不好意思了，遂低下头来十分柔情地道："皇上近日里为这样那样的事烦忧，臣妾没能为皇上担待一些，还请皇上恕罪才是！"顿了一下，她又道："臣妾打今儿一大早便画了这莲花以替皇上解忧，不知皇上喜欢不？"

崇祯听罢她的话忙不迭地道："喜欢，喜欢，朕好心喜欢的！皇儿们可都还好？"

田贵妃十分柔情地看了崇祯一眼赶紧道："谢皇上，皇儿们都很想念父皇，他们倒很想过来向皇上请安，只是担心皇上心里烦忧又忙于设坛祭祀先祖，不便过来打扰。"

田贵妃提到这一直让他烦心的事本来是无心的，可哪曾想，崇祯一听，她的话似乎一下又重新勾起了他的伤心事，适才他那多少有些灿然的心境竟一下又忧愁起来，他的脸色随即也面如死灰。

见此情景，田贵妃的神情有些肃然，她本是想来为他排解忧愁的，却没想到自己无意中的一句话竟又重新勾起了他的伤心事，一时间，她便自责道："皇上，臣妾本不是——"

可是她还没说完，崇祯便把手一挥打断她的话，并示意她告退。

田贵妃自觉没趣，不知是因激动还是害怕竟悻悻然地哭了起来。

对于她来说，几年时间过去了，她尽管容貌依旧美丽娇艳，依旧是崇祯心目中的第一后妃，依旧宠冠六宫，依旧被众人甚至被周皇后称羡嫉妒，可是又有谁能明白她心里的苦楚啊！

忧烦已经重新袭上心头的崇祯却显得烦躁不安了。他怎么也弄不明白，这烦忧、这痛苦怎么就离他不去呢？这是为什么，为什么呢？他实在想不明白。

他只得在心里大骂那些不断挑起事端的所谓的贼寇，大骂那些文武大臣和各路剿抚大将没有认真给他办事，弄到今日才有了自己将要被列祖列宗痛骂的不利局面。

可是，如果说今天这局面全是文武大臣各路总兵大将造成的，那么他作为堂堂的大明皇上，作为一国之主，是否也有一定的责任呢？他是否在哪些方面有失德或是失道的地方？

他不禁扪心自问起来。

天下大乱多年，祖陵又被捣毁，自己素服避殿又设坛论法已有多日，而且已经采取了一系列的措施，该抓的人已经去抓了；但是，自己是否也应承担一定的责任或是说下诏罪己呢？他应不应该向天下的百姓和上天说明自己的失德和无道呢？

他十分清楚，若自己能下诏罪己，那么他一方面通过这种自我批评可以求得冥冥中的上天的谅解，另一方面则可以用这种严格的自律使自己得到某种深刻的反省从而痛改前非，更重要的则是可以通过这种严于律己的精神来使朝臣和天下百姓都重新振作起来，共图复兴大业。

如此说来，他无论怎样也得下诏罪己，最起码也应该做个什么姿态吧！

可是他不禁又想到，自己自登基以来，从来就是日理万机，对国事不敢也不曾有丝毫懈怠，而且自己又一向爱民如子；自己如此兢兢业业、朝乾夕惕且又精明干练、洞察一切，或许还是本朝甚至是整个历史上的英明君主，那么自己究竟又错在哪里呢？

既然没有错，又为什么要下诏罪己呢？

自问自己这七八年来又何曾做过什么错事，而且以前自己也从来没有做过什么自我批评。

大臣们又该怎样看待自己呢？天下百姓又该怎样看待自己呢？说不定自己还会因此失掉皇帝的威信，那么自己以后又怎样去驾驭那些文武大臣呢？

既然朝臣们没有人提出，自己又没有公开表示过，那就不妨等些时日再说不迟，更何况，自己已经兴师问罪，说不定近几日锦衣卫便会将杨一鹏等人犯押回京师了。

崇祯在做出暂不下罪己诏的决定后，似乎心安理得了，既然有人来承担罪责，又何苦来问罪自己呢？

事实上也正是如此，不出两天，锦衣卫便押着凤阳巡抚杨一鹏、守陵太监杨泽和凤阳巡按御史吴振缨等人回到了京师。

崇祯得知此情况之后，当即命令全体文武大臣齐集于中极殿，他要当众对这干人犯进行审讯。

只见他怒目圆睁地高坐于自己的龙榻宝座上，当杨一鹏等人被押进来时，他按捺不住地从龙椅上站起来，还没待一干人走到殿中，他便咆吼起来：“尔等无耻之徒，食了朕的俸禄，竟让皇陵遭受如此大劫，尔等知罪否？”

杨一鹏、吴振缨和杨泽三人知道自己必死无疑，早已魂不附体。而那杨泽却被吓得尿了一裤裆，他们哪还说得出什么话，只知把脑袋捣蒜似的在地上叩个不停，嘴里则断断续续地喃喃道：“皇上饶命，皇上饶命。”

众文武大臣见此情景，谁也不敢吱声，知道这三人已是必死无疑，谁为他们说情也是无用的，弄得不好说不定还会连累了自己。

崇祯眼见没有人吱声，便要当众宣布自己早已想好的对这三人的处罚。

也恰在此时，兵部尚书张凤翼却十分小心翼翼地站了出来奏道："启奏皇上，此番凤阳奇变，臣以为不能全怪三人，杨一鹏虽为凤阳巡抚却本为漕运总督驻节淮安，毕竟是远水难解近渴，更何况贼寇人多势众；且据臣所知，当贼来攻时，吴振缨和杨公公皆率众奋力抵御过，祈皇上对他们从轻——"

可是崇祯还没待他最后说完，便早已不耐烦地怒斥道："若不是此等逆贼之过，又是谁之过？当初若他们早做准备，贼寇又怎能掘朕祖陵？兵部也逃脱不了干系！"崇祯愤怒异常。张凤翼早已被吓得出了一身冷汗。

其实，他是很不情愿站出来说这番话的，可昨日夜里，温体仁亲自到他府上吩咐过他，让他今日皇上廷审时寻机站出来为杨一鹏三人说两句话，起码能让皇上免除他们的死罪。

因为，他们三人一向和温体仁有着相当不错的交情，更何况他们一向送给他的银子也实在不算少，就在前日里，他们的家人还分别往温府各送了一大笔银子，以求这位首辅大臣能在皇上面前为他们说上两句免罪的话。

但他却又向张凤翼言明，他身为首辅，不好直接站出来说情，须得先有一个人站出来奏议，而他本人则见机出来打圆场。

张凤翼虽明知道温体仁是在把自己推出来当挡箭牌，在心里也曾大骂这位温首辅如何如何不是东西，可他却又十分明白，自己早已因畏于他的权势而唯他的马首是瞻了，他又哪里敢说一个不字呢？

适才他本一直保持沉默，心想，除了万不得已，他是不站出来说话的；可哪想到，一开始，温体仁便不断示意他快出来说话，仿佛再晚了便要来不及了，末了，他更是瞪过来好几眼。

张凤翼觉得，他是实在挨不过了才出来说话的，没想到还真要把自己也给牵进去了，他又怎么不出一身冷汗呢？

还好，皇上没有多对自己说什么，"兵部也逃脱不了干系"的话似乎也无关痛痒。

想到此，张凤翼不禁多少舒了一口气。

与此同时，崇祯听了他的话后，虽大为不满，却也并没有更多的表示，申斥完毕，他竟略略地皱了皱眉头。

也不知怎么的，隔了一会儿，他竟一下改变了决定，本来，就在几分钟前，他是要下定决心将这三人悉数斩首的，可他却突发奇想地大声宣布道："此番凤阳奇变，杨一鹏、吴振缨及杨泽三人皆有不可推卸之责任，为以儆效尤，三人皆落罪惩处，杨一鹏身为巡抚罪不可赦，着即斩首西市，吴振缨和杨泽皆远戍边卫。"

随即一队锦衣卫的校尉便冲进来准备将杨一鹏三人押下去，可是当他们到跟前的时候，发现杨一鹏和吴振缨二人早已瘫软在地，被吓得人事不省了，而杨泽则更是一动不动，一个锦衣卫校尉摸了摸他的鼻子，发现他竟连呼吸也没有了。

一时之间，众人便有些神情赫然，不知该怎样办才好，站在前排的温体仁看得明白，当即命他们快快料理。

一直站在丹墀上的崇祯见此也多少有些吃惊，可是当他得知杨泽被吓死之后，似乎意犹未尽地大声道："没用的东西，还不快快给朕拖下去！"

不多时辰，混乱的大殿很快又恢复了平静，崇祯眼见这干人犯已经被自己悉数处理，便打算退朝；可是，给事中许誉卿却突然站了出来奏道："启奏皇上，杨一鹏罪该万死是事实，然则此番凤阳奇变，兵部尚书张凤翼固位误事，首辅温体仁玩寇速祸亦同样难辞其咎。贼军在陕西、山西之时，若早设总督之职以阻止其渡河，贼祸即会只限于西北一角，而侍郎彭汝楠竟推诿此事，不肯就职。及至贼寇进入河南、湖广一线，人言鼎沸，这才不得已而主张设置总督之职。而侍郎汪庆百又躲避不任，最后只得推举边臣陈奇瑜，因鞭长莫及，终酿成今日之祸，这难道不是辅相固位误事吗？流贼作乱已久，辅相因东南事变震动四周，才有两淮巡抚建议训练江军移兵镇守之奏疏，有识之士皆已恨其晚。然阁臣拟写诏书之时，却说不必移兵镇守。据臣考察，各地只要稍有兵力镇守，贼军便不敢轻犯。凤阳乃何地？若当初巡抚早移兵镇守，怎么就会弄成今日这番地步呢？前日里，抚臣曾以不必移兵镇守为辩解，辅相以曾经疏请移兵镇守为借口，试问，身为首辅者又怎能逃脱得了玩寇速祸之罪啊！"

他如此这般振振有词地奏对完毕，便张望着脑袋观察着周围的一切，完全一副众人皆醉我独醒的样子。

可是，崇祉听罢他的奏对，只是稍作思量，便对他大声斥责道："凤阳之变，朕已处理事毕，汝又何须如此苛刻，妄加评论？"

顿时，许誉卿便自觉讨了个没趣，心里虽是悻悻然的，但皇上既然已经这样表态了，他又怎能再说什么呢？

而此时，首辅大臣温体仁的心里却是出奇地舒坦。温体仁心里的兴奋还没有落地，站在他身边的次辅吴宗达却上前一步奏道："启奏皇上，臣吴宗达因年事已高呈请告老还乡。"他一边说一边则双手把一份黄黄的呈请奏疏举过头顶，然后便静静地等待着崇祯发话。

这时，崇祯皇帝的贴身太监小毛子从丹墀上走下来把他一直举着的奏疏取走了，而首辅大臣温体仁则站出来大声道："启禀皇上，吴大人在阁六载，为皇上尽职尽忠，而今年事衰老，呈请告老还乡，颐养天年，理所应当，祈皇上准奏！"

言毕，他便望着正从小毛子手里接过奏疏的崇祯皇帝。

这几年来，他自做了这首辅大臣，吴宗达虽资格比他老得多，却甘愿居于其下，而且二人自一起共事起，便一直亲密无间，诸多事项上也是"互相帮助"，少有掣肘的时候，是以，当吴宗达呈请颐养天年时，他便要站出来为他说上两句话。

而这时，崇祯把那呈请奏疏大致翻了一下，想这吴宗达在朝六载，从来只知唯唯诺诺，留着也无太多用处，便不加任何思索地大声道：“准奏！”

农民军攻陷凤阳又饱掠休整数日，风闻山东巡抚朱大典率领官军正一路过来，便准备相继撤离。

也恰好在这时，李自成在皇陵饮酒的时候，曾向张献忠索要擅长打鼓吹乐的小宦官，张献忠不给，李自成遂一气之下，同高迎祥西走归德，打算重新拥兵进入关中。

张献忠则单独向东攻打庐州，但庐州的城墙却十分坚固，张献忠率军千方百计地攻打却还是没能攻下。于是张献忠撤离庐州，转而攻打舒城。

其时，舒城知县章可试派人堵死城的三门，只开西门诱使农民军进入，农民军误陷于包围之中，伤亡惨重，只好撤走。

随即，农民军即攻打巢县，不久又进攻无为、庐江和潜山，继而连下太湖和宿松，所过州县悉数被屠被掠，惨不忍睹。其所经过的太和、霍山、六安和亳州也全都遭到破坏。

到这时，张献忠和外号曹操的罗汝才已经率领所辖的农民军攻占了地处湖广与长江以北之交界地区的罗田县，然后又攻陷了徐州及虞城、商丘、汝宁、真阳和新蔡等地。

也恰在这时，总兵邓玘则在罗山打败了进攻的农民军。

起初，农民军大举进入河南的时候，朝廷命令邓玘援助进剿。当农民军攻陷凤阳之时，兵部却又命其从黄州火速增援安庆。在桐城被农民军包围时，邓总兵未能来援救，致使农民军包围桐城达数月之久，并四处劫掠于蕲州、黄冈、汝宁和归德之间。

也就在邓总兵在罗山打败农民军的同时，应天巡抚张国维则率领副将东西奔击，终于解了桐城之围。

与此同时，他又派守备朱士允赴潜山，把总张其威赴太湖。朱士允不幸战死，而许自强则在宿松与农民军遭遇，经激烈交战，双方互有死伤。

到这时，督师洪承畴已率领官军主力进驻汝宁，在此他便立即分遣诸将，命贺人龙开往凤阳，邓玘往麻城和黄安，左良玉则奔往南阳，各路兵马遂向楚豫腹地四处出击。而农民军眼见洪承畴的攻势越来越紧，各路人马遂悉数重新奔往陕西。于是，张献忠很快又攻陷麻城。

高迎祥和李自成所率之农民军则攻陷宁羌，当时，攻陷麻城的农民军已逃往枣阳和襄阳，又从郧阳故道进入陕西；而攻陷宁羌的农民军则从沔县和略阳转入临洮及巩昌。

一时之间，陕西境内的农民军烽烟便又大有重新炽烈之势。

面对此情此景，督师洪承畴不免有些着急，因为他所率的各路官军早已疲于奔命，手下一时又没有十分得力的将帅。

也恰在这时，朝廷从山西调来的张应昌和曹文诏两路入援大军正好来到，洪承畴得知不禁大喜过望。

事实上，早在他们到来之前，他的一位谋士就曾对他道："督师手下一时没有将帅，若有大的形势可如何是好啊？"

洪承畴则很有信心地回答："着急啥，我在等曹文诏的到来！"

随着曹文诏的到来，他的高兴也就是十分自然的了。

因此，曹文诏一到信阳会见了洪承畴之后，立即担起围攻农民军的大任。曹文诏一向瞧不起左良玉，说他是个只知道陪酒喝酒的所谓的"女人"，遇到敌人也畏缩不前，根本不敢迎敌。

而曹文诏却一向英勇善战，敢打敢冲，他一探知农民军的行踪，便立即点起自己的人马追了上去。

这时正是春雨连绵如织的时候，道路泥泞不堪，人马行军奔袭很是艰难不便；所幸的是，曹文诏的人马毕竟士气旺盛，一路奔袭追杀，很快从河南追到了湖北境内。

李自成和高迎祥拟定的路线是从河南入湖广再打回陕西，可他们刚到达应山，便被曹文诏的人马追上了。

惮于曹文诏的威名，李自成连夜和他的得力干将李过、顾君恩及刘宗敏等人商量了应对之策，他们皆一致认为，曹文诏所率人马虽不多，却都是官军的精锐，绝不可小视。而与他相比，他们自己的人马自从凤阳一路打下来，因一路所向披靡，所获人畜财物早已经不计其数，士兵们便因此忘乎所以起来，根本无心恋战，只是在想怎样好好享受了。当此之际，必须认真整饬人马对付曹文诏才是。

经过认真考虑，李自成最后做出了决定，他估计曹文诏的人马最多只有五千人左右，因此他决定只留下一万余人抵挡，而主力则掩护随行的妻妾与非战斗人员及抢掠的财物，先撤回河南泌阳，然后再按原计划打回陕西。

抵御曹文诏的人马则由大将高杰率领，可是当李自成率领大部队撤退后，高杰却违背了李自成的命令，他将一万人马分成了两半，一半留下抵挡曹文诏，而他本人则带着另一半先行逃走了。

虽然如此，这留下的一半人马却仍有很强的战斗力，曹文诏率领人马一到就立即展开进攻，双方的厮杀一直从拂晓直到天明，死伤不计其数，只见随州城外，断肢残臂，人喊马嘶，鬼哭狼嚎，尸横遍野，曹文诏费了九牛二虎之力才终于将这五千人马打败。

其时，李自成和高迎祥率领主力一路西还，终于又回到了陕西，这时，张献忠率领人马从麻城入陕，于是两路人马又重新汇合到了一起。

督师洪承畴得知农民军又重回陕西，遂立即主张退保根本之地，于是在汝州大会诸将，最后确定了分地围剿攻击的策略。

他命令邓玘、尤翟天、张应昌和许成名驻扎樊城，以防守汉江；左良玉和汤九州控制吴村瓦屋；尤世威、陈永福和徐来朝分别驻守永宁和卢氏山中，以控制洛南与朱阳天险；而洪承畴本人则亲领大军，在等候曹文诏从随州到来后，一同入关围剿。

各路人马遂各自分头行动，可是他的围剿之策方才展开几天，邓玘一路所率的官军一到达湖北的樊城即发生了兵变。

原来这位邓总兵一向对待自己的部下十分刻薄，常常克扣他们的兵饷。当其所率的川军到达樊城的时候，其标将王允成的家丁突然哗变，杀死了总兵的两名随从。

邓本人吓得不得了，登楼越墙，误坠火中，被烧死。邓玘本是一名小校出身，经历大小几百次战役，战绩颇佳；只因长期戍边，对一切都心怀不满，放纵部下奸淫掳掠，无恶不作。

一些文武大臣对他多有弹劾，但辅臣王应熊因和他是同乡，对其多有庇护，邓玘本人也就更加肆无忌惮。他死后，不少百姓和官员都认为他死有余辜。

当时，徐来朝率领所部官军也已抵达卢氏附近，由于害怕农民军便不敢进山围剿，得知樊城兵变，即率所部人马在卢氏哗变。

洪承畴得知樊城兵变，急忙传令副将代理率领邓玘所部人马。到这时，洪承畴已十分着急，因在此之前，他早已奏报崇祯，称六个月内平息所谓的叛贼；而今六个月的期限快要到了，他的心里真是急如星火。

于是，他便率领贺人龙和张全昌等大将一路西行，到达灵宝时，又停驻下来，以等待曹文诏从南阳的到来。这时，洪承畴又认为，农民军屯驻于商洛地区，闻知官军大规模一路围剿而来，必定要先逃往汉中；他所率的官军主力如果从潼关入秦，则反而落到了农民军的后面。

洪承畴便命令曹文诏由阌乡取山路到洛南和商州，这样直捣农民军的巢穴，并继而从山阳、镇安和洵阳驰入汉中，以截击逃跑的农民军。

曹文诏领命后，即率部冒雨很快到达商州城，其时，农民军离城近三十里，至当天半夜时，曹文诏即率曹变蛟和守备曹鼎蛟及都司白广恩等于城外的深山密林中打败了来攻的农民军。

第二天，曹文诏追击农民军直至今岭，农民军则占据险要地形，并以一千骑兵发动反击；而曹变蛟却率领所部人马大呼陷阵，各路官军也同时冲杀，农民军随即大败而逃。

其时，因曹文诏和曹变蛟的威名早已勇冠全军，农民军一听到大小曹将军的名字，个个都惊慌不已。

这时，督师洪承畴正驻扎泾阳，农民军一听说洪承畴在此，便立即逃到醴泉和兴平。洪承畴遂转而向西，至夜间，渡过渭水赴新安，经过和手下诸将商议，决定讨伐商洛的农民军。而商洛的农民军老回回等，在当天却又直逼西安，离官军只有五十里。

得知此情，洪承畴便派贺人龙在南面阻拦农民军，刘成功和王永祥则防守北面，张全昌也从咸阳赶来截击，并绕到兴平的东面。农民军因此不敢南渡，全部逃到武功和扶风地区。

当天夜里，农民军从扶风的教坊塘渡过黄河，逃到了眉县。洪承畴因担心其东逃，遂渡过渭水追击。

洪承畴一路追击到眉县和雩县的交界地带，见地形复杂而战略地位又十分重要，其南面临山，北面为渭水阻绝，中间有一条三十多里的通道，是农民军出入秦地的重要关口，必须有得力将领镇守不可。

于是他便在此先行大肆犒劳将士，然后派游击王永祥守潼关，马献图守蓝田，都司高崇远和李世春驻雩县，由监军道刘三顾节制各军。

洪承畴部署方定，却突然获知刚一起攻犯过西安的高迎祥、李自成和张献忠等大股农民军正围攻凤翔，而过天星与蝎子块部则进攻平凉的消息，一时间，他被惊得非同小可。待定下心来，他才率部渡河，抵达岐山，挥师指向平凉。

这时农民军又兵分三路，东往泾州、镇原和宁州，凤翔的农民军则西赴泾阳和陇州，洪承畴不得不分兵追击。幸好，曹文诏也正好从汉中领兵追击到此。

面对洪承畴的多路围剿，高迎祥、李自成和张献忠便指挥大部分兵力逃到静宁、秦安、清水及秦州的广大地区，农民军合众近二十万。

到这时，洪承畴所率官军加上曹文诏、张全昌及张外嘉所部悉数也不过六万人，显然是寡不敌众。是以，洪承畴只得向朝廷紧急奏请增派援军，但是却已经来不及了。

事隔两天，官军即和农民军在乱马川相遇，官军寡不敌众，不幸战败，前锋中军刘弘烈被俘而死。

随即，副总兵艾万年、柳国镇、刘成功和游击王锡命等，便奉命领三千人在宁州的襄乐攻击李自成所率的农民军。

一开始他们也曾取得了胜利，可是不久，官军却陷入李自成部农民军设计的伏击圈，官军被农民军团团包围，艾万年和柳国镇不幸战死，刘成功和王锡命都身受重伤，一千多官军逃散。

总兵张应昌、副总兵贺人龙率领三千官军一路追杀到清水的张家川，也不幸战败，都司张应春和田应龙皆死难。

农民军接连告捷，士气旺盛，也更加猖狂，便有了再犯西安的企图。

洪承畴得知官军接连战败，数名将领非死即伤，十分忧虑，不知计从何出。总兵官曹文诏得知艾万年不幸战死，又气又恨，当即把自己的战刀拨出插在地上，瞪着眼睛大骂道："狗贼胆敢如此猖狂，李自成，不取汝首级，誓不为人！"

随即他便到洪承畴那里请求准他出兵。

洪承畴不禁兴奋异常，并十分激动地对他道："除了将军你，再也没有人能够对付得了这些猖狂的贼寇。眼下，官军人马四处分散，将军此番必是孤军深入，没有人能接应你啊！不过，将军出发后，我即从泾阳赴淳化，为将军殿后便是。"

于是，曹文诏便亲领三千人马自宁州出发了，不几日即在真宁的湫头镇和李自成所率的数万农民军相遇，参将曹变蛟为前锋，直搏上前，很快即斩杀农民军五百余人，且一口气穷追三十里，而曹文诏则率领步兵主力殿后也一路追击。

他们哪里知道，这正是李自成的诱敌深入之计。

曹文诏很快即钻进了李自成数万骑兵构成的伏击圈，一时间，只见飞矢猬集，箭如雨下，数千官军陷入了李自成的重重包围之中。

开始，农民军并不知道中了埋伏的是曹文诏及其所部人马，刚巧曹文诏手下的一名士卒，不幸被农民军活捉，这名小卒于是向不远处的曹文诏呼救起来："曹将军救我！曹将军救我！"

曹文诏一听见呼救之声，即驰马前去救援。可哪曾想，这些农民军中有不少人就曾是曹文诏属下的士卒，而今投降并参加了农民军，他们自然认得曹文诏，眼见堂堂的曹总兵在此，简直大喜过望，遂一面呼喊着："活捉曹总兵啊！活捉曹文诏啊！"一面则赶紧去报告站在不远处山头上的李自成。李自成得知此情，顿时喜上眉梢，当即命令属下的精锐骑兵将曹文诏团团围住。

曹文诏眼见自己已经陷入了农民军的重重包围，遂使出浑身解数，试图要杀出一条逃命的血路，只见他左右跳跃，奋力冲杀，辗转战斗出了几里之外，斩杀了几十名农民军将士。但是，他毕竟寡不敌众，最后便渐渐地力竭不支，眼见不能突出重围，遂只好拔刀自刎而死。

洪承畴得知曹文诏不幸战死的消息后，当即仰天大哭，后悔不该让他率领人马孤军深入。

农民军随即乘胜追击，四处抢掠，一时之间，竟连西安城中都能见到农民军四处燃起的火光。

洪承畴只得迅速尽调所属全部人马，使出浑身解数，才终于把李自成等阻挡于泾阳和三原一带，而农民军也因伤亡惨重，暂时停止了进犯。

曹文诏在各路总兵官中以凶狠能战闻名，官军中自称是"军中有一曹，西贼闻知心胆摇”，号称良将第一，他战死后，农民军纷纷拍手称庆，且大肆饮酒作乐，以示庆贺。

与此同时，曹文诏不幸战死的紧急奏报也由洪承畴以八百里快传的形式送达了朝廷，一时间，整个朝野上下不禁大为震动。

崇祯得知这一不幸消息时，恰好是他用御膳的时候，霎时间，他被惊得目瞪口呆。好长时间，他才回过神来。

如此一来，他哪还有什么心思吃下去?

于是，他便把手一挥，什么也不说，即闷闷不乐地回到了御书房，坐到龙椅上陷入了深深的沉思之中。

也不知什么时候，他终于回过神来，他似乎清醒地意识到，曹文诏死既然死了，死者不能复生，但是作为皇上，他却必须对死者有所表示，以示自己对臣子们的体恤和恩宠，更重要的是以死者作为楷模与榜样，教育生者，鼓励生者。

“哎，若这大明上下全都如曹文诏一般，那又该多好啊！”崇祯不禁长叹起来。

他在心里默默地决定，他必须对曹文诏予以厚葬，对其子孙给予尽可能优厚的礼遇。这时，一位小太监进来柔声道：“皇上，礼部尚书黄仕俊黄大人和礼部右侍郎吴伟业吴大人求见！”

待黄、吴二人一跨进来，崇祯即对他们道：“你们来得正好，朕正要遣人传你们进宫，曹文诏为朕殉难，朕要厚葬于他。”

黄仕俊当即把双眼一翻柔声回答：“启奏皇上，臣和吴大人来也正是为这事，眼下朝内朝外臣子们都已知晓这一不幸之消息，他们都言曹将军实为我大明之良将楷模，皆要臣来奏请以隆重的礼仪厚葬！”

吴伟业也当即道：“启禀皇上，臣以为，朝廷不仅要对曹将军予以厚葬，而且还应荫封其子孙，甚为至要者，不妨建以祠庙，以做永久之纪念。”

吴伟业一边说着，一边目不转睛地看着面前的崇祯，脸上多少有一些得意的神色，他虽没能做多久帝师，但皇上毕竟提拔他做了这礼部右侍郎的大官，他明白，皇上无论怎样对自己还是恩宠有加的，纵然有温体仁不时在皇上面前说自己的坏话。

这时，崇祯似乎主意已定，当即道：“准奏！礼部速速办理！”

言毕，即把手一挥，示意他们退下。

曹文诏之死是悲壮的，却是历史的必然，吴伟业也只是如此痛心疾首地为其慨叹，他并没有看到这种历史的必然。

那么，崇祯呢？他看到了吗?

【第九回】

应天命下诏罪己，抚民意上谕责臣

在炎热的七月，灼热的阳光没有多少遮拦便悉数抛洒而下，一股脑儿流泻到汉白玉大理石上，散射出惨白耀眼的光芒，放眼望去，不时会让人有头晕目眩之感。

就在同一片蓝天与阳光之下，京师城里的百姓与达官显贵甚或帝王天子对其感受却大不相同甚至有着天壤之别。对于那些饥肠辘辘的人来说，他们的肚里虽然是空空如也，但是他们却可以在这灼热却不无温暖的阳光下，到某一个阴凉的地方，暂时享受一下这多少有些无可奈何的消闲时光。

此时，作为大明皇朝年轻的大掌柜，崇祯正站在养心殿前的丹墀上犯着愁。

经过这么长一段时间的素服避殿，自己如此这般卧薪尝胆，一个个让他烦心头痛的事却并没有改观。

一直在宫里设坛论法的道士也让他气愤之至，本来，那些道士自打进宫里就说他们有如何如何的能耐，凭他们终日不休的念经论法，一则可以告慰那些受到惊扰的列祖列宗的亡灵，再者则可以将那些惊扰者与破坏者悉数咒死。

他发出命令，让道士经过几个月的法事，不仅要全部咒死造反的贼子，而且还要咒死已经惊扰过他两次至今仍在让他烦心的后金满人，尤其是他们的头目皇太极。

可是，几个月下来，他为此而拨下的内帑私银花得精光，追加的银子也早已经被用尽；而那些所谓的贼子不仅没有死，却反而在陕西全境闹得日益凶悍，弄得不久前洪承畴都已经来向他再一次要求增派援军了。

与此同时，皇太极也不仅没有死，而且据监军高起潜和锦州总兵祖大寿连连送进宫来的奏疏所报，皇太极还活得好好的。

据奏，皇太极新近竟娶了察哈尔蒙古林丹汗的遗孀窦土门福晋为妻，而且还得到了蒙古人的什么传国玉玺，如此一来，皇太极竟如此轻而易举地把蒙古各部落统一到了自己的麾下，实力陡然增强了不少。

虽说他一气之下，竟命令锦衣卫将设坛论法的道士悉数抓起来并押往西市斩了首；可纵然如此，这又怎能消解他心中的愤怒啊！

而且更让他愤怒不已的是，道士之事还没有完全让他安下心来，那些文武大臣们竟又来找他的麻烦了。

本来他自认为把宫里如此众多的太监们悉数利用起来，是既省钱又省事而且还白白地扩大了军队，是多么何乐而不为的好事，可偏偏一些文武大臣却要反对，他们中的一些人竟然在上朝时公开指责他的做法，列举祖宗之制，说从来没有这方面的制度。

他们声称万历、天启年间虽开过内操，但内廷弄兵，毕竟有伤天和，不是就出现了王恭厂和朝天宫之火灾这样的报应吗?

因此，他们希望他不要使兵戈舞弄于萧墙之内，勿使火炮伏匿于肘腋之间，要求他解散内军，停止操练。

虽说他对于这些反对根本就全然不顾，内操也一直在进行着，可他们却总是不时地在朝堂上提出这样的话题，而且据负责此事的曹化淳所奏，他们还总是以这样那样的理由对内操之事予以干扰。

他不禁又在心里暗暗地咒骂起这些无用的朝臣来。

在他想来，这些文武大臣不仅不能对他的治理国家有任何帮助，反而不断对他做出的决定掣肘干扰。

于是，他不禁又想到了人才缺乏所带给他的苦恼与痛苦。

本来，凤阳之变后不久，他在考虑军事问题的同时，也在考虑用人的问题。

他明白，虽然这是一个总也得不到解决的老问题，可是眼下情势日益危急，已到了非解决不可的时候了。

因此，前不久他搞了一个前所未有的特殊考试。这一天，他把全体大臣及翰林和詹事等词臣召集到中左门平台，命令为他们每人分发一份题本或奏本及两张纸笺，要他们当场各自拟写一旨，一张用来打草稿，一张则用来誊抄，但草稿和誊抄稿都必须上交。

他的目的是想以自己亲自考试的方式再选拔两名阁臣，当时由于吴宗达的年老归籍，阁中只有四位大学士，在他看来，人数似乎少了些。

不过，他一一细读了那一大摞考试卷子后，不禁有些大失所望，说实在的，它们中真正能让他满意的可说是寥寥无几。好不容易，他从中选出了礼部尚书姜逢元和礼部侍郎陈子壮等九人的考卷。然后他又让吏部将他们的履历材料报来。

可是他在看了他们的履历材料后，不禁又是摇头又是叹息。本来，前几次他就已经取消了会推的方式而以特简的办法，这一次更是用了考试的办法，可哪想到，考试的结果却仍是不满意。

因此，几天后他便不和任何人商量就直接任命了少詹事文震孟和刑部右侍郎张至发为礼部左侍郎兼东阁大学士。

对于文震孟，应该说他是十分欣赏的，知其刚方贞介，正直不阿，江苏常州人氏，天启二年殿试第一，曾授编修职，因被魏忠贤诬陷而遭放归。他登基不久即以侍读召，改其为左中允充日讲官。天启二年时他又晋其为左春坊左谕德署司经局，直讲如旧。

但此人一向忤权贵，不善钻营，对朝内的很多事实在有些看不惯，遂在归乡之后借故不愿复出。直到三年前，又才被召用，并立即被提拔为右庶子，很快又被升为少詹事，负责讲筵。

几年来，文震孟一直为他讲解《春秋》，深受赏识，而且就在凤阳之变的时候，还多次向其逐条陈述治乱之源，话多切中时弊。

对于张至发，他同样是有些熟悉且多少有些欣赏的，知其是万历廿九年进士，最初不过玉田一知县，后曾任礼部主事，大理寺丞，三年前任顺天府丞，后升为光禄寺卿，今竟一下被他看中入阁成为辅臣。

应该说，像这样选拔一个地方官入阁作为辅臣，这在本朝是极为少见的。虽然当他当众宣布自己的决定的时候，不少大臣都表示反对，但他还是坚持自己的决定。

他明白得很，他的用意是十分明显的，他的目的就是要给全体朝臣一个印象，他对人才的选拔是不考虑什么资历和等级尊卑的，其根本标准是官员的本事或才能。

对阁臣做了这样的调整后，他终于舒了一口气；不过当他坐下来认真思量的时候，他不禁又想到，这似乎和他目前最关心的问题相隔太远了，目下西北的烽烟越烧越旺，随着曹文诏的战死，有勇有谋的边才更是寥寥无几。

为此问题他不知动了多少脑筋，和几位阁臣也多次讨论过这一问题，而且还参阅过本朝历史中的有关记载。

崇祯经过对各路督抚元帅的认真考察筛选，选中了已升任为右副都御史和湖广巡抚的卢象升为五省总理，让其专门负责江北、河南、山东、湖广及四川的军务，督办整个东南地区；而洪承畴则专门经营西北地区。

如此划片包干，在崇祯想来，无论怎样也应该有点什么起色的。

因此，他回味着这一切，思量着这一切，虽愁烦有加，不过一想到冥冥中的希冀，他也就似乎有了某种莫可名状的满意或是无可奈何的心安理得了。

或许，他的希冀与心安理得也的确不无道理。

就在他如此愁烦而又怀抱希冀的时候，陕西的农民军发生了一场不大不小的内讧。

其时，李自成手下的得力大将高杰因长期和李自成的小妾美娘私通，因害怕事情败露，率领手下一万多人马和美娘一起私奔，并借此向官军总兵贺人龙请降。

贺人龙得知此情，遂立即报告了督师洪承畴。

一时间，洪承畴不禁大喜过望，遂一面让贺人龙弄清其投降的虚实，另一方面则亲自安排受降事宜。

当其得知高杰此番投降的原因后，他便充分地意识到高杰的请降绝对是不会有诈了，无疑，他不费一刀一枪，就解决了一万多农民军，而且还相应地增强了自己的实力，这简直就是喜从天降了。

待高杰来降后，他便亲自在自己的军营大帐里设宴款待了高杰。

事后，他又立即以八百里快传奏报朝廷。

崇祯得此奏报的时候，他仍在御书房里批阅奏章奏本。他的神志不禁倏地一振，欣慰万分地连声说道："此乃天佑我大明啊！天佑我大明啊！洪承畴能得此良将，朕甚感欣慰，甚感欣慰啊！"

他一边如此这般地慨叹，一边则情不自禁地站起身来，手舞足蹈，脸上也露出了少有的微笑。

一直静静地站在不远处值守的几个小太监眼见皇上今儿有了少有的高兴，一同走过来对他尖着公鸭嗓子道："皇上圣德，皇上圣德啊！"

崇祯乐哈哈的，一下放下皇上的架子，只见他把手突然一挥，大声道："哈哈，朕今儿实在高兴，快给朕拿御酒来。"

一位小太监一听，当即便吃惊地道："皇上，这——"

"什么这不这的，快快取来！朕今儿实在是高兴！"

不多时辰，两个小太监一路小跑着抬着一壶御酒回来了。

崇祯急不可耐地连喝几杯，一时间，他竟面红耳赤，豪情满怀，末了竟吹着酒气大声道："朕要论功行赏，论功行赏！哈哈，洪军门真是不赖，真是不赖啊！哈哈，朕要拨些银子赏赐他的！对，凡前线将士朕都要赏赐的！"

说到这里，他看了一眼正十分好奇地看着自己的几个太监，遂突然把声音提高了几度对他们道："对，你们亦是有功的。你们侍候朕多年，朕亦要好好赏赐你们。好，好，朕就赏你们每人三两银子，明儿到王心之那里去领就是！"

说完，他发出了一阵少有的舒心的大笑。

几个小太监不远不近地站在那里，他们也不约而同地陪他笑着，他们听到他说也要给他们以赏赐的时候，更是一个个笑得合不拢嘴。

第二天一上朝，他刚在龙榻宝座上坐定，便立时展开笑容对满朝的文武大臣道："哈哈，谁说贼子全都是顽固不化的，高杰不就降了朝廷吗？哈哈，洪承畴也的确有些能耐，朕一定要论功行赏，一定要论功行赏！"

说完他当即对着首辅大臣温体仁道："卿速拟旨来！"

温体仁满脸堆笑，觉得皇上对他格外恩宠。

整个一天，朝堂上的气氛都是出奇的好。文武大臣们全都明白得很，只要皇上一笑，也就不会有谁因为皇上无缘无故的发怒而获罪，他们自然应该额手称庆了。

虽然他们也都同样明白，近三十万所谓的贼寇而今只有这么区区一万人马投降，说起来只不过是一大碗水里洒了两滴，更何况，那些贼子燃起的烽火正越烧越旺，离真正的所谓的平定还差得远；或许，他们是不是高兴得太早了。不过，他们却又都知道，高杰这干人的投降，可是自凤阳奇变后官军少有的收获啊！

如此一来，整个一天，朝堂上便全都是一片喜庆的气氛，甚至直到退朝后，朝臣们都仍是喜气洋洋的样子。

但是，在大家一片叫好的氛围中，却并不是每一个人都沉溺到这个幻梦之中，有少数的人如方被擢升为礼部左侍郎兼东阁殿大学士的文震孟这样的多少有些正直之心的人，则在暗中为此而悲叹！

在文震孟看来，皇上不进一步想些办法去对付那贼子，却被如此小小的一点收获冲昏了头脑，更何况，这种收获压根就不是洪承畴或是官军有什么真正的能耐，只不过捡个便宜罢了。若因一点本不足道的收获就被弄得忘乎所以，从今往后又该怎样去对敌呢？不过当众人都在人云亦云并大发国难财的时候，他又觉得自己这些考虑多少是在杞人忧天，因此只能空自哀叹而已了。

事实上，文武大臣们除了只关心他们自己的官位和俸禄而且借某个机会聚敛财富外，他们对别的什么都不关心。

于是，崇祯准备赏给前线将士的银两很快便有一半落入了温体仁和侯恂等人的腰包，而费尽心机终于投降了官军的高杰也只弄了个游击的官衔，他本来的愿望是想要弄个总兵官当当的！

但不管怎样，崇祯总算有了一阵龙心大悦的时候，虽说是这种龙心大悦压根就维持不了多久。

因为，西北的烽烟正在烧起熊熊大火！

其时，农民军在遭受了短时间的挫折后，即准备从蓝田逃往卢氏，总兵尤世威当时奉洪承畴之命分地据守，洪承畴命令他和参将徐来朝分别驻守在永宁和卢氏的山中，以扼守住洛南、兰草川和朱阳关之险。

当时张献忠也想逃到卢氏，被尤世威阻止住了，遂只好逃到商洛山中。

徐来朝所部，起初因不肯入山，竟鼓噪而变，这时适逢农民军攻到，徐来朝竟阵前脱逃，所率官军全军覆没。

尤世威所率的官军因长期风餐露宿，加之瘟疫流行，刚一和农民军交战即溃散而去，尤世威败走。

农民军突入朱阳关，杀死官军副将徐来臣，继而分十三路东犯，一时间，河南竟又震动起来了。

李自成和高迎祥仍留在陕西，很快，李自成即攻陷了咸阳和永昌，两知县均被其杀死。

进入河南的农民军很快即进攻中牟，不久又抵开封，进入外城，见官军防守甚严，旋即逃去，转而进攻长葛、郾城、扶沟，不能攻下，遂又进攻鄢陵。

鄢陵是原大司马梁廷栋的故里，梁廷栋得知家乡遭到威胁，即向左良玉告急。左良玉遂派了一支人马赴援，并在彭祖店附近打败了这股农民军。

与此同时，高迎祥和李自成则在关中分路出犯，高迎祥掠夺武功和扶风地区，李自成则掠夺富平和三原以东地区。

洪承畴当即遣将领追击李自成，曾有小胜。随即，洪承畴即身率士卒追击李自成，与李自成大战于渭南和临潼，李自成大败，向东逃去。

在这之前，曹文诏死后，曹变蛟收揽败兵残卒，重新组成了一支人马，洪承畴将其提拔为副总兵，安置到自己的麾下。

到这时，曹变蛟和高杰遂联合行动，在关山镇打败了一股农民军。然后又一路追击高迎祥，而且在凤翔的官亭打败了高迎祥。继而又和左光斗再败高迎祥于乾州，高迎祥则中箭逃走。

高迎祥屡战屡败，遂只好东越华亭和南原的高山绝岭，和李自成一同出东阳关，并和张献忠会合。

进攻鄢陵的农民军自从在鄢陵战败后即打算转回西安，洪承畴得知此情，遂紧急传令总兵张全昌和副总兵曹变蛟先赴渭、华在前方阻隔农民军，他自己则亲自率领主力尾随其后。农民军不敢向西，只得向南奔走，洪承畴命令张全昌将其一路追击到了颍州。

适逢农民军蝎子块一路攻沈丘，张全昌和其交战，不出几个回合，张全昌竟被打得大败，他本人也不幸被捕。

随即，蝎子块便挟持着张全昌进攻蕲、黄，张全昌遂代表农民军请求招抚，总督卢象升却坚决不答应，责骂张全昌丧师辱国，并且公开声明：如果农民军真心想投降的话，得需先杀一批农民军战士以表示他们请求招抚的诚意。

蝎子块等人自不愿意，所谓的招抚之事也就只好作罢。

过了一段时间，张全昌好不容易在几个早就想投降官军的农民军士卒的帮助下逃了出来。

虽然如此，农民军差不多再一次威胁了河南尤其是皇陵及刚刚修复的凤阳，一直在西安附近的李自成更是在周围大肆放火，一时间，整个西安城里人心惶惶。

对此，作为西北一路督师的洪承畴已经对此一筹莫展了。

与此同时，作为五省总督的卢象升的情况似乎也好不了多少，他所统辖的左良玉和祖宽两路主力本在河南的郏县一带和农民军相抗，而农民军却连营数十里，兵势浩大，且轮番出战。左良玉等部却根本不敢迎战，只好撤兵。

崇祯当初规定的六个月剿灭农民军的期限早已经过去，可剿灭却丝毫没有任何希望。

就在“闯”字旗在西北各地迎风飘扬的时候，江南的文坛也开始了另一番景象。

张溥早已打定主意要东山再起，已经做了一系列舆论和行动上的准备。他已经认识到自己以及复社的实力；而今经过一段时间的认真谋划，他便开始迈出坚定的步伐。

他开始行动的第一步是亲自前往嘉兴拜访他名义上的老师——被温体仁打败了的前任首辅大臣周延儒。

就气质和人品来说，周延儒虽然和张溥不同，而在这个时候，他想要东山再起的意图却和他是一样的，因此一得知张溥要来登门拜访，不禁思忖道：“复社这等人虽说不无狂妄而且有时也还多少有些无礼，但是从自己几年来对他们的了解和把握，他们的确也还是有些冲撞劲，若自己能很好地利用的话，他们确实应该是一支不可忽视的政治力量，自己若真要东山再起推倒温体仁，还是得依靠这支力量才行的。”

当然他也明白，自己自被罢官以来，早已尝尽了那种门前冷落车马稀的滋味。

几年来，自从致仕回乡，除了江南的复社人士对他还相当尊重外，很难有人来拜访这个已经下台似乎再也不会有多大能耐的内阁首辅。

他本是个不甘寂寞的人，自从回到嘉兴乡下，他的心情也总是抑郁得很，一开始可以说还实在有些难受，所以当时为了散散难以消解的愁绪，他还跑到了苏州和南京。

也正是这一次散心，他才和复社人士挂上了钩。从那之后，他也才和他们有了一些交往，而他们则在不少问题上请教于他，他也为他们出了不少主意。

不过从总的情形来说，他虽然时时都在想重新有所作为，为了这不幸地被罢免，他的心里难过得要死。

但是，碍于情势所迫，或者最起码为了某种沽名钓誉，更多的时候，他宁愿待在这乡下，而且就是同复社人士也避免过多的接触，力图给人一种退隐山林而自甘淡泊的样子。

可是眼下，他也不知怎么的，妄图要东山再起的欲望却越来越强烈了，他在冥冥之中感觉到，他似乎到了应该走出这山林走出这淡泊的时候了。

因此当其得知张溥要来，他又怎能不高兴呢？

在他想来，张溥这小子一向跟温体仁不对头，自己又何不在暗中扶上复社一把，让他以复社之力去扳倒温体仁呢？如此一来，当他们都到了两败俱伤的时候，那不是对自己大大地有利吗？更何况，自己若是用复社来制造舆论，那真是再方便不过了！

一想到自己这种黄雀在后的老谋深算，而且成功的可能性也非常大，他简直有些喜不自胜了。

于是，他便在决定要好好地接待一下这位复社领导人后，就让家里的几位小厮着实地把花厅给刻意地打扫整理了一番。

当然他的打扫和整理绝不是一般意义上的大扫除，而是要为他快速造就一个貌似清雅的环境。他本是个热衷名利而心性庸俗的人，但他却又曾经三次及第，读过自认为不少的书卷，那种附庸风雅本是他早就习得的；更何况，他又做过位极人臣的大官，在京师上下见识过不少难得的大场面。因此在他想来，现在自己虽说是致仕回乡了，但无论怎样却绝非凡夫俗子样的等闲之辈。

于是他的花厅里也就没有了名花与珍禽异兽，装饰与陈设也绝非豪奢和繁盛，而完全给人一种清雅与淡泊之气。

因此，不出几天的光景，人们就惊讶地看到，他那农舍般的住屋前竟突然垦出了几个不大不小的水田，而且水田里竟又悉数种上了一些莫名的庄稼，整个院子里陡然间也竟传出鸡鸣狗吠的声音。

人们也不无吃惊地发现，房舍里一向古朴华贵的桌椅板凳竟全部被换成了竹几竹椅，甚至连茶具也全为竹根雕制，给人一种难得的雅意。

于是，张溥到来的时候，他不仅亲自前往迎接，而且当即便领往花厅，以便让他领略一下自己这仿佛世外桃源的雅静，而他的脸上则更是不时地露出某种莫可言说的得意之色。他不无吹嘘地大声叹道：“哈哈，昔日陶靖节有诗云‘倚南窗以寄傲，审容膝之易安’，老夫今又如何？”

张溥当即便有一种全身要起鸡皮疙瘩之感。

本来，当他一看到这位前任首辅的得意之作的时候，他顿时就有不伦不类的感觉，那种附庸风雅与矫揉造作透现于整个房舍的里里外外。

在他看来，整个房舍的风范就和他的主人当初在皇上面前的装腔作势与阿谀奉承没有什么两样。

而眼下，这主人竟自比那位悠然见南山的陶渊明，在他听来，这似乎比起那装腔作势又不知肉麻了多少倍！

他不禁在心里暗笑道：“哎，真不要脸，他竟如此恬不知耻地把自己比作陶渊明！”

张溥的心里虽然是这样想，可在其人生的阅历中早就习就了那种八面玲珑的本事。

因此他在心里虽对这位所谓的周公鄙视甚至还在大骂，可他在表面上或是在口头上则是哈哈大笑地唯唯诺诺，他不断配合周延儒的自我吹嘘奉献着仿佛道不尽的奉承话：“周公家居真乃仙境是也！”“哈哈，真没想到周公还能有如此好的闲情逸致啊。”“周公实乃某恩师也！”

这样的奉承话张溥说了一句又一句，一时间，周延儒的心里简直像吃了蜂蜜一样，当然他倒并不是因为这位复社首领说了一大堆奉承话就被完全地感动了，对于他的这番明显是拍马屁的话，他倒是更多地往深处着想的，这位张溥经过在文坛和政治上的几番打打杀杀，似乎明显老练多了。

他不禁暗暗地在心里感叹道：“哎，这小子倒是明显地会做人了，再也不像当年在翰林院里的时候，一张乌鸦嘴，到处乱叫，又不会奉承人，只知道直来直去，把朝里的上上下下差不多得罪了一大半。看来这几年他倒是得到了不少的教训，说话上也明显圆滑多了。如今若是让他再来振兴复社，肯定是没多大问题的。”

一想到这些，周延儒的心里不禁感到一阵莫可名状的激动，而在对待张溥的言行上似乎也就更加亲切了。

二人一谈到即将开始的合作计划，也就更加顺利更加愉快了。

一连几天，他们不是待在周延儒的花厅里商讨着整个行动计划的步骤，就是到嘉兴各地去以文会友，美其名曰散散心，实则按照周延儒的意图是想再多为自己拉几个人。

经过近十天的联络磋商，一切该谈的也已经谈得差不多了，下一步就是该如何去付诸行动的问题。

临分手的时候，张溥紧紧地拉着周延儒的手多少有些激动地对他道：“周公放心就是，张某一定认真地按公吩咐所办就是！”

周延儒也不无欣喜地：“哈哈，我已讲过多次，你我理当勠力同心共享荣华才是啊！”

言毕，他则是满带着不无期望却又多少有些严肃的神情直盯着张溥。

不过，当张溥刚一离去，周延儒的头脑里似乎一下幻化出自己又重新位即首辅的那种喜悦，脸上陡然显出一股莫可名状的诡异深沉之色。

他不禁想到，复社最擅长的是搞舆论宣传一类的东西，他们的本事说到根本上也就是鼓噪，着实不可小视，而政治则恰好是需要舆论作为其重要的宣传工具的。

他觉得有了复社这个舆论工具，自己的势力与实力似乎陡然间增加了几倍。

一回到苏州，张溥就立即按照他当初和周延儒商定的计划行动起来，他一点儿也没有意识到，自己事实上是已经把复社拱手送到了周延儒的手上，成了他进行又一轮政治赌博的工具。

于是，按照其行动计划，张溥和张采经过一番商讨，便向复社的核心成员发出了邀请其前来七录斋参加秘密会商的信函，以便商讨筹备召开第四次复社大会的事宜。

受到邀请的人除了吴伟业因远在京师不能赶到外，其余的人不几天便悉数从江南各地会聚到这个远近闻名的七录斋，一时间，几十个人竟将这偌大的屋子挤得满满的。

整个七录斋里，完全是一副群情激昂又意气风发的样子，在屋子正中的一张八仙桌四周则坐着复社的两位首脑人物张溥和张采以及可称二人副手的陈子龙和吴昌时。

待众人稍稍有所平静，张溥把衣袖一甩站起身来大声道："诸位，咱们复社沉寂已有很长时间，我们再也不能这样不死不活了，我们必须要有所作为才行，今儿——"

他如此这般以娓娓动听的声调不断向他的弟子们或是复社的核心要员们诉说着，紧接着，他的声调竟一下提高了好几度，情绪也似乎变得有些激动。

昔日那种意气风发或者说领袖群伦的风范与神采似乎又重新回到了他的身上。

他脸上的肌肉和线条以及曾经拥有过的气质虽然改变了不少，而且脸上还显出了一些病容，但是他那种敢冲敢撞的劲头却仍不减当年，他目光熠熠，辩才无碍，听着他掷地有声的论说，看着他手舞足蹈的样子，在场的每一个人都不能不为之动容。

"眼下内忧外患交相煎逼，朝廷上下却小人当道，他们倒行逆施，相互争权夺利，每每自问，我辈熟读圣贤，而今又该如何面对社稷之不利危局？当此奸臣独霸朝廷，我辈又该如何去面对这些祸国殃民的奸臣。"

随即他便滔滔不绝地痛骂温体仁，他一面列举着温体仁历年的丑恶行径，一面则诉说着他近一段时间在朝廷里对正直之士的打击和排挤，尤其是对做辅臣不久的文震孟的打击和排挤，末了，他不禁慨叹道："哎，文大人一向以《春秋经》闻名于世，而今他也竟不容于温体仁这个无耻小人！"

如此这般，他数落咒骂温体仁足足有一个时辰的时间，直到最后他才把他的话题转到如何运用复社制造的舆论来最终打倒温体仁这个关键的问题上来。

他说到了他和周延儒商讨的整个行动计划，说到了大家需要注意的一些事项，乃至他刚从周延儒那里学来的一些根本的操作手法。

他的计划颇有煽动性，一时间，整个屋里便像乱哄哄的一锅粥似的，大家全都群情激昂，不禁为其周密部署大喊叫好，拍案叫绝。

众人最后一致表示，他们必须齐心协力，推倒温体仁。

当复社人士和周延儒经过周密策划开始了一轮兴风作浪与政治行动的时候，紫禁城内的崇祯却正为接连的几份奏报和朝廷上上下下的事而焦头烂额。

一份奏报是有关农民军的：对进入河南之农民军的围剿仍是一筹莫展。

自从左良玉不敢出战而持观望态度后，这股农民军便进入了颍州，原在江北的农民军即和他们会合，使得他们实力大增。

庙湾守将朱子凤遂领五百人前往抵挡，力战而死。

农民军遂又从颍州渡过淮水，河南巡抚陈必谦从颍上逼近凤、泗祖陵，又派陈永福出境二百余里，抵御农民军。

农民军不能渡河，只好进攻信阳，官军在北关和中山铺一带阻击，百户杨正芳不幸力战被捕，最终被农民军斩首而死。

农民军又一路攻下了密县，知县苗之庭率领市民凭城据守三昼夜，适逢左良玉率军来援，农民军终于撤退而去。

另一份奏疏则来自陕西，向他报告了陕西农民军行动的近况。

奏疏上说：两个月前，陕西的农民军在攻破扶风的时候，知县王国训，同主簿夏建忠、典史陈绍南、教谕张弘纲、训导陈君率领生员王守德绕城固守。他们一直坚持了两个月之久，无奈援军迟迟不到，最后城池终被攻破，王国训和夏建忠等人皆不屈而死。

看罢此份奏疏，崇祯不禁大为感动，他没想到自己统治下竟有如此好的臣民，可他坐在御案后默默地想了很久，却似乎又无可奈何。

隔了一会儿，他又只得去读别的奏疏，可是他把奏疏上的字才读过一行，便立时有些吃惊，原来，此乃给事中范淑泰等人弹劾王应熊在当初凤阳之变时所谓朋比误国的。

崇祯踌躇起来，当初王应熊在凤阳之变时是曾拟旨让杨一鹏戴罪立功，只是自己没有批，但不管怎样，杨一鹏被斩首了，而且事情也已经过去差不多快一年了，到今天怎么又突然钻出一个王应熊朋比为奸之事呢?

崇祯遂打开奏疏仔细地读了起来。范淑泰等人在奏疏上指出，当初凤阳失陷的时候，杨一鹏立即向朝廷奏报了，王应熊当时在内阁，他怕皇上得此不幸消息而震怒，遂扣留其疏，没有呈递上去，等到传报凤阳已被收复，他才一同和别的奏疏呈上，而且还拟了一个所谓的戴罪立功的旨，随即奏疏不无愤怒地写道："杨一鹏第二次上疏是正月二十七日，而核查失事情况的奏疏则是正月二十八日，天下有没失事就先恢复的说法吗？王应熊改填日期，欺诳之罪难辞。"

末了一段则是说他如何如何收受他人贿赂的。

看罢奏疏，崇祯一时间竟皱起了眉头，他是十分宠爱这位辅臣的，他不禁在心里暗暗地问道："自己既然这样相信他，他难道要来欺骗自己吗？不，不可能。"他不相信王应熊会胆敢来欺骗自己。

于是他便安心地打开另一份奏疏，没想到，此奏疏则正好是王应熊上疏来为自己辩解的，他在奏疏上说："主考官与门生之间的情谊不容轻薄，不敢辞去朋比的罪名，票拟确实是臣起草，也不敢辞去误国之罪。"

原来，当他得知范淑泰等人的上疏后，立即拟就了一份辩解之词并紧随其后呈到了崇祯的面前，在他看来，说他和杨一鹏如何朋比误国完全是对他们师生情谊的一种侮辱，当然他也正是抓住这一点来为自己辩解的。

看罢王应熊的辩解之词，崇祯似乎更加相信王应熊了，不过他对范淑泰等人奏疏的处理又来了一个留中不发，让他们摸不着头脑，不知道他的态度。

可是事隔两天，一些大臣们眼见他们弹劾王应熊的奏章没有结果，而且王应熊还居然为自己上了一道辩解的奏疏，便很是气愤，给事中何楷遂再一次上疏，他在上疏中说道："照旧例，奏章不散发抄写，外人无从知道；没有承接诏书，邸报不许抄写传阅。臣的奏疏于六月初十日呈上，十四日才接着诏书，王应熊却在十三日就上疏辩解。诏书尚未下达，王应熊从何而知？这是臣不理解的第一件事。而且诏书下发必经六科抄写发放。臣的奏疏十四日下达，而百户赵光修先送到锦衣卫堂上官手中，这样奏疏可以不经过六科抄写了，这是臣感到不解的第二件事。"

看罢这份奏疏，崇祯似乎才恍然大悟，自己的的确确是被欺骗了。不过在他想来，这些事兴许与王应熊本人并没有多大关系，他猜测定是王应熊的家人和内阁的中书所为，于是他当即下诏，命令逮捕王应熊家人和值日中书入狱。随即他又发出第二道诏书，命让其家人戍边，对中书则处以连降二级的处分。

王应熊得知此情后，一时间竟六神无主，随即才上疏引罪。马上他又连连上疏请求罢官离职。

崇祯经过一番考虑之后，觉得这样也好，起码可以平息一下众大臣的不满情绪，遂准予其离职。

但是当王应熊离开京师的时候，崇祯却派驿车送行，并赐予路费和安家费，还派出行人官护送。

对于崇祯来说，王应熊本是他亲自提拔的，对他一直也是宠爱有加，说实在的，他并不想因为一些朝臣们对他说三道四就罢免他。

但他却又明白，王应熊也确实没有什么声望，也没有太大太多的才干，只不过对自己很忠诚而已。不过常言道，众怒难犯，还是让他回乡养老吧，这样或许对他本人对他做皇上的也都好一些。

随着王应熊的归籍，连着几天，崇祯的心情时好时坏，他自己也不知道怎么回事，每每一想到这朝廷上下的事，气就不打一处来，这些大大小小的臣子们不是弹劾就是交章指责，而对整个国家一个个最让人烦心的事却并没有谁真正提出过什么中肯的意见。

此时，他站在养心殿里的窗前，双眼平视前方，头脑中却一片空白，他只觉得自己的心里实在烦得很，烦这一切的一切，甚至烦这“烦”本身。

可是崇祯却又不知该怎样办才好，隔了好长一段时间，他才有些无可奈何地长长舒了一口气。

也恰在这时，贴身太监小毛子一步跨进来，双膝一跪即柔声道：“皇上，奴才从御茶房经过时，见到他们嬉笑打闹，奴才以为这可不成体统，王心之也不好生管管！”

崇祯转过身来，“噢”了一声，仿佛仍深陷于自己的烦心之中，待他定了定神，见是小毛子跪在那里向他说话，才多少有了一点精神：“小毛子啊，啥事又来烦朕哪？”

小毛子赶紧道：“奴才本不敢的，皇上，只是适才奴才从御茶房经过时，见到他们在那里打打闹闹，也不知王心之是怎样管的！”

崇祯一听，不禁在心里有些想笑的样子，他没想到小毛子倒还是这样一个多少有些严谨的人，遂笑了笑说道：“噢，这事啊，兴许他们也和朕一样烦得很呢，哎，就让他们快活快活吧！”

小毛子一听，既然皇上都已经这样说了，他也就不好再说什么了，而这时却听崇祯突然对他道：“小毛子啊，朕的心里也实在有些烦得很，你带朕出去走走如何？”

“只不知皇上想到哪里去？”小毛子想了想便问了一句。

崇祯皱了皱眉头，随即道：“朕倒是一直想到宫外去走走，只不知小毛子能否领朕去？”

小毛子一听便有些赫然地道：“皇上，不可，不可，出了宫，皇上若有了啥差错，咱这做奴才的可担当不起啊！”

崇祯听罢，不禁仔细地想了想，随即便露出了一脸的苦相，多少有些无可奈何地摇了摇头。

这时，一直站在门口的一个小太监走了进来，轻声说道：“皇上，兵部尚书张凤翼张大人求见！”

少顷，张凤翼便一步跨进来大声奏道：“启奏皇上，据兵部最新情报获悉，江北贼寇数路在攻占蕲州、黄冈和典梅之后，现正沿宿松进入潜山和太湖地区。”

崇祯顿时便有些吃惊，他没想到这些贼寇竟是如此的顽强，而官军竟拿他们没办法，想了想遂不无忧心地道：“那么卢象升现在何处？”

“近来，他领东南军队应当一直在江北一带剿贼！”

“他怎么就没有什么消息？”

“臣不甚清楚！”

崇祯只觉得自己似乎烦到了极点，他怎么也没想到，经过这么长时间的努力，剿贼之事竟仍是毫无结果。

到这时，他似乎才突然感觉到，自己那个迟迟未行的罪己之举，也许终究还是要举行才是，看来，不如此是不足以挽回上天的宠眷的，不如此也不足以激励臣民的精神。

于是，他当即便让张凤翼和小毛子告退，他想要自己好好地考虑一下这个问题。

待二人退下后，他便一个人静静地坐到御案后的龙椅上，一手托着下巴一手摸着脑袋细细地思量起来。

看来，不下诏罪己的确是不行的，而今是到了非下诏罪己的时候了，哎，作为这大明朝的皇上，向臣民们说说自己这样那样的不是也许没有什么不好，或许他们还以为咱这做皇上的心胸博大呢！

可是，正因为是大明朝的皇上，若自己公开向臣民们说自己这样那样的不是，说自己这也错了那也错了，自己从今往后又该怎样去面对自己的臣民呢？自己在他们面前又有怎样的威信呢？

罪己诏不得不下，却又要保持自己的威信，又怎样才能做到既让臣民们看到当今皇上的伟大却又使自己不失皇上的威信呢？

他不禁有些焦头烂额的样子。

只见他从龙椅上站起身来，然后在殿里踱起了方步，待转过不知多少圈后，他的双眼突然放出了亮光，双手一拍，大呼道：“有了，对，就这样办！”朕何不采取一个折中的办法呢？何苦要公开向全国发一个什么罪己的诏书呢？向兵部发一个上谕代替不就行了。

于是，两天后，由他亲自起草的一份长长的罪己的诏书便发到了兵部，诏书的要点大意是说：

朕自继承大统以来，本希望与天下更新，不想倚任非人，遂致内外交哄。国库空虚而征调不已，城乡凋残而加派难停。及至今年正月，皇陵被难，责任实在朕躬。于是集兵措饷，限期平贼，谁知诸臣失策，叛乱更为猖獗，甚至丧失上将，失陷州府。痛心切齿，其何以堪？

最后，他便公开申明：

……今调劲兵，留薪饷，拯救元元，在此一举。惟行间文武吏士，劳苦饥寒，深廑朕念。念其风餐露宿，朕不忍安卧深宫；饮水食粗，朕不忍独享甘旨；披坚执锐，朕不忍独衣文绣。自是月初三日始，避居武英殿，减膳撤乐，非典礼唯以青衣从事，誓与我行间文武吏士甘苦共之。廷臣其各修愆淬厉，以回天心救民命。

从这份诏书的格式和内容看，他都是明显地在检讨自己，不过他却以上谕的形式将其发到兵部，不显得那样隆重，这样多少可以为自己遮遮脸面。但是通过遍布全国的邸报，这个上谕却又同样可以传遍天下，从而可以收到他自认为的感动臣民的效果。

他为了这份姗姗来迟的罪己诏，实在是用心良苦！

可是透过这份费尽了良苦用心的罪己诏，人们却发现，当今皇上实在是缺乏太多的真诚，他虽然承认他对社稷被搞到如此境地应承担一部分责任，可在具体问题上却又说自己这完全是用人不当之过，众人都看得明白，皇上并没有说自己的不是，而根本就是上上下下的大臣们的不好。

于是，人们似乎有了一种被皇上欺骗的感觉。

发下一个不伦不类的罪己诏，不管怎样崇祯总算可以舒一口气了，可是他静下心来仔细一想，却又觉得这事使自己多少丢了些脸，使他那本来就脆弱的心理失去了某种平衡。

按理说，自尊本是人性中一种高贵的品质，崇祯感怀于这种人性的自尊本是无可厚非的。但是，作为一个帝王，他却在九五之尊的绝对崇高地位和一言九鼎之绝对权力的双重作用下，使这种本来人所共有的品质竟变成了一种极度的狭隘和刻毒。

在这天下政局大乱整个国势差不多即将崩溃的危险颓势下，他不得不向他的臣民像模像样地做了一个检讨或是说自我批评。然而他心中那莫可名状的自尊却让他在向他的臣民认罪的时候感到了某种从未有过的耻辱，这种自尊与耻辱的绞榨让他实在有些寝食难安。

连日来，他的心情总是闷闷不乐的，心里憋着一团火无处发泄。而今他高高在上坐在自己的龙榻宝座上，这种抑郁和不安的情绪似乎并没有减少多少。

这时，他从自己那似乎有些无精打采的目光中看到，从丹墀下的班列中走出了户部尚书侯恂，只见侯恂一站出来便大声道："启奏皇上，方今贼势日炽，兵饷难筹，国库空虚，臣请严催新旧逋赋。"

崇祯一听是为自己增加银两的事，他便多少来了一些精神，遂赶紧提了提神。

侯恂奏罢还没来得及退下，侍读倪元璐却又出列大声奏道："启奏皇上，盗贼日炽，且震及祖陵，皇上遂下罪己之诏，布告天下。然此非徒空言也。今民最苦无若催科，请自崇祯七年以前一应逋赋悉与蠲降，断自八年督征。有司考成，亦少宽之。东南杂解，扰累无纪，如绢布丝棉颜料漆油之类，悉可改从折色。此二者，于下诚益，于上无损，民之脱此，犹汤火也。至发弊而远追数十年之事，纠章一上，蔓延不休；扳赃而旁及数千里之人，部文一下，冤号四彻；谁有以民间此苦告之皇上者乎？及今不图，日蔓一日，必至无地非兵，无民非贼，刀剑多于牛犊，阡陌决为战场，皇上亦安得执空版而问诸磷燹之区哉！”

给事中刘含辉也站出来道：“启奏皇上，臣以为倪大人所言极是，而今山陕各地赤地千里，民不聊生，臣乞蠲山陕八年以上逋租。”

崇祯认真地听着几个人的奏对，一时之间，他竟有些忧心忡忡，一方面这国库实在空虚，可另一方面方今百姓也实在太苦，逋赋又怎能收得上来。他不知该如何办才好了。

他想了一会儿，除了不断地点头称是外，便对几个人的奏对全都不置可否。

不过他的心里却仍然闷得发慌，他在寻求为自己开辟一条冲出这个苦闷的路径。

其时，巡漕御史倪于义突然一步站出来道：“启奏皇上，当初黄河骆马湖河运航道决口堵塞，总理河道侍郎刘荣嗣倡挽救黄河之议，遂从宿迁到徐州另开凿新河，引黄河水注入其中以通漕运，总计工程二百余里，费金银五十万两。

“然其所开凿的河道皆黄河故道，挖掘一尺深，下面即全是沙，把沙挑到岸上，形成河道，一夜之间，沙又滑落下去，河堤又低平，如此反复四次，待黄河水注入其中，因水流湍急，沙随水下，大都淤浅不可以通航。

“漕运之船只皆不愿经过新河。刘荣嗣虽亲往监督过往船只，想绳之以军法，然将士苦于河道淤浅，仍是抱怨甚多。是以，臣以为，刘荣嗣所开河道，实是无用，却枉费银两，臣乞皇上治其欺罔误工之罪。”

崇祯仔细地听着倪于义的奏对，慢慢地，他的脸色变得越来越忧郁越来越难看，待其说完，当即道：“真是岂有此理，岂有此理，白白地费了朕的五十万两银子，着刑部逮捕审问即是，如此贪赃枉法之徒，罪不容恕。”

崇祯方才宣布完毕，不少大臣竟都显出了赫然的样子，他们没想到，一直对皇上忠心耿耿的刘荣嗣竟是这样的结局。

一些有识之士则不禁在心里想到，新开的河道虽说在开初总是难免会有这样那样的缺点，可从长远看，可是一劳永逸的事啊！

事实也正是如此，以后当骆马湖又一次崩溃的时候，过往船只行于新河，没有人不思念刘荣嗣的功劳，当然这已经是后话了。

不过对这时的崇祯来说，他只知黄河水患严重，心中正好有一种无名火无处发泄，他一向又提倡重法惩下，所以要处理刘荣嗣自不待言。

于是，当其一宣布完他的决定，便心情释然地退朝而归了。

但是，当他回到御书房的时候，却仍是有些闷闷不乐的样子，他觉得他心里的那股无名火似乎并没有得到完全的释放，于是便意犹未尽地一屁股重重地坐到龙椅上，一手托着下巴，一手下意识地敲打着御案，当小毛子来问他有关御膳该从何安排的时候，他也竟挥手作罢。

不多一会儿，司礼监秉笔太监王承恩抱着一大摞奏章奏本小心翼翼地来到了跟前，他将这些奏章与奏本一放到御案的一角便开始收拾起案上那些狼藉的朱笔与朱砂盒。

崇祯一看面前又摆放了厚厚的一大摞公文，一股无名的烦意陡从心起，立即不由分说将其猛地推到地上，王承恩一见便有些吃惊，嘴里遂一边说着“皇上，皇上”，一边则赶紧趴到地上将其一一捡起来又重新堆放到御案上。

这时，崇祯似乎也一下明白自己失态了，遂站起身来长叹了一声，然后便示意让王承恩退下。

待王承恩退下后，崇祯又默默地思忖了良久，随即便有意无意地拿起一份奏疏看了起来。

一看引黄，他才明白这竟是一份由吏部尚书谢升弹劾工科给事中许誉卿和福建布政使申绍芳的奏疏，因是由吏部直接弹劾，所以一时间他竟有了些精神。再一看内阁的票拟，竟是“大干法纪，着降级调用”几个字。

这几个字崇祯是识得的，是由首辅大臣温体仁所拟。

随即他便翻开奏疏仔细地读了起来，原来此奏疏是说，福建布政使申绍芳欲谋求登莱巡抚的职位，竟托许誉卿向谢升说项，许誉卿身为朝廷命官，竟关节托情，为申绍芳谋官，实违逆圣意，朋比为奸。皇上多次严申，结党营私，罪不可恕等云云。

对于许誉卿这位心性耿直的言官，崇祯是熟悉的，他总喜欢在朝堂上不是言这儿的不是就是说那儿的不好，而且每次奏对的时候，火药味都颇为浓厚。虽然如此，崇祯在心里对他还是有一些好感的，想这许誉卿既如此言这言那兴许对自己还是十分忠诚的。

他既不断攻击他人，不满者也就自然甚多，吏部的人对他有些意见那是肯定的。在崇祯想来，朝廷里上上下下互相托情的事本来就十分普遍，兴许谢升言重了些。

如此这般一想，崇祯当即提起朱笔，在票拟的旁边大大地批了一个“重拟”二字。

谢升弹劾许誉卿的奏疏被崇祯批了个重拟遂被驳回内阁的时候，内阁的几位辅臣温体仁、文震孟及何吾驺则正默默地坐在自己的案几前一面处理各自的事务或文牍，一面在心里暗暗地互相较着劲。

当一位司礼监的小太监把奏疏轻轻地放到温体仁的面前嘴里又说了一句“皇

上让重拟”的时候，温体仁的表情立时便显得有些尴尬，很快却又是一份得意扬扬的样子，而心里则在想着：“哼，重拟，重拟还是这样，兴许重拟得还要更重一些。”随即，他便站起身来伸了伸懒腰。

而文震孟和何吾驺一听小太监说“皇上让重拟”几个字，开始还不明白是怎么回事，但当其明白说要重拟的是哪份奏疏，二人立时便心花怒放地相互看了一眼。

文震孟更是在心里想：哼，你温体仁自恃是首辅能独裁遮天，今儿还不是被打回来了吗？今儿咱文某人就非得要帮帮这许誉卿和你这瘟神斗一斗！

一想到这里，他更是恨恨地瞪了一眼正佯装继续处理文牍的温体仁，鼻子里则明显不服气地“哼”了一声。

文震孟自恃是被崇祯特简入阁，也自以为自己是被皇上宠遇的，加之心性又有些正直，所以自入阁以来，对温体仁便甚是不服，时有掣肘，而且还不时将温体仁干下的一系列不可告人的坏事向外宣扬。

其时，何吾驺因自己自入阁以来就不断受到温体仁的压抑打击，受气的时候颇多，从前只知一味地在他面前唯唯诺诺，唯他的马首是瞻，而今儿实在有些忍无可忍了。更何况，一见到文震孟都敢于要和温体仁挑战，他的胆子也就大了不少。二人很快即结为联盟，并决心要寻找机会和温体仁斗上一斗。

不久前则恰好碰见了许誉卿升迁的事。许誉卿在给事中资格最老，到这时已有十四年的经历，照例他应转升为京卿了。

但是吏部尚书谢升却因为许誉卿一直是言官中带头攻击大臣们的首领，很不驯顺，早就对其恨之入骨，想借此机会整治他，于是便找了一个理由提升他为南京太常寺少卿，想让他到南京去做一任冷官，免得他在京师城里大肆兴风作怪。

许誉卿和江南的东林党有一些瓜葛，最起码也算是东林党的旁系或外围成员，而且在朝中也有一定实力，更何况文震孟和何吾驺本就是他的好朋友。

事情也真是有些凑巧，吏部提请升任许誉卿为南京太常的本章正好落在文震孟和何吾驺的手上，两位辅臣当即就拟旨驳回，坚持要让他升任北京的京卿。

首辅大臣温体仁因为多次遭到过许誉卿的直接攻击，遂暗中为谢升鼓气。

谢升有了这位首辅大臣的暗中支持，便坚决要同许誉卿和何吾驺及文震孟斗争到底。

也正在这时，福建布政使申绍芳想要谋取登莱巡抚的职位，就托许誉卿向谢升说情。时到这时，许誉卿还不明就里，还自认为自己和谢升有些熟悉，亲自跑到谢升的府上去说这件事。谢升当时不置可否，可第二天，他却就此拟了一条罪状，弹劾许、申二人。

谢升的劾疏一发到内阁，几位相爷为如何票拟进行了一番争议。

文震孟和何吾驺都坚持从轻拟议，让许誉卿回奏。

可温体仁却是存心要害许誉卿的，而且又早就对文震孟不满，觉得他不仅一直趾高气扬并且还时常或明或暗地反对自己甚至公开说自己的坏话，近段时间他更是和何吾驺联合起来和自己作对。

因此他便坚持一定要拟旨严处。

双方为此争得面红耳赤，几乎要相互抱以老拳了，为了想抢个先，文震孟就率先拟了一份，并将其扔给温体仁，让他做个最后的决定就是。可哪曾想，温体仁竟看都不看，就将其扔到地上，随即自己重新拟就了一份。

但是，温体仁还没最后拟完，何、文二人围过去一看他竟拟了个“严处”，遂气不打一处来，当即就一个夺下他手中的笔，一个则将还没来得及拟完的旨夺下撕了个粉碎。

不过，温体仁毕竟是首辅大臣，权位都在他们之上，当即就大喝起来，说他们若胆敢再如此藐视他这位首辅，他便马上去上奏皇上。见此情景，文、何二人只得在一旁冷笑着暂时作罢。

最后，温体仁终于仗着自己这首辅大臣的权力，下笔拟了个“大干法纪，着降级调用”的旨。

没想到，奏疏竟被崇祯驳回来了，因此二人又怎能不高兴呢？

于是，文震孟和何吾驺二人稍一会意，便听文震孟不无讥讽地道：“温大人，皇上既让重拟，定是所拟不当之故。许大人不过有小小托情之过，为何要受如此严处？”

何吾驺也愤愤不平地道：“某早就说了，如此票拟，皇上定不同意的，温大人竟仍执意妄为。只不知如此苦心孤诣，又为哪般啊？”

二人如此这般地说着，温体仁自顾自地处理着自己的事，待二人说完，他便不服气地看了二人一眼，甚至有些洋洋自得地竟自己重新拟了起来，而且所拟就的比以前的更重了些。拟旨完毕，他竟还恬不知耻地大声读了起来：“许誉卿着革职为民，申绍芳提京逮问。”

随即，他便是一阵欣喜地大笑。

文震孟和何吾驺二人眼见温体仁根本不和他们商量，完全以自己身为首辅的权力独裁了断，一时间，竟有些无可奈何，甚至还有些尴尬。在尴尬和无可奈何之余，文震孟只好在旁边冷冷地说了一句：“科道言官被革职削籍，可是天下最荣耀的事情了。”

温体仁一听，不禁想：好啊，竟敢说皇上的不是，看我不整死你。

于是，他只是不无深意看了文、何二人一眼，什么也不说，就自顾自地去干自己的事情去了。

至申牌时，他则亲自抱着那份谢升的奏疏，径直到了养心殿，要求觐见皇上。

一见到崇祯，他当即就对其奏道："皇上，许誉卿和申绍芳明显是私结朋党，徇私朋比，理当严处，否则怎可以正视听。臣全是为皇上社稷着想，许、申二人若不严处，科道言官们会更加放肆妄为了。今儿就这般处理，文大人与何大人还言这亦不是那也不是的，他们二人极力为许、申二人说项辩护，亦明显是徇私朋比之行为，祈皇上明察。"

听罢所奏，崇祯便陷入了深深的沉思之中。这时，温体仁却阴阳怪气地道："皇上，还有呢，他们二人还说皇上的不是！"

崇祯似乎已有了些怒气，当即道："他们都说朕的什么？"

"启奏皇上，他们说，若科道言官被皇上革职削籍的话，那便是天下最光荣的事了，言下之意是说那定会让皇上不好看，皇上定会因此而失掉面子的！"他如此添油加醋。

崇祯早已怒火满腔："反了，反了。竟敢言朕的不是，这还了得？难道科道言官就不能革职削籍吗？他文震孟、何吾驺就是老虎不成？"

这几天来，崇祯正为自己发下了一份罪己的诏书遂觉得丢了些面子而在心里窝着一股邪火无从发泄，并为此心情一直闷闷不乐。一听竟然连自己的辅臣都敢言自己的不是，对这文震孟，自己如此赏识他不参加考试就入阁为辅，他竟然不把朕放在眼中，那么他们究竟又居心何在呢？

他似乎找到了一个发泄怒火的最佳渠道。他当即提起朱笔，批准了把许誉卿革职及将申绍芳逮问的拟议，而且又严旨申斥文震孟与何吾驺，并把两人都罢出了内阁。至于不久前他对文震孟的赏识和好感就全都被其抛到了九霄云外。

为了一件本不足道的小事崇祯竟然罢免了两位辅臣，在众朝臣看来，皇上明显是在小题大做。可是，他们根本就没有想到，他的火气还没有发泄完毕！

对于这一点，首辅大臣温体仁是看得最明白不过了。于是，最能体察崇祯心思的他就不失时机地很快为其提供了一服解药。

文震孟和何吾驺被罢职出阁还不出三天，温体仁就以首辅的身份参劾了一个根本就不足道的小人物庶吉士郑鄤一本。

郑鄤是明末理学高调风行时一个典型的伪君子。他是南京武进人氏，出身世家名门，天启二年进士，后又通过考试成为翰林院的庶吉士。他和文震孟本是同科同乡，又同在翰林院供职，交情非常深厚。

当年文震孟在中状元时因直言进谏被贬了官，从此即名满天下。

其时，郑鄤也一同追随于文震孟，眼见文震孟被贬，他便站出来为其说话，也竟被降级外调，不过他却同样博得了一个正直不阿的好名声。

被降调后，郑鄤一直乡居在家，没有赴任。崇祯即位后，他官复原职，但他先后丧父丧母，遂因接连丁忧不能到京任职。这样一来，文震孟都已经官至大学士，他却还只是一个翰林院的庶吉士。

虽然他官运不佳，但他的社会地位和名望却是人们往往不能忽视的。前朝著名大臣东林巨魁礼部尚书孙慎行是他的岳父，当朝大学士吴宗达是他的舅舅，他的朋友中也有不少是名声显赫且位高权重的大僚重臣。

不仅如此，他的学问虽不是十分精良，文章却大多讲求义理，在和别的理学家的交往中他则更多地摆出一副道貌岸然的风范。

他的家里也俭朴异常，他甚至每天吃饭的时候都要询问母亲想吃什么，亲自侍奉，因而人们对其极为推崇，认为他不仅道德文章第一，而且品行道德也极为崇高。

可人们又哪里知道，郑鄤家中的一切都是专门摆出样子让人们看的，而且事实上连那个被孝敬侍奉的母亲都是让人假扮的。不仅如此，这个郑鄤则更是一个贪婪好色之徒，他时常仗势横行乡里，包揽讼事，品行极为恶劣。

因此他在服丧期满后，即开始谋求出山了。当然他十分清楚，他如果重新出任庶吉士，同他的资格和声望都太不相符，他本人和他的朋友们都极为不满意。但是若要将他直接任命更高的官职，却又从来没有先例。

为此，他便亲自跑到京师，当时文震孟等人就在朝中为其积极活动。文震孟进入内阁后，还积极设法让温体仁想办法为其通融。

但是温体仁对于文震孟和东林党以及正蠢蠢欲动的复社一直存有戒心，口头上虽哼哼哈哈地答应了，可暗地里不仅不帮忙却反而不时地还要说上几句风凉话。

更何况，郑鄤的舅舅也都对他颇有微词，吴宗达在他离职之前有一次就曾亲口对温体仁说郑鄤不是好东西，说他如何如何不贤不孝，当年曾怂恿其父杖责母亲。不过当时温体仁听了后，也没有太在意，只是当作很好笑而已。

可如今文震孟被罢职后，他却仍觉得意犹未尽，而崇祯也仍然怒火不息，因此他感到有必要重新提一提这件事情了。他十分清楚，自己若重新提一下这件事，一来可以为皇上提供一个发泄怒气的机会，二来可以借此揭露东林及复社伪君子们的丑恶与无耻，杀一杀他们的嚣张气焰。

不过一向奸猾的温体仁也同样明白，自己身为首辅大臣，若自己以首辅大臣的身份去参劾一个十几年没有任职的庶吉士，多少便有些不妥，而且也害怕被人耻笑。于是，他便完全以已经离职的吴宗达说话的口吻写了一份奏疏。

崇祯一看罢这份奏疏，当即就气得七窍生烟，他本是一个很讲求义理的人，而今竟有如此不贤不孝之人，无论怎样也是容不了的，遂马上抓住这件事不放，命将郑鄤革职，交刑部严审定罪。

得知此情，郑鄤被吓得非同小可，对于所谓的杖母这件事，他实在是有苦说不出。当年他的母亲吴氏醋劲极大，经常残酷虐待家中那些被怀疑与其夫有染的婢女，家中的婢女甚至有些还被虐待致死。

郑鄤的父亲心中不忍，就和郑鄤共同定计，请了一个巫婆到家里来，装神弄鬼，假作天仙附体，对吴氏不守妇道酷虐婢妾大大谴责一番。吴氏当时被吓得要死，提出甘愿受杖责以赎罪。

郑鄤遂毫不留情地帮助自己的父亲棒打了亲娘一顿。谁知第二天，郑鄤的母亲竟翻了脸，跑回娘家将这事向娘家人哭诉一通，吴府娘家人遂跑到郑家大大地闹了一通。

但不管怎样，这件事已经过去三十年了，主使又是郑鄤的父亲，郑鄤本人则只不过是胁从，而且又事出有因。然而不管出于什么原因，亲手杖母都是被认为是令人发指的忤逆不孝的行为。身为理学名家的郑鄤当然明白这其中的利害。

因此他下定决心自己无论怎样也不能承认这件事。

一得知此情，他立即就向皇上上了一道辩解的奏疏，他在辩疏中说道："臣读温体仁之疏，惊怖欲绝，不信人伦天理之间，有此怪诞不经之事。且臣父亡八年，母亡五年，而突然发难于吴越隔省从未见一面之首辅，他难道是听人误传而没有考察吗？"

刑部经过短时的调查，也对温体仁所奏之事提出了异议，他们认为，凡蔑视人伦之大罪，不可由风闻定论，遂提请让郑鄤的同乡官员共同核实。

与此同时，在京的一些江苏籍官员也大都因为同乡关系，在调查时纷纷回奏说，他们因一向闭门读书，从没有听说过这样的事，而且他们也觉得发生这种事的可能性不大。

不过，另一些人则又不断传播着郑鄤别的一些劣迹，他们说他未成年的儿媳因为父母双亡，被他接进了家去，可是不久后却自杀身亡了，肯定是被他奸污导致的。还有的人则说他和自己胞妹的关系也十分暧昧，妹妹出嫁后竟也闹出丑闻。

一时间，他竟成了京城里舆论的焦点，有关他的传闻都被说得有板有眼，可似乎又全都查无实证，于是人们说起来也就更加绘声绘色了。

但是，崇祯却不管是否有实证，他本来是因为要发泄那还没有发泄完的怒火才抓住这件案子不放的。因此，无论怎样他也是不能放过的。

在他看来，抓住了一个如此罪恶滔天悖谬人伦的所谓的名士，不但证实了他一贯关于士风日下的判断，而且也更加证明了他的看法，那就是，国家被弄成了这般地步，并不是他这个皇帝没有做好，而是朝臣们道德败坏和品质恶劣所致。因此，即使为了重振国势，他也应该抓住这件事大做文章，不管是否有真凭实据。

于是，当其得知刑部官员提出异议且督办无力的时候，他便把刑部的官员悉数痛斥了一顿，说他们是在徇私蔑法，并让锦衣卫来对郑鄤进行重新审理。

可他根本就不知道，锦衣卫的指挥使吴孟明同江南士大夫的关系一直就不坏，而且也深知郑鄤朝内朝外的关系很是不同寻常，更何况，他对其学问又是十分的佩服。

是以，他虽然把郑鄤关到了锦衣卫的大牢里，却对他在生活上极为照顾，甚至还让自己的两个儿子到狱中来听他讲授经典，办起了一个像模像样的监狱学堂，如此一来，这案子竟被莫名其妙地拖延下来了。

可是不出半月，温体仁却将实情报告了崇祯，一时间，崇祯不禁勃然大怒，他没想到，竟然会有人这样和自己作对。

于是，一气之下，他便将吴孟明撤职法办了，又命令将郑鄤押往西市凌迟处死，不管其有无真凭实据。即使这样，他觉得还不解恨，心中的怒火不仅没有被完全消解掉，似乎反而还增加了几分。

这时，他正好接到了礼部右侍郎陈子壮反对选拔给宗室人特授官职的奏疏。

为宗室人士特授官职本来是崇祯诸种破格用人方式中的一种，以此方法，他想让自己的亲属和本家人能在国家危难之际和自己同心同德，最起码也想让他们能为自己分担一点忧愁。以前，他曾多次要求有关部门安排授职之事，却被他们以这样那样的理由给拖延下来了。因此不久前，他又再一次发出了这样的旨意。

可是陈子壮这一次竟公开站出来反对这件事了。他认为，从来宗藩自有官爵，疏支远宗也可以参加文武科举，和普通人一样以功名授官；若特开保举宗室的先例，则只能陡然增加朝政的混乱。

陈子壮事实上只不过说出了很多人想说却不敢说的话，奏疏的语言也很恭谨平和，可崇祯一看却仍勃然大怒，当即便将奏疏撕得粉碎。

第二天一上朝，他便大喊一声，命令将陈子壮抓起来，准备实行廷杖。

廷杖是整个明朝的皇上用来公开迫害凌辱朝臣的一种十分残酷的刑法，它不经任何司法程序，全凭皇上的个人意志在紫禁城的午门外对朝臣进行公开的杖责。

按此刑法，廷杖的时候，上百个锦衣卫分别持杖早早地在午门外等候着，遭受杖责的朝臣则被捆住双手，一押解到即被放到一块大布上，大布由四个人拽着，行杖的锦衣卫则把棍杖搁在他的大腿上，随着掌刑的锦衣卫一声大喝喊“打”，一个一个的锦衣卫便依次杖打起来，每人杖打五下。

当然，若掌刑的口令喊的是“着实打”，那么被杖打者兴许还有生还的希望；若口令是“用心打”，那么此人便必死无疑了。

因此，最高统治者以此方法不仅可以侮辱朝臣的人格，而且还可以不经过任何司法程序就置朝臣于死地。崇祯自登基就有意或无意地将这种手段继承了下来，并寻找恰当的时机采用。

而今他终于想到要用廷杖的办法来好好地教训陈子壮一顿，以充分发泄心中的怒气。

可是陈子壮毕竟是朝廷的大臣，比不得一般的小人物，因此即使在明朝前几百年的历史上也很少有这样的先例，而今崇祯竟要公开廷杖这样的高官，一时间，众文武大臣都被吓得非同小可，内臣外臣当即跪满一殿叩头救护。

崇祯眼见众大臣都如此这般地为他求情，一想也实在不好怎样公开地把自己放到全体朝臣的对立面，想了好久，最后终于宽免了他，只是将这陈子壮革职，交刑部议处算是了事。

然而他既然起了打人的念头，这念头就无论怎样也难以收心。既然大的朝官不能打，打一个小的朝官总是可以的吧！事情也正好凑巧，他这打人的机会终于来了。

也就在发生陈子壮事件后不出五天，崇祯看到了一份名为成德的滋阳知县从狱中纠弹攻击首辅大臣温体仁的奏疏。

成德一向性格刚直，对很多看不惯的事就喜欢直来直去地说上一通，在任上遂得罪了不少的人，尤其是自己的老大人。

也就在这一年的五月，他的老大人因某乡间富户正在打一件官司，借机前往勒索。可这富户也不是好惹的，竟预先准备好了杀猪刀和盐水盆，待成德的老大人前来时即将其骗进院子里，然后威胁他说，若是他胆敢向其勒索钱财，就要将他当成肥猪当场宰杀了，成德的老大人竟被吓得当即跪地求饶。

这事过去当然也就罢了，事情很快却传到了成德的耳中，成德当时就认为，老大人身为朝廷命官，竟公开去向他人勒索，无论怎样也是有悖圣恩的，遂立即写就了一份奏疏，准备纠弹这位老大人。然而，他的奏疏还没来得及发出，他的老大人就知道了，这位老大人遂立马联合一批人罗列了诸多的罪状，后来居上地纠弹成德。于是，成德竟被抓进了大牢。

刑部经过一段时间的调查，发现所纠弹之事没有一件是真的，便要准备将其释放。

可是这时成德在狱中却突然得知，自己的老大人之所以敢于肆意妄为，完全是因为有首辅大臣温体仁撑腰，遂又在狱中写了一份弹劾温体仁的奏疏。

奏疏送到内阁的时候，正好是张至发当值。本是从外官做上辅臣的张至发便对成德有些同情，遂在他的奏疏上票拟了一个“皇上明察”，当即让中书送进了养心殿。

崇祯一见，很是有些吃惊，在他想来，一个小小的知县竟敢纠弹堂堂的首辅，无论怎样也实在太放肆了些。他认为，这明显是小人之肆无忌惮的行为，不严惩不足以端正士风，而且更何况，他那打人的念头可还一直存留于心间！

于是，他便以无主赃银七十两的罪名，下令将成德杖打六十大板。午门前终于鲜血满地了。

还好，或许是这位成德命不该死，六十大板后，他竟还没有被打死。崇祯得知此情，虽觉得不太解恨，不过总算是为自己出了一口火气。最后，成德棒伤未愈便又被发配到边关充军了。

纵然如此，崇祯似乎觉得自己心里的火气还没有出完，多少存留于心中的火气似乎还在折磨着他，他还是有些闷闷不乐，仍觉得有些意犹未尽。

也就在这个时候，又一副解药呈到了他的跟前。

河南府监纪推官汤开远，因对朝廷和崇祯的一系列政策很是有些看法，遂公开上疏进行批评，他在奏疏中说道："皇上对抚臣则有惩治一法，对镇守诸臣则用优遇一法，所缺少的是分别对待一法，例如抚臣都是犯错误，但有的怯缩不前，有的违抗命令，自作主张，有的兵粮足但才力有限，有的才力堪用但兵粮艰难，有的在职但料事不准，有的初任而准备欠周，有的将士用命但指挥失宜，有的部署周全但手下违命，这可以一概严厉谴责处置他们吗？至于武臣用专门统兵在外的将帅，有的纪律颇严，有的淫掠无忌，有的争先赴敌，有的观望逗留，有的花钱养士，有的贪占军资，有的按功领赏，有的冒功行赏，这可以一概宽容他们吗？

"圣谕中说：'以诸臣中并非没有人才，而是宁愿被革职也不肯做、不敢做为恨。'臣考虑其中原因，那些不肯做的是由于做也有罪，不做也有罪；那些不敢做的，是由于不做之罪尚轻，而做之罪更重。

"皇上应与诸臣除陈布新，宽文法，厚责成，反复掂量功罪问题，必求分别对待。做到分别对待而不一概收捕，也分别对待而不一概摒弃，那么人心激奋，事业成功。"

这些话全都说到了崇祯的痛处，读罢奏疏，他更是闷闷不乐，心里也更新增加了一些怨气。他没想到一个小小的地方官竟敢如此公开地说自己这样那样的不是，这不能不引起他的极大恼怒。他立马起草了一份措辞十分严厉的诏书，责令他回话，究竟为什么要这样公开地批评他这位皇上。

于是，汤开远遂又一次上疏说道："臣听说帝王磨炼天下之才，只有赏罚。然而无分别之赏，赏不足以勉励；无分别之罚，罚不足以惩戒。臣不敢漫引例子，姑且举办理贼务者为例：即陕西、山西本无贼而导致有贼，本可以扑灭之贼而导致不可扑灭之贼。如抚臣胡廷晏、刘广生、仙克谨、宋统殷、许鼎臣这几位大臣，为什么他们当时的处分，比后来的都轻许多呢？如练国事、元默接了他们的烂摊子，牵制谋划，空拳搏斗，虽然无救于燎原之势，但他们勤劳可以记载，为什么他们受到的处分比以前的更重呢？臣历数近来皇上为办理平贼事务而杀总督一人、逮捕总督一名，被撤职的总督二名，巡按也与他们一同被追查和逮捕，被杀被捕的道、府、州、县官不可胜计。试问前后在职诸将帅中，有一个被杀被逮的吗？不仅是将帅，就是副将有一个被杀被逮的吗？

"臣在中州任职，再以中州二三事陈述：巡抚曾侗，在原巡抚丁忧去官的时候，力挡寇锋，捐献八千金接济军队，安排防备黄河，当元默就任，覃怀方痛骂叛贼的时候，未曾有丝毫的过失，竟然被一起逮捕发配，将来没有肯做、敢做的巡抚了。道臣祝万龄，在河北筹办兵粮，废寝忘食，后背长疮，仍然随军出发，而至于削除官籍，将来没有肯做、敢做的道臣了。宜阳令史弘谟，贼军从渑池突至，由于他侦察敌情早有准备，使这座孤城得以保全。听说今年守卫六安州之时，本州知州出力独多，士民联名上书，科道官将其上奏，都请求褒奖他，他却被革职，将来没有肯做、敢做的州县官了。永宁乡绅张伦父子，捐献家产招募人马，夙夜登城守战，其子张鼎延代父乞恩，皇上即使慎重名号，何至于把张伦父子的官职都剥夺！将来没有肯做、敢做的乡绅了。

“臣伏读明旨，其中说到‘失事处分，都要经过核实’。皇上所谓核实，是指讨论处治有吏部负责，议罪有刑法部门负责，稽核检举有巡按官负责。皇上试想，下达到吏部，就要议降、议罚、议革了，出现过执行的官员上疏说‘这不当以考功之法论’的事吗？下达到刑法部门，就要议杖、议配、议遣了，出现过执行官员上疏说‘这不当以刑部的法令来惩办’的事吗？至于稽查纠劾，在于按臣不过是举出过失奏报皇上，出现过进一步推究他们功中之罪与罪中之功，将全面打算及前后记载一一分析条理，报告皇上的事吗？不是诸臣不肯分别对待，而是诸臣知道皇上一心想重惩，即便说了皇上也一定不会听取，而且还会加重对他们的处罚，所以不如不为他们分辨功罪为好。”

崇祯读罢这一回奏，更是气得吹胡子瞪眼睛的，他没想到，如此小小的一个地方官竟然是如此的大胆如此的顽固，让他重新回奏，他竟然还是说自己这亦不是那也不是。

一气之下，他当即就命令锦衣卫将汤开远逮捕到京，准备刑讯治罪。

汤开远眼看就要身遭不测了，幸好，他一向人缘极好，尤其是和正在河南一线围剿农民军的前线总兵官左良玉的关系非同一般。左良玉得知自己的好友竟要身遭不测，遂率所部将士七十余人合奏，乞求崇祯对其宽免。

面对此种情况，高高在上的崇祯也不能不对手握重兵且正在前线为自己效命疆场的总兵官忍让三分。看在左良玉的面子上，他即把汤开远放了回去，让其戴罪立功，算是了事。

如此，这罪己之事似乎也应该告一段落了，时间也差不多到了这一年的年底，而这时，李自成则正好攻陷了光州，总督卢象升驻军信阳，他派手下副将祖宽于确山大败高迎祥和李自成。随即，农民军只好向南逃窜，进犯江北地区。与此同时，老回回等农民军则从河南进犯陕西，洪承畴败于临潼。

整个这一年，农民军从江北入楚、入豫、入秦，又从秦突出函谷关，辗转南下，到了江北，几乎蔓延到整个天下。

【第十回】

朱龙桥明军奏凯，山海关清兵犯边

崇祯八年终于在晃晃悠悠中过去了，对于崇祯来说，这一年虽然充满了这样那样的磨难，可毕竟还算是过来了，历史似乎也就为他翻开了新的一页。可是在这新的一页里，他将要去绘出一番怎样的画卷呢？

在正月初一这一天，五省总督卢象升大会诸将于凤阳，就过去一年之剿抚情况进行总结，并就新的一年的剿抚计划进行安排，随即他便向崇祯上了一道奏疏，就官军的剿抚情况进行了一番分析。

他在奏疏中写道："贼军横行而后调兵，贼军人数增多而后增，这叫失时；兵到而后议论兵饷，军队集合而后请求颁饷，这叫形势危急。况且军饷不及支出，士兵将追随贼军而为寇，这是八年来所请之兵皆变为贼党、所用之饷皆变为贼寇的粮食之原因。又，总督、总理，应有专兵、专饷，请调咸宁、甘州、固原之兵由总督指挥，蓟州、辽东、山海关、宁远之兵由总理率领……各省的巡抚大臣都有守卫疆土的重任，不得一有贼警就求援求调。不答应就像吴国、越国一样，分兵策应怎么能支撑局面……负责纠劾的诸位大臣，不问难易，不顾死生，一味求全责备，即使有可以大用之才，从何施展他们的本领！臣与督臣有剿法，无堵法，有战法，无守法。"

崇祯读罢奏疏，大为感叹，认为他的话说到了点子上，遂让兵部尚书张凤翼就其奏疏进行认真的研究。

这时，高迎祥和李自成所率的农民军已经攻陷了和州，并逐渐分兵南犯。巡抚张国维遂派游击陈于王守六合，守备蒋若来守江浦。农民军进攻江浦的时候，浦口守御姚九畴陷入了农民军的包围圈，不幸战死。

六合本无城可据，蒋若来与陈于王互为犄角，抵抗农民军。农民军见久攻不下，解围而去，几十万人便向西进攻滁州。

很快，滁州即被围了个水泄不通，一时间，只见农民军连营百十里，布满了滁州城外的山野。农民军轮番以精兵进攻，并往西北门方向掘了壕沟。面对此种形势，知州刘大巩和南京太常寺卿李觉新只得率领一千兵民登墙固守。

其时，总理卢象升正在西沙河，一接到警报，即派副将祖宽率领边军为前锋和游击罗岱率火器三营为后续部队前往赴援，而他自己则率手下三百骑兵居中督战。

正月初八日拂晓，卢象升率官军到达了滁州城下。农民军正在倾巢出动攻城，根本没料到会有官军大部队的到来；而今却突然见到周围风尘四起，大军压境，一个个不禁惊慌失措。

一到得城下，祖宽立时跃马向前，奋击大呼，官军将士一个个以一当十，勇敢冲杀，战至傍晚，罗岱终于斩杀了一位农民军的首领，而且还夺下了他的战马，如此一来，农民军便连营溃败。

卢象升当即命令官军于城东五里桥向北追击三十里，到朱龙桥终于追上了正四散奔逃的农民军将士。

一时间，只见朱龙桥四周的山野里，农民军将士血流成河；朱龙桥下更是尸首填河，滔滔的滁水大有堵塞不流之势。

大明朝的官军终于取得了少有的朱龙桥大捷。

这朱龙桥大捷为崇祯带来了一点新年的新希望，一接到战报，他简直笑得合不拢嘴，向着满殿的文武大臣连声赞扬着卢象升。

他是如此的高兴，罪己诏书所带来的压抑与闷气似乎霎时间便一扫而光，前此任何一次对朝臣的惩处也没有这次朱龙桥大捷所带来的发泄来得痛快，他已经有好长时间没有见到过这样的战报了。

于是，满殿的文武大臣也就一个个迎合着他的笑声露出了欣喜之色，首辅大臣温体仁锦上添花地洋洋上奏道：“朱龙桥大捷实乃皇上圣明之故啊，卢大人所向无敌乃皇上万福也，真是天佑我主，皇恩浩荡啊！”

如此这般，温体仁的马屁话说了一大堆，可是一句话，在他看来，这次朱龙桥大捷完全是圣明天子领导的结果。

于是，全体朝臣便在温体仁的率领下，一齐三跪九叩地赞颂道：“天佑我主，皇恩浩荡，皇上万岁，万岁，万万岁！”

于是，崇祯也就更加得意忘形，完全是一副乐不可支的样子。卢象升送给他的这份十分珍贵的新年礼物终于使他有了一种起死回生之感，朝臣们的歌功颂德则为他新的一年创造了一个其乐融融的氛围。

不过，即便在这其乐融融的氛围中，得意忘形的他却并没有忘记发一道措辞十分优雅的圣旨给卢象升，以犒劳其辛劳，并嘉勉全军将士，让他们一鼓作气，再接再厉，从重从快把一直让他魂牵梦绕的所谓的贼寇杀个精光。

也正是因为有了这样的好心境，崇祯遂任命前礼部侍郎林焊，以原官兼东阁大学士，参与机务。

其时，于滁州败北的农民军一路逃往凤阳，由于漕运总督朱大典和总兵杨御蕃的重兵抵御，农民军遂又开往颍川和霍邱，并继而突击砀山和灵璧等地，总兵刘泽清和别将刘良佐率部奋力抗击。

当农民军一路到达池河的时候，守御刘光辉率五百官军前往剿杀，官军竟全军覆没，刘本人也投水自尽。继而，农民军则一路伪装成官军顺利地渡过了黄河，进入归德和洛阳等地区。

也正在这时，崇祯竟接到了一份宁夏的士兵因饥饿而发生兵变的奏疏。

当时，巡抚都御史王楫因不能筹措军饷，士兵们遂鼓噪将其杀掉了。兵备副使丁启睿捕斩了领头的几个士兵，终于将兵变平息了下去。

兵变虽说被平息下去了，但是其起因却是因为兵饷缺乏；因此，丁启睿遂向朝廷上了一道紧急奏疏，一方面报告兵变的情况，一面则要求朝廷调拨兵饷，并说，若因此而再发生类似事件，后果便不堪设想。

崇祯得此奏报，朱龙桥大捷所带给他的欣喜便又陡然增加了一些忧烦的色彩，于是他便命令兵部尚书张凤翼会同户部尚书侯恂想办法解决这一问题。

可是也恰在这个时候，有一个山阳县武举名叫陈启新的，他跑到京城里专门来向崇祯进言，跑了几个部门，却根本无人理睬，万般无奈，他只好跑到正阳门前去下跪，试图以此方式来获得某种轰动效应，从而引起朝廷直至崇祯本人的注意。

他一连跪了三天，除了因此而吸引了里三层外三层的围观者外，却仍是无人理睬。更有甚者，正阳门前那些值守的御林军守卫还会不时地过来申斥他一顿。看来，他对当今皇上与社稷的一片真心便要一江春水东流去了。

事情也实在有些凑巧，就在当天下午，小毛子出宫办事时发现了陈启新，并将他安顿在客栈，让他静候佳音。

小毛子回到御书房，将此事告诉了崇祯，崇祯略一思量，便让小毛子去把陈启新的奏疏取来给他瞧瞧。

不多时辰，小毛子便又风风火火地将陈启新的奏疏取了来。陈启新在奏疏中写道："天下有三大弊病：读书人写文章时，高谈孝悌仁义，一旦当了官，就横行霸道，狼狈为奸，这是科举的弊病。建国之初，典史授以都御史，秀才授尚书，嘉靖时还实行三途并用的办法，现在只剩一途，一旦考取进士就横行无忌，这是选官拘于资格的弊病。按旧制，给事中和御史之职，教官得以任之，今惟选用进士，知县、监司和郡守争相奉承大人，这是行取考选的弊病。请停止科举，撤销行取考选，以清除积弊。蠲免灾区的田赋以减轻百姓的负担，专门任命大将以见机行事。”

陈启新在奏疏中说的正是崇祯平日里最关心的用人问题，重点阐述的则又是崇祯一向最为痛恨的由科举出身的进士包揽一切要职的问题。

在他看来，一个被士大夫不齿的武举竟然和自己英雄所见略同，陈启新虽只是一个武举，其看法却和自己如此的一致，这似乎进一步向他证明了他一向所持的士大夫皆无能之辈的看法。

崇祯不禁大受感染，于是，他当即便让小毛子到陈启新所住的客栈里把陈启新带来亲自召见，事毕，即破格任用他为吏科给事中，并且还吩咐他好生为其做事，说是将来他还将被委以重任。

陈启新一听见崇祯对自己的任命，立时便跪俯在地，不断地叩谢不止，最后拍着胸脯，发誓要为当今皇上尽职尽忠。

崇祯也简直是龙心大悦，末了，他还当即把自己使用过的一把扇子赏给了陈启新。

就在此时，卢象升正率领官军在襄阳一带剿杀农民军。当时，官军差不多都分布于内乡和淅川一带，而农民军则有大小七营，计两三万人马。官军因大多是骑兵，只善于在平原上作战，一进入险隘之地，他们往往为了各自逃命，遂骄横不听指挥。

祖宽和祖大乐所部本乃边军铁骑，作战勇敢而凶猛。可是一过黄河，祖宽的部众五百余人却投降了农民军；而祖大乐的人马一看见农民军便远远地逃开，更何况他们又自认为是客将，也根本没有打持久战的心理准备。

这时，又正赶上副将王进忠的部队发生哗变。卢象升遂调用川兵搜捕农民军，然而官军毕竟寡不敌众，而且河南又发生大饥荒，军饷缺乏，边兵更是人心惶惶。

于是卢象升和洪承畴便商议，把祖宽和李重镇的人马调入陕西，因为关中乃平原旷野，利于骑兵作战。

这时农民军的主力也已经全部回到了陕西，高迎祥一直在汉水以南活动；李自成先盘踞于南山的险隘之地，随后则穿过商洛地区，偷偷进入了延绥以西的地区。

官军曾在罗家山阻击，但不幸战败，李自成便企图从绥德渡过黄河进入山西，但没能如愿，只好西掠米脂。

米脂乃李自成的故乡，他遂带领人马在这里肆掠达一个月之久，不久又进攻榆林，却不幸被贺人龙战败。但即使如此，整个三边之地的官军对于农民军只能疲于奔命。

在西路，情况也好不了多少。卢象升率领官军主力即将进入楚地，便派手下总兵解进忠带部众入内乡和淅川山中剿杀农民军，却不幸被农民军所杀。

不多久，农民军混十王等已经大有直接进逼淅川之势，卢象升遂紧急派总兵陈永福前往阻截，农民军不得已又重新逃入山中。

这时，时间已进入到这一年的仲夏时节，整个中华大地仍是赤地千里，饿殍遍地，民不聊生，百姓若不落草为寇，便只能在死亡线上挣扎。

面对此种形势，崇祯遂下诏，赦免那些所谓的胁从诸贼，且申明，凡愿意回家的，官军就护送其回家，着有关部门加以安置。凡愿从军者，亦可加入官军效命，若立战功一样按功劳大小予以奖赏。

与此同时，又免京畿地区崇祯五年以前拖欠的全部赋税。

即便如此，形势却并没有丝毫改观，百姓仍生活于水深火热之中，所谓的贼势也仍是如火如荼。

这时，刚入阁不久的林焊又死去。

林焊不过是庸懦无能之辈，素以谨小慎微著称，入阁期间，除了唯唯诺诺之外，没有任何建树。不过纵然如此，他的死，还是在大明皇朝里投下了阴影。

林焊死后，崇祯随即便命吏部侍郎孔贞运、礼部尚书贺逢圣和黄士俊以礼部尚书兼东阁大学士，参与机务。

贺逢圣曾在天启年间任官翰林院，当初湖广大肆修建魏忠贤生祠之时，有人传说《上梁文》乃出自贺逢圣之手，魏忠贤遂亲自前往登门致谢，而贺逢圣却对撰文之事矢口否认。于是，第二天，他便被魏忠贤削除了官籍。崇祯即位后，重新召还了他，而今他便与孔贞运和黄士俊一起入阁成为辅臣。

虽然重新任命了新的辅臣，大明皇朝上下的千头万绪仍让这位年轻的皇上无所适从。

就在他任命了新的辅臣不几天，来自陕西地区的八百里快传便为他送来了一个惊人的好消息：农民军最高首领高迎祥被刚任巡抚的陕西都御史孙传庭活捉了。

在这之前，一直在关中各地活动的农民军过天星和九条龙等因多次被官军总兵官柳绍中和左光先战败，在穷途末路之下只好向官军乞降。陕西巡抚甘学阔受降，于延安安置了农民军数万，不久，这些农民军竟很快又重新揭竿而起，劫掠如故。

陕西的一些士大夫遂上奏朝廷和崇祯，请求罢免甘学阔，召用得力的边才剿杀农民军。孙传庭遂受命，代甘学阔为陕西巡抚。

孙传庭沉着刚毅，多有谋略，到陕西后，严格征伐期限，一律按军法办事。当时，农民军整齐王盘踞在商洛地区，官军诸将不敢进攻，孙传庭遂传令副将罗尚文前往进攻，并将整齐王斩杀。

其时，高迎祥已经被困于汉中的石泉，他率领所部人马从陈仓子午谷出发，准备杀向西安。得知这个情况，孙传庭立即亲自率领贺人龙等对高迎祥的人马进行围追堵截，并在黑水峪大破农民军。

农民军在官军的大肆追杀之下，不是死的死、伤的伤，就是落荒而逃。不到一天时间，高迎祥所部人马即被尽数消灭，高迎祥本人则在领哨黄龙和总管刘哲及一帮亲兵护卫的保护下万般无奈退到一山洞中躲藏起来。

孙传庭知高迎祥乃整个农民军的首领，今已战败，便命令官军大肆搜捕。经过三天的搜索，官军终于找到了高迎祥等人躲藏的山洞。

这时，高迎祥却又因箭伤和饥饿发起了高烧，一直昏迷不醒，高迎祥和黄龙、刘哲遂一同被官军擒获。

孙传庭擒获了高迎祥，欣喜异常，一面立即派出了八百里快传奔往京师，向崇祯报告这个天大的喜讯；一面则立即准备派出重兵，将人犯押往京师。正在御书房里批阅奏章的崇祯接到奏报，顿时便仰天长笑，立即传令孙传庭着即将人犯押往京师，并言明，他要对人犯亲自审讯。

大明皇朝最高统治者崇祯为了这惊心动魄的时刻，已经有好几天没有合眼了，今儿一大早，天刚交五更的时候，他就从龙床上爬了起来，并命小太监们快快地给他净面梳发穿戴打扮，天刚蒙蒙亮，他就坐上轿舆上皇极殿去等着了。

他自己也不知道已经等了多少时辰，只是看见面前的这些文武大臣们一个个呆站在那里，像热锅上的蚂蚁。大殿外，阳光早已直射而下，火辣辣又白灿灿的汉白玉地面散射出耀眼的光芒。高高地坐于龙榻宝座之上的崇祯如坐针毡，渴慕难耐的心火烧火燎地叩盼着，汗水已经浸满了他的脖子与双颊。即便如此，他仍不断吩咐站在身边的小毛子和王承恩道："怎么回事？给朕出去瞧瞧？"

每隔一会儿，他就会如此这般地吩咐一次，半天下来，小毛子和王承恩简直都快把腿跑断了。

好不容易，就在午时要过去的时候，远远地传来了鞭炮声和一阵一阵的呼喊吆喝声，不一会儿，一直在正阳门外观望等待的锦衣卫提督刘应选骑着快马穿过东华门，然后气喘吁吁地跑进金銮殿向崇祯禀报道："启——启奏皇上，贼首已快到达左安门了！"

崇祯立即全身一振，下意识地想要站起来，但是因为一直这样在龙座上坐久了，双腿竟有些麻木，是以刚一站立，竟两腿一软，要不是小毛子当即扶住，便要当场跌倒在地了。

但是，他还没有完全站好，便忙不迭地大声道："快快起驾，去往左安门！"

于是，只听静鞭三响，就在一片鼓乐声中，年轻的崇祯在一大队仪仗和太监以及满朝文武大臣的前呼后拥下，从皇极殿起驾，登上舆车，不多时辰即浩浩荡荡地到达了左安门。

其时，数不清的御林军和锦衣卫早已经在这里待命戒备了，他们一个个弓上弦，刀出鞘，全副武装，如临大敌。

在大明皇朝里，上至崇祯、文武百官下至凡夫俗子地痞流氓，他们早在几年前就已经风闻了这位名叫高迎祥的贼首的声名，在他们的心目中，高迎祥不是四处杀人放火的江洋大盗，就是身怀飞檐走壁之绝顶武功的妖魔鬼怪。

今儿，这个江洋大盗或是妖魔鬼怪既已被擒，他们一方面自然是欣喜若狂；可另一方面，他们似乎又因为十分担心他最终会逃之夭夭而惴惴不安。

这个皇上亲审的场面看起来是十分宏大和壮观的，最起码也可以让崇祯这位皇上龙心大悦一下！

当崇祯一到达左安门，数不清的锦衣卫、御林军和无数围观的百姓立时便发出一阵山呼海啸般之“万岁，万岁，万万岁”的声音。

崇祯方才在御座上坐定，高迎祥和一同被俘的黄龙及刘哲即被连拖带拽地驾进了左安门，数不清的锦衣卫和御林军登时发出了雷霆般的喊声：“威——武——威——武！”

随着隆隆的几声炮响和一阵喧嚣般的鼓乐声，三个人犯很快便被架到了离崇祯的御座不远的地方。高迎祥根本就神志不清，全身瘫软；刘哲和黄龙也早已被折磨得不成样子，因此三个人一到跟前立时即瘫倒在地。

崇祯原本以为这个一直让他吃不好饭睡不好觉日日为其焦头烂额的贼首定会是什么三头六臂，可哪曾想，这个所谓的贼首则不仅根本不是什么三头六臂，而且连身高都不如自己，眼前这样子则更是跟一把软泥别无二致，于是，他不禁长长地叹了一口气。

即便如此，他仍打起精神，他的心里仍是充满了激情，因为他明白，他的这次亲审不仅对他本人而且对他的大明皇朝有着一系列重大的意义。

他轻咳一声，便立即滔滔不绝地审问开了。他所谓的审问，其实只不过是一阵阵歇斯底里的发泄。这样一来，便苦了所有在场的文武百官们。

这本是炽热难当的时节，又正当午后的烈日当空，脚下的石板早已经被晒得发烫。不多时辰，文武官员们差不多全都已经受不住了。

那些年轻点的，虽满脸愁容，却毕竟能勉强闭目忍耐；而那些七老八十且又体衰柔弱的，则差不多快要被晒晕过去了。

还好，毕竟头上的乌纱帽对他们还起着巨大的作用，是以，无论怎样，他们也就只能咬紧牙关强力支撑着。

也不知过了多少时辰，淡淡的斜阳已经照在脸上了，一直高高地稳坐于华盖之下御座上的崇祯也要为自己的这场亲审画上一个完满的句号的了，最后，只听他涨红着脸大声地宣布道：“……乃十恶不赦，罪大恶极，着即凌迟处死！”

如果适才那长达几个小时的发泄审问全都只不过是模糊不清的呓语的话，那么这最后的宣示却陡然成了刺破长天的鸣响了，在场的文武大臣全都听得清清楚楚。

当然，他们是根本不可能有别的什么反应的，只是在心里暗自庆幸，这场近乎闹剧般的亲审大典总算结束了。

可是，他们没有想到的是，过足了发泄瘾的年轻皇上刚一离去，他们便顿感头昏眼花，眼前金星直冒，随即便倒下一大片，末了还得要让一大批锦衣卫们来将他们一一抬上各自的大轿。

更让人可悲可叹甚至哭笑不得的是，当几个锦衣卫的校尉走上前来准备将这场大戏的主角之一——高迎祥等三个所谓的敌贼拉出去处以凌迟大刑的时候，他们却赫然发现，原本就奄奄一息的高迎祥早已经被活活地晒死了。

崇祯举行他的亲审大典不久，后金国的皇太极也同样举行了一个大典，只不过崇祯的大典是要杀人，而皇太极的大典则是要和崇祯平起平坐同登皇帝大位。随着这次大典的举行，后金国也就从此进入了一个历史的新纪元。

只见盛京城外茫茫的原野上，随着一阵阵整齐的鼓乐号角之声和隆隆的炮声以及十数万军民山呼海啸般的欢呼声：后金国的汗王皇太极，缓缓地登上了专门为他搭起来的高台。

继而，全体王公贝勒和文武大臣及在场的军民亦齐声高唱道：“恭请汗王即皇帝位！”

呼唱方毕，只见皇太极于高台上缓缓起座，又上前两步，将典礼官递到手中的一炷香缓缓地举过头顶，向着苍天跪俯祈祝。

继而，他站起身来到旁边的炉火中焚烧了告天表，又走下高台刑了白马，待重新回到高台上落座后，便听他大声对着自己的臣民们道：“朕今日勉从众议即皇帝位，从今往后，当益加惕厉，惟天佑助之，臣民助之！”

他在王公贝勒和全体文武大臣们的再三劝进中，接受了一个名为宽温仁圣皇帝的尊号，整个大草原上回荡着一阵阵“皇上万岁，万岁，万万岁，宽温仁圣皇帝万岁，万岁，万万岁”的欢呼声。

随着大清的正式建立，整个国家军民的士气都十分高昂，而且经过数次伐明及对蒙古的统一，国家的实力已经增强了数倍，又经过一段时间对皇权的巩固，皇太极决定再一次大举伐明。

在此之前，由于和朝鲜的关系破裂，他做出了再次攻打朝鲜的决定，但他很担心明朝军队会从背后进行骚扰，因此在征服朝鲜之前，他便决定首先对明朝进行一次新的军事打击。

为此，他在翔凤楼召见了这次出征的统帅和将领，他们是：多罗武英郡王阿济格、多罗饶余贝勒阿巴泰、超品公额驸扬古利、固山额真拜尹图等。

与此同时，未参加出征的和硕睿亲王多尔衮、和硕豫亲王多铎、和硕肃亲王豪格及成亲王岳托与汉军固山额真石廷柱等，皆分列左右，一起听取他对于这次出征伐明的方略。

他说道："尔出征贝勒大臣，凡师行所至，宜共同计议而行，切勿妄动。尔诸臣遇残破城池及我兵前所攻克良乡、固安等城，如欲进攻，度可取则取，不可取则勿取，各以所见，明确言之。倘不明言，恐日后追怨，辄私相议曰'我曾如此言之，但言而不听耳！'夫初未明言，及事后而谓曾有是说，其谁信之！今若各抒所见，明确言之，而众人犹有争论不决之处，宜听武英郡王剖断，毋得违背。朕视凡人进兵时，多始慎终怠，所以有疏虞之处，能于此处念之不忘，庶乎其可矣。"

三天后，阿济格带领大军出发了。

阿济格所率的大军出行一段时间后，皇太极估计其所率人马已进抵长城脚下了，又决定另派一支大军进攻山海关。他对诸王贝勒道："多罗武英郡王统兵往征明国，今将出边，宜别遣大军往山海关进发。明国知我兵至，恐山海关有失，必来求援，武英郡王庶得乘隙出边。"

随即他便任命多尔衮、多铎、岳托及豪格为大将，执行牵制明军的任务。

按照皇太极的计划，这批人马又分成两批出行，第一批由多尔衮率领先行，第二批则于两天后相继离沈西而去。

于是，一批又一批的精兵铁骑便向着大明浩浩荡荡地杀了过去。

几乎与此同时，远在陕西商洛地区的农民军重要首领李自成也在举行一场盛大的典礼和出兵行动。

当初，当几位亲兵来向他报告闯王高迎祥不幸被俘的消息时，他正在一个大木桶里沐浴。听此消息，他顿感五雷击顶，不相信自己的耳朵，立时便因吃惊、因悲愤将那木桶一拳击了个粉碎。

他明白，自己虽在整个农民军中的声望越来越高，而且自从荥阳大会后，自己也大有取高迎祥而代之之势，但在目前形势下，高迎祥在整个农民军中还有着自己暂时无法替代的感召力。

尤其是张献忠，他一向我行我素，领着自己的人马独立行动，但高迎祥对他却有一定的影响。可如今没有了这高迎祥，一切又都会怎样呢？

他当即派出人马准备营救，可是他却晚了一步，孙传庭已派重兵将其押往京师了，而这也就明显地意味着死罪，李自成不禁号啕大哭。

不过，他冷静下来后仔细一想，不禁又感到有些欣喜。这不正是自己多年来一直梦寐以求的好事吗？没有了高迎祥，自己不正好可以取而代之吗？自己这闯将的名号还是不如那闯王的名号来得显要啊！他同样十分明白，在闯营里，除了自己谁也不能代替闯王之位，虽然从声望来说，比起高闯王自己还稍稍差了一点，但这却是无关紧要的，最紧要者是能代替闯王之位。

他立即命令手下人马四处打听，弄清高迎祥是否被处死的确切消息。

得到高迎祥的死讯，他立时又号啕大哭，脸上虽没有多少眼泪，哭声也多少显得有些干涩，但那风范和死了亲爹亲娘没有什么两样。因此，这种不无装模作样的悲痛还是让一干手下人等大为感动的。

待止住哭声后，他当即就下令全营弟兄缟素，又在自己的军帐里为死难的高迎祥大设灵堂灵位，三天三夜不吃不喝亲自为他设灵。

祭礼事毕，经过和谋士顾君恩及得力干将——自己的亲侄儿李过等商议，遂立即举行继登闯王大位的典礼。

在一个山谷中的高台上，白底黑字的闯王大旗仍在秋风中飘扬着，一张长长的香案上香烟缭绕，瓜果、牲畜之类的贡品和高迎祥的神灵牌位放置其上，李自成和一帮得力干将站立其后，一个个悲愤不已却又斗志昂扬。李自成本人的表情多少有些耐人寻味，既严肃深邃又真实模糊，给人一种莫可名状的风范。

随着几声炮响和一阵鸟铳的齐放，顾君恩宣布典礼开始。

第一道程序自然是祭告天地和高迎祥的在天之灵。随即便见顾君恩站了出来，一边舞着长剑，一边时而俯跪在地时而仰望苍天嘴里则不断地喃喃自语，仙风道骨和着香烟缭绕透现出这场典礼的神秘与庄重。

事毕，李自成便站出来大声道："弟兄们，先闯王不幸遇难，是我闯营的巨大损失，今儿咱李某继登闯王大位，定不忘先闯王恩泽，特尊他为我闯营之天王。从今往后，我等兄弟力当精诚团结，不为天王报仇，誓不为人！"

立时，站立于周围山坡上的全体农民军将士便同时呼喊道：

"闯王万岁！闯王万岁！"

"不为天王报仇，誓不为人！誓不为人！"

喊声充满了悲愤与忠勇，响彻整个山谷。

紧接着，只见顾君恩抓起一只公鸡猛地割断脖子，将鸡血悉数倒进香案上一个盛满酒的大土碗中。

然后李自成亦把自己的手指伸进嘴里猛地一咬，将手指上的鲜血一滴一滴地尽数滴进碗里，待顾君恩又是一阵仙风道骨般的表演后，李自成便率先端起酒碗"咕咚"一口，高台上的其余人等亦先后各按次序前来喝下一口。

整个山谷里又是一阵"万岁"与"报仇"的呼喊声以及炮声和鸟铳的齐放声。

仅仅三天后，李自成便亲自率领整个闯营兄弟"化悲痛为力量"，杀出山谷，重新攻城略地，并很快横扫关中地区的几个重镇。陕西的农民起义烽烟又起。

俘获并最终处死高迎祥的欣喜并没有持续几天，崇祯很快又陷入了愁烦之中，来自各地的八百里快报不断向他禀奏着一个个让他心惊肉跳的消息。对于这些险奏恶报，他实在无心看下去，便让王承恩或曹化淳将其一一送到内阁，令首辅温体仁和几位次辅议处。

可是，也就在温体仁和几位辅臣一起研究该如何处置的时候，来自山海关的八百里快传却送来了惊人的恶报：满洲人又一次向明朝发动大规模进攻了。

崇祯被惊得目瞪口呆。

日前，他才接到关宁监军高起潜和总兵祖大寿的奏报，说是后金大汗皇太极已经在盛京登基称帝，而且还举行了一场声势浩大的登基大典，当时，他就被气得七窍生烟。

现在他竟然又派兵来进攻了。

愁肠百结的崇祯真有些不知该如何是好了，只好呆坐于御案后的龙座上，陷入了深深的痛苦之中。

可他哪里又知道，就在他陷入痛苦之中而不知该如何是好的时候，清兵在多尔衮等率领下牵制了明军在关宁一线的主力后，阿济格却率领十余万八旗兵将士从独石口兵分三路进入京畿的冀北地区。

当然，不知所措的崇祯也并非就从此垮了下去，而是在经过一阵无言的痛苦之后，很快又强打起了精神，并采取了一系列的应对之策。

他首先命令京师全城戒严，然后便急令中军李国辅守紫荆关、许进忠守倒马关、张元亨守龙泉关、崔良用守固关。

四个关口都位于京城的西南面，处于和山西交界的地方。

可是，完全出乎崇祯和明朝的军事统帅们意料之外的是，阿济格根本没有走山西，而是采取了经延庆入居庸关、取昌平，最后直逼京师的路线。

因此，清兵分三路进入京畿后，很快就在延庆会师，先攻取近处的长安岭堡和雕鄂堡两个据点，并在这里七次大败阻截的明军，俘获大量人畜财物。随即，整个大军便浩浩荡荡地往昌平杀来。

在杀向昌平前，阿济格首先释放了已经投降清兵的两千余名明朝兵民，让他们诈称逃归，回到昌平城内，以做内应。巡关太监和御史王肇坤不知是计，竟大开城门尽数收纳。

不日，清军即自天寿山突然出现在昌平城下，城内已经投降清兵的这批明朝兵民立时便做内应，昌平遂告陷落。

总兵曹丕昌迫不得已只好投降，户部主事王桂、赵悦、判官王禹佐、胡惟宏、提督内监王希忠等被清兵斩杀。天寿山的明德陵也被清兵焚毁。

紧接着，清兵即从西山南趋良乡，两天后，又移兵沙河和清河镇，而这时，在昌平投降了清兵的明军也进抵西直门。

清兵差不多已是兵临北京城下了。

崇祯十分惊慌，立即命令各文武大臣分别守备城门，令兵部传檄山东、山西、大同、保定及关外的明兵火速驰援京师，又急诏五省总督卢象升率所部人马北上卫护京师。

要用兵就自然得花钱，可一问户部和工部，得到的回答却是国库早就空了，武备也十分缺乏。对于这些，他本来早就知晓，也力图要解决兵饷与武备的问题，无奈，积重难返，他做皇上的几年都不能解决，他们做臣子的又能有啥办法呢？

万般无奈，崇祯只得谕令各文武大臣紧急捐助兵饷，又火速搜刮勋戚及文武诸臣的马匹来接济军队。

这时，又适逢给事中王家彦弹劾兵部尚书张凤翼，他在奏疏中指责身为兵部尚书的张凤翼在清兵入侵时竟按兵不动，坐视不管，致使清兵如此轻而易举地攻下了昌平。昌平是明朝各皇陵的所在地，总计有十余座帝后的陵寝都修建于此。

张凤翼只好自请统率军队，总督各镇援兵。

崇祯立即批准了他的请求，赐予他尚方宝剑，并发给黄金万两，赏功牌五百个，又任命关宁监军高起潜为监军，辽东前锋总兵祖大寿为提督，和宣大总督梁廷栋互为犄角，共同对付清兵。

面对清兵的大肆进攻，崇祯和他的军事统帅们基本上采取的是坚持固守而伺机出击的作战方针，京师和战事波及的地方，明军基本上按兵不动，即使有出击的机会，也大多不敢出战。对敌的将帅也个个畏缩不前，不能用命。

崇祯决定再次派出太监外出监军。他觉得自己这样做实在是迫不得已，况且也深知朝臣们对这种太监监军制度是非常反对的。曾几何时，他就不得不基本上撤回了各镇的监军太监。因此，这一次，他就不能不对朝臣们的抗议有所顾忌。于是，他尽量做到不声张，悄悄派遣，希望在大敌当前的时候，朝臣们不要再来毫无道理地争论。

可是，当此紧要时刻，也恰是这种太监监军的制度暴露出了致命的危害性。随着这些内臣到达军中，各镇督兵尤其是边防督兵皆由这些不懂军事的内臣担任，文武将吏根本发挥不了作用。

由此，其必然的结果就是，带兵打仗的不能发出命令，不懂军事又贪生怕死的恰好在调兵遣将，将校们纵然有决心领兵出战，其最终决定权也是在监军们那里。这样，整个明军便事权不一，调度不力，完全是一片混乱。

清军根本就无意攻打京师，也根本不想对其长期围困。

阿济格按照皇太极事先为其制定的作战方针，机动灵活，凡遇城池，能攻即攻，不能攻即走，主要通过大肆的抢掠残杀，大量消耗明朝的实力，挫败其锐气，不以攻占城池为根本目的。

因此，阿济格很快即率军离开了沙河和清河，随即克宝坻，入定兴，下房山，战涿州，攻固安，掠文安和永清，继而又分兵攻通州、逐安、雄县、安州、定州，趋州口不下，即转而攻香河和顺义。紧接着，清军又转向东北，至怀柔，陷西和，占河西务，直至分屯密云和平谷。

在一个多月的时间里，清军紧紧围绕京师，遍蹂畿内各地，凡城池堡镇，无不攻击抢掠，其间，克城十二座，历五六十战，皆大获全胜。阿济格大获全胜。

不久，大获全胜的阿济格则率军经雄县北去，一路奔冷口东归了。

其时，明朝督师张凤翼得知这个情况，遂率军出了京师，远远地跟随着清军。与此同时，明宣大总督梁廷栋也挥师北上，同样远远地尾随着清兵，不敢发动攻击。

张凤翼率领明军一路跟随到达迁安五重安时，就在此驻扎下来，固垒自守。

当清兵就要出冷口的时候，守关的明将崔秉德请求率所部人马奋力守住关口，以便堵住清军的归路。可是监军总督高起潜因畏惧清兵便欺骗崔秉德，说是等到清兵一半人马已出关时再发动进攻。

清军遂携带掠取的十八万人畜及其他大批物资从容不迫且井然有序地分批分次地退出了冷口。清兵每天分成数批，竟连续四天才全部退出。

更让人哭笑不得的是，因为没有明军的追击，清兵竟大摇大摆地通过，他们的坐骑全都被打扮得花枝招展，而且一路还奏着音乐吹着号角，他们是如此的兴奋不已，浩浩荡荡。

不仅如此，他们还砍下木头，在上面写上“明军免送”的大字，将其扔到路上，对明军进行挖苦嘲讽。

而且按照一般的常识，军队在撤退时，往往都是以精兵殿后，以防止敌人的追击；可阿济格竟一反常态，将辎重和抢来的物资置于队伍后边，主力和他本人则前行。因此，他在回到盛京后，还受到皇太极狠狠的批评。

然而，即便有如此好的进攻形势，明军竟怯懦而不敢出战，一个个眼睁睁地看着清兵满载而归。

只是在探马报告了清兵已经撤退完毕的情况后，高起潜和张凤翼以及梁廷栋才点起人马装模作样地发动进攻。部队行进到石门山时，他们便立即上报崇祯，说清军已经在他们的追击下逃出冷口了，而且还斩敌首级有三。

虽然如此，张凤翼和梁廷栋却都是明白人，他们身负皇上的重任，竟使得京畿各地遍遭劫难。

崇祯本人也因此大受惊恐。清兵虽已退去，京师也已解除戒严，但是对于皇上的性格他们是了如指掌的，这内忧外患每有变故，崇祯必会大大地发泄一通的，发泄方式不是抓人下狱就是使人头落地。因此，他们便十分恐惧。

众言官都一起上疏，把整个清兵入侵的责任全都推到了他们的身上，两人更加害怕，他们明白，遭罪的日子已经不远了。

二人遂商议一同自裁，每天服用大黄麻求死。两天后，张凤翼便在自己的军帐中死去。不出十天，梁廷栋也死了。

他们死后，果不出所料，崇祯命令刑部会同内阁拟出了他们的罪状，并准备将二人处死，以泄其心中的愤怒。只是由于二人都已自杀身亡，才终于免除了刀斧之苦。

奉诏入卫京师的五省总督卢象升的行动却甚为迟缓，直到京师的戒严都业已解除的时候，他才率领人马姗姗来迟。

清兵接二连三进入京畿，如入无人之境，这给了崇祯很大的刺激，也更加激发了他要实实在在地寻找他认为的真正的军事将才。

随着梁、张二人的自杀身亡，兵部尚书和宣大总督这两个重要的职位都出现了空缺，因此他实在需要找到两个真正有才干又有胆识的军事人才来帮助他挽救危局。

经过认真的考虑，他决定任命刚到达京师的总理五省军务卢象升为宣大总督，起用正在家中守丧的原任宣大总督杨嗣昌为兵部尚书，而杨嗣昌要隔年三月才能赴任，不过对其任命的诏书却早已经发出。

对于这次军事统帅的安排，崇祯十分满意，事实上，这也是他登基直至末日整个十余年间最为满意且也最为妥当的一次。

可是，他却又一次接到了工部侍郎刘宗周的奏疏。当初，刘宗周任工部侍郎还不到一个月，就献上了一份《痛愤时艰疏》，其疏文的大意是对崇祯及朝廷的整个一系列内政与外交政策进行批评并提出了改进的建议。

崇祯当时很恼怒，先后四次谕令温体仁等拟写措辞严厉的诏书，每一次拟好呈上来后他都认真地反复阅读，如此一来，他的怒气也竟慢慢消了，仔细一想，刘宗周也实在是对自己很忠心，否则他不会提出如此中肯的意见。于是，他便只是下诏责问了几句，而且还褒奖他的清正廉洁。

没隔多久，适逢太仆寺缺乏买马钱，崇祯便让朝臣们捐助，只是愿否捐助听其自便罢了。而这时，温体仁等人又建议罢明年朝觐。

对这两件事，刘宗周都很反对，认为捐纳和罢免朝觐之举都是有辱国势国威的事，遂又上疏请求取消。崇祯看罢他的奏疏，很是有些不高兴，不过心里对其忠诚却仍是十分的满意，而且还想有朝一日重用他！

温体仁已经感觉到崇祯似乎对刘宗周很有些好感，便担心其受到重用，于是他便买通刘宗周的山阴同乡许瑚，让他上疏攻击刘宗周。

许瑚在奏疏中说刘宗周道学有余，才智不足。崇祯认为许瑚和他既是同乡，就必然对其情况十分熟悉。崇祯对其好感也就大打折扣，自然不起用他了。

刘宗周便三次上疏请求休假，离开京师。到了天津，得知清兵入侵，京师戒严，也就一直留下来养病。而今病愈，清兵退去，京师解严，他便就清兵入侵之事又一次上疏崇祯皇帝。

他在奏疏中写道："自己巳之变，小人皆以门户报私仇，凡异己者概作袁崇焕之同党而定罪，每天制造流言蜚语，一个个加以排挤。于是小人进而君子退，内臣当权而外官则渐被疏远，文法日繁，欺罔日甚，朝章典制日益被毁，边防日益破坏，今日之祸，确实是己巳之变后所酿成的。

"而且张凤翼沉溺于中枢机构，却派他专征，怎么对得起王洽之死？因丁魁楚等边防失误而责令他们戴罪立功，怎么对得起刘策之死？各镇勤王军队，争先入卫者又有几人，却未曾听说因借故拖延而获罪者，又怎么能对得起耿如杞之死呢？

"廷臣中狼狈不堪幸免于罪者，又怎能向韩爌、李邦华等或者戍边或者离职者致歉呢？难道昔日被异己者驱除，今日不难因同己相容纳吗？臣由此可知小人祸国殃民没有终止的时候。

"昔日唐德宗对群臣说：'人们说卢杞奸邪，朕很不觉得。'群臣回答：'这正是卢杞之所以为奸邪的原因。'臣经常反复思量这句话，认为这是万世辨别奸邪之要领。所以说：'大奸似忠，大佞似信。'

"多年来，皇上痛恨私结朋党，而臣下多进告发之状；皇上录用操行纯洁者，而臣下多做出一副小心谨慎的样子；皇上崇尚励精图治，而臣下奔走顺从以为恭谨；皇上崇尚综合考核，而臣下吹毛求疵以示明察秋毫。凡此种种，正是'似忠'、'似信'之徒，究其用心，没有不是出于身家利禄的考虑，皇上如果不明察而任用他们，那就聚天下之小人，则有所不觉了。

"天下即使缺乏人才，何至于能力都出中官之下！可是皇上每当形势紧急，必委之以大任，三协有派遣，通州、天津、临清、德州也有派遣。并且又提高其地位，把他们等同于总督，把总督置于何地？总督无权，把巡按置于何地？这是在把边疆大事当儿戏来试验。而且小人常常互相勾结小人以互相引荐，君子独岸然自异，所以自古至今只有任用小人的君子，始终没有勾结小人的君子。

"皇上果真想进用君子，贬退小人，在决定治乱消长的关键时刻，还任用中官参与节帛，这就明白表示皇上重用中官的态度。有懂得治国道理者起来争辩，皇上即使不用其言，何至于连他本人也驱逐！御史金光宸因此而被逐，这像是唯恐伤及中官们的心，尤其不能用这种办法向天下人示范。

“至今日司法审判制度之最合理者，是成德乃一名小吏，却以贪赃罪被处以戍边，怎么可以整肃惩贪之法令！申绍芳当了十多年的按察使，却以莫须有的钻营罪名被黥面戍边，怎么能突出抑制竞奔钻营的法则！郑鄤之狱，有人诬告其杖击母亲而被处罚，怎么能显示敦行伦礼的教化！

“这几件事，都因为原辅臣文震孟而受牵连遭陷害，这是过去驱除异己的老计谋，但廷臣无人敢说，皇上也就无从知晓。八年之间，是谁把持朝政而把国家弄成了这样！臣是不能为首辅温体仁解脱的。《诗经》说‘谁生出的祸端，至今仍在作梗’，说的就是温体仁这样的人啊。”

崇祯一口气读完，早已被气得脸红脖子粗，只见他怒目圆睁，憔悴的嘴唇向一边歪了过去。一时间，他便只好望着头顶上的宫灯发起呆来。

很明显，按刘宗周所说，他的所作所为简直一无是处，自己的每一件内政外交的处理都没有不是错误的，难道自己真的就是这样的一无是处吗？崇祯不禁扪心自问。他这明明就是不把朕放在眼里，欺辱朕年轻，看来，若不给以严肃的对待他会更加放肆了。

工部侍郎刘宗周第二天便接到了将其贬斥为民的诏书。处置了刘宗周，崇祯还是闷闷不乐。

当北京城里的黎民百姓和达官显贵们为了北虏的不断骚扰与侵犯而愁绪纷繁的时候，作为六朝古都的金陵古都，却似乎仍是一派歌舞升平的景象。

由于清兵的数度入侵和农民起义在全国各地的风起云涌，富商巨贾们早已南迁到了这里；大量的难民也不断涌入，一时之间，金陵古都大有人满为患之势。随着人口的大量增加，物资与消费的日益匮乏，这不能不为人们财富的聚敛提供了生财之道，使得绝大部分人日益赤贫，如此，贫富悬殊便日益加大。但是即便如此，富人与穷人们却仍是源源不断地涌入，他们在寻找一个赖以安身立命的处所。

在这样的环境中，归家院的娼妓业依旧很发达。

就在前不久归家院里的一次花酒宴上，钱谦益和侯方域相识了。钱、侯二人虽说一个是风烛残年的老者，一个是稚气未脱的少年，可他们二人却都是文坛圣手。钱谦益学富五车，文名盖绝天下，又在朝廷为官多年，对于权力与政治谙熟有加。几年前，他虽遭了温体仁的暗算，回乡归籍，可是在江南的声名却仍不减当年。这位钱大学士更是风度翩翩，虽已风烛残年，却仍是风流倜傥。

这侯方域不是别人，乃堂堂的当朝户部尚书侯恂的小公子。侯恂在人生仕途不得志的时候颇多，不过到晚年竟喜得这一公子，仿佛便成了最好的安慰。这位侯大公子也竟是出奇的聪明，小小年纪便能诗作文，经过几位恩师和侯恂本人的细心调教，更是才华横溢，使得侯恂不禁连连为自己这位少公子叫好。

可是，这位侯公子似乎比起父辈的视野与思维却要广阔得多，对世事与时局往往都有一套自己的看法，绝不是像侯恂那样的唯唯诺诺之徒。曾几何时，远在京师城里的他听说了江南如火如荼的复社尤其是其领导人张溥、张采这二张夫子的声名，不禁为他们的声势与豪情大受鼓舞，并因此而对他们大为崇拜。于是，他便接连给他们写了几封信，在信中大谈了一通他对时局与世事尤其是对朝政腐败的看法，并对如何进一步扩大复社的影响与势力提出了一整套的建议。

二张夫子不禁对其厚爱有加，知道他又是户部尚书的公子，若和他拉上关系，对重振复社无论怎样都是有利的。张溥便立即回函，盛情邀请这位学名不凡的少年公子南来留都谈诗论理，共商复社事宜。

侯方域接到邀请函，大受感动，他没想到自己这样一个小少年竟受到如此的尊重与厚爱，当即便准备行装，南来留都。可是也恰在这时，却突然发生了一件很不幸的事，父亲侯恂竟突然横遭温体仁的暗算被皇上问罪下狱了。

当初，清兵入侵京师戒严的时候，朝中的一些官员便以此机会大发国难财，温体仁和侯恂这二位当朝要员便是其重要的代表。

当时，由于兵饷奇缺，崇祯便让群臣捐献，捐献起来的这些银两全集中到户部，侯恂和温体仁都看中了这些银两，想从中大捞一把。二人虽然以前互相利用，但在很多方面侯恂却以温体仁为马首是瞻。

不过这一次，二人却你盯着我我盯着你，后来，二人经过谈判达成一致意见，先由侯恂想办法克扣，然后再想办法二人均分。事后，温体仁却提出，他占七成，侯恂只占三成。侯恂被气得七窍生烟，他没想到温体仁竟如此贪得无厌。一气之下，他竟悉数将其尽入自己的腰包。

温体仁十分恼怒，不过，当其得知这个消息时，他竟什么也没说，只是佯装不知地笑了笑，他想：好你个侯恂，什么时候落到咱老温的手里，定会叫你九死不得翻身，遂下定了报复的决心。

也就在崇祯之火无处发泄的时候，温体仁明白，他得为皇上找个泻火的渠道，好，就由侯恂来做这泻火的渠道吧。他瞅准了这个时机，向崇祯告发了侯恂克扣兵饷的事。崇祯恼怒异常，立即命令刑部将其问罪下狱。

侯方域得知父亲因温体仁的告发被下狱，发誓要为父亲报仇。他看得明白，虽说温体仁眼下在朝中一手遮天，但是其对头却也着实不少，东林党和复社的势力便是其最为强劲的对手，要想最终报仇扳倒这个瘟神，就必得依赖这股势力，恰在此时，二张夫子已邀其南往留都，共商大计。

侯方域立即南来留都，和张溥、张采等人相会，从而拜在二张夫子的门下。

前日里，二张夫子带领侯方域到归家院消闲解闷的时候，和堂堂的文圣钱谦益不期而遇。他们本来就相互仰慕已久，二张夫子敬仰的是钱老先生的文章大名，知其睿智圆滑，又在朝中为官多年，而今虽致仕归籍，其势力却仍是不减当年。因此复社若要重振，不能不在一定程度上借助于他。

而对于这位钱大学士来说，他同样也十分明白，复社在江南的势力是绝不可小视的，张溥、张采二人的活动能力又极强，手下又有一大帮善于起哄的弟子，自己在很多事情上都少不得他们。

当然，对于侯方域和钱谦益这一老一少的文章才子而言，他们更是大有相见恨晚之感。钱谦益早就知晓京城里的侯大公子小小年纪便能诗填词，才华横溢。侯方域则在其懂事的时候起，便知道了朝中有个诗文盖世又风流不已的翰林院编修，只是还没来得及和其相见，他就回归江南了，侯大公子不禁大为遗憾。

如今一见，他不禁欣喜异常，当即便拜倒在这位钱大学士的门下。

这段时间，江南的文坛变得更加有声有色了，复社的行动更加甚嚣尘上。

张溥在周延儒的大力支持下，充分发挥了他的雄才大略，组织了一系列活动，刊刻了大量书籍，并尽量使其能够广为流传，江南的文坛显示出一派繁荣的景象。

因为周延儒在幕后的鼎力相助，复社和整个江南文坛与政治的结合似乎从来也没有这样紧密过，学官勾结便成为江南文坛的主流风景。利用文坛充分为政治服务，对于谙熟政治争斗与权力角逐的周延儒来说，本就是十分自然的，而且操作与运作起来其实也十分简单。因为，在整个苏浙地区，不少负责学政和考试的官员本就是他从前的部属，今儿，只要他这位前任首辅一个口信儿或是一封书简，他们又怎能不买账呢？他们都看得明白，他正在力图东山再起啊！谁能说他兴许就不能成功呢？

他们也同样明白，虽说温体仁眼下还仍是皇上面前的红人，可是不断从朝中传出的消息却似乎已经表明，他树敌已越来越多，一旦有机会，便必然会墙倒众人推。更何况，对于当今这位皇上的性格，众人也十分清楚，说不定什么时候，皇上便会将首辅大臣作为自己的挡箭牌。温体仁的日子无论怎样也是长不了的。

在众多的官员中，即便有一些是温体仁的人，他们也已经在考虑自己的出路了，眼下东林及整个复社的势力最大，不投靠他们又能去投靠谁呢？

复社人士便再一次在乡试中取得了巨大的成就，同仁弟子们差不多包揽了乡试的全部名额，由此所带来的必然结果则是，更多的想投身仕途的人又争先恐后地投身到了二张夫子的门下。复社的势力日盛一日。

周延儒又恰好为其出了一个主意。在他看来，复社的得力干将吴伟业毕竟在朝中为官，又深得皇上的恩宠，虽没能做帝师，可毕竟在朝中也是有相当分量的，是朝中为数不多的敢于公开站出来和温体仁挑战的人之一。因此，复社必须更进一步地加强和他的合作。

于是，周延儒便出了一个由复社出面请其来江南讲学的主意。

也正是在吴伟业来江南的时候，一干人等商量了共同推倒温体仁的根本大计，甚至还将一旦东林和复社得势之后的权力分配做出了详细的安排。

为了最终推倒温体仁，他们一致决定，必须首先进一步扩大倒温联盟。

在周延儒、吴伟业和张溥、张采的运作与操办下，一些被温体仁排挤掉的人如已经归籍的辅臣文震孟、工部侍郎刘宗周、提学御史倪元璐和海道副使冯元飚，尤其是钱谦益、瞿式耜和侯方域等，全都聚集到了复社的旗下。

曾几何时，钱谦益在崇祯元年时因“阁讼”事件落得了“坐杖论赎，削籍归乡”的下场，按理说，他既已不在朝中为官，也就没有什么政治势力了，朝中纵然有两个朋友，但是当温体仁一手遮天的时候，他们无论怎样也是难以和那位瘟神抗衡的。

但是，从来得理不饶人的钱谦益却咽不下这口气，他一直在寻找发动反击的机会，即便他不能一时将温体仁怎么样，却仍要拿起自己那支圆熟的笔来发动一场没有硝烟的反击战。

一篇又一篇专门攻击温体仁的文章出笼了。在这些攻击文章中，他以一个旁观者的姿态与客观的口吻，不断罗列且评述温体仁或虚或实的罪恶。由于他精彩的文字魅力，人们在为他的文章拍案叫绝的同时，也就不能不相信他所传播的事实了。

对其所作所为，温体仁虽愤怒之极，可一时之间，他竟也拿他没有啥办法，他毕竟已是布衣一个，更何况自己又没有掌握他的什么新的所谓的犯罪事实或是什么新的把柄。他只好把一腔愤怒暂时埋在了心里，寻找着新的时机，决心一旦时机来临时便决计要让其永世不得翻身。

或许，命运的天平总是喜欢偏向这位温阁老的，这个机会也真的又被他寻着了，他竟真的拿到了这位狡猾的钱大学士的把柄。

也就在倒温联盟正在认真策划并努力寻找机会的时候，温体仁竟先下手为强发动了一场强大的攻势。

其时，常熟有一个富户名叫陈履谦，他为了祖上的一份产业和邻居发生了纠纷甚至还为此而相互大打出手，最后，这一官司竟打到了官府。

陈履谦为了最终能打赢官司，找上了和官府有着相当联系的钱谦益和瞿式耜。

钱谦益和瞿式耜二人十分讨厌陈履谦的人品，虽然当时把帮忙的事答应了下来，可真正当官司打起来的时候，他们却帮助了打官司的另一方。

陈履谦怎么也没想到二人竟会来这样一手，一时间他措手不及，官司自然是打输了，他被气得七窍生烟，遂怀恨在心，并伺机寻求报复。

为此，他专门找到了一直在江南一带包揽讼事的张汉儒。

张汉儒虽是一介布衣，却是首辅大臣温体仁的党羽。当钱谦益用他的笔杆子大肆攻击温体仁的时候，他将这些攻击的文章悉数收集了起来，准备一旦时机到来时可以用作反击的炮弹。

他对于朝中的形势也了解得十分清楚，眼下，温体仁还是皇上眼中的红人，温体仁的最大对手和敌人正是东林党人和这些气焰嚣张的复社人士，因此若将官司告到朝廷，必然会正中温体仁的下怀。温体仁不是早就在指使收集钱谦益等人的证据吗？

这一官司很快便告到了朝廷。

温体仁在内阁里最先见到了这份文书，顿时便如获至宝。可他仔细一读，却发现仅凭这一事件要真正彻底地打垮钱谦益并从此大灭东林党人的嚣张气焰，其力度是明显不够的。

温体仁又是何等奸猾之人，他略一思量，派出府上的心腹管家王涛立马赶往常熟，要张汉儒再收集一些有关钱谦益和瞿式耜的罪证，并且还让其将这些罪证认真整理归纳，力图使每一项都能成为打击对手的重磅炸弹。张汉儒便紧急上奏皇上，说钱、瞿二人凭自己的喜怒把持人才进退之权，收受贿赂掌握江南生死之柄；宗族亲戚无不是奸诈之人，违禁出海贩运，没有不敢做之事；甚至侵吞国库之财，诽谤朝政，危及社稷，等等。

奏疏先被送到了内阁，早已等得不耐烦的温体仁当即就在上面批了一个“一切皆由皇上定夺”几个字。

狡猾的温体仁又玩了一个花招，他没有直接提出处理的办法，以免人家说他是有意在进行报复，而是先来了一个曲线的方式，先把球踢给崇祯。

他又恰好专门捡了一个崇祯颇感身体不适的时候，将这奏疏送进宫来。

其时，崇祯因连日批了几个晚上的奏疏，实在颇感劳累，那头痛症似乎又开始肆掠他的大脑了。刚好在这个时候，他又接到了洪承畴报告农民军情况的奏疏。洪承畴在奏疏中说：“农民军已从郧阳、襄阳进入长江以北，贼寇蜂起。混天星已侵犯商州和洛南地区，李自成盘踞西安，过天星肆掠陇州，独行狼抢掠汉南，蝎子块雄视河西，已与西羌相约联合。老回回等人在占据郧阳和襄阳后，筹集军粮，歇息战马，秋高足食，以他全军再加上曹操、闯塌天等人的部众，总计约二十余万人马，东下蕲州、黄安、六合，在长江以北如入无人之境。”

看罢这份奏疏，崇祯顿时便感到头痛欲裂。恰好又在这个时候，温体仁来求见。

温体仁一进到屋里便十分振振有词地说开了。

坐在龙榻上的崇祯强打起精神却又微闭着双眼仿佛在认真地听着，事实上，他压根就没有听明白他究竟说了些什么，只是连连听到了钱谦益和瞿式耜这两个人的名字。当然，对于这两人的名字，他仿佛还多少能记得起一点，当初的"阁讼"事件也还依稀有一点印象，不过他却又记起，自己不是已经让这位翰林院编修和给事中回家种田了吗？怎么今儿又来攀扯到自己呢？顿时，他不禁感到一阵厌恶。随着厌恶情绪的油然而生，他的头痛似乎也就越加剧烈。记忆、厌恶与头痛也就混杂到了一起。他实在有些不耐烦了。

还没待温体仁将钱、瞿二人所犯的罪行全部奏完，崇祯一边双手抱着脑袋，一边气愤而不耐烦地道："卿全权处置便是！"

得此旨意，温体仁立时喜上眉梢，不禁在心里欢呼道："好你个钱谦益和瞿式耜，老子今儿叫你们老匹夫死定了。"

深知崇祯心性的他，知道事情该如何进行才能真正十分完美地达到自己的目的。他一向在表面上都是十分地尊崇崇祯的权威，也总是要力图给崇祯一个十分美好的印象，那就是他丝毫不会也不敢去稍稍侵犯一点那至高无上的君权的，他从来对这位自以为是的年轻皇上十分尊崇。

因此，即便在得到了"全权处理"的旨意后，他对钱谦益和瞿式耜二人的处理也只不过是让刑部着即将二人逮捕起来，先行押解来京关押再说，究竟该给二人定一个什么样的罪名和最后的处置审判则由崇祯在病愈后来亲自决定。

球又一次被踢给了最高当权者，他似乎仍是要给人一种印象：看吧，这都是皇上的旨意啊，我只不过在执行皇上的旨意啊，谁能说我是在有意报复他们呢？哎，他们全是在自作自受啊！

钱谦益和瞿式耜这两个东林元老和复社的得力顾问也就终于被关进了刑部的大牢。

钱谦益和瞿式耜虽然被最终关进了大牢，可是，大明世事的变迁却似乎并没有因此而有多少的改变。

三年一度的会试与殿试还是要照常进行。

京师城里又一次热闹起来了，大街小巷，学人士子们川流不息；饭庄客栈，座无虚席，北虏入侵、兵临城下而惶惶不可终日的不安与恐惧早已被抛到了九霄云外。

面对这又一轮学问与政治的较量，面对这又一场仕途与权力的大搏斗，学人士子们又一次使出了浑身解数，不是打通关节，就是乞求托情，京师城里又涌起了一股不大不小的暗潮。

东林和复社也并没有因为钱谦益和瞿式耜的被逮就士气低落或是大伤元气，他们反而在周延儒竭尽全力的支持和张溥的四处出击与冲刺下，取得了以前从未有过的成绩。

由于有吴伟业在朝中通情报，他们早早就知道温体仁因忙于处理钱谦益的案子，今年的考试他便不能参与而全由张至发包揽。

复社便得以巧妙地逃过温体仁的打压，差不多每一名复社推荐的人选都高中了，从会试到殿试，复社人士或是或多或少和东林党有瓜葛的人都在其间占了一席之地，让众人羡慕的状元、探花与榜眼也全是复社和东林党的人。

在这些众多的高中者中，复社的得力干将陈子龙和吴昌时也都金榜题名了。

当他们住在京城的客栈里听到那报喜的锣声的时候，二人不禁泪如泉涌，双双抱头痛哭。他们真不知道该说悲还是该说喜，从第一次赴京赶考到如今的高中过去了整整六年，六年来，世事变迁，乾坤运转，他们的年龄已陡然增加了好几岁，一切都发生了巨大的变化。

此时此刻，京师狱里的钱谦益在奋笔诉说着自己的不幸与悲哀。自被关进这大牢之后，他便不断反思着自己几十年来宦海沉浮的过程，自认为才学天下第一，风流乃绝世无双，却为什么竟一次又一次地被温体仁玩弄于股掌之上呢？难道他温体仁的奸诈就比得过我钱谦益的睿智与聪明？难道自己就要这样认输吗？不，绝不。

无论怎样也不能忍气吞声了，自己必须要发起反击，否则便只好坐以待毙了。

这样一下定决心，他也就什么也不想了，也没有什么害怕或是担心的了，把整个心思都扑到了一封封求救信的写作上。

他分别给自己在朝中的朋友、文坛的文友乃至东林党和复社的首领与干将们发出了求救信，而且又给家人写了一封长信要他们不惜变卖家产，凡有可能助他脱难者都要尽数打点，尤其是提督东厂太监曹化淳、前任首辅周延儒及张溥、吴伟业等人更是要不惜重金。他一直奋笔疾书了一整夜。

第二天清晨，当狱卒为他送来早饭的时候，他才终于大功告成。他当即便将一包碎银悉数放入狱卒的怀中，并向他言明，待有重见天日的一天，必会重谢。

不到一天时间，朝中的东林人士都收到了钱谦益的求救信，与此同时，一批一批的秘密信使也正马不停蹄地驰往江南。

提督东厂太监曹化淳本就是钱谦益十分要好的朋友，当其被关下大牢后，就在思量着该怎样来拯救他，并恰当地利用，以便能多为自己的腰包装进一些银子。于是一接到钱谦益的求救信，他便准备立即开始行动。

可是，他仔细一想，却不禁有些泄气，因为自己虽是皇上的心腹太监，可眼下皇上毕竟还没有完全病愈，朝中的大事小事差不多还是由温体仁在掌管着。再说，这位温首辅从来并没有意和自己作对过，却反而还给自己送了不少的银子，他送的银子并不比那些江南文人送的少，而且，温首辅以后的命运毕竟还很难说，他是堂堂的首辅大臣，自己说不一定需要他的时候还多着！

这样一想，曹化淳不禁如梦初醒，遂决定等一等再行动也不迟，最起码也要待皇上的病完全好了。

但是，也正在这个时候，他手下的一个小太监却突然跑来向他报告道：“曹公公，可不得了，人们都在传言，说江南东林复社人士早有了什么政治预谋，为救钱谦益和瞿式耜已经‘款曹和温’了！”

听罢此言，曹化淳一时间不禁有些困惑，隔了好一会儿，方才问道：“什么意思？款曹和温是什么意思？”

小太监一点不假思索当即便回答：“公公难道还不知道吗？款曹自然是说给公公您送了银子嘛，和温好像是说东林党人为了救那钱谦益也给温阁老送银子了，以缓解和他的关系！”

听他这么一说，曹化淳不禁恍然大悟，这不明明是说咱这做内臣的和做外臣的在互相勾结吗？皇上是最反对这种事的，若被他知晓了，自己的前程定会是难以预测的，自己若不认认真真地对待，定是不行的，自己本不想牵扯进去，眼下看来非得进去不可了。

于是，提督东厂太监曹化淳便立即行动起来了。

曹化淳雷厉风行，他掌握着一个现成的特务机构，真正行动起来也实在是易如反掌。于是，他立即命令手下的得力干将宋征良和刘应选派出密探对温体仁的府邸进行严密监视，又派出几名得力的人员立即前往江南，将张汉儒和陈履谦先行押解起来，他本人则随即前往养心殿，查看皇上的究竟，伺机在他的面前提出有关这一案件的问题。

近一两天来，崇祯仿佛陡然换了个人一般，身体与精神状态都是出奇的好。几天前，他还在为一直困扰自己的头痛大伤脑筋，即便是主持殿试，他也只是由王承恩和小毛子等人费了九牛二虎之力抬到皇极殿的龙榻宝座上的，所谓的主持事实上则只不过做了做样子。

可是，就在他从殿试场上回来后，一直困扰着他的头痛竟一下烟消云散了，连他自己也颇感莫名其妙。当然几位太监自然看得明白，常言道，人逢喜事精神爽，皇上的头痛症实在是让这场殿试给冲没了。

新科进士乃天子门生，皇上为国选才，竟又得了刘同升等三百名栋梁，他又怎能不高兴呢？

这样，曹化淳来得也就自然是正当时候了。

他一步踏进暖阁，眼见崇祯正和小毛子在说着什么，而且崇祯的神色明显十分高兴。于是，他便就着他的好兴致道：“皇上真好兴致啊，也不知皇上得了啥大喜，奴才也好想为皇上高兴高兴！”

崇祯微微一笑，柔声道：“啥喜事嘛，还不是这殿试的事，适才小毛子说，前日里，朕赐那刘同升进士及第的时候，他竟因兴奋不已当时就不知该如何走路了，朕觉得这实在有些好笑！”

曹化淳接着他的话吹捧了起来：“那倒是，今儿大比之年，皇上喜得干才，那刘同升长年挑灯夜读，今儿终于有了报效皇上之机，他又怎么不高兴得忘乎所以呢？据奴才所知，那刘同升倒确实是个难得的人才！只是——”说到这里，他竟结结巴巴地停了下来，仿佛再也不敢说的样子。

崇祯不禁有些好奇，立马道：“只是，只是啥，曹化淳，今儿你倒是怎么的，有屁就放呗！”

曹化淳顿时便有些乐了，没想到，皇上今儿倒说了他很少说的粗话，这往往都是他心情甚佳时的表现，看来，皇上明显是在兴头上。于是他当即便道：“启禀皇上，只是比那钱谦益，他可又差了不少！”

一听他提起了钱谦益，崇祯的微笑便一下收敛了起来，略略一思量便道：“钱谦益，钱谦益，朕不是已经把他给逮起来了吗？朕正要问他的罪呢！”

曹化淳不无深意地看了一眼崇祯，随即又看了一眼一直在盯着自己的小毛子，终于鼓起勇气轻声道：“启奏皇上，奴才身为内臣，按规矩本不该与闻国事，只是有一句话不知当讲不当讲？”

崇祯想了想，点了点头道：“但说无妨，朕免你的死罪便是，朕倒想听听你这做奴才的怎么说？”

曹化淳清了清嗓子遂大声说了起来：“有相士言，大比年乃文昌年，天上自然是文昌星君轮值，地上便是文昌学士伺候皇上了。今儿既如此，奴才以为，如此处置一个文名盖世的学士很是不妥，大有逆天行事之势啊！”

崇祯立时一惊，虽然他对有关神灵运命的事不是很在乎，不过有违天意的事，却还是不能不加以考虑的。事实上，他对于专门负责天象预兆的钦天监就很重视。一时间，他便陷入了沉思之中，隔了好一会儿，才道：“那么依你所言，那钱谦益该当如何处置？”

小毛子一直在静静地听着，当初一见曹化淳拐弯抹角地提到了钱谦益，他便在心里想到，一定是曹提督得了银子准备来救钱大学士了。听他正一步一步地将一向自认为聪明的皇上套了进去，既有气却又好笑，遂忍不住轻轻地咳了一声。

崇祯听见他的咳声，才意识到他的存在，遂抬起头来对他道：“小毛子啊，你也说说，朕倒该如何处置钱谦益？没关系，今儿朕也让你们这些做内臣的给朕进一言，下不为例！”说完，想了想，又补充了一句：“实在说起来，外朝里那些人也着实不甚有用！”

小毛子上前一步“扑通”一声跪俯在地柔声道：“启禀皇上，奴才不敢有违祖制，对朝政妄加评议干预，再说，奴才对这些事也不甚知晓，不比曹公公，他自有一大班人，上上下下耳目众多，皇上还是问曹公公吧，奴才只知尽心侍奉皇上就是！”

言毕，他又叩了几个响头。

崇祯不禁大为感动，知这小毛子实实在在，对自己十分忠诚，想了想遂还是抬起头来，看着曹化淳道：“曹化淳，关于这钱谦益，你都听说了些什么，嗯？”

曹化淳正想着心事，适才，小毛子说他如何如何，他只觉得小毛子其实是在讽刺自己，顿时他便觉得有些不自在。不过，他转念一想，皇上既然要相信咱这些做内臣的不相信那些外臣，又有什么办法呢？皇上要让咱提督这东厂，你小毛子又管得着吗？咱知道的多少，关你屁事！正想到这里，却陡然听到崇祯让自己继续说话，遂不禁全身一震，却又不无欣喜地当即道：“启奏皇上，其实钱谦益这案子若真说起来他倒是有些冤枉，据奴才的属下侦知，当初那张汉儒和陈履谦实在是因为一件个人官司，竟和钱、瞿二人结下了私仇，来告御状实在是想要报复啊。更何况，他们罗列的一些罪名本就是些不实之词，也不知怎么的，温阁老不待调查，竟做出决定先让刑部遣人去给逮起来了，也不知当初阁老来禀奏过皇上没有？”末了他更是不无气愤地道：“还有，这张、陈二人还四处散布谣言，说钱家为了救他竟给奴才多少多少银子。皇上是知晓的，奴才成天待在宫里，连宫门也没迈出半步，又哪能去收受钱家的什么银子呢？更何况，奴才本是皇上的奴才，成天生活在皇上的眼鼻子底下，言奴才的不是，那不也是在说皇上对奴才的管教不严吗？”

小毛子听着他的话，全身都像要起鸡皮疙瘩了，直在心里骂道：“真是个无耻的东西，你得了人家的银子，却还要装出一副受苦受难的样子！”

崇祯一向最善于处理复杂的案件，一听中间还有这样多的弯弯拐拐，不禁大为好奇，技痒难忍，赶紧坐直了身子，提起精神，让曹化淳将他所了解的有关情况重新详详细细地说了一遍。末了，他才想起，适才曹化淳说当初逮钱、瞿二人的时候，温体仁是否来向自己禀奏过，可仔细一想，却又总想不起来他曾来禀奏过这回事，不禁下意识地自语起来：“温体仁来禀奏过朕，他何曾来禀奏过？朕怎么就记不起呢？”

小毛子便立即提醒了一句：“他倒是来过的，只是皇上当时正头痛，皇上便让他全权处理了！”

他这一说倒不要紧，一向颇负猜疑的崇祯立时想：好啊，好你个温体仁，你趁朕在病中头脑不清之时来禀奏，这不是成心在欺蒙朕吗？温体仁也真让他给猜了个正着，温体仁也确实是想这样来达到自己的目的。可眼下，崇祯如此一猜，他在崇祯心目中的地位便陡然翻了个个儿，崇祯的脸上一下就露出了不快甚至鄙夷的神色。

他当即便命令曹化淳亲率东厂番役调查这一案子，搞个水落石出，以杜绝小人诬陷从而扰乱朝纲的歪风。

曹化淳得此旨意，立即就雷厉风行地行动起来。

陈履谦和张汉儒早就让他派人给抓起来了，如今所要做的只不过是立马将其押来京师好生地拷打审问一番，得到需要的口供就行了。

对于口供，那简直就是易如反掌的事，只凭东厂的那些刑具，陈、张二人没有不招的，只怕一见到这些刑具便要立时被吓得屁滚尿流。

曹化淳不禁对这一搏斗的最终胜利充满了必胜的信心。

一向奸诈而十分富于心计的温体仁，早在几年以前就已经在宫里的太监们身上下了不少的本钱，不少人早就是他的耳目，因此，崇祯和宫里的任何风吹草动很快便会传到他的耳中。

曹化淳面奏崇祯后不到三两个时辰，有关情况及内容他便知道了个一清二楚。

曹化淳派出属下前往江南去逮捕陈履谦和张汉儒二人的事也已经被他知晓了，他明白，陈、张二人要是被逮，后果定不堪设想，于是当即便给自己的弟弟温仁育写了一封信，要他必须尽量设法阻挠，虽然他明知道自己的安排已经晚了一步，希望也很渺茫。

而眼下，皇上竟要让曹化淳亲自来督办，曹化淳便可以明目张胆地干，公开把整个东厂派上用场了，看来，此番较量必定是凶多吉少。

温体仁不禁大骂起了曹化淳。这几天，也着实够他气的，本想要好好地利用一下钱谦益这个案子，却把科考的事给放过了，东林党和复社那帮人则在周延儒和张溥的操控下乘虚而入，竟使半数以上的中试者都成了东林和复社的人。

这实在让他气愤至极，今儿他们的人这样多，有朝一日，这些人若都成了气候，那还了得。常言道，先下手为强，对，先就从你曹化淳头上开刀。

第二天，他便跑到养心殿觐见崇祯。

崇祯一听说是温体仁求见，因在前日里听了曹化淳所奏之事，在心里已经对这位温首辅大打折扣了，心里自然是有些不快；但是，又一想：见见他也无妨，听听他又来奏些什么，他总不会又来欺蒙朕吧？再说，朕又哪是那么容易就给欺蒙了的呢？

温体仁认真地分析了形势，知曹化淳既然已经在崇祯面前说了一大通，想必崇祯必是已经对自己有不好的印象了，今儿若想和曹化淳等人一搏，那就必得一开始就要让他的精神受到猛烈的震动，从他最为痛恨的事去触动他的龙颜，尽可能做到一锤定音，绝无拖延，否则就会夜长梦多。究竟什么是皇上最为痛恨的事呢？想来想去，看来唯有这内外臣的关系是他最为痛恨的了。

对，就说曹化淳和那钱谦益及周延儒等人私结朋党，而且要从当年魏忠贤把持朝政为害朝纲的角度去让皇上猛醒。

既有这样的思路，温体仁一来便立即单刀直入，说曹化淳怎样收受了钱谦益家人送来的银子，设法为其开脱罪责，又说他和一帮外臣又如何如何相互勾结，为害朝政，并从当年魏忠贤专权乱政的角度剖陈利害得失，而且还提醒他当年在信王府时可是吃了魏忠贤的暗亏的，今儿皇上如何如何必须引起警惕，否则便会悔之晚矣。如此这般，有理有据，头头是道，直说得他唾沫四溅，义愤填膺，仿佛整个世界唯有他看得最清楚也最明白一般。

崇祯不禁陷入了深深的沉思之中。

在他想来，温体仁说的倒是不无道理，若真有这种事，那真是危害无穷，虽说自己已对温体仁没有太多的好感，可毕竟他所说的也还是须要多加提防才是啊！

温体仁的计划终于奏效了。

第二天早朝一开始，崇祯便龙颜大怒，中极殿的大殿里掀起了一场已经多时没见到过的狂风暴雨，满殿的文武大臣惴惴不安，不寒而栗。崇祯因愤怒而变了调的尖厉的声音不断在大殿里肆掠着，咆吼着，不断地撕扯着人们的五脏六腑。

他发泄到最高点的时候，随着他的一声大喝，只顷刻间，东厂提督曹化淳便被几个锦衣卫的校尉押到了大殿里的丹墀前。

可是，曹化淳一进到殿里，竟先将满堂的文武大臣扫了一眼，才十分恭敬地跪到丹墀前，那风范显示出纵然有天塌下来他也不怕。

温体仁一看见曹化淳正在十分虔诚地三拜九叩，心里得意极了，不禁想：看你怎样叩首，今儿也难逃罪责。他的脸上不禁露出了些许的微笑，而且还下意识地伸出手来捋了捋自己花白的胡须。

可是，他那捋胡须的手还没有完全放下，却听曹化淳十分镇静地禀奏起来：“启奏皇上，温大人说奴才与外臣私结朋党，纯粹是血口喷人。”

如此这般，曹化淳侃侃而谈，从温体仁和张汉儒及陈履谦等人怎样相互勾结，陷害忠良，收受贿赂，聚敛私财，不理朝政等，不一而足。他说起来是如此的振振有词，胸有成竹，语调舒缓自然流畅。他刚一开始禀奏的时候，便不慌不忙地从内袍里拿出一个不大不小的木盒子，又从木盒子里拿出一大摞书信文书一类的东西。他一边陈述着，一边不时地拿出这些文书或是书信大声地朗读着，人们听得明白，它们全都是有关张汉儒和陈履谦这几年来之不法言行的记录，有关他们为非作歹、营私舞弊及贪污受贿的证据，以及温体仁和张、陈二人多年来往的书信，其中有几封是他们商量该如何收拾整治钱谦益和瞿式耜的。

满殿的文武大臣们一个个静静地听着，崇祯也静静地听着，他们全都全神贯注，生怕漏掉了什么。

温体仁早已是汗如雨下，他跪俯在那里全身不断地瑟瑟发抖。他压根没有想到曹化淳竟会有这样一手："看来，他是早就有准备了，收集的证据竟如此的全面，很明显，自己府上的人肯定早就被他给收买了，否则他是不会弄到这些隐秘的东西的。"

"从曹化淳提供的如此众多的材料和所谓的证据看，江南的那帮文人肯定早就想将自己扳倒了，有一些明显是周延儒做的手脚，由此看来，那周延儒必定是他们的总指挥了，张溥和张采那帮人无论怎样也是没有这般技巧的。"

一想到自己此番搏斗的真正对手肯定是被自己赶出了内阁的周延儒，他不禁大梦初醒，暗自叹道："看来，这一仗，老夫输了！"

他怎么也没有想到，周延儒会参与到这场搏斗中来，一时间，他竟有些措手不及，于是，他的神情也就变得出奇的沮丧。

也不知怎么的，要是在往常，崇祯在听了又看了曹化淳的表演后，早就会快刀斩乱麻了，可今儿当曹化淳将一切都禀奏完后，他竟一下变得出奇的平静了，适才的那番暴风雨竟陡然间成了雨过天晴。

兴许是他变得更有理性，兴许是对这案子的疑问甚多，也许是觉得这案子韵味无穷他还要细细地咀嚼。但不管怎样，搏斗的双方在经过了一番斗智斗勇的较量后，作为裁判者的崇祯却对其来了个不置可否。

满殿的文武大臣都不禁大感意外，他们不知道皇上的葫芦里今儿究竟是卖的什么药。凭曹化淳的攻势，温体仁今儿定难逃厄运。那些曾经被温体仁打击排挤过的人，本以为皇上今儿定要当场命锦衣卫将他拿下，要看他的可耻下场，一时间也不禁大失所望。

曹化淳本人则更是大失所望，他没想到，皇上竟会这样处置，虽说没把自己怎么样，可也毕竟没把温体仁怎么样啊，今儿这番较量就只能说是打了个平手。

既如此，那么这场较量就还没有完结，还必须进一步给以更加沉重的打击，必须要让江南那帮文人发动更大的攻势，尤其是要让周延儒再行网罗人士，更进一步地收集温体仁犯罪的证据。

曹化淳又一次打定了主意。

崇祯不置可否，温体仁大喜过望。在他想来，曹化淳尽管如此巧言令色，费尽心机，却得到这么一个不置可否的结果，这不能不说是自己的胜利，最起码自己也可以缓一口气了。

崇祯所以要不置可否，实在是觉得这案子似乎是越来越复杂了，对越是复杂的案子，他自然越感兴趣，他越想要弄个水落石出。因此，到最后，他便做出了一个让刑部进一步严密调查的决定。

可是自那天退朝回到养心殿后，他的心情却变得出奇的忧郁，而且头痛的痼疾竟又一次发作了，他只觉得，连日来，自己的整个大脑都钻心般疼痛，仿佛一个欲裂未裂的东西正在撕裂却又怎么也撕裂不开，他都想让太监们找出一把斧子将自己的脑袋劈开。

一时间，他竟从剧烈的头痛中昏睡了过去。

也不知什么时候，他终于从昏睡中醒来了，整个大脑中的余痛还若隐若现，但是他却又自认为是可以忍受的，而且也自认为自己既是堂堂的一国之君，就必得以国事为重，即便有头痛不已的痼疾也应该忍耐才是。于是，他便坚持要小毛子和王承恩等人伺候他处理已经停顿了些时日的政事。

他一直就抱着要勤政爱民的信念，也自觉是个圣明之君，因此一看到御案上一摞一摞的奏章奏本就十分着急，可是刚一开始，他就接连看到了几个直让他心惊肉跳的奏报。第一个是贼寇方面的。农民军张献忠及罗汝才一路已从襄阳进犯到整个江淮地区。在这之前，他便一直认为江淮地区乃天下要地，凤阳和泗州又是皇陵所赖以为依靠的，因此他便早早地命南京兵部尚书范景文负责整个留都的防御工作，又令江都御史王道直、临淮侯李弘济负责长江防线，南和伯方一元负责孝陵，总兵杨御蕃镇守凤陵，颍州道负责泗陵，如此这般，为其各自划分防地，分片固守。

与此同时，他又命令安池道副使史可法率一班人马驰驻太湖，抗击农民军的进攻。

张献忠和罗汝才率领人马进入江淮地区，走庐江，入潜山，副使史可法和中州左良玉的军队先败之于枫香驿，三战皆胜。紧接着，马火广和刘良佐又连败农民军于庐州的六安地区，农民军遂窜入潜山的天堂寨，并继而从潜山出太湖。

官军副将潘可大、程龙和守备陈于王等遂率兵四千余人，在邓家店防御农民军。

但是，农民军一进入该地区，数万人便向官军展开了大规模的进攻，将官军层层包围。这时又正赶上下雨天，官军的铠甲辎重用不上，农民军即从四面八方冲入官军大营，官军将士虽奋力死战，无奈寡不敌众，主将潘可大战死，程龙最后也只得引火自焚。

副使史可法偕同副将许自强率领人马赴救，却被农民军的人马截击，只好发大炮遥为声援。最后，被包围的官军除一千多人逃脱外，其余皆不是战死就是被擒。

读罢这一奏报，崇祯不禁又急又气，只得在心里大骂官军的无用。他连连在心里长叹道："哎，尔等怎么就不好好地给朕办事啊！尔等吃了朕的俸禄，怎么就屡屡对付不了一帮贼子呢？实在是尔等的无能啊！"

他不禁想到了已经被自己任命为兵部尚书却仍在来京赴任途中的杨嗣昌，看来，一切都要靠他来解决问题了。

崇祯叫过小毛子："传朕的旨意，杨嗣昌一到京师，叫他快快来见朕！"

说完便立即将有关农民军情况的奏报推到一边，随手取过另一份奏疏，他刚一拿到面前，只看了一眼便目瞪口呆。

原来这竟是一份报告朝鲜国和大明断绝外交关系并投降大清的紧急奏报。

隔了好一阵，他才终于定了定神打开奏报详细地读了起来，只见奏报上说：在此之前，清朝谴责朝鲜违背盟约，兴师征讨，且很快攻下义州、安州，并逼近平壤。朝鲜国王李宗慌了神，只得率其长子李澄及一帮官吏逃往南汉山，又令次子李昊携家眷逃到江华岛。清朝的大军却径直渡越汉江，直抵南汉城西驻营。皇太极派出使臣晓以祸福，朝鲜国王却仍犹豫不决，不敢出降。

皇太极立即派出八十艘飞船攻克了江华岛，朝鲜国王得知妻儿被捉，派出的援军又被清兵击败，南汉山岌岌可危，万般无奈之下，只得献上敕印，在江汉东岸的三田渡投降了清朝。

皇太极好不高兴，竟亲自去受降，他当场赦免了朝鲜国王的罪并把他放了回去，只是扣留其两个儿子作为人质。

其时，当清兵向朝鲜发动进攻的时候，明朝登莱总兵官陈洪范即亲率人马前往援助。可是出海还没有多久，朝鲜却已经被攻下了。与此同时，皇太极却又派出已经投降了清朝的恭顺王孔有德、怀顺王耿仲明和智顺王尚可喜进攻铁山皮岛。陈洪范和总兵官沈世魁只得坚守皮岛。

沈世魁很快战败，然后便和陈洪范一起逃到了石城岛。副将金日观同诸将楚继功等和清兵相持了七天七夜，最终全部阵亡，皮岛遂被攻下。不久清兵又攻下了石城，沈世魁被清兵斩杀。现石城诸岛虽有残兵败卒，却早已溃不成军，事实上，整个地区已经不设防了。

看罢这份奏报，他的头脑中简直空空如也，有种说不出的滋味，他不禁默默地在心里叩问道："为什么，为什么，为什么全都不中用呢？大明朝的人不中用，难道朝鲜国的人也不中用吗？李宗啊，你也是堂堂的一国之君啊，为何竟要投降呢？有朝一日，朕这堂堂的大明天子也会有这一天吗？不，绝不，朕即便吊死，也不投降，若是投降了敌人，又怎能去见列祖列宗啊！皇太极，你为何要如此骄悍呢？你穷兵黩武，四处攻伐，目的究竟何在？"

他不禁下意识地握紧拳头猛地在御案上击了一下，见此，门口的两名小太监立时便神情赫然，他似乎也才意识到了什么，遂当即提起朱笔，在适才的奏报上批了几句。

在他看来，石城诸岛既已成了这个样子，朝廷就不再在这里设什么统兵大帅了，而命登莱总兵遥领其地。

恰在这时，刑部尚书郑三俊又来求见："启奏皇上，张汉儒和陈履谦在刑部的审问下，已经招认了，张、陈二犯皆供认，他们全是受到首辅大臣温体仁的指使，出面纠劾钱谦益和瞿式耜的，并欲置钱、瞿二大人于死地。”

说完，他便将张汉儒和陈履谦二人的口供递到了崇祯的手中。

崇祯急急忙忙地接过且立马翻看起来，方才看罢几行，却见他双眼一翻，双唇一歪，咬着牙大骂了起来：“朕早已经三令五申，不得结党营私，这两个无耻之徒竟对朕之命置若罔闻，实在是不把朕放在眼中了。”

郑三俊站立在御案前不远的地方，完全一副事不关己公事公办的样子，一看见皇上发怒，他的心里早就乐开花了。作为东林党的重要成员，能够在此良机斗倒温体仁，那实在是他应尽的职责了。因此，崇祯一命令刑部进行认真查处，他便在想该怎样才能从那张、陈二人的嘴里得到自己有用的口供。

不费吹灰之力，他便得到了十分有利于钱谦益和瞿式耜以及曹化淳的口供，让其把矛头轻而易举地指向了温体仁。

他不禁大喜过望，他又为东林立了一大功。

他也明白，崇祯若一看到这些口供，张汉儒和陈履谦就必是死定了，而温体仁倒台的时候也就不远了。

事实也正是如此，当他接过崇祯的御笔批示一看，简直兴奋不已，只见上面赫然地批着：张汉儒、陈履谦着急立枷处死；着刑部细究首辅温体仁结党之详情，务须明察。

但是崇祯却并没有因为批了一个将“张汉儒、陈履谦着急立枷处死”就兴奋了些，他仍处于适才的忧烦与愤怒之中。

因此，即便在郑三俊告退之后，他的怒气也并没有消减，他对于这些不断给他带来不幸消息的奏报再也看不下去了。

他又怎能看得下去呢?

他不禁又一次头痛欲裂，双眼金星直冒。他的双手使劲地抱着自己的脑袋摇晃着，嘴里痛苦而不迭地呼喊着，两个小太监急得团团转，却不知该如何是好，只得看着这位大明朝的皇上很快昏倒在御案后的龙座上。

当崇祯在京师的紫禁城里昏倒在龙座上人事不醒的时候，作为复社首领的张溥也正在想着钱谦益!

他端着一碗盖碗茶，坐在书斋里的一张摇椅上，怡然自得地分析着现今的政治形势，对于钱谦益在这次政治斗争中所发挥的重要作用不断地连声叫好。

他早就看得明白，这一次有了钱谦益的事，温体仁是非倒不可的了。一想到此，他不禁露出了舒心的微笑。

当然，他也很明白，虽说钱谦益的事并不是出于他有意的调度安排，可不管怎样，发生这件事本身无论怎样对于复社和整个东林势力的发展都是十分有利的，最起码，只要能最终搞倒温体仁这个最大的敌人，那么无论怎样也就是一个最大的胜利了。

因此，在方今大明朝的政治格局的棋盘上，无论怎样，钱谦益都可算是最重要的一个棋子，只要这个棋子走活了，这一场政治斗争的胜利也就算注定了。

如此一来，他便不断地在心里反反复复地咀嚼着钱谦益这个名字，不断地分析着他在大明朝的政治棋盘上的走向甚至在胜利之后所必然会出现的政治格局。

因此，他也就同样明白，为了自己的政治利益，自己必须好好地利用这一事件，必须好好地勾兑自己和钱谦益这个“老当益壮”的政治斗士的关系。

正因为如此，自从钱谦益的事一发生，他便在周延儒的指挥下，竭尽全力地行动起来，并把复社在文坛上乃至舆论上的一切力量都利用起来，以给予钱谦益尽可能声援，以便最终实现打倒温体仁这个共同敌人这一根本目的。

连日来，朝里朝外因为钱谦益一案所引发的一系列矛盾与争斗把大明朝弄得沸沸扬扬，但是，崇祯仍进行了一些重大的人事安排。

他首先任命了原任户部侍郎程国祥为户部尚书。由于侯恂的被问罪下狱，尚书一职的空缺已经有相当一些时日了，朝里朝外为了这一要职的争斗也实在激烈，大家都看准了这一肥缺。经过一番犹犹豫豫，崇祯最终决定将程国祥这位侍郎官升为尚书算是了事。

第二个大的人事变动便是吏部尚书这一要职的安排。当初，随着吏部尚书谢升的被罢，吏部尚书一职也就一直空着。于是，温体仁就上疏推荐由田维嘉代替。

当然，对于温体仁其人，崇祯虽说对其已没有太多的好感了，而且也已经命令曹化淳和郑三俊等人在调查他的问题。不过，也不知怎么的，他仍同意了他的意见。

对于温体仁，近一段时间以来，崇祯并不是没有认真考虑过，朝里朝外的文武大臣们对这位温首辅的攻击已越来越多越来越猛。曾几何时，他对其有着相当的好感，每当言官们对他发动一轮又一轮的攻击的时候，他也总是尽可能地呵护着。可眼下，他竟也要私结朋党，而且据种种奏疏看，他所犯的罪恶似乎已是不少，若是再要将他留在朝中或是对他进行原样的呵护，又怎能去面对满朝的文武大臣呢？难道作为堂堂的一国之君也要为了他一个人从而将自己放到这满朝文武的对立面吗？

可是，他却似乎又在冥冥之中觉得，自己真要对这位首辅大臣予以严厉的处置却又实在于心不忍。在他看来，这几年恰好是温体仁在为自己苦撑危局，无论怎样，他对自己也是十分忠诚的。

因此，虽然崇祯已经对温体仁没有太多的好感，但是也并没有到了要将其予以严厉处置的地步，即便就其罪行完全应该将其凌迟处死或处以别的什么极刑。

也就在崇祯对温体仁大失所望却又对其处置进退两难的时候，却又接连发生了几起对于温体仁十分不利的事，这对于温体仁的命运不啻是雪上加霜。

其时，南京新安卫千户杨光先在接受了周延儒的指令和安排后，径直从南京来到京师告温体仁的御状。

当然，对于京城里的百姓或是文武大臣来说，告御状无论怎样也绝不是新鲜事，而让他们大开眼界的却是，这位杨千户竟随身用车拖来了一副棺材，以示必死的决心。他意在向人们表明，此番若不能告倒这位首辅大臣便决不善罢甘休。

一时间，京城舆论大哗，津津乐道者有之，拍手称快者有之，更有不少的人赠诗赠文，以示支援。这位杨千户有了众多的人的支持，更是有恃无恐，竟整天拉着一副上面贴满了诗文的棺材在京城的大街小巷上招摇过市。

京城的大街小巷秩序大乱，人们众说纷纭，竟有不少人对朝廷评头论足，有些更是直言当今皇上的不是。

崇祯得知此事，简直愤怒之至，当即便被气得脸红脖子粗的，遂一面命令刑部将这个哗众取宠的杨千户抓到五凤楼前廷杖八十大板，另一面更是在心里追究起这位温首辅的过失来。在他想来，要不是温体仁，这京师城里又怎会出现这样的事呢？而出现这样的事，是在让温体仁丢脸的同时，也在让他这堂堂的一国之君丢脸啊！

也正在这个时候，他竟又接连接到一批弹劾温体仁的奏疏，其中一个是理学名家黄道周，一个是都给事中傅朝佑。

黄道周在其奏疏中非常诚恳地向崇祯指出："皇上心地仁慈，宽宏大量，有人肩负重任，在位七八年竟没有一点政绩，却仍若无其事地把持政权。日积月累，国无是非，朝无枉直，内外大臣大都得过且过，实在令人痛愤。他们把注意力集中到皇上的反应上，皇上急于催科敛，臣下就急于贿赂；皇上乐于严峻，臣下就刻薄；皇上喜欢告发，臣下就热衷于诬陷。"

而傅朝佑在其奏疏中则更是十分坚决地批驳温体仁道："温体仁得罪于天子，得罪于祖宗，得罪于天地，得罪于封疆大吏，得罪于圣贤，得罪于心性。"

在他看来，若不对温体仁予以重重的处置，实在难平民愤。

读罢这两份奏疏，崇祯不禁有些大受感染，在他看来，二人对温体仁的指斥不能说没有道理。可是他似乎又觉得，他们这种对温体仁的指斥，仿佛又是对他本人拐弯抹角的批评。这明显也是对他的不忠行为，明显是不把他这个皇上放在眼中。因此，不能不给他们以教训。

但是，这个黄道周却是堂堂的理学名家，若对他予以处置，必会招致众多朝臣们的激烈反对。而这位都给事中傅朝佑，本是被重新起用为官的，还没上任，就如此放肆地公开指斥朝臣，这实在是狂妄自大的表现，若是不加以制止，或许他会更加放肆。

如此，崇祯则对这两份同样弹劾温体仁的奏疏予以分别处理找到了各自的理由。于是，他对黄道周的奏疏来了个留中不发，而在傅朝佑的奏疏上重重地批了一句“除其名，着刑部问罪论处”。

当然在如此这般的处理后，他对温体仁的最后处理差不多也就已经决定下来了。不管怎样，他已经明白，他再也不能把温体仁留在内阁了。

对于京师城里和朝廷上下所发生的一切打倒温体仁的活动，作为首辅大臣的温体仁本人知道得一清二楚。曾几何时，他下定决心一定要发起反击。可是，他没有想到的是，这一场反对他的活动，其声势却是那样的大，他明白，这明显是有组织的对付他的活动，而且也明显感觉到他的老对手周延儒的手法的厉害。

但不管怎样，他已经明白，形势已经对他越来越不利了，那些曾经多多少少和他有些瓜葛的朝臣已经明显在见风使舵了。

与此同时，由曹化淳和郑三俊组织的对自己的调查也已经进入尾声，种种迹象表明他们已经搜罗了自己的大量证据。但是，皇上对自己究竟是怎样的态度呢？他却不甚清楚。在宫里收买的那帮太监也不知怎么的，近日里竟全都不见了踪影。一时间，他竟有些像热锅上的蚂蚁。

纵然如此，他在冥冥之中却又在抱着某种幻想。他不禁在心里默默地问道：“当初，即便曹化淳在朝堂上公开拿出了证据，皇上不是也来了个不置可否吗？曾几何时，张寿祺一帮人对自己发动了那样猛烈的攻势，自己也不是同样闯过来了吗？”

因此，他虽然感到惴惴不安，但是他又不时地安慰自己，而且有时为了显示自己那种稳如泰山而高枕无忧的风范，每每在散朝的时候，他还会当着和自己一同走出殿堂的文武大臣的面哼出两句家乡的小调。

然而，他没有想到的是，就在他多少有些感到不会有事的时候，却突然发生了哗众取宠的杨千户来告御状的事，与此同时，弹劾自己的奏疏则似雪片一般飞往宫里，他终于明白，他们此番若是不搞倒自己是不会善罢甘休的。温体仁紧张不已。可是，他却并不甘心，他在冥冥之中感觉到，自己此番失势似乎已经注定了。可是，他却又在冥冥之中祈求着某种转机，因此无论怎样他也不甘心。他仍想在这最后的关头对自己进行最后的拯救。

可是，能够拯救自己的办法差不多都已经想过了，那么这最后的办法又能是什么呢？想来想去，看来也就只好走这最后一步了。

对，以退为进。给他来个称病不朝，引咎乞休。

想当年，面对张寿祺那帮人的弹劾风，自己便以健康原因为由，提出退休回籍，皇上在看了奏疏后，便在奏本上批了几句慰问的话，让自己立刻回阁办事，不要理会御史们的弹劾。自己不正是以此办法躲过了他们的攻击吗？

看来，这一办法兴许还是有效的！温体仁似乎对自己又重新充满了信心。

于是，连着几天，他都称病不朝，并向崇祯提交了一份引咎乞休的奏本。

这份引咎乞休的奏本由他的心腹管家亲自送到内阁。其时，内阁正值次辅张至发值班，他一看这位温阁老的乞休奏本，一开始还很是吃惊，因为当此时刻，他同样不明白崇祯对这位温首辅的态度，自然也就不知道该如何票拟。更何况，一向只知唯唯诺诺的他面对这一重大问题，也实在是让他为难。

一时间，他真为此而急得抓耳挠腮。这时，正好在此的一个抄写文书的人提醒他说，当年温体仁乞休时都是票拟的慰留的话，这一次，不妨先来个同样的处置，若是皇上不同意，他自然会让重拟，到时为其拟一个“准予乞休”也不迟。

张至发便在温体仁的乞休奏本上拟了几句慰留的话，聊以对付，便让文书官立马送往御书房。

温体仁的乞休报告送到御书房，崇祯漫不经心地接过奏本，一看引黄和票拟的内容，想也不待想，便命旁边的一个小太监取过朱笔，当即就在上面批了一个“准他去吧”几个字。奏本因为拿在手上，下面没有垫东西，几个字竟批得歪歪扭扭的，而朱砂兴许蘸得过多，刚一写下，朱砂便向下流泻开来，霎时，几个字便显出一番模糊的样子。

见此，崇祯似乎有些不满意，可是想要修改，却又没有办法，于是想了想，便终于在字的旁边重重地点上了一个惊叹号算是了事。末了，便无可奈何地摇了摇头。

此时此刻，温体仁府中的气氛仍如往常，温府上下并没有因为这位温阁老向皇上交了乞休奏本而就少了多少祥和的气氛。事实上，温府上下，除了心腹管家王涛以外，整个府中压根就没有人知道这回事。

温体仁坐在府里的大堂上，一个人静静地想着心事，旁边奉上来的碧螺春清茶早就凉透了，可他仍没有喝的意思。

也不知什么时候，王涛一步跨进来柔声地对他道：“老爷，老爷！”

温体仁仿佛深陷于什么幽梦之中，并没有意识到这位心腹管家的存在。直到王涛又“老爷，老爷”地喊了一声，他才终于睁开了双眼，随即便“噢”了一声，道：“哎呀，又来烦我做甚？”

王涛一听他的话里似有怒意，不无紧张地说：“老爷，该用午饭了！”一听这话，温体仁才好不容易再一次“噢”了一声，而且到这时，他才觉得自己的肚里已经是空空如也了。

他终于在王涛的搀扶下来到了后院里的饭堂，一个黑木雕花的八仙桌上早已摆满了山珍海味与美味佳肴。看着这一切，他的胃口似乎好极了，因此一进到堂里便一屁股坐到自己的位置上，还没待屁股下的凳子摆正，便立马拿起早已摆放好的一双银筷，并随即将其伸向面前不远处的一碗珍珠丸子。随即，他便迫不及待却似乎又是斯斯文文地将其送进自己的嘴里。

可是，那味道极美的珍珠丸子还在嘴里并没有完全吞下肚，远远地却突然从天井外传来了一阵杂沓的脚步声，随即一个公鸭嗓子大声地叫了起来："圣旨到！"

温体仁的全身立时就僵住了，喉咙里的珍珠丸子也全部哽在了那里，手里的那双银灿灿的筷子却一下掉到了地上，与此同时，他本能地意识到，自己最后的时刻终于到来了。

他的全身不住地颤抖起来，双腿则全然地松软了。

事实上，他已经全然不知所措了，也根本不知道该如何应对。

面对此情此景，倒还是几个家仆和侍童的反应较为机敏，也善于应对。他们眼见这位温阁老的精神已经完全垮了，于是便又拖又扶地把他撑到了厅堂，并架着他最终在一个香案前跪了下来。

此时此刻，温体仁的大脑全然是一片空白，全身也早已经汗流浃背，舌头仿佛打结了一般，根本就伸展不开，好半天，竟连一句"微臣叩请皇上"的话也说不出来。

可是，这种场合又不是他人可以代劳的，宣旨的太监和一帮锦衣卫一见他那副样子，本想要发笑，可是面对这种不无庄重的圣事又不敢笑出声来，便只好在各自内心的深处讪笑着。

当然，对于这种场合，他们已经见得多了，当今皇上惩处的文武大臣可以说数不胜数，他们如此这般来宣读圣旨也不知已经有多少次了，可是眼下他们所面对的的确是曾几何时在大明朝里一度耀武扬威了六七个年头的首辅大臣啊！

在他们想来，既然是堂堂的首辅大臣，纵然在这种人生的紧要关头也必是会显示出某种非同一般的风范的。可是，展示在他们面前的却同样是一副熊包的样子，于是，他们不能不对其大感失望。

当然，正因为温体仁一时间全然陷入了一种不知所措的境地，而这恰恰又使宣旨的太监多多少少又感到了某种困窘，因此一开始众人差不多都全然僵住了。好一会儿，他们才恢复到他们本该有的风范。

好在适才他们到达府上时，已经得到了重金的酬劳，更何况这种场景对于他们本就是司空见惯的，因此当他们恢复到他们本该有的一本正经与严肃状态之后，也就根本不管温体仁这位堂堂的首辅大臣是怎样的一副风范了，而是自顾自地读起了圣旨。

随着那“奉天承运，皇帝诏曰”等话语的不断播撒开来，温体仁只觉得自己的耳朵边仿佛苍蝇般不断嗡嗡作响，时间却既是出奇的长仿佛又是出奇的短。

也不知什么时候，那叠黄绢圣旨终于递到了他的手中，随即，随着一阵轻风的卷动，宣旨的太监和锦衣卫便自顾自地打道回宫了。

好一阵，温体仁才终于意识到，这一接受圣旨的仪式已经完了，这时他才记起自己还没说“谢主隆恩”这样的话！

一时间，他不禁又有些惋惜，甚至还有了一点惴惴不安的神色，他不禁想到怎么没能对皇上最后的恩宠说上一句感谢的话呢？哎，实在是罪该万死！

可是，当他正要从地上爬起来的时候，他不禁下意识地摸了摸自己的脑袋，这时，他也才最终意识到一个最关键的问题，不禁在心里暗叹道：“真是万幸啊，万幸啊，老夫的脑袋总算保住了，保住了！老夫真应该感谢皇上啊，他没有要了老夫的脑袋，那便是对我最后的恩宠了！”

这样一想，他又赶紧重新跪了下去，对着皇宫的方向十分虔诚地行了三跪九叩的大礼，并说了一大通感恩戴德的话，方才作罢。虽然如此，他真正地静下心来的时候，一想到自己为官几十年尤其是自做上辅臣直至今日的可悲结局，他又不禁感到一阵五味杂陈般的痛苦，末了，竟因伤心而痛哭了起来。

他没想到，自己费尽心机要进行最后的挣扎，进行最后的搏击，并最后挽救一下自己的命运，却还是失败了，而且是如此可耻地失败了。虽然自己没有被杀头，可是毕竟自己的乌纱帽已经丢了。试想，自己这一生为了什么呢？不就是为了这顶乌纱帽吗？可这顶乌纱帽自己并没有戴到最后啊！这无论怎样也不是个什么光彩的结局啊！

一想到这些，他便更是痛不欲生了，而且经此打击，他似乎一下觉得自己那些本没有出现的老年病痛已经全部在侵袭他这老朽的躯体了。于是，他似乎又意识到，自己离那坟墓的距离已经不远了。纵然如此，第二天，他还是按照常例，向崇祯上了一道谢主隆恩之类的奏疏。

崇祯看到这份奏疏后，也不禁大为感叹，而且到这时，他也似乎想起了这样一位老臣在这样一个多事之秋尽力辅佐自己，为自己操劳担待的一系列好处来。因此，他便决定让这位温首辅体体面面地回家。

于是在温体仁临行回浙江故里的时候，崇祯赐给他一批绫罗绸缎和一笔为数不少的金银，又命行人司的官员一路把他护送回浙江故里。温体仁终于感到了几许安慰。

【第十一回】

李自成筹谋应对，崇祯帝调遣御林

温体仁虽然已经被打发回家了，可是大明皇朝的这位年轻的皇上似乎仍是闷闷不乐的，因此即便在日理万机的时候，他也竟有某种百无聊赖的感觉。可是一当他回到这御书房里，看到这些直让他心惊肉跳的恶奏险报，他的心绪便又会重新愁烦不已。

眼下，他坐在御案后的龙座上无所适从，一大摞奏章奏本他根本无心看下去。不多时，贴身太监小毛子却急急忙忙地进来道："启奏皇上，新任兵部尚书杨嗣昌杨大人急着要觐见皇上！"

崇祯不禁全身一振，当即便"噢"了一声，又赶紧道："快宣。"

不多时辰，杨嗣昌在两个小太监的带领下一前一后地跨进了御书房。

崇祯一见杨嗣昌跨进屋来，简直似救星重现人间一般，杨嗣昌的后脚还没有落地，崇祯早已经从自己的龙座上站起，三步并作两步从御案后走了出来，又急如星火地迎了上去，一到跟前，即赶紧伸出双手。

杨嗣昌觐见天子皇上也并非第一次，但是，一个超绝一切的天子竟这样迎接自己，他却是第一次见到。他顿时慌了手脚，既受宠若惊又惶恐不已，一时间，简直不知道该如何是好了。

本能上，他还是立即下跪，准备仍如往常行以三跪九叩的大礼，只是他还没有完全跪下去，堂堂的当今皇上却已经扶住他了，而到这时杨嗣昌则已经被感动得泪流满面。

但崇祯却似乎并没有看到他的眼泪，仍沉浸在喜悦之中，当其扶住杨嗣昌的时候，嘴里则忙不迭地道："来了就好了，朕自打去年发出诏书，可是天天都在盼望着卿的到来啊！"

杨嗣昌仍然受宠若惊，隔了好一会儿，才惊魂未定地一边抹着激动的泪水，一边忙不迭地道："哎，本该早日来赴任的，只因家父有些善后事有赖微臣处理，耽误了行期；可一待上路，又适逢暴雨，时至今日方才来赴任，微臣尚祈皇上恕罪才是！”

崇祯已经一边拉着杨嗣昌的手，一边走到了离御案不远的两把高靠背的雕花座椅跟前，他朝杨嗣昌略一示意，便立时自顾自地捡了一把坐了下去。杨嗣昌见此，也就只好轻轻地一屁股坐下，在受宠若惊的同时，却又仿佛如坐针毡，无论怎样也是不自在的。好一阵，他的不安与激动的心情才有所平定，整个表情也才多少恢复了一些常态。

其时，待一位小太监为崇祯和杨嗣昌各奉上一碗御茶后，似乎早已经等不及的崇祯皇帝在呷上一口茶后便道：“卿来得正是时候，朕正需卿来执掌大局呢！前此，那满人征服了朝鲜国，气焰嚣张，可眼下山陕及湖广各地的贼寇却又日甚一日，不知卿如何看待当今天下之形势啊？”

杨嗣昌完全沉浸在御茶之中，因此一开始他并没有听见崇祯在说些什么，可是当其一听到“满人”几个字的时候，他当即便意识到皇上已经说到正经事上了，遂赶紧聚精会神地听了起来。一听崇祯说的竟是这样的事，立时便充满了精神。

他一边赶紧放下手中的茶碗，一边立即站起身来，成竹在胸地道：“启奏皇上，皇上所言实乃方今天下之关键也，眼下大明既有外患又有内忧，此内忧外患已使我朝处相当被动之境地。然则，天下大势却恰似一人之身体，京师乃头脑，宣府、蓟镇等边防乃肩臂，而黄河以南与长江以北之中原则乃人之腹心也。人之最为重要者乃人之头脑。纵观方今天下之敌情，边疆烽火燃于肩臂，对身体危害甚急；流寇作乱于腹心之内，对身体影响甚深。是以，臣以为，紧急者固不可以谋划迟缓，而影响至深者便不可以稍有忽视。若腹心安然，脏腑无恙，便可以输送精血，运行骨骸，以拥戴头脑，从而护卫风寒于肩臂之外，如此还有什么可以忧虑的呢？”

说到这里，他深深地吸了一口气，然后又紧接着振振有词地道：“所以臣以为，必先安内然后可以攘外，必先足食然后可以足兵，必须保护民众才能够荡平流寇。此乃当今辨证施治之根本。当然，臣丝毫不敢缓言攘外，实因为急切于攘外，才不得不先言安内啊！”

很明显，杨嗣昌从一个战略家的高度，全面地分析出清军的攻势再猛烈，暂时还不会危及大明朝的根本统治，因而便只是肩臂之患；而中原的农民起义军不但消耗了官军大量的兵力和军饷，还造成了人心浮动与城乡凋敝的局面，使得大明朝已经大伤元气，所以乃心腹之患也。

正是出于这样的分析，他认为必须首先集中人力物力对付农民军，而对清军则只是采取守势，甚至不惜想办法暂时和关外的清军妥协，待将来内乱彻底平定后再做长远打算。这样的战略眼光，比起崇祯和他过去的朝臣们那种头疼医头脚疼医脚的应付来，很明显是要高明得多。

这种战略分析对于崇祯本人来说，以前可从没有从任何一位朝臣的口中听说过，今儿一听杨嗣昌的分析，顿时便茅塞顿开，他不仅觉得这种分析十分新颖，而且也完全符合当今形势的实际。

他不禁一时间打从心眼里高兴，想自己这个兵部尚书看来确实算是找对人了，兴许是过于激动，也不知怎么的，他竟当即猛地把手一挥，站起来大声对杨嗣昌又像是在对他自己道："哎，只恨用卿太晚矣，太晚矣！"但略一停顿，似乎做出什么重大决定一般，又大声道："卿的分析简直太妙了，太妙了，打从今往后，剿抚贼寇之事，朕便要全权委托予卿了！"

杨嗣昌一听，又是一副受宠若惊的样子，仿佛一副千斤重担担在肩上虽沉重不已却又荣幸之至的风范，他竟当即跪俯在地掷地有声地道："臣绝不辜负皇上重托，誓死尽职尽忠！"

崇祯一听此言，甚是高兴，遂一边招手示意他快快平身，一边又笑吟吟地道："卿言当首先对付贼寇，只不知卿可否有具体对策？"

杨嗣昌一边站起身来，一边迫不及待地说出了自己早已想好的方案："据臣所知，贼寇之所以日益兴盛，四处出击，而官军难以剿抚，往往皆是疲于奔命，穷于应付，全是贼寇四处流动出击之故。针对其流动作战的特点，臣便提出一个以官军为主流动进剿与地方守军固守协助相结合的作战方案，由此稳扎稳打，步步为营。是以，臣将调以陕西、河南、湖广及长江以北官军为四正，责其分剿专防；延绥、山西、山东、江南、江西及四川为六隅，责其分防协剿，此乃臣之十面张网的方案。与此同时，总督及总理二臣当随贼所向征讨。如此，不出三月，臣敢保证，贼寇便可悉数被剿！"

按照这个所谓的十面张网的方案，他是要将五省总理和陕西总督所分别统率的军队作为整个剿抚的主力军或是说主力兵团，在整个中原及西北地区突击剿杀农民军。而陕西、河南、湖广及凤阳的四个巡抚辖区的地方兵团一面固守自己的区域，一面配合主力兵团作战，这便是杨嗣昌所谓的"四正"或说整个大网的四个正面。

与此同时，又有六个巡抚辖区的地方兵团作为他所谓的"六隅"，也就是他所谓的六个边角，其主要任务是负责严守自己的区域，并相应协助围剿。在杨嗣昌看来，一旦这张网部署完成，在三个月内消灭整个农民军是不成问题的。

听罢杨嗣昌的应对和如此周密的计划与安排，崇祯不禁大喜过望。因此杨嗣昌刚一说完，他当即从自己的座椅上站起来，十分高兴地道："此策甚妙啊，按此方案，剿贼定是不成问题了。只是卿即日便需拿出具体实施办法来，什么要求，尽可向朕提出。"

杨嗣昌重新又有了受宠若惊之感。

当然，仅就军事方案而言，杨嗣昌的计划是很周密的，但是他似乎没有想到，这个计划若真正执行首先需要有充足的兵力，否则网大眼稀，只靠一个空架子不能收到什么实效。

因此，杨嗣昌一到兵部走马上任后，便立即着手增兵。

根据他的调配，五省总理和陕西总督分别所辖的两个主力兵团各增兵三万人，湖广及河南两个巡抚辖区各增兵一万五千人，凤阳及陕西两个巡抚辖区各增兵一万人；与此同时，又在凤阳和承天两个祖陵地区各增设专防兵五千。整个剿抚大军共增加了十二万人马。这样，连同中原及西北两个战区和六隅地区各原有的兵力，十面张网战役所需的部队超过了二十万。

可是，究竟这些参加剿抚的官军能有多大的战斗力呢？对于这一问题，杨嗣昌似乎忘了，或者压根就在听天由命。即便如此，他的整个十面张网的计划却紧锣密鼓地执行着。

可是增兵便要增饷，兵部会同户部共同筹划核算，这个所谓的十面张网的计划若要得以全面的实施，共需军饷二百八十余万两。大笔的银两又该从哪里来呢？万般无奈之下，杨嗣昌便又只好紧急上疏皇上，提出了一个加派剿饷的计划。

他提出在辽饷之外又每亩加粮六合，每石折银八钱，合计天下共增税一百九十二万多两，再加上所谓的溢地，全国每年便加派二百八十万两银。而且他还在奏疏上言明，这一所谓的剿饷本是临时设立，一旦贼寇被剿灭，该项加派即行取消；因此他建议崇祯向天下发布一个告百姓的诏书，向百姓说明加派的理由和加派的期限，求得全国百姓的大力支持。

十面张网的银两问题解决了，对于这场战役至关重要的将才问题却是杨嗣昌不得不同样紧急解决的。他明白，若是这些将才问题不能得以解决，那么胜利就会是一句空话。

但是，对这样多的军事将领的调配与安排，却无论怎样也是他一个兵部尚书所无法完全解决得了的，更何况，一时之间也根本不可能找出这样多的得力将才。经过认真的考虑，他决定还是暂时使用原来在职的巡抚。

这其中，陕西巡抚孙传庭最为深沉老练，其手下的一些将领和士卒的战斗力也最强。其余如湖广巡抚余应桂、凤阳巡抚朱大典和山西巡抚吴甡等人在才干上也还基本上说得过去。因此一定程度上说来，杨嗣昌本人对这些巡抚也基本上是满意的。

不过，在各战区的主要将领当中，最为主要的是两位主帅即总理和总督的选择。

陕西总督仍是洪承畴，他任陕西总督多年，和农民军打交道也不是一年半载了，其经验和能力也是有目共睹的，更何况，杨嗣昌也对他有相当的好感，所以这陕西总督自然就是洪承畴了。

但是确定五省总督，却让他颇费些周折。原任五省总督卢象升调任为宣大总督后，五省总督便由才能比较平庸的王家桢接任，而今既然要组织这样一场大战，显然是必须要调换了。

究竟要调换谁呢？杨嗣昌在自己的府邸里想了好几天，总是想不出个恰当的人选。

按照当时的实际情况，调回卢象升或许是最为明智的选择，因为卢象升不仅确实是当时大明朝里最有才干的帅才，而且更有几年和农民军作战的经验，兵部的几位侍郎官也曾向他提出了这样的建议，可是由于崇祯早已赋予了这位新上任的兵部尚书绝对的权力，所以他们也就顶多只是建议而已，根本没有任何决定权，杨嗣昌当即便将他们的建议否定了。

原来，卢、杨二人在人格方面有着相当的差异，卢象升比较务实，杨嗣昌则长于思索，而这种思索在卢象升看来却似乎有某种夸夸其谈的味道。另一方面，杨嗣昌在某种程度上对卢象升怀有一定程度的嫉妒，觉得他在才能方面似乎略强于自己，这让他多少觉得有些不舒服。

既然卢象升不能使用，那么五省总督一职又该用谁呢？想来想去，也实在想不出适当的人选。

这一天，杨嗣昌因实在找不出一个适当的五省总督，心里不禁有些愁烦，他便到一位名叫姚明恭的朋友家去消闲，以图能够解解心中的闷气。一到府上，二人在经过短暂的寒暄之后，杨嗣昌竟仍然闷闷不乐。姚明恭问何故，杨嗣昌向其讲明了原委。

姚明恭立时大喜过望，当即便把大腿一拍，大声道："哈哈，这又有何难，杨大人实在多虑了，姚某为杨大人推荐一个，他必能当此重任。"

杨嗣昌听了却似乎仍不以为然，姚明恭当即又接着道："你看两广总督熊文灿若何？"

杨嗣昌一听，如梦初醒，他当时便不无吃惊地自叹起来，自己怎么就没想到过这个熊文灿呢？

对于熊文灿这个人，他虽然不认识，可是对于他过去的政绩他却早就有所耳闻。这位而今已是两广总督的熊文灿当年在福建巡抚的任上，曾经招抚了多年横行于海上的著名海盗郑芝龙，后来任两广总督后又平定了大海盗刘香，因此人们都已经把他当成一个屡建奇功的军事人才了。

杨嗣昌经过认真思量，觉得对熊文灿虽不是很了解，但凭其业绩和声名，兴许是有一定才干的，便决定选择这位两广总督为五省总督。

杨嗣昌回到府上，立即上疏崇祯，他在奏疏中写道："臣思总理一官，与总督专任剿杀，须得饶有胆智与临机应变之才，非现任两广总督熊文灿不可。"

崇祯看罢这份奏疏，一时之间犯起了踌躇，本来，有关这场剿抚大战，他是交由杨嗣昌全权处理的，并且对他也是绝对的信任，差不多他提出的任何一个要求，作为皇上的他都是照准的。

不过，看了这份奏疏后，他似乎一下想起自己一味地把一切都托付予他是不是不太妥当，倒不是不相信他，而是觉得，如此大的一场军事行动，若没有自己的参与，兴许会少了不少声色。更何况，一旦有朝一日大功告成，自己这做皇上的是不是也太无光了。

不仅如此，在他想来，任命五省总督的事，毕竟也是大事，自己不能不管一下，作为一个喜欢玩一点小聪明的他，这个时候又心里痒痒了。

他决定，五省总督的事他必须亲自来任命。

当然对于杨嗣昌所提供的熊文灿这个人选，他也并不是不相信，事实上，早在这以前，他对这位为大明朝屡建奇功的军事人才就一直很注意，而且也一直相信他兴许是一个可用之才。但是，对于他是否有能力担任剿抚农民军的重任却又心存疑虑。

经过认真思量，总是在玩花花肠子的他便决定派出自己的心腹太监小毛子到岭南对其进行认真考察。他把小毛子招到身边亲自对其吩咐道："小毛子噢，此番朕派你前往岭南，你需得弄清那熊文灿可否真的就是个将才啊，现在贼寇如此肆虐，朕必得要慎重选择五省总督！"

小毛子一听却说："熊大人定知晓奴才是皇上身边的人，若奴才直接去，只怕不能弄清情况！"

最终，崇祯便决定让小毛子以为宫中采办药材为名前往考察。

到这时，熊文灿在闽、广两地任上已经任官有很长时间了，积累的家产不可胜数，而且也已经用大批的珍宝结交了相当多的内外达官贵人，本打算长时期在岭南镇守。

小毛子接受了崇祯的命令后，很快到达了岭南，熊文灿见皇上身边的心腹太监来了，自然是百般的奉承恭维，而且还送了他很多礼物，并留他一连吃喝了好几天。到最后一天，小毛子觉得该了解的也已经差不多了，便决定回京师，就在最后告别的晚宴上，小毛子有意识地谈到了中原一带正四处劫掠的农民军。

熊文灿已喝得酩酊大醉，一听小毛子说到中原所谓的贼寇，他当即拍案骂道："全都是诸臣误国啊，如果我熊文灿前往，哪会至于让鼠辈狗贼这样嚣张啊！"

小毛子立时不无感动地道："哎呀，简直太好了，眼下皇上正需要大人这样有智有勇的将才啊，大人兴许不知，此番我并非到广西来采办药材的，而是专门受了皇上的委托，来考察大人的。据我的考察，大人确实有当世之才，非大人不足以对付贼寇。待我回到朝廷，禀以皇上，大人很快便会被召请的。"

小毛子所说的这一切简直太出乎熊文灿的意料之外，他根本就没有任何思想上的准备，立时便非常吃惊，一时间简直有些不知道该怎样应对，酒也立时醒了一大半，直后悔自己酒后失言，弄得自己如此被动。

常言道，君子一言，驷马难追，万般无奈之下，他便只好对小毛子说道："公公有所不知，熊某可有五难四不可呀！"

小毛子当即便道："大人不必多虑，待我禀明皇上自然会向他请求的。届时，若皇上无所吝惜，大人可千万不得推辞，否则我就无法向皇上交代了！"

这样一来，熊文灿无话可说了，想了想便只好回答："行，那就按公公所说的办吧！"

于是，熊文灿便只好离开相对安定的两广，从而走上了危险的五省总督的宦途。

当杨嗣昌苦心孤诣的十面张网军事战略正在紧锣密鼓地一步一步实施的时候，出镇山西、大同与宣府的卢象升却似乎什么也没有发生，心平如镜，没有任何的反应与动作。

即便在听到杨嗣昌被任命为兵部尚书的消息时，他的心里也是一样的平静。可以说，他对于自己所处的时代与背景十分了解，对于大明朝上上下下的一切历史运转也早就了然于心，对于这种"黄钟毁弃"与"瓦釜雷鸣"的种种现象也早就见怪不怪了。

当初张凤翼自杀后，他就已经想过，眼下兵部尚书一职空缺，自己虽完全可担任这一职务，可是皇上兴许根本也不会想到要让自己来担任的。既如此，自己也就不去想它了，那么随便由谁来担任这一职务自然也就是无所谓的。只是没曾想，皇上会让这位杨嗣昌来做自己的顶头上官，因为当时杨嗣昌正是丁忧在籍的时候，作为怀抱理学思想理念的他当然是想不到这一点的。

即便如此，对于这位大人他却同样也摆出一副坦然接受的样子，只是觉得反正兵部尚书总得有人来做吧，不是这位杨嗣昌便是别的什么李嗣昌或是张嗣昌，反正都是无所谓的，谁来做都是一个样。但是，经过一段时间以后，当其听说杨嗣昌搞出了一个十分庞大的国防计划后，他才不住地摇头叹息。

他刚刚看了一份有关这一计划的朝报，不无忧心地对一帮属下和幕僚们道："杨嗣昌从无对付贼寇的经验，所谓十面张网的东西压根就是中听不中用的，反正骗骗皇上倒是绝对不成问题。熊文灿又有何能耐，吹吹牛兴许还可以，要说到去对付贼寇，只怕——哎，怎么保举他呢？就说增加赋税吧，眼下中华大地赤地千里，饿殍遍地，百姓本就因此而起，若赋税一增加，又不知多少百姓被逼得落草为寇了，哎，皇上怎么尽听他的瞎吹啊！"

众属下和幕僚一听他的分析，全都是一副忧心忡忡的样子，隔了一会儿，其中一个年轻的校尉站出来道："大人何不上疏皇上，向皇上直接谏言呢？"

卢象升想了想，无可奈何地道："眼下，杨嗣昌已经是皇上眼中的红人了，皇上把剿抚大计完全托付给了他，必是什么都要听他杨嗣昌的，我等任何话皇上定是听不进去的，谏言又有何用，还不是徒然自己给自己惹麻烦，哎，又有什么办法啊！"

众人顿时感到一种凉意，卢象升站起身来在殿堂里踱起了方步，突然，仿佛是自言自语又像是在对众人道："哎，眼下皇上完全听凭这杨嗣昌瞎搞，只怕贼势越发不可收拾了！"

说完，他的心情似乎更加沉重了，于是他便只好又重新坐回到自己适才的座位上去。可是，他刚一坐下，从殿堂外却急匆匆地走进两个人来，二人皆麻衣装束，显然是一副孝服打扮，众人眼见二人进来立时都很是吃惊。

待二人一说明来意，卢象升当即号啕大哭，众属下和幕僚也都是一副哀哀泣泣的样子。原来，这二人是专程从卢象升的家乡江苏宜兴赶来向其通报他的父亲病殁消息的。

适才卢象升的心情本来就不好，眼下又突然遭受这样的打击，待其大致读过二人递给他的家书后，当即便晕倒在地上。第二天，当他从昏睡中苏醒过来后，立时换上了一身麻衣，同时又给崇祯写就了一份紧急奏疏，请求返乡守制。待奏疏刚一送出，他便立马准备行装起程。

可是，命运似乎有意要给他开个不大不小的玩笑，那份奏疏送出还不到一个时辰，一帮锦衣卫和太监却又风尘仆仆地赶来了，待圣旨宣读完毕，他才明白，崇祯竟给他加了一个宣大总督的头衔，勉励他镇守边关重镇。

宣读圣旨的太监待把圣旨宣读完毕，一看跪在地上的卢象升已经泣不成声，原以为他是因为感动而流泪哭泣，可仔细一看，却见他穿着一身孝服，立时便明白了大半，本已到了嘴边的祝辞也就只好吞了回去，只得说了几句不痛不痒的慰勉的话算是了事，随即便自顾自地打道回府了。

卢象升似乎一下便被沉入一个巨大的黑洞之中了，一方面是自己父亲的不幸死亡，作为一个饱受理学思想影响的他，决定回去为父亲守孝本就是理所应当的事。可另一方面，摆在他面前的却又是皇上与社稷，是对这大明朝的忠与诚。一时间，这孝与忠便不断在他心灵的天平上掂量着，无论他掂量过去还是掂量过来，似乎哪一个都是难于割舍的事。他十分明白，虽然乞求回乡守制的奏疏是送出去了，可那又有什么用呢？崇祯看了后，肯定会为自己下一个夺情的诏书，如此一来，他也就只好穿着孝服在这边陲之地为大明朝而尽职尽忠了。

他不禁在心里长长地叹息：历来忠孝不能两全，自己又有什么办法呢？他只好在心里痛苦地乞求父亲的在天之灵能够给他多一些原谅。

与此同时，在陕西一个十分偏远的山沟里，李自成和他的一帮难兄难弟正在自己的军帐里，就所谓的十面张网谋划着应对之策。眼下，李自成坐在军帐里正中摆放的一张案几旁，一边抽着早已习惯了的旱烟袋，一边怡然自得地思考着自己的侄儿李过正在讲述的有关十面张网的事。

李过终于讲完了杨嗣昌十面张网的全盘计划与安排，李自成待其刚一讲完，却突然嘿嘿地笑了，然后，他一边放下手中的烟杆儿，一边站起身来对众人大声道："杨嗣昌这小儿，尽在崇祯老儿跟前吹牛说大话，试想，这么多年，崇祯老儿和官军都拿我等没有办法，眼下他杨嗣昌竟要在三个月内将我等悉数剿除，只不知他比起陈奇瑜和洪承畴来又有多大的能耐，哈哈，看来，他杨嗣昌本事是要大些了！"

手下大将刘宗敏双手一拍屁股，两嘴一撇，粗着嗓子大声道："哈哈，杨嗣昌这厮儿，不就是个什么四正六隅的东西吗？全是屁一个，闯王只需分拨我几个弟兄，保管将他冲得个稀巴烂！"

李过一听他的话，当即便有气，觉得他对如此大的事竟根本不放在心上，似有轻敌的样子，便对其很是不以为然，再加上平日里对他粗鲁的言语和行动很是看不惯，因此，心里对他老大的不悦。

不过，众人并没有意识到他的不满与不悦，这时候，李自成在听了刘宗敏的话后，也立即接过话来道："宗敏可别这么说啊，杨嗣昌这小儿，崇祯既然让他做了兵部尚书，总还是有一点什么三脚猫功夫的吧！"随即，他便转过身来对坐在离他不远处的顾君恩道："君恩啊，你还是说说应对的办法吧！"

适才，顾君恩一边在静静地听着李过的叙述和随后几个人的议论，心里则不断地分析着思量着，到这时差不多已经思考成熟了，于是一听李自成的话，他便站起身来把手轻轻一挥，胸有成竹地道："闯王，据兄弟看来，杨嗣昌说的'四正六隅'和'十面张网'根本就是个天大的笑话，试想，这东西南北上下左右加起来共有多少个州府，四周方方圆圆又有多大的地盘，真要兜成个圈子，那得需要多少的人马？恐怕要把大明朝的全部臣民动用起来也不得行的？这可能吗？根本不可能的事！"

他停下来，咽了一口唾沫，又下意识地慢慢地踱到了军帐的中央，一时间，众人的目光全都以他为中心了，他成为众人注目的焦点，大家也被他所说的吸引住了，他在中央刚一站定便又立刻接着适才的话道："既是不可能的事，大家都不妨想想，那网他真的就能织成吗？即便勉强织成了，还不是四处漏洞百出，若到处都是漏洞，到处都是缺口，他杨嗣昌无论怎样也就不能将我等围住了。"

众人及李自成本人的精神早已被他的分析调动起来了，他们的脸上全都是兴奋的神色，适才有几个在听了这个十面张网的庞大计划时竟被吓住了的人，到这时更是变得高兴，其中一个不禁下意识地喊了一声："这就对了，咱老子就不怕他杨嗣昌了！”

顾君恩也被他的话感染了，对于自己的分析便有些沾沾自喜的样子，只见他略一微笑又接着侃侃而谈：“是以，依兄弟我看来，我们的应对之策便是，给他来个四处跑便是，让他杨嗣昌没有一个固定的地方可围，再者，我等又尽往那些网眼和缺口上冲，大家都知道，官军一向调动起来慢得很，我们这一冲一跑，三下五除二，他这张网不就很快稀里哗啦了，哈哈，弄不好，兴许还会把官军自己给网在里面了！”

听他这么一说，众人则全都群情激昂，尤其是刘宗敏，只见他把自己粗大的手臂猛地一挥，竟当着众人大吼起来：“对，这有啥难的，这张网不就屁一个，适才我就说嘛，众哥们儿，到时大家跟着我冲便是啦！”

李过听见他这样喊叫，瞪了他一眼，轻声地嘀咕了一句：“你以为你是谁呀，还不是莽武夫一个！”

此时，李自成已经有了应对之策，心里十分高兴，仿佛胜利在握。但是听过了刘宗敏的那番话后，他似乎什么也没有听见，待众人的热情与兴奋稍稍平静了一下，他便站起身来向众人一招手，大声地道：“这十面张网虽本不足挂齿，不过，新官上任，好歹也要烧三把火！因此，我倒以为，无论怎样我等都必须认真对待才行，此番遇到官军，必有几番死拼恶仗要打！”

随即，他便对李过道：“你们几个近日立刻同顾先生好生谋划一下，究竟我等该如何应对官军，另外，还须派出几个弟兄和八大王联络，看他近日是否有大的动作，从今往后，我等还是力争联合行动，让他别再闹什么别扭，闹起来根本就没啥意思，对大家都不利，何苦呢？”

一听他这样说，刘宗敏似乎突然想起来似的，立刻接过李自成的话报告道：“报告闯王，打今儿一早，我派往八大王那里的探子传过消息来了，说近日里，八大王根本没有啥大的行动，只是在驻地周围抢了一些东西而已！”

李过一听他的话，当即便不无生气地大声道：“谁说八大王没有什么行动，只怕那八大王狡猾得很，据咱李某人派出的弟兄传回的情报，八大王近日里正和刚升任为总兵的陈洪范联络呢。大家兴许都记得吧，陈洪范可是救过八大王的命的哟！”

李自成一听这个情况，神情立时便有些不快，当即便大声喝问道：“过儿，都到这个份儿上了，还阴阳怪气的做甚，我倒问你，八大王究竟和陈洪范搭上线了没有？”

李过一听大人有些生气，便不无赧然地道：“具体情况还不甚清楚，估计还没搭上！”

李自成似乎便有些发火的样子，大喝道：“估计？估计咋行呢？必须立马弄清楚才行，快快再派几位弟兄，把情况弄个水落石出！”

随即，他便停下话来，突然目光炯炯地扫过一眼四周，然后十分沉稳有力地道：“好了，这事就不说了吧，适才顾先生言对付这张大网，我等只管四处跑动便是，不过，我想了想，跑也总得有个跑法才行吧，跑，又该往哪里跑呢？所以，大伙还是议议吧！”

他方才说完，刘宗敏当即便跳出来说道：“怕啥，反正咱三边一带宽得很，就在这些地方跑吧，反正他官军奈何不了我等就是了！”

李自成却大声道：“三边一带是万万不可的，山陕之地十分贫瘠，即便将这地皮刮上个几尺深也刮不出多少油水，无论怎样，我们也不能在这一带乱窜！”

李过便抢过话来道：“如此说来，中原及湖广一带也是不行的了，大家想想，这一带本就是兵家必争之地，素为战略要地，今儿杨嗣昌既要全面来围剿我们，这一带必定是官军重点防范的区域，官军必会在这些地方增加不少人马；如若我等往这一带跑，只怕正好中了那杨嗣昌的奸计！”

李自成觉得李过分析得很有道理，就赶紧评论了起来：“过儿分析得很有道理，这一带我等也是万万不能去的。”言毕，他便把目光一下投向了顾君恩，期待他能提出什么高见。

顾君恩明显感觉到了李自成的目光，而且事实上他的考虑也已经成熟了，于是，李自成刚一说完，他便立即站起身来道：“别的哪里都不行，我看，唯有人称天府之国的四川，那里民风淳朴，物产丰富，又远离官军重兵防守的中原，我们若能到那里，即便只是匆匆忙忙地走上一趟，也自然会肥上个两三分的。”

刘宗敏当即便大叫起来：“不可，听说四川四周都是大山，道路又全是山路，听他们说蜀地的人可凶得很，弟兄们又没一个是川人，这样冒冒失失地去打，只怕弟兄们可要吃大亏的。”

李过也忧心地道：“我们得好好谋划一下，近日里，蝎子块投降了官军，弟兄们都有些心神不定，前几日又正好打了一场恶仗，眼下若要告诉他们说要去打四川，只怕弟兄们会有顾虑！”

说完，他便以一种探询的目光看着李自成，适才他在听了刘宗敏的话后，虽对他这个人本身有些看法，但似乎觉得他说的话好像又有些道理，便也一同站出来附和。李自成和顾君恩都陷入了沉思之中。

李自成不能不认真地思量，是啊，对于弟兄们的士气他不能不考虑，没有了士气，那可是万万不行的。蝎子块投降官军的事他也是最近才听手下人向他报告的，当时他就被气了个半死。

不过事后一想，这位难兄难弟既要投降，那就让他去吧。从报告的情况看，兴许蝎子块也是实在没有办法，孙传庭本就十分有勇有谋，擒获了高闯王后，又把一个曹变蛟收到了麾下，那不啻是如虎添翼，因此蝎子块又哪是他们的对手呢？再说，他也是在七战七败的情况下才投降的，看来他的确是没有什么办法了。

他当时就原谅了他，而且事后也对自己的几个随从校尉感叹了一番，大有天要下雨娘要嫁人的味道。正在这时，顾君恩经过一番认真的思考，又突然站出来大声道：“兄弟们的士气自然是要考虑，但眼下最要紧的可是咱兄弟们的肚子啊，试想，若肚子都饿得发慌了，光有个士气又能咋样呢？我想，只要告诉弟兄们四川吃的喝的都很丰富，保管弟兄们的士气一下就会有了！”

李自成经过一番权衡，终于做出决定：“顾先生说的话很有道理，弟兄们的士气是得考虑，但眼下却不是最主要的，眼下最要紧的可是弟兄们的吃饭问题，若是没吃的了，还说得上啥士气呢？所以，废话也就别说了，四川是非打不可，只要打下了四川，弟兄们一定会高兴不已的。我也相信，只要说有吃的喝的，保管弟兄们自然也就会有士气了！”

他停下来环顾了一下四周，看看大家是否都在专心致志地在听，眼见众人都是一副聚精会神的样子，才又接着适才的话道：“行，咱们流动的目标就这样定下来了，李过率两万人马为先锋，刘宗敏率两万人马殿后，我则亲率主力居中策应。此番入川的路线是从宝鸡经汉中，然后折西南到宁羌州，三路大军最后在阳平关会合，会合后，我们即仍兵分三路入川，一路由黄坝攻七盘关一路由梨树沟和麦坪进攻广元，一路则从阳平关攻向白水，最后待三路大军又重新会合后，再一同攻成都。待拿下成都养精蓄锐后，我们便还是重新回咱陕西。”

部署完毕，他最后又看了一眼整个军帐里的人，然后又问了一句：“大家还有什么不同的意见吗？有了尽可说出来便是，此番打四川，关系十分重大，我丑话说在前头，若有人不卖力，可别怪咱李某不客气。诸位回营后，一定要好好地告诉自己的部下，此番攻打四川，一旦打下成都，有功的绝对重重有赏。但是，若有不好好卖力者，或是说临阵逃跑以及畏缩不前的人，那可就要小心自己的脑袋了。”

他说完之后，顾君恩又说了一下有关注意事项，一时之间，大家全都心领神会，斗志昂扬，仿佛整个四川已经全被他们攻下了。

命令卢象升夺情尽职的诏书终于写完了，崇祯不禁长长地舒了一口气，他拿起御笔亲书的诏书又最后审视了一眼，觉得那皇恩浩荡的语气似乎不是很浓，便重新提起朱笔，在最后又加了几句十分富于人情味的话，这样他觉得似乎已经完全大功告成了。

于是，他便站起身来在御案后伸了伸懒腰，又长长地吸了一口气，不过，他觉得御书房有些热，便向门口的两个小太监略略地会意了一下，小太监自明白得很。少顷，两个小太监便各自从不远处的案几上拿了一把大蒲扇，走到崇祯的跟前一左一右地扇了起来。

崇祯一下觉得舒服多了。他又一屁股坐下来，继续处理奏本奏疏。但是就在他要拿起一本奏疏的时候，他才突然想起前日里杨嗣昌在奏疏上所讲的增兵增饷的事。增兵增饷的事他倒是悉数准奏了，可事后，却总觉得自己有一种愧对天下百姓的感觉。眼下一想到这事，他似乎又重新有了一种不安。经过一番思考，他终于决定自己要亲自下一道增兵增税的诏书，以使天下百姓都能体会到自己的苦心。

他又重新打起了精神，随即提起朱笔认认真真地写了起来。也不知过了多少时辰，一封请求百姓能体会其增兵增饷之苦心的紧急诏书便写成了，其间，御膳房的几个太监数次来请他去用午膳和晚膳，都被他先后打发走了，他完全沉浸在自己的得意之作之中。

诏书极富于人情味，语言极为恳切，读起来真让人觉得其作者似乎是流着眼泪写下它的。

待他写下最后的一笔后，他终于有一种石头落地的感觉。他想：自己总算对天下臣民有了一个交代，想必百姓也一定会体谅自己的这份苦心的。哎，大明朝的臣民都是明事理的，朕本来一向体恤爱民的，今儿做出这一决定也是实在没有办法的办法。朕既然十分地体恤你们，你们亦当很好地爱戴朕才是啊，朕做出这样的决定也全是在为你们百姓考虑啊！

他如此这般不断地自我想象着，不断地自我安慰着，他写完了诏书，也就终于大功告成，仿佛一直让他头痛的所谓的贼势问题也已经大功告成了。于是，他竟坐在自己的龙座上渐渐地进入了梦乡，手上一直拿着的朱笔也掉到了地上。小毛子和王承恩走进来本想要劝他好生休息，一看他已经这样了，自然便不好打扰，只得双双各自拿了铺盖卷到御书房打起地铺来。

直到第二天天都快要交五更的时候，这位大明朝的年轻皇上才又被背后的大自鸣钟惊醒，到这时，已经到了他该上早朝的时候了。早朝刚一开始，他那本不易获得的好心境竟被一系列的奏报弄得一扫而光。

刚被升任为首辅的张至发首先报告了从各地传来的灾情，他最后总结道："总之，南北二京周围的广大地区，山西、江西及浙江等地，灾情已是十分严重，若不立即采取紧急措施，情势便会更不堪设想，各地皆已出现父子兄弟相食之现象。"

张至发本无甚本事，自从温体仁下台，内阁由于无人，便暂时由其代理首辅一职。前日里，崇祯方才升任他为正式的首辅大臣。对于这些各地报告上来的灾情，他实在也不知道该如何处理，想来想去，还是交给皇上来裁决吧，所以前一夜里，他整整一夜竟一直在内阁首辅的那间值房里整理这些奏报，以便在今儿的早朝里悉数向崇祯报告。在他想来，只要自己向皇上报告了，那么自己也就算是万事大吉，向这大明朝的皇上交差了。

因此，打今儿早朝一开始，他首先便站出来报告这些各地的灾情，以图能引起皇上的重视。

崇祯在听了他的奏报后，倒的的确确重视了，那原本多少有些喜色的脸顿时就拉得老长，原本暂时消散了的忧郁色彩又回到了他的脸上。纵然如此，他却还是得聚精会神地仔细听那些在张至发之后先后站出来报告各种险情或是不幸事件的报告。

他越听下去越心惊肉跳，他实在有些无心听下去了，便从自己的龙榻宝座上站了起来，他的意图是要想向自己的文武大臣们显示一下他的不耐烦，喜欢摆弄小心眼的这位年轻皇上不想直接向他的大臣们言明他的不耐烦，而只是想向他的大臣们暗示一下。

可是，他没想到，给事中李汝璨仿佛是有意和他作对似的，对他的暗示根本就没放在眼中，当这位年轻皇上刚一站起来的时候，李汝璨便立即站出来奏道："启奏皇上，方今天下，自流贼欺凌以来，输纳财富之地已空其半，而今又遇此大旱，吴、楚、齐、豫之间，数千里之地寸草不生，致使本不赤贫者皆已赤贫。臣以为，积累怨恨，伤害人和，实乃搜刮财富所致。吾大明国朝之军屯制度，可谓千古称善。然自军队缺员而建议征兵，百姓遂开始不得安宁；自屯田废坏而建议增饷，种田人遂开始无饭食。有兵不精练，兵增则兵饷愈加匮乏；有兵饷不核实，兵饷多则兵愈来愈少。今核实兵饷之使者四出，而克扣兵饷之事却屡有所闻，侵渔如故，这可谓是有政绩的吗？至于说到辅佐君言之职，辅相自然是最为重要的了。而今文武大臣却是此瞻彼顾，结党营私，八九年来，灾荒四起，大变不断，始于一隅，扩于四海，水陆盗贼，层出不穷，这种局面将越发不可收拾。然则，皇上却听而不闻，视而不见，如此国势将如何是好啊！"

崇祯早已被气得面红脖子粗了，本来他早就已经听得不耐烦了，一听这位言官竟然如此放肆地公开站出来攻击指斥自己，试想，他又怎能忍受得了。是以，李汝璨刚一说完，他当即便大骂起来，只听他喷着唾沫星子道："方今国势至此，尔等不尽心给朕办事，竟反说此乃朕之不是，天大的笑话，天大的笑话！"随即他便大喝一声："锦衣卫何在，还不快快将他给朕拿下！"

崇祯在气愤之余，可以逃避责任似的或是甩甩龙袖或是抓两个人下狱，以此来发泄心中的怒气。可是，这大明朝的不利情势却并没有因此而有任何改观。

到这时，长江以北的农民军已经东陷合州、含山、定远、六合、天长，随即又分兵掠夺瓜州和仪真，并乘势进犯盱眙。左良玉得知江北的警报，却按兵不肯救援，反而要河南的一批士大夫联合上疏挽留自己。

崇祯接到这样一份由士大夫们集体签名的奏疏，十分明白这肯定是左良玉的主意，可是他却又没有任何办法，只得准其留在原地。

农民军又转而进攻河南，淅川很快即告陷落，而左良压仍见死不救。当时，河南已经连续三年遭到农民军的进攻。黄河两岸已成千里无炊烟之势，交通要道与城乡集市都空无人迹。面对这种情势，农民军自然无路可去，只好向南往陨阳，或是向东回掠江北。

对于农民军在江北及整个湖广一二带的行动，作为五省总理的王家桢根本没有办法，完全听天由命，而且他知道新任五省总理的熊文灿很快就要来上任了，他也就自然来了个不闻不问，成天在自己的总理府衙内寻求声色之乐，以等待熊文灿的到来，从此便好回籍享清福。在江北的农民军更加放肆抢掠，而且呈交错盘踞之势。在这种情况下，应天巡抚张国维只好向朝廷请求，分割安庆、庐州、太平及池州四府，并另设巡抚。

崇祯经过认真思量，遂提拔对这一地区多少算熟悉情况的史可法为右佥都御史，巡抚安庆，兼管河南的光州、光山、固始、罗田、湖广的蕲州、广济、黄梅、江西的德化及湖口诸县，提督军务，军队定员一万人。

史可法一接到命令，立即派部将汪云风前往围剿农民军，并在潜山一带小胜。与此同时，佥事汤开远则监视安、庐二府的人马，又由于他有一点和农民军作战的经验，因此史可法又命其跟随自己四处出击，向正在疯狂肆虐的农民军连连发动了几场进攻，小有胜获，农民军的势头方才稍稍有所收敛，正当这个时候，山东、河南一带竟又闹起了蝗灾，一时间，这一带的百姓饥饿不堪；河南因为数年遭受战争的践踏与蹂躏，百姓的生存状况惨不忍睹。为了求生，他们大都躲到深林之中，靠采野菜为生，田垄间则到处都是乱木杂草，虎狼野兽千百成群地四处出没。

面对此情此景，崇祯帝除了生生气抓抓人以外，似乎根本拿不出什么办法。自己拿不出多少办法，一帮文武大臣似乎又全都无用，除了上任不久的兵部尚书杨嗣昌以外，一时间都不能对他有任何帮助。内阁自温体仁被罢后，他只好权且提拔了一个本无多大能耐的张至发来做首辅一职。在这种情况下，一时心血来潮的他便又决定在这些文武大臣中重新为自己选拔几个所谓的得力的辅臣。

可是，当张至发把一份名单提交到他的面前后，他又根本不和任何人商量就完全凭自己圣明天子的直觉，圈了吏部侍郎刘宇亮和礼部侍郎傅冠二人同任礼部尚书，让佥都御史薛国冠任礼部侍郎，三人都兼东阁大学士，参与机密政务。

薛国冠素来阴险凶暴，虚伪苛刻，不学无术。他曾经因为对东林党人十分仇恨，深得前任首辅温体仁的喜欢，并从而成为温体仁在朝中的一个得力的党羽，当初温体仁在崇祯的眼中还很红的时候，他便时常在崇祯的面前不断对其予以推荐。而今温体仁虽已经被罢免了，可他对其还是十分效忠的。

傅冠虽为人及生活都十分简朴，但毕竟能力及业绩都十分平凡，只是朝中一个左右逢源的和事佬。刘宇亮身材十分短小，却往往给人一种精力十分充沛的样子。他擅长击剑，任职翰林的时候，就时常和家童一起追逐嬉戏，向来不喜好读书，馆中纂修及直讲诸事他一概不参与，他实实在在只能算是一个只知道享乐的纨绔子弟，只不过因和辅臣钱士升要好，而钱士升不时在崇祯的面前不断说他如何如何优秀，此番选拔辅臣时，崇祯凭印象竟记起了他。

崇祯本想为自己选拔几个能够有所帮助的人，可事实上，这三人不仅不能给他帮助，且一定程度上更加增加了朝中本就已经不平的明争暗斗。

也就在这个时候，他却接连看到了湖广及河南的数位总兵联名上疏的有关这一带贼势的报告，其中最为重要的内容便是说贼兵是如何如何的人多势众，而官军则是寡不敌众，往往疲于奔命，请求朝廷立即增兵，否则后果便不堪设想，云云。

看罢这份奏疏，崇祯很是有些着急，立马召见杨嗣昌，待问明有关十面张网的准备与实施情况，便要杨嗣昌想办法紧急增兵。杨嗣昌则向其言明，因十面张网作战计划所增的兵都已派往各地，眼下他手中已经无兵可调了。到最后，杨嗣昌竟提出了若非调兵不可便只好调派御林军的建议。

崇祯想来想去，觉得也只好如此了，于是，他便决定派出御林军的勇卫营共计一万两千人，又派内臣刘元斌和卢九德及副总兵孙应元统兵赴援湖广，以便和刚刚上任的总理熊文灿一同围剿农民军。为了显示他的恩宠和御林军的声威，他又在勇卫营出发前举行了盛大的阅兵典礼。

可是，崇祯不知道的是，这些御林军多半都是假的，这些人大都是各营的将领们出钱临时雇来充数的，他们大都是京城里的杂役、伙计，甚至地痞流氓及闲汉乞丐一类，只不过是在这城墙上下当当兵卒的临时工而已。

对于这些，年轻的崇祯被蒙在鼓里，他还在希望靠这些人去为他剿灭贼寇并使天下安定！一方面是耀武扬威的军事大检阅，一方面是紧锣密鼓的十面张网，可是形势的发展却总是在某种无法言说的虚无缥缈之中。

从表面上看来，形势的发展似乎对大明朝的官军有利。三边总督洪承畴和陕西巡抚孙传庭已经联合起来，决定一同行动以打败整个陕西一带的农民军。二人的分工是，洪承畴战函谷关以西，孙传庭战函谷关以东。一开始的时候，二人所率的官军也的确取得了不小的胜利，曾先后迫使一条龙、镇世王及上山虎等路的农民军投降，并进而解除了农民军对汉中及整个关中地区的威胁。可是，也就在这个时候，李自成所领导的农民军主力在决定突入四川后，经过一段时间的充分准备，便立即乘机取道入蜀，而且首先攻陷了宁羌州，并进而又从这里兵分三路：一路从黄坝进攻七盘关；一路从阳平关经过青冈坪、土门塔向白水县进发；一路则从梨树口和麦坪入广元。防守广元的是总兵官侯良柱，但其所率的官军毕竟寡不敌众，很快在农民军的进攻下溃不成军。

李自成随即便攻下了昭化和剑州，紧接着又兵分三路，一路开往绵州，一路开往盐亭，一路则开往江油。侯良柱在广元接连战败后相继退往绵州，在这里收罗一批残兵败将来应对农民军的抵抗，最终不幸战死。这一路的农民军乘势攻占了彰明、安县、罗江、德阳及汉州，继而又攻下了彭县、郫县、西充、遂宁、潼川及金堂。从江油入川的农民军则径直逼近成都。其时，四川巡抚王维章因率兵镇守保宁，遂不能防守成都，农民军决定乘势围攻成都。但成都的官军却顽强，农民军奋力进攻了七昼夜，竟没能攻下，只好退去转而进一步肆掠周围各县。

恰在这时，四川竟接连发生了七次地震，一时之间，四川全境秩序大乱，风声鹤唳。

其时，熊文灿在受命后，立即请求把左良玉一军所率的六千人归自己指挥，并且大量招募一二千名精通火器的粤人及乌蛮人以自卫，弓刀甲胄十分整齐，且很快到达了安庆。但左良玉却桀骜不驯，不听指挥，他的部下也与粤军不和，他大骂不已。熊文灿实在没有办法，只得调还粤军和乌蛮兵。

左良玉的军队却实在不堪使用，杨嗣昌遂向崇祯禀报。崇祯得知这个情况，经过认真思量，决定将边将冯举和苗有才的军队共五千人归杨嗣昌指挥。

但是，熊文灿在对农民军经过短暂的追剿后，却又决定对农民军进行招抚。当初，他从岭南来就任五省总理之职的时候，在路途上曾就教于一得道高僧，这位高僧告诉他此番出征定是凶多吉少，而且对于农民军的剿抚也宜采取招抚之策。因此，他便在经过一定的追剿而农民军也有些惊慌的时候，决定对其进行招抚，并且立即命令刊印檄文，发到各大城市张贴。

很快，崇祯就知道了这个情况，不禁勃然大怒，一边降下严旨切问，一边立马召见杨嗣昌，向他查明究竟。

杨嗣昌风风火火地来到了御书房，一听是这样的事，便十分委婉地一面向其劝解，一面则为熊文灿说情，他十分恳切地道："部署'十面张网'，必以河南、陕西为杀贼之地，然陕西有李自成和惠登相诸巨贼，未能剿绝。臣以为，官军当驱逐关东贼，不让其联合，而让陕西巡抚守商洛，郧阳抚治守郧阳和襄阳，安庆巡抚守英山及合州，凤阳巡抚守亳、颖，应天巡抚率部出灵宝，保定巡抚布防在延津一带。与此同时，总理本人则率领边兵，孙应元等率领禁军，河南巡抚率领陈永福诸军，如此合力进剿。是以，若关中之贼逃出关东，陕西总督则率曹变蛟等出关协助击贼。而各巡抚若不听从命令，即立即解除其兵权，选派一按察使代之；总兵如果不听从命令，就立即夺其帅印，选派一副将代之；按察使和副将以下凡不听从命令者，一律以尚方宝剑处治。如此，若人人都能效力，又何愁贼寇不能平呢？因此，不出三个月，山陕及湖广一带的贼寇便定能被悉数平息了！"

崇祯听说不出三个月便定能悉数平息贼寇，不禁立时喜上眉梢，而且不断点头称是。杨嗣昌又立即趁此进一步对他道："熊文灿刚刚才就任总理一职，而洪承畴却七年剿贼无功，但是议论这件事的人却只是追究熊文灿一人，而洪承畴放任贼寇一事竟没有人提到，这实在是不公平的！”

崇祯听了这话，以为杨嗣昌是有意想要左右他，遂当即沉下脸来对他道：“总督与总理二臣，朕只责成他们及时平息贼乱，又怎能以时间长短为借口呢？”

杨嗣昌眼见崇祯生气了，也就不好再说什么了。这时，钦天监的杜二流来报，说岁星和荧惑星在亢星相遇，崇祯及杨嗣昌都不禁神情赫然，好长一段时间，崇祯都没有回过神来。

第二天，崇祯便因为此番星变，敕令群臣修身反省，并征求臣下直言，又担心京师有什么异变，遂有了准备让曹化淳提督京营之意。敕令发出不多时辰，他却突然又接到工部员外郎骆方玺批评他任用宦官的奏疏。

骆方玺因一直对崇祯任用宦官一事很有看法，而这一次他得知崇祯又有任用宦官之意，遂立即上奏进行反对。他在奏疏中写道：“皇上即位，就处斩了魏忠贤，岂能够宠溺宦官？不过因为外廷诸臣无一可用而只好借用宦官罢了。何况当大臣的要感激君主的恩遇，如果能报效君主，何论内臣外臣耶？廷臣离君主较远，自然不像宫廷中左右近侍，更容易效忠君主。所有这些内臣，都邀取盛大恩典，谁不想争先恐后地报效皇上！”

然而读罢这份奏疏还没有多少时辰，给事中何楷竟又上疏来弹劾这位工部员外郎，说他“私通内臣，追求名利”云云，吏部据此请求削除骆方玺的官籍。连着几天，崇祯着实被这些事弄得焦头烂额，而且对这位骆方玺也很有些生气，但是他却又不怎样想治骆方玺的罪，而何楷竟又如此直言，他不能夺其意，于是便改削除其官籍为贬谪其为一小小的地方官算是了事。

随即他就发出了有关让曹化淳提督京营的命令。继而他又让李明哲提督了五京营，杜勋提督神枢营，阎思印提督神机营，郑良辅总理京城巡捕。几位比较得力的太监都被安排到了京城的要害部门。

就在李自成率领闯营的农民军悉数杀往四川之后，负责西线围剿的陕西总督洪承畴立即带领固原总兵左光先和副总兵官曹变蛟所部两大主力进入四川，以便从东面对农民军进行阻截攻击。

其时，新上任的四川巡抚傅中龙调集各路川军数万人在成都至阆中一线倾其全力阻止农民军南下。李自成不能肆掠于川西北一隅。

面对此种形势，李自成只好接受了顾君恩的建议，农民军仍分别折返入陕。过天星及混天星遂出东路，经凤翔重新回到了西安以北的广大地区。与此同时，李自成则率领主力出西路，先在甘肃河州及临洮一带活动。

陕西巡抚孙传庭得知从东路折返的农民军又重新回到陕西，遂立即率部围剿这部分农民军武装，很快就在澄城及三水一带取得了胜利，混天星被杀，过天星等人则投降了官军。

洪承畴则率西北主力专门围剿李自成军。

李自成出川的第一场遭遇战发生了，洪承畴手下的总兵官曹变蛟和副将贺人龙率领一万人马在巩昌、临洮等地堵住了李自成，激战多日，李自成终于突围北走，出长城，入羌地，曹变蛟和贺人龙一路追了下去。

洪承畴得知官军获胜的战报，立刻又飞檄力督驻兵洮州的总兵祖大弼应战，又调总兵左光先从景古城由北路往临洮、巩昌前进截杀，又遥遥地指挥正在李自成之后不断追赶的曹变蛟及贺人龙二人快马加鞭，企图给李自成一个三面合围，他甚至当众宣布："此番截杀李贼，本部院将亲赴临、洮督战，若不能剿杀李贼，誓不为人！"

洪承畴说到做到，第二天一大早，他便亲自率众出发了，他决心以兵部尚书之尊给李自成以毁灭性的打击。

就在他到达前线的前一天，他事先准备好的攻心战也正式开始实施了。所谓的攻心战不是别的，便是要挖李自成的祖坟。

在这之前不久，洪承畴把已经投降了官军的高杰找来，吩咐他带领一班人马把李自成的祖坟悉数挖开，以在心理上打击李自成。因此，洪承畴所率的官军到达前线不几天，正在与官军交战的闯营将士至少有半数以上的人听到了一个使人心惊胆战的耳语，而这耳语很快又传到了军师顾君恩的耳中。

只听一个兵士道："闯王的气数兴许就要尽了，知道吗，洪兵部派了那狗高杰，去把闯王家的祖坟尽数毁了！"

有几个算是顾君恩心腹的兵士更是附在他的耳边道："还有呢，听说高杰在闯王的祖坟里捉到了一条还没有完全长成的小青龙，据说高杰当场就把小青龙给剁了，而且还烧成了一堆灰。"

不出几天时间，洪承畴发动的这场心理战便获得了空前的成功，闯营的将士从几万人一下锐减到了几千人，李自成只得率领仅余的人马好不容易避开了官军的合围，最终到达了梓潼。

他刚到达这里，曹变蛟所率的追兵又赶到了，经过一番激战，官军将整个闯营悉数扫除了个干干净净，而李自成本人只得侥幸领着十八骑将及军师顾君恩突围逃走。这样，李自成只好领着这一干骑将最终沿着秦岭山区撤退到川、陕、鄂交界的大山中潜伏起来。至此，整个西北地区所谓的流寇基本上被剿平了。

就在洪承畴在西北地区大肆围剿李自成的同时，河南、湖广方面，张献忠在南阳被官军击败后，也退入了湖北。

在襄阳总理剿务的熊文灿本着以抚为主的方针，派人去招降张献忠。张献忠在万般无奈之下也表示愿意接受招抚，并且派人送给熊文灿一批珍宝，其中包括两块一尺多长的碧玉和两颗径寸的珍珠。

贪财的熊文灿以为招抚了张献忠既可以唾手而得荡平之功，又能够搜刮到不尽的财宝，遂极力向朝廷建议招抚。崇祯正苦于兵乏饷匮不能解决，熊文灿这一招抚之策正是不费一兵一饷就可以解决张献忠这一大忧患，兴许这一下就可以不费刀兵之力就能实现整个天下的太平。

因此，他一接到熊文灿的紧急奏疏，大喜过望，立马批准了熊文灿的建议。

兵部尚书杨嗣昌却对这一招抚之策表示反对。他知道，农民军往往都是在形势对其不利的时候以受降为名来求得暂时的安全，他们的投降很少有什么真心实意，他们采取的完全是一种以屈为伸或是说以退为进的策略。

但是杨嗣昌虽说极力反对，可对于崇祯的决定他却又不能坚决抗拒而不执行，在其提出了一系列的反对理由而崇祯都仍是固执己见以后，他便只好提出："张贼既表示愿意招安，可朝廷怎样才能知晓他是真心实意的呢？臣以为，张献忠既如此，就须得先去剿杀其他各路逆贼，然后才能招安，否则朝廷还是应乘机砺兵严剿才是。"

然而，似乎早已经被灌了什么迷魂汤的崇祯，却深受不用增兵增饷就能大获全胜的诱惑，在听了杨嗣昌的话后，竟一下从龙椅上站起来，一边轻轻地拍着御案，一边不无生气地当面批评道："岂有他来投降，便说一味剿杀之理？"

杨嗣昌再也不好说什么了，抚局最终被定了下来，张献忠遂被封为副总兵，屯师于襄阳西面的谷城，所部一万八千余人悉数被解散归农，只被留下了一万一千余名精锐的将士，听候熊文灿的调遣。

事实上，张献忠自被招抚后，却并没有听候熊文灿的调遣，他在将一部分军队佯装解散又得到了朝廷运来的一部分饷银后，就在谷城一带造起房种起地来，一边又大肆训练军队，熊文灿及朝廷屡次命令其出征剿贼，他都以粮饷不足进行拖延，熊文灿也拿他毫无办法。

尽管如此，张献忠的被招抚还是对整个中原地区的战争形势产生了巨大的影响。也就在他受抚前后，闯塌天刘国能和"曹操"罗汝才等都先后投降了官军。这样，整个农民军中比较有实力的农民武装就只剩下了老回回马守应、革里眼贺一龙、左金王贺锦等所谓的"革左五营"，而且他们也只能在大别山的深山丛林里活动，四周又被官军团团包围，根本不可能有大的举动。这样，一路一路的农民武装的大规模兴风作浪便暂时进入到一个低潮之中。

对于崇祯来说，这尽管同所谓的"三个月平贼"的期限相比是延长了一些，可毕竟，这场十面张网的大会战还是取得了在他看来很了不起的成功。崇祯不禁有些飘飘然起来。

【第十二回】

皇太极二次发难，朱由检再度抗清

对于崇祯来说，那一直困扰了他这么多年的所谓的贼寇之患差不多已经完全解决了，虽说李自成还没有最后被捉拿归案，但他坚信，要不了几日，李自成一定会重新回到大明皇朝的怀抱的。

因此，他似乎已经隐隐约约地感觉到，贼寇之患既已解决，要不了多长时间，他所统治下的大明皇朝便会重新有一个所谓的中兴时代，他从此便可以成为历史上为数不多的几个伟大的皇帝。

对于被杨嗣昌称为“肩臂之患”的清兵他也不是没有考虑过，不过在他看来，清兵毕竟只不过是大明皇朝的属下，似乎根本没有必要将其放到心上，不管怎样，在他所统辖的大地上，整个战局已经对他这个皇上十分有利了。

可是，对于这样的局面，作为大明朝兵部尚书的杨嗣昌却并不这样看。

在他看来，农民军的种种行动虽说已经全面地走入了低谷，但是他总觉得他们兴许会有死灰复燃的一天。

所以，为了彻底解决农民军这个心腹之患，他认为，朝廷对于清军这个所谓的肩臂之患还是应该从容对待，最好是能够和清兵暂时媾和。这样，便可以使官军能够完全把力量集中到对付农民军的身上，而且一旦在全面解决了农民军这个心腹之患后，通过与清兵媾和也可以达到重整军备的目的。

可是，对于媾和之事，崇祯却根本听不进去。

对于与清兵举行和谈之事，在兵部尚书杨嗣昌看来，压根就不是什么一厢情愿的空想。

事实上，早在崇祯八年和崇祯九年的时候，皇太极就曾经两次派人送信给大明的边关守将，让他们将信快速送给大明皇帝，在这两次的信上皇太极都专门讲到了有关举行和谈的问题。而且崇祯九年的那封信更是直接写给崇祯本人的。

对于这两封信，杨嗣昌都是很清楚的，而且第二封信的内容他似乎还略知一二，前一段时间，曹化淳在一次醉酒后正好和他说起过这封信。

据曹化淳所讲，皇太极在那封专门写给崇祯的信上提出，大明和大清实在应该坐下来谈一谈。

因为在皇太极看来，大明和大清常年交战，他实在再也不忍心让各自的黎民百姓遭受痛苦了，并常以和睦为念，只希望大清和大明能够一起共享太平。遂专门为大明致书遣使已不下数次，只不知是大明的边将臣属欺骗蒙蔽没有报告朝廷，还是大明朝廷明知双方交战必使黎民涂炭而对百姓死亡无动于衷，根本不愿和平。

而且在杨嗣昌看来，皇太极既然如此三番五次地这样提出和平，而大明竟没有任何应对，这明明就是在有意招惹祸乱。

很明显，皇太极的语气虽说非常蛮横无理，不过，他提出要坐下来和谈的意思却是十分明白的。

杨嗣昌静静地坐在自家府邸的庭院里，一边喝着盖碗儿茶，一边思考着有关对清讲和的问题，可他越想似乎越是糊涂。他真不知道皇上是怎样想的！

第二天便是例行的经筵活动，杨嗣昌和几位大臣早早地来到文华殿。

一开始，几位讲经大臣便照本宣科地向崇祯讲解了一大通儒家经典里的内容，或许他们的目的只不过是尽量希望当今的这位皇上能够潜心于理学修养，从而能够成为一个德行高尚的明君。

待这一大通讲完之后，几个讲经大臣早就已经累了，可崇祯却似乎仍然一副意犹未尽的样子。他觉得他们所讲的这一大通理论听来很不错，但他不知这些孔孟之道的理论是否真的就能适用于实际的国家政治之中。

于是，还没待这些讲经的大臣明白是怎么回事，他就已经派小毛子和王承恩把六部大臣中的其余几位请来了。

这些大臣一来，崇祯立即对众人道："众位爱卿，适才朕就在想，那孔孟的治平之道很有些道理，只不知要是真的运用于实际的政务中是否可行，理论总该联系实际，可孔孟之道的理论又该怎样来联系实际呢？"

崇祯刚才说完，兵部尚书杨嗣昌立即站起来道："启禀皇上，《孟子·离娄》中有云：'争地以战，杀人盈野；争城以战，杀人盈城。此所谓率土地而食人肉，罪不容于死，故善战者服上刑。'"

他咽下一口唾沫后又接着道："孟子所言，臣以为倒很符合现今之实际，试想，中原之贼寇四处抢掠，骚扰百姓，民不聊生，今儿贼寇虽大势已去，兴许不知什么时候，那些死不悔改者定会重新兴风作浪。更何况，朝廷的官军和满人也已交战数载，百姓实在有些苦不堪言，臣以为，现今倒是该让他们休养生息的时候了。"

按照杨嗣昌的想法，他是想以这种反对诸侯战争的思想来提醒崇祯，在现今的时代背景之下，追求和平是十分重要的，并以此向崇祯暗示已经是和清军接触谈判不可的时候了。

当杨嗣昌这样说着的时候，崇祯一直静静地听着，一开始，他还不太明白杨嗣昌此番话的用意，可是当他说到“让百姓休养生息”这样的话的时候，他便一下明白自己这位兵部大臣说这番话的目的了。

对于杨嗣昌所暗示的问题，崇祯也不是没有想过，更何况，杨嗣昌早就在他的面前多次提起过。

可他对自己的心思十分明白，他对所谓的对清和谈之事压根就不感兴趣，今儿他本想让众文武来为他说说孔孟之道的实际用处，可哪曾想，杨嗣昌竟又提出这样的问题，一时之间，他便有些不耐烦了。

他站起身来，把手猛地一挥，大声道：“杨爱卿，你就不必多说了，适才所引孟子之言，只不过是孟子当初对列国兵争而说的罢了，然满人却只不过是咱大明的一个属国，朕倒以为，今儿要是对一个属国还不能大加讨伐以示天朝之威，又何至于像汉代那样使用什么‘和番’的下策呢？对于有关对清款和之事，从今往后众爱卿就不要再提这样的事为好！”

很明显，崇祯已经完全而且是十分坚定地否决了杨嗣昌这一有关对清和谈的建议。

既然崇祯已经这样表态了，杨嗣昌也就再也不能说什么话。

即便如此，这一有关对清和谈的事件却还是在大明朝的朝内朝外引起了风雨。

当时，杨嗣昌刚一说完话，以孔贞运和傅冠为首的一帮文武大臣立时便都目瞪口呆，他们以前倒是听到过有关杨嗣昌劝皇上进行对清和谈的传闻，可毕竟今日却是亲自听到看到，无论怎样这在他们看来都是非同小可的。

因此，当崇祯一说完，在场的几个内阁辅臣和几位部臣都对杨嗣昌提出款和清方感到极大的愤慨。

在他们看来，根据夷夏大防的传统原则，堂堂的大明王朝同外间的一切夷狄压根就是没有任何平等可言，一切夷狄都只不过是天朝的藩属。只能规规矩矩地向天朝纳贡称臣，如有犯上作乱，则只有派出人马全力征讨剪除这唯一的办法。

因此，关外的满洲部落世受天朝封赏，史册俱在，而今竟突然不驯造反，而且强占了辽东，又数次入塞，每一次都烧杀抢掠，无恶不作，这一切早就在不少的臣民中引起了极大的敌忾情绪。

一般人都以为，只要是同清兵谈判媾和，无论他有怎样的理由，那都是丧权辱国的，和通敌叛国没有什么不同，是石敬瑭、秦桧一样的行径。

在东林党的一批反杨派人士看来，杨嗣昌这位现今的兵部尚书早就已经是罪行累累了，而今他竟又提出对清和谈的事，那就等于又给他自己增加了一条罪状。

为此，东林人士立即对杨嗣昌发动了一场猛烈的攻击，以反对倡言和谈为主，兼及其他。

兵科给事中钱增和工科给事中何楷等人反复上疏，极力弹劾杨嗣昌，礼部右侍郎王铎则上言说："听说有对建虏抚和之意，不胜愕然。方今天朝雄兵数十万，疆域万里，彼不过是一部耳。天朝又怎能损抑雷霆之积威，去实行纳币款和之轻举呢？"

但是，在这场倒杨风潮中最为引人注目的则是东林旗手，那位天下闻名的理学大师少詹事黄道周了。

黄道周对杨嗣昌的攻击一开始就十分猛烈，一时之间，杨嗣昌简直都有些招架不住。

黄道周按照其固有的理学原则，认为当今天下即使再缺乏人才，也万万不可用像杨嗣昌这样应该在籍守制的不祥之人。

因为这无论怎样都可说是违天理逆人道的，无论怎样也是说不过去的。他杨嗣昌明知自己应该服孝守制，却不能坚决回避辞免，一定是贪图禄位，居心险恶。

对于议和，那更是有关国家大节的大事，纵然有一百个有利之处也是不行的。

他还认为，就是从眼前的实际情况来讲，议和似乎也根本是行不通的。他在直接送给崇祯的奏疏中说："不用说建虏必不可款，款必不可成，成必不可久，即使款矣，成矣，久矣，目下宁远、锦州、遵化、蓟州、宣府、大同之兵，何处可撤呢？"

如要把上述几府的兵马裁撤下来，根本找不到地方和办法来加以安置，因此要这样的和平也就是根本没有什么用处的。

这种理由听起来很有道理，可多少有些常识的人仔细一想，马上便会明白，这又是何等的无知。

但即便如此，黄道周毕竟是黄道周，他的地位和声望是远非几个普通言官所能比拟的，因此他对杨嗣昌的攻劾所造成的影响也必然是超乎寻常的。

在这场倒杨的风波中，杨嗣昌款虏误国已经成了舆论中的定评，因此，他在精心策划十面张网中的功劳也就被一文不值地放在了一旁，没有人能够记起他自任兵部尚书以来所干出的一些成绩。

好在崇祯本人在这个问题上似乎还并不是很糊涂，由于天朝皇帝本身的那种傲慢和时下所谓的形势好转所带给他的那种盲目的乐观，他根本就不考虑什么所谓对清议和的建议。

虽然如此，他对杨嗣昌本人的信任和珍视却仍然和从前一样。他很清楚，以黄道周为代表的东林人士对杨嗣昌的攻击，是带有浓厚的朋党意识的，在款和问题上他虽和东林人士一致，但其用心和各自的目的却是根本不一样的。

因此，他还是依然如故地信任杨嗣昌，与此同时，他也禁止再提出有关什么对清议和之类的问题。

京师城里的这场倒杨风波在表面上看来似乎就这样平息了。对于崇祯而言，目前最为迫切的问题则是朝中的高级大臣尤其是辅臣的人事安排。

当时，孔贞运为内阁首辅。可崇祯却总是对自己的这个辅臣不满意，而且到这个时候，内阁中的辅臣人数也就不多了，因此既为了充实内阁也为了找到一个他所谓的满意的首辅，他又组织了一次对朝中的高级大臣的策试。

为此，他竟亲自出题，摆出天灾频仍、流寇难平、边饷匮乏、吏治紊乱等当前所面临的最为迫切的问题，要各位大臣来为他拿个主意，想出个权宜的应对之策。

可朝中的文武大臣们早就对崇祯的这一套做法腻烦透了，明知道皇上又有了任用新人的打算，却要用这种虚假的考试来向群臣表示自己的公允。

考试在中极殿里举行，当时正下着大雨，又是在晚上，烛光昏暗，雨声嘈杂，文武大臣们根本无心答卷，绝大多数人没有在卷子上写几个字就交卷走了，有的人干脆交了一份白卷。

崇祯对这种结果早就有思想准备，对文武大臣们的表现也一点不在乎，对他们也根本没有责备，而是把那些勉强凑成的卷子悉数交给几位辅臣复审，孔贞运和薛国观初步拟定了一个试卷的名次。

可是，崇祯却对他们所拟定的意见与名次全部否定了，自己选择了十八名试卷，挑选了曾就义为第一，并下达各部讨论执行。

第二天，时值一批新御史到朝房里来觐见崇祯，代理首辅孔贞运借此机会说起了这次策试的事，并说，在他看来，崇祯所选择的那些试卷上的意见根本就是没办法执行的。

新御史郭景昌认为孔贞运这是在对皇上抗旨不遵，遂就此弹劾孔贞运。

崇祯本来就对他不满意，经郭景昌这一弹劾，也就找到了一个理由，于是，竟不假思索就罢了孔贞运的官，让其回归故里喝他的盖碗茶去了。

内阁的人手本来就不够，随着孔贞运的去职，这似乎就更不够了，于是崇祯对于内阁的人事安排也就更加着急，并想对内阁进行一次全面而彻底的安排。

可是，在这次策问考试后，他本来已经大致有了一个主意，却又突然想起让吏部等部门来搞一个会推的形式。

会推已经是多年没有搞过了，可这一次，崇祯突然想起要用这种形式，自然是有他的想法的。

在他想来，在前几次的辅臣选拔中，往往都是由他御笔亲点，不但没有选拔到什么在他看来十分能干的辅臣，反而在一定程度上引起了朝臣的不满，他们往往说他太过独断，今儿他便想以会推的方式来对满朝的文武给以一定程度的安慰。

吏部立即按照他的旨意照章执行，并很快拿出了一个会推的结果。

但是，当会推的名单报到他那里后，他竟连看都不看一眼，对推选的人根本不加采用，而是把自己事先想好的人选直接任命了五位内阁大学士，即程国祥、杨嗣昌、方逢年、蔡国用及范复粹。

崇祯进行这一次大的内阁改组是有他特殊的动机的。

长期以来，内阁成员大都是词臣出身，虽然文学优长，可他们往往对国家各部门的实际工作与政务缺乏具体的了解，很难真正起到顾问辅佐的作用。因此，这一次，他便想把一些在朝中各要害部门工作有着实际参政工作的经验从而比较通达干练的大臣全都集中到内阁里来，由此来组建一个通晓六部公务的十分有实效的班子。

蔡国用以前任中书舍人及工部侍郎，受命督修京城，急用石料，难以采办。于是蔡国用建议用牙石替代。牙石，昔日堆放于崇文及宣武二街，用作皇上出驾时修路的石料。崇祯视察京城的时候，得知了这个情况，对蔡国用的功绩非常称赞，因而予以重用。

范复粹在任陕西巡按御史时，曾上疏陈述所谓的治标治本的谋略，以委任将帅、整顿边防、备足粮饷为治标之策，以扩大屯田、减免赋税、招抚归顺为治本之策。崇祯对其所提之建议深为赞赏并予以采纳。这一次，他被任命为大理寺左少卿，破格入阁，实属特殊的厚待。

经过这一次大的改组后，整个内阁的班子里，首辅刘宇亮，原任吏部右侍郎，有着吏部工作的经验；程国祥原任户部尚书，有户部工作的经验；杨嗣昌则原任兵部尚书，有兵部工作的经验；方逢年原是礼部右侍郎，有礼部工作的经验；范复粹原先又是大理寺少卿，有着丰富的司法方面的工作经验；薛国观曾任都察院左佥都御史，有着监察方面的工作经验。

在这其中，刘宇亮和方逢年又都做过翰林，本是词臣出身，其余几个则都属于外僚。

对于这次内阁大学士的任命，朝内朝外的文武大臣们有相当的人不满，特别是那些翰林出身的朝臣们，对于崇祯任用大批的外僚更是有着老大的意见，在他们看来，这种任命明显表示了崇祯对他们的蔑视和不满意。

但是，他们似乎早已经习惯了崇祯帝的这种独断独行，因此虽说很不满，却也只能是在下面发发牢骚而已，而真正让他们忍无可忍的还是那个在他们看来有关天理人伦的所谓的“夺情”问题。

在这次内阁大改组中，最引起朝臣们注意的自然仍是兵部尚书杨嗣昌，因为他仍然还属于服丧期间。

本来，在一些朝臣们看来，他以不祥之身主持兵部就已经大违体制了，如今他竟又以这样的不祥之身入值内阁，这在他们看来简直骇人听闻。

对于杨嗣昌的入职内阁，本来，按照崇祯的意思，他是很想让他当首辅大臣的。不过，杨嗣昌的资历却比较浅，所以崇祯便让他先入阁成为内阁大学士，只待有朝一日时机成熟便让他来担任首辅这一要职，而对于他的这种任命，朝臣们会有怎样的看法，他根本就不在乎。

对杨嗣昌的任命，兴许朝臣们生生气也就罢了，可是随着杨嗣昌的入阁所带来的却是一连串的问题。

杨嗣昌原本任兵部尚书，而今他既已入阁，那么兵部尚书这一要职便要重新加以任命了。又正因为兵部尚书是一个十分重要的职务，因此朝廷里的不少人士都竞相争夺，力图得到这一重要的职务，那些不能得到这个职务的人又力图把自己的朋党或是好友推上去，一时间，朝廷上下竟因此而展开了一场不大不小的夺职斗争。

崇祯早就看准了年轻有为的宣大总督卢象升。可是，直到现在，卢象升和杨嗣昌一样，同样在服丧期间，他曾经五次紧急上疏要求回乡守制奔丧，而崇祯却夺情让其继续留驻边防。

当崇祯想任命他为兵部尚书的时候，就什么也不顾了。在他想来，他反正已经有过一次夺情，又已经夺情任命了一个杨嗣昌，那就不妨再任命这位同样正在守孝中的宣大总督卢象升来接任兵部尚书这一要职。

但是又因为宣大总督所防守的是京门要塞，不能一日无人，于是，崇祯竟然又任命同样在服丧期而今正在四川老家守制的原任宣府巡抚陈新甲夺情出任宣大总督。在陈新甲未到任前，卢象升仍然担任宣大总督这一职务，在卢象升未到任兵部尚书任上，杨嗣昌则暂时代理兵部尚书这一职务。

如此一来，整个明朝上下，主持国家军机大事的三位高级官员全都在服丧期，都是以不祥之身夺情任事，这可是在整个明朝的历史上前所未有的。朝臣们得知这种前所未有的任命，大都觉得有些骇人听闻，在他们看来，皇上简直不把他们看得十分重要的人伦道德放在眼里。

于是，反对此种任命的奏疏如雪片一般飞到了崇祯的面前。

由于反对的人实在太多，迫于无奈，崇祯只得对自己的任命改变了一下。

他首先要杨嗣昌以辅臣的身份兼任兵部尚书这一职务，这在以前是根本没有先例的，在朝臣们看来，皇上似乎是在把所谓的改变做得更远了。他仍然任用陈新甲为宣大总督，加卢象升兵部尚书衔，且同意他在陈新甲到任后回乡守制。

即便是这样的安排也仍然遭到了以黄道周为代表的朝臣们的激烈反对。

以坚持和捍卫理学意识形态为己任的大宗师黄道周，再一次对杨嗣昌的入阁和陈新甲的任职进行了猛烈的道德批驳，并再一次抨击了杨嗣昌对清款和的政策。

也恰好是这位人所共知的大宗师对杨嗣昌的攻击，最终导致了他的去职。

当初，郭巩以魏忠贤逆案被贬戍边，郭巩的家乡士人为其喊冤，杨嗣昌当时正任永平巡抚一职，即将这件事上报于朝廷，受到了众多科臣的不齿与驳斥，从此杨嗣昌便与东林党人有了隔阂。

这次杨嗣昌夺情入阁的时候，东林党人对于他的攻击也就最为凶猛，给事中何楷、御史林兰友、修撰刘同升及编修赵士春等都相继上疏弹劾杨嗣昌，黄道周接连上了三道奏疏。

在这三份奏疏中，一份是攻击陈新甲不应为了贪图权势而不完成服丧之期，说他什么守制不终，为了什么飞黄腾达而走邪径托捷足，此举简直就是道德败坏。

他的第二份奏疏则是攻击辽东巡抚方一藻阴谋主持对清和谈，其行为简直就是在丧权辱国。

他的第三份奏疏自然就是把进攻的矛头对准杨嗣昌了，他在奏疏中说杨嗣昌不仅自己不能坚持内外两服，竟然还要引荐正在服丧期的陈新甲，又是如何如何阻挠正在服丧期本来要回乡奔丧的卢象升，说他的行为是如何连猪狗都不如。在他看来，整个大明朝里即使人才非常缺，皇上又怎能让这样的不忠不孝之徒来勾结枝蔓，使其不祥之气来秽及天下呢?

这三份奏疏是同时送进宫里的，当时，崇祯正在他的御书房里批阅奏章，一读到这三份奏疏，他立时便被气得七窍生烟，且当场将几份奏疏扔到了地上。

黄道周在世上的名声他是十分清楚的，对于其存在的分量他也不是没有想过，但是对于如此名声显赫的理学大师他又有着一种十分微妙复杂的心理。

长期以来，这位至高无上的年轻皇上对于这位名声显赫的理学大师和另一位同样声名不凡的大学问家刘宗周的学问与人品都十分敬重，因为从实质上说起来，他们所坚持的思想理念和他自幼所接受的教育应该说是一致的。

可是，在其灵魂深处，他似乎对自己早就接受的思想理念以及这些所谓的大学问家所持有的所谓的学问与理念之实际价值又深表怀疑，经过这么些年的认真思考与观察，他似乎已经感觉到，这些所谓的学问理念对于具体的治世经邦压根就是无用的，他也就由此对他们时常标榜的自我道德与人品心存疑问了。

但是，这二人的盛名与影响力又不能不使崇祯认真加以考虑，即便崇祯是这个大明朝绝对的君王。可是，正因为他们二人的声名使得有着九五之尊的皇上都对其不能不有所忌惮，因此又使得这位年轻的皇上在心理上失去了平衡。

如此，他便时不时地设法打击他们，排挤他们，以图从中去获得某种难得的快感。

也正因为崇祯对他们有这样一种十分复杂的心态，所以，无论是刘宗周还是黄道周，他们进入崇祯朝后，其命运才会如此大起大落，而且也不怎么真正地被放在心上。

然而这一次，崇祯觉得他又一次抓到了黄道周的把柄，又可以好好地打击他一下了。

当初，会推内阁辅臣的时候，黄道周也在其中，而且入阁的呼声还很高，可他偏偏没有被任用为内阁的大学士，而事隔不久他却接连上了这样的三道奏疏，这在一向多疑的崇祯看来，便带上了心存不满而以此方式来发泄的意味。

不仅如此，黄道周在其攻击杨嗣昌的奏疏中又说到皇上是怎样以孝治天下的，曾经为了缙绅家庭中的口角小事，都要治之于法。表面看来，他似乎是在强调要以孝治天下，而杨嗣昌却显然是不孝的榜样，应该重重地治罪才是。可这在崇祯皇帝看来，黄道周似乎是在借此机会讽刺他对当初所发生的郑鄤一案的处理。

刚巧，黄道周和郑鄤又是十分要好的朋友，因此，崇祯由此推论，黄道周分明是在以此徇私情而蔑名教，他敢于如此放肆地诽谤朝廷与他人只能说明他本身的虚伪。

其时，杨嗣昌一得知黄道周上疏弹劾自己，遂也上疏一面为自己辩解一面则自请罢免，而且又在奏疏中对黄道周进行了反驳与指责，他在奏疏中写道：“当初郑鄤棒打其母，简直是禽兽不如，黄道周还不如郑鄤，他还侈谈什么纲常大义呢？况且其意欲包庇凶恶之徒并掩盖其以前多次传播的谬论，却是显而易见的。”

崇祯读了杨嗣昌的这份奏疏，大有英雄所见略同之感，更加相信自己的推论与判断了。因此，他一面把杨嗣昌招来对其好言相劝，一方面则紧急让小毛子和王承恩及一大帮贴身的太监去通知内阁和五府及六部的大臣们，让其紧急到中左门来平台引对，而且还指名要黄道周入见，他下定决心要当面揭露一下这个所谓的德高望重的一代宗师。

这正是七月里的一天正午，太阳直射在中左门前的丹墀上，火辣辣的，放眼望去，真让人有头晕目眩之感。在这样的天气里，即便裸露着躯体也会使人热得受不了的，那就更不要说一个个穿着官服看起来道貌岸然的文武大僚了。

天气虽然如此奇热，可这些文武大臣一接到通知却还是马不停蹄地赶来了，谁也不敢有丝毫懈怠。

崇祯待这些大臣一到齐，首先看黄道周是否已经到了，一见到黄道周正规规矩矩地站在自己的班列里，便神情十分释然地和各大臣大谈了一通各主管部门的事务，这样竟互相你来我往地大谈了好一阵，众大臣似乎都已经有些困倦了。

也就在这时，崇祯眼见黄道周垂着脑袋，似乎并没有专心地听，他便突然发难似的对黄道周道："朕幼年失学，长大后又缺少见闻，只是不时在经筵中略微懂得一点道理，今儿朕请问少詹事黄道周，大凡圣贤皆千言万语，不过天理人欲两端而已。无所为而为之谓之天理，有所为而为之谓之人欲，你黄道周三疏竟不先不后，却在不点用之时而进，难道是无所为吗？"

本来，黄道周一听说皇上点名让自己平台引对，便有些大感意外，这可是以前从来没有过的，因此他一来到右左门，心里便一直七上八下的。

他一看见高高地坐在龙榻宝座上的崇祯时不时地向他投过来一丝满怀深意的目光的时候，他却多少又有些疑惑不解了。但是，从他的耳边传来的却又是有关各部府的具体事务，因此他便以为今儿专门来此廷议的不会和他黄道周有什么关系，是以也就垂着脑袋，完全一副似听非听的样子。

不承想，也就在他有些困倦甚至有些迷迷糊糊的时候，他却突然听到了这位年轻皇上专门对自己发话，不禁全身一震，遂张起耳朵认真听了起来。

待其听完崇祯的话，他方才明白，崇祯是在说他黄道周如何借故发泄因没能当上辅臣的怨气。

其实，对于自己上疏的事他倒是十分明白。当初，自己弹劾方一藻和陈新甲的两疏是早在崇祯准备对内阁进行大改组之前就已经拟好的，只是自己的家仆因为听说自己有可能入阁为相，生怕这次上疏得罪了皇上，因而失去机会。因此，虽说自己派他将这两份奏疏送往宫里，可这家仆竟走到半道又回来了，一问，他才说，是会极门的守门太监非得要八两银子才肯将奏疏送进宫里。

这样，这两份奏疏又被原样拿回来后，也就一直拖着再也没有送进宫去，直到整个内阁大改组的大局都已经定下来后，他又才将其和参杨嗣昌的奏疏一并送进了宫里。

因此，这在黄道周想来，说自己是因为没能当成辅臣而发泄怨气，那委实是有些委屈和冤枉。

但是，黄道周虽说觉得委屈和冤枉，眼下却又无法当着众文武的面来和堂堂的天子君王争辩一番，或当面和皇上对质说自己如何如何，陈奏那些本来就说不清的琐屑情由。

因此，待他头脑清醒过来后，只好硬着头皮大声地道："启奏皇上，在微臣看来，为利者，专事功名利禄，事事为一己之私，这就是人欲；为义者，以天下国家为心，事事为天下国家，这就是天理。臣三疏皆为了天下国家与纲常名教，不曾为一己之功名利禄，所以臣自信本心是无所为而为的。”

崇祯听了他的陈述，不无生气地大声道：“既如此，先时又何不言？”

黄道周毫不示弱地道：“启奏皇上，臣先时因有涉嫌疑而不可言，至简用之后则不得不言。今日不言，便无再言之日了。况且高官厚爵，谁不乐得之，臣缄默数时，也可叨光冒得些许，臣何苦用自己之功名去做他人这话柄呢？所惜者，乃千古之纲常名教，臣又哪里有为一己私利之嫌呢？”

说到这里，他停下来咽了两口唾沫，转而又道：“纲常名教，礼义廉耻，皆根本之事，若无此根本，岂能做得事业？”

崇祯一听遂立即反驳：“清正固然是美德，但不可傲视他人。伯夷作为圣贤清正，倘若在小廉上拘谨过分，那就以廉谨为是，以清正为非了。”

黄道周一听崇祯说到美德二字，遂又据理力争地进行回答，但他的回答在崇祯听来却很不满意，于是崇祯便又不断予以反诘和驳论，黄道周因而进一步进言道：“只有孝敬父母、敬爱兄长的人，才能担负国家大事，从而使得万物得以生长与发展。不孝敬父母，不敬爱兄长，根本没有树干，哪里有枝叶！”

其时，一直静静地站在班列中听着的杨嗣昌一听到黄道周说到了孝悌之事，遂赶紧出班奏道：“启奏皇上，适才黄大人口口声声言孝悌之义，臣并非生活在虚无的空中，又怎么能不知道父母的养育之恩呢？常言道，君为臣纲，父为子纲，君臣大义本在父子情义之先。古时天下并有列国之君，臣僚可以在此国去职到彼国任职；今天下一统于皇上，臣下是无所逃于统一的天地之间。讲仁不能遗弃双亲，讲义不能离开君王，二者是难以偏重的。臣曾四次上疏力辞夺情，希望词臣中有像刘定之、罗伦这样的人，也上疏为臣请命，很合臣的意愿。当臣抵达京师之时，就听说黄道周黄大人人品学术都是为人师表的，可他自称不如郑鄤，臣才这样叹息而绝望。人说禽兽知母不知父，郑鄤杖母，禽兽不如，黄道周既然连郑鄤都不如，还能讲什么纲常呢？”

当杨嗣昌奏对的时候，崇祯一直静静地听着，待其一说完，他便从龙座上站起身来大声地道：“卿所言极是，朕正要问他！”

于是，他便立即问黄道周道：“孟子总要端正人心，熄灭邪说。古时邪说，自为一个派别，现今邪说却直接附属于圣贤经传之中，这是世道人心的变化。你说不如郑鄤，为什么？”

黄道周听了遂仰起头来答道：“昔日匡章见弃于全国，孟子对他还不失于礼貌！孔子自云：‘辞命，吾不如宰予。’臣只是说文章不如郑鄤罢了。”

崇祯遂又道：“匡章是不受父亲的喜爱，岂能同郑鄤杖母相提并论呢？你说不如郑鄤，就是朋比为奸！”

黄道周立即答道：“皇上如此说，实在是冤枉臣啊，此是非罪恶须明察清楚才是！”

可是，崇祯不假任何思索却又进一步地问道：“你黄道周在奏疏中说陈新甲如何如何，陈新甲谙练军情，今日社稷上下，内外交讧，不得不用他了，你竟说他是走邪径，难道杨嗣昌一荐他就是在走邪径吗？”

黄道周义正词严回答道：“臣并不认识陈新甲，但人正则行皆正，心邪则径皆邪。夺情一事，我朝自从罗伦劾论夺情，涉及前后五十余人，大多在边疆，是以，嗣昌在边疆则可，在中枢则不可；在中枢犹可，在内阁则不可；使嗣昌一人为之犹可，又呼朋引类使其成了一个夺情之世界则更不可。臣不得不言。”

崇祯便进一步诘问道：“少正卯在当时也可算是名人了，他行为乖僻而强硬，言语不实而巧辩，搬弄是非，传播怪异之事，不免为圣人孔子所杀。而今有的人就很像少正卯这种情形。”

黄道周便明白崇祯说到少正卯其实是在指责他，立时便又为自己辩解道：“少正卯是心术不正，臣心术一向正直，毫无一点私心。”

崇祯顿时勃然大怒：“岂有此理，你总是说自己没有什么私欲，心术又是如何如何的正直，可是据朕看来，如今的人为达私欲，往往就在一些纲常名教上大做文章。朕本来念你尚有操守，还想要用你，谁知你竟是这样的偏矫恣肆，本当拿问，念你是讲官，你就先出去候旨吧！”

黄道周却仍然毫不示弱，十分执拗地大声道：“今日臣若不尽言，便是臣负皇上；皇上若今日杀臣，那便是皇上负臣。”

一直站在丹墀上的崇祯一听黄道周这样说，立时又被气得个面红耳赤，他一双怒目仿佛要突然崩裂开来一般，全身也不住地发颤，他本想对其大骂一通，可他睁着怒目对着大殿仔细一扫，发现众文武全都目不转睛地在看着自己。

一时间，他便只好把自己心头的火气稍稍压抑了一下，想起自己毕竟是堂堂大明朝的一国之君，不能在文武大臣们面前失了身份，好一阵，才听他多少有些心平气和地大声道：“你这都是些虚话，一生的学问，只是学得了这佞口！”最后竟又大声地呵斥道：“朕今儿就不杀你，就不负你黄道周，行了，你就滚吧！”

但是黄道周听了却并没有退下，他直直地抬着脑袋，仍然一副意犹未尽的样子，定了定神后，又辩解开了：“皇上适才说臣一生学问只是学得了什么佞口，看来臣就还要将这忠佞二字向皇上奏明一下了。人臣在君父面前，如果独立敢言的是佞，难道谗谄面谀的就是忠吗？敢争是非、敢辩邪正的是佞，难道不敢争是非、辩邪正、只是一味附和取悦者是忠吗？忠佞不分，则邪正也就不明，此乃自古为政之大戒，祈皇上体察便是。”

崇祯已经重新坐回到了龙座上，一听黄道周似乎在为自己说了他“奸佞”而不服地大声辩解，遂又把手猛地一挥不无好气地道：“是呀，朕适才是说了你黄道周奸佞，可朕并非随便将这佞字加到你头上的，朕所问在此，你所答在彼，这不是佞又是什么？”

少顷，崇祯便又大声地喝道：“你黄道周还不滚，难道非要朕杀你不成吗？”

黄道周虽说仍然意犹未尽，可一想，人家把话都已经说到这个份儿上了，自己无论怎样也还是要给这个年轻的皇上点面子，于是，他略略地想了想，便默默地退下了。

待其一退出大殿，崇祯便对杨嗣昌道：“实在是人心浇薄啊！黄道周如此放肆，怎能不予驳正呢？”

说到这里，他便显出一副闷闷不乐的样子。

在这场君臣之间的大辩论中，黄道周一直都以正统理学卫道士自居，正气凛然，毫无畏惧之色。

而崇祯却好像站在了纲常名教的对立面，成了接受批判的对象。对他来说，按照他的初衷，是想要让这位当朝数一数二的大理学家当众出丑的，结果却使自己被大大地抢白了一番，他不禁感到十分恼火。

不仅如此，也就在二人唇枪舌剑的时候，那些在场的文武大臣大都十分兴奋，崇祯看得明白，他们明显是在为黄道周的敢于犯颜直谏而高兴，他们为有人使堂堂的皇上理屈词穷而欢欣鼓舞。

可是，他明知道这种情况，却又无法追究，无法指责这些文武大臣。

他只好对他们心平气和地训诫了一番，然后便悻悻然地退朝而去。

事后，对于这位敢于当庭和自己辩论的少詹事黄道周的处理，确实也让他费了一番心思，本来，按照他的本意，他是想治他重罪的，可他静下心来仔细一想，黄道周的名气毕竟是太大了，若是对他治以重罪，必定会引来全体朝臣的反对。

更何况，近日里，从山海关及宁远前线又刚好传来了有关清兵正在厉兵秣马的消息，他也实在不愿在此时节引起什么风波。

因此，在思前想后的情况下，他便只好传下谕旨数百言，告诫朝廷臣僚，要他们不要受黄道周的蛊惑，去结成朋党，只是将黄道周贬官六级外用，让他到江西按察司做了一个小小的九品照磨。

可是，也就在这个时候，崇祯自认为的太平盛世却在昙花一现之后完结了，一直在东北角上厉兵秣马的皇太极竟又一次向崇祯向大明朝敲响了警钟。

一样是酷热的天气，一样是挥汗如雨的时节，当崇祯在这样的天气里同那位敢于公开和他理论一番的少詹事黄道周进行辩论的时候，皇太极却同样在挥汗如雨地积极进行备战，认真地筹划即将进行的新的伐明计划！

这样的备战工作对于他身边的人来说早已驾轻就熟，做起来自然非常顺手。因此，对于他们来说，无论是粮食、武器还是车马、人员、情报等，全都不需要他费太多的口舌。

对于战略战术、路线和将帅的挑选方面，他本来早就思考好了。因此，到如今自然是不需要费太多的心思。眼下，他需要做的只不过是和极少数的心腹如代善和范文程等人认真地商议一下就是了。

即便是这样的商议也不是第一次了，为了再一次大规模地伐明，他们几人其实已经耗费了不少的时日。因此，经过反复商议，到如今，他们终于定下了伐明的整个计划和最终的行动日期。

按照最终商订的行动计划，这次伐明的时间定在了这一年的九月，其进攻的目标也确定为大明的整个京畿地区。

就在大军出发前，皇太极一如往昔、不厌其烦地向其领兵的将帅讲解着此番作战的方略，又一而再再而三地向全体出征的将士重申此番作战的军纪。

八月二十七日，岳托和杜度率领的右翼军出发了；九月四日，多尔衮及豪格和阿巴泰率领的左路军又出发了；五天后，由大清皇帝皇太极统率的以汉军孔有德、尚可喜及耿仲明为主力的牵制兵力又直奔明朝的山海关而来。

岳托和杜度一路很快便由墙子岭攻入了长城。

墙子岭位于燕山山脉的脚下，这里山高路窄，形势险要，进攻的清兵一路疾行，先头部队悄悄地登上了山顶，防守的明军竟毫无察觉。清兵以迅雷不及掩耳之势，一举攻下了这一易守难攻的关隘。

这一天，明朝的蓟辽总督吴阿衡正带领下属为监军太监邓希诏祝寿，众将士都正喝得烂醉如泥的时候，突然接到了清兵进攻的警报。于是吴阿衡带领一帮醉醺醺的大明将士前往仓促应战。

可是，即便是这样也已经迟了，还在半路上他们就遇上了正乘胜前进的清兵，已经毫无战斗力的明军和清兵一交手不到两个回合，便悉数战败，吴阿衡本人和总兵官吴国俊及鲁宗衡醉醺醺地死于战斗中，监军太监邓希诏则临阵逃走。

与此同时，当岳托所率的清兵不费吹灰之力就进入墙子岭的时候，多尔衮一路也同样轻而易举地沿青山关毁边墙而入。一越过此关口，多尔衮一路便长驱直入，越过迁安、丰润，最后终于到了通州河西。

在这里，两路清军会合，然后两路人马即从北边绕过京师到达了南面的涿州，继而则兵分八路向西进攻，如此，清兵像秋风扫落叶一般在河北及山东的广大原野里势如破竹。

皇太极所亲率的牵制大军浩浩荡荡地一路到了浑河，首先驻扎在浑河岸边，蒙古的科尔沁、喀喇沁两部落也分别派来人马和皇太极会合。三天后，皇太极首先派出小股人马进行试探性的进攻，其主要目标是义州。与此同时，他又派出济尔哈朗和多铎各率一部分人马去戟前屯卫、宁远及锦州等地。

于是，告急的文书便再一次像雪片般不断飞进紫禁城，京师只得再一次进入戒严状态。

得知清兵再一次入塞的消息，崇祯的精神简直到了崩溃的边缘，待其精神状态稍稍有所好转，便立即召开了应对的紧急会议。

当然，无论是崇祯本人还是满朝的文武大臣，一待精神状态稍稍有所安定，似乎也就多少有些心神安稳了。因为毕竟他们已经好几次经历过清军兵临城下的惊险，应该说，他们对此已经有了一些经验，并不似最初那样惊慌失措。

杨嗣昌虽然暗中抱怨朝廷不能早早采纳自己议和的建议，以至于再一次遭到这样的攻击，但作为兵部尚书，他又不能不立即调兵遣将，竭力支应。

崇祯因寄希望于这位干练的兵部尚书，梦想着能取得比以前几次好得多的战果，甚至能够完全聚歼来犯之敌，因此对杨嗣昌的建议无不照章准奏。

面对清兵的疯狂进攻，他们终于做出了勉强有章法的安排与布置：速调辽东前锋总兵祖大寿和陕西三边总督洪承畴入卫；以山海关监军太监高起潜带关、宁兵一部为策应；命宣大总督卢象升为督师，统管各路兵马，并率宣府、大同及山西各路总兵杨国柱、王朴及虎大威为左路，以天津、青州、登州及莱州各军为右路，共同夹击清军；以山东总兵刘泽清部由正面遏止清军；与此同时，京营各军则努力加强京师的守城与防御。

这样的战防安排还是不错的，可是，无论是崇祯本人还是作为军事统帅的杨嗣昌，他们都没有考虑到清兵铁骑剽悍的战斗力，也根本没有认真思量眼下明军的战斗力究竟是怎样的。事实上，软弱腐败的明军根本不是勇敢剽悍的清军铁骑的对手。

更何况，清兵的士气又是如此旺盛，他们一进入广大的平原地区，往往就把兵力分成数路，向着各个方向到处攻城略地，大肆掳掠，无所不做；而明军又往往以稳健迟缓的战略方针对应，往往防不胜防。

清兵这次入塞也并没有把进攻北京作为他们进攻的战略要点，而是把目标放在了太行和运河之间的广大平原地区，是以，在行动上便可以自由放肆，游刃有余，可以说，明军根本就丈二和尚摸不着头脑。

对于清兵的疯狂进攻，明军虽说摸不着头脑，可是，对于明军的不少将士而言，他们却是抱着一种保家卫国的忠心与决心来和清兵决一死战的。

作为入援京师的主力军，明军宣大总督卢象升一接到入援的紧急诏书，便立即带领宣府总兵杨国柱、大同总兵王朴和山西总兵虎大威星夜赶往京师。

不出两天时间，这一路主力军终于屯驻于昌平城下。

第二天，卢象升进京觐见皇上。

崇祯一向对卢象升的印象十分好，一听说卢象升已经率领入援的人马终于到达，顿时高兴得合不拢嘴，心里暗自想：这下好了，京师总算有救了。

他当即传下旨意，要在金銮殿亲自召见这位卢督师。

待卢象升到金銮殿之后，他首先对他慰勉道："卢爱卿此番日夜兼程，实在太过辛苦了，朕有卢爱卿这样的股肱之臣，真是万幸，实在是万幸啊！"

卢象升不禁有受宠若惊之感，眼下还没待自己叩头施礼，皇上竟首先对自己说起了慰勉的话，这让他感激之致，他一边赶紧叩头施礼，一边忙不迭地道："启奏皇上，臣食皇上之俸禄，忠效皇上，卫护社稷，理所应当，方今京师危急，臣率部入援，实乃臣之己任也！"

崇祯喜形于色，又赶紧问道："卢爱卿啊，朕之社稷多年来饱受内忧外患之苦，卢卿一直为朕镇守边关，真可谓辛劳备至！可眼下，满人竟又来坏我长城，肆掠我京畿之地，实在是罪恶滔天。只是连日来，朕遍问朝中大臣，让其为朕拿出一点应对之策来，一时间，竟还没有一个朕认为可行的万全之策，卢卿乃朕之帅将之才，能征能战，自然得为朕分忧解劳了，只不知卢卿可有应对之策否？"

崇祯这一番话已经完全给足了卢象升面子，卢象升听了这番话之后，也确实十分感动，于是，他便在接连几个三叩首之后，下定决心大声道："启禀皇上，皇上既然命臣为督师，臣就只知有战而已！"

崇祯立时喜形于色，可是等他略略一思量，脸上立时露出一丝疑惑的神色，他从卢督师的话里听到了什么言外之意。

崇祯明白，卢象升是在向他暗示，他卢象升是反对对清和谈的。一时间，崇祯不禁对他的话感到有些莫名其妙。

清兵再次来犯，他确实后悔当初没有听从杨嗣昌的建议，但是当清朝大军入塞之后，却丝毫没有表现出想要以武力威胁进行谈判的意思。此时即便想同清兵谈判也难于找到门路，又哪里谈得上去和满人和谈判呢?

不过，他稍稍沉吟了一下，还是和颜悦色地道："卢爱卿不是在说款和之事吧？卿既有话就不妨直说！"

卢象升早在来京师之前，就已经听到了有关对清议和的传闻，手下的将士们不断流传杨嗣昌在京师城里如何劝说皇上对清款和，因此，老早就对此憋了一肚子的气。

当其得知崇祯要亲自召见自己的时候，他便想要向其问个明白，而今他既是御敌之督师，是战是和，他必须在心里有个底，他绝不能不明不白地率领他的人马杀向战场。可是，一开始他又不好直接提出这样的问题，以免让崇祯不痛快，他便以一种委婉的方式提出，首先表明他是主战的，这样一方面向崇祯暗示了议和之事，另一方面则又可向他表明自己和敌人誓死血战到底的决心。

眼下，崇祯一叫他直说，他便明白，崇祯已经明白他的意思了，既如此，他也就没有什么顾忌了，于是他便放开胆子侃侃而谈。

他首先详细分析了敌我双方的形势，一而再再而三地强调朝廷下定决心打败皇太极的重要性，最后，他便以破釜沉舟的决心说道："而今朝中不少人在提出议和之事，臣以为这是万万不可的，且不说议和时机早已过去，想那大清势已盛，皇太极雄图大略，早就有入侵吞并我中原之心，又岂是议和就能解决问题的？此番，满人连下我边关数城，掠我土地，抢我人畜，若议和，显然是因战败而议和了。如此，我朝必是理屈词穷，以裂土偿银而和，我朝必是名实两失。更何况，他皇太极既是想侵占我整个中原，若我朝提出议和，形势便更危急了，他必佯和而实战，入侵之势必将更盛，届时，只怕形势更加不可收拾了！"

卢象升就这样一边说，一边还指手画脚，情绪很是激动，而且身体还不住地发抖。崇祯听着他所说的这些，时而不住地点头称是，时而不断地神情紧张，脸上青一阵红一阵，好不容易，待卢象升说完之后，他才以一种说不出的滋味大声道："朝廷本来没有说要款和，那只不过是外朝在无端地议论罢了！"

卢象升听了他的话，却不怎么相信，不过，他又不好去争论一番，便只好接着适才的话又大声说了起来："朝廷既没有议和的意思，那就唯有主战这一条出路了。眼下，依臣看来，敌人所重视的，我朝都须严加防范才行。敌人以逼迫我陵寝来震动人心，这很让人忧虑；他们采取以趋近京师来撼动根本的策略，这也让人忧虑；而今他们又在京畿之南分兵出击，剽掠周围州县，断我粮道，这也同样让人十分忧虑。面对这种形势，若我军集中兵力进行设防，失城陷地必然很多；若分散兵力四处对应，却力量单薄实在难以取胜。如此，兵少则防守不严，军粮不足则又会生乱，这一切都是御敌的困难啊！"

崇祯一直十分专心地听着，末了，他颇感不快，在他想来，你卢象升时而左说，时而右说，主战是你，可既主战却又摆出这样多的忧虑与困难，这不等于啥也没有说吗。

可是，待他静下心来细细一想，却又觉得这位卢督师所说的确实又很有道理，实在是当前敌我的实际情况，而他所说的分合两难之事，确实是时下对敌作战的要害。因此，他又不能不佩服，这个卢象升实在是他不可多得的杰出的将领。

这样一想，崇祯便多少有了一点高兴的样子，最后，他对卢象升道："卢爱卿所言极是，分合两难，分合两难啊，不过，再难也得应对才行，卢爱卿回去后不妨和杨嗣昌好好商量一下，速速为朕拿出一个可行的作战方案来！”

言毕，他便仰着脑袋，直望着大殿的上方，双眼透着迷惑不解的神色，整个神色所显现的完全是一副无所适从的样子。

杨嗣昌和卢象升可以说是当时大明皇朝中两个最为杰出的军事人才。他们两个，一个长于战略运筹，一个长于具体的战役指挥。这样两个十分难得的军事人才，如果能互相取长补短，精诚合作，悉心调度与安排，兴许他们也能够在这次对清作战取得最起码的成功，至少也能够取得比前几次好一点的战绩。

可是，就是这样两个在当时十分难得的军事将领，却囿于朋党之见，谁也不把谁放在眼中，而且从一开始就互相猜忌，互相拆台，根本就没有任何合作可言。

当崇祯让其在告退后去和杨嗣昌好生商量以便能为其拿出个稳妥的作战方案之后，他所显示出的却是一副闷闷不乐的样子。他想：你杨嗣昌既然想的是和敌人款和，我又怎能和你商量弄出一个所谓的作战方案来呢？

一回到京师城里那间专门为其安排的行馆里，他竟闷闷不乐地抽起烟来。不过，待他心头的闷气稍稍有所消解，便还是认真地思量起所谓的作战方案来。

可是，想来想去，却又实在想不出万全之策，分合两难的事今日已经对皇上禀明过了，要怎样来解决这一问题呢？这实在是颇费心思。

他终于决定还是到兵部去和杨嗣昌商量商量，最起码也应该去和他做做样子，以免崇祯怪自己没有认真为他办事！

第二天，卢象升心事重重地来到了兵部，适逢关宁监军高起潜也在，三人便一同围着一张大地图说起了对敌作战的应对之策。

可是，两个领兵的主帅本就互相猜忌，互有存见，讨论又能有怎样的结果呢？更何况，从卢象升的角度说，他之所以来和杨嗣昌商量，本来就只不过是做做样子的。

所以，三人商量来商量去，也没商量出什么结果，末了，高起潜提议三人一同去见崇祯，和皇上共同商量，兴许能够拿出一个稳妥的应对之策来。

崇祯得知三人来见，以为三人已经拿出了什么好的作战方案来，一时间高兴不已，待他们一跨进养心殿便对他们十分热情地道：“三位爱卿实在是辛苦了，有什么好的办法快快为朕道来！”

不承想，三人却你看看我，我看看你，面面相觑，好一阵，还是杨嗣昌耐不住了才站出来道：“启奏皇上，臣和两位大人多方商量，还未能拿出一个好的方案来，此来便是要和皇上好生商量！”

崇祯立时气不打一处来，心想：朕叫你们去好生商量，你们竟来和朕商量了，既如此，朕还要你们做甚呢？

只见他两片嘴皮子一歪，便要勃然大怒，也恰在这时，卢象升突然站出来道："启奏皇上，臣倒是这样认为的，此番清兵三路南下，来势最凶猛最凌厉的是多尔衮一路，此乃是眼下对京师威胁最大的。依臣所见，此路清兵自入关后先由河北驱山西，而今则正由山西驱河北，目标必在京师。而岳托所率的右路军则有下山东的意图，设若此两路军会合，我军便难于抵御。是以，我军必得趁此两路清兵还未能会合之际，予以彻底的痛击，首先挫其锋锐，方能化解眼下京师的危险局面。与此同时，朝廷宜屯重兵于昌平，一则可以护卫陵寝重地，以免人心动摇；二则昌平地势险要，设若昌平能守，京师亦必可保，且还能力扼敌人趁势南下。"

他顿了顿，不无深意地看了一眼正似听非听的杨嗣昌和高起潜，当他注目于龙座上的崇祯的时候，他发现崇祯正全神贯注地静听着，于是，便又接着适才的话说了下去："然则，我军军力不足，人马既寡，骑兵的战斗力更是不如鞑子。如此，战线绝不能拉得太长，只宜以重兵防守，予敌痛击，方为上上之策。目下，我部人马驻守昌平，可毕竟势单力孤，朝廷当速调重兵援军才是！"

杨嗣昌和高起潜终于似听非听地听完了卢象升的所谓的应对之策，不过，他们二人的脸上所显示出的却是老大的不满。在杨嗣昌想来，你卢象升适才在兵部装聋作哑，说难于拿出什么应对之策来，可一到了皇上的面前，却又是这样连珠炮似的详细陈述，这分明是要在皇上面前显示自己的才干嘛。

高起潜想的则是，你卢象升既已做了整个御敌的督师就罢了，且又统帅着整个宣大及山西的军队，怎么又还要让朝廷为你加派人马呢？明摆着，而今暂且可以调得动的就是咱高某人领的这少许仓促赶来的关宁军了，你这不是要让朝廷把咱高某人的人马也要拨到你的旗下吗？

崇祯听了他的这一番理论与奏对之后，不断点头称是，而且对其所提出的方案也心悦诚服，当即便命令杨嗣昌和高起潜下去再好好地和卢象升商讨商讨，并进行具体的作战布置且认真执行。

与此同时，卢象升则向崇祯告辞，说把人马留驻于昌平已经有了些时日，他自己进京觐见也已经好几天了，他须得赶紧回到昌平的军营去做出必要的军事部署。

崇祯因对其提出的方案甚为欣赏，当即便又赐他尚方宝剑，让他见机行事。

第二天，崇祯又发出了一道圣旨，命令卢象升和高起潜分别督率入卫京师的援军。

其时，卢象升刚回到昌平军营，立即又接到了圣旨，崇祯念卢象升提出应对的作战方案有功，为其送来了四万两黄金以犒劳将士，并为其赏赐宫中御马一百匹和铁鞭五百，以示嘉勉。

随即，卢象升便和高起潜一起商量作战的决策，可是根本就没有任何结果，因为很多事高起潜根本就不同意，甚至还横加阻挠，于是便非常气愤，遂紧急上疏请求分兵指挥，并提议以宣化、大同及山西之兵归卢象升指挥，山海关及宁锦一线的兵力归高起潜统帅，这样一来，卢象升所属部下实际不到两万人。

过了没几天，杨嗣昌因检查战备准备情况来到昌平卢象升的军营，二人一见面，卢象升便责备杨嗣昌在阻挡他的军事行动，而且又对他非常不满地道："杨公你等坚持主张议和，你难道就没有听说过，城下之盟就连孔子在《春秋》里也认为是可耻的吗？目下象升受命督师，如果只是唯唯从命，袁崇焕的下场就是前车之鉴了。阁下为什么就不想一想呢？若孝服在身，却又不能移孝作忠、奋身报国，那就必将忠孝两失，又怎么能还有面目活在人世呢？"

面对这样激烈的言辞，杨嗣昌不禁面红耳赤，不过，他毕竟还是比较冷静的，即耐心地向卢象升解释道："象升口出此言，只不知何故，嗣昌并未言抚啊！"

可是，卢象升听了却仍不相信，又进一步地质问道："周元忠到彼处讲和，数次来往，其事先由蓟辽总督等人发起，最后受命于阁下，天下皆闻，谁可讳言呢？"

杨嗣昌一听他提到了周元忠，顿时便有些语塞。不过，他在心里却不禁想到，周元忠之事，自己倒是知道的，可那毕竟与自己没有多少关系啊！

周元忠本来只不过是一个算命的，一直行走于江湖，曾经多次到过辽东。其时，山海关及关宁前线的明朝将帅们因苦于不了解清兵的情况，就把他发展成了一个眼线，以便能够从他那里多少了解一些关外的情况。

关于这件事，兵部一直知晓的，也很想通过这个难得的眼线来同对方进行某种程度的接触。

可是，崇祯一直并没有批准任何有关对清和谈的奏议，既然皇上都没有批准，谁又有这个胆量敢于擅自主持对清和谈之事呢？

一时间，杨嗣昌便觉得自己实在有些委屈，过了好一阵，他才有些无可奈何地道："周元忠之事杨某倒是知晓的，可那毕竟与咱无关，试想，既然皇上都没有言什么，谁又能去操办这样大的事呢？更何况，周元忠也只不过提供了一些情报，再说，他所提供的情报还多少是有用的！"

但是，卢象升对于杨嗣昌的成见也实在太深，即便他这样解释，却仍然听不进去。他仍是气愤不已，咬牙切齿地大声道："无论你怎样辩解，也还是难脱卖国投降之干系！"

杨嗣昌顿时感到十分气恼，也不无好气地说道："难道阁下是想要以尚方剑置我于死地了！？”

卢象升听了却立即挖苦道：“我既不能奔丧，又不能作战杀敌，被杀的是我自己，又哪里还能去杀人啦？”

两人只好不欢而散。

卢象升并不是一个心地狭隘不以大局为重的人，但多年积累的朋党之见和传统的意识形态的枷锁束缚住了他，使得他一时间不能看清当时整个大明朝所面对的形势，因此也就根本无法和杨嗣昌沟通。但是杨嗣昌回返京师后，卢象升却立即给杨嗣昌写了一封略表歉意的信。

毕竟，一位督师，一位兵部尚书，是这次对清作战中分主内外的两大军事干将，他们无论怎样还是必须要合作的，自然，二人的一些成见只好各自暂时放到了一边。

但杨嗣昌对于卢象升的忌恨却并没有减轻，而卢象升对于杨嗣昌的成见也仍然存在，从此以后，杨兵部和卢督师便各行其是，而明朝对清作战的局面也就越来越坏了。

清兵正在源源南下，其进攻的目标显然是京南广大的平原地区，面对这种紧急形势，杨嗣昌命令卢象升调兵通州，与高起潜统率的关宁军团汇合，以便向南机动对敌。

但是，高、卢二人之间也同样互相有成见，卢象升更是认为高起潜是杨嗣昌一派的人，更何况就在这前不久，当卢象升和高起潜二人在安定门外相遇的时候，二人便勉强说到了当前的战局，卢象升因为是主战的，一说起来火药味便十分浓厚，所以说不了几句便大声地对高起潜道：“不血战一场是不能恪尽我的职守的！”

高起潜认为卢象升实在太冲动了一些，所以就有些满不在乎地道：“只恐怕野战不是我的长处啊！”

二人根本就是各持一议，很难说到一起，心里互相也很是不痛快。其时，陈新甲终于到职了，卢象升所率的人马又被分了一部分归陈新甲指挥，卢象升的心里就更不好受。

而眼下，杨嗣昌却又命令卢象升率领人马来和高起潜会合，卢象升更加明显地认为高起潜是杨嗣昌一派的人了。更何况，高起潜是监军太监，权力大得很，若与其合兵，必然被其掣肘。

于是他便以京北敌军甚多，京城和陵寝重地都需要防护为由，拒不从命。

将在外，君命有所不受，杨嗣昌对卢象升自然也就没有任何办法了，只好拟定，卢象升和高起潜仍统领各自的人马齐头进剿。

可是，面对清兵猛烈的进攻，无论是誓死血战到底的卢象升还是声名不凡的太监监军高起潜，他们却都是多少有些无可奈何。

其时，清兵已经自良乡开赴涿州，分三路深入，一路由涞水出易州，一路由新城出雄县，一路由定兴出安肃。清兵首先向高阳展开进攻，前大学士孙承宗是高阳人，归籍后正颐养天年，得知清兵来攻，率领家人抵御自守。

清兵接连进攻了三天，因久攻不下，便要退去，在退去之时却又绕城三周以向城内进行威吓而且还大声地向城内的人呼喊嘲笑；城内的人也同样向清兵呼喊。清兵的主帅顿时气愤之致，以为城内的人在嘲笑清兵的无能，他大声对自己的部下说道："此城笑话我们，按理当破！"

于是，他又重新集合起人马，再一次展开对高阳城的进攻，清兵又接连进攻了三天，终于将城攻破，守城的孙承宗不幸被俘。

孙承宗被俘后，宁死不屈，还遥望京师的宫阙连连叩头，最后投绳环而死，终年七十六岁，孙家子孙战死的达几十人。

与此同时，卢象升和高起潜在分头进剿的时候，又都吃了清兵的败仗。

卢象升开始时组织了一次对清兵大营的偷袭，但是没有成功；而高起潜所率的关宁军在卢沟桥一带企图阻击清兵的南下，却同样大败而归。卢象升的宣大军团和高起潜的关宁军在明军中是有着相当战斗力的，而且也有过数次和清兵交锋的经验，其所遇的清兵又大都是各自独立为战的小分队，人数并不太多，可他们倾其全力竟不能取胜，这实在是明军和清兵各自战斗力相差太悬殊的结果。

相比较而言，这两支部队还算是好一点的，最起码还敢于去和清兵接战，在战场上小试一下大明官军的锋芒。而其余的明军一见到清兵便都望风而逃。

一时间，勇敢剽悍的清兵简直似秋风扫落叶，所向披靡，无往而不胜。到十一月，整个京畿南北的广大平原上，四处都是清兵在活动。顺天府的良乡、涿州、霸州和文安等州县相继失陷；保定府北部的涞水、定兴和新城等县也都被其轻而易举地攻破。

在运河的西侧，河间府的阜城和故城，真定府的衡水、武邑和枣强等县也都被清兵一度攻占。一时间，运河上的德州重镇告急，甚至京畿南面广平府的鸡泽、威县也在这个时候失守了。就这样，清兵在方圆六七百里的广大平原上分头作战，疯狂地肆掠抢劫，而各路明军东遮西挡，根本不得要领。

崇祯差不多每天都要接到明军在各处失利的战报，作为担当剿敌大任的兵部尚书杨嗣昌却应对无术，崇祯也只好终日气急败坏，又根本没有任何办法。

万般无奈之下，他决定再次调集重兵来援。

其时，整个西北的形势由于以李自成为首的农民军已经悉数被剿，燃烧了几年的烽烟已经烟消云散，形势比较安定。崇祯便决定调陕西巡抚孙传庭率所部人马紧急入援。紧接着，又任命陕西三边总督洪承畴也率所部来京畿援剿，一时间，整个大明朝的精锐重兵似乎要在京畿之地进行大会师了。

纵然如此，崇祯对整个战局的不利仍十分悲哀，他对身为前线总司令的卢象升在前线的无所作为大为失望，几次都想要撤他的职，只是没有找到合适的替补者，所以只能作罢。

到十一月末，首辅大臣刘宇亮在召对的时候，主动提出要出京去督师。崇祯听了非常高兴，因为刘宇亮以首辅的身份出任对敌作战的前线总司令，这最起码是能够树立朝廷的威信的，重振官军将士的士气。

崇祯当即让刘宇亮把自己的请求写成书面的奏章。

可是，也不知什么原因，刘宇亮却在自己的奏疏中把原先所说的督师写成了出城督察各军。要知道，督师和督察的意义是完全不一样的，很明显，狡猾的刘宇亮在捞得了一个好的名声后竟跟崇祯玩了一个把戏。

但是，崇祯虽说对刘宇亮非常不满，可在军情紧急的时候却又实在没有办法，只好命他出城去督察。

也恰在这时候，陕西巡抚孙传庭率领自己的人马来到了，崇祯很想用他来替换卢象升，但是当他将这一意见提出来和兵部尚书杨嗣昌商量的时候，杨嗣昌却劝告他道："实在不可，不可，临阵易帅，恐怕会影响用兵的。"

经他这么一提醒，崇祯只好作罢。但是为了表示他的极度不满，也就在刘宇亮去前线督察的同时，崇祯还是宣布撤销了卢象升的兵部尚书衔，重新将他任命为侍郎衔的总督官，并命令其和高起潜戴罪立功，夹击清兵。

卢象升虽名为督师，可实际上所能统辖的人马却十分有限，他所统率的宣大军，由于分出了一部分兵力给了陈新甲，剩下的人数不多。可是，也就在这个时候，大同方面却又传来清兵入侵的警报，大同总兵王朴只好率领所部人马回返抵御，这样一来，卢象升实际统辖的人马仅仅只有五千余人。

其时，清兵正源源不断地南下，卢象升遂进一步从涿州进驻保定扼守，并派出数名将领率领明军抵御，和清兵大战于庆都。明军虽然没有被清兵击败，却有数座城池失守。

这时，正逢编修杨廷麟弹劾中枢辅臣杨嗣昌误国，奏疏中有"耿南仲在朝内，李纲无法建功立业，黄潜善秉成国事，宗泽只能含恨而死"这样的话。

杨嗣昌得知自己被弹劾，不禁勃然大怒，遂奏请崇祯调任杨廷麟为兵部主事，参谋行营事宜。

卢象升自从兵备副使被擢升以后，以多次打败农民军而著名，到现在他却只能率领疲惫不堪的五千人马御敌，而且在军事行动上却又不时受到杨嗣昌的阻挠，粮饷不能及时发给，将士们时常挨冻受饿。面对此种形势，他虽仍然率领自己的人马坚持作战，可他却已经在冥冥中感觉到自己必死无疑了。

一天清晨，当其从军帐里出来检阅人马的时候，不禁大发感慨，于是便向全体将士叩拜道："此番作战，满人实在是穷凶极恶，吾督师击敌，然则命途难测，既与将士同受国家恩惠，只怕在疆场不得死，不怕在疆场不得生啊！！"

在场的将士们听了，无不感动得流下了眼泪，且全都因过于悲愤而不敢抬起头来看卢象升一眼。

随即，卢象升率所部人马前进到了钜鹿贾庄，并在这里扎下大营。其时，高起潜率关宁重兵也已经前进到了鸡泽，只距贾庄五十里地，卢象升便派杨廷麟前去请援，可高起潜却借故拒绝了，杨廷麟在和他道别的时候，只好无可奈何地说了一番诀别的话，他流着泪对高起潜道："杨某死在京师西市不如死在疆场，我以一死报效皇上还觉不够！"

高起潜却还是不理睬。隔两日，卢象升率领所部人马前进到了蒿水桥，突然和进犯到此的清兵相遇，当时手下的一员大将因为怯战，一见到清兵便率领自己的一班人马逃走了，在此紧急形势下，只有总兵虎大威和杨国柱紧紧地跟随着。卢象升便率领中军，虎大威率领左军，杨国柱率领右军，立时和清兵厮杀到一起。

战斗一直持续了好几个时辰，双方竟战成了一个平手，时至黑夜到来，清兵便退下阵去，而卢象升也鸣金收兵。

可是到了半夜，明军的整个周围却突然响起了号角声，原来清兵的数万骑兵竟又趁夜突然杀回来了，而且将整个明军围了个里三层外三层。

卢象升顿时便明白，自己已经陷入清兵的重重包围之中。不过，他还是不慌不乱地召集手下的人马来和清兵决一死战。

一时间，只听得炮声如雷，杀声震天，明军和清兵便悉数厮杀到了一起。但是，寡不敌众且又疲惫不堪而战斗力本就十分柔弱的明军哪里又是勇敢剽悍的清兵的对手，不过几个时辰，明军炮弹弓矢尽竭，绝大多数士卒死的死，逃的逃，完全溃不成军了。

总兵虎大威向卢象升请求突围，卢象升坚决不同意，仍奋不顾身地去和清兵厮杀。只见他穿着麻衣草鞋，手挥长剑，孤身和正不断涌来的清兵骑兵拼杀着。就在他一连斩杀了数十个勇敢剽悍的清兵之后，他也身中四箭三刀，终于跌倒在地。

当时，卢象升的掌牧杨陆凯眼见他已经战死，因害怕源源不断涌来的清兵践踏残害了卢象升的尸体，便奋不顾身地用自己的躯体伏在卢象升的尸体上，杨陆凯也身中二十四箭身亡。这样，卢象升所属的人马除了虎大威和杨国柱得以逃脱外，便全军覆没了。

当时，关宁监军高起潜得知卢象升不幸战死的消息，立即率领所属人马仓皇逃跑，可他又因为自己见死不救而害怕崇祯治他的死罪，便隐瞒了卢象升战死的情况。而杨嗣昌却怀疑卢象升没有死，于是便派出三名巡逻兵卒去查验他身上是否有崇祯的诏书，以便弄清卢象升战死的真相。

这三名巡逻兵卒中有一个名叫俞振龙的回来后对杨嗣昌说道："大人，卢象升确实战死了！"

杨嗣昌听了顿时便勃然大怒，而且还把俞振龙鞭打了三天三夜，俞振龙在快要被鞭打致死的时候，他还睁大双眼对杨嗣昌道："天道神明，可不能冤枉忠臣啊！"

杨嗣昌听了，仍不为所动。

当时，杨廷麟从战场上寻得了卢象升的尸体，见他守丧丁忧的麻衣还穿在身上，当即便流下了伤心的眼泪，一位士卒见此也立即号哭道："天啊，这就是我们的卢公啊！"

直到顺德知府于颍到来查验了卢象升的尸体之后，才将他战死的情况上报，事情也才终于得以大白于天下。即便是这样，兵部尚书杨嗣昌却仍百般加以阻挠，过了一段时间之后才对其加以殓葬。

也恰好在这个时候，内阁辅臣方逢年被崇祯罢官了。

当初火星变异的时候，刑部尚书刘之凤曾请求修改刑罚，崇祯皇帝虽同意了他的请求，但在内心却又十分厌恶他，一直在寻找机会欲加其罪。

适逢刑科摘检未完的疏稿，方逢年竟以追赃已久，人死财空，亲戚连累，几乎同瓜葛一样株连，拟轻判上奏，崇祯得知此情，遂下诏责备方逢年是有意疏忽。方逢年只好承认自己的罪责，于是，方逢年最终罢官归里。

刘之凤因得知崇祯对自己不满意，心里便一直闷闷不乐，而且每次上报狱状的时候，往往也遭到极为严厉的申斥，眼见方逢年都去职了，遂接连上疏称病谢归，可是崇祯却坚决不准。不几天，时逢范景文弹劾南京给事中荆可栋贪污，遂下刑部审讯，可刘之凤却对其从轻发落，崇祯得知这一情况，当即命令将刘之凤也逮捕下狱。

但是，清兵的进攻却并没有丝毫减弱，到整个冬天，清兵差不多已悉数攻下京郊的全部城镇。面对清兵的疯狂进攻，各地镇守的文官武将大都先后望风而逃。在整个冬天里，明朝损失城池不下四十余座。

自崇祯十一年十二月起，清兵开始悉数渡过运河，进入山东西部活动，到年底的时候，清兵的大部分主力都已经进入山东，而且开始向济南方向集结。

随着国家局面的每况愈下，崇祯不时地在自己的灵魂深处对自己的社稷自己的前途乃至自己的命运感到不安甚至惊恐。

不过，他在众位大臣面前的表现还算是过得去的，内心深处的惊恐与忐忑不安甚至各种错综复杂的念头也并没有时时地向别人泄露出来过，每当其神志清醒的时候，他所发出的旨意也时时能让文武大臣们感动。

一段时间以来，为了表示君无戏言，他也确确实实命令太监们打开了他的内帑或私人银库，让他们搬出好几箱金银并将其送到了户部，并且还让曹化淳、王承恩及小毛子等贴身太监大肆传播他的口谕："此番只要击退了敌兵满人，所有的将士朕要一律为他们加官三级！"

可是，每当他一回到自认为安闲的御书房与个人世界的时候，他原本就不时存在着的恐惧与压抑的心理又重新绞着他的心际。

然而，国家的形势和眼下的不利战局却并没有丝毫改变。

清兵在山东境内正在进行疯狂地劫掠，攻下了无数座城池，劫掠了数不清的百姓与财物，告急的文书每天都源源不断地送进宫里。

朝廷里根本就派不出像样的官员和将领去抵御清兵，只有任凭清兵如入无人之境一般在山东进行劫掠。

当杨嗣昌得知清兵正源源不断地南下时，因考虑到德州为南北交通的要道，便檄令山东巡抚颜继祖率三千人前往扼守。济南的防卫兵力便十分空虚，只有乡兵五百和莱州援兵七百，势单力弱，根本无法抵御强大的清兵。

面对此种形势，巡按御史宋学朱在章丘急忙驰还济南，与布政使张秉文、副使周之训、翁鸿业、参议邓谦和盐运使唐世熊等商议守城，并连上奏章向朝廷告急。

但是，面对此种形势，兵部尚书杨嗣昌根本不作任何答复。关宁监军高起潜所部人马虽说正在调驻临清，手里拥有重兵却根本不加援助，总兵祖宽和倪宠等也观望不动，清兵便轻而易举地兵临济南城下。

张秉文等分守城门，日夜不解甲胄，竟然没有一个援兵到来，如此，清兵竟轻而易举地很快将济南城攻下，张秉文虽身披铠甲和入城的清兵进行巷战，却毕竟寡不敌众，他在身中数箭的情况下最终受难而死。与此同时，以宋学朱为代表的一大批人及他们的家属也都一同战死。

破城之后，清兵在整个济南城内进行大肆屠杀和疯狂抢掠，一时间，济南城内血流成河，德王朱由枢也被清兵俘获。德王本是明英宗的儿子庄王朱见的六世孙，他被清兵俘获，其政治意义与影响十分巨大。当时，和他一同被俘的还有郡王一人和奉国将军一人，另有郡王五人、辅国将军一人和镇国将军五人被清兵斩杀。

崇祯在接连收到来自山东的告急文书之后紧接着收到的便是那出乎想象而根本无法补救的噩耗。连着几天，他的精神快要崩溃了，几个晚上都无法入睡，只几天时间，竟瘦成了皮包骨，一张原本年轻清秀的脸更是一点生气都没有。定睛看去，只有那一双眼睛因为连连失眠而显得通红一片，而整个心智则陷在半昏迷状态之中。

因此，他也根本想不到要立即处罚对济南失陷负有相当责任的兵部尚书杨嗣昌，却反而不断召他进宫，不断焦急万分地对他道："杨爱卿啊，济南既被满人攻破了，京师又会怎样呢？你可得要加强防卫啊，洪承畴现在何处，让他快快来京，看来，这京师没有了他可不行啊！"

在说了这样的一大通话之后，他似乎又突然想起什么一般，紧接着道："也是，当初要是真能和那满人讲和就好了，要是讲和了哪还有今天这样的事啊，嗯，杨爱卿啊，现在你还有什么办法没有啊，要是还能讲和就去和他们讲和好了！"

可是，他刚说完这一番话，待他在龙座上扭动了一两下身躯之后，却又突然恍然大悟地："噢，不可，不可，怎能和满人讲和呢？不能，不能，万万不能，他皇太极算什么东西，朕怎能去与他讲和啊！"

当他这样说的时候，他压根就没有注意到杨嗣昌的反应，跪在地上的杨嗣昌大气也不敢出。因为，打从济南告陷的消息一传来，他整个人差不多完全陷入了一种莫可名状的恐惧之中，他明白，自己对济南的失陷是负有不可推卸的责任的，不知道什么时候崇祯便要怪罪下来的，到那时，不仅自己头上的乌纱帽要掉了，弄得不好怕是连命都难保了。

他不禁想：皇上虽不断地东说西说，一向喜怒无常的他说不一定马上就要下令将自己凌迟处死了！他不禁全身又是一阵颤抖。

杨嗣昌不断地经受着精神的压抑和折磨，没隔几天，他的精神差不多也要崩溃了。

也就在这个时候，洪承畴率领他的西北军终于到达了，且不日就可以入京。

杨嗣昌一下觉得自己有救了，崇祯得知这一消息也觉得自己有救了，于是，他决定必须举行一个盛大的郊迎典礼，迎接洪承畴的到来。

洪承畴得知崇祯竟亲自为自己主持这么一场盛大的郊迎典礼，立时便有些受宠若惊。在他想来，随着卢象升的战死，他率领自己的人马来到京师，兴许自己建功立业的时候又到了。

一时间，在崇祯为其举行了盛大的郊迎大典又为他好好地犒赏了一批银两且御赐了一顿十分丰盛的晚宴之后，他简直已经完全忘乎所以了。

洪承畴到达京师还没有两天，崇祯便按照杨嗣昌的建议，调任洪承畴为总督蓟辽军务，又令已经先期到达的孙传庭为总督保定、河北及山东的军务。

本来，当杨嗣昌向崇祯提出让整个西北军或是留驻于京畿或是开往辽东以对付清兵这个方案的时候，孙传庭就十分反对，孙传庭曾对杨嗣昌说："秦兵万万不能留啊，秦地贼军未灭，若秦兵留下，那么贼军势力就必然会扩张，这可是在替贼军撤退官军了。况且秦兵之妻子眷属都在秦，若久留秦兵于边防，他们中必然会有不少人哗变逃回并会与贼兵合流的，这便是驱使官军在变成贼军啊，方今之时，安危大计，不能不审慎明察啊！”

即便如此，杨嗣昌却仍不听。万般无奈，孙传庭便只好上疏和崇祯争辩，但是，崇祯本来就是十分同意这种安排的，所以他也同样没有接受，却反而把孙传庭批评了一番。

也正在这个时候，京师却又突然发生了一场不大不小的地震，一时之间，崇祯既忧郁又恐惧，他一面命令宫廷道士紧急进宫念经说法，一面又把自己心中的惊恐乃至愤怒开始向大臣们发泄。

大明朝廷里又有了一番不大不小的人事变动。

一方面是甄淑代替刘之凤担任刑部尚书，一方面则是庄钦邻被任命为吏部尚书，原任吏部尚书商周祚因所谓的“逆推”选官有违圣旨被免了职。

与此同时，首辅大臣刘宇亮也已经走到了他的宦途的尽头。

当初，刘宇亮因为出京督察之事引起崇祯的强烈不满，而后来当其抵达保定得知卢象升战死，清兵很快将至之时，他竟被吓得面无人色，急忙前往晋州躲避。但晋州知州陈洪绪却紧闭城门不接纳，士民百姓也发誓不接纳一兵一卒。

刘宇亮得知，顿时被气得勃然大怒，并发出令箭命令：“赶快开门迎接，否则军法从事！”

陈洪绪却也传话道：“督师此来，本应前进作战，怎么竟要收兵退入城中呢？粮草若不够，责任自然是在朝廷里的主管部门，想入城中我是不敢听命的。”

刘宇亮于是紧急上疏弹劾陈洪绪，崇祯因不明就里竟下令将陈洪绪逮捕下狱。晋州士民得知此情竟有一千多人跪到京城里来为陈洪绪请愿，崇祯见此，便明白，陈洪绪是被冤枉了，遂将陈洪绪紧急调用，并因此而对刘宇亮有了不好的看法，在他看来，刘宇亮不能任事，只会扰民。

当清兵大举进入山东后，刘宇亮竟又畏缩不前，而且在拖延了一阵时日后才将人马移驻到了天津。于是他便因此而害怕在清兵离去京师戒严解除后自己获罪，便上疏劾论几位将领退缩不前之罪，从而为自己推卸责任。

当涉及一位名为刘光祚的总兵逡巡不前的罪状时，崇祯看罢刘宇亮的奏疏，立即下令将刘光祚斩首。

可是，刘宇亮这时却考虑到因战事未平，自己还要依仗这些手下将领来保卫自己，若这样突然斩杀了大将，必然会生出变故来，于是他只是将刘光祚逮捕下狱算是了事，并又在这时再一次向崇祯上了一道奏疏，为刘光祚报请武清之战的功劳。

崇祯看了这样一份前后矛盾的奏疏，很生气，遂命令科道九卿的官员一起朝议刘宇亮其人其事，当然朝议这件事的本身文武大臣们很明显地看出了崇祯的意图在哪里，他们没有一个人说刘宇亮的好话，都说刘宇亮是如何玩忽国事，实在是太不敬了，等等，不一而足。

万般无奈，刘宇亮只好紧急上疏为自己辩解，崇祯又让内阁及六部大臣一起来部议，而部议的结果便是让其贬职赋闲。即便如此，一些大臣却仍不觉得解恨，给事中陈启新又紧急上疏弹劾刘宇亮，崇祯便将他革职归籍。

随即，次辅薛国观接任他出任了首辅一职。

处理完刘宇亮，崇祯似乎又觉得自己终于可以松一口气了。也许是命运对他的恩宠，到这时他似乎也确实应该松一口气了。因为，对于他来说，自清兵再一次入塞以来，清兵所加给他的不安、惊恐与忧虑太长了，他已经有些受不了了。

也就在这个时候，清兵的这次入塞在取得了巨大的胜利之后就要凯旋了。

其时，清兵在大肆抢掠山东并成功地攻下济南之后不久，清兵的右翼统帅岳托却因得上天花而死，而与此同时，清军的不少将士都因为水土不服或者因为染上天花而死亡。面对这种情况，多尔衮觉得此番入塞已经战果辉煌了，所以便决定撤军。

随即，清兵便集结北上，一路经天津卫向东，而明朝官军则趁势跟在清军的后面来收复所谓的失地。因此，至这年的三月，清兵便终于从青山口安全地撤回了满洲。

清兵此番远征中原，纵横两千余里，先后败明军五十七阵，攻陷了明朝包括山东省城在内的五十余座州县，共斩杀明朝两名总督和百余名各级文武官员，俘获人口牲畜共计四十六万多，其中包括亲王一名、郡王一名，掠夺白银近百万两，其他各种财物不计其数。

和前几次清兵入塞一样，崇祯在威胁被解除之后所紧接着的也就必然是对所谓的失事诸臣的严厉的惩处，由于这一次清兵危害最为惨烈，因此这一次的惩罚似乎也就自然比以往各次更为严厉。

也正是在这个时候，崇祯才真正表现出了他的才干。

清兵刚一撤退，给事中李希沆便上疏道："皇上自登基以来，京师有三次戒严，己巳失事的罪责没有核查处理，致有丙子失事；而丙子失事的罪责没有核查处理，终致有今日之后果。"

很明显，其话语直指中枢辅臣兼兵部尚书杨嗣昌。

与此同时，御史王志举也紧急上疏弹劾杨嗣昌，他在奏疏中写道："杨嗣昌误了国家大事，请用丁汝夔和袁崇焕误国受惩的旧例来对他进行惩罚。"

看罢这两份奏疏，崇祯不禁立时大怒起来，于是李希沆遂被贬职，而王志举则被剥夺了官职。

随即，崇祯任命杨嗣昌专门来负责对各文武大臣之失职的处理，并经过崇祯的认真筹谋，而议定文武诸位大臣之失事之罪的不同等级。按照他们的议定，这种罪行一共分成了五等，即“守边失机”“残破城邑”“失陷藩封”“失亡主帅”“拥兵观望”，这便是崇祯施行的著名的五大法案。

兵部和刑部经过认真的审核，确定将蓟镇总监太监邓希诏、分监太监孙茂霖、顺天巡抚陈祖苞、保定巡抚张其平、山东巡抚颜继祖、山东巡抚倪宠、蓟镇总兵官陈国威、援剿总兵官祖宽和李重镇，以及副将以下直至州县民员一共不下三十六人一同判处死刑，且立即执行；与此同时，又有上百名各级官员被遣戍、削籍、罢官或是降级，而只有辅臣兼兵部尚书杨嗣昌仍然受到崇祯的信任和恩宠，没有受到任何处罚。

也正因为这一次崇祯想要好好地给他的文武大臣们一点颜色看看，因此，他命令将那些要被斩首的官员集体执行。

崇祯在处理了一大批所谓的负有失事之罪的各级官员之后，他又把自己的精力投入到有关清兵这次入塞的善后事宜。

经过认真的思量，崇祯看出，在这些善后事宜中最为重要的便是整顿加强从山海关到甘肃的所谓九边长城防线。

崇祯看得明白，清兵已经随随便便或说轻而易举地从各长城要塞进进出出过四次了，而且又数次给京畿及其附近的广大地区造成了极为严重的破坏，如果不能将这些长城要塞修补加强，建立一道坚强的防线，说不一定某一天当清兵再一次到来的时候，便会最终攻入至关重要的京城重地了，如此，后果便更加不堪设想。

他把辅臣兼兵部尚书杨嗣昌专门请来认真商量这一问题。

杨嗣昌似乎对这一问题早就有过思考，一见到崇祯便说出了他的看法，他认为：“正是由于清兵作战勇敢剽悍，是以，唯一的办法便是在九边各处要塞增练新兵，用强大的兵力来抵御清兵无论从哪一个方向的突然进犯。”

紧接着，他便十分详细地说出了早就思谋好的详细方案：“宣府、大同、山西三个边镇，共有军兵十七万八千八百余人，以三名总兵练兵一万，总督练兵三万，以两万军兵驻守怀洡，一万军兵驻阳和，东西互为策应，其余军兵交由各镇监军及巡按以下各官员分练。延绥、宁夏、甘肃、固原及临洮五个边镇，共有军兵十五万五千七百余人，以五名总兵各练兵一万，总督练兵三万，以两万军兵驻守固原，一万驻守延安，东西互为策应，其余军兵交由巡抚和副将以下官兵分练。辽东和蓟镇共有军兵二十四万余人，以五名总兵各练兵一万，总督练兵五万，从关外锦州到关内居庸关，东西互为策应，其余军兵则交各镇监军和巡抚以下官员分练。除此，还须裁汰督治通州和昌平的二名侍郎，在保定设一总督，这样畿辅、山东及河北军兵合在一起，共十五万七千余人，四名总兵各练兵两万，总督练兵三万，北自昌平，南到河北，得到警报就可以互为策应，其余军兵交巡抚以下官员分练。而且畿辅之地又十分重要，臣建议增设监察的监司官四名，一人监管大名、广平及顺德，另三人则分驻于真定、保定及河间三府，蓟辽总督手下也可一同增设三名监军。”

很显然，这是一个十分庞大的扩充军队的计划，总计要训练军兵七十三万余人，崇祯听后不禁欣喜异常，对其十分赞同。

当然，如果真要有这样一支人数众多又训练有素的军队，也许确实能够抵御住清兵的再次进犯。可是，要凑足这样一支庞大的军队，那也就必然大规模地招募新兵。更为重要的是，增兵必然也就要增饷，且训练人马和改善装备都得需要大量的银两，这样一来，增兵又增饷的老问题就又一次重新摆到了崇祯的面前。

经过杨嗣昌的初步估计，要完成这个十分庞大的增兵计划，朝廷每年至少要多拿出四百多万两白银的军费。可是，这笔军费对于财力已经极度空虚差不多已近于崩溃的大明皇朝来说，却又是一个天大的问题，可以说，根本就是无法解决的。

杨嗣昌提出这一方案，一方面等于为崇祯打了一剂强心针，一方面却又为他出了一个根本无法解决的难题。

自登上皇帝的龙榻宝座始，崇祯便总是在为兵力的不足和粮饷的无法解决这两个相互矛盾却又有着十分紧密联系的问题伤透了脑筋，他也十分明白，面对这两个无法解决的问题，通常总是在想尽一切办法之后，最终又仍是在老百姓的头上打转转。这个沉重的负担最终还是落到了黎民百姓的头上。

也恰在这个时候，崇祯又正好接到了一个名为杨德昌的副将的紧急奏疏，他在奏疏中说，已经沉寂一段时间的贼势似乎又有了死灰复燃之势，因此为了对付可能会重新出现的大股农民军，各地的地方武装需要立即加强才是，他建议：“府裁汰通判，设练备，官职次于守备；州裁汰判官，县裁汰主簿，设练总，官职次于把总；并授权府、州、县主管的正官管辖，专门训练民兵，每府一千人，每州七百人，每县五百人，捍卫乡土，不往他处调动。”

杨嗣昌得知这个情况后，立即向崇祯上了一道奏疏，他提出：“军情有轻重缓急之别，应先在畿辅、山东、河南及山西实行。”

崇祯看了两份奏疏后，不禁细细地想了想，眼下必须得再一次往百姓头上加派了，既有内忧又有外患，哪一个都是不可轻视的，而这却需要一大笔钱。看来，若不向百姓头上加派，实在也没有别的办法了，既要加，少加是加，多加也是加，不如一下加足算了。

于是，他立即提起朱笔在两份奏疏上写上了“准奏”，同意把全部训练边兵和民兵的费用一起同时加到本就在死亡线上挣扎的百姓们的身上，总数达七百三十万两。

当初，杨嗣昌曾经增设了剿饷，为期一年而止，后来“剿饷”用尽了，可农民军却并没有被平定，于是朝廷又让征原饷的一半。可督饷侍郎张伯鲸却请求按原饷数全部征收，崇祯一开始也不同意，担心这样会失信于民，可是杨嗣昌却对他说：“无伤大体的，所加饷赋皆出自于土地，土地又都归富裕之家所有，而每百亩土地只增加饷银三四钱，这样也还可以抑制他们对土地的兼并！”

于是，崇祯便同意了。而今，他却在“剿饷”之外又增加了名目，杨嗣昌和薛国观更是将其称为“练饷”，这也就是说，大明朝除继续向老百姓征收早就到期的“剿饷”之外，而今又增加了一个所谓的“练饷”。这样一来，这一时期的加派总额便已经达到每年一千六百九十多万，已经超过了原来一千五百三十万的正额税收。

这种沉重而不堪忍受的加派自然引起了不少人的不满，崇祯刚一降旨公布这一政策，一位大臣便向他上疏指出：“九边重镇自有规定的饷额，一概给予新饷，那么旧饷又怎么办呢？边兵有很多空额，现在当作全额计算，饷用光了，虚耗了，而训练的兵卒数量却仍然不足，况且兵力分散驻守，不能经常聚集到一起，所以，有抽出部分军兵训练的提议，抽出部分军兵训练，其余的军兵可不再过问。所谓抽出训练，仍属于一纸空文，边防却越来越虚弱，至于州县的民兵也没有实数，白白地耗费了大量的饷额。”

但是，由于“剿饷”与“练饷”都是杨嗣昌的主张，所以崇祯终没有裁夺。

于是，御史卫周嗣、郝晋等都相继弹劾杨嗣昌，说百姓对他的仇怨已经达到顶点，云云。但是，崇祯却仍不为所动。

解决了军费加派的问题，崇祯终于觉得自己可以舒一口气了，因为在他看来，只要有了钱，就会有军队的；只要有了军队，也就必然最终能解决多少年来一直在困扰着他的内忧外患的一切问题。

这样，朝廷里又有了一次不大不小的人事变动。

由于他一直以为自己的行动与内阁有着十分紧密的关系，而当下内阁在工作之时却总是不很得力，他认为其根本原因便是参与机密政务的人少了些，而且随着首辅刘宇亮的去职，人手便更加不够了。

于是，他便以礼部侍郎姚明恭、张四知和兵部侍郎魏照乘三人为礼部尚书兼东阁大学士，参与机密政务。

本来，就能力来说，这几个人都是极其平庸的，张四知尤其如此，他本身就曾经因为贪污被弹劾过，当时，他跑到崇祯的面前跪下不断为自己辩解，说由于自己太老实，很孤立，所以一些大臣就有意整他。崇祯对他十分同情。而这一次，经过薛国观的推荐，他竟然被提拔为内阁大臣。

在进行了这样的一番人事安排之后，崇祯和他的军事大员们一起又把自己的工作重点放到农民起义军这个心腹大患上来了。

在此之前，农民起义军的几股主要势力中，张献忠已经被朝廷招抚，李自成只是一个光杆司令，可是大别山区的“革左五营”仍然不受朝廷的招抚，中原各地的小股农民军也还在四处活动，而到这时，已经被招抚的张献忠和罗汝才这两大农民军的主力似乎已经有了种种反叛的迹象。

在此之前，崇祯已经接到了有关张献忠和罗汝才两人心怀叵测伺机而反的奏疏。

为此，杨嗣昌便向其秘密建议，趁张、罗两部尚未动手，迅速调集兵力，以先发制人的手段扼杀掉这两支武装。

对这一计划，一开始崇祯便不同意，在他看来，张、罗二人既已被招抚，无论怎样也就算是吃朝廷俸禄的人了，若一旦对他们重施围剿，只怕会引起不好的后果。可是，这一次崇祯虽说这样想了，对计划也同意，可一时之间却似乎又没有了主见，他似乎又感到，若大患不除，自己也就总不能心安，最后他还是同意了杨嗣昌的计划。

辅臣兼兵部尚书杨嗣昌便开始了调兵遣将，入卫京师的甘肃总兵柴时华部和宁远总兵祖大弼部南下湖广，陕西总督郑崇俭则率陕西军东出潼关趋襄阳和郧阳，四川巡抚傅宗龙则领川军入郧阳，再加上湖广总督熊文灿所直辖的人马，便可以对谷城和房县一带进行四面围剿。

只可惜，杨嗣昌的如意算盘还只是停留于纸面上，没来得及实施，张献忠和罗汝才就再一次举旗造反了。他们烧了谷城县衙，打开了谷仓，释放了牢里的罪犯。不到几天，本来已经卷起来的“八大王”的大旗又重新迎风飘扬了。

占领谷城之后，张献忠便率领自己的人马从谷城一路杀下去，沿途还不断大肆招兵买马，而且以前的各旧部也纷纷来归，整个这一带的情势也就越发不可收拾。

五省总督熊文灿得知张献忠和罗汝才重新反于官府，一时竟震惊得手足无措，急忙请求崇祯敕令湖北巡抚方孔召防御荆州和当阳，郧阳巡抚王鳌永则防御江陵、远安，陕西巡抚丁启睿和四川巡抚邵捷春备率人马严密把守各自所辖地区。

但是陕西总督郑崇俭却主张联合攻击，议而不决，方孔召请求率部下扼住德安和黄州，以防守承天并保护献陵和长江，汉水以南专门责成王鳌永防御。当时，方孔召因早就料到张献忠等迟早是要反的，因而一直暗中厉兵秣马，准备战守，所以重新揭竿而起的张献忠和罗汝才便在很大程度上不能不对其有所顾虑，自然也就不怎么敢向东进攻了。

这股重新掀起的造反势力在大明的朝堂上引起了相当的震动，崇祯一得知张献忠和罗汝才又重新造反了，当天连晚膳都没有用，独自一个人到御书房去生闷气。

整个这一夜，他想了好多好多。等精神稍稍安定，他便连连降旨，痛责熊文灿招抚失当才终于有了今日之祸。

还好，他在把熊文灿痛骂了一通之后，并没有说要将他怎样处置，只是让他要好好地戴罪立功，急速派出人马在最短的时间内将这股重新造反的势力悉数剿灭，而且还命令熊文灿在可能的情况下能够将张献忠生擒并送往京师，说他要亲自对他进行审讯，还要将他凌迟处死，云云。但他还是不解恨，竟把本来和这件事没有多少关系的孙传庭也逮捕下狱。

孙传庭本来就性子有些急躁，当他得知张献忠又重新造反的消息时，不禁大骂熊文灿，说他当初非要招抚，弄得现在成了这样，一气之下，他又向崇祯紧急上疏，并向其提出了一整套建议。可哪想到，大太监曹化淳竟向崇祯报告了孙传庭对招抚之策所说的话，崇祯一听，这时才想到，当初可正是自己才最终决定了这一招抚之策的，今儿他孙传庭说当初的招抚之策如何如何，那不就是在指责他这个堂堂的皇上了吗？于是，崇祯便暗暗在心里对孙传庭有了不满，自然，孙传庭所提出的这一整套主张也就不可能被他所接受。孙传庭得知崇祯没有接受自己的建议，很是愤怒，进而一气之下装起耳聋来，且还托病不朝，更进而请求退休。

当初，孙传庭入援京师的时候，卢象升刚刚战死，他受命代理统率各镇援军。当时，他曾认为边关事态是由计划决策的错误所造成的，遂请求崇祯召对决定边疆大计。但是杨嗣昌和高起潜却因为和孙传庭不和竟从中加以阻挠，这样一来，孙传庭竟被不准入朝。但是，当他得知自己被任命为保定总督的时候，便上疏请求觐见崇祯，不想，奏疏竟首先被正在内阁当班的杨嗣昌看到了。杨嗣昌一看既是吃惊又是生气，说孙传庭当初曾经说过一些有关自己的坏话，便让送奏疏的人把孙传庭的奏疏送回去了。孙传庭一看自己的奏疏竟被原封不动地送回，顿时愤怒之致，公开地把杨嗣昌痛骂了一顿。杨嗣昌得知此情，暗暗地记恨在心，并发誓待时机到来时，一定要好好地报复一顿。

如今，当得知孙传庭因生皇上的气竟然要装起病来，他顿时欣喜异常。杨嗣昌便告了孙传庭的御状，说孙传庭以有病为托词，是以此在发泄自己对皇上的不满。

本来正被张献忠和罗汝才的重新揭竿而起弄得忧郁心烦的崇祯，一气之下命令将孙传庭逮捕下狱，还贬斥为民；又令巡抚杨一俊核实所谓的孙传庭装病的真伪。

杨一俊对孙传庭有些同情，私下经过一番调查后，在给崇祯的奏疏中说："孙传庭实在是耳聋，并非假托称病。"

杨嗣昌将这一情况向崇祯报告后，杨一俊也就被一同逮捕下狱了。孙、杨二人虽说被关在了狱中，但满朝的文武大臣却同情他们的命运，不少人私下都在不断说他们二人的好话。可是一到上朝的时候，大家却又唯恐自己头上的乌纱帽保不住，竟连屁都不敢放一个，这样一来，孙传庭和杨一俊也就只好待在狱中了。

到这时，兵部尚书杨嗣昌却因清兵入塞时山东和畿辅失事这事向崇祯请罪，并请求辞去兵部尚书一职，推荐四川巡抚傅宗龙代替自己，崇祯批准了他的请求，命傅宗龙为兵部尚书。

与此同时，崇祯又接连不断地接到有关全国各地灾情的报告，尤其是畿内、山东、河南及山西等地的大旱和蝗灾。由于灾情的日益严重，各处入草为寇者又越来越多了，于是给事中王家彦便上疏道："我看见陕西和山西一带，饥饿的灾民相互鼓励，成百上千的人为一群。如果守令官员早为处置，何至于相继为盗贼，盗贼又何至于破坏到如此的地步！舆论认为这是考选官吏的法令所造成的，催租急迫的人为上等政绩，督责严厉的人号称为奉职守法的好官，不孝而又贪婪的人以对下属的严酷来满足其无厌的贪欲。有一两位贤明的官吏，却受法令条文的束缚，无法施展其抱负。只有放宽法禁，统一安抚，聚合的盗贼就可以散去了，散去的就不会再聚合了。再有捕蝗虫的原有制度，命令吏部每年九月颁发勘合于有关方面，请求予以切实的执行。"

对于越来越严重的灾情和越来越多的贼寇，崇祯不禁忧心忡忡，所以，一看王家彦的奏疏，便全部采纳了他的建议，并立即颁发了一个圣旨，要内阁照此执行。

其时，五省总督熊文灿一接到崇祯对他的痛骂又让他戴罪立功的圣旨，他便对自己当初所提出的招抚之策后悔莫及，他向崇祯上疏请罪，表示要倾其全力剿除这股重新燃起的烽烟，并立即派出总兵官左良玉率部进剿，希望能快快地侥幸一胜以脱罪责。

当时，张献忠在会合了罗汝才之后，正从房县一路向西进发，已经先期来围剿的总兵官张任学率领人马不断地予以追击，但因不能战胜，只好做做样子。

左良玉在接到熊文灿的命令后，立即气势汹汹地一路掩杀过来，并要求张任学派出一部分兵力配合他的进攻，张任学派自己的中军罗岱配合左良玉追击。左良玉命罗岱为前锋，而自己则跟随其后。

离房县城八十里的地方有一座罗猴山，这里山高林密，地势险要，是一个打伏击战的好地方。张献忠和罗汝才得知官军正气势汹汹地一路掩杀过来，早早地在这里设下了埋伏。

左良玉及罗岱所率的官军气势虽十分凶猛，但是由于粮草不足，加之又对地形不熟，很快就士气不振。而张献忠派出的小股人马却又不断地袭扰并慢慢地将其诱进了早已经设下的伏击圈。

罗岱及其前锋刚一进入伏击圈，四面八方的农民军立即冲杀而出，于是，罗岱和副将刘元捷只好指挥人马勇敢地向前冲杀，以图杀出一条血路，可是不承想，罗岱的战马又被藤萝挂住了，罗岱抽刀砍断，摔倒爬起来又往前进攻，最后竟抛掉战马进行战斗。

这时，农民军将士已经从四周包围上来了，罗岱遂取囊中的数十发箭矢射击，农民军将士一时间虽受伤无数，可他毕竟寡不敌众，当其箭尽之后便最终被农民军生俘，因不屈而被斩杀。

随后到达的左良玉得知前锋已经和农民军战斗在一起了，以为自己可以和农民军大战一场并从此可以将农民军悉数剿杀，欣喜异常，竟命令自己的人马奋不顾身地向前冲杀，但是当其得知陷入了农民军已经设下的伏击陷阱的时候，悔之晚矣。

这样，战斗持续了整整一天，左良玉所率的官军被打得大败，官军被张献忠和罗汝才歼灭一万余人。左良玉拼命突围，最后好不容易突出重围时，身边却只剩下不到一千人的残兵败卒，甚至连总兵官的关防印信也在逃跑中丢失了。

崇祯得知左良玉战败的消息，顿时愤怒异常，他原以为熊文灿此番无论怎样也会派出人马把张献忠和罗汝才的嚣张气焰打下去的，即便一时不能将其悉数剿杀，最起码也把他们打得落荒而逃，可哪曾想，却反而是自己被打得惨败。

气急败坏的崇祯立即发出命令，并派出使臣前往将五省总督熊文灿逮捕下狱，并押解到京交刑部候审。与此同时，总兵官左良玉因轻敌冒进被贬官三级，总兵官张任学被革去官职。次辅姚明恭因和熊文灿多少有些亲戚关系，得知熊文灿获罪下狱，马上借上朝之机，试图拯救，崇祯则越发大怒，当场命令将熊文灿判处死刑。

【第十三回】

凛凛将军出征去，漫漫黄沙卷地来

崇祯虽说终于将负有不可推卸责任的五省总督熊文灿逮捕法办了，可是，当稍稍静下心来的时候，他更加陷入了莫可名状的踌躇与忧虑之中。

他明白，熊文灿已经被自己就这样处置了，可是眼下由谁来担任这前线负责围剿的总指挥呢？这对他来说，一时间竟成了一个十分棘手的问题。

他知道，在闻名于世的几个最为有名的军事统帅中，卢象升已经战死了，洪承畴又担任了蓟辽总督的大任，他担负着防御清兵的重要任务，那可是万万抽调不得的。而另一个不久前才崭露头角的原任陕西巡抚孙传庭目前又被自己关在了狱中。

毫无疑问，方今国无良将，他作为堂堂的最高统帅，又怎能不十分着急呢？

当此之时，他却一连接到杨嗣昌两份请罪的奏疏，而且又接连停止了他自己在内阁和兵部的公务，完全一副负荆请罪的样子，崇祯不能不感慨万端，想了很久，最后在他的奏疏上批示让他继续回内阁任职，朝堂上没有了杨嗣昌似乎还是不行的。

但是，他没有想到的是，不出一天他竟又接到了杨嗣昌主动请罪的奏疏，而且在奏疏中言明自己曾经作为兵部尚书和辅臣对于叛贼的重反同样有不可推卸的责任，虽然当初自己是一再坚持要对张献忠用兵围剿。

崇祯还是觉得好生奇怪，想：朕不是已经批示，让你仍回内阁上任就是，怎么又来请罪呢？请罪，请罪。兴许你杨嗣昌还真有不可推卸的责任！

崇祯当时眉头一皱计上心来了，好，朕不是正在找一个前线的总指挥吗？你既然说自己有罪，那朕就叫你去戴罪立功好了，再说，朝廷派出堂堂的一位辅臣去做前线的总指挥，也就更有号召力。

一想到这里，他不禁顿时欣喜异常，为自己能想出这样的好主意而得意忘形。于是，他便提起朱笔在杨嗣昌的这份奏疏上批道："辅臣屡疏请罪，更见诚恳。如今叛寇猖獗，总理革任，以辅臣才识过人，办此事应付裕如，可星驰往代，速荡妖氛，救民于水火。凯旋之日，优叙隆酬。”

很明显，他的批示虽显出了某种恩宠，但是字里行间对其任命却又是没有任何商量和推托的余地的。

这种不经过内阁及部务会议，又不经过本人的同意，就任命一位堂堂的内阁辅臣去前线督师实在是少见，因此，朝臣们和杨嗣昌本人都感到非常意外。

但是，对于杨嗣昌来说，他这几年来一直深受崇祯的宠爱和知遇，对其来说一直都是充满感激之情的，眼下皇上需要自己出朝督师，显然是要自己为他担当大任，以挽救国家的危难，因此无论怎样他也只能竭尽全力，来为这位对自己有知遇之恩的皇上效犬马之劳。

辅臣督师是一件前所未有的大事，因此一经决定，有关部门便马上为其准备敕书、印信、议礼及军需等各方面的事项，并且还正式议定，杨嗣昌此番出朝是以礼部兼兵部尚书及东阁大学士到前线督师的。

就在杨嗣昌出行前，崇祯于九月初四日召见了他，杨嗣昌一来到养心殿，他便让自己的贴身太监小毛子和王承恩去迎接。一来到大殿里，本来杨嗣昌是要准备叩头施礼的，但是他还没来得及跪下去，崇祯便立即止住了他，并当即为他赐座。

杨嗣昌感激不尽，等其刚在一旁的一张黑漆雕花的椅子上坐下，崇祯便一面吩咐一名小太监为其端上一碗御茶，一面则语重心长地对杨嗣昌道：“杨卿此番前去可得小心从事啊，千万不可轻敌，张献忠曾惊祖陵，绝不可赦，其余不妨剿抚互用。”

杨嗣昌赶紧跪俯在地说道：“臣遵旨，臣此番督师，定不会辜负皇上重托，请皇上放心便是。”

但是他这样说的时候，心里却在想：“其实当初挖了祖陵的并不仅仅是张献忠，而后来对他的招抚除了熊文灿确实应该负相当的责任外，皇上当初也还是同意的。”不过他又明白，崇祯之所以这样说，是为他的此番出征确定一个原则，也就是必须把张献忠作为重点打击的对象，而对于其余的农民军则可以区别对待。

杨嗣昌不禁又想道，皇上这样想，兴许也是有他的道理的，自己此番前往不妨就按此执行就是。

杨嗣昌就这样想着，而这时，小太监也已经为他端上茶来了，他一边接茶碗，一边仍是回到适才所坐的椅子上。

但是，他还没有完全坐好，崇祯却从自己的龙椅上漫不经心地站起身来，笑吟吟地道：“杨卿啊，你此番出征为朕剿贼，朕亦没有什么所勉慰的，朕昨日夜里草了一首短笺赠予你，就算朕对卿临别的勉励吧！”

说罢，他便将案几上一张不大不小的黄表纸样的东西交给了站在一旁的小毛子，并示意小毛子将其拿给杨嗣昌。

当杨嗣昌跪在地上一边叩头一边诚惶诚恐地将那张黄表纸恭恭敬敬地拿到手中的时候，他差不多快要感动得流出眼泪来了。

待他抹了抹自己发红的双眼仔细地看着这张黄裱纸的时候，他发现，那上面竟赫然是一首书写得十分流畅工整的七言绝句：

盐梅今暂作干城，
上将威严细柳营。
一扫寇氛从此靖，
还期教养遂民生。

从这首诗中，似乎能够看出当今皇上是有一点功力的，诗中用了好几个典故。里面所说的盐和梅本是古代的两种调味品，商代的午西曾任命傅说为大臣，说他好像烹饪中的盐和梅一般重要，于是后人便以盐梅指代宰相，自然也就是指的杨嗣昌这位辅臣了。

诗中的干指的是盾牌，而盾牌和城池则是古代主要的防御工具和设施，诗中是用以来将杨嗣昌比作捍卫国家的将领。细柳营则是汉代名将周亚夫的营盘，他曾在平定吴楚七国之乱的时候起过极为重要的作用。

杨嗣昌能够明白，崇祯是把自己放到了怎样的地位，由此便也看出皇上对自己寄予的希望。当然，他更明白，在崇祯的一生中，他很少给其他朝臣赠过诗，可这一次他不仅御笔亲题，而且还把杨嗣昌比作一位历史上难得的贤相和良将，对他所寄予的希望与企盼也就不言而喻了。

看罢这一首御笔亲题的诗笺，杨嗣昌简直感动得不知该说什么才好，于是，他便又一次撩起官服跪俯在地连连向崇祯叩起了响头。

两天后，杨嗣昌终于离开京师出征督师了，当其离开京师的时候，在京的大小官员皆出城隆重送行。一时间，在正阳门外，仪仗森森，锦旗招展，一面红底黑边的帅旗格外引人注目，上书当今皇上御笔亲题的“盐梅上将”几个赫然醒目的大字，全体送行的官员和众亲兵将士在其引导下一个个无不肃然起敬。

作为礼部兼兵部尚书及东阁大学士出任督师的杨嗣昌坐在自己的军架上，更是显出一副自得意满的风范，他的后面紧跟着的是他的亲兵“上将营”，这些将士一个个也全都显出一副勇敢剽悍的样子。当他转过身来看着他们出行的风范的时候，杨嗣昌的心里似乎满意极了。

杨嗣昌一离开北京，因为身负崇祯的重任，丝毫不敢怠慢，一路疾行，仅仅二十几天的时间就领着他的亲兵“上将营”赶到了围剿农民军的大本营——襄阳。

一到达这里，杨嗣昌便立即行动起来，首先召集所率的文武官员召开了一个十分全面而彻底的军事会议。

在会议上，他一面传达了崇祯的旨意，一面全面而又透彻地分析了当前的军事形势，他又听取了有关人士向他就整个湖广一带的贼寇形势的情况汇报，尤其是张献忠和罗汝才等人的情况。

其次，便是严格地整饬军纪，在杨嗣昌看来，官军在和农民军、清兵的作战中总是失利，其中一个根本的原因便是官军的纪律太涣散，军令不行，总兵官不听调度，为此，他向各总兵官申明，在正式出剿贼寇之前，必须要严肃地整顿军纪，并为此而制定了一系列严格的措施。

杨嗣昌到达襄阳的另一个重要措施便是加强襄阳的城防，为此，他也向各位将士们言明，作为整个剿敌的大本营，他必须要将此城修得固若金汤，使全体将士都能有一种必要的安全感。这算是杨嗣昌新官上任所烧的三把大火了。

与此同时，他在整饬军纪的同时，又在军中实行了一定程度的军事改革。根据当初崇祯给他的指示，他决定把这次围剿的重点放在张献忠身上，但是他又认为以往那种分兵各进的战法是很难给对手以决定性的重创的，因此他决定在军中设置一位能够统一调度的大将，以集中军权，从而便于指挥调度。

经过认真考虑，他决定任命总兵官左良玉为统领各路军权的总指挥，称之为“平贼将军”。左良玉立即行动起来，厉兵秣马，不敢有丝毫的懈怠，下定决心，此番他一定要大干一场，似乎有一种不打败张献忠誓不为人的样子。

杨嗣昌就这样认真而充分地做着准备，并不急于发兵，而是积极地整顿部队，调配力量，囤粮输饷，巩固后方，准备蓄力而发，一举取胜。

当杨嗣昌在襄阳城里为自己的胜利充满信心的时候，远在江南的周延儒连日来却寝食难安。

一段时间来，周延儒因忙于做一篇文章，一直大门不出二门不迈，暂时闭门谢客，想好好地静下心来把这篇文章做出来。

这是一篇对当今形势进行全面分析并对大明朝应该采取的对策进行详细论述的长文。在他看来，他周延儒的复出只是时间的问题，因此他必须在自己复出之前就理清思路，甚至能够对上上下下的问题的处理都能预先有一个完整的方案，一旦走马上任，便能立即大干一场。

可是，当他把文章做完的时候，他却突然得到了薛国观任首辅的消息，当然这对于北京城里的人来说，这一消息本就算不了什么，可当其传到周延儒的耳朵里的时候，这却是如此的新鲜刺耳。

紧接着，他又得知杨嗣昌被任命为剿贼督师的情况。一时间，他简直好几天食不知味寝不安枕，一连几天，他都是在自己那间附庸风雅的书房里静坐。

此时，他便静坐在这间书房的窗前，仰视的双眼透过模糊的窗纸不断观望并叩问云里雾里的天空，不时发出几声喃喃的叹息："薛国观这小子运气怎么就这样好呢？杨嗣昌既去做前线督师了，内阁的辅臣不是更没人了吗？老夫已经闲散了这么多年，可究竟还要让老夫等到什么时候才能东山再起呢？"

一想到这里，他便又一次长长地叹了一口气，随即又倒背着双手在屋子里踱起了方步，嘴里却不断喃喃道："老夫究竟还要等到什么时候呢？他薛国观是再平庸不过了，而且真正说起来他也和温体仁是穿同一条裤子的，皇上怎么就想起他了呢？平心而论，老夫在才干上比内阁里所有的人都强过十倍百倍，可皇上为什么就总是想不起老夫呢？看来，皇上兴许已经忘记老夫了！"

这时，家里的一位仆人为他端进一碗茶，他也把手一摆，示意他端下去，他似乎连喝一口茶的兴趣都已经没有了。可他的心里却仍在想着："温体仁归籍后虽说已经在不久前死了，可眼下朝中做首辅的竟仍是温体仁的人，那么有一个温体仁集团的人在那里把持朝政，老夫还会有机会吗？老夫还会有希望吗？"

他不禁感到一阵出奇的悲哀。

这几年来，他为了自己能东山再起已经付出了不少心血，不说别的，只是为了和复社的人士结交让他们有朝一日能为自己造造声势出出力，就已经费尽了心思。而且为此自己也进行了不少的投资，一会儿帮他们和形形色色的考官搭桥，一会儿又帮他们一起去救钱谦益。可如今呢，自己所做的一切都白做了。

一想到这些，周延儒也就越发地不甘心，一张本来清秀却不无忧虑甚至愤怒的老脸竟时而青一阵时而红一阵的，脸上的肌肉也已经变了形。

即便如此，面对这种对自己似乎不利的困境，他又仿佛感到一种无可奈何，他只好再一次长长地叹气。但是，也恰好在这个时候，仆人突然进来道："先生，复社的张溥求见！"

一听张溥来了，周延儒的心里顿感清凉，整个人似乎猛地一下被注射了一剂强心针，一下从坐着的椅子上弹跳起来，大声道："啊，是张溥呀，那还不快请！"

张溥的身上虽说只穿了一件夹纱的便袍，但是由于赶路赶得急，当其一跨进屋里的时候，他的整个身体似乎突然带进了一股揉进了无数汗珠的轻风，给人一种既清新却又不无压抑的感觉。

他一走进屋里，便上前来紧紧地拉着周延儒的手，十分谦恭地向他的这位恩师施礼，周延儒便在极短的时间之内一下被唤起了无尽的信心。

还没待张溥完全喘过气来，他便十分客气地将其让进了一把高靠背的椅子上，而他自己则只是在不远处的一个木凳子上落了座。还没待周延儒在凳子上完全坐好，张溥便把嘴一张说开了：“恩师放心便是，眼下的局面似乎是对恩师不太有利，不过，门生倒以为，这并没有什么可怕的，门生此番前来，便是要向恩师通报一个好消息！”

说到这里，他稍稍停了一下，想看一看周延儒的表情，见周延儒是十分有兴趣，他唾沫飞溅地进一步分析道：“近日里，吴昌时写来一封书笺，说他已经搜集了大量的有关薛国观贪污纳秽的证据，只待时机成熟他便要面呈皇上。当然，以前恩师曾经向曹公公托了人情，只是据昌时讲，目下曹公公似乎对恩师是有所保留的。据推测，他是担心恩师一旦东山再起，恩师便不能和他好好地合作。是以，依昌时看，恩师还需在皇上的内侍上多多地用上一点劲才行。”

张溥说到这里，却突然停了下来，仿佛要有意制造一个什么悬念，周延儒本来听得十分入耳，却不想他的话竟这样突然停住了，一时间，周延儒便本能地抬起脑袋，好奇地望着张溥，完全一副等待下文的样子。

见此情景，张溥才接着适才的话头准备进一步说下去，可是，周延儒却似乎突然想起什么抢先道：“你说要在皇上的内侍上再下把功夫，可你也是知晓的，老夫从前就只是和曹公公比较要好一些，别的老夫和他们就隔远了，王承恩老夫倒是和他熟悉，只是光熟悉又有何用，更何况这位王公公一向为人都是比较正直的，只怕要他在皇上面前为老夫美言他会不愿的！”

张溥听他忧心忡忡地说完，便突然哈哈地笑了一声道：“门生此番来正是为这事，王公公咱根本就不必去求他了，据昌时讲，皇上的贴身内侍里有一个名叫小毛子的，听说是皇上的心腹，皇上对他十分相信，他年纪不大，据说为人却十分机灵，刚巧前些时候，昌时在一个朋友的晚宴上和这位小公公识得了，你也知道，昌时的诗文是不错的，书法在朝中也可称一绝，刚巧，这位小公公对昌时的书法和诗文都十分欣赏，昌时当时就即兴为他赋诗一首，据昌时讲，当时，这位小公公就称昌时是个大好人！当然，昌时本来就是个聪明人，于是，当他在和小公公闲聊的时候，他就专门提到了恩师的名字，没承想，小公公不假思索，就说了一句‘此人可是比那温体仁要强些’。恩师想想，很明显，小公公对恩师有相当好感！是以，昌时便建议恩师不妨就在这位小公公的身上下一些功夫，让他在皇上面前为恩师美言几句，想必，一旦他乐意，恩师复出便指日可待了！”

张溥一路眉飞色舞地说下去，而周延儒的双眼也越来越亮。但是，他毕竟是经历过大事的人，内心的喜怒哀乐一般是不愿在他人面前轻易表露出来的，更何况眼前的这个人还自称是自己的门生。

于是，他的心里似乎早就已经大感兴奋，可在表情上却仍摆出一副事不关己高高挂起的样子，因此，隔了好一阵，他才似乎强打起精神道："昌时说的倒是不错，要是能有这位小公公相助，那样甚好，只是小公公老夫并不识得，当初老夫在任上他还没进宫，眼下老夫既与他素昧平生，他又怎会帮老夫呢？"

说到这里，周延儒便这般长长地又叹了一口气，当张溥正要接过话来开导的时候，他又接着自己适才的话说了下去："更何况，天威一向难测，圣意如何，我等可是不敢随便猜测的。老夫一向信奉，为人臣者，凡事但求尽心尽力便是。嗯，至于昌时的才干，老夫倒是早就有耳闻的，他如此为老夫费心，老夫倒实在是太感谢他了，你此番回信时可千万要代老夫向他问好致谢！"

对于他的这番十分委婉的保留话，张溥并非不明白他这话里话外的心态与用意，待他说完之后，张溥便会心地道："是，是，是，门生理解恩师的意思了，门生回去后，照恩师的话办便是！"

到这时，张溥仿佛突然想起来什么，竟又对周延儒道："噢，恩师兴许已经知晓，这一轮秋闱又快要到了，届时说不定复社弟子兴许又要来麻烦恩师的。本来，几名复社中的晚辈是想和门生一起来看望恩师的，只是门生唯恐人多喧闹，便将他们阻止了！"

当张溥这样说的时候，周延儒则漫不经心地端起面前的一碗茶细细地饮了一口，然后又看着张溥道："噢，这一科，老夫倒以为没啥问题的，兴许明年殿试后，你们复社便又会多添一批生力军的！"

张溥听得明白，周延儒的话明显是表达了一种承诺，虽然没有明说，但他却已经明显地表明，届时他的的确确是会为复社大帮其忙的，张溥不禁十分感动地道："门生就在这里替咱复社弟子多谢恩师了！"

如果说周延儒和张溥二人对于他们的未来充满信心的话，那么对于大明皇朝的年轻皇上来说，眼下他似乎对自己的前途也同样充满一定的信心。因为，有了杨嗣昌亲自督师剿杀，他相信，是一定能把那些敢于和朝廷作对的尤其是张献忠这个出尔反尔的逆贼剿除的。

正因为如此，一段时间以来，他的心情也就还过得去，那些一直在烦扰着他的事似乎也少了些，他觉得自己身上有一种轻松的感觉。

于是，每当他在御书房里批阅奏章的时候，他会不时下意识地哼起一两句京腔小调，使得在旁侍候的小毛子都忍俊不禁。此时，他坐在御书房里的龙座上，完全一副志得意满的样子，那风范给人一种少有的安宁与祥和。他一边晃着脑袋，一边十分得意地看着一份奏疏，奏疏上说，他曾经钦定的《保民四事全书》已经修成，请求向全国正式发行。

他似乎更加得意忘形了，在他想来，对《全书》的修成似乎表明它是当今皇上留下的一项少有的丰功伟绩了。他曾经发誓要成为一个历史上少有的贤德的明君，而他似乎正一步步向此接近，《保民四事全书》的修成便是有力的证据。

他不禁又哼起了京腔小调，可是也正在这个时候，一个小太监进来向他禀报道："启禀皇上，兵部尚书傅宗龙傅大人觐见皇上！"

崇祯因正在兴头上，竟不假思索地道："宣就是！宣就是！"

随即，兵部尚书傅宗龙即跌跌撞撞地一步跨了进来，他一进到屋里，神情便十分紧张，脸上更是一副十分害怕的样子，一走到离御案不远的地方，便诚惶诚恐地一边下跪一边全身不住地发颤。

崇祯抬起头来，一见他那又是紧张又是害怕的样子，竟有些大惑不解："傅爱卿，你这是怎么啦？当初你和杨嗣昌一起来见朕的时候可不是这副样子，为何今儿一来见朕竟一下成了这副熊样？"言毕，他便站起身来，双眼直直地盯着跪在地上的傅宗龙。

傅宗龙跪在地上本来要向崇祯说他本该说上的"万岁"之类的奉承话，可是由于紧张竟把话堵在嘴里说不出来了，好一阵，待听了崇祯所说的话又长长地喘过一口气来之后才终于道："启——启奏皇——皇上——大事不好了，适才臣接到了来自关外的警报，满人又一次发兵向我宁远进攻了！"

崇祯仿佛不相信自己的耳朵："你说什么？你是说满人又到朕的关外来骚扰了吗？"

"皇——皇上，正是！满人此番再次进犯宁远，松山守将金国凤因为自己手下将士的胆小十分气愤，遂率领所部亲兵数十人上阵抵御，经激战多时，金国凤与两个儿子皆战死。还有，总督洪承畴有给皇上的上疏！"说到这里，他终于抬起头来，小心翼翼地从自己的衣袖里拿出了一份文书样的东西。

小毛子从傅宗龙的手里接过了那封文书样的东西，且十分小心翼翼地递到了崇祯的面前，崇祯接过来有意无意地看了一眼，见正是蓟辽总督洪承畴的上疏，才急切地打开读了起来。

洪承畴在奏疏中写道："金国凤心怀忠勇，先前守卫松山，兵力不足三千，还能极力保住孤城，并非其才力有多么的优秀，实在是因为职权专一明确，号令统一，人心肃然镇定；及至被升为了大将，兵力近万人，却反而身死，并不是其才力不足，而是由于各营队伍混乱，号令难以施行，人心不齐。是以，请求从现在开始，设置'连营节制'的方法，战守一律听从总兵官指挥，使军心肃然整齐，这对于边防防守关系是极大的。"

紧接着，洪承畴又在奏疏中讲到了松山被围时副将杨振前往救援的情况。

当松山被清兵包围的时候，巡抚方一藻建议派兵救援，而各位将领却都不敢响应前往，只有副将杨振请求前去救援。但是，他率兵行至中途的时候，却突然遭到了清兵的伏击，竟全军覆没，杨振本人也被清兵俘获。当时，清兵命令他去松山劝降，走了一里多路，他便坐在了地上，而且对随从的官员李禄说："替我告诉松山城中的人要好好地守城，援兵今天就能赶到。"

李禄遂到松山城下传达了杨振的话，城中的将士更加顽强地坚守，而杨振和李禄二人都守节而死。

崇祯细细地读完了奏疏，大为感叹，他不禁想到，这些将领对自己既是如此的忠心耿耿，可为何天平竟老是不往自己这一边倾斜呢？对于自己来说，世运为何又总是不佳呢？

这样一想，他又不禁叹起气来。一时之间，他也就兴味索然了。他眼见兵部尚书傅宗龙还十分虔诚地跪在地上，便把手一挥，示意他退下，他必须得好好地整理一下自己的思路。

傅宗龙自觉没趣地只好不紧不慢地从地上爬起来，但是当其刚刚行至门口的时候，似乎突然想起什么，竟又一下转过身来且十分小心地对崇祯道："皇——皇上，洪承畴正在等着皇上的答复！"

崇祯似乎突然被别人打断了，便不无好气地道："行，就按照洪承畴的办就是，不就是个'连营节制'的问题吗？'连营节制'就是！"

言毕，他便双手托着自己的脑袋，完全一副头痛的样子，他实在没想到，自己的心情刚刚才好了几天，竟一下又被清兵对宁远一带的骚扰弄坏了。他不禁想到，这个千刀万剐的皇太极也真是太可恶了，他实在不想让朕好好地过上一天安稳的日子。一时间，他竟有些无所适从的样子。还好，这种被突然搞坏的心境就在第二天又被另一份奏疏稍稍稀释了一下。

事实上，就在他接到洪承畴的奏疏的第二天，他又接到了专在襄阳前线剿杀张献忠的督师杨嗣昌的奏疏报告，杨嗣昌在这份奏疏中向他禀明了有关农民军贺人龙的情况。

前不久，贺人龙等人攻下了叶县，包围沈丘，又焚烧了项城的外城，随即又进犯光山。副将张琮和刁明忠率领京营兵翻山五十里围剿，最终进入了贺人龙的老巢，射死了穿红衣的农民军首领二人，并斩杀农民军一千七百余人。为此，杨嗣昌特意上疏，要皇上和朝廷对其论功行赏，以便能对各路剿杀的官军予以鼓励。

崇祯一看又有了这样的好消息，二话没说，立即便把首辅大臣薛国观招来，让其按杨嗣昌所说的办理，着即为张琮和刁明忠等人论功行赏。

到这年的十一月，崇祯由于心境较好，也由于接受了两位宫廷道士的建议，为了求得上天能够好好地保佑他能有好一点的国运，便在这个月的中旬带领着一大帮文武大臣及形形色色的阴阳道士，一起到南郊祀天求神。事毕，他又向全体朝臣发出旨意，要朝臣们就当前的时局与形势能够为他提出一些好的意见和建议。

可是，事隔才几天，他却又陷入了新的不快的漩涡之中。这个新的漩涡不是别人，正是朝廷里的兵部尚书傅宗龙。

当初，兵部尚书傅宗龙还任贵州巡按，因平定了苗人的叛乱，一时间竟威名大振，遂迁任蓟辽总督一职，后又被罢职回乡。

但是到了前年冬天的时候，由于以李自成为首的大股农民军大肆涌入四川，陷三十余州县。这时，崇祯竟又重新想念起傅宗龙来了，当时他在情急之下一边拍着大腿一边十分着急地说："哎呀，要是让傅宗龙巡抚四川的话，流贼怎么会猖狂到这样的地步呢？"

这样一想，他当时就立即派出钦差大臣前往四川，起用傅宗龙代替了王惟章接任四川巡抚一职，并让其与总兵官罗尚文一起共同剿抚农民军，傅宗龙也确实没有辜负崇祯的希望，很快便领官军将李自成赶出了四川。

到今年早些时候，由于杨嗣昌的推荐，他又被任命为大明皇朝的兵部尚书。可是，就在他第一次接受召见的时候，他就不禁对自己刚刚提拔的这位兵部尚书大为失望。

当时是由杨嗣昌陪同傅宗龙一起前来，由于傅宗龙为人一向刚直，喜欢意气用事，往往不能顺从秉承人意。因此，也就在这次接受崇祯召见的时候，一见面他便向崇祯大谈什么民穷财尽之类的问题。

一开始，崇祯似乎也对此问题有同感，因此便显出一丝高兴的样子，没想到，傅宗龙竟以为这位皇上对自己非常赞同且对其所说的十分满意，于是他便滔滔不绝地大谈而特谈这一民穷财尽的问题。到后来，崇祯便越听越不高兴了，于是便不无好气地道："你应当为朕好好地筹划兵事才对啊！"

待傅宗龙先行告退后，崇祯就曾对杨嗣昌道："怎么这样呢？傅宗龙过去虽说是善于抚治贵州，可他今天的谈话却十分平庸，他所说的都全是别人曾经说过的话，他这人怎么会是这样呢？"

这样一来，他对这位新上任的兵部尚书没有什么好感了，从那以后，傅宗龙的众多奏请也就很少有被其准奏的时候。

后来，熊文灿被罢职受处后，傅宗龙曾向崇祯建议道："从前贼军东西流窜，杨嗣昌因此建议分兵剿贼的策略。如今流窜的贼军已经有了各自相对固定的驻地，我希望在目前不利的形势下，朝廷的用兵能在短期内收到一定的实效。总理只管辖湖北和河南，陕西总督则兼管四川，凤阳总督兼管安庆，各自率领所管辖的人马协同进剿，预期十二个月便能成功。"

与此同时，他又曾建议以湖广巡抚方孔召代替熊文灿，但是崇祯根本不予采纳。

到十二月初的时候，杨嗣昌向兵部尚书上书请求补给军粮，傅宗龙只是按规定的数量供给，而没有按杨嗣昌要求的数量予以供给，于是杨嗣昌便弹劾兵部极为不称职，傅宗龙一得知此情，很是愤怒，也立即上疏弹劾起了杨嗣昌。他在奏疏中说："督师杨嗣昌白白耗费国家资财，不能报效国家，以盛气凌辱朝廷大臣。"在这份弹劾奏疏中，傅宗龙毫不客气，对这位曾经推荐自己做了兵部尚书之要职的恩师他压根就不留有任何的情面。

也正在这个时候，蓟辽总督洪承畴又请求任用刘肇基为团练总兵官，但是宁远监军高起潜却又揭发刘肇基胆小怕事，不过，傅宗龙在接到这两份上书后都没有做任何答复。

很快，崇祯也得知了这个情况，他大怒起来，责备傅宗龙违抗圣旨，命令他对簿公堂。

眼见形势已经对自己十分不利，傅宗龙便上疏为自己辩解，但是崇祯接到他的上疏根本连看都不看就将其撕得粉碎，而且还更进一步地认为傅宗龙作为兵部尚书视封疆之下的官员为儿戏。一气之下，他便撤了傅宗龙的职，而且还命锦衣卫将他抓进了大狱。

刑部官员遂准备将傅宗龙判处戍边，但是当其将审判结果上报到崇祯那里的时候，他却坚决不同意。在他看来，当前方将士正誓死为他效忠的时候，他傅宗龙吃了朝廷的俸禄，不但不尽心竭力地为国家做事，却反而还要掣前线将士的肘，实在是应该获死罪。但是，事隔三天，他却又突然改变了自己的主意，说先让他在狱中待些时日再说不迟。

当大明的皇上时而抓这一个大臣时而抓那一个大臣的时候，那位大清的皇太极却对自己的手下大臣极为尊重，某种程度上甚至还带上一点谦恭的样子。

其时，当皇太极在大殿里的龙座上认真地看着一份奏疏的时候，一名侍卫突然进来向他报告说梅勒章京范文程来了，皇太极一听，当即便转过头来大声道："快请范先生！"范文程一步跨进大殿，眼见大殿的正上方不知什么时候挂上了一幅清太祖努尔哈赤的巨幅画像，遂赶紧下跪向其接连叩了三个响头，继而又赶快向正朝他走来的皇太极叩头施礼。

皇太极眼见范文程对先父施礼毕又要准备对自己施礼，马上走上前来，将正要跪下去的范文程扶住了，且十分客气地："范先生多礼了，朕今日请先生来议事，没有别的大臣，先生就免礼了吧！"

皇太极待范文程在一旁的椅子上落座，便不紧不慢地一字一句对范文程道："朕专门请先生来也不是为别的，实在是这里有一份奏疏朕想和先生商议商议！”他一边说一边将手里拿着的一份奏疏样的东西递给了范文程。

范文程接过奏疏定睛一看，见是祖大寿的养子祖可法和另一名汉臣张存仁联名上疏的，疏中详细地向皇太极阐明了有必要再发动一场大规模向明朝进攻的重要性，更重要的是就伐明路线提出了几种值得认真研究的方案。看着看着，范文程不禁下意识地轻轻读了起来：“一攻京师，此刺心之著也；二直抵关门，此断喉之著也；三先得宁锦门户，此剪重枝伐美树之著也。”

读到此，范文程想了想道：“分析得倒是十分有道理，说起来这三条路线其实都是老路，前几次伐明差不多都已经走过了，眼下不知皇上打算采用哪一条路线。”

皇太极眉头一皱，随即便认真地：“朕已经好好地想过了，这三条中朕倒以为第三条尚可。”说完，即目不转睛地看着范文程，然后又问了一句：“依先生看来呢？”

范文程略一思忖，便说了起来：“臣也是这个意思，下次伐明，我朝当以先取宁远为上，此乃步步进逼之策也！”

一听到“步步进逼”几个字，皇太极的兴趣似乎被提高了不少，遂赶紧说了一句：“先生请道详细些！”

“我朝数番伐明，自是所获甚多，对明朝已经取得了心理上的优势，然则却并没有实质性的大收获，何谓实质性的收获呢？臣以为当是城池土地无疑了。是以，从今往后，我朝之伐明大计当以夺取明朝之城池土地为目的直至整个中原为战略目标。既如此，何处又为当下最需要获取的城池土地呢？先取北京，还是先取山海关？北京乃明朝的政治经济中心，心脏也，若能攻取，当然是好事了。我朝兵力已数番进入京畿地区，对明朝朝廷所采取的恫吓之策应该说也已经收到了实效。但是，北京离关外路途遥远，我朝便是劳师远征，此乃兵家之大忌也，而更主要的则在于，北京既是大明国都，必是重中之重，防守定是十分严密，且一旦入京勤王的诏书发出便可调来全国各地的人马，如此若要攻取北京自是不易了。”

说到这里，范文程不禁下意识地咽了咽唾沫，皇太极见此，连忙吩咐站在附近的一名侍卫为他端了一碗茶，范文程待喝过一口茶之后，又接着适才的话题道：“山海关乃进入中原的门户，据此便可以长驱直入中原，但是山海关依山傍海，易守难攻，而且一旦攻取，大明朝仍可派出人马和宁远一带的兵力对我造成合围夹击之势。若先取宁远、锦州，不仅获取了这一带的人畜土地，而且山海关也失去了其赖以卫护的一方屏障，如此，山海关便指日可下，继而便可直逼大明的京畿地区，这便是臣适才所说的步步进逼之策也！”

皇太极早已经被范文程所说的完全吸引住了，当范文程把话说完了之后，他似乎仍然沉浸在那个“步步进逼”的伟大构想之中，好一阵，当他意识到范文程的话已说完的时候，他才抬起头来“啊”了一声且十分欣喜地道：“实在是太妙了，太妙了，真是个伟大的步步进逼啊，范先生的分析和朕所想的竟是如此的不谋而合。此前，朕也是想先取宁远及锦州的，朕已想了好几日，准备用战、屯双行制的办法，先在义州地区屯田驻兵，然后慢慢地向锦州推进。”

范文程随即也道：“先以义州为屯兵之地甚好，此地可作为进取锦州的前哨基地，它位于锦州和广宁之间，又在大凌河畔，地势开阔，土质肥沃。虽说这里比较荒凉一些，也无险可依，但比起广宁来则更逼近锦州，自然条件则更适合垦荒屯种。”说到这里，他停了停，便十分肯定地又道：“宁远、锦州既得，山海关既下，进取中原便指日可待，无疑，大明的社稷已经日薄西山了！”

皇太极一听到范文程说到“日薄西山”几个字，便不无吃惊地：“依先生所说，大明要不了几日便要垮台了，只是朕倒听说，目下大明的蓟辽总督倒是个能人，还有宁远及锦州的守将祖大寿，这都是不可小视的！”

“皇上说的倒是，此二人的确是有些能力，是大明朝少有的几个能人，皇上有朝一日若能得此二人那自是再好不过了。就说那祖大寿吧，天聪五年，皇上也曾擒获过他的，只是他在皇上面前竟诡称要回去做我朝的内应，谁曾想，皇上对他如此义薄云天，他倒是一去不归了，看来，他也真是对大明朝铁了心了！”

说到这里，他不禁下意识地叹起气来。但是，皇太极在听了他的话后却哈哈一笑道：“无妨，无妨，他祖大寿若再来降朕，朕还是要待他为上宾的，朕就是要让他看看，究竟是朕对他好还是那大明朝的皇上对他好！”

一听到皇太极说到了大明朝的皇上，范文程便接过话来道：“臣适才就正想说到那大明朝的皇上，试想，他崇祯一向刚愎自用，喜怒无常，大明朝里纵然有几个能干的人，还不是都被他处理掉了，就说那袁崇焕吧，不承想，崇祯竟如此轻而易举地中了皇上的反间计！”

皇太极一听到此，不禁十分得意地嘿嘿笑了起来，而范文程却仍十分认真地分析道：“说实在的，眼下大明朝里也真没有几个人了，卢象升和孙承宗都已经先后战死了，他洪承畴和祖大寿二人纵然有天大的能耐又能撑得了多大的局面呢？”

这时，皇太极似乎突然想起什么，道：“噢，听说大明朝里还有一个叫杨嗣昌什么的，此人又是若何？”

范文程想了想回答道：“在大明朝里，这个杨嗣昌也可算是有两下子的，近两年来崇祯对他也很是宠信，既让他做了兵部尚书又进内阁做了辅臣，但此人权欲极浓，个性也较强，和别的文武大臣不和的时候甚多，所以依臣看来他人既如此也就对大明朝起不了真正的作用了。近日里，臣倒听说，崇祯已派他往中原督师剿贼了！”

皇太极不无吃惊地：“噢，难道大明西北地区的贼势又起了吗？”

“正是，皇上！”范文程十分肯定地回答。

“那真是太好了！太好了！大明朝里，贼势若重起，那不正好和朕的进攻宁锦之地遥相呼应了，如此内忧外患，大明必然只能顾此失彼，真是天助我也，天助我也！”

说完，他便十分高兴地把脸向上一抬，两眼饶有兴致地把范文程看了一眼，这一看倒不要紧，却把范文程着实地吓了一跳，范文程的心里立时便咯噔了一下：“皇上的气色怎么不大好了呢？”一想到此，他的心里突然有了某种不祥的预感。

皇太极的气色是有些不好，但是他却已经兴奋到极点了。但是，对于大明朝的年轻皇上来说，他却因为不断受到国事的刺激，整个身心就不仅仅是一个气色不好的问题了。

到崇祯十二年年底的时候，原兵部尚书傅宗龙当初所规定的在年底前剿除贼寇的计划到这时竟还没有开始执行，官军和贼军还未曾一战。其时，农民军的重要一支罗汝才部已经和过天星一起藏匿于兴山和房县一带，而张献忠则占据湖广与四川的交界处正在谋划进攻四川。

崇祯眼见张献忠不仅没有被消灭，却又要更进一步地流进了四川，为了发泄心中的不满，他竟将湖广巡抚方孔召逮捕入狱。

继而，他所接到的便是一个一个直让他丧气到极点的奏疏与警报，有真定府饥民四处泛滥的奏报，有京师饥民在皇城外打架斗殴的奏报，还有山东饥民重新聚众为寇的奏报。于是，他便只好接受了大臣们的建议，赈济各地灾民，安定人心。

可是，这赈济灾民之事方才处理完毕，他却又突然接到了几名侍卫的报告，说已经被逮捕下狱的湖广巡抚方孔召的儿子方以智正拜伏于宫门外为父申冤，而且他还是从天街一路跪行到宫门口的。

一听说有这样的事，崇祯的脑袋简直都要大了，他没有想到，竟会出现这样的事。于是，他便只好发下一道诏书，让六部及内阁对所谓的方孔召一案进行审理，他实在懒得来管这档子事了，而且还说，叫那方孔召的儿子自己去找他们好了。他想：朕整天被这内忧外患的事搞得焦头烂额，你们一个个吃了朕的俸禄总不能成天享清福吧，朕无论怎样也得给你们找点麻烦才行。

在把这种鸡毛蒜皮的事交给大臣们去办理之后，他想，自己无论怎样也要好好地歇息一下了，可是，还没待他回过神来，两位兵部的侍郎官却会同首辅薛国观一起来向他请示，说兵部自傅宗龙被逮下狱后，至今一直群龙无首，粮饷筹措与分配及一系列的军事计划都无法执行，因此，他们认为若再不任命一位新的兵部尚书，怕是不行了。

想来想去，他便只好又来解决兵部尚书的问题，当然这一问题要解决起来也并不难，人选倒是他早就想好了的，于是，他又立即下了一道诏书，任命宣大总督陈新甲为兵部尚书。

结果，待他把兵部尚书这一问题解决之后，他自己也因为连日的操劳而有些神思恍惚了。一开始，连他自己也认为这只不过一场小病，可是不出两天，这小病竟发展成了一场重疾。

说起来，他也实在是太勤政了，纵然这般重病在身，但是只要在神志比较清醒的时候，他总要小毛子或王承恩把那一大摞奏疏一份一份地读来给他听，而他则做出口头的决定，继而王承恩或是小毛子则提起朱笔记录着他的决定。只是，连日来，他们所读给他的竟全是由八百里快传送来的有关官军和农民军战斗的情况，当然在这些报告中自然是官军败多胜少，很明显，农民军的势力已经发展得不可收拾了。

此时，崇祯无精打采地躺在卧榻上，小毛子在为其喂下一碗药汤之后便一如往常地取过一摞奏本奏章准备为崇祯读，可是哪曾想，他读的第一份奏章就是一个不好的消息：贼军偷袭官军于香油坪，总兵官杨世恩、罗安邦殉职，所部全军覆没。

崇祯立时发出一阵凄厉的尖叫："怎么回事，官军怎么又吃败仗了？杨嗣昌呢？朕让他去督师，他是怎样督师的？"

是啊，杨嗣昌作为专负剿贼重任的督师究竟又是怎样督师的呢？

事实上，杨嗣昌在做了一系列自认为十分充分的准备工作之后，也就在不久前准备对农民军发起大规模的进攻了，为此，他首先在楚、豫、川、陕各省四处张榜，榜文上刻印着张献忠的头像，而榜文则是一首《西江月》，曰：

此是谷城叛贼，而今狗命垂亡。兴安平利走四方，四下天兵赶上。
逃去改名换姓，单身黑夜逃藏。军民人等绑来降，玉带锦衣升赏。

在榜文的下端是赏格，申明：凡能擒张献忠者赏万金，爵通侯。

杨嗣昌显然是想在开始大规模的军事进攻之前先向农民军发动一场政治攻势，但是具有讽刺意味的是，榜文发出不久，竟然有人在杨嗣昌于襄阳的行辕的大门上为他贴上了一张上书"有斩阁部来降者赏银三钱"的传单，一时间，杨嗣昌竟被弄得疑神疑鬼的了，以为自己的身边出现了农民军的奸细。

事后他所发动的大规模的军事行动还是开始了。

鉴于张献忠及其大股农民军已经流入四川境内，杨嗣昌只好将先前制定的军事部署稍作修改，他命令陕西总督郑崇俭率陕军由汉中的西乡入川，从农民军的背后追剿；又命左良玉率领湖广方面的官军主力驻扎于兴安及平利一线，准备待张献忠从四川回窜时给以迎头痛击。

但是左良玉却根本不同意杨嗣昌的部署，他认为，张献忠在进入四川之后不会像杨嗣昌所说的那样窜回来而是更进一步地向着成都平原进攻，那么整个形势便对官军非常不利，而且形势到那时根本就无法控制。

因此，他在把自己的意见向杨嗣昌说了之后，根本不待杨嗣昌的命令就率领人马自行入川和陕西军队一同进剿去了。

面对这种情况，杨嗣昌虽说被气得吹胡子瞪眼睛，但他又没有办法，便只好忍气吞声如此这般地来进行他所发动的这场攻势。

因此，对于杨嗣昌来说，他并不是没有用心地为崇祯办事，只是由于左良玉的不听调度，自行其是，贸然进兵，其手下的杨世恩和罗安邦部不期竟中了农民军设下的埋伏。当然，对于这一切，作为大明皇上的崇祯还不清楚，他所听到的只是官军又吃了败仗，他也就只有自顾自地怒骂发泄。

崇祯一路怒骂下去，末了，竟突然想到，这次官军吃了败仗，不仅是杨嗣昌没有尽心竭力地给他办事，兴许内阁也应该是存在问题的，这样一想，他便叫了一声道："薛国观，薛国观呢？快给朕宣薛国观来见！"

因为是点名道姓，几位在场的太监只得马不停蹄地赶紧去找薛国观。

正在内阁办公的首辅大臣薛国观顿时便有一种祸从天降之感，待他气喘吁吁地赶到崇祯的卧榻跟前之时，他简直都有些喘不过气来了。一看见崇祯躺在床上那怒目圆睁的样子，他的全身立时便筛糠般地发颤，但是，还没待他跪俯下地，崇祯却已经咆吼开了："内阁难道就真的全都是饭桶吗？你们吃了朕的俸禄，凡事不做，朕让你们好生地给朕办事，你们究竟怎样办的？为什么剿贼的人马竟老是吃败仗呢？肯定全是你们内阁不认真给朕办事所致！"

其时，薛国观早已经全身被吓出了冷汗，一个圆圆的脑袋只是鸡啄米似的在地上一上一下地叩着，到后来，他简直不知道自己是怎样熬过那一段时光的，而且根本也不知自己是怎样告退的。

可是，到第二天中午的时候，他还没有完全从前一天的失魂落魄之中恢复过来，两名小太监和两名锦衣卫又来通知他速速进宫了。

这一次，他更是有些被吓得了不得。在他想来，前一天，皇上已经对自己生气了，眼下竟又来通知自己进宫，那定不会有什么好事，更何况，他早就明白，皇上已经对自己有不好的印象，而且据他在朝里的几个心腹向他报告的情况看，自己的政敌吴昌时似乎正在四处搜集证据，且不断放出一些口风，说眼下的首辅大臣如何如何仍是温体仁的同党，又是如何如何的平庸，在能力上根本比不上周延儒等，很明显，他们是想要将自己推倒。

一想到这些，他走在路上，神情也就越发紧张，而且走路的步伐一时间也竟是深一脚浅一脚的，他也不知道自己究竟是怎样跌跌撞撞地赶到崇祯的卧榻跟前的。

可是，当他睁开惶恐的双眼认真地一看，他却发现，崇祯正在卧榻上微闭着双眼，似乎根本没把他放在眼里。这样一来，他便以为，皇上正因为是对自己太生气了，所以对自己连理都不理。这样一想，他更是被吓得不成样子，立即跪在地上，嘴里语无伦次地道："皇上——皇——皇——上恕——罪。"可是，还没待他把一句话说得透彻完整一些，他却又突然听到了一阵呼噜声，开始的时候，他还奇怪皇上的侍卫不知是谁还会有这样大的胆量竟在职守时睡起觉来，那一定是吃了熊心豹胆了，可是他认真地听了一下，却发现那呼噜声正是从卧榻上传来的。这时，他才明白，哎呀，皇上兴许早就睡着了，于是，他不禁下意识地为自己适才所说的一句饶恕的话而有些后悔了。

但是，他明知道崇祯正在床上打着呼噜，可他却又不敢从地上爬起来，这样一来，他便左也不是，右也不是，生怕自己的任何一点小小的不是都会增加崇祯对自己的不满。因此，他便只好一直跪俯在地，这样足足有一个时辰，到后来，他只觉得自己的全身差不多都已经僵硬了，而且跪着的两只腿尤其难受，他简直有些忍受不了，似乎感觉到自己的全身已经发冷。于是，他越是这样感觉便越是感到寒冷，终于，他打出了一个不大不小的喷嚏。

立时，随着"扑哧"一声落地，崇祯便腾的一声从床上坐了起来，只见他睁着迷惶的双眼，大声道："怎么，怎么，难道又是满人来——"但是他话还没说完，却一眼瞧见了正跪俯在地的薛国观，他似乎突然想起什么，便立即咆吼起来："薛国观，朕让你早早地就来见朕，怎么现在才来呢？你难道又要违抗圣意吗？"

"皇上——皇上——臣——"一时间，他竟是有些不知该说什么才好。可是，崇祯却并没有待他说下去，就更进一步地数落开了："薛国观，你吃了朕的俸禄竟根本不认真给朕办事，却反而还要干一些贪赃枉法的事，侍郎蔡奕琛说你收受了他的贿赂，有没有这种事？"

薛国观的脑袋顿时就大了，双眼直冒金星，他的头脑中立时便转过一个念头：糟了，糟了，自己的脑袋定是不能保了。一时间，他的头脑似乎又有了发晕的感觉。不过，很快他的头脑发出了一连串的疑问：皇上是怎么知道这件事的呢？皇上又究竟知道了多少呢？除了这一件事他还知道别的什么吗？到后来，他则更是恍然大悟，噢，定是吴昌时，他们已经先来告自己的状了。

薛国观的神情和心态上越来越紧张，而他越是紧张，那种本能的辩解也就越是语无伦次了，好一阵，就连他自己都不知道究竟在说些什么了。

还好，也不知怎么回事，崇祯在点出了薛国观收受贿赂之事后，一见他好一阵沉默不语，继而又是支支吾吾的样子，一时间竟对这个人在他面前的存在极为反感，对于适才所说的话仿佛突然忘了一般，末了竟道："好了，好了，你就暂且告退吧，朕烦得很！"

薛国观简直不知道自己是怎样走出大殿的，一跨出大门的时候，不禁下意识地摸了一下自己的脑袋，且暗暗地在心里庆幸："哎，实在是万幸，万幸，我这颗脑袋还在！"

不过，当其回到府上的时候，他却仍是惴惴不安，他自己很清楚，皇上既然已经说出了他收受贿赂之事，那么说不一定哪一天待其最终定下心来，这一关他似乎也就难过了。于是，他在一种朝不保夕的心态之中等待着祸从天降时刻的到来。

可是，他一连等了三天，却不但没有等到什么不祥的事情发生，而且也再没有人来宣他速速进宫，更有甚者，一连几天来崇祯竟连一向雷打不动的早朝都取消了。正在薛国观如坐针毡地不知所往之时，却突然传来了皇上卧床不起的消息。

原来，一段时间以来，崇祯由于上上下下一大堆的烦心事和恶奏，被弄得心力交瘁，本来就已经卧在床头了，却又因为连续几天的大骂朝臣而动了肝火，体力消耗也甚多。末了，身体终至十分的虚弱，而且还因体虚一度晕了过去。既如此，他便连早朝都不能上了，又哪里还有心思来管薛国观的事呢？

当然，也正因为他一时之间无法来管薛国观之事，薛国观也才可以长长地舒一口气，他不禁在心里暗暗地道："真是万幸，真是万幸啊，要不是皇上在病中，怕只怕——哎，起码我也还可以多活几天了！"

薛国观又何止是多活几天呢？最起码，崇祯十二年他和众多的人一样痛痛快快地活过来了，而且还十分痛快地迎来了新的一年。

崇祯十三年和往年都有所不同，新年一开始就是一个闰正月。但是，这个重复了两次的新年并没有给大明朝的王公贵族乃至平民百姓增加任何一点喜庆的东西，除了新年被重复了两次以外，整个京城里充满压抑的气氛。

尽管京城里因为几年一度的会试一下涌来了无数应考的士子，大街小巷因此显得比平日里热闹了一些，但是即便有了这么一点文人气息的新气象，挂在人们脸上的却仍只不过是那种朝不保夕或是今朝有酒今朝醉的无奈，他们根本没有什么勃勃生机，也没有企盼，有的只是那种不自觉的生命力的萎缩。

这一切便到了大明皇朝的皇上崇祯的身上也不会有二样的。事实上，这种对于他来说莫可言说的抑郁与烦忧和平头百姓比起来只会是有过之而无不及的。

虽说旧的一年已经过去，新的一年又已经来到了身边，但是从各地不断传来的险恶奏报并没有减少多少，贼势并没有消隐的迹象。全国各地的灾情仍在不断扩大，朝臣们的争斗也仍在继续。当然他处理一个个内忧外患的手段也并没有改变，他在从新的一轮病中恢复过来后，也仍一如往昔地勤政爱国。因为，对他来说一直没有什么改变的便是他崇祯毕竟仍是大明皇朝的至高无上的君王。

但是到了这一年的二月，那种一直压抑着的忧烦终于有了一个巨大的改观。

如果说在这以前他所接到的几乎总是官军如何如何被张献忠等农民军所击败的奏报的话，那么到这时他终于接到了杨嗣昌所奏报的有关官军在四川太平的玛瑙山战胜张献忠的消息。

二月初七，官军在四川太平的玛瑙山终于同张献忠的农民军遭遇了。当时，农民军据守山头，官军则分三路进攻。这一次，由于官军养精蓄锐多时，以逸待劳，终于大获全胜，击杀农民军将士三千余人，张献忠的军师潘独鳌和妻妾数人被官军俘获，张献忠本人一直不离身的上面刻有“天赐飞刀”字样的大刀也被官军缴获。与此同时，相当一部分农民军还投降了官军。

紧接着官军又接连在寒溪寺和木瓜溪等地打了几个胜仗，张献忠及其所部农民军受到了重创，处境十分危险，他便只好率领少数人马进入到山区，以躲避官军的追剿。

这次玛瑙山大捷可以说是官军在相当长的一段时间以来所取得的少有的胜利，因此对于这次胜利，无论是作为前线总指挥的杨嗣昌还是作为官军最高统帅的崇祯都十分重视。

在杨嗣昌看来，官军之所以能够取得这次胜利，完全是由于他集中兵力蓄锐而发的结果。而在崇祯看来，官军既能够取得如此大的胜利，明显说明张献忠并没有人们所想象的那么可怕，而这次胜利在一定程度上可以说是官军或者说是大明朝的转折点。

杨嗣昌以这次胜利不断向朝廷邀功请赏，崇祯本人则也以这次胜利大做文章，对于杨嗣昌的请求一一照准。他还在上朝的时候借这次胜利大肆鼓舞朝臣们的士气，还当庭将杨嗣昌的奏报交给朝臣们一一传阅，事后，他又命贴身太监小毛子将一把金龙长剑送到襄阳交予杨嗣昌以示对他的特别嘉勉。

但是，就在崇祯或杨嗣昌都在以这次胜利大做文章的时候，他们却根本没有想到，也正是这次胜利成了杨嗣昌和左良玉产生摩擦的起点。

玛瑙山之战后，左良玉极为得意，在他看来，自己之所以能取得这次胜利完全是因为自己不听杨嗣昌的调度才取得的，从此便不再把这位杨督师放在眼里了。

而杨嗣昌则认为官军既然已经取得了这样大的胜利，就应该更进一步地乘胜追击，以便能够彻底歼灭张献忠，他多次命令左良玉更进一步地进山追剿，可是，左良玉却将杨嗣昌的命令根本就当成了耳边风，竟在这个时候率领人马回到湖广的竹溪休整起来了。

在这种情况下，杨嗣昌仍多次传檄，让其出兵进剿，而左良玉却仍一概不听。对于左良玉的这种傲慢不驯，杨嗣昌十分愤怒，情急之下，便上疏崇祯要求撤了左良玉的平贼将军的职，由陕西总兵官贺人龙来担任这一职务。

崇祯接获杨嗣昌的奏疏，立即听从了杨嗣昌的安排，而且还很快下了命令。但是，左良玉在整个明朝官军中的威望毕竟不是贺人龙所能比的，杨嗣昌在接到崇祯新的人事命令后又犹豫起来，经过认真的考虑决定还是让左良玉来担任平贼将军这一职务，并请朝廷收回了成命。

这样一来，杨嗣昌便把自己弄得两面不是人了，左良玉对他的怨气不但没有减少，却反而更加对他看不起。而贺人龙却因为本来到手的职务一下又搞丢了，对这位杨督师心生不满，如此一来，不仅左良玉不听杨嗣昌的调度，就连贺人龙也不听了。一时间，整个剿贼的官军竟处于四分五裂的境地，对于已经处于穷途末路的张献忠竟谁也不去追剿，张献忠则恰好趁混乱局面悄悄率领残部返回到了湖广兴山及房县一带，很快便同罗汝才的大部人马会合了。

对于官军这种四分五裂的局面，远在紫禁城里的崇祯并不知晓，事实上他还一直沉浸在玛瑙山胜利的喜悦之中，对于杨嗣昌所做的一切仍十分满意。杨嗣昌的所有作战方案，他照准不误，杨嗣昌请兵请饷，他便立即责成兵部及户部快速筹办，在人事安排上，杨嗣昌凡提出的也同样是照准不误。

与此同时，也正是由于这次胜利，京城里的文武大臣们似乎也突然停止了对杨嗣昌的攻击，当然他们之所以要停止这种攻击，一方面是出于对一位前线将领的尊重，同时也说明杨嗣昌所取得的这种初步的胜利在他们看来也实在是无话可说。这样一来，朝廷里那种时常混乱争吵的局面竟少了一些，也恰是由此，崇祯似乎又觉得自己又多了一点安慰。

但是，这种安慰却只不过是昙花一现的风景罢了，到这年的二月二十七日，谁也没有想到，这一天，整个京师城里竟突然之间风沙弥漫，只顷刻间，从长城外刮来的黄沙竟弥漫了北京城的整个上空，一时间，天昏地暗，遮天蔽日。紧接着，又刮起了一场十分罕见的大风。黄沙尘暴持续了整整一天一夜。对于这次突然出现的天灾，崇祯忧心如焚，一面让钦天监的人员卜辞算卦，一面又让宫廷道士念经祈福，鉴于这次沙暴和全国出现的旱灾，他又命令全体朝臣直言陈述政事，而他自己则布衣素食而居，连日祈祷不止。

与此同时，他又接到了给事中左懋第的奏疏，左懋第在奏疏中说："去秋星变，朝停刑而夕即灭；今者不然，岂皇上有其文未修其实乎？臣伏思练饷之加，原非得已，乃明旨减兵以省饷，天下共知之，而征饷者犹未省。请自今因兵征饷，预使天下知应加之数，官吏无所逞其奸，以信皇上之明诏。而审决刑狱，则以睿虑之疑信定诸囚之生死，凡疑于心与疑信半者，悉从轻典。岂停刑可止彗，解网不可以返风乎？且皇上屡沛大恩，四方死者犹枕藉，盗贼未见衰止，何也？由蠲停者止一二存留之赋，有司迫考成，催征未敢缓，是以莫救于凶荒。请于极荒州县，以诏速停，有司息讼，专以救荒为务。"

崇祯看罢奏疏，认为他所说的很有道理，于是发出命令，停止征收遭大灾的七十五个州县的辽饷、剿饷和练饷，遭受中等程度灾荒的八十六个州县停止征收练饷，受灾情况较小的二十八个州县则等到秋收的时候再视情况而定。

紧接着，又下令清狱，并罢免各镇的太监监军。随即又赈济畿内各地的灾民，免除河北三个府所欠的全部赋税。

处理完这一切，崇祯终于觉得自己可舒一口气了，这时，几年一度的殿试又开始举行，在这次科考中，他似乎又发现了一个在他看来聊以慰藉的人才，这便是魏藻德，在这次科考中，魏藻德被授以进士及第和进士出身。

也不知是为了给这次在他看来较为满意的科考冲喜还是为了给自己多增加一点少有的欢乐，赐予魏藻德进士及第还不到三天，他竟又将江西巡抚解学龙和黄道周一同逮捕入狱了。

当初，黄道周被贬到江西时，解学龙十分尊重他，便把他推荐给了下属部门的官员，一时间，人们对这位理学大师便推崇备至。按照当时的规定，凡获罪的人一旦交由各地方部门处理，那么皇上便再也不怎么过问了。

但是，内阁次辅魏照乘却由于向来对黄道周不满，所以在起草圣旨的时候便指责解学龙对黄道周的推荐是失实的。崇祯得知此情，不禁大为震怒，立即命令将解、黄二人革职除名，逮捕审讯，还指责他们结党不轨，扰乱朝政，因此又命令将二人廷杖八十。

由于这次事件而受到牵连的还有一大批所谓的党羽，编修黄文焕、吏部主事陈大定、工部司务董养河、中书舍人文震亨一同入狱，户部主事叶廷秀和国子生涂仲吉曾想设法营救，结果也竟被认为是同党，被逮捕下狱。

与此同时，朝廷里又有了一番不大不小的人事变动，好在对这种隔三岔五的人事变动，人们早已经习以为常，所以他们的进进出出并没有在京城里引起怎样的反响。

四月底，谢升为礼部尚书，陈演为礼部左侍郎，并兼任东阁大学士，参与机密政务。左都御史傅永淳为吏部尚书。

随着陈演和谢升的入阁，紧跟着的则是原任两位辅臣的出阁。内阁次辅姚明恭本出于魏忠贤逆案中人赵兴邦的门下，人们一向对他就不怎样认同，当他进入内阁之后，他家乡的一些人便不断到朝廷来告他的状。到这时，他自己实在再也不能自安，而且又知道当今皇上对自己也没有什么好的印象，所以便向崇祯请求回家养老。崇祯当然是顺水推舟，照准了。

姚明恭请求归籍还不到四五天，谁也没想到，另一位辅臣蔡国用竟在任上突然死了。说起来，蔡国用入阁已经三年，但他却是碌碌无为没有任何建树。

当然，他的死在朝廷里的一些文武大臣们中还是多少引起了一番思考，在他们想来，这位蔡次辅虽然就这样平平庸庸地死了，但是这兴许比起那几位不是被撤职就是让其灰溜溜地归籍养老的阁臣来更是一种理想的结局。最起码，朝臣既然是死在了任上，皇上即便是做做样子也还是要予以抚恤或是嘉勉的。

蔡国用死了后，崇祯也确实还是做了做样子：一方面命令宫廷道士到蔡国用在京城里的府邸去为其做了一番道场；另一方面则是派出钦差大臣陈其泰将其灵柩护送回乡，以示朝廷对于蔡国用之死的重视。

随着接连两位辅臣的去职或是死亡，以吴昌时为首的在朝供职的复社或是东林党人也更加紧了推倒薛国观的运动。

吴昌时当时看得十分明白，内阁里随着姚明恭和蔡国用的去职，薛国观就更有一种朝不保夕的感觉了。而且随着前一阶段吴昌时及东厂所做的一些前期准备工作，到如今，他薛国观的地位已经明显岌岌可危了。

吴昌时也感觉到，有了东厂这个皇家特务机构的配合，要干起事情来已经十分顺手了。前一阶段，除自己时不时地在私下向一些朝臣们散布一些有关薛国观如何如何贪污纳秽的消息外，他最主要采取的则是一条阴柔的路线，他把自己所搜集来的情况尽量提供给自己在宫中的太监朋友或是东厂的密探朋友，让他们在合适的时候将这些事情在崇祯的面前不断有意无意地透露出去，而他自己所干的首要的工作则自然是在这些朋友面前尽量说好话或是送厚礼。

当然，这其间，他所干的最重要的一件事就是和崇祯的贴身太监小毛子搭上了关系。

当时，吴昌时在接到了张溥的密信后，立即设法找到自己在宫中的别的几个太监朋友，向他们更进一步地了解有关小毛子的情况或习性爱好，接着，吴昌时又设法为小毛子送上了一批银子，并又设法悄悄地把他请到自己的府邸里好好地喝了一顿。

这样，在小毛子看来，吴昌时这人实在是为人不错的，是很值得结交的，当然他也看得明白，吴昌时和东林党及复社的人士要极力把薛国观推倒只不过是想换上一位他们自己的人。而今他若能为他们出上一把力，兴许有朝一日对自己也是有好处的。于是，从那以后，他对吴昌时基本上就是有求必应了。

有了东厂这样的皇家特务机构和小毛子这样的贴身小太监的运作，再加上吴昌时适时的调度，很快，薛国观也就走到了他仕途的尽头。

东厂先是密报：前两年因贪污案被抓进监狱的原任大理寺丞史范为了免受严惩，曾运送大批的资财进京，这些资财全都放在了薛国观的家中。

本来，按史家的要求，这些资财一半是送给薛国观本人，一半则是求他分送给其余有关的人员的。但是史范的案子因为这样那样的事竟一直拖着没有了结，而史范本人却不久前在监狱里死了。随着史范的死亡，薛国观竟将那笔资财悉数据为了己有。

紧接着，小毛子又在崇祯的面前有意无意地说到了薛国观的大公子如何如何欺压民女。崇祯接连得到这样的一些有关薛国观的密报，一时间，他在自己的心里把这位当今的首辅大臣打入了另册。

他记得，不久前，行人司的吴昌时也曾向他报告这位首辅大臣收受蔡奕琛贿赂的事，而且他也确实记得，以前薛国观也的的确确为史范说过一些好话，于是他对这个薛首辅忍无可忍了。

这时，督师杨嗣昌从湖广剿贼前线送来了一份奏疏，崇祯看了奏疏之后便要薛国观起草一份答复的诏书。薛国观当时已经知道自己的地位岌岌可危，所以行事便非常谨慎，对于这份诏书他十分小心，为了尽量能让崇祯满意，他足足把崇祯的意图揣摩了一整天，并最终按崇祯的圣意起草好了一份答复。

可哪曾想，崇祯在看了这份送进来的答复之后，竟勃然大怒，且一把将其扔在了地上，随即他便发出一个上谕："辅臣薛国观大负委任，命五府、六部、都察院、通政使司、大理寺堂上官、六科、十三道掌印官看议具奏。"

对于这个突然的上谕，文武大臣们一时间也是丈二和尚摸不着头脑，一方面是事情实在来得有些突然，虽说大家对这位首辅总有这样那样不好的看法，而且私底下也的确不断听到有关他的这样那样的传闻，但皇上竟将堂堂的首辅交由全体文武大臣来讨论，这可以说是还没有先例的。

另一方面，大家由此也就摸不清崇祯的葫芦里究竟卖的什么药了，而且大家对当今皇上那种极善于和大臣们捉迷藏的伎俩早就十分熟悉。因此，全体朝臣们待在一起足足议了一整天，最终也只是议了一个模棱两可的意见，最后大家基本上都在这份议疏上签了名。

但是刑科给事中袁恺因为提前受到了好朋友吴昌时的指点，所以他便没有在这份议疏上签名，而是事后另外向崇祯上了一道奏疏，指责任吏部尚书不久的傅永淳徇私袒护，不过他在奏疏中却又并没有直接说明傅永淳究竟袒护的是些什么，只是不时地暗示可能是薛国观收受贿赂之事，而在奏疏的结尾又加了一句，说“薛国观轻浮放肆、妒贤嫉能”云云。

可是，崇祯在看了他的这份奏疏之后，却非常不满意，本来他一向就十分讨厌朝臣们的圆滑，于是，他当即便把袁恺的奏疏扔到了地上，且十分有气地道：“这叫什么奏疏啊！”

随即他也懒得再同大臣们绕圈子了，便直接下令让薛国观离职回家了。

应该说，薛国观既然已经退出了大明的政治舞台，包括崇祯在内的一大帮人士就应该善罢甘休了。然而，即便这位堂堂的当朝首辅已经是如此灰溜溜的了，但复社中人、东林党人士、东厂太监甚至崇祯仍对这只落水狗不愿放过。

薛国观刚一离职，东厂的番役们便加紧了对他的侦查活动，并且还大肆对其府邸进行搜查，结果，他们发现薛国观竟聚敛了相当的财富，与此同时，他们又发现薛国观的亲信内阁中书王陛彦仍然同他来往十分密切。

另一方面，当薛国观离职出京的时候，其载物车辆简直就接连不断，东厂的便衣番役在侦知这个情况之后，也立即向崇祯作了报告。

崇祯立时便气得吹胡子瞪眼睛。在他想来，方今国家内忧外患，形势十分严峻，全国上下及将士们缺粮缺饷，自己成天为了国库空虚粮饷无着而忙得个焦头烂额，而薛国观竟然富可敌国，他一气之下便下令将王陛彦抓起来进行审问。

东厂的审问手段本来就十分高超，不出三五个回合，他们就拿到了一份十分详细的口供，王陛彦经不住严刑拷打，招出了薛国观多起贪污纳贿的事件，由此所牵连的大小朝臣则包括吏部尚书傅永淳、吏部侍郎林栋隆、左副都御史叶有声、通政使李梦辰、原任刑部侍郎蔡奕琛以及刑部主事朱永佑共计十余人，他们分别不是被革职就是问罪。事实上，这些被革职或者被问罪的人全都是东林党或复社中人的对头。

薛国观去职的整个详细情况吴昌时很快便以加急文书的形式传到了周延儒和张溥那里，周、张二人简直高兴得了不得，张溥更是尖嗓子大声喊了起来：“这家伙的末日也实在是该到了啊！”

张溥的身体并没有完全恢复，看起来仍有些虚弱，眼下虽说他的身体仍是那种三棒打不醒的样子，但是精神却被这个令他大大兴奋的事给刺激得十分高昂。因此，一说起话来，嗓门自然也就大了不少，而且整个脸也露出了一副掩不住的光彩，从说话的声音和掩饰不住的表情上，根本就看不出是个有病的人。只听他在眉飞色舞地说了一大通之后，又一边向周延儒一揖倒地，一边有些谄媚地道：“恭喜恩师，恭喜恩师，恩师还朝的日子已经为期不远了啊！”

周延儒的心里也是按捺不住地欣喜，不过他在表面上仍装出一副大事不惊稳如泰山的样子，他在听了张溥恭喜的话之后，好一阵才低声沉吟着道：“看来，眼下我等须得好好地计议计议才行了，薛国观既已去职，但皇上究竟又要让谁来接任这首辅一职便是十分关键了，是以，眼下最要紧的便是要拿捏个好的时候，让皇上想起老夫来才行啊！”

张溥一听，便把嘴一歪，急切地道：“噢，这恩师倒是不必急，门生在来的路上已经考虑好了，前些时候，昌时在宫里宫外已做了不少的前期准备工作，眼下最关键的便是要送大批的银两，朝内朝外要打通的关节也实在太多，昌时讲他早已捉襟见肘了。”

周延儒却突然接过话来：“那么看来，老夫需要亲自往京师跑一趟了！”

张溥一听便立即劝道：“依门生看来，恩师无论怎样也不能亲自到京师去，门生看，你不如索性就全权委托给昌时，如今皇上身边的曹化淳和小毛子都已经拿过了好处，他们也已经是咱复社的人了，既如此那自然也就是恩师您的人了，是以，恩师要想知道皇上的心思或是想法那还不是轻而易举的事了。”

周延儒想了一想便道：“既如此，老夫就得先筹笔银两送进京去，银两就放在昌时那里，让他得便往宫里送就是，当然不只是曹化淳和小毛子二人，别的太监凡是用得着的都要悉数打点一遍，皇后、贵妃、皇子和公主名下甚至皇上本人跟前也要择机送上一点，还有，必要时周、田两家国丈也还是需要打点一下的，省得他们在节骨眼上为老夫生出一些事来。哎，这样一来，恐怕就得筹措数十万两银子！说实在的，一时之间，老夫哪里有那么大一笔钱了，老夫在朝之时，虽说多多少少积攒了一些，可离眼下所需要的却实在差得太远，看来，老夫还得去向亲朋好友借一些才行！”

张溥立即承接住他的话急切地道：“银两的事就不需恩师考虑了，恩师放心便是，门生早就说过，复社既要为恩师复出助一臂之力，那便定是要全力以赴的，恩师的这笔钱就全由复社的同仁来为恩师筹募好了，门生想好了，大家每人只要出个四五万，只要二十几个同仁相助，要筹措这笔钱是不费吹灰之力的！”

周延儒一直支着耳朵且又垂着眼皮在认认真真地听着，末了，他终于张大了双眼，而心里更是心花怒放，最后，他却仍处事不惊地说：“那就实在太难为复社的同仁了，尤其是贤契你费了不少的心，不过，这样也好，老夫还朝不仅仅是老夫一个人的事，待老夫还朝的那一天，想必，那也定会有同仁们的一份的。说实在的，眼下要想为社稷做上一点事，不花些银两也实在不行，这便是老夫所看到的当朝的政治，兴许这还并不仅仅只是当朝的政治才如此，说不定，以后几百年后甚至上千年后的朝政也会如此，你想，若要谋其政，不在其位能行吗？而若要在其位，不花些必要的银两又能行吗？”

听罢如此的说教，张溥不禁恍然大悟地道：“门生一直都只是在想帮助恩师怎样才能东山再起，倒实在没想得这么多，今儿一听恩师所言，门生倒是明白了不少，这便是听恩师一言，胜读十年书了！”

周延儒仍稳如泰山一般，待张溥刚一说完，他便又道：“贤契回去后，还须多费些心神，今年的大考之后复社人士取得了不大不小的胜利，有些人还正在忘乎所以，感觉已经高枕无忧了，老夫倒要提醒一句，朝中和东林党及复社作对的人多得很，虽说薛国观等人已经去职或被逮下狱，但说不定哪一天，他们还会卷土重来的，尤其是这个薛国观，皇上只是叫他回家养老了，可并没有把他怎样问罪，说不定他也还是会有东山再起的时候，将心比心，老夫致仕归籍后不是一直在谋东山再起之事吗？”

周延儒这一说似乎突然提醒了张溥，只见他略一思忖，便站起身来大声道：“既如此，那就非得叫他薛国观九死不能翻身，看来，我们还得想想办法，非得叫皇上治他的罪不可，门生马上回去就给昌时去信，让他设法使皇上置薛国观于死地，否则会对恩师的还朝不利，并借此再对温体仁及薛国观在朝中的势力予以更加彻底的打击。”

二人又更进一步就彻底打垮薛国观之事研究了详细的行动方案。

末了，周延儒似乎突然想起什么，待张溥告辞正要跨出门口的时候，又突然提醒道：“贤契可还要记住，此番复社人士凡为老夫出了银两的都需要记下他们的名字，待老夫还朝之后，老夫一定会加倍赏还的，当然老夫赏还他们的必定是十分好看的官服和冠带了！”

为了这好看的官服和冠带，一场更为激烈甚至非得置人于死地的政治斗争便在二人的密谋策划之下上演了。

吴昌时一接到张溥的信便马不停蹄地行动起来，他联络了复社及大批在朝的东林党人士，而且还让他们一个串一个，凡亲朋好友，只要在朝内外有一席之地的都被紧急动员起来，或是编造或是四处搜集能致薛国观于死地的材料与所谓的证据。

而吴昌时本人则亲自前往东厂，找到复社在东厂最为得力的干将宋征良和宫内的大太监曹化淳以及崇祯的贴身内侍小毛子，为他们一一分配了各自的具体任务，后二人专门设法进一步在崇祯的面前激起他对薛国观的愤怒，而前者则要设法说通东厂提督王德化，对那些因和薛国观有牵连而被下狱的人进行更进一步的严刑拷打，让他们招供出更多对薛国观不利的事情。

不出五天，一大批关于薛国观如何如何把持朝政，收受贿赂，甚至图谋造反的材料与证据便堆到了崇祯的御案上。加上曹化淳和小毛子在崇祯面前不时地嘀咕，一时间，这个薛国观便从单纯的贪污纳秽变为不忠于大明朝也就是不忠于崇祯的乱臣逆子了。当然，对于这样的人，那自然也就唯有“罪该万死”这一条出路了。

崇祯在一怒之下竟跳起来破口大骂道：“薛国观这个老不死的混账东西，他吃了朕的俸禄，朕对他亦实在不错，不承想他竟如此对朕不忠不孝，朕今儿若是不对他予以严惩，从此以后，满朝的文武大臣都要不尽心竭力给朕办事不说，说不一定竟都要背叛于朕了！”

骂到这里，只见他猛地一下站起身来，向着门外一边挥着手，一边则急不可耐地大声道：“锦衣卫何在，快快传朕的旨意，速速出动，去到那薛国观的家里，再为朕好生地收集一些薛国观的罪证，且速速将他为朕逮捕回京，朕今儿非得要重重地治他的罪不可。”

在这些喊完了之后，他便一面在屋里气哼哼地踱着方步，一面仍是余怒未消地继续大骂着：“哼，他薛国观也实在不是个东西，温体仁去职后，朕对他是朝里朝外有目共睹的，可他身为首辅，竟会对朕如此的不忠，实在是罪该万死，朕对如此不忠不孝之徒，是绝不会手软的，哼，看你薛国观又有几个脑袋，朕今儿就要好好地来看看。”

如此这般，他竟在屋里一边走动着，一边不停地骂着，足足有半个时辰的时间。

但是，大明朝的皇上崇祯所面临的一个又一个的困境却并没有因此而有任何的改观，朝廷上下，大大小小的官员们贪污纳秽，结党营私，一切仍我行我素，根本没有丝毫收敛。

对于崇祯来说，他的情绪也并没有因为自己把一个堂堂的大明朝的首辅大臣杀了之后就有所改变。某种程度上说，他的情绪兴许还越来越坏了，每天堆放到他的御案上的仍是那连绵不断的险恶奏报。

五月，罗汝才进犯了夔州；

六月，总兵官孙应元和贺人龙及土司秦良玉和农民军大战于湖广与四川交界之地；

七月，畿内各地蝗虫成灾，崇祯诏令在畿内捕捉蝗虫，又发放库金救济遭受蝗灾的州县；

同月，罗汝才在和官军战败并逃往兴山之后，竟很快又和张献忠的大部人马会合；崇祯一气之下罢了刑部尚书甄淑的官；

八月，督师杨嗣昌挥师进入四川境内；

同月，真定、山东及河南饥民四处作乱，朝廷发粮予以救济；崇祯又以王道直为左都御史，代替傅永淳；

九月，官军战败于四川的观音岩。

与此同时，作为另一支农民起义军重要首领的李自成经过一段时间的卧薪尝胆，如今也终于出山了。

当初他潜伏于关中，得知张献忠于谷城重新反叛于朝廷，不禁大喜过望，于是便准备齐集旧部以策应张献忠，陕西总督郑崇俭得知此情马上率领人马包围了李自成。但李自成和军师顾君恩经过认真分析后认为，其包围无论怎样都会有缺口。

于是，李自成终于从郑崇俭包围的缺口之中逃了出来，并奔向已经率领人马到达武关的张献忠，而张献忠本来和李自成之间就有一些嫌隙，因此便伺机想要杀了李自成，但狡猾的李自成竟事先知晓了，逃了出去。

当时，督师杨嗣昌也已经率领人马到达了夷陵地区，得知李自成在此，便檄令李自成投降朝廷，但是李自成却对杨嗣昌大骂不止，并拒绝向其投降，官军终于将其包围在了鱼腹山中。

当此形势，李自成及其所属的农民军已经十分困难，在走投无路的情况之下，他想要自杀身死，由于其养子李双喜的劝阻，他方才作罢，并由此下定决心，一定要重振昔日的雄风。

李自成的属下大部分都已投降了朝廷，但是一些心腹及得力的干将却还是十分坚定地跟随着他，像顾君恩、李过、李双喜及刘宗敏等都还是和他紧跟在一起的。不过到这个时候，刘宗敏似乎也已经在心态上发生了动摇，李自成得知此情，而且也为了更进一步地稳定所剩的少许人马，于是立即找来了军师顾君恩，二人经过一番密商，决定无论怎样也要设法留住刘宗敏这位得力的干将以及还剩的少许人马。为此，顾君恩便专门为李自成设了一个计。

这一天，李自成相约刘宗敏到了鱼腹山顶的一座祠庙里，他和刘宗敏认真地交谈了一番，末了，终于相顾而叹息道："人家都说我李自成有朝一日是能够成为天子的，我为何就不占占卜呢？是真是假，以卜为证，若我李自成连抓三签都是不吉利的，你和众兄弟尽可将我李自成的头砍去投降官军，这样，你们就都可以活命了！"

刘宗敏本是蓝田县的一个铁匠，是农民军中最为勇敢善战的人士之一，为人也十分豪爽耿直，当即便答应了。

但是，谁也没有想到，李自成连抓三签，三签竟都是上上签，见此情景，刘宗敏终于信了，他相信，眼前这位差不多已经濒临绝境的李自成有朝一日是会成为天子的。是以，他当即便跪俯在地，向李自成直呼起了"皇上万岁，万岁，万万岁"。但是，当刘宗敏一走出祠庙，走在后面的李自成却会心地笑了，并随即把一个装满了上上签的竹筒扔到了草丛之中。

刘宗敏一回到营帐，立即将自己的妻子和孩子悉数杀死了，以示誓死跟从李自成打天下的决心。事后，他便跑到李自成那里对他道："我刘宗敏誓死也要跟随闯王！"

农民军中其他一些人眼见刘宗敏如此坚决，都仿效于他，希望有朝一日自己也能在他的天下里有一席之地。

李自成又终于齐集了所剩的少许人马，并让他们对自己充满了新的希望，从而重振了他们对于有朝一日能得天下的信心。

随即，他便接受了顾君恩的建议，命令将农民军的全部辎重悉数焚烧，最后终于以轻骑从郧县和均州潜入到了河南地界，并由此又开始在整个河南一带兴风作浪。

也就在李自成从鱼腹山中突出重围的同时，张献忠率领所属的农民军攻陷了大昌，且图谋进击开县。其时，总兵官张令扼守于竹菌坪，但他没能攻下大昌，恰在这时，大股农民军赶至于此，给张令来了一个反包围，张令虽奋力抵抗，最终中箭而死。张令本是四川的名将，他既战败而死，各路剿杀农民军的官军一时间都丧失了信心和斗志。

这一桩桩一件件的险情奏报便如此这般不断传进威严的紫禁城，一时间，作为大明皇朝最高统治者的崇祯又一次被弄到了精神崩溃的边缘。

一段时间以来，他又不断做起了噩梦，不时地发出惊悸和时断时续的呓语，且苦苦地对抗着李自成、张献忠和皇太极的名字，也顽强地对抗着那只不知名却操控着他的命运的魔手。

即便如此，险恶奏报却仍接连不断地传来，蓟辽总督洪承畴也恰是在这个时候从辽东发来了紧急求援的奏疏，奏疏中言明：随着清兵的屯田包围战略的展开，明军的处境已经日益困难了。不久前，明军马步兵五百出战，竟悉数败北，是以，他便向朝廷请求加派人马并增拨粮饷。

崇祯躺在卧榻上静静地听着小毛子不紧不慢地为他念这一份份的险情恶报，心绪被绞成了一团，慢慢地，他的牙齿都已经开始交战了，他的整个精神世界又重新沉入一个莫可名状的氛围之中了。

突然，一名小太监进来禀报，说兵部尚书陈新甲有要事需紧急禀报皇上。崇祯的脸色立时拉了下来，心想，陈新甲来见，不会有什么好事的，不是东北角上的满人便是张献忠、李自成什么的。隔了好一会儿他才终于道："宣他来见吧！"

陈新甲一进到屋里便急切地道："皇上，督师杨嗣昌送来了快传！"他一边说一边把一封八百里快传递到了崇祯的手上。原来，总兵官张令中箭阵亡之后，所部悉数溃散，秦良玉的白杆兵虽负隅死战，也竟几乎全军覆没，秦良玉只好带领少数残兵败卒逃回到了四川石柱的老家，并从此不再出战。

随着秦、张两军的失利，其余各路川军则更是不堪一击，张献忠和罗汝才遂经达州、巴州一路向西，于十一月中旬终于渡过了嘉陵江，攻克了川北重镇剑州和梓潼，并转而继续向南直逼成都。

崇祯看罢快传，顿时明白，四川的形势越来越严峻了。

对于崇祯来说，目前形势已经十分严峻，那么作为一方督师的杨嗣昌，他看到的又是什么呢？

事实上，随着形势与战局的发展，杨嗣昌已看得十分明白，他自己正被牵进一个永远也无法脱出的历史的漩涡之中了，他在冥冥之中感觉到，兴许哪一天他自己也就要葬身于这个万劫不复的深渊。

由于张献忠和罗汝才的流动入川，整个大明上下已经一片混乱，杨嗣昌不得不离开他的襄阳大本营，入川追剿。但他的行营和辎重沉重，人员庞杂，因此在四川的山道上进展十分迟缓，根本追不上疾如雷电的农民军。正在各处围追堵截的川军又无力抵挡，农民军在整个四川便长驱直入，如入无人之境。

面对这种情况，杨嗣昌只好一面抱怨川军无能，一面急调湖广及陕西各路部队入川。但是左良玉早就抱定了绝不损失自己实力的主意，因此对杨嗣昌接连数次的飞檄命令竟拒不执行，最后竟索性带上自己的人马跑到陕西的兴安地区远远地避开农民军了。与此同时，陕西的贺人龙等部也同样拖拖拉拉根本不想入川作战，最后虽在被逼无奈的情况下入了川，但在连打了几次败仗的情况下便再也不敢和农民军接触了。

恰在这个时候，朝廷中的四川籍官员和四川的一些地方官却为张献忠和罗汝才的这次入川而大肆诋毁起杨嗣昌来，因杨嗣昌本是湖广武陵人，他们就说他为了保护自己的家乡而故意驱敌入蜀，以邻为壑。

杨嗣昌不断在山间奔波，得到的却只不过是官军不断失败的坏消息和众多官员的恶言恶语，他不禁气急败坏，把整个失败全都归到了川陕各处的官军们的身上，数次向崇祯攻劾其堵截不力。应该说到这个时候，崇祯对于杨嗣昌仍是十分宠信的，因此他在连连接到杨嗣昌的攻劾奏疏后，便全都按照杨嗣昌的指点一一将总兵官邵捷春和陕西总督郑崇俭抓了起来，邵捷春更是最后被斩首于西市，郑崇俭先是被革职入狱，后来也同样被问成了死罪。一时间，整个大明上下已经混乱到了极点。

可是，也就在官军和朝廷陷入一派混乱的时候，张献忠和罗汝才却在四川连克什邡和隆昌等川中川南州县，紧接着又很快攻陷了川南的重要城市泸州，继而又返师向北，破仁寿、逼成都、陷德阳、绕道川北东渡嘉陵江，并在崇祯十四年初的时候拿下了巴州和通江，最后沿着长江的北岸十分顺利地出了四川，重新回到了湖北。

与此同时，当杨嗣昌正跟随在张献忠和罗汝才的屁股后面进行千里大游行的时候，李自成在沉寂了两年之后，竟又突然一夜之间出现在河南地区。

曾几何时，李自成成了一个光杆司令之后，便一直潜伏于川、陕、鄂边界的山区之中，一直没有什么动静，朝廷甚至崇祯本人差不多也认为李自成兴许已经死了。但是，他们根本没有想到，李自成竟又一次从鱼腹山中奇迹般地复生了。

其时，李自成在接受了军师顾君恩的计谋并终于以占卦的形式骗得了刘宗敏等人的信任与拥戴之后，迅速率领所剩的一点残兵冲出了长时间躲避的大山，并在河南西南部的淅川和内乡地区奔驰而过。

最初到河南的时候，李自成的队伍还不过千余人，但河南各处的饥民和一些小股的农民军或者已经投降了官军的一些旧部都风闻影从，使得李自成的人马在很短的时间内就发展到了数万人的规模。到崇祯十二年底的十二月间，李自成终于攻破了鲁山、郏县、伊阳、宜阳、水宁等县，一时间，又一次绝处逢生的李自成竟又重新把整个豫东地区搅得天翻地覆。

也就是在这个时候，李自成在这里搜罗了几个得力的人才，他们是李信、牛金星和宋献策，他们为日后李自成的最终人主北京起到了不可低估的作用。

李信本是河南杞县的一个举人，父亲李精白曾在熹宗时任过兵部尚书，又因曾附于魏忠贤而受到人们的指责谩骂。但他在任时曾搜刮了不少的钱财，因此在故去后便为后人留下了一笔十分可观的财富。李信生性豪爽正直，成年后得知父亲的情况便下定决心要为父亲洗刷罪名，他拿出家里的上千石粮食来救济饥民，饥民因十分感谢他的恩德遂称他为“李公子”。时逢绳技女艺人红娘子造反，俘虏了李信，并强迫李信与她做了夫妻，李信寻机逃回，向官府自首，官府将其囚禁起来，红娘子得知此情立即前来营救。与此同时，一大批饥民因为有感于李信的恩德，声称李公子救活了他们，李公子今天有难，他们绝不能放弃不管，就和红娘子一起劫狱，救出了李信，杀死了知县。其时，李自成及其所率的农民军正在附近，李信和红娘子等人得知此情，一方面有感于官府的为富不仁和对官军追杀的担心，一方面则有感于农民起义军的巨大声势，就率领一帮饥民投奔了李自成，李自成则为其改名为李岩。

在此之前，李自成的为人比较残忍猜忌，因此时常滥杀无辜，据说，他曾经每天杀人，并以斩足剖心为乐，所过之处，百姓全都躲藏起来。但自从李岩来到军中之后，李自成及其农民军焕然一新，他首先奉劝李自成树立起远大的宏伟目标，有朝一日登上那九五之尊的龙榻宝座，为此他对李自成道：“取天下应以收拢人心为根本，请不要杀人，以收天下人心。”

那种随便杀人的事不见了，而且从此之后，李自成也把抢掠来的财物大都分发给饥民，李自成的声名也就更为远播。一时间，归顺李自成的人便日益增多了。

在这些投奔的人中有一个重要的人物就是卢氏县的举人牛金星。牛金星曾在磨勘的时候遭到贬斥，事后通过一位大夫见到了李自成，二人一见竟有相见恨晚之感，牛金星预感到李自成必然能够成大器，而李自成则十分喜欢牛金星的辩才，二人曾在营帐中讨论了整整一夜的军国大事。到天亮的时候，牛金星便当场表示他一定要助李自成成就大事。可不承想，当他第二天秘密回家之后，他和李自成会面的事却不知怎么竟被官府的人知道了，他被官府抓起来，而且还被判了死刑。不久，他竟又从狱中设法逃了出来，随即便来投奔了李自成。

没有多久，牛金星又向李自成推荐了宋献策。宋献策身高三尺，面容漆黑，极善占卜问道。本在一山中念经修性，由于牛金星的举荐又加之李自成本人的三顾茅庐，终于决定辅佐李自成成就大事。他一来到军中，立即就为李自成写了一个谶语，这个谶语便是“十八子，主神器”。从此，这一谶语便成为李自成至死不灭的理念。

有了一干得力人才的辅佐，又有了一个最终成就大事的宏大理想，李自成及其所率的农民军便从此日益成为大明朝和崇祯心中的噩梦。

崇祯十四年的春天，当督师杨嗣昌还在从四川赶回湖广的路上时，分别以李自成和张献忠为首的农民军就已经从以前的守势一变而为强大而又凌厉的攻势，并分别在湖广及河南的广大地区给杨嗣昌以致命的打击。

这年的正月十九日，李自成接受了李岩和宋献策的建议，率领数万农民军开始围攻豫东重镇洛阳。

洛阳不但是历朝古都，聚集着中原的精华，而且还控制着关中和襄、郧两个方向的军事要冲，在政治上、军事上和经济上都占有极其重要的地位。不仅如此，洛阳还是明宗室福王朱常洵的驻地。

但是，虽然如此，洛阳的守备却并不怎样特殊。它虽是由总兵官王绍禹率领一千人马在这里镇守，但是由于多年没有受到过军事上的冲击，军事武备松懈不整，缺粮缺饷，军心涣散。当时，住在洛阳城内的致仕朝臣吕维祺曾建议福王拿出王府的一部分钱粮来用作军饷，这样一方面维持守城，一面则调省里的其他人马前来增援。可是，这位福王根本就是个一毛不拔的铁公鸡，即便是死到临头了，也不愿出一个子儿。因此，大批守城的官兵对这位福王的吝啬非常愤怒，一等到李自成所率的人马开始攻城，他们大部分人即放弃了守城，并开城投降了李自成，那些还在坚持抵抗的将士眼见大势已去，一个个也都投降了。

这样，不出两天，李自成及其所率的农民军便占领了整个洛阳城。福王朱常洵和世子朱由崧只好慌忙出逃，朱由崧寻机逃了出去，以后几经辗转，几年之后他竟成了南明的弘光皇帝。而福王朱常洵却没能逃出农民军的搜寻，落在了李自成的手中。

与此同时，明朝原任南京兵部尚书吕维祺也在城陷后被李自成捉住杀死。

李自成攻克了洛阳并完全占有了福王府，然后即把整个王府中的大批粮食和财物银钱都发放给了城内城外的饥民，用以赈灾。各地的百姓一听到消息都纷纷来到洛阳，一时间，从各地前往洛阳的官道上，形形色色的饥民百姓络绎不绝。也正是从此，李自成便日益在河南老百姓的心目中享有了崇高的威望。在以后的几年间，李自成及其所率的农民军一直在这一广大地区活动，其所到之处，百姓都极为拥护，而且不少人从此还参加了农民军。

也就在李自成攻陷洛阳的同时，张献忠及其所率的农民军攻下了襄阳。

张献忠率部进入湖广后，率先攻占了兴山县，但是当他一听说作为督师大本营的襄阳城防十分空虚，不禁欣喜若狂，立即率领轻骑奔驰了三百余里赶到襄阳附近。在这里，他首先派人假扮成官军混进了城中，到夜间举火为号，这样里应外合，一时间襄阳城内的守军大乱了起来，一直在城外等待的张献忠眼见突袭成功，立即率领主力打进了城内。这样，张献忠及其所率的农民军便如此轻易地占领了这个围剿农民军的大本营。

张献忠对襄阳的攻克，其意义对于农民军本身和大明朝廷的影响都是十分巨大的。它既是围剿农民军的大本营，对于农民军的意义自然也就是可想而知的。不仅如此，这里也同样住着一位大明宗室的亲王，即襄王朱翊铭。按辈分来说，朱翊铭是崇祯的族祖，他却同样被张献忠活捉了。

占领襄阳之后，张献忠也同样在这里开仓放粮，赈济灾民，其所放的赈灾银高达五十多万两，数量如此的巨大，就连朝廷都从来没有发放过。因此，一时之间，襄阳各地的百姓对于张献忠可说推崇备至，或许，也正是从这个时候开始，张献忠便为其日后建立早期的武汉政权和更为成熟的成都“大西”政权奠定了基础。

李自成对洛阳的攻占和张献忠对襄阳的攻占充分表明，这一时期的农民战争终于进入到一个十分重要的转折阶段。前此，尽管各路农民军不断在这片广大的土地上攻城略地，但他们基本上在四处逃避官军的追剿，从战略上说他们是完全处于守势的，还处于相当被动地位，因此在战术上他们所采取的也就必然是一种流动的游寇主义。

但是从此开始，农民军从整个的战略方针上便从以前的无目的的逃避转入到了对官军主动的进攻上了。某种程度上，无论是张献忠还是李自成，他们都已经为自己确立了一个宏伟的目标，这个目标便是要推翻整个大明朝，最终由自己来坐到那龙榻宝座上去。由此，农民军和明朝官军之间的相互攻防态势也就发生了根本性的变化。在此之前，如果说明朝官军能多少组织起几次略见成效的攻势的话，那么从此往后，他们在更多的时候往往只能处于被动挨打的地步。

当然，对于专门负责围剿农民军的总司令杨嗣昌来说，也正是洛阳和襄阳的失陷和两位藩王的被杀标志着他这次出京督师围剿的彻底失败，朝廷所采取的围剿政策的彻底失败，同时也可说是他个人仕途的彻底失败，也正是由此，他终于走到了生命的尽头。

杨嗣昌是在匆匆从四川赶回湖广之后才接连听到这两个简直如炸雷一般的惊人消息的。

当时，他率领自己所属的人马一进入湖广地界，便乘船首先来到了荆州，住进了自己在郊外沙头市的行辕里。他本来是想要好好休息一下的，就他当时的情况来说，他已经实在疲惫不堪，自己不仅身有病疾，又接连几个月在四川的山道上颠簸，如此劳顿竟又是无功而返，到现在他可说是心力交瘁了。可是，谁也没有想到，他还没有来得及休息，却突然听到从襄阳传来的不幸消息，一时之间他简直被惊得目瞪口呆。

他是做过兵部尚书的，自然知道藩封失陷的影响与意义。更何况，自己自从出京督师围剿一年多来，劳师耗饷，不仅没有剿灭流寇，到如今反而弄得流寇烽烟四起，竟连两个如此重要的藩封之地都丢了，单凭这件事崇祯就可以问他死罪。

杨嗣昌绝望了，他已经抱定以死的决心来报效他自认为的皇恩浩荡。

也恰好在这个时候，他却又突然接到了洛阳告陷的消息，顿时他便一下晕倒在地，本来他的精神就已经完全崩溃了，又经这一巨大的打击，他的整个身心便彻底地垮了。当天晚上他在把自己的一些后事托付给了儿子杨松山和督师监军万元吉之后，便趁人不注意服下一碗毒酒自杀而死。

李自成和张献忠在分别攻占了洛阳和襄阳之后，又各自乘胜展开对开封和光州及信阳的进攻。

当李自成展开对开封的进攻的时候，河南巡抚李仙凤和巡按御史高名衡、周王朱恭枵以及开封守城副将陈永福等人，都似乎要对福王之死化悲痛为力量，奋力据守，李自成一连攻了七天七夜都没能攻下。而与此同时，保定总兵杨文岳又派了总兵虎大威率了一千人马前来开封增援，见此情景，李自成只好接受了李岩和宋献策等人的意见暂时退兵。于是，李自成便率领数万农民军向东而去，河南的紧张局势才稍稍松了一下。

但即便如此，也已经使得大明皇朝的皇上崇祯喘不过气来了。

他听到了襄阳陷落的消息。当时，他和周皇后一起正在坤宁宫的大殿里饮茶，一得知此情，手中的茶碗立时便掉到了地上，顿时目瞪口呆不知该说什么才好。后来，他只好心情颓然地在小毛子和王承恩及曹化淳等一大帮大小太监的搀扶下回到了乾清宫。可是当他静静地躺倒在自己的龙榻上还没有两个时辰，却又接到了洛阳失陷的消息。

顿时，崇祯一下在龙榻上晕过去了，小毛子赶紧去请太医。第二天，当崇祯从昏迷中终于醒转过来之后，他的头脑似乎清醒了不少，立即化悲痛为力量，命令将他认为对两个藩封失陷负有重要责任的总兵官王绍禹等人逮捕下狱。即便如此，他觉得似乎还不够，他又一面命令驸马都尉冉兴等人带着国库的大批金帛，去救济安抚两家遭受了巨大损失的皇族。

也许是处理这些善后之事太过于忙碌，反正一开始的时候，他一直都还没有想起真正说来对于两个藩封失陷和两位亲王之死负有重要责任的督师杨嗣昌。因此，到这个时候，一大批文武大臣对此很是有些看法，在他们看来，皇上不去追究杨嗣昌的责任却把王绍禹等人逮捕下狱，很明显是在包庇杨嗣昌。兵科都给事中张缙彦就以陷城失陷的罪名攻劾杨嗣昌。

崇祯在看了张缙彦的奏疏之后，如梦初醒，这才想起这个自己十分宠爱的杨嗣昌的确是负有不可推卸的责任，于是立即降下严旨，说“自督师以下，调度失宜，巧言善欺”，并让有关部门依法议罪。

到这时，杨嗣昌的死讯还没有传到京师，所以全体文武大臣及崇祯本人似乎都下定决心要拿这位杨督师好好地出一下气。对于全体朝臣们来说，一旦皇上发了话，他们便觉得自己终于有了一个机会，以吏部尚书李日宣和左都御史王道直等人为首的一批文臣大僚纷纷上疏要求撤销杨嗣昌的督师职务，追究他的责任，这当中又尤以言官们最为积极活跃。

可是崇祯对于杨嗣昌却并没有完全失去信心，即便让朝臣们议处一下杨嗣昌的责任问题，其真正目的也只不过是想出一口怨气罢了，因此从他的内心来说他并不是真正想要问杨嗣昌的罪。

也许当初杨嗣昌出京督师本就是他特许的，作为皇上的他也有一份责任，如果处理了杨嗣昌，那么他自己也就没有什么面子了。因此为了顾及自己的面子，他竟一反常态没有处理应该说负有不可推卸责任的杨嗣昌，却反而对其还多少有些袒护。为此，他还特意把六部、九卿及科道等大批文武官员召到乾清宫的东暖阁里，并十分不高兴地对他们道：“杨嗣昌是朕特简任用的，用兵没有成效，朕自会鉴裁的，何况他尚有可取之才，你们见到朕有议罪之旨，就一起来攻击他，一时间，朝内朝外纷纭不已。如果你们真是忠君正直，又为何不在张缙彦纠劾之前就提出来呢？这一次朕就暂不追究了，备疏留中，但朕还是要让你们知道的。”

这样一来，全体朝臣们也就再也不好多说什么了。

没隔几天，杨嗣昌的死讯终于传到了京师，对于这位杨督师的死，崇祯感到十分震惊和痛心，他似乎在冥冥之中明白，自己已经失去了一位十分得力的干才。

可是，一些文武大臣们即便在这个时候对于杨嗣昌所负的责任却仍是不肯善罢甘休，他们竟在这个时候又一次发起了一场对于杨嗣昌的攻击，而且在某种程度上似乎还发展成了一个高潮，兴许，既然人已经死了，说什么他也是有口难辩的。一时间，文章论列，连篇累牍。

也不知怎么的，崇祯本人在看过了一份又一份的奏疏之后，似乎突然觉得，自己自登基以来因为这样那样的原因杀过那样多的大臣，今儿竟然对于一个本来就负有极为重要责任且又已经死了的人极力袒护，这在情理上无论怎样有些说不过去，明显给人以不公平的感觉。因此，他便再一次降旨让六部、九卿的大臣们来为杨嗣昌议罪。

朝臣们经过会商，皆一致认为，杨嗣昌当初首先倡议加派，致使天下民穷财尽，一批又一批的饥民纷纷奔走为盗，而今盗贼不仅屡剿不灭却更成燎原凶焰，当初所提的加派实在是一个重要的原因。不仅如此，他身为督师，本就负有剿贼灭寇保护边疆的重要责任，眼下他不仅没能剿贼灭寇，却反而连失两藩。因此，杨嗣昌负有不可推卸的责任，以失陷城塞律论斩，而今他既已自杀身亡，便应当处以戮尸。

议罪的奏疏很快送到了崇祯的御案上，可是，他在看了之后，也不知怎么竟又一下犹豫起来。到这个时候，他似乎又一下记起了当初杨嗣昌给自己提出的种种建议，杨嗣昌当初在朝堂上屡屡召对的情景一下历历在目。他不能不承认，这位杨嗣昌可说是自己自从登基以来最为信赖的大臣了，而今他既已经失掉了这样一位股肱大臣，他不能不为之感到十分遗憾，不能不为其感到极大地伤感和悲痛，因此他实在不愿意在他死了之后还要来惩处他。

终于，他昭雪了朝臣们对于杨嗣昌的议罪，且赐祭坛一座，并让其家人将其归葬于家乡武陵。

【第十四回】

夏成德开城献地，洪承畴受赏降清

杨嗣昌倒是死了，而且好歹也还是在崇祯的袒护之下勉强有了一个好的结局，可是崇祯本人却越来越陷入迷茫之中。他在冥冥之中似乎已经感觉到了一种不祥之兆。

连日来，他不断坐在龙座上或是卧榻上思考着、叩问着，洛、襄两藩的失守或许对他已经预示着某一种可怕的结局。

但是，同每一次发生不测之事一样，他在总结其原因的时候，仍然认为，之所以会发生这样的事，全是由于内阁及朝中大臣无能所致，他根本没有想到他自己究竟在哪些方面出了差错；因此，一时间，他便痛感起朝臣们的庸碌无能来。

为此，他在接连休息了两天之后，便决定和朝臣们商量一下重新选拔将才的事，由于身体没有完全恢复，不能正式上朝，因此，他便让朝臣都到乾清宫的东暖阁里来和他一起商议。

朝臣们一来，他便有气无力地对他们道："朕御极天下已经十四年了，而今国家如此多事，饥荒不断，战火连连，百姓流离失所，人皆相食，实在是太可怜了啊。前不久，贼寇竟又攻陷了洛阳和襄阳。朕真是惭愧得很哪，惭愧得很哪！"

他一边说着，一边竟流出了眼泪，到后来还哭出了声。全体朝臣一见堂堂的皇上竟如此伤心，一个个便全都被吓得不知该怎样办才好，站在他旁边的小毛子和曹化淳等人一时间也手足无措。那些多少有些良知的大臣一想到皇上因为忧国而被弄得如此大病缠身，一时间也竟感伤满怀，感触甚深，不禁也痛哭不止，一时间，整个东暖阁里便哭声一片。

首辅大臣范复粹站在班前眼见堂堂的大明皇朝竟一下成了如此模样，赶紧站出来劝慰崇祯："皇上，龙体要紧，哎，天命如此，一切都只不过是气数罢了！"

说完，他显出一副无可奈何的样子。

可是，崇祯听他这样一说，便稍稍止住了哭声，有气地道："什么气数天命，这根本就说不上是气数，即便是气数天命，也还是可以靠人力来挽回的嘛！”

他说完的时候还有些不满地白了范复粹一眼，范复粹眼见自己竟讨了个没趣，便只好悻悻然地退回班中。这样一来，全体朝臣无论是适才流泪哭泣的还是自觉没趣观望的，一时间便全都陷入了压抑的沉默之中。眼见如此，崇祯便示意小毛子宣告退朝，他明白，这已经不可能商量出什么结果了。待这些朝臣都退下后，他便独自一人思考起新的首辅大臣的人选来。

他细细地去思量去分析朝中的每一位文武大臣，想来想去，仍没有找到一个满意的。他又把自己的思路扩展到那些已经去职的或是被自己遣戍惩处的，接着便回忆起几位曾经在身边多少给他留下较好印象的大臣们来。

在他看来，这些大臣们中比较能干的只有韩炉、孙承宗、周延儒，而除了周延儒之外，其余几人全都已经死了。

于是，他便认认真真地考虑起这个曾经一度得到他特别赏识而最终却又被自己一气之下赶走了的周延儒。也正是在这个时候，他似乎已经明确地认识到眼下只有这个周延儒还可以。他便做出决定，重新起用故辅周延儒。但是当他正要降旨的时候，他却又突然想起同样被自己赶回家的张至发和贺逢圣来，觉得二人也还是勉强可用的，便决定对他们重新起用。

第二天，他降旨，召故辅周延儒、张至发和贺逢圣三人重新入阁，参与机务。

周延儒终于到京师任了首辅之职。随着周延儒的东山再起，东林党人的政治大复兴也就从此开始了。

当然，随着周延儒的到来，崇祯自然是十分高兴的，而且刚一听说他到达的消息，便立即命人传他的旨意，让周延儒立即进宫。

周延儒风尘仆仆一路气喘吁吁地到达乾清宫，还没有走进大殿，崇祯远远地一看见他那似曾相识的身影便十分激动地赶忙从龙座上站起来，准备去迎接这位久违了的首辅大臣。

周延儒的脚步才跨进大殿，一眼看见堂堂的当今皇上正站在大殿的中央准备迎接自己，一时间，他简直受宠若惊到了极点，到得跟前，全身不住地发颤，只好赶紧跪到地上去向崇祯叩头行礼。可是他还没有完全跪下去，崇祯却已经满怀深情地将他扶起，十分动情地对他道：“卿此番觐见，礼数之事就免了吧！”

说完，他仍是满怀深情地看着早已经流出了感激泪水的周延儒，殷殷地拉着他的手十分关切地问道：“这几年卿过得可好？”

周延儒一听赶紧受宠若惊地答道：“启禀皇上，臣一切都好！”说到这里，他便稍稍地定了定神接着说道：“皇上也还好吗？臣倒是一直都在思念着皇上。”言毕他竟是一副老泪纵横的样子。

接下来，二人十分亲密地谈论分析着这几年里大明朝上下所发生的一切，崇祯说起来非常激动。而对于周延儒来说，他也是同样的兴奋激动，说起这朝里朝外的大事小事口若悬河，他是如此的自信，他觉得自己的价值总算重新被发现了，他又可以重新为大明朝发光发热了。

末了，崇祯还赐宴招待周延儒，并亲自参加，那些被请来作陪的文武大臣眼见崇祯对周延儒如此的恩宠有加，都有些吃惊得了不得。他们明白，从今往后，这位周阁老一定是权倾一时的了。

第二天崇祯便急急忙忙地召周延儒等几位辅臣进宫，要他们来和自己商量这内忧外患的种种军机大事。当初，张至发在接到重新入阁的圣旨后，想了想，觉得此番入阁实在没有太多的意思，兴许他在冥冥之中已经预感到了什么，所以他对重新入阁之事婉拒了。而贺逢圣在接到圣旨后，觉得皇上既有如此厚爱，那就即便是报恩也当如期赴任才是了，所以他全当成无所谓一般如期来到了京师。因此对于崇祯的议政召请他自然也就抱着一种例行公事的态度。唯有周延儒，足足比贺逢圣等人早到了两个时辰。

当崇祯向几位辅臣提出问题，周延儒便成竹在胸地侃侃而谈了。

他首先提出，减免民间多年积累下来的拖欠钱粮，并且免除战乱和大灾地区今明两年的全部现税；请求暂缓征收大水成灾的江南和浙北苏州、松江、常州、嘉兴及湖州等地的钱粮，改为下一年的夏季补足；请求限制厂、卫的权力。他认为，东厂和锦衣卫的人四处侦缉，必然带来人心惶惶，而且还制造了大量的冤假错案，因此若再让他们放肆下去，必然会对社稷的重振带来极为不利的后果。由此，他提出，从今往后，厂卫只限于办理皇上指定的案子，绝不能到部府去指手画脚。

崇祯在满怀兴趣地听了他的这一系列奏议之后，虽觉得他所提出的这些和以前的那些朝臣们所讲的并没有太多的区别，而且在这些奏议之中也并没有提出减免税收后大量的兵饷练饷又从哪里来，不过，由于它们全都是自己十分赏识的周延儒提出的，所以他也只是在略加思索之后便一一照准了。

对此，周延儒兴奋不已，他便决定按照当初和张溥商定的一一实施他们的计划了。首先自然是人事方面的安排，他按照当初张溥给他写的名单以及当时为其出钱的多少，一一地都为这些人安排了合适的位置。紧接着便是设法解救仍在狱中的侯恂和黄道周。

侯恂的家人当初为了周延儒的东山再起出了足足一万两银子，因此他便把解救侯恂之事放在了首位。不过，由于事先已经有了左良玉要求宽赦侯恂的奏疏，所以他运作起来便自然简单多了。很快，侯恂便被释放出狱，且重新安排了要职。

但对于黄道周这一案子，他稍稍难做了一些，因为崇祯对于当初黄道周敢于当着全体朝臣的面和自己辩论且又公然顶撞自己仍记忆犹新，而且在将他和解学龙一起逮到京师的时候专门命令将他杖打了八十大板。这样一来，他只能采取一些办法，速度也放得稍稍慢一些，他得让皇上慢慢地回心转意才行。

他为此采取的第一步行动是时不时地在崇祯的面前说上一些黄道周的好话，待皇上有了回心转意的时候，他便指使自己的心腹接任李觉斯为刑部尚书的刘泽清上疏专门论黄道周案，并要他在疏中指明，黄道周是当代最大的理学家，长期这样被关在大牢中，皇上应考虑他在朝野上下的影响，当迅速为他定罪将案子做个了结才是。但是若要为他们定罪的话，对他们处以永戍便是最高的惩罚了，无论怎样是不能对他们处以死刑的，因为从来没有法律规定对谏言者处以死刑。他还更进一步地认为，既然崇祯怀疑他是朋党，而朋党是必然要见诸行事的，黄道周抗疏却只不过是空言，如果一两个知交好友都要因此被处以重罪的话，那么又哪里见得到所谓的真正的朋党呢？因此，对于他这种交友的行为又哪里用得着动用朝廷的大法呢？很明显，周延儒等人的用意是要首先把黄道周的命保下来，然后再做下一步的行动，并继而寻机解救。

崇祯在认认真真地看了刘泽清的奏疏之后，认为他讲的还是很有道理的，于是便批准了刑部的定案。

有了这一步的成功，周延儒和刘泽清等人经过一番周密的策划之后，便决定立即实施下一步的行动。事隔五天之后，周延儒借崇祯专门召见他的时候向他提出了他最为关心的朝廷用人这一大问题，可是，他在听了一番周延儒的话后，却闷闷不乐，末了便无可奈何地对周延儒道：“哎，周卿哪，岳飞样的良臣怎么就如此难寻呢？朕又怎样才能够找到像他这样的人呢？”

周延儒一听，心想这正是解救黄道周的最好时机，不禁顿时惊喜万分，他略一思忖便郑重其事地道：“启奏皇上，臣以为，所谓的良臣也并非就是那样的难寻，岳飞样的人是大有人在的。就说前任少詹事黄道周吧，黄大人乃当代声名盖世的理学大师，贤德贤能，且对皇上更是忠孝之至，其直言犯上，敢于当庭和皇上辩论，只说明他对皇上对社稷忠心可嘉。实在的，岳飞虽是名将，但其破金兵的事，史书上也是有许多溢美之处的。而像黄大人这样为人，将来传之史书，也不免会写上：‘其不被任用，天下惜之’这样的话啊。”

崇祯听罢此言，一时间，不禁陷入了沉思，直到周延儒告退之后，他仍在闷闷不乐地想着周延儒所说的这一番话，想来想去，觉得这位周首辅所讲的有些道理。第二天，他便降旨，免除黄道周和解学龙的罪过，并立即恢复了黄道周的少詹事故官之职。

也恰在这时，御史金毓峒等人竟又上疏专论复社之事，说江南复社的一帮人虽名为学子，却终日会聚结社，不是谈论国事参与权力政治之争，就是干一些结党营私之事，等等。他们强烈要求朝廷设法鼓励他们聚会讲学，切磋圣道，以正世见学风。奏疏送到崇祯那里后，一开始他很愤怒，对于复社之事他早就熟悉，且一直在将其压抑打击，而且对于复社的首领二张夫子也一直看不上眼。可是，自从周延儒重新入阁后，渐渐地他对这个复社有了好感。可不承想，今日竟又有人来攻劾这个复社。不过当他冷静下来之后，心想这事还是先让内阁拟旨看他们的处理意见再做决定吧。

很显然，事情也就被推到了周延儒的手上。既如此，那自然是不在话下，周延儒大笔一挥，便写上了："复社莘莘学子，一向思君报国，大谈社稷国政，本是学子之本分也，论诗赋词，切磋圣道，亦是复社之宗旨，朝廷又怎能以语言文字罪人呢？"

这份奏疏重新返回到了崇祯那里，他看罢之后，虽觉得此种拟法总给人以强词夺理之嫌，但由于它是自己十分恩宠的周延儒所拟就的，所以也就照准不误了。这样一来，朝中的人也就再没有人来谈论有关复社的事了，由此，复社也就正式地取得了合法的地位。

然而，对于周延儒来说十分痛心也十分惋惜的却是，这件事过后没隔三天，他却突然得到了张溥在南京不幸病故的消息。

当时，他一听到这个消息，完全僵住了，脑海中只剩下一个声音在不断地回旋着："怎么会呢？又怎么可能呢？贤契还这样年轻，老夫还等着赋他以大任，让他好好地帮老夫出力，老夫今日之所以能东山再起，他实在是功不可没啊，可他怎么就如此先我而去呢？"

他越想下去，越对世事对命途感到一阵无法言说的怅然。他看得明白，自从自己回朝以来，国事已经比自己当初去职的时候坏多了，皇上的精神与身体似乎也是大不如前，而今虽说他仍是首辅，可这首辅却是越来越不好做了。

一想到这些，他不禁对一切都感到了无法排解的迷茫。不过，待他把自己的过去与现在认真地审视了一遍后，他却又一下感到一阵欣慰，毕竟他是在去职之后又重新回来了，而且还仍然受到皇上的恩宠。在这个国难当头命途难测的年代里，能有这样好的运气便可喜可贺了。

对于崇祯而言，起用了一个周延儒，大明朝似乎最起码也应该有一点改观。可是，这大明朝的朝政却并没有丝毫的起色，却反而越发不可收拾。朝中的大臣们仍是我行我素。周延儒虽被起用而且崇祯对他也极为重视，可是他东山再起更多的是为着一己私利和整个东林党，他在朝野上下的所作所为也就可想而知了。

而周延儒这个人本身为人又极为圆滑，他重情面而少争执，对于求他办事或是求他通融的人，只要他能帮到的或是能做到的，他从来都是尽其所能。给他所送的贿赂，他多少都不拒绝，来者不拒，而他的那些手下时常干一些胡作非为的事还大肆收受贿赂聚敛钱财，他却不闻不问。由于这种看起来十分宽容的处事风度，使得天下官绅竞相奔走于辅臣门下，他重新入阁还不到两个月的时间，相府门前便是日夜车水马龙，而他的大帮亲信和门客则乘机大发横财。

对于这些，崇祯却被蒙在鼓里，连日来，他不断为河南及整个湖广的形势忧心忡忡。也正在这个时候，他又接到了蓟辽总督洪承畴和总兵祖大寿的告急文书，很明显，山海关外的肩臂之患已经越来越严重。

早在去年三月，皇太极在和范文程商议之后便接受了汉官张存仁的建议，以屯田之策围困锦州。他派遣了和硕郑亲王济尔哈朗率军在义州一带驻扎屯田，从而在锦州外围建立起一个坚实的外围据点。

随着屯田的初具规模，皇太极便命令济尔哈朗由远及近地慢慢展开对锦州城的包围。去年秋天，清兵首先扫清了明军在锦州城外的一些外围据点，攻克了城西的九个高台和小凌河西岸的两个高台，随即在锦州城的四面各设八座大营，且绕营又有一圈深壕，沿壕又筑以垛口，而各营之间又有长壕连通，兵士则在其间巡逻探寻不断。锦州已经被清兵死死地围困住了。

其时，守卫锦州的正是曾经投降了清朝却又逃回的祖大寿。祖大寿对于防守锦州是有着坚强的决心的，锦州城的城防设施又良好，存粮也很充足，因此，面对清兵的誓死围困，他一面连上奏章向朝廷告急，一面则请求总督洪承畴急速增调援军。

当初，当清兵展开对锦州外围据点的进攻的时候，洪承畴也曾派兵援助，但明军援兵却于黄土台及松山、杏山战败，而这时他一接到祖大寿的请求，便立即向朝廷要求解除总兵刘肇基的职务，由王廷臣代替，打发左光先西归，由白广恩代替。与此同时，他派出小股人马沿海岸线抵近锦州，试图骚扰清兵，以缓解锦州被围的压力，他自己则紧急统率山海关附近的各路人马进驻到宁远，以随时准备展开对清兵的进攻，由于感到兵力不足，他又要求朝廷迅速增调十三万人马，并配足一年的粮草。

很明显，洪承畴已经充分地认识到，一场不可避免的大决战已经来临。既然清兵的根本目的是要拔掉锦州至宁远一线的战略据点，那么他所能采取的对策便唯有集中兵力在这里和对手决一死战，唯有如此，才能保住锦宁防线。

崇祯连续接到祖大寿的告急奏章，随即又接到了洪承畴请求增派援军的奏章，一时间他急得好似热锅上的蚂蚁，一面命令户工二部迅速为锦宁前线筹措粮饷装备，一面紧急命令宣府的杨国柱、大同的王朴和密云的唐通赴援，命令洪承畴和巡抚丘民仰率曹变蛟、白广恩、马科、吴三桂、王廷臣及赴援的杨国柱、王朴及唐通共八位总兵，军队十三万，马四万匹，同时会集于宁远，寻机和清兵进行誓死的决战。

但是，当崇祯为了锦州的不利形势忙得焦头烂额而总督洪承畴也正在宁远集结重兵的时候，锦州的形势却已越来越严峻了。

当时，锦州守城的将士一部分是辽人，一部分是蒙古人。面对清兵的誓死围困且随着时间的推移，蒙古将士的军心动摇了。他们驻守在外城，眼见清兵的战防严密，便非常吃惊。

于是，蒙古将领诺木齐和吴巴什等便密谋降清，他们秘密派人和济尔哈朗取得了联系，且相互约定了行动的时间。明朝总兵祖大寿提前知道了，他准备立即逮捕吴巴什等人。但是祖大寿还没有来得及动手，吴巴什等人却已事先发现，他们提前采取了行动，向明军发起了进攻。与此同时，济尔哈朗和阿济格闻讯后，也立即率领人马到城下策应。蒙古兵先从城上放下绳子，距离最近的两旗清兵最先援绳而上，立时，清兵便与蒙古兵展开夹击，这样，明军只好败退回内城，整个外城便被清兵占有。

清兵战胜的捷报飞马传到了盛京，皇太极简直兴奋异常，当即命令八门击鼓，一时间，只听得盛京城里鼓声大作，诸贝勒群臣听到鼓声，立即赶到笃政殿，皇太极待群臣到齐后，便当众宣布来自锦州的喜讯。

皇太极已经充分地认识到，一场大决战正在锦州一线展开，于是，他立即调兵遣将，先调孔有德和尚可喜所部汉军，后又调耿仲明部汉军参加到锦州的围城之中。与此同时，汉军固山额真石廷柱又上了一道紧急奏疏，他在奏疏中把这场战争提高到战略地位来进行分析，提出了一系列具体的措施与原则，他认为：明援兵从宁远至松山，带来行粮不过六七日，若少挫其锋，势必速退，或犹豫数日，亦必托言讨行粮去，我军伺其回时，添兵暗伏高桥，择狭隘之处，凿壕截击，仍拨锦州劲兵尾其后，如此前后夹攻，粮草不给，进退无路，安知彼之援兵，不为我之降众也。

皇太极看罢这份奏疏，非常高兴，认为不仅完全道出了他的战略思想，而且还在某些方面做了更进一步的补充和发挥。不过，他却仍不慌不忙，直到前方传来明朝蓟辽总督洪承畴正在宁远一带集结重兵的时候，他才立即命令济尔哈朗继续率所部和新赶到的援军一起留守围困，而他自已则准备亲往前线指挥这场大决战。

当然，正在山海关外的这场大决战无论是对于明朝的蓟辽总督洪承畴还是对最高统帅崇祯来说，他们也都看得十分明白。当时，已经退守内城的祖大寿派人溜出了围城，来向洪承畴报告说，城中的粮草还能坚持半年，他希望援军不要轻举急战，要用战车步步为营，稳健地推进。于是，洪承畴便接受了祖大寿的意见，一方面在宁远认真地集结强大的兵力，筹措粮饷，一方面则仍不断派出小股人马沿海岸线前往增援锦州。

崇祯对于即将发生在山海关外的这场大决战看得非常明白，在精神上也被搞得十分紧张，可他对于军事是一窍不通的，因此对于到底该怎样来组织这次重大的军事行动根本没有自己的主见。于是，他便又一次召见兵部尚书陈新甲，当陈新甲刚一到达中极殿的时候，崇祯便急不可耐地对他道："方今关外形势如此紧急，兵部是如何决策又是如何安排的呢？"

陈新甲几个月来一直为宁远前线调兵输饷，他一直想打一个漂亮仗，以打击一下清兵的锐气。因此，他便向崇祯报告说道："启奏皇上，眼下洪承畴已经在宁远集结了宁远总兵吴三桂、前屯卫总兵王廷臣、山海关总兵马科、玉田总兵曹变蛟、蓟镇总兵白广恩、密云总兵唐通、宣府总兵杨国柱和大同总兵王朴，共八镇兵马，十三万人，马五万匹，军粮军饷也即将运齐。很明显，我朝兵马十分雄厚，满人素以铁骑奔驰见胜，而锦州一带和山海关之间却是一个狭长的地带，是很不利于铁骑奔驰作战的，而我朝若能在此狭长地带以强大的兵力和满人进行决战，则可以避敌之长，这可是多年来没有过的好时机啊！不仅如此，总督洪承畴对皇上又忠心耿耿，沉勇机智，有了他的调度指挥，我朝是很有可能在此取得一次决定性的大捷的。"

崇祯听他这么一说，顿时便面露喜色，这可是多时没有听到过的好消息了，若是真能有这么一次决定性的胜利，关外之事最起码也就可以暂时让他喘一口气了。不过，他认真一想，觉得陈新甲所说只不过是对取胜的条件进行了分析，但具体该怎样部署却没有说，于是他便更进一步要求陈新甲拿出更为具体的作战方案来。

事实上，陈新甲早就已经做好了准备，一听这话，当即便拿出一份关外的军用地图，他一面在地图上指画着，一面则侃侃而谈道："我们可以以松山为中枢，分兵四路，一路出塔山经大胜堡攻敌西北；一路出杏山绕过锦州由北面发动进攻；一路出松山渡过小凌河后阻敌东侧；一路则作为主力直接由松山攻击敌人的南翼，这样四路合围，共歼满人于这一狭长地带。"

应该说，陈新甲对于兵力和地理形势的分析都是正确的，可他提出的这个作战计划却多少有些纸上谈兵的味道，他的这个计划似乎只在想要取得胜利却根本没有考虑到明军的战斗力问题，对于明军将领的腐败问题、军队士气的低落问题乃至粮饷等一系列取胜的重要因素他似乎都忽略不计了，更有甚者，如此仓促凑成的这么一支大军，其间的调度真是那么轻而易举的吗？

虽然如此，崇祯在听了他的作战计划后却仍是十分开心，在他想来，陈新甲所制定的这个作战方案一定是十分可行的，按此执行，明军一定会取得决定性的胜利。于是，他十分高兴地对陈新甲道："卿所提方案甚好，甚好，朕即日就降旨洪承畴，让他按此方案执行便是。"

明军在整个山海关及锦州前线的作战方案就大致这样决定了。

于是，从崇祯十四年的夏天起，明军便陆续在松山一带集结，洪承畴还在此派出小股人马和清兵进行了几次小规模的接触交战，明军都取得了胜利。但是对于这几次十分有限的胜利，作为蓟辽总督的洪承畴却并不怎样乐观。

但是刚到达宁远前线的张若麒却被几次小胜冲昏了头脑，以为可以乘机一举大败清兵。因此，他在给兵部及崇祯的秘密报告中均提出方今形势大好，强烈要求进行决战。

崇祯和陈新甲各自在接到张若麒的报告后，似乎都再也沉不住气了。对于崇祯而言，他似乎觉得自己多年一直在等待的胜利时刻马上就要到了，于是立即敕令洪承畴，让他火速率大军救援锦州，并伺机重创甚至歼灭清军。陈新甲在接到洪承畴的报告后，也立即命令他火速进军，力求速战速决，一举打败对手。

就在这种双重的催逼之下，无可奈何的洪承畴只得全军出动，准备迅速和清军决一死战。

洪承畴在宁远举行了盛大的誓师典礼，随即便率领明军鱼贯东行。但是他并没有按照陈新甲所制定的作战方案分兵四路，而是把全体人马集中在一起，以一种整体的优势准备向清兵发动进攻。与此同时，他把整个军队的粮草辎重屯集于位于杏山和松山之间的笔架山，而这恰好又位于宁远和锦州的中间。洪承畴之所以这样安排，事实上是想求得一种比较稳妥的方式，即使军队保持一种整体的实力，又有一个粮饷充足且安全的后方。

七月二十九日，洪承畴率领全部人马终于到达了松山，当天晚上就派出一股人马抢占了离锦州只有五六里路程的乳峰山西侧，并随即在那里扎下了明军的大营。

八月初，明清两军便以乳峰山作为相互争夺的重点，数番激战，由于明军在兵力上占有绝对的优势又加之洪承畴指挥调度得当，从总的形势上看，明军显然占了上风。

锦州守将祖大寿眼见援军大至，且又取得了胜利，便立即兵分三路试图出城突围，明军连闯清军的两道防线，却在第三道防线上遇到了清兵的顽强抵挡，只得退回城内凭城据守。

清兵主将济尔哈朗眼见明军在总体形势上占了上风，但突围的人马毕竟还是遇阻退了回去，于是便采取守势，死守营垒不再出战，且立即向皇太极急报求援。

洪承畴在取得了初步的胜利之后却变得十分小心谨慎，当时兵部特派员马绍愉曾数度建议趁清兵的援军未到，一鼓作气乘胜进攻，但洪承畴却没有采纳，而是采取了一个以坚固对坚固，以营垒对营垒的方针。他在松山和乳峰山之间筑起了七座大营，又在此掘壕设垒，并命令骑兵分驻于大营的东、北、西三面，从而使得这里成了一个十分坚固的防御体系。然而当他在构筑这个坚固的防御体系时，他却有一个小小的疏忽，也正是这个疏忽，最终导致了他的惨败。

在宁、锦防线的北侧有一座小小的长岭山，虽不是十分险峻，但骑兵却完全可以绕过它包抄到松山的西侧，从而切断明军的后方补给线。当时，同在军前的大同监军张斗看到了这个疏忽，便跑到洪承畴的大营，向洪承畴提出派一支人马驻扎于长岭，以防止清兵从这里包抄到明军的后面。可是，洪承畴在听了他的意见之后，却把他申斥了一番。

张斗碰了一鼻子的灰，也只好悻悻然地回去了。

皇太极在得知锦州前线的形势后，立即决定亲率大军进行一场大决战。于是，他一面命令锦州前线的清兵死守待援，一面迅速调集各路兵马于沈阳。他本来准备于八月十一日出发，但在临出发的时候，却突然发现鼻子流血严重，于是只好拖延了出行的日期。但是三天后，待病情稍有好转，他便决定带病出征，临行前，他召集各王公贝勒和全体文武大臣，十分高兴地对他们宣称："朕但恐敌人闻朕亲至，将潜遁耳。倘蒙天眷佑，敌兵不逃，朕必令尔等破此敌，如纵犬逐兽，易如拾取，不致营苦也。朕所定攻战机宜，尔等慎无违误，勉力识之，定获大胜。"

当时，皇太极的弟弟阿济格和多铎眼见他身体不好，都先后出来劝他不必急于动身，而且提议他们可以先行一步，他随后慢慢赶到前线便是。但是皇太极却没有采纳他们的意见。

他立即下令起行，一出盛京，便纵马昼夜疾驰。由于时间紧迫，他便率领三千精骑先行。兴许行军太为急迫了，路途中，他的鼻子竟又流起血来，一连流了三天才止住。从盛京到锦州有六百余里，皇太极却只急行了六昼夜就赶到了锦州前线。

对锦州一带的地形十分熟悉的皇太极得知明军的大营扎在了乳峰山的西侧，他便率领人马沿着长岭山绕行到洪承畴的背后，并于八月十九日最终在松山西侧的戚家堡扎下了他的大营。第二天，他便立即命令将士们在明军的身后挖掘三道长壕，长壕深八尺、宽丈余，从而给明军来了一道反包围。与此同时，他又命令自己的弟弟多罗武英郡王阿济格率领一支人马进攻笔架山，阿济格轻而易举地夺得了洪承畴屯集于此的十二堆粮草，并且切断了明军的后方补给线。

明军将士根本没想到皇太极会有这样一招，知道粮草被清兵夺取了，通向后方的补给线又断了，一时间，明军的士气低落到了极点，一个个人心惶惶，哪里还有什么战斗意志。洪承畴得获报告，立时也吃惊得不得了，他没想到自己一个小小的疏忽，竟一下使自己陷入了反包围之中。不过，他当时还并没有完全意识到这一疏忽所可能招致的致命后果，也根本没有想到清军的增援人马会来得这样快。因此，待他稍稍镇定下来之后，便立即集中精力来对付身后之敌，以便重新打通补给线，并夺回粮草。

八月二十一日，洪承畴首先对身后的清军发起了攻击，但是明军虽在人数上占有绝对的优势，却很快败下阵来，明军的不少将士眼见清兵阵营中出现了大黄的伞盖，知道皇太极已经亲临前线，一个个只顾往后败退。他们的意志已经完全垮了。

当天晚上，洪承畴在自己的大帐里召开了紧急军事会议，讨论所面临的不利形势和下一步的作战行动。但是由于军中的存粮最多只能维持三天的时间，所以会议刚一开始，绝大多数将领都主张先撤回宁远然后再相机行事，张若麒和马绍愉二人也十分赞同。但是，洪承畴却认为，明军并没有陷入绝境，并决定第二天进行一场生死攸关的最后决战。

本来，如果在定下了这样的决战计划后，明军的全体将士若能齐心协力，团结一致，再加上洪承畴的有力调度指挥，明军是有很大希望破除清兵的重围的。然而，这个时候，大部分明军尤其是一些高级将领却已经没有了和清兵决一死战的斗志，他们根本就无心和清兵决战。

当晚的军事会议刚一结束，大同总兵王朴就立即偷偷地率领自己的人马逃跑了。立时，其余各镇总兵及其手下将士眼见王朴如此，都一个个什么也不顾地向西奔逃。但是，皇太极实在是太聪明了，他仿佛早就料到明军会有这一败作，因此事先在明军逃跑的路上设置了数道封锁线，以逸待劳地击杀明军。明军根本没有一丝斗志，一时间，人马相互践踏，明军手中的兵器丢得满地都是，被挤到海中淹死的更是不计其数。但明军的人数实在太多，即便如此仍有一些人逃了出来，总兵官王朴、吴三桂、唐通、白广恩、马科和接任杨国柱职务的李辅明都好不容易冲出了清兵的截杀。不过，马科、王朴和吴三桂三人却在从杏山向宁远撤退的时候再一次遭到了清兵的阻击。

在这场大溃退中，洪承畴的命令已经根本不起作用了。好在当众多将士都只顾逃命的时候，玉田总兵曹变蛟、前屯卫总兵王廷臣和辽东巡抚丘民仰及所部人马没有逃走，洪承畴在万般无奈之下只好领着这几部人马退入松山城中。随即，洪承畴即将所剩的人马分成两部分，以一万人守城，而其余的则出城向清兵发动一场反攻，以图改变不利的局面。发动反攻的明军很快和清兵在尖石山一带发生了激战，明军获胜。明军也实在是在劫难逃，当时明军获胜后便在海边扎下了大营，而败退下去的清兵也很快撤走了，哪曾想，清兵刚一撤走，海边就涨起了大潮，于是，明军绝大部分就这样被海潮淹死，而一些逃出来的明军又受到清兵的截杀。到最后，能够逃回松山城的明军只有几百人。这样一来，洪承畴只好凭那一万人死守松山，静待援军的到来。

在这场明军自己造成的大失败中，洪承畴所率的十几万人马大部被歼，马匹甲胄及大批的军事物资更是损失无数。很明显，洪承畴不仅没能救得了锦州，到头来自己都需要援救了。

在这场大惨败中，明朝兵部派来的两个特别代表张若麒和马绍愉在全军大溃退的时候也逃跑了。他们一路逃到小凌河之后，又搭乘海船最终回到了宁远。惊魂未定，他们竟又立即上疏崇祯和兵部，把这次惨败完全推到了洪承畴的身上，说是洪承畴指挥不当与调度不力所造成的，他们恶人先告状为自己推卸责任。

且不说宁锦前线的紧张形势一直让崇祯忧心忡忡，而且中原的形势也实在使他寝食难安，来自中原的八百里快传传来了官军在项城大败，刚赴任不久的傅宗龙也不幸战死的消息。

崇祯得知项城和叶县相继陷落、傅宗龙不幸战死及整个河南的不利形势，一时间忧心如焚。他根本没有想到，经过了这样长期的酝酿，又调集了如此众多的人马和粮饷，而且又是如此一个有着巨大希望的大梦竟在一夜之间破灭了，一场他本来以为会为他带来莫大希望的大决战竟如此轻而易举地变成了一场大惨败。他不能不为此感到震惊，也不能不为此感到痛心疾首。

万般无奈之下，他只得紧急召见内阁辅臣和兵部尚书陈新甲。其时，陈新甲因得知明军在关外的惨败，早就被吓得不得了。他明白，虽说在这场大失败中，即便按张若麒和马绍愉二人的报告洪承畴有不可推卸的责任，可他毕竟是堂堂的兵部尚书，无论怎样也是逃脱不了干系的，虽说当初自己制订的计划是要四路进攻而洪承畴没有按此执行，自己好歹便可以此来为自己辩护，可毕竟对于当今皇上的脾性他又是十分的了解，盛怒之下，他兴许也会遭到惩处。因此，一时之间他也不知道该说什么才好，只好装聋作哑，即便说到什么的时候也只是支支吾吾的。

与此同时，作为首辅大臣的周延儒更是一副事不关己高高挂起的样子。在他想来，当初有关松锦大决战的安排差不多都是在他入阁之前就已经定下的，而他入阁之后只不过适当参与了一下，更何况有关军事及国防方面的事主要是由兵部在管，因此即便出了这样的不幸惨败之事，自己顶多也就只有一点道义上的责任罢了。所以，面对这种十分不利的局面他也就来了一个佯装不知。

这样一来，当崇祯手足无措正需要他们来为他提出一些有效的建议以便试图改变一下关外的不利形势时，他们却全都站在一旁看起了戏，对此，崇祯也就一筹莫展。

这个时候，关外的情况根本就是十万火急。不仅如此，清兵在严密地包围了锦州和现在的松山后，紧接着又分别派出人马包围了杏山和塔山，明朝在关外的最后一道军事屏障宁远就完全暴露在了清军的直接威胁之下。而山海关防线却又兵力不足，将士士气又十分低落，主帅又正处于敌人的重重围困之中，自身难保，很明显，大明朝的山海关防线已经到了崩溃的边缘。

面对这种十分严峻的形势，明朝最高当局的当务之急自然是赶快设法救出关外被围的部队，并重新整治整个山海关至宁远的防线。但是由于崇祯一筹莫展而有关的大臣们又是装聋作哑，因此，如此十万火急的事情竟被一拖再拖。

这一拖竟被拖了差不多近两个月的时间。好在这期间，清兵并没有再发动大规模的进攻，皇太极在指挥了这场松锦大决战的胜利之后，便立即回盛京了。

到了这年的十月，崇祯实在没有办法了，因为洪承畴既难脱重围，而整个山海关防线又不能一直没有军事统帅。因此万般无奈之下，他便只好任命杨绳武为蓟辽总督，叶廷桂为辽东巡抚。但是，杨、叶二人才干平平，根本不可能领导整治如此紧急且重要的山海关至宁远的防线。有鉴于此，兵部尚书陈新甲便向崇祯提出，任命突出重围的宁远总兵吴三桂任最高军事统帅，并为其加提督职衔，以便让他来统领各镇逃出的一些残兵败卒，收拾关外的这副残局。

事实上，在这次明清松锦大决战中，吴三桂的关宁铁骑也受到了相当大的损失，因为训练有素，其绝大部分人马还是成功地逃回了宁远。吴三桂在逃回宁远后又重新将他们集结起来，可以说，他们仍有着相当的战斗力。

然而，即便是这样的一个临时紧急的任命，竟也遭到了朝中一大批文武大臣的反对。但是，崇祯却不顾朝臣们一致反对，坚持自己的决定。当然也多少是为了平息朝臣们的不满，他又做出决定，降旨将先行逃跑的大同总兵官王朴问罪下狱，随即又将其斩首示众。

然而，崇祯重新任命了一个临时的军事统帅，而且也命令其能够徐图再举。但是，对于究竟怎样徐图再举，他自己和有关的大臣却仍盲人摸象一般拿不出一个具体的办法来。为此，他还专门召开过几次御前会议，来讨论辽东所面临的极为不利的军事形势。但是，每一次讨论的时候，文武大臣们却大都认为此一问题是兵部甚至皇上的事，与他们根本没有关系，无可奈何的兵部尚书陈新甲只好站出来言明："宁远现在有兵三万，巡抚及总兵都是很得力的，宁远城防可保无虞！"

但是，对于那四座孤城的现时处境及其本应有的解救之策他却避而不谈，好像它们全都已经不存在了一般。如此一来，崇祯压根就不知道该如何来调度安排，而有关的朝臣又一直不能为他拿出具体有效的办法，关外的整个军事形势也就只好听之任之地越来越恶化了，而一直固守待援的洪承畴和祖大寿及所属的两万人马开始的时候还多少抱着一线希望，以为朝廷很快就会派出援军来解救他们，可是当他们在无望地等待了几个月之后，他们似乎明白，他们差不多要被抛弃了。

如此这般，他们各自都在这种无可奈何的焦灼中送走了崇祯十四年，迎来了崇祯十五年。

形势已经越来越坏了。从崇祯十四年底到十五年初，李自成和罗汝才领导的农民军又一次展开了对开封的进攻。当时，从南阳赶来增援的官军还没有到城前便向农民军投降了，于是，开封城内被李自成紧紧围困的明军便只好凭城固守。

而与此同时，洪承畴及其所属的两万人马也正在关外的四座孤城中凭城固守着，经过一段时间无望的等待，他似乎明白，任何等待都是无望的，于是，他组织了接连五次的突围行动，以寻求自救。但是，五次突围却都被清兵给挡回来了。万般无奈之下，他便只有凭城固守这唯一的出路了。然而，北方的天气自入冬以来便是一天比一天寒冷，城内的粮草也即将耗尽，他们似乎都明白，城破之时随时会到来的。

全国性的大饥荒正在不断地蔓延，山西及山东的广大地区尤其严重，人们以人肉为粮，或是聚众为寇，揭竿而起，人数日益增多。国家的财政形势已经到了崩溃的边缘，国库几近空虚。即便如此，各级官员的贪污纳贿却并没有任何收敛的迹象。

对于崇祯来说，他对越来越坏的形势仍一筹莫展，但却充满了信心。

这一天，崇祯正在乾清宫的东暖阁里和小毛子、王承恩、王德化等几个贴身的太监说着闲话，一个小太监却小心翼翼地前来禀报说大学士谢升求见。

一开始，崇祯很是有些不快，想自己难得的一次消闲竟又要被打断了，心里实在是不痛快。不过，他转念一想，自己不是在重振社稷国政吗，今日，臣子来见，定是有这样那样的事来和自己商量的吧，既如此，他又怎能不见呢？于是，他便只好无可奈何地点了点头。

谢升一来便急切地道："启奏皇上，关外的问题该当如何处置，已拖了好几个月，这样一直拖下去总不是办法啊！"

崇祯听罢他的话，忧心忡忡地不知该怎样说才好，隔了好一会儿，才提起神来道："连日来，朕无时不在考虑关外的问题，可总无应对之策，想必卿定有什么好的权宜之策吧？"

谢升看了一眼崇祯左右及身后站着的太监们一眼，便欲言又止。崇祯眼见他如此，明白他要讲什么机密之事，立即屏退了左右，随即谢升十分镇定地道："皇上，前日里臣和兵部陈大人一起时曾谈到了辽东之事，据前方来的战报称，辽东形势对满人也是很不利的，他们寒冷缺粮，有'款和'的动向！"

一听到"款和"二字，崇祯立时便全身一惊，不过他仍是不露声色地继续听下去。

"臣倒是以为，他们既然有这样的意思，皇上何不来个将计就计呢？试想，辽东的形势早就无法收拾，四座孤城全被他们给分隔包围着，粮草即将殆尽，朝廷却又无法调兵遣将，予以援救，臣以为可以试行的便是款和这一条路了！"末了他又补充了一句："当然，这也是兵部尚书陈新甲的意思！"

崇祯自己十分明白，自当年袁崇焕以通敌的罪名被杀和杨嗣昌提倡款和而遭到朝廷上下的同声痛骂以来，就再也没有人来向自己提出过有关对清媾和的奏议了，而今天谢升竟然来向自己重新提出这一十分敏感的问题，因此这不能不使他吃惊，却又不能不让他踌躇万分。

他十分明白，谢升所说的他们有款和的意思，一定是虚诳之词，想那满人既已将四座城池围困了这么长的时候，马上就胜利在望了，他们又怎愿意来款和呢？一定是他们为了说动自己同意款和而虚构的。对于款和问题，自己从来就是讳莫如深的，从内心深处而言，自己无论怎样也是不愿和一个本是自己属国的番夷平起平坐，那也就更不要说去向他们认输了。而款和实质上便是要认输，而且还要去向一个属国认输，这实在是让他大失脸面，若是向一个夷狄认输屈服，那么自己无论怎样也要担当一个千古的罪名了。可是，现在的形势，若是不款和又能有别的什么办法呢？朝臣们奏议起来振振有词，口若悬河，仿佛誓死要和敌人血战到底，但是他们根本为自己拿不出丝毫的对策。按现在的形势，若要扫平辽东那定是绝无希望的，四座孤城能否守住都是个大问题，如此险恶的形势，看来自己是不得不考虑一下这下策了。当然，若是真有款和的可能，在保全了自己作为堂堂的大明天子面子的前提下，那也并不是不可以的。

经过这么一番思量，他似乎也就终于定下心来了，随即使召进了自己的贴身太监小毛子，让他速速去通知兵部尚书陈新甲，让他立刻进宫，并且还告诫他让陈新甲进宫之事千万不能让其他朝臣们知道。

不多时辰，陈新甲即风风火火地赶来了，他一来，眼见大学士谢升早已经在此，当即便明白了是怎么回事。可是，还没待他回过神来，崇祯却摆出一副绝不愿向敌人投降的姿态，把陈新甲着实地痛骂了一番，说他如何如何的无耻之致，竟有款和这样的想法；如何如何的不忠不孝，竟要让自己的皇上去担当向夷狄屈服的千古罪名。

不过，谢升和陈新甲似乎都十分明白，皇上对自己的一番痛骂只是在装装样子罢了，为了自己的面子先要摆出一副宁死不屈的样子，而事实上在心里则是对这款和之事有兴趣的。他屏退左右又对小毛子千叮咛万嘱咐地让陈新甲秘密进宫本身就说明了这一问题。

陈新甲待崇祯痛骂完了，便一面向崇祯谢罪，一面理直气壮地把款和的理由全面而透彻地分析了一遍。随即，谢升也站出来极力劝说，他认为，当此时节，款和应该说是极为有利的。

崇祯开始时装出很是生气的样子，很快却又摆出一副心平气和的样子，认认真真地听完了二人的一番话，然后便十分机密且小声道："陈新甲所提之建议，朕看倒未必不可，可这朝堂上毕竟是人多耳杂，陈卿办理时务必要机密行事，一切都得暗中进行才是，千万不能让别的人听到了风声，否则朕便要唯你是问。"

接下来，三人便又一起认真地研究了一番具体执行的细节问题，陈新甲和谢升二人告退的时候，崇祯又对他们千叮咛万嘱咐，让他们务必保密。

可是，没隔几天，无所不知的御史和给事中们还是捕捉到了一些有关这一问题的蛛丝马迹，他们还曾专门去问了谢升，不断逼迫他说出事情的真相。万般无奈，谢升便只好对他们说明，这一款和之策并非只是他谢升的建议，当今皇上也是有这个意思的，因此他请求他们就不要来责难他了，也不要再提这样的事。但是，这些言官却仍不肯善罢甘休，回来后便立即上章弹劾谢升，说他如何如何昌言于众，以暴扬皇上之过，因此是如何如何大不敬，缺乏人臣之礼。

看罢这份由众多言官签名的奏章，崇祯很是恼火，当场便将奏章撕了个粉碎。对这款和的事，他本来就是羞羞答答的，当初也千叮咛万嘱咐，生怕走漏了风声，可不承想，不出几天，事情还没有开始，只谢升一句话，竟因此而闹得满城风雨。本来，按照他最初的想法，是要好好地惩治一下这个差一点让他担昏君罪名的谢升的，但是当他心境稍稍平静下来之后，一想到自己从新年开始便力图要弄出一些维新的气象，若因此而大动干戈一番，朝臣们兴许又会对自己有不同的看法。于是，他便只是把谢升召了来，对他心平气和地责备了一番，便让其回家养老，一方面算是平息一下言官们的怒气，另一方面也算是给自己下了一个台阶。

当然，事情却并没有就此完结，在接连的几个朝议中，个别言官仍不断提出有关议和的问题，崇祯不是佯装不知就是支支吾吾地顾左右而言他，但在暗地里，他又接连几次把兵部尚书陈新甲秘密地召进宫来，让他仍按原计划办理，并且吩咐他一切重大的事项与决定都必须向他禀报由他最终裁决才行。

经过一番周密的安排，崇祯便暗中委派马绍愉作为对清和谈的特使，前往辽东去执行和谈的任务。临行前，崇祯还在养心殿秘密地召见了马绍愉，并晋升他为兵部侍郎，又特赐二品服饰。

紧接着，马绍愉便带着算命人周元忠和一个被除名的举人朱良才在一支几百人的官军的护卫下前往辽东。

大约一周之后，大明皇朝的和谈代表团终于到达了宁远，在这里，马绍愉以朝廷钦使的身份向宁远总兵吴三桂详细地了解了一下有关前线的情况，随即便又前往塔山，因为当时在四座被围的孤城中唯有塔山还和宁远保持着一定的联系。

他们一到达塔山城附近的高台堡，马绍愉立即派出人员去通知清兵，说天朝专门派来了款和的使团，希望大家都心平气和地好好地谈一谈。

清兵主帅济尔哈朗得知此情，开始便觉得好笑，在他看来，被围的四座孤城可以说已经渐近绝境，要不了几日，清兵便可以最后攻城，也就是说，目前的形势下和谈根本是没有必要的。不过，他转念一想，谈谈也好的，最起码也可以了解一下明朝的情况。于是，他便派出一个和谈代表团，这个代表团成员只有两人，一个是济尔哈朗手下的一名老文书，一个是济尔哈朗赏识的一位锦衣少年，很显然，从这个代表团的构成来看，济尔哈朗是根本不把明朝看在眼里的。

很快，清方的和谈代表团就来到了马绍愉等人驻扎的高台堡，马绍愉眼见清方的和谈代表团来了，简直兴奋异常，立时以主人的身份大摆宴席，为和谈的对方接风，从而显示明朝对和谈的真诚态度。随即，双方所谓的谈判也就开始了。可是，谈判还没有怎样进入正题，清方的那位锦衣少年却说明朝对于和谈是没有诚意的，因为明朝的谈判代表没有向他们出示明朝皇帝的敕书，以证明谈判的正式与权威性。由于明朝事实上从来就不和所谓的夷狄进行谈判，所以事先也就根本没有考虑到这些，自然也就没有准备，情急之下，马绍愉只得以八百里快传的形式向崇祯请示。

崇祯接此紧急奏报，眼见不写这样一份敕书看来是不行了，他只得挖空心思，千思量万考虑终于写就了一份，不过在语气上并没有放下自己作为堂堂大明天子的架子，但书中的内容显示出一种大明天子对一个小小属国的宽大为怀，并在书中言明，明朝和谈的最终底线是明朝最多可以付给清方四十七万两银子。

马绍愉得此敕书，立刻就将其送到了清方和谈使节的手上，随即，济尔哈朗便以快马送给盛京的皇太极。但是，皇太极看过敕书后却在给济尔哈朗的信中说，这份敕书压根就是明朝的守边大臣伪造的，因为它同早年明朝诸皇帝发给女真各部的封赠敕书的样式不一样，而且用印也不符，因此，明朝的和谈代表团是不能相信的。和谈只得宣告中断。其实，这压根就是皇太极采取的一种策略。当时，他在认真和范文程及张存仁等汉官高级幕僚商议后皆认为，眼下，清兵对四座孤城的围困已经取得了实质性的成果，明朝既如此急于派出款和使团，并且崇祯也已放下自己的架子写就了这么一份敕书，这说明明朝方面对关外的局势已经是无计可施了，而且随着关外天气的逐渐转暖，大清收取围困胜利果实的时候已经到了。因此，他们认为，只要再拖延一点时间，大清兵马就可对四座孤城分别发起总攻。于是，他们编造了这样一个拖延时间的口实。

马绍愉在得知清方的态度后，也感觉到事情兴许有些不妙，立即给崇祯写了一份紧急奏疏，把情况向其做了紧急报告。崇祯得此奏疏，似乎也在冥冥中感觉到关外的局势已经到了最后的关头，便一面命令马绍愉等人静观事态的发展，一面催促新任蓟辽总督赵志完率附近的各镇兵马尽力援救洪承畴和祖大寿。此前虽然崇祯也曾屡次督促过赵志完前往营救，但是赵志完一直没有做出什么严密的部署，各镇将领也裹足不前，救援也就被一拖再拖，而眼下，崇祯已感觉到局势到了最后的关头，再拖就不行了，因此，这一次他给赵志完的命令也就十分严厉。然而，命令归命令，严厉归严厉，所谓的救援却仍是一句空话。

到了二月，洪承畴和祖大寿等被围的明朝官兵，在希望又失望地等待了几个月和几次突围都以失败而告终后，弹尽粮绝，心无斗志，完全听天由命了，而且随着时间的推移，被最终攻破的日子也就越来越近，他们只好静静地无可奈何地等待着这一天的到来。

然而，对于一些官兵来说，这一天越是临近，他们似乎也就越不愿意等待了，他们必须得为自己考虑一条出路。

二月十八日夜间，洪承畴部下的副将夏成德暗中投降了清兵，并于当天夜间，作为内应，接引清兵登上了松山城。一时间，城中大乱起来，几位大帅只得各自逃命，但他们没有一人逃脱清兵的追杀，总兵曹变蛟、王廷臣和巡抚丘民仰都先后被俘不屈而死。蓟辽总督洪承畴在逃跑时因马被绊倒从而被捉。随即，洪承畴即被押往盛京，而整个松山城即刻被清兵夷为了平地。

随着松山的告陷，锦州的明朝守军也就没有丝毫的希望了。三月十八日，已经走投无路的祖大寿只得第二次投降了清朝，锦州在被围一年多之后终于被不战而克。清兵进城后，大肆屠戮城中百姓，各处财物也被清兵抢掠一空。

接着，清军又用红衣大炮轰开了塔山城，歼灭城内明朝守军七千余人；继而又轰开了杏山城，明朝守城官兵只好开门投降，清兵收降人口六千八百余人。至此，明朝在关外的四座重要的城池悉数落入清兵之手，历时一年有余的明清松锦大决战最后以明朝的惨败而宣告结束。

明朝从此在山海关一线没有了和清兵相持抗衡的能力，大明江山更加岌岌可危了。

洪承畴和祖大寿都被押到了盛京。祖大寿一被押到，很多文武大臣都强烈要求处死他，因为他当初背弃了大凌河誓言，出尔反尔。但皇太极却仍不改初衷，仍十分耐心地等待着他投降大清。祖大寿见皇太极竟如此耐心地等待了自己十余年，不禁大为感动，从心底里感觉到这才是实实在在的真命天子，很快即心悦诚服地投降了清朝。

洪承畴的最终低头经过了一番波折。对于洪承畴来说，他一直觉得崇祯对他的恩宠是不错的，而今他觉得自己自主持辽东以来不仅没有使辽东的局势有所改观却反而将其弄成了这样的境地，他实在愧对于崇祯皇帝。而对于皇太极而言，他早就看中了洪承畴的才干，心中早就下了要收降他的决心，因而当初他在离开锦州前线的时候，便一再告诫济尔哈朗务必要生俘这位明朝的总督大员，当他得知洪承畴已经被生俘的消息后不禁兴奋异常。

洪承畴一开始被押到盛京的时候，他坚决不降，而且还骂不绝口。皇太极便派心腹大臣范文程前往劝降，但是洪承畴一看到范文程却仍骂声不绝，且公然绝起食来。即便如此，范文程却仍善言安抚，并十分耐心地和他说古论今。其间，当他们闲聊着的时候，房梁上的灰尘竟掉到了洪承畴的衣袖上，洪承畴见此，便十分鄙夷地轻轻将其拂去，灰尘掉了几次，他都是如此。当然，对此，洪承畴兴许是无意的，但是，十分心细的范文程却全都看在了心里。

他立刻去向皇太极报告说："洪承畴绝不会死的，皇上放心好了，他如此爱惜自己的衣服，那就更不用说自己的生命了！"

继而他便把当时的情景十分详细地向皇太极描述了一遍。皇太极听了，不禁发出了会心的微笑。紧接着他又接连派出张存仁等大臣去劝说，但洪承畴仍是我自岿然不动的样子。于是，皇太极便让人做了参汤，又请来自己的爱妾庄妃，叫她将参汤送给洪承畴，而他本人则亲自到关押洪承畴的大帐外等候着。洪承畴在吃了庄妃端来的参汤后仍不言投降，而皇太极仍是不急不火，待庄妃出帐后，他便一步跨进帐里去看望洪承畴。他见洪承畴的衣服有些单薄，便脱下自己身上的貂裘给他披上，且十分和善关切地对他道："看样子，先生一定有些冷吧？"

当时，洪承畴一直静静地注视着皇太极，在听了他的话之后认认真真地把他打量了许久，隔了好长一段时间，他终于长叹一声："皇上真乃救世之主啊！"

言毕，洪承畴立即跪俯在地，连连叩起响头来，如此，他终于投降了皇太极及其大清。

皇太极高兴得了不得，当天就赏赐给洪承畴无数的金银珠宝，更是在宫中盛陈百戏，既为洪承畴压惊又为其归降庆贺。不过，对于皇太极对洪承畴出奇的优待和重视，不少的王公贝勒及文武大臣都很不理解，纷纷表示不满或是反对，都认为皇太极对洪承畴的优待过分了。就在皇太极专为洪承畴举行的欢迎晚会上，多罗武英郡王阿济格还站出来质问皇太极道："洪承畴只不过是我朝捉拿的一名囚犯，皇上为何要待他这样优厚呢？"

皇太极听了后，一边站起身来，一边深有感触地微笑问道："我们这些人一直如此栉风沐雨，又究竟为了什么呢？"

阿济格想了想终于回答："当然是想得中原了！"

皇太极听了后，不禁大笑道："回答得对！朕今日不妨为大家打个比方，比如我们大家都是瞎子，今日却突然得到了一个领路人，试想，朕又怎能不感到高兴呢？"

大家一听到这里，一个个都喜笑颜开，对皇太极也更加心悦诚服。在场的洪承畴更是深有感触，从此暗暗地下定决心，自己从今往后一定要尽心竭力地报效这位如此善待自己的新主人。

得知松山失陷及洪承畴战死，崇祯痛心之致，对于这样的结果，他早就预料到了，可当这一天变成事实的时候，他还是很难接受的。

可是，没隔几天，他却突然又得到了有关洪承畴并没有死而是被清兵押解到盛京的消息，一时间，他不禁感到一阵欣喜，心想，洪承畴既没有死，兴许说不一定哪一天，他又会回来为大明社稷效力的。但是，还没待崇祯的欣喜心境完全平静下来，他却又突然接到了有关洪承畴投降大清的情报。其时，崇祯如五雷轰顶，他没有想到，自己一向信任且恩宠的重臣竟然背叛了自己，对此他实在有些想不通。他不禁陷入了深深的痛苦与迷惘之中。

也正在这时，他竟又接连不断地接到朝臣们要求惩治洪承畴的家属以泄愤怒的奏章。可是，到这个时候，也不知怎么的，或许是对于洪承畴投降痛心之致，或许是变得麻木，反正，崇祯在认真地考虑了一番之后，没有将洪承畴的家属逮捕，而只是命令停止祭奠活动。

在一直闷闷不乐地休整了几天后，他似乎又提起了精神。从新年开始，他便有了维新的理念，而今最要紧的便是如何认认真真地开始维新。可是究竟又该怎样来更始维新呢？他却又实在想不出一个好的办法。想来想去，他便决定把松锦惨败的责任担在自己的身上，以宽释朝臣们的心，从而让他们来为自己想出一些更始维新的好办法来。

因此，他很快便向内阁和全体朝臣发布了一道上谕，再一次公开宣布要更始维新。在这道上谕中，他还做了一番自我批评。他公开宣布说，他要下诏罪己，而且还要求全体朝臣为了大明社稷的利益尽力为他想出一些切实可行的救国措施来。

一时间，朝野上下，大小官员们不禁为皇上的如此举动感慨万端，大受感染，一些朝臣立时便上疏来表达自己的感动与激奋之情，而不少朝臣还上疏专门提出一些所谓的对时局的分析及其应对之策。不过，他们的这番举动，邀宠的居多，真正有用的极少。当然，他们中的确有极个别的人实实在在地在为大明社稷着想，兵部尚书陈新甲便是其中之一。

在听了崇祯的上谕之后，陈亲甲立即上了一道奏疏，主张利用战争的间歇来继续执行对清款和的政策，争取通过某种程度的妥协谈判来换取一段时间的和平，以便兵部及朝廷能够有时间对辽东的防务进行重新整治。

崇祯看了这份奏疏后，想得实在很多。对于这种妥协性的谈判，他也实在感到非常痛苦。可是对关外如此不利的形势，他又想不出别的解决办法，想来想去，似乎也唯有这一条出路了，最起码，通过谈判能够把战争的间歇期拖长，从而给他以喘息之机。因此，他便提起朱笔，在陈新甲的奏疏上批示，同意了这种进行妥协谈判的尝试，且当即发出指令，指示一直待在宁远的马绍愉等人继续执行对清和谈的使命。事毕，他又秘密把陈新甲召进宫来，重新向他吩咐了有关谈判的诸多事宜，且叮嘱让其保密，不可大意。

【第十五回】

大明朝内忧外患，崇祯帝末路穷途

崇祯总喜欢自作聪明，因此，他也就总是陷入一个又一个误区之中，于是，大明社稷的大事也就只好一天天地坏下去了。随着关外局势的相对平静，崇祯便暂时把自己的注意力更多地放在了对农民军围剿方面。由于陕西总督汪乔年在襄城被俘身死，作为围剿农民军一支重要的西北军一时群龙无首，因此，他在认真地分析一番后，便决定起用原任陕西巡抚孙传庭为陕西总督。

崇祯赐给孙传庭一些金银珠宝，又拨给他五千人马，令他立即前去援救正被围困的开封。但是，还没待孙传庭赶到开封，李自成因对开封久攻不下，便转而进攻堰城和襄城，而从陕西出关来围剿农民军的汪乔年部也被农民军消灭，这样开封之围便自解。

孙传庭一入潼关，就立即召集西北诸将，杀了很有实力却一向不服调遣的总兵官贺人龙，把贺人龙的一万余人马全部收作了自己的标兵，随即他便大肆整饬军纪，训练兵马，一时间，陕西军团便成为大明朝里极为重要的一支既有相当的战斗力而且又能听候朝廷调遣的有生力量。

崇祯接获有关的报告，当然是十分高兴，多次降旨对孙传庭予以赏赐嘉奖，一时间，崇祯的心境便好了不少。这一天，崇祯正在御书房里批阅奏章，一个小太监突然进来对崇祯柔声道："启奏皇上，兵部尚书陈新甲和兵部侍郎吴甡求见！"

崇祯对通报的小太监点了点头。陈新甲和吴甡到殿里行过请安礼之后，便听陈新甲急切地道："皇上，近日里臣和吴大人研究了各镇的兵马，一致认为，现在精兵实在太缺乏了，当前急需整顿各镇兵马，操练士卒，以备不时之需！"

陈新甲刚一说完，吴甡接着他的话道："现在，各镇各营大都老弱病残者多，枉费兵饷不说，且还极大地影响了战斗力！"

听他们二人一说，崇祯表现出一副忧心忡忡的样子，于是，他一边吩咐小毛子为二人沏茶，一边认真地思考了起来。陈新甲和吴甡眼见当今皇上竟吩咐奴才为自己看茶，一时间竟受宠若惊，他们似乎一下发现皇上比从前平易近人多了。而这时，却只听崇祯道：“现在，朕的京营禁军倒是有不少人马，然则老弱病残仍是居多，朕以为倒不如从中拨出五万精兵，予以重新编营操练。”

因为京营兵是由吴甡所管辖，所以一听崇祯说到了京营兵，便立时站起身来道：“京营本来就应是精兵强将的，由于承平日久才出现老弱病残充斥从而不堪一击的状况。臣以为，与其重新立营，不如就在京营中裁汰老弱，选练精壮。更有甚者，京营的各领兵将领中，不少根本就是滥竽充数的，当任用一批得力的干才。为了操练出实实在在的精兵，兵部就得随时对将士进行必要的考选，凡不合格者，立即淘汰，凡确有才干者，立即提拔任用。”

听他如此侃侃而谈，崇祯似乎一下大开眼界，显出了高兴的神色，当即便站起身来道：“卿所言极是，卿既是专为朕看管京营的，操练京营精兵之事就由卿来办理了！”

陈新甲和吴甡眼见这一事情已经解决了，便告退，可是当二人正要迈出殿门的时候，崇祯却又突然喊住了陈新甲，让他留步片刻。待吴甡独自一人离开而陈新甲又重新回到殿中后，崇祯一边向小毛子等太监示意让他们全都暂时告退，一边在殿中踱起了方步。待太监们全都已经退出后，他才若有所思地轻声对陈新甲道：“陈卿啊，款和之事进行得怎样了？”

陈新甲回答道：“启禀皇上，前日里马绍愉已送回了报告，据他称，开始时满人对他倒还是十分客气的，刚到盛京时，满人的王公贝勒还都纷纷设宴对他予以盛情款待，可到一正式谈判时，他们竟得理不饶人了，那神气劲就别提了。所以，他们对款和提出的价码可高了，他们提出要我们再也不能对他们敌视，每年还要向他们交纳五百万两岁币。更让人气愤的是，他们还要我们公开承认他们和我大明一样乃是一国之社稷。”

听到这里，崇祯被气得七窍生烟，大声道：“真是岂有此理，让朕不再和他为敌，且每年交一定的岁币也还罢了，可他们竟要朕来和他们平分天下，这是万万不可的！”

“兴许，他们对于款和根本就没有多少诚意，试想，他们新近才获胜了，又怎能轻易款和呢？”陈新甲忧心忡忡地道。

崇祯听他这么一说，似乎更加有气：“他皇太极没有诚意，朕还没有诚意呢，夷狄之邦，朕又怎能和他们讲和呢？朕也实在是愧对列祖列宗啊！”言毕，他不禁长叹一声。

陈新甲眼见崇祯说了这样一番话后竟又显出十分忧心的样子，一时间他也就不知该说什么才好了，隔了好一阵，崇祯才又打起精神说道：“让那马绍愉再待些时日，若是满人真心款和，那便罢了，若是不愿也无妨，待过些时日，朕的精兵操练完毕，他撤回宁远便是，当然随时和他们保持一定的接触还是可以的，最起码也可了解一些情况嘛！”

“是，是。臣遵旨便是！”陈新甲点头称是。这时他以为崇祯的话已经说完，便要准备告辞，可是崇祯却又突然轻声地问了一句：“朝臣们可听到什么风声？”

听他这样一说，陈新甲立时便道：“他们已多少听到了一点风声，皇上，眼下款和之事可是敏感得很，前日里，臣和几位大人退朝出殿时，他们便纷纷讽刺攻击臣！”

崇祯听罢，不满地说：“他们又知晓啥呢？卿大可不必去理会他们，当然还是要多注意保密！”

陈新甲不断地点头称是，随即便闷闷不乐地告辞而去。

不管怎样来说，崇祯既已经安排了操练精兵之事，又了解了有关款和的情况，心情也就释然了，最起码他是觉得自己仍是在努力维新的，对他来说，他似乎有一种莫可名状的充实之感。

因此，有鉴于国家的财政问题，第二天他又找来了户部尚书李待问，和他商量有关怎样解决国家每况愈下的财政危机。不过，李待问想来想去，也实在找不出什么办法来解决。因此，面对崇祯的一个一个提问，他也就只好无言以对，到末了，他好不容易才提出，眼下的情况，在开源方面想办法实在是太困难了，倒不如在节流方面看能不能想出一点办法来。

经过思量，崇祯好不容易才决定，户、兵二部立即会同各巡抚总督大员一起对各处兵丁人数进行清点核查，对于各地的兵员簿上有兵额却在调动时无兵者一律予以取缔，以后各地皆一律以实有人数领取粮饷。与此同时，他又要求各地将拖欠朝廷的应缴钱粮立即悉数交清，户部还要拿出一系列具体办法来，以图改变日益恶化的财政状况。

五月，李自成率领的农民军第三次包围了开封，各路官军合计近二十万人前往救援，但在朱仙镇竟不战而溃，一时间，开封古城危在旦夕。

可是，面对中原日益恶化的战局，朝中的文武大臣一个个竟全都束手无策，而作为首辅大臣的周延儒却只知玩弄权术。当时，朝廷里一些河南籍的官员对于整个河南的局面很是着急，所以便集体敦促内阁尽快想出解决的办法来，然而周延儒却完全是一副事不关己高高挂起的样子。

崇祯坐在御案后面的龙座上批阅着奏章，他批阅了一部分后便长长地叹了一口气，可是当他正要准备伸直身体想舒展一下疲倦的四肢的时候，却突然发现紧接着的一份奏疏上的票拟似乎有些异样，这又一下吸引了他的注意。于是，他十分专心地重新回到自己的工作之中。当他把这份奏疏上的票拟快速读完之后，他不禁又露出了惊异的神色。

原来，这是内阁辅臣贺逢圣乞请退休养病的奏疏，他在奏疏中言明，他因年老体衰，在朝堂上也实在不能给皇上以多少的辅佐，所以只能白白地吃皇上的俸禄，既如此，自己还不如回乡归籍，颐养天年罢了。崇祯很想不让他乞休的，可既然人家已经有了这样的请求，留住他又会怎样呢？想来想去，他便提起朱笔在他的奏疏中批阅了几个“准予乞休”的字样。

而在他之后魏照乘也称病请求归籍。紧接着，张四知也因工作不得力被崇祯罢了官。这样一来，加上前些时候被去职的谢升，整个内阁如今便只剩下了首辅周延儒和次辅陈演二人。而内阁的事又实在多，只几天时间，这周、陈二人便联名上疏请求增加几名阁员。崇祯一想，便决定增加。不过，他在经过一番考虑后却决定此次选拔阁员仍按照惯例先由朝臣们来集体会推。

会推由吏部尚书李日宣主持。第一次会推的时候，朝臣们很快便推出了以蒋德璋为代表的十三个候选人。名单报到崇祯那里，他极为不满意，认为推的人太少了。于是，人数很快又增加了十个，这其中便包括了副都御史房可壮、工部侍郎宋玫和大理寺卿张三谟。

崇祯看罢这新的名单后，便召令吏部尚书李日宣和被推选的这些候选人到中左门来当面听候他的考察。最后，他决定让蒋德璋、黄景方和吴甡三人入阁参与机务。

但是，确定下新的阁臣人选还没有几天，崇祯却又接到了东厂的秘密报告，说此次会推有不少舞弊行为，尤其是房可壮、宋玫和张三谟三人则更是有种种不法行为。

事实上，有关会推的这些说法也并非空穴来风，房可壮三人本就是周延儒圈子里的实力人物，会推之前，三个人便四处打着周延儒的牌子拉关系。当时，崇祯也是有所耳闻的，只是没有真凭实据，所以不太相信罢了。而现在一听到东厂的密报，他便不由得不信了。

第二天，适逢周皇后考虑崇祯终日操劳国事，便邀请他和家人一起到西苑游览散心。可是，在西苑里还没有玩到多少时辰，崇祯却又突然想起有关会推的事，于是，他便立即命令几个太监分头去通知周延儒和陈演两位辅臣来询问。事情也实在有些凑巧，周延儒正好生病不能前往，所以只有陈演一人到场。

陈演眼见周延儒没有来，不禁大为高兴，于是，他便把整个会推的事认真地分析了一遍，尤其是对这次会推出现的一些问题一一列举批评，而且说到房可壮等东林人士如何如何不是。

这样一来，既有了东厂的密报又有了陈演的进言，崇祯被气得个七窍生烟，他相信此次会推肯定又是一次朝臣们互相争权夺利的阴谋。

于是崇祯命锦衣卫把李日宣、章正宸和张宣及房可壮、宋玫与张三谟送刑部问罪。

会推风波使崇祯非常不愉快，他似乎正在冥冥之中为其寻找着发泄的路径。

一天，他躺在卧榻上听小毛子和王承恩二人交替为自己念一些内阁或是朝臣们新近送来的奏疏。王承恩无意间浏览了一下手中的一份奏疏，见是给事中方士亮弹劾兵部尚书陈新甲的，且还大肆驳论对清款和之事，其言语甚是尖刻。因觉得事情有些紧急，王承恩便提醒崇祯，说还有一份亟待处理的奏疏，随即便把奏疏前的引黄一一向崇祯念了一遍。

崇祯听罢，被气得吹胡子瞪眼的，在他想来，自己一再告诫陈新甲要对整个对清和谈之事保密，可眼下方士亮竟说得如此有板有眼的，很明显，朝臣对于这一事件一定不只是捕风捉影般听到什么风声了，他们一定是拿到了什么真凭实据，而了解整个内幕的除了自己之外便唯有陈新甲了。如此一思量，一向善于推理断案的崇祯当即便断定，一定是陈新甲把有关对清和谈的事泄了密，不管是有意无意，他反正是又给自己找了麻烦。

不过，当其在冷静下来之后，他还是先对方士亮的奏疏采取了一个老办法，即暂时留中不发。可是，没隔几天，一大批言官竟接二连三地上疏劾论款和之事，一时间，崇祯只觉得自己已经处于一个十分尴尬不利的境地。这些言官们明知道对清和谈的背后有皇上在后面做主，但他们却把矛头一致对准陈新甲，而且用语又是十分的尖刻锐利。

但是，他虽说对言官们的行为气急败坏，可他实在又找不出恰当的理由来对他们发泄一番，便只好把一腔的不满和怨气都发泄到陈新甲的身上。于是，他便在言官们攻击陈新甲的奏疏上批旨，要陈新甲自陈回奏。

陈新甲一开始得知言官们在弹劾自己，心想，怕什么，款和之事本就是皇上做的主。可哪曾想，崇祯竟让他据实回奏，很明显，他是要让自己来担当责任。

因此，陈新甲在回奏中说自己是没有什么责任的，自己所做的一切都有皇上在做最终决定的，不仅如此，他还在回奏中大摆自己的功劳。

看罢他的回奏，崇祯大为恼火，他本以为陈新甲是会为自己担当责任，没想到陈新甲却根本不愿意。于是，他在一气之下命令将陈新甲逮捕下狱，交刑部议处。

陈新甲被关到狱中，这才意识到自己没能为崇祯担当责任的后果，于是他便上疏请求宽免，仍在盛怒之下的崇祯自是不许。陈新甲似乎也已经明白，自己要来背这个黑锅定是无疑的了，可他仍不甘心。因此，他便向监狱内外的不少官员朋友大送银子请求他们设法解救自己。

可他没有想到的是，这一案子在刑部却是由他的老对头刑部侍郎徐石麒办理的。今日，陈新甲一落到了他的手上，报复心极强的徐石麒自是要对他治以重罪而后快了。

其时，给事中廖国遴曾专门跑到徐石麒的府上去为陈新甲求情，但徐石麒却根本不买账，仍坚持对陈新甲治以重罪。不仅如此，他还借向崇祯当面汇报之机，大肆攻击陈新甲，崇祯便对陈新甲动了杀心。不出三天，陈新甲便被推往西市斩首示众了。

随着陈新甲的被杀，对清和谈之事也就彻底被停止了，当时仍在盛京的和谈代表马绍愉很快也被削籍罢职，从此，朝堂上下也就再也没有人提起有关和谈之事了。

陈新甲倒是倒了大霉，可是大明皇朝年轻的皇上却更加郁郁不乐了。面对日益恶化的形势，他又怎能高兴得起来呢？中原的战局已经不可收拾了。

开封古城已经被李自成围困了几个月之久，当初，各路援救的官军在朱仙镇被李自成打得大败后，朝廷差不多就很难调集起新的援军。眼见开封的形势已经岌岌可危，好不容易崇祯才紧急诏令一直不愿出援的山东总兵官刘泽清率兵救援开封，而到这时，开封城里已经差不多粮弹尽净，即便如此，巡抚高名衡和总兵陈永福却仍坚持固守，以待援军的到来。

万般无奈之下，刘泽清只得率领人马出援，进抵到了黄河以北的朱家寨，进而很快赶到了开封城下，随即和农民军发生了激战。战斗持续了三天三夜，最终官军毕竟寡不敌众，刘泽清只得拔营而走。

李自成接连三次围攻开封，但三次的伤亡都极为惨重，头两次则因久攻不下只得退走，眼下这第三次围攻时间也已经好几个月了，可城内的官军坚守却仍十分坚决，而且就在不久前的一次进攻中，总兵陈永福一箭竟射瞎了李自成的左眼。一时间，李自成简直气愤之致，他发誓要攻下开封。而这时，城内的守军已坚守了好几个月，粮草接济便十分困难，而援军似乎又遥遥无期，这时，便有人向周王朱恭枵和守将高名衡及陈永福等献了一条“奇计”，即掘开黄河大堤用黄河水淹农民军，以打破被围困的不利局面。高名衡和巡按御史严京云便立即组织人力挖掘朱家寨口的黄河大堤。李自成竟事先得知了这一情报，他立即命令农民军将士移营到地势较高的地方，并且接受了牛金星的建议，反过来也派出人马挖掘马家口黄河大堤，以图水淹开封城内的守军。

当时，时逢秋雨时节，大雨竟一连下了十几天，黄河水骤然上涨，汹涌的黄河水决堤而出，整个开封城被悉数淹没，城内外百姓被大水淹死不计其数，农民军也有一万多人被淹死，而城内的守军除了周王和高名衡及陈永福等极少数人出逃外，其余全部被淹死。

随着开封城被淹，整个中原的战略形势对官军就更加不利了，一座几百年的古城顷刻间成了一片汪洋，而官军及大明皇朝也终于失掉了中原地区最后一个可以抵挡农民军的堡垒。

也正是随着开封的被淹，陕西的孙传庭成了崇祯唯一可以依赖的力量。但是，孙传庭上任毕竟只有半年的时间，其实力还是比较薄弱的，而且其一贯的想法也只不过是固守陕西及整个三边地区，因此一直不愿东出潼关作战。早些时候，当开封刚刚被围的时候，崇祯多次催促他出潼关援救开封，但孙传庭却以兵饷缺乏为由，没有执行这一命令。

崇祯得知此情，简直被气得不得了，气愤之极的崇祯当即又给孙传庭下了一道圣旨，言明只给他一个月的兵饷，务必要出关，否则就要唯他是问。

孙传庭担心崇祯给他动真格的，无奈之下只好出兵，可是当其刚出潼关，却又得知开封已经被水淹没的消息，天又下起了大雨，一下就是丨几天，孙传庭只好在进入河南内后急赴南阳，以寻机和农民军作战。

当时，李自成在撤离开封后，正挥兵向西，得知孙传庭出了潼关，决定消灭这一股官军强敌。随即，两军便大战于河南的郏县。最初，农民军进入了孙传庭设下的三道伏击圈，失利战败。但是，官军在刚一获胜的情况下便忘乎所以，纷纷去抢夺农民军的辎重等胜利果实，一时间竟乱作一团，当时，和李自成一起作战且一直处于外围的农民军罗汝才部见此情况，趁机率领人马冲击官军，一时间官军只好四散溃逃，这样一来，农民军竟轻而易举地反败为胜。

此次战役，官军败后，又适逢大雨，军粮又运不到，将士既受冻又挨饿，再加上农民军的斩杀，有数千名将士战死或是饿死，孙传庭只得率一帮残兵败卒先败走巩县，继而一路退入了潼关。

与此同时，李自成却大获全胜，并再一次乘胜攻占了洛阳以及周围各州县，从此在黄河以南的广大地区站稳了脚跟。这样一来，崇祯及其大明朝不但根本不能剿灭农民军，而且在正面战场上能够与之抗衡的一点力量也没有了，只能眼睁睁地看着农民军迅速地发展壮大。

崇祯得知孙传庭在郏县战败的消息，顿时惊得目瞪口呆，他原以为孙传庭此次出潼关最起码也要打几个胜仗的，可哪曾想，孙传庭竟全军覆没了。

他简直手足无措，不知所往。此前，他刚刚任命了漕运侍郎张国维为新的兵部尚书，又改任刑部尚书郑三俊为吏部尚书，召回前南京尚书范景文替任刑部尚书。与此同时，由于张献忠所率的农民军接连攻下了庐州、无为、庐江和巢湖等地，他在气愤之极的情况下便将对此负有重要责任的凤阳总督高中光问罪下狱，并任命马士英为新的凤阳总督，让其专门对付张献忠。他原本以为，自己在采取了这样一些政务方面的措施之后，国家的形势与中原的战局或许能多少给他带来一点好消息，可他得到的竟是官军又一个大败的噩耗。

事实上，也就在孙传庭于这年的九月在郏县被李自成打败而大明皇朝已经被整个国内的农民起义弄得喘不过气来的时候，皇太极又一次对明朝施行“从两旁斩削”的大手术。

这一年的十月，皇太极派遣多罗饶余贝勒阿巴泰为奉命大将军，再一次统率八旗劲旅出兵征明。阿巴泰经过周密的准备与策划，于十一月初率十万大军分左右两翼分别从抚宁北面的界岭口和蓟州北面的黄崖口攻入长城。清兵一攻入长城，很快便拿下了迁安、三河和蓟州等重要城镇。

此前，明朝为了防范清兵一次又一次地攻入京畿地区，于清兵第四次伐明之后先后在山海关至北京一线设置了辽东、山海、昌平及保定四个总督，任命了宁远、永平、顺天、密云、天津及保定六个巡抚，同时又设置了宁远、山海、中协、西协、昌平、通州、天津及保定八个总兵官。

如此一来，明朝从山海关至北京的防线上便是将帅云集，兵卒荟萃，给人一种固若金汤的感觉。但是，正因为将帅云集，其必然的结果便是事权不一，各自为政。因此，这些分属于一个又一个的督标、抚标和镇标的人马根本不能有效地调集起来去抵挡清兵的进攻。不仅如此，明朝军队的士气又是非常低落，将帅又是分外怯敌。由此，这一次他们面对清兵的疯狂进攻，便一个个表现出了十分难得的丑态，他们中有的根本还没有看见清兵的影子或是一听见有什么风吹草动，便自顾自地先行逃窜；有的则是有意远远地避开清兵进攻的锋芒，只是在一旁当起看客；有的则是貌似勇敢，却又远远地跟在清兵的屁股后面，充当起清兵的收容队。清兵此番进入明朝的京畿地区似乎比起上一次更为轻松，差不多根本没怎样遇到明朝军队的有效抵挡，简直如入无人之境。

当清兵又一次兵临京城的时候，一开始，崇祯也是出奇的恐惧和惊慌，简直如末日来临，待稍稍定下心神，便一面紧急诏令各路人马入京勤王，一面紧急命令各位文武大臣到中左门平台引对；一面让大臣们为他想出应对之策，一面又让朝臣们为他推荐能够堪任大将的人才。

然而，到这个时候，从山海关到北京防线上的军队早已经四散溃败，京畿各地根本就没有可以利用的援军，正在中原一带和农民军作战的左良玉和刘泽清由于屡屡被农民军击败，到这时根本就是难以调动，而江南各地虽说有大部的兵力，却又远水难解近渴。至于将才，随着一个个得力大将的或死或降，到这时整个朝野上下根本难以找到。

好在阿巴泰只是率领清兵在整个京畿地区虚张了一阵声势，或是派出小股人马在京城四周吓唬一下，便立即向北京以南的广大地区进军了，这样，崇祯才总算舒了一口气。

在这种情况下，崇祯又一次下了罪己诏。可是，他的肚子里却一直窝着一股火气。在崇祯的怨气中，人们迎来了崇祯十六年。

此时，再一次攻入京畿地区的清兵已经连下山东各州县，并且攻陷了鲁王居住的兖州，鲁王朱以派和东陵王、阳信王、东原王及安丘王等郡王都相继被清兵杀害或被逼自尽而死。到年初的时候，清兵又兵分两路，一路向东南进攻，围攻本属于南京留都直辖的海州、丰县及沛县等地；一路在渡过黄河后向北展开，再次进攻鲁西和鲁北地区。

面对清兵的疯狂进攻，奉命征讨的明朝各路兵马不是借口粮饷不足，就是说自己兵力弱小不是对手，或者借故正在修筑城池营垒，从而远远地避开清兵；而各地的地方官员，便只好一个个带着各自的细软四散逃命，或者向清兵屈膝迎降。清兵自进入京畿及畿南地区，如同进入无人之境，所到之处，无不大肆抢掠，由于没有遇到任何像样的抵抗，其所谓的进攻简直和游玩没有什么两样。

与此同时，在整个中原及广大的湖广地区，农民军的攻势则更是让人心惊肉跳。

李自成在河南先后于开封和洛阳等地大败官军之后，向素有兵家必争之地的荆、襄地区大肆展开进攻。十二月初，他不费吹灰之力就攻下了襄阳，继而占领了荆州。在崇祯十六年的新年之际，他又率领所属的农民军一举攻下属于湖广的承天府，并在此掘开了皇室的献陵。不久他又领兵攻占了汉阳。这样，农民军离省城武昌就只有一江之隔了。由此，以李自成为首的农民军便占有了河南及湖广两省总计十余个府的全部州县，从而拥有了一块面积不算小的根据地。

到崇祯十六年的春天，李自成便接受军师李岩和牛金星及宋献策等人的建议，在襄阳正式建立了自己的政权。

作为中原农民军另一支主力的张献忠在经过一段时间的休整蛰伏之后，便在安徽一带活跃起来，攻占了庐州，继而在六安大败黄得功和刘良佐。到崇祯十六年初的时候，他率领人马西进湖广，随即连下黄梅、广济、蕲州、蕲水各州县及黄州府，并要沿江而上进攻武昌。

一时间，身处紫禁城内的崇祯简直束手无策。各地进剿的官军不断失利，如果说以前官军还能多少组织起有效的抵抗的话，那么到这时，这些所谓的官军则只有挨打的份了。因此，虽然调集军队和催促进剿的谕旨不断发出，可各地失陷的急报却仍不断传来，崇祯简直一筹莫展，朝臣们也根本拿不出任何有效的对策。

其时，官军在这一带最有实力的军事集团是由平贼将军总兵官左良玉所率的一干人马。按当时兵部的花名册，左良玉的人马应是两万五千余人，可是多年来，由于他不断保存自己的实力，又加之随时招降纳叛扩充实力，到这时，他所辖的人马已经不下二十万。应该说，在这个时候，崇祯及其大明皇朝能够拥有这样一支颇负实力的军队是十分难得的，然而左良玉却根本不听朝廷的调遣。

崇祯想来想去，觉得左良玉在眼下的时局之下还是得倚为长城，其实力又是如此雄厚，当然还是不惹为好。于是，崇祯便只好降旨给左良玉封了官。

崇祯感到非常难堪，他没想到，自己也不知从什么时候起竟然要看一个粗鄙武夫的脸色行事。他扳起手指头把朝中的大臣悉数掂量了一遍，数来数去，觉得现在朝中的大臣只有去年才被自己提拔为内阁辅臣的吴甡还算勉强可以。

于是，这一天，崇祯便借召对廷臣之机，十分动情地流着眼泪对吴甡道："吴卿啊，现在的形势卿当看得明白得很，贼寇在湖广势如破竹，荆、襄已相继告陷，左良玉竟又不听朝廷调度，属下多有叛逆作乱，卿多年在匪患猖獗之地任职，有战守之韬略，能否去湖广为朕督师？"

吴甡一听崇祯的话便有些吃惊，虽然在此之前他已听到了有关皇上让自己去督师的风声，不过，当时他不怎么相信。因为这么多年来，皇上除了派出过大学士孙承宗和后来的杨嗣昌外，其余到前线督师者都是挂的兵部尚书衔，对于派内阁辅臣到前线督师，皇上一向很慎重，除非万不得已。再说，要是真到前线去督师，他实在也是很害怕。他知道当今的天下是大势已去，官军又很难节制，而那些所谓的贼寇又是根本没法剿灭的。因此，自己若去督师，根本不可能成功，既如此，便只有送死这一条路了。

因此，对于崇祯的这番话，他听后既是吃惊又是害怕，全身不住地发抖，嘴里则好一阵才支支吾吾地说："皇上——皇上——这——臣——臣实在——"

不过，吴甡也是个明白人，对于崇祯的这种任命，自己身为朝中的股肱大臣，为皇上效命疆场当义不容辞，可是现在的形势又是明摆着的，自己实在很不情愿，如此便去也不是不去也不是。不过，好在他在听到风声的时候便已经想好了对策，于是，他在平静下来后，便出班奏对道："启禀皇上，臣世受皇恩，到前线为皇上效命当义不容辞，只是臣有两个小小的要求，不知当讲不当讲？"

崇祯听他已经表示同意，不禁大喜过望，当即便道："什么要求，吴卿但讲无妨，只要可行，朕准奏便是！"

"臣若要前往督师，便得亲领三万精兵，再者，臣得先领此精兵沿运河南下到达留都再相机沿江而上行事，这样进可以讨贼，退则可以保卫留都及整个江南富饶之地。"

吴甡说完便目不转睛地看着崇祯，静待他的反应。

一开始，崇祯还认真地听着，可很快便拉着脸了，他是个明白人，这个吴甡明明就是在给自己出难题，避重就轻，推诿责任，于是他便很不高兴地站起身来道："目下京畿正在对清军用兵，仓促间哪能集中起三万精兵？何况留都远在下游，又何至于现在就去退守呢？"

吴甡听后却仍振振有词地回答道："左良玉是如此的骄横跋扈，当年杨嗣昌督师，连下两道号令，他竟一兵不发。臣才能不如杨嗣昌，而如今左良玉的势力又远远地超过了当年。是以，臣手中无兵，不能节制，便只会损害朝廷的威严。由襄阳顺流而下，极易攻至留都，因而臣以为，当对其兼顾，此绝非退守！"

吴甡的这一番话听来也并非没有道理，因此崇祯对其也就无法驳斥，但他心里明白，吴甡很不情愿去督师，自己心中极为不满，可一时间也没有什么办法，只得命令兵部尚书张国维速议这一督师发兵之事，然后便愤然退朝而去。

却说吴甡好不容易接受了到湖广前线督师的任命，但他却又以兵部没能为他做好准备为由，迟迟不肯出行，而崇祯也对其没有什么办法，因为人家并非说不愿而是准备还没有做好，也就只好极为不满地听之任之了。

也正在这个时候，他却又突然接到报告，说是清兵已带着大批俘获的人畜北返，且马上就要抵近京师附近。这样一来，整个北京城里又是十分紧张，因为一开始，似乎谁也闹不明白，清兵重又抵近京师是什么目的。待回过神来之后，人们才明白，清兵根本无意进攻京师，他们只是从此满载而归罢了。

当崇祯明白清兵只不过是从此路过回师关外时，他也就舒了一口气。但是他在潜意识下，却感到相当的紧张，因为事实上，也不知从什么时候起，他一听到任何有关清兵或是关外的事情就不免紧张一阵子。

也就在这个时候，内阁首辅大臣周延儒却来求见。崇祯不免感到一阵欢喜，毕竟他是自己的股肱大臣，兴许会为自己带来什么好消息。

周延儒一来便十分认真地对崇祯道："皇上，满人北返，重入京畿，有进犯京师之意，微臣自请出京为皇上督师，驱除清军！"

崇祯一听便大喜过望，他没想到在这样的时候，自己的当朝首辅要去为自己督师，这实在是天大的喜讯。要知道，整个明代，首辅大臣亲自统兵作战还是没有先例的。而今以首辅大臣的身份去督师，必定会大振军队的士气。于是，他竟情不自禁地从自己的龙座上三步并作两步地走了下来，一面忙不迭地拉着周延儒的手，一面十分感激地对他道："这实在是太好了，实在是太好了，有卿为朕前去督师，朕就尽可放心了。卿毕竟是朕的股肱大臣，在此关键时刻能真正为朕分忧解难，看来，当初朕召卿重新入阁，实在是太对了！"

紧接着，他立即批准了周延儒的请求，又赏赐了一些珠宝，对其多方宽勉，让其好生为自己效力，而且言明，待其凯旋之时，还要好好地赏赐于他。

然而，一向自认为聪明的崇祯又哪里知晓这个周延儒之所以要自请督师，是怀着他不可告人的目的的呢？

精明过人的周延儒十分明白，清兵此番北返重入京畿地区，只不过是回师关外从此路过罢了，他们根本无意进攻京师，而且又带着大批俘虏和辎重，肯定无心再战，自己主持这次京师防卫的军务绝不会吃什么大亏，自己只要安安稳稳地把清兵送出长城以外，便可获得驱除鞑虏捍卫京畿的大功。此前，皇上派了吴甡到湖广去督师，而吴甡至今仍拖拖拉拉以这样那样的理由不肯出行，皇上虽表面上对他没有什么办法，可在心里则对他气得咬牙切齿，眼下自己若主动请求出京督师，明明白白地为全体朝臣们做了一个榜样，和吴甡形成了鲜明的对照。这样一来，皇上和全体朝臣们都会明白究竟谁是真正效忠皇上的。因此，他可以肯定，事后皇上必定会对自己更加信任。

于是，周延儒的出京督师也就十分迅速。就在被批准的第二天，他没有进行任何准备就带着为数不多的京营兵出城了。

当时，整个京畿地区共有四个总督、六个巡抚和八个总兵，下辖约十余万人马，可谓是大将如云，兵卒荟萃。但是对于清兵大摇大摆的路过，他们一个个早就抱定不战不惹的主意。是以，一路一路的清兵从其营旁经过他们便权当作没有看见一般。

周延儒到军中后，见是这种情况，就打定多一事不如少一事的主意。所以，对于各路人马这种无仗可打的局面也就睁一只眼闭一只眼。他早就抱定一个主意，反正清兵只不过是路过而已，自己只不过是来为其送送行而已。他在军中每天只是和一帮同僚属下饮酒作乐，根本不把当时的军事形势放在心上。

对于明朝官军的这种行事，清兵统帅阿巴泰简直高兴得合不拢嘴，他原以为当其率领人马从京畿地区经过的时候，必定会遇到明朝官军的抵挡阻截。可哪曾想，明军竟是如此不闻不问。明军既不闻不问，而清兵也因为所获丰厚，又要急于回家，相互便相安无事，清兵大摇大摆地把长城拆开无数个口子后胜利地扬长而去。

周延儒得到有关清兵已经悉数出关的报告，自然大喜过望，心想，自己的此番督师已经大功告成了，不日便可以凯旋。不过，周延儒是个聪明人，清兵虽悉数出关了，可明军毕竟没有向其发过一矢一炮，自己回到京师后无论怎样还得向崇祯做个交代。当然，对于周延儒来说，想出一个对付崇祯的办法那实在是太简单了。于是，他便把各路人马所抓的一些散兵游勇和一些无辜的百姓或是流民斩首之后充数，随即便向朝廷及崇祯报告说敌人已经悉数被驱除出关，并斩首百余级。毫无疑问，他此番督师简直是大获全胜。

崇祯接获周延儒的报告，简直高兴得不得了，因为他已经有几年没有听说过这样的胜利了。于是，还没待周延儒班师回朝，崇祯便急不可待地对他又是赐金币又是大颁嘉奖令，忙得不亦乐乎。及至其班师回朝之后，他立即又将其升为中极殿大学士和太师。尤其是这太师的封赏，简直不同凡响。要知道，在整个明代，文臣中被封予太师衔的只有万历年间的张居正一人。因此，周延儒在得知自己被封以如此高的头衔的时候，一方面是受宠若惊，高兴得合不拢嘴；另一方面却又觉得自己承受不起，便立即上疏请求崇祯收回这一封赏。可哪曾想，崇祯却由此认为周延儒太过谦逊了，虽为自己立了这么大的功劳，却不要封赏，这在他看来实在是太高尚了。因此，崇祯便又立即降旨，要周延儒必须接受这一封赏不可。如此，周延儒便装作无可奈何地接受了。

也正是从周延儒的身上，崇祯看到了他和吴甡的鲜明对照。因此，他在对周延儒大加封赏的同时，对吴甡更加切齿痛恨了。在连连地降旨封赏周延儒之后，他又降旨指责吴甡，说他如何如何拖延逗留，如何如何不忠不孝，因此命令他立即停止入阁上朝。吴甡只得上疏谢罪，请求辞去内阁辅臣的职务。崇祯想都没想就批准了。

没隔几天，崇祯却接到了一些朝臣弹劾周延儒的奏疏，他们说他如何如何故意纵敌出关，说他如何如何狡诈欺君又丧师辱国。一开始，崇祯根本就不相信，他不相信自己的这位股肱大臣会是这样子的。

也正在这个时候，他却又突然接到了锦衣卫派到军中的密探送来的一份秘密报告，报告中说周延儒当初出城督师的时候是如何如何悠游京郊，不理军务；又是如何如何杀良冒功，怯懦不战，欺上瞒下，实在是不忠不孝，罪该万死云云。

崇祯看罢，不禁大怒，他没想到自己如此信任的一位股肱大臣也竟是这样。不过，他总觉得周延儒不会是这样的。于是，他便立即传令让锦衣卫提督王之心进宫，他要向他问个详细。

王之心一来，他便急不可耐地问道：“周延儒真是这样忘乎所以吗？”

王之心说：“皇上，这可是千真万确的啊，奴才可以拿脑袋担保，奴才的几个属下都是这样报告的啊。其实，阁老刚到军中不久，人们就有不少这方面的传闻，开始时奴才也不信，不过无风不起浪，是以奴才又多派了几个属下出城去悄悄地调查，可不承想，事情倒还真和传闻的差不离！”

听他这样一说，崇祯便不由得不信了。

他没想到，连自己堂堂的首辅大臣都是如此欺瞒，那么其余的文武大臣也就不用去说了。如此，自己要挽狂澜于既倒又有什么希望呢？

这时，一个小太监突然来报，说是新近从江南调任保定巡抚的徐标要求叩见圣上。

崇祯一听说是徐标来了，虽说心情不好，也还是得点头同意召见，因为前日里他早就口谕过，让徐标进京后立即来见自己，他要了解一下有关江南及江淮各地的情况。

徐标进得殿里，方才礼毕，崇祯便有些急切地道："徐卿一路来可有见闻？"

按崇祯本来的意思，他是想让徐标说一些沿途所见所闻尤其是能让他宽心的事，所以他的话也就问得轻松，但是，徐标略一思忖后却神色十分严肃地回答："启禀皇上，臣自江淮来，途经数千里，见到城陷处皆悉数荡然一空。即便没有被攻陷，也大都四壁危倒，残破不堪。臣一路北行，只见得物力已尽，蹂躏无余，蓬蒿满路，鸡犬无音，一路上竟没有遇上一个耕田者。纵观天下，皇上差不多已是没有一个百姓、没有一块土地了，皇上拥有如此空空如也的社稷，又如何能达到天下大治啊？"

崇祯原以为这个徐标会为自己说上一些好听的，不承想，他为自己描述的竟是这样的一番惨不忍睹的景象，听着听着，他心头的悲哀便一下到了极点。还没待徐标说完，他竟默默地流出了眼泪，末了，他便流着眼泪长叹道："哎，都是诸臣不实心做事才把朕的社稷弄到这步的啊！"

徐标和王之心及在场的几位太监眼见崇祯因伤心而流泪，一个个不禁大受感染，一时间，大家便都陪着伤心地哭了起来。

哭过一阵后，崇祯便有气无力地坐到龙座上，提起朱笔，亲笔起草了一份立即罢免周延儒的御旨。

一想到自己此前对周延儒的封赏，自他重新入阁以来自己对他的信任，崇祯又不禁怒火中烧，他恨不得要将他重重地处置一番；可是，也正是因为这种信任，他又觉得若是对他处置过重，那就等于是在打自己的脸，不正是自己召他重新入阁的吗？不正是自己对他恩宠有加的吗？

因此，他虽然当即就罢免了周延儒，但还是给了他一点面子，准许他乘船而归，也就是周延儒在回家的路上全部由朝廷所属的驿站为其提供交通及食宿。

与此同时，崇祯觉得这样处置了周延儒仍不解恨，于是在罢免了周延儒之后不几天，他又先后降旨罢免了他自认为办事不力的吏部尚书郑三俊、户部尚书傅淑训及兵部尚书张国维。

清兵再一次出塞后，京畿地区终于平静了。

但是湖广方面的战局却已经成了灾难性的。到这时，张献忠已经攻克了武昌，楚王朱华奎被张献忠活捉后扔到长江里淹死了，刚刚退职回家不久的大学士贺逢圣则投水自尽。

张献忠占领武昌后，立即改武昌府为天授府，也大致仿照当时明朝的建制设立了五府六部及总督、巡抚，并自称西王，正式建立了自己的大西政权。

与此同时，李自成在自己统辖的广大地区加强政权建设，其间，他设法杀掉了和他貌合神离的罗汝才。不久又袭杀了蔺养成，并收编了马守应的人马。这样，各自为战的农民军差不多才完全统一起来了。

然而，此时朝政却是日益恶化。周延儒被罢后，陈演继任为首辅大臣。陈演上台之后想的不是怎样来整治这个每况愈下的危局，而是把自己工作的重点集中在追究周延儒的过失上，他甚至还大肆散布流言，要文武大臣们一起来揭发周延儒，很快就搞起了一个不大不小的倒周延儒的运动。

也正在这个时候，北京城里又发生了百年不遇的大瘟疫。一时间，北京城里哀鸿遍地，不少人家都死了个精光，上至达官显贵下至平民百姓，人们惊恐万状，不知所往。由此所带来的便是求仙拜佛的流行，民间各种神乎其神的传说与不良预兆也出奇的多。当时，作为道教领袖的张天师正在京师传道，崇祯命令他在京师城里设坛论法，驱除瘟疫。可是张天师连日烧符念咒，这场罕见的大瘟疫却并没有丝毫减退的迹象。百姓们只好想出一些十分传统的土办法。因此每天晚上，整个北京城里只听得四处都是敲锣打鼓的喧闹声。在他们看来，通过这种方法便可以驱除那种所谓的厉鬼。

但是，对于这个人鬼混淆的世界，崇祯却束手无策。

其时，他正坐在自己的龙榻上生着闷气，适才他本来睡得挺香，可是从宫外不断传来的一阵又一阵的敲锣打鼓的喧闹声竟把他惊醒了。他从睡梦中醒来时，本来要想好好地发作一番，可是小毛了却告诉他这是人们在驱厉鬼。一时间他也就不知该说什么才好，只能默默地坐起身来生起了闷气。

在他看来，这一切的一切都是因为朝臣们没有尽心竭力地给他办事所致，他们是国事崩溃的罪魁祸首。可是当他的心境稍稍冷静下来反省自己这么多年来所走过的道路的时候，他又在冥冥之中觉得，自己或许也有一定的过错。他似乎从自己的潜意识中认识到，这连年的水旱虫灾、山崩地震以及京师瘟疫的流行，这一切的一切兴许都是上天垂象的示警，是上天在用灾象来表示对于君主失德的不满。

于是，他便第三次颁发了罪己的诏书。

在这份罪己的诏书中，他冠冕堂皇地对自己所谓的过失谴责了一番，对时局的原因也做了十分细致的分析，最后则命令免掉了山东、河南及直隶各州府几年来拖欠的赋税。

可是在国事迅速崩溃的形势下，这种减免根本就是无济于事的，国库本就十分空虚，这一举措更使得朝廷的财政雪上加霜，户部想尽了一切办法，却仍不见好转。

和以往任何一次一样，每当这时，他便要寻求补偿与宣泄。

这时，兵科给事中郝纲来凑热闹，他上疏攻劾吏部文选郎中吴昌时，把攻劾的矛头直指原任首辅大臣周延儒，说吴昌时如何窃权附势，又是周延儒的干儿子。且内阁的票拟本就十分机密，可也不知怎么吴昌时总能事先知道。又说周延儒本人是如何如何无德无能，简直就是天下第一罪人。

与此同时，一批御史和给事中也纷纷论劾吴昌时和周延儒，御史蒋拱宸还揭发吴昌时怎样勾结内官，说他经常在皇上身边大做手脚。

崇祯心里的火气本来还没有发泄完，他竟又见到了一份一份的奏疏中都写有吴昌时如何如何和首辅周延儒勾结操纵朝政，又如何如何和太监们互通声气泄露机密，于是立即对这一案件表现出了病态的关注。

为了不让手眼通天的吴昌时提前得到一点消息，崇祯没把这些奏疏发往内阁，因为担心自己的几个贴身内侍也被吴昌时收买了，所以他就一直把有关的奏疏装在自己的衣袖里，而且也只是趁身边没人的时候才批旨。他命令立即将吴昌时除名，听候审判。更有甚者，以防别人可能会在自己的批旨上动手脚，他批旨的字体也竟一改平常的真草相间而全用楷书。

随即，他便在中左门平台亲自升堂断案，审讯吴昌时。

这次审讯一派杀气腾腾，内阁、五府、六部以及京城所有的科道官员都到场了。崇祯穿着素服角带，完全一副如临大敌的气势。

吴昌时却是个茅坑里的石头，死硬，他竟对所有的指控一一否认并大肆进行辩解。崇祯便只好斥责道："吴昌时你可知晓，内官本是朕的家奴，竟被你这样的无耻小人利用，你该当何罪？"

吴昌时却振振有词地道："启禀皇上，祖宗之法，交结内侍者必斩无疑。此法最为森严，臣虽不才，又哪里敢触犯呢？"

崇祯眼见吴昌时死硬不招认，立即命令当初揭发吴昌时通内的蒋拱宸来和他对质。可是，蒋拱宸却早已经被朝堂里杀气腾腾的气氛和吴昌时的强硬态度吓破了胆，听了崇祯的命令竟只是一味地伏在地上浑身直打哆嗦，一句话也说不出来。见此情景，崇祯被气得不住地全身发抖，只得对吴昌时大骂道："无耻的东西，你怎敢还对朕如此欺瞒狡辩？"

吴昌时却仍然不屈不挠："如果皇上一定要以通内之罪治臣，臣又怎敢违抗圣意呢？处罚自当由臣承受便是，但若要臣违心屈招，那却是臣万万不能的啊！"

崇祯这时早已经气昏了头，当即对一大帮太监和锦衣卫喊道："快，快，给朕用刑，今儿若不用点王法，他怕是要死硬到头了！"

眼见堂堂的朝堂大殿立时便要成为动刑的场所，内阁辅臣魏藻德当即站出来道："启禀皇上，朝廷殿陛之间，向来没有用刑的先例，微臣恳请皇上将吴昌时发送法司审问。"

崇祯立即反驳道："这样的奸党，神通广大，若是离开了这个地方，谁还敢按法律对他进行勘问呢？”

阁臣蒋德璋也站出来道：“皇上，在殿陛上用刑，实为三百年来未有之事啊！”

可是崇祯听了却恨恨地斥责道：“你可知道，吴昌时这厮也实在是三百年未有之人啊！”

这样一来，朝臣们也就实在无话可说了，只能眼睁睁地看着太监及锦衣卫在这堂堂的朝堂上用起刑来。

吴昌时很快便被夹上了夹棍，不多时辰两条腿都被夹断了，人也很快昏死过去。文武大臣们又何曾见过这样的场面，一时间都冻僵了似的面如死灰。与此同时，崇祯眼见朝堂里这个样子，觉得心里的火气已经发泄得差不多了，在如此折腾了一番之后，便也只好命令收场。

回到御书房之后，他又当即降旨命令锦衣卫迅速到周延儒和吴甡的家乡将二人提解到京，听候发落。

吴昌时被抬到锦衣卫狱中后又多次受刑，不过他始终没有招认，不久便被锦衣卫按照崇祯的旨意秘密地毒死了。

处死了吴昌时之后，崇祯的心中似乎可以平静下来了，但他又很快想起自己所负的君临天下的责任。因此，就在这年的九至十月间，他又几次发出上谕，再一次宣布自己与臣民共度艰难，敕令天下官绅士民都要节省，并严禁官绅用黄蓝绢盖、士子用红紫衣履、庶民百姓用金玉珠翠样的衣饰。

崇祯这样做或许是想以天下臣民的德行尤其是自己的德行来感动上天，以求得上天对这个日益不成样子的大明皇朝予以最后的保佑。

可是，到这时，整个中原的战局已经进一步恶化了。

陕西总督孙传庭在河南的郏县被李自成打得惨败后，他便回到陕西大肆在关中各地扩军屯田，但兵力却还是不足十万人。然而就是这十万人马，也已经是崇祯唯一可以依靠的了。因此，就在这年的五六月间，崇祯仍为孙传庭加了兵部尚书衔，改称为督师，其管辖的范围也包括陕西、河南、四川、山西、湖广、贵州及江南、江北各路兵马，统一指挥对农民军的作战行动。

按照崇祯的想法，他是想以孙传庭的人马作为围剿的主力，以图在他的统一调度之下，中原的战局能够有一个转折，所以他才一面给他加官晋爵，一面不断催促他出潼关作战。但是，对于崇祯的这种安排，不少朝中大臣却不同意，兵部侍郎张凤翼更是专门跑到崇祯那里向他分析了这一安排的不利之处。他认为，就现在大明朝的形势，整个大明朝就只有孙传庭这一副家当了，无论怎样都是不可轻举妄动的，万一有个什么闪失，局面根本就无法收拾。然而，崇祯却仍坚持己见。

孙传庭本人却看得十分明白，自己出关同农民军作战，在这种背景之下，必定是凶多吉少。所以，对于崇祯让他出关作战的命令，他便一拖再拖，到最后，他已经被逼得没有办法了，无可奈何地慨叹道："哎，此番出关，我明知未必能胜，但也许可以侥幸成功，大丈夫又岂能再被逮去面对狱吏呢？"

孙传庭终于决定于八月出兵作战，并以总兵牛成虎为前锋，高杰率中军，王定和官抚民率延绥及宁夏兵殿后，白广恩则统率火车营从新安前来会合，又令左良玉赴汝宁夹击，陈永福率河南兵，秦翼明率川兵形成犄角之势。

孙传庭一出潼关，其最初的作战是十分顺利。八月上旬，他恢复了豫西重镇洛阳，继而又攻下了汝州和宝丰等州县。当时，李自成派驻宝丰的大将李养纯投降了官军，他向孙传庭报告了农民军的后方基地唐县的情况，孙传庭便派兵攻下了唐县，尽杀农民军将士的眷属妻小。

对于最初的胜利，无论是孙传庭本人还是崇祯都为此拍手称快，崇祯在连连接到孙传庭的捷报后更是十分高兴地对朝臣们说道："哈哈，贼灭亡在旦夕了！"

然而，他哪里知道，孙传庭却正在被李自成牵着鼻子走！

当初在李自成占领承天的时候，他曾召集牛金星及李岩和顾君恩等人一起商议有关日后的进攻方向与战略方针问题。牛金星请求先取河北，直接攻取京师；杨永裕认为应先攻下留都南京，以断取京师的粮道；而顾君恩则提出"金陵居长江下游，事虽然可以成功，不足之处却是太慢；而直接攻取京师，若是万一不能取胜，那么败退下来又该退到哪里呢？是以，其不足之处是过急。而整个关中城池有一百余处，因此，应先行夺取以建立起坚固的根据地和自己的根基大业，然后再顺而攻下三边地区，借以补充兵力，继而攻下山西，从而直取京师。这样便进可以战，退可以守，从而做到万无一失"。

李自成接受了这万无一失的建议，因此到这个时候，李自成早已经在从湖北到河南的广大地区里，尽发荆、襄兵力，准备率部渡过汜水向西进攻了。但是当其接到孙传庭率部出潼关的报告，他又立即接受了李岩和宋献策等人的建议，采取诱敌深入以逸待劳的方针，以图打败孙传庭。

李自成在襄阳首先举行了声势浩大的誓师大会，继而把主力悉数收缩到郏县及襄城一带，静待孙传庭的到来。

九月中旬，疲于奔波的孙传庭大军终于到达了郏县及襄阳一线。一开始，农民军的不少将士甚至李自成都被官军的阵势吓住了，因此一些将士便提出投降，但是李自成在稳定情绪之后，接受了宋献策的建议，立即召集一些得力的将士并对他们言明："大家不要怕！你们有什么好怕的呢？咱杀了明室诸王，又焚烧了皇陵，罪过比你们大多了。因此，今儿咱就姑且决一死战，倘是不能获胜，你们再杀了我去投降也是不晚的！"

将士们的情绪终于又稳定下来了。不过，战斗一开始的时候，双方都相持着。但是，很快，这一地区便接连下起了大雨，对官军十分不利，官军全都露天宿营，由于道路泥泞，粮草车不能前进，士卒个个饥饿不堪。当其攻下郏县时，他们曾经一度缴获的农民军的骡马也已经被吃光了，天空却又是一连七天七夜的大雨。在此情况之下，官军的后军竟在汝州哗变了，当时殿后的是陈永福，见此情景，他先后斩杀了一大批人，却仍是不能阻止哗变。前军得知后军哗变了，都一个个没命地往后奔逃。这时，农民军又趁势发起攻击，一时间，官军竟全线溃败，农民军一路追到南阳，孙传庭眼见农民军如此追杀，心想反正都是一死，于是便命令官军又掉转头来摆开阵势试图和农民军决一死战。

经过一番仓促的准备，双方便各自使出浑身解数。农民军的阵营分成五层，第一层是百姓，第二层是步兵，第三层是马军，第四层是骁骑，最里一层则为农民军的老营。官军则试图以火车营作为进攻的主力。在孙传庭的指挥下，官军一连攻破了农民军的三层防线，这时，作为官军主力的火车营应该冲杀向前了，可是也恰在这时，火车营因在前进时不时被步骑阻挡了道路，因而便有些摇摆不前，白广恩眼见官军难以取胜便准备不顾其余各军而自行撤退。见此情景，李自成趁势鼓动农民军的将士们高喊“官军败了”。

其时，正在奋力死战的官军哪知是计，一听官军已经败了，便自顾自地四散逃命。这样一来，一面是正夺路逃命的人马，一面又是堵塞在路上的火车营，一时间，整个官军便完全乱成了一团。李自成立即命令农民军全线出击，农民军的精骑趁势追杀，步兵则手持木棒奋力搏击，仅仅一昼夜，官军便狂奔了四百余里。白广恩只得退守汝州，高杰则跟随孙传庭退走到河北，来到了孟津，最后经小道过黄河，由山西转回到潼关。此一仗，官军死亡四万余人，散失兵器辎重数十万。

李自成则率领数十万农民军乘胜追击，一路直逼潼关，乘孙传庭还喘息未定，展开了对潼关的进攻。

十月初六，农民军猛攻潼关，孙传庭手下大将高杰和白广恩先行率部逃走，潼关被攻破，孙传庭死于混战之中。

随着孙传庭的战死与陕西兵团的覆灭以及潼关的陷落，整个大明皇朝对农民军的围剿便彻底宣告失败了，从此以后，崇祯差不多只能眼巴巴地看着农民军所向无敌地一路冲杀过来。

李自成在占领潼关之后，在陕西可说势如破竹。十月十一日终于占领了西安；十一月，占领延安、榆林和宁夏；十二月，攻占了甘州。这样，陕西这个当时大明皇朝最大的行省便悉数落到了李自成及其领导的农民军的手中。

与此同时，当李自成大战孙传庭的时候，张献忠和他所领导的大西军则活跃在湖广南部和江西一带，接连攻下了岳州、长沙、衡州、袁州、吉安、常德等名城，可以说，整个湘江两岸和赣水之滨已经全是张献忠的天下了。

社稷如此残破不堪，一个一个的失败简直使得崇祯晕头转向。对于他来说，除了不断地严惩那些所谓的责任者以外已经是没有一点办法了。可是，也正是在这个十分晦气的时候，周延儒和吴甡被先后提解到京了，如此一来，这两个原本被崇祯十分信任的大僚一时间便成了崇祯纾解晦气的对象。

在此之前，他曾想过要好好地处置这两位辅臣，但究竟怎样处理他还没有一个主意，但是随着一个一个坏消息的不断传来，他的心情也越来越恶劣，对于两位有罪的前任辅臣他要严惩不贷。

说起来，吴甡和周延儒的案子本来并没有牵连，也不知怎么的，当崇祯想要处置周延儒的时候，他竟想到了把吴甡也一同提解到京来一同处置。事实上，吴甡比周延儒先行提解到京。当崇祯得知吴甡已经被提解到京的消息后，早就按捺不住心里那种要发泄的冲动，他当即便命令三法司拿出对吴甡的处理意见。三法司则根据崇祯要严惩的意思，拟定了一个将吴甡和其妻子发往云南金齿卫充军的意见。一报到崇祯那里，他看了后不假思索便朱笔一挥，悉数准奏了。

也就在吴甡和他的妻子被发往云南充军的第二天，周延儒也被从江南提解到了京城。一到得京城，他便被暂时羁押在崇文门外头条胡同的关帝庙里。

事实上，当崇祯一得知周延儒被提解到京的消息时，他就已经暗暗地打定要处死这位两度上任的首辅大臣了，于是，他便批旨道：

周延儒机械欺蔽，比匿容私，滥用匪人，封疆已误，前屡旨已明。姑念首辅一品大臣，著锦衣卫会同法司官，于寓所敕令自裁，准其棺殓回籍。

周延儒就这样死去了，随着周延儒的死，崇祯皇帝也终于放心了。

而崇祯十六年也终于在这种风雨飘摇的死亡之中走到了尽头。

【第十六回】

半世真龙归碧海，一朝人主殒煤山

飞雪满天中，新的一年又来到了。

在关外的盛京，人们欢天喜地。在整个大清朝中，人们为了迎接这一天，早就做好了准备，对于他们来说，这个新年对大清朝有着十分特别的意义。

要知道，新君登基，这可是第一天啊！

天还没有大亮，大清的新皇帝顺治便在王公大臣们的簇拥下，来到"堂子"行礼，继而到御殿主持新年的朝贺仪式，接受群臣的朝贺。

这位大清的新皇帝高高地坐在龙榻宝座上，可他却年方六岁，头上的帝冠和身上的龙袍都是儿童的尺寸，脸上虽已经被教导得保持十分庄重的表情，可毕竟仍难掩去那本该有的孩童的天真，因此他便在庄重与天真的双重笼罩之下静观着正在发生的一切。

典礼是隆重而又盛大的，在一阵一阵的鼓乐声中，满殿的文武大臣全都一起跪倒在地向他欢呼。

一群一群的人们不断来向他朝贺，他看得眼花缭乱，但是，他仍牢记着母亲的叮咛，一动不动静静地坐着，仿佛这一切都与他无关似的。

他只记得那一天，人们上上下下哭成了一大片，原来，父皇突然离他们而去了。

那一天，这个小孩的父亲即大清的皇帝皇太极，像往常一样忙碌了一整天，这一天，没有显出任何不祥之兆。

可是谁也没有想到，就在当天晚上的亥时，这位大清的皇帝却端坐在清宁宫东暖阁里的南炕上突然停止了呼吸。

噩耗来得如此突然，人们无比震惊。一连几天，在整个大清里，人们全都陷入了沉重的悲哀之中。可是五天之后，人们似乎又突然从先皇驾崩的悲哀之中清醒过来，一个个认真地思考起有关继承人的问题来。

皇太极驾崩才五天，掌握着极大实权而又觊觎着皇位的多尔衮及皇太极的长子豪格便正式拉开了争夺皇位继承权的序幕。

这天晚上，多尔衮召见皇太极在位时的亲信内臣索尼，提出立自己为皇帝。与此同时巴牙喇纛章京图赖也到索尼处，要求立皇长子豪格为皇位继承人。于是，皇位的争夺便在两大阵营之间蔓延开来，第二天，双方的斗争便达到了白热化的程度，其紧张的气氛使人不禁要屏住呼吸。

天刚亮的时候，宫门外早已经是如临大敌，皇太极所属的两黄旗的大臣们早就来到了这里，四周则全是全副武装且十分精锐的巴牙喇兵。与此同时，在崇德殿内，以睿亲王多尔衮及其同母弟英亲王阿济格和豫亲王多铎为首的一方剑拔弩张。

眼看便要两败俱伤了，也恰在这时，聪明绝顶而胸怀雄图大略的多尔衮突然清醒过来，他明白，这场两败俱伤的争斗最终的结果只能是大清的灾难。

如此，大清要进入中原争霸天下的宏伟目标便不可能实现。于是，双方最终便达成了妥协。在条件谈妥之后，便由和硕礼亲王代善出面，召集了诸王及贝勒贝子和全体文武大臣宣布，皇帝之位由皇太极的第九子即布木布泰所生的福临来继承，而以和硕郑亲王济尔哈朗及和硕睿亲王多尔衮为辅政。

这时，这个被当作一个折中方案选作皇位继承人的福临不过是一个刚刚才满六岁的孩子。然而，正是这一个年仅六岁的孩子却在不久的将来成了大清入主中原的第一个皇帝。

毫无疑问，在这个东北角落里的盛京城里，一切都让人异常愉悦而兴奋不已。与此同时，远在西北角落里的西安城中也是同样的欢天喜地，这一东一西，似乎都在欢乐的气氛中遥相呼应。

同样是在大年初一的时节里，在不久前才被改名为“西京”的西安城中，人们不只是在欢庆一年一度的新年，他们更是在为一位新皇帝的登基而呐喊欢呼。

这位新皇帝不是别人，正是那个被称为贼寇且数度濒临绝境的农民军领袖闯王李自成。

此时此刻，在这个由昔日的秦王府翻修而成的皇宫里，李自成身着龙袍，头戴冠冕，踏着大步正一步一步地登上由纯金打造的九龙攀附的皇帝宝座。他刚一坐到那龙榻宝座上的时候，便沉浸到自己的角色之中了，而雷鸣般的“万岁”声立时浸润了他的心窝。

他一个米脂县的放羊倌而今竟创立了自己的大顺国，竟做了这大顺朝的开国皇帝。

然而此时在整个中原大地，人们却深陷于那永远没有尽头的内忧外患的苦难之中，即便是在这本该有些欢乐的新年时节。

当然，对于那个至高无上的皇上崇祯来说，他同样是苦难的，同样是忧郁的。在他看来，他自登上这天子的大位以来，苦难与忧郁就从来没有离开过他，而且越来越深，越来越重，到了崇祯十七年的新年里，他只觉得自己已经被这苦难与忧郁压得喘不过气来了。

可是，他又不能不明白，自己仍是这大明皇朝的皇上，他仍必须强打起精神。因此，即便在这大年初一的时节里，他也仍勤政无怠。

到天交五更的时候，他准时来到金銮殿视朝。但当他从金銮殿的边门一步跨进大殿的时候，他不禁大吃一惊。

只见那繁盛豪华的大殿里竟是空荡荡的，除了殿前护卫的几名锦衣卫之外，竟没有一位文武大臣。那些平日里总是唯唯诺诺的大臣们竟在这大年初一的清晨，公然蔑视这金碧辉煌的权威。

崇祯简直不相信自己的眼睛，可这实在又是千真万确的事实。

王承恩和小毛子也目瞪口呆了，一时间也不知道该如何是好。但是，此情此景，那几位殿前护卫却仍板着木讷的面孔，目光呆滞。这里所发生的一切似乎都与他们无关，唯有那大殿上方的宫灯仿佛在鄙夷地嘲讽着。

崇祯默默无语，却仍一步一步地登上丹墀，有气无力地坐到龙榻宝座上。但是当他双眼一扫那空荡荡的大殿的时候，他再也不能忍受了，于是便突然用尽力气大喊了一声："鸣钟！"

沉重的钟声在九重深宫的紫禁城内轰然而鸣。钟声是企盼，却又是哀怨，它挟着崇祯的愤怒与祈求，伴着浓浓大雾，翻卷着滚过紫禁城的上空，直至北京皇城以外，乃至整个大地上的茫茫苍穹。

然而，这偌大的大殿里竟仍是如此空荡。

"把宫门殿门全都给朕打开！"他又一次大声喊道。

金銮殿的大门立时豁然洞开。

皇极门的大门豁然洞开。

午门、端门、承天门、大明门直至正阳门的大门全都豁然洞开。

但是，两个时辰过去了，竟仍没有一个人出现。

直到太阳都升起来丈把高，浓浓的大雾也已经消散开来，那些大大小小的文武大臣才一前一后纷乱不堪得如残兵败将一般进到殿里。他们毫无次序，乱七八糟地站在大殿里，和市井百姓赴庙会没有什么两样，那副滑稽的样子真让人啼笑皆非。

崇祯一直呆坐在宝座上，一张年轻而憔悴的脸早已因愤怒和寒冷变得发青，眼见文武大臣们一个一个先后来到，更是气得吹胡子瞪眼的。

于是，也不待司礼太监喊一声上朝，他便站起身来，把手猛地一挥，大声道："众位爱卿，国家社稷，危在旦夕，满人虎视眈眈，张贼李贼甚嚣尘上，李贼自定西北后，据报大有称王建国之势，且有挥师京都之图，敌枭贼寇如此厉兵秣马，尔等却如此疏懒朝政，不思救国之策，不谋社稷之路，良心何在？忠义何在？

难道这大明社稷有难，朕有个什么三长两短，尔等就会吃上什么好果子吗？”

任崇祯愤怒指责，整个大殿里仍死寂一般，根本没有一个人发话，大家全都十分虔诚地弓着身子，一副唯命是从的样子。

见此情景，崇祯的愤怒稍稍平息了一些，放低了一点声音道：“今儿是甲申年正月初一，朕期望社稷有个好的开端，一切总得有个好的兆头，北方的满人，西边的李贼、张贼，众卿须得为朕拿出定见，以期在甲申年扫除一切边患内乱，大明社稷才会有希望，众位爱卿亦才会有希望啊！”

崇祯完全一副语重心长的样子，说完又深深地舒了一口气。可是，他说完之后，众朝臣竟仍无人说话。隔了一会儿，崇祯实在有些耐不住性子，便直呼新任兵部尚书张缙彦道：“张卿可有定见？”

张缙彦本是在冯元飙致仕回乡后接任的，对时下大明的危亡之事知之甚少，又是个庸碌之徒，所以一听崇祯的话，一时间竟十分茫然，不知道该说什么才好，好一阵才诚惶诚恐地道：“启禀皇上，微臣正在思量，待微臣细细想出了救国方略，定会面禀皇上，祈皇上恕罪。”

崇祯一听，不无讥讽地道：“待卿想出定见，怕是太阳都要从西边起来了！”说完，他停了下来，下意识地摸摸自己冰冷的面庞，眼看众朝臣不会有人出班奏对了，他无可奈何却又气咻咻地说出了自己早已经想好的决定：“甲申年里，朕下定决心一定要剪除悉数内忧外患，着令宁远总兵吴三桂密切监视满鞑子的动向，并适时做出有力的回应；着令平贼将军左良玉和陕边总督余应桂着即围剿李贼自成，必要时急召吴左两路人马入京勤王。”

崇祯刚一说完，首辅大臣大学士陈演便出班奏道：“皇上之策正合微臣之意，实乃英明之举。”

如此一来，众朝臣立时便全都异口同声地附和，大呼：“皇上英明，英明，万岁，万岁，万万岁！”

崇祯一眼扫过这一群溜须拍马之徒，当即大喝道：“散朝！”

自正月初一这个迟到的早朝，崇祯就企盼着大明皇朝的历史命运能够一夜之间有个一百八十度的大变。可是，在冥冥之中，他对于历史乾坤的陡转却又不无绝望。

正月初三，北京城里竟突然刮起了一场前所未有的狂风，一时间，风夹着从塞外席卷而来的黄沙和满天的雪花，疯狂而猛烈地摇撼着京师内外，房顶上一大把一大把的茅草或是一片一片的琉璃瓦不断地被翻卷着撕扯着，天空漆黑一片，伸手不见五指，大白天里，人们不得不靠一根蜡烛或一盏盏桐油灯的亮光来获得少许的光明。

人们在思量，或许这便是某种不祥的预兆。

大明皇朝的崇祯同样在思量，他也已经感觉到了这种不祥的预兆。于是，他不得不亲临钦天监。不过，他得到的卦辞却让他目瞪口呆，卦辞竟是“风从乾起，主暴兵，城破”。

事隔一天，他突然接到了来自大明发迹地安徽凤阳的奏报，说龙脉山已断裂为一条大地穴，且房塌地裂，民死无数。得此消息，崇祯当即大哭一场，随即便昏死了过去。

与此同时，紫禁城内金銮殿前的一棵数百年的老槐树竟在一夜之间无缘无故地倒下了，大殿飞檐上的风铃也悄没声息地全都掉到了地上摔得粉碎。

这时，又突然得报，一颗大贼星窜入了月中。于是，崇祯便只好命令钦天监再一次占卜，他得到的卜辞竟是“星走月中，国破君亡”。崇祯顿时脸色铁青。

也正在这时，他突然接到了李自成在西安称王建国且准备立即挥师东进的惊人消息，而且这一消息很快便传遍了整个紫禁城。

一时间，人们惴惴不安，人心惶惶。他们十分清楚，李自成既已称王建国，那么其挥师东进并最终攻打京师只是时间问题了。

对于整个京畿地区的防务，他们却都心明眼亮。自从孙传庭兵败潼关李自成占领陕甘及三边一带后，从陕西经山西直至京师的广大地区，已经无可守之兵，李自成挥师东指，如进入无人之境。

而这时整个大明上下只有两支官军劲旅，一是宁远总兵吴三桂及其关宁铁骑，一是平贼将军左良玉所部的二十万湖广驻军。左良玉油滑奸诈匪气严重因而难于调度，而且目前他根本就是把自己的兵力收缩在武昌一线，完全一副坐山观虎斗的样子，因此要想由他来抵御李自成保卫京师，那根本就是痴心妄想。

这样一来，保卫京师就唯有吴三桂及其关宁铁骑了。

于是，当崇祯惊魂未定的时候，兵科给事中吴麟征便向他上了一道紧急奏折，要求立即弃宁远孤城，速召吴三桂入京勤王。

与此同时，陕西总督余应桂也上了一道紧急奏折。

余应桂本是前往陕西及三边地区督师的，可当他到达河边地区后，得知陕甘及三边地区已经被李自成占领，他便只身返回了京师，得知李自成称王建国且即将东指，便向崇祯紧急上疏，其疏云：

闯贼势大，非全力诛之不可，请速调吴三桂及天下兵马会师真保之间，合力协剿，庶贼灭矣！

吴麟征和余应桂的奏疏终于拨云见天一般，给大小朝臣甚至崇祯指明了路途与希望。可是当崇祯坐下来细细思量的时候，他却又不能不对他们所提的建议感到忧心忡忡，一时间，他实在是骑虎难下。

对于当时的国人而言，无论是关外的满洲人还是关内的李自成、张献忠，他们全都被一律看作是敌人。这两个大敌，一为夷，一为寇，一为外患，一为内忧，内忧与外患，孰轻孰重，作为大明皇朝最高统治者的崇祯，他不能不踌躇再三。

不仅如此，弃地守京，那也就意味着要担当丢失国土的千古罪名。可是，一旦坐待李自成挥师东指，那却又意味着蒙受失败于寇的奇耻大辱。

两两相较，何为轻，何为重，他渐渐地有了眉目。在他看来，国土虽说丢失了，但只要留得青山在，便有收复的时日。可一旦失政于寇，便极有可能葬身于黄泉。于是，经过反复思量，崇祯终于决定还是以弃地守京为上。

但是，作为皇上，他又不愿直接说出自己的这一想法。丢失国土毕竟是千古的骂名啊！时时打着小算盘的崇祯急切地盼望着朝中有某一位大臣提出动议，而他作为皇上则只是在大臣们为此争得面红耳赤的时候迫不得已地来做出如此的选择。

正当此时，蓟辽总督王永吉又紧急上疏，再一次提出了速调吴三桂入京勤王的方案。于是，崇祯便似吃了定心丸一般，急召首辅大臣陈演和次辅魏藻德、丘瑜及兵部尚书张缙彦速到御书房计议。

但是，当崇祯向他们讲明了这一弃地守京之策并要他们为自己拿个主意时，这几位股肱重臣竟无一人说话。

最终，陈演实在捱不过去了，便提出了一个不失聪明却实为油滑的意见："启禀皇上，此策事关重大，须早朝廷议公而决之。"

正月初九，早朝。

崇祯身着龙袍，喜怒不形于色，他刚一坐到龙榻宝座上便立时掷地有声地大声道："众位爱卿，方今贼寇称王建国，大有挥兵京师之势，兵科给事中吴麟征等人奏请弃关外地，速召吴三桂入京抵御贼寇，朕欲听诸卿高见！"

崇祯刚一说完，首辅大臣陈演便出班奏道："启禀万岁，弃地不可也。常言道，一寸山河一寸金。宁远大军撤入关内，关外沃土即等于拱手送予满人，此必为千秋大罪，不可为之，祈皇上慎之。"

丘瑜和魏藻德等人立时随声附和。

这时，兵部尚书张缙彦站了出来，慷慨激昂道："方今形势，唯弃地守京为上策，俗话说，留得青山在，不怕没柴烧；且宁远孤城，其势必弃，今日弃之便可收复，他日弃之，则时恐不及，悔之晚矣，祈皇上三思！"

另两位大臣也站出来随声附和。

廷议立时便分成了两派，一为主张弃地守京者，一为主张慎而决之者，并由此当庭展开了唇枪舌剑。但是，纵然如此热火朝天，却终是争执不下，而龙榻上的崇祯却如坐针毡，不知何去何从，眼见丹墀下的众大臣一个个争得面红耳赤，他忧泣万分，却又欲哭无泪。

这时，一直站在那里不发一言的礼部侍郎应怀中进至丹墀跟前，大声地对崇祯道："启禀万岁，今日廷议，如此争来执去，终不会有什么结果的，臣以为不如待些时日，让大家细细思量，此军国大计，本该要好好地慎之又慎的，如此方成万全之策，届时，不妨复集科道九卿，朝廷上下，大廷广议，必成结果。"

崇祯听了一想，也只好如此了，于是便有气无力地让小毛子宣布散朝。

崇祯回到御书房后，先是独自围着御案转了几圈，然后若有所思地突然对站在一旁的小毛子道："速召首辅大臣陈演到御书房见驾！"

不多时辰，陈演来到御书房后，崇祯便对他低声道："陈爱卿啊，弃地守京本属下下之策，然方今形势，此策却已是万不得已之举，卿须得为朕担待方可。"

陈演一听，立时心明如镜。他明白，崇祯是要他不当庭反对，作为首辅大臣，只要他陈演不当庭唱反调，别人也就只有唯唯诺诺地观望。他只要保持沉默，作为皇上的崇祯就可以以一种迫不得已的样子断然地做出圣裁。

陈演略略地思量了一会儿，便十分柔声地道："臣遵命！"

陈演退出不多时辰，左中允李明睿说有紧急奏议须面禀皇上。

李明睿一来便振振有词地道："启禀皇上，臣以为弃地守京也必难保京师，若关宁空虚，满人必会乘虚而入，而宁远大军也必难敌李贼，想我朝十余载剿抚贼寇不仅不灭，到如今竟终使其成了大器，李贼率众百万，京师必指日可破，皇上不若仿那晋元宋高，亲征金陵，沿江布防，确保江南，后再图恢复北方。方今形势，贼寇即将兵临城下，我朝唯有南征，可缓目前之急。"

这一南迁之举似乎为崇祯提供了一个确保大明皇朝的新思路，因此，崇祯顿时心明眼亮。其实，这一不失为自救的策略几天来早就一直不时地映现于他的心间了。但是，他又明白，这一贼寇兵临城下的南逃简直就是丢弃社稷宗庙的大罪，兴许比起那弃地守京的罪过来，更有过之而无不及。因此，他虽在内心深处不时地企盼着自己能够南迁，可在明地里他却又不得不打消这一念头。今日，李明睿竟公开为自己提出了这一策略，他感到一阵兴奋。可是，谁能为他担当这丢弃社稷宗庙的罪名呢？作为堂堂大明皇上的自己是万万不能的，二百余年的大明京都，竟如此丢弃，九泉之下，自己有何脸面去见列祖列宗呢？想来想去，崇祯仍害怕承担责任，于是，在无所适从地思量了好一阵之后，他便郑重其事地对李明睿道："李卿，此议事关重大，不可轻泄，待日后朕再做计议。"

于是，这一在后世看来实属权宜之计的策略便被搁置一旁了。

正月十九，崇祯口谕："科道九卿齐集金銮殿，再议'弃地守京'之策。"

在偌大的金銮殿里，科道九卿，朝廷上下，大小官员，黑压压地站了一大片。崇祯刚一宣布让大家好好地议一议"弃地守京"之事，众人立时便你一言我一语地争论不休，那样子仿佛是市井百姓骂街吵架或是买卖交易的讨价还价，可最终却仍难有定见。

兵科给事中吴麟征见此光景，简直心急如焚，他实在忍耐不住了便义愤填膺地当庭一站，声如雷吼地道："皇天在上，众位大人，宁远孤城是否可弃，本应由皇上与辅臣会同总兵吴三桂密议决之便可，如此大殿廷议，众说纷纭，怎能有结果？何时方有定见？纵然有了结果定见，又谁执其咎？我等——"

正在这个时候，锦衣卫提督骆养性跌跌撞撞地一步冲进了大殿，只见他奋力拨开众人，一到殿前便伏乞一跪气喘吁吁地道："启——启禀皇上，据山西巡抚蔡懋德派出的八百里快传飞报，李贼自成已誓师东犯了！李贼还竟然向朝廷连下檄文和战书！"

众朝臣早已忘掉了方才那热火朝天的争执，他们被这突然到来的紧急情况完全震慑了。立时，他们全都列班站立两侧，屏息静听着这一突如其来的严重事态。虽然他们大都心里明白，李自成挥师东进是迟早的事，却不承想，他会这样快就开始行动了。

这时，崇祯早已被惊得不知东西南北，他呆坐在龙榻上，神情木讷，脸色铁青，额头上虚汗直冒，隔了好一会儿，待稍稍回过神来，才多少有些有气无力地道："战书和檄文在何处？"

随即，讨战文书便被呈了上来。

崇祯看着讨战檄文，顿时大汗淋漓，全身不住地发抖，连他自己都不知道这究竟是因为恐惧还是因为愤怒，他只觉得那一路路的贼寇似乎正疯狂地袭击而来。

昨日，他获知张献忠已经攻陷了夔州，忠州秦良玉和四川巡抚陈士奇接连战败的表章又一日三至，而今李自成竟又由陕犯晋，直指京师。然而"弃地守京"却悬而未决，南迁之策自己难当其咎，如今剿抚皆穷，朝廷兵饷两缺，内忧外患，崇祯顿时心急如焚，便当廷泪如雨下，他连声叹道："国事至此，诸卿可有什么良策来为朕挽回这场劫运啊？！"

见此情景，陈演便上前安慰道："皇上不必多虑，贼入晋地，必然贪子女玉帛，如虎在阱，未必定来犯阙，请皇上定可放心便是。"

他刚一说完，陕西督师余应桂十分愤怒地出班奏道："国家精兵健卒皆出于陕晋之地，今贼已得陕甘，如再得晋地，必虎生翼矣，进而长驱直入，横行畿辅，其祸不忍尽言，汝身为首辅大臣，不能平治天下以分君父之忧，尚敢以谩语搪塞？"

陈演听了当即羞得面红耳赤，不禁战栗失色，只好悻悻然地退入班中。

崇祯听了余应桂的一番慷慨之辞，越发地流泪不止，便动情地对群臣道："朕非亡国之君，而事事皆亡国之兆。高皇帝栉风沐雨之天下，一旦自朕失之，朕将以何面目见祖宗于地下？朕今日更无良策矣，只愿亲统六师与逆贼决一死战，虽暴骨沙场亦无足惜，但恨死不瞑目耳。”

说完，他竟当庭大哭起来，如此一来，满朝的文武大臣无不个个伤心落泪，忧愁满怀。

这时，只见从班中走出一人，众人一见，竟是那山西曲沃的大学士李建泰，他出得班来，躬身一礼便胸有成竹地道：“主忧臣辱，古有明训。圣心憔悴至此，臣等心非木石，焉能高枕自逸？臣家在山西曲沃，祖上颇遗有微资，臣情愿私财饷军，不烦官帑，请提师以西，以报皇上知遇之恩！”

众人听着这位李大学士的话，一个个不禁在心里犯起了嘀咕，想这李建泰一向为人贪生怕死，既无驭将之才，又无应变之策，有何德何能来代帝亲征呢？

原来，当崇祯说到自己要御驾亲征的时候，李建泰立时便转开了脑筋，想李自成既已离自己的老家不远，与其让家人落入他人之手，倒不如用来博取一个急公好义的美名。于是，他才说出了此番豪言壮语。

崇祯听了李建泰的请战豪言，顿时喜形于色，立时止住哭声，又用小毛子递过来的手帕抹了抹发红的双眼，大声道：“国事至此，正所谓存亡危急之秋，卿能独抒忠奋，毁家以纾国难，古所谓社稷之臣者，量不过是。”

崇祯略一思量当即允奏且传旨道：“着大学士李建泰兼兵部尚书，赐尚方宝剑，即日驰往山西，督师剿贼，准其节制督、抚、总兵，一切皆便宜行事。”

继而崇祯又连连口谕：“余应桂仍以三边总督，前往协剿；又敕宣大总督王继谟速调大兵，前往协守黄河；又敕五军都督府派京营总兵官唐通，立即督率劲旅三千，火速入晋，助守太原。”

这时，李自成正率领他的大顺农民军在东渡黄河后朝着北京一路冲杀而来。大顺军在极短的时间内披荆斩棘，过关斩将，取汾州，攻太原，占宁武，一时间，崇祯竟被急得手忙脚乱，不知所往，只时常呆坐在孤寂的御书房里望着不断摇曳的宫灯发呆。

面对一个又一个险情恶报，崇祯简直被弄得焦头烂额，当然，他也试图搜刮兵员以进行最后一搏。可是，他明白，要兵也就意味着要钱，可眼下他又到哪里去找钱呢？国库早已囊空如洗，京师以外虽说还多少有一点外解，可当此危局，这些外解又怎么运得进来呢？

没有钱，也就意味着没有军队，没有了军队也就意味着大明皇朝的覆灭。可此情此景，崇祯却又实在束手无策。冥冥之中，他似乎已经感觉到，自己的末日就要来临了。

崇祯十七年二月底，形势已经是十分严峻了。

李自成大军的声势一日盖过一日，占领太原的消息，晋王被杀的消息……不断传进紫禁城。

一时间，崇祯惊恐不已，焦头烂额。

这一晚，崇祯一如既往地又坐到御书房的御案后边，他随手拿起一份奏折，见是首辅大臣陈演所奏，便快速浏览了一下前面的引黄，上面说的竟是李自成在占领太原后在整个山西一带招降明朝文武官员之事，顿时之间，崇祯便十分吃惊。

他急不可耐地快速读完整个奏折，末了，他更是被惊得非同小可，他从没想到，自己的手下文武竟会这样纷纷投向大顺政权。他原以为，自己的那些文武百官一个个都会浴血奋战尽忠尽孝不成功便成仁的，没想到，他们吃了自己的俸禄，却竟这样一个个离他而去。

他简直被气得咬牙切齿。可是，待他冷静下来仔细一思量的时候，他却又不能不犯起了踌躇。在他看来，那些投降的既已投降也就罢了，可随着那李贼一路杀将过来，大同、宁武、宣化、保定、大名、广平乃至整个京畿地区一个个的文武官员要是也如此这般不忠不孝，那又如何是好呢？

他实在再也不能相信他们了。他不禁怀疑，他们一个个都正在离他而去，方此时节，他们一个个虽然都穿着大明朝的官服，吃着大明朝的俸禄，然而他们却全都是为了自己，他们全都在抛弃他这位大明皇朝的最高统治者而只求自保，因此，他再也不能相信他们了。

他越这样想着，也就越不能相信他们，从而也就越是感到了害怕。

他想，他必须想出办法来最终节制他们，最起码也要预先知道他们的一切动向。

可是，当此危难之际，他又该怎样来节制他们呢？

实在想来，这大明上下朝内朝外能够让他相信的人实在不多了，算起来，或许只有自己这内廷里的几位太监还算是勉强信得过的。因为在他看来，这些太监常年随侍在侧，对自己是忠心耿耿，他相信，他们无论怎样也是不会背叛自己的。

这样一想，崇祯又感到些欣慰，毕竟，当此社稷危亡之际，自己还是有两个信得过的人，于是，他当即决定派出一批内官太监去监视文武官员。

第二天一上朝，崇祯便接连发出一道道的命令："高起潜总监关、蓟、宁远；卢惟宁总监通、德、临、津；方正化总监真保二府；杜勋总监宣府；王梦弼总监顺德和彰德；阎思印总监大名和广平；牛文炳监视卫辉与怀庆；杨茂林监视大同；李宗先和张泽民则分别监视蓟镇的中协西协。"

可是，崇祯刚一说完，兵部尚书张缙彦便立即站出来反对："启禀皇上，派内官监视各镇必使政出多门，事权无法统一，只会增加地方上的困难，微臣请求皇上收回成命。"

崇祯心里不禁暗暗地想道："派出内官本就是临时抱佛脚，是没有办法的办法，你们既如此反对，可你们谁又究竟是朕最信得过的呢？曾几何时，朕也曾派出了一些内官，但在你们的反对下朕不是很快就收回成命了吗？可眼下，若是不派出这些内官，你们又能为朕想出什么样的好办法呢？你们既不能为朕想出好的办法却只知一味地反对，那不就是有意在反对朕吗？”

这样一想，他便更不高兴了，不过，他并没有发作，只是不满地看着这位兵部尚书，隔了一会儿，他见没有谁再站出来反对，便示意小毛子宣布退朝。可恰在这时，兵部主事金铉却突然站出来奏道：“启禀万岁，大同乃京师北门，大同陷，则宣府危；宣府危，则大势去矣。臣以为，抚臣朱之冯、卫景瑗二人，忠勇可任，宜专任以兵事，不宜再遣中官监军，遇事牵掣，万一有误，悔之晚矣。”

崇祯本来就不高兴，听他这么一说，当即大怒起来：“爱卿休得多言，朕意已决，各路监军即日出发便是！”

如此，其他纵然还有不同意见的也就根本无话可说了。

当晚，派到各地的监军都一个个火速赴任。或许，在他们看来，能够出得宫廷去优哉一番正是求之不得的，此番监军能手掌大权不说而且一个个还能搜刮一笔财富。

而对于那些对这时局看得明白的太监来说，能有此机会逃离京城则更是求之不得的，试想，李自成如此兵强马壮，攻入京师肯定只是时间早晚的问题，自己若能够逃离京师，那也实在是太难得了。

当然，崇祯派出一大批内官去监军，一时间也多少感到了某种莫可言说的高兴，最起码有了一点高枕无忧的感觉。

可是，他未免高兴得太早了些。

自大顺军占领太原后，各路消息便不断传来，大顺军多路进攻宁武的事，崇祯也早已得到宁武总兵周遇吉的飞檄传报。

但是当他得知这一消息的时候，他却并不怎样惊慌。在他看来，宁武关毕竟是京师北门的重要关口，易守难攻，加之周遇吉的奋力督守，他相信，李自成大军要想攻破这一关隘实在不是那么容易的事。

因此，他在接到飞报后，吩咐御膳房的太监做了一批御用糕点派人立即送给周遇吉，以示皇恩浩荡。与此同时，他又向其所率将士送去一笔饷银以示犒赏，总计两千两。

然而，这事过后还没有几天，谁想到，形势竟一夜之间变得无法收拾。

这天晚上，锦衣卫提督骆养性和内务总管王心之气喘吁吁地在大殿外紧急求见。

骆养性一见到崇祯便当即伏乞道：“启禀皇上，大事不好了，宁武关失守，总兵周遇吉被李贼生擒后处死了。”

崇祯听罢立时惊得目瞪口呆，脸色也被吓得如猪肝色一般，待回过神来后才有些不信地问：“你——你怎么知晓？”

“回皇上，周遇吉的两名亲兵逃脱了李贼的追杀，即飞马来报的！”

崇祯顿时便神情木然起来，战事既已到了如此境地，他也就不知该如何是好了。他明白，宁武既失，那也就意味着拱卫京师北门的重要关隘已经不存在了，李自成大军便可长驱直入京师，大同、宣府虽说还可以抵挡一阵，可那毕竟已经是强弩之末了。

内务总管王心之见崇祯流泪不止，便略略地思量一番后轻声地对崇祯道：“皇上，眼下时节，总得想个退敌之策才是啊！”

“能有啥办法啊，朕已六神无主了！”崇祯带着哭腔有气无力地道。

“可否连夜召文武大臣们商议商议？”这时，骆养性站出来提出了他的建议。

王心之立即随声附和。

崇祯已经止住了哭声，他一想，也只好如此了，于是，便有气无力地道：“也只好如此了！”

不到两个时辰，全体文武大臣便风风火火地赶到中左门平台引对。

崇祯刚一坐到龙榻宝座上便欲语泪先流地询问起对敌之策来。其时，文武大臣们也都得知宁武失陷的消息，崇祯刚一说完，左中允李明睿便立即出班奏道：“启禀皇上，宁武既失，贼势甚大，臣奏请驾幸金陵，以暂避寇锋！”

李明睿一开始便抛出他那并不新鲜的南迁之策。可是，他刚一说完，左都御史李邦华却立即站出来反对，他不无忧心地道：“京师重地，皇上自然守社稷，臣请太子驾幸金陵监国！”

适才，崇祯一听李明睿的南迁之策，双眼立时便放出了一点亮光。因为，对于南迁之事，他本就早有此打算，当李明睿第一次向他提出的时候，他便想以此为最后的万全之策。

适才，当李明睿又一次提出此策的时候，他便在心里想，要是没有人反对的话，他便可以顺水推舟似的下此决心了。可是，这个李邦华却跳出来反对，而且他还公然要自己死守京师，这不明明是要自己为大明社稷殉死吗？

这样一想，崇祯不禁立时怒火中烧，当即怒斥道：“朕经营天下十几年尚不能济，孩子家做得甚事？”

众人眼见崇祯生气了，一个个也就不再言语。其实，他们早就摸准了皇上的心思。他们明白，从骨子里，皇上本是想要南逃的，可他却又死要面子。

当然，朝臣们也同样看得十分明白，崇祯一旦南迁，他们中必然有一些人要留下来和太子一起死守京师，而成为替死鬼。可是，他们若真的能有幸和崇祯一起随驾南迁，一旦京师失守，说不一定到时便会因曾经主张南迁而替人受过，对于当今皇上的乖张心理他们实在是太了解了。

因此，一个个朝臣全都沉默不语。

这时，兵部尚书张缙彦出班奏道："启禀皇上，宁武既陷，京师危在旦夕，臣以为，当速召各路兵马入京勤王，否则京师难保。方此时节，关宁铁骑已成我大明朝最后之劲旅，弃地守京之策已成万全，祈皇上速而决之，否则悔之晚矣。"

召吴三桂入京勤王的策略又一次被提了出来。

一石激起千层浪，这个曾经被全体朝臣们反复思量过讨论过的策略竟又一次被提到了议事日程。

于是张缙彦刚一说完，工科给事中方献华便站出来大声说道："张大人可得说明白点儿，弃地守京，怎么个弃法，宁远之地，毕竟兵民众多，人杰地灵，王永吉和吴三桂二将可曾同意？"

听罢他的话，张缙彦神色十分严肃地道："宁远之地，虽是人杰地灵，可毕竟孤城一座，其势必弃，是以，不妨采取弃地不弃人的办法，命王永吉和吴三桂二位将军速在关宁民众中尽征精壮为兵士，余皆迁入关内，勿委之于敌，如此便可一举两保，予民众无丝毫损害。"

众人一听这个所谓的"弃地不弃人"之法，都认为这是一个值得认真思考的妙计，这样既可扩大兵员，又可以保卫京师，而且还能将所谓的失地之罪大大淡化。文武大臣们都认为此策甚妙，一个个站出来随声附和叫好！

可是，待大家稍稍有所平静，兵科给事中吴麟征又站出来道："万岁，诸位大人，宁武即陷，李贼攻势迅猛，虽有各路人马入京勤王，可他们到达京师却无论怎样也是必须要有些时日的。方此时节，我大明上下，内官外宫，鼓足士气，甚为重要。试想，李贼有何所惧，张贼有何所惧，满人又有何所惧，然至吾皇登极，内忧外患迭起，城池一个个告陷，将士一批一批牺牲，朝廷又何曾惋惜？诸位大人何曾惋惜？面对一个个危难险境，文武百官只求自保，又有谁励志奋发？想我朝社稷，那些马革裹尸西市者，皆怀志而未瞑目。而眼下时局，速召各路将士入京勤王，已为根本大计，宁远孤城，弃地不弃人，吴三桂弃地守京，已成上上之策，此情此景，臣再三思之，不觉汗泪俱下。"

吴麟征如此慷慨激昂，说到中途，竟至声泪俱下。而与此同时，崇祯和众朝臣们一个个听完了他的一番良言苦语之后，都禁不住感慨万千，崇祯更是因伤心而又一次哭了起来。

随着崇祯的流泪哭泣，一时间，整个大殿里便一片沉默，只听得见崇祯唏嘘抽泣的哭声，这哭声动人心魄，掷声落地，撞人心肺。

隔了好一阵，范景文才出来劝慰崇祯道："皇上不必多虑，天佑我主，李贼又何足惧哉？纵使他李贼凶险，今儿我朝廷上下，励志奋发，群策群力，亦未为晚矣。今日之事，当不必谈论什么是非，贼寇猖獗，我等力当誓死捍卫京师。京师若失，君国何在？君国若亡，我等又归何处？祈皇上当机立断，速做决定便是，时不我与矣。”

崇祯听着范景文的话，如梦初醒，终于止住了哭声，待其说完的时候，也差不多已经打起了精神。于是，范景文刚一说完，他便站起身来大声地命令道：“着即放弃宁远，命蓟辽总督王永吉、宁远总兵吴三桂立即统兵入卫京师，同时檄调蓟镇总兵唐通和山东总兵刘泽清入京勤王，并赐各路总兵尚方宝剑！”

随即，崇祯又令锦衣卫着即前往各地颁行圣旨，又令礼工各部筹集军饷，做出这一系列紧急安排后竟又神情十分严肃地道：“各位贤卿，国家沦至如此之境地，实是朕之过也。朕自登极以来十余载，励精图治，力挽狂澜，无奈天不佑我，贼寇势众，一日甚一日，朕理当承担一切之罪责，和各位贤卿自是无关。方此时节，朕决计颁行罪己之诏书，以谢天下！”

说完这番话，他才终于长长地舒了一口气。众朝臣也才终于舒了一口气，他们觉得，到这个份儿上，皇上似乎才真正被感动了，向朝臣们说了一番肺腑之言，或许也只是到这个时候，这个至高无上的当今皇上才是多少可以信赖的。

但不管怎样，朝臣们不少人还是当即被感动了，于是，一声一声的“万岁”朝贺声又重新声震大殿了。

当天晚上，崇祯便正式颁下了一道罪己的诏书。

但是，罪己的诏书方才颁发下去，他却又接到宣大总督王继谟的告急表章，奏请寇氛紧急，请求兵部速调精兵增援。崇祯无可奈何，只得再敕五军都督府及兵部，迅速简派京师劲旅，星夜前往宣大，以协同镇守。

做出这一项紧急安排后，他不禁舒了一口气，想，罪己诏业已颁行天下，他可以在紫禁城里恭候佳音了。

对于吴三桂及其关宁铁骑，他十分清楚，由于路途遥远，又有大批民众需要迁移安置，仅收拾都要费些时日，因此他们到来的时间决不会神速。毫无疑问，最先到达京师的必定是刘泽清和唐通所部了。

可是，山东总兵刘泽清接到勤王的诏书后，竟立即派出飞马信使送来了一份奏折，谎称自己因坠马负伤，不能立即行动，须得过些时日，等伤情有所好转，方能率部入京。看罢奏折，崇祯简直气愤不已，可又毫无办法，反而还要赐些银两对其表示慰问。但刘泽清对于皇上的恩宠根本就不领情，即便在得到了一批银两后仍按兵不动。

崇祯的勤王诏书颁行后，真正快速赶到京师的只有唐通所部。

唐通一接到入京勤王的诏书，立即率领所部的全部八千将士赶往北京。一到北京，立即把兵马屯驻于齐化门外，随即入宫见崇祯。得知唐通率部来到，崇祯简直欣喜异常，又是赐宴，又是赏银慰劳。

席间，唐通一看到崇祯对自己如此宠爱有加，当即表示：“末将不才，只愿肝脑涂地，捐躯报效，使元凶速就歼夷。”

崇祯立时大喜过望，当即命令赏唐通本人白银五十两，兵丁每人五钱。

可是，赐宴完毕，崇祯回到乾清宫后却突然闷闷不乐，一想到眼下的危局以及唐通的为人，尤其是李自成在太原招降明朝文武官员的事，他更加忧心忡忡。由此，他也就对唐通有了猜忌的心理，而且越是猜忌，也就越是对这位唐总兵不放心。于是，为了加强对这支人马的控制，他决定派出太监杜之秩到唐通的营中去充当监军之职。

正在齐化门外自己的中军大帐里豪饮着的唐通，得知崇祯的这一人事安排，一时便被气得七窍生烟，立刻拉起人马回到了居庸关。

然而，面对这位桀骜不驯的唐总兵，此情此景，堂堂的大明皇上却毫无办法，只得坐在自己御书房里的龙座上流泪叹息。

当大明皇上正在他的龙座上流泪叹息的时候，北京城里早已经一夕数惊了。人们惊恐不安，如履薄冰，无所适从，尤其是那些官僚缙绅或达官显贵更是惶恐不止。随着李自成大军的日益逼近，他们更是大有末日来临之感，一个个都做着逃离的准备。

此时，崇祯正坐在御案后面的龙座上生着闷气，面前虽放了一大摞的奏章奏本，他却根本无心看下去，唐通的擅自离开使他气得不得了，突然却又接到了京城里人们人心惶惶的报告，他实在有些不知该怎么办才好了。

因此，当王承恩和小毛子来侍奉他就寝安歇的时候，他竟不理不睬。于是，二位心腹太监只好找来了曹化淳和王心之等人，几个人东劝说西劝说好不容易把他劝说上了床榻。

虽说已经躺到了床榻上，可崇祯却睡不着。

至天交五更的时候，他便默默地起了床，然后任凭几个太监为自己穿衣打扮，自顾自地往金銮殿里走去。

可是，当其在手忙脚乱的太监们的簇拥下到金銮殿的时候，他的心境却一下降到了冰点。他坐在龙座上放眼望去，平日里本该按时上朝的文武大臣们十成有七成没有来上朝，即便是来了，一个个也竟显出一副无精打采的样子。

如此，这一例行的早朝还有什么意思呢？崇祯只觉得自己是那样的心灰意冷。于是，他便把手轻轻地朝王承恩一挥，示意他宣布退朝。

回到乾清宫，他仍一言不发地默默坐到龙座上，御膳房的两个小太监在他面前足足跪了两个时辰让他用膳，他却似根本没有看到一样。大约到了上午辰时的时候，他才吩咐站立一旁的小毛子为自己沏碗茶来。

还没待小毛子把茶沏好，大学士魏藻德却风风火火地送进来一份由镇守南京大明孝陵的官员飞马驰报的紧急奏章。崇祯漫不经心地打开一看，顿时被吓得目瞪口呆。

原来，奏章上说，近一段时间以来，孝陵每至深夜便传出一阵阵极为悲惨的哭泣声，哭声遥传数里，使人毛骨悚然，不少守陵将士竟因此而逃离，祈朝廷着即加派一些人马，以利看守。

崇祯看罢奏折，两行清泪沿着他的双颊滚落而下，末了，他竟呜呜地哭了起来。也不知什么时候，小毛子和王承恩东劝说一句西劝说一句，他才好不容易止住了哭声。

此时此刻，李自成及其所率的大顺军早已经攻占了大同、宣府和阳和三个重镇。随着这三个重镇被攻占，李自成入主京师的道路事实上也就已经通行无阻了。

与此同时，当李自成展开对三个重镇进攻的时候，由刘芳亮所率的大顺军左路军也正沿河南河北一线风卷残云般朝着北京杀将过来。其时，李自成在占领太原后派出的以任继荣为大将的第三路军也正沿着真定和保定奔袭而来，如此，李自成的三路大军便对本就岌岌可危的北京城形成了致命的钳形攻势。

崇祯得知大同、宣府和阳和三重镇被攻陷，他当即就昏倒在乾清宫里的龙榻宝座上。直到第二天他才发出了一个个无可奈何的饬令，让襄城伯李国桢提督守京师，又诏封吴三桂为平西伯、蓟镇总兵唐通为定西伯、平贼将军左良玉为宁南伯及凤芦总兵黄得功为靖南伯。与此同时，又急调吴三桂统率关宁铁骑火速进关，驰援京师，其余各路也急速入京勤王。

可是，即便在做出了这样的临时抱佛脚似的安排后，一想到李自成秋风扫落叶般的攻势，他仍忍不住心惊胆战。

此时，他呆坐御案后的龙座上，望了望不远处屋梁上悬吊着的几盏宫灯，又看了看窗棂上垂悬的厚棉布窗帘，然后便百无聊赖地翻了翻御案上的一堆塘报奏折，见最上面的一份是报告刘芳亮所率的大顺军已经进抵畿辅地区的，下一份则是李国桢奏请为守城官兵加派军饷的。

他默默无语地看了两行，就实在无心看下去了，他抬起头来，头晕目眩似的揉了揉自己的双眼。这时，小毛子却急匆匆地进来禀报说左中允李明睿紧急求见，崇祯默默地想了想便点了头。

李明睿一来就十分急切地道："启禀皇上，贼寇攻势日甚一日，大同、宣府、阳和相继告陷，刘贼芳亮又已进入畿辅，可吴三桂却仍未有消息，臣以为京师必是不守，如此，皇上亲抵金陵必为上上之策了。虽说朝中大臣大都反对此策，可眼下这已经是唯一的出路了，祈皇上着即痛下决心，否则再晚怕就来不及了！"

崇祯听罢，十分无可奈何地道："卿知朕早有此意，无奈朝中大臣却极力反对，这叫朕又如何是好啊！"

李明睿一听立时便有些急了："如此紧要关头，皇上决定便是，若再犹犹豫豫就没有时机了。臣已为皇上谋划好了南迁的路线，沿着河间和德州一线向南直达留都，保管万无一失，只要到得南京，日后皇上再图恢复京师。皇上尽可下定决心，臣着即操办便是！”

崇祯不禁长长地叹了一口气，好一阵才问了一句：“李建泰现在可有了消息？”

“听兵部张尚书言，李督师风闻刘贼北上的消息正一路回撤！”李明睿想了想终于回答。

崇祯却仍是一副难下决心的样子，李明睿眼见他如此竟着急得流出了眼泪。

其实，对于崇祯而言，他并非不想南迁，也并非太过优柔寡断，他实在是害怕承担南逃的责任。李明睿仿佛看穿了他的心思似的，末了，终于提议道：“皇上，臣看不如再让大臣们议议南迁之策如何？”

崇祯想了想，终于道：“也罢！”

文武大臣们又齐集到金銮殿来讨论这一南迁之议。可是，当李明睿提出这一南迁之策的时候，足足有半个时辰竟没有一个人站出来说一句话，大家都只是各怀心事沉默不语，甚至连兵部尚书张缙彦和兵科给事中吴麟征也只是静静地站在那里不发一言。

这样一来，李明睿便被弄得十分难堪，崇祯坐在自己的龙榻宝座上也就如坐针毡，不知该怎样办才好。末了，他实在按捺不住这种令人窒息的沉默，才最终把首辅人臣陈演召到丹墀前，对他柔声道：“南迁之事，贤卿须得为朕担待些才是！”

可是，陈演却只是一味地听着，不发一言，末了，更是事不关己般看了一眼崇祯又默默地回到了班中。见此，崇祯不禁立时大怒起来：“国家社稷蒙难，汝竟不闻不问，事不关己，朕有汝之首辅又有何用。”

随即，他当众宣布罢去陈演的首辅大臣之职。但是也就在这个时候，两匹快马向着紫禁城狂奔而来，不多时辰便传来一个惊人的消息：“启禀万岁，刘贼芳亮于日前攻陷了保定府，真保及整个畿辅已全部告陷，据从保定城内逃出的兵民报告，贼寇正在城内大肆屠杀，大明兵民死伤无数。”

崇祯吃惊地“啊”了一声，两行清泪立时顺着他的双颊滚落而下，他明白，随着保定的告陷，自己试图南迁的可能性也就没有了。也不知什么时候，他终于擦干了眼泪，似乎也已横下一条心下定决心，遂站起身来后悔不已却愤愤不平地道：“京师城破，列位终有好看的了，朕不能守社稷，可殉社稷，国君死于社稷，实乃义正之举，有何惜哉！”

崇祯既已下定了必死的决心，也就心安理得了。其时，整个大明皇朝已经差不多作鸟兽散了，朝中的文武大臣十之八九都已经逃之夭夭，崇祯本人差不多和一个光杆司令无异。

但是，正因为他已经下定了必死的决心，所以，他的心境也就是十分平静。

虽然每日上朝的大臣已经日渐稀少，可他每日天交五更上朝却仍雷打不动，决不延误。每天当他以一种十分平和的心境坐到龙榻宝座上看着稀稀落落或站或跪的文武大臣们的时候，他似乎有一种异样的满足。

于是，他便一如既往地严旨催促文武大臣们干这干那，或是要他们念及国家社稷，督师御敌，保卫京师，操作起来和他平日里没有什么两样，一些大臣眼见皇上如此心平如镜、不慌不忙，便都十分讶异。

事实上，到这个时候，整个大明皇朝里，除了兵部还在勉强运作外，其余各部早已冷落得门可罗雀了。当李自成统率大军展开对居庸关和昌平猛烈进攻的时候，兵部尚书张缙彦立即派出一路又一路的探马前往侦察。

可是，这些探马一经派出立时便杳无音信，原来，他们不是各自逃命而去就是被李自成活捉，这样一来，居庸关和昌平虽说离京师不过一百来里地，而明朝兵部和崇祯却对李自成的进军知之甚少。

因此，当其得知李自成兵不血刃占领居庸关，唐通投降李自成的消息时，李自成已经在昌平郊外大败昌平守将李守荣并进而占领了昌平。

李自成占领昌平后，一面在城内欢呼庆贺，大犒三军，一面立即派人送檄文给大明朝廷及崇祯，且公开宣布，大顺军将于三月十八日攻入京师。

当崇祯得知这一消息并接到李自成的檄文的时候，时间已经是三月十六日的深夜了，比李自成占领昌平的时候足足晚了一天。

不过，他当时仍是大哭，稍事平静后才好不容易接受了襄城伯李国桢的建议，决定速召文武大臣到中左门平台引对，寻求对策。

可是，文武大臣们到这时压根就将他的旨意当成耳边风了，当他在中左门的大殿里足足地等到了两个时辰后最终等来的却只有大学士范景文、魏藻德、丘瑜及兵部尚书张缙彦等十来个文武大臣。

这些文武大臣早已经得知这一不幸的消息，所以，十来个人一见到崇祯，个个都唏嘘垂泪，不知该如何是好，甚至连兵部尚书张缙彦也已经完全不知所措了。

崇祯坐在龙榻上，眼见朝臣们都一个个流泪不止，他也就只有流泪哭泣的份儿。也不知什么时候，王承恩眼见大家都只是一味地哭泣，不得不在崇祯的耳边轻声提醒，要他在此时节必须保持镇静才是。

崇祯终于止住了哭声，并最终做出了一系列对策性的决定："着襄城伯李国桢、九门提督骆养性会同兵部尚书张缙彦，立即督率誓死效忠的文武诸臣及城中兵民，防守京师内外城池；令五军都督府速调京营兵马出城备战，太监王承恩总监京师内外守城兵马；责成都察院及巡按御史协同五城兵马司，着急连甲保申，防止奸盗，城内九门俱闭，街巷禁止行人；速派快马锦衣卫，飞调宁远总兵吴三桂率关宁铁骑火速入京勤王，并敕左都御史张国维立即前往江南火速催督粮饷。"

情急之下的崇祯大有最后一搏之势，但是，这一切布置未定，李自成对京师的最后合围却已经到来了。

三月十七日清晨，大顺军的左路军和中路军分别在刘芳亮和任继荣的率领下到达京师郊外，从而和大顺军的主力胜利会师。

如此，李自成一面对其将士大肆封赏，一面立即命令大将军刘宗敏为攻城总指挥，直接指挥李过、李双喜、萧云林、唐通、刘芳亮及任继荣等十几员大将首先展开对京师城外防线的进攻。于是，数十万大顺军将士东自高碑店西至西直门，把明朝京都围了个水泄不通。

在此之前，明朝的五军都督府已经派出了神机营总兵官张超、神枢营总兵官王锟和勇卫营总兵官李虎，各领所营劲旅驻扎于彰仪门外严阵以待，大有以逸待劳之势。

可是，这些京营兵平日里只知吃喝玩乐，疏于操练，又无斗志，是以，当大顺军一展开进攻的时候，一个个便全都魂飞魄散，纷纷逃命，只不多几个回合，明朝最后一点守卫京师的劲旅便全都冰消瓦解，而那些少数没有逃亡或是没有死亡的最后全都在三位总兵官的带领下一起投降了李自成。

城外防线崩溃及三大营逃亡投降的消息，很快传至内宫。其时，崇祯正在御书房里批阅奏章，王承恩一手提着灯笼一手提着长袍跌跌撞撞地冲进房来大声禀报道："皇上，大事不好了，城外防线已被贼兵攻破，大臣们正在中左门平台等着皇上！"

崇祯一听，立时魂飞魄散，不知东西，流泪不止，他简直不知道自己是怎样深一脚浅一脚地到达中左门平台的。当他在王承恩的搀扶下好不容易跨进大殿的时候，十来个文武大臣早已经哭成泪人儿一般。

这时，崇祯早已经止住了哭声，眼见众大臣如此，便不无好气地："哭啥呢？有啥哭丧的，朕不是还好好的吗？"

隔了一会儿，他便喊过襄城伯李国桢对其兴师问罪道："朕让你提督京师城防，城外防线怎么就一攻即破呢？难道三营劲旅竟全都是饭桶不成？"

李国桢一听便十分委屈地道："启禀皇上，京营兵皆纨绔子弟，且兵少饷缺，方圆几十里的城防，区区三两万人马又怎么守得住？且欠饷已达五月有余，兵士皆饥疲不堪。前日里，兵部会同户部尽其所有，亦只发白银四千五百两，每兵只发得五钱，以致官兵皆倒卧城头阵前，方才鞭打了一个，另一人却又立即躺下了，试想，他们又怎么能敌人多势众又兵强马壮的贼兵呢？"

崇祯只能无可奈何地流泪长叹，他明白，一切都已经到了这个份儿上，他还有什么可说的呢？最终他只好拂袖而去。

大顺农民军攻陷了城外防线后，立即展开对外城的进攻，李自成更是设座于彰仪门外，亲自指挥攻城，他亲自点燃了第一门大炮，随即便命令早已经架在城外的数十门大炮向着城头城内猛烈轰击，而攻城的劲旅也分别从平则门和彰仪门发动了猛烈的攻势。

只见京师外城的城头上下，炮声阵阵，矢石乱飞，刀光剑影，日色天光。城头上的兵士和临时凑集而来的民军以及太监仆从全都惊魂不已地鸟铳齐射，弓弩齐发；城头下的大顺军将士则人人奋勇，个个争先，喊杀之声不绝于耳。

城头上的守军虽势单力孤，但毕竟占了凭城据守的优势，因此，大顺军一时也难以攻上城头，数次架起的云梯也不断被城头上的守军连人带梯一起推落而下。当此之际，李自成眼见硬攻一时难以奏效，便接受了右军师李岩的建议，让早在西安投降的秦王朱存枢和在居庸关与唐通一起投降的监军杜勋到城下喊话，劝说城头上的守军投降。

秦王朱存枢和监军杜勋二人来到城下后，当即便向城内喊话，可城头上的守军却无论怎样死活不吭气。末了，李岩便让秦王写了劝降书，又命文书抄了许多份，然后即命军士将其射入城内招降。与此同时，杜勋又提议凭自己和崇祯皇帝的个人关系由自己进到城内去劝说其逊位投降。

李自成认为，若能真正让崇祯逊位投降那当然是再好不过的了，于是，便当即接受了这一建议。而城头上的守军得知杜勋有要事禀报皇上，便用绳索箩筐将其拉上城头。

杜勋上得城头，立时一路小跑，先到得乾清宫，崇祯却已去了文泰殿，到得文泰殿又听说他去了坤宁宫，一到得坤宁宫，只见崇祯坐在大殿里正无精打采地和周皇后说着话，一时间不禁大喜过望，遂即来至跟前跪伏在地，然后柔声道：“罪臣杜勋叩见皇上！”

崇祯微微地斜看了一眼，见是自己的心腹太监监军杜勋，便有了一点喜色，可是当他正要问询一下的时候，却突然想起他是已经投降了李自成的，于是，便顿时火起且大声地怒斥起来：“不要脸的东西，既已降贼，又有何脸面来见朕呢？”

崇祯早已兴味索然，说完这番话，也不待和周皇后言明，甚至也没向小毛子等几个贴身太监暗示一下，便自顾自地往养心殿走。见此，杜勋便立即跟屁虫一般紧紧地跟随着，一到养心殿的大殿，还没待崇祯在龙榻上坐好，即跪地奏称：“启禀皇上，眼下李自成声势浩大，攻城甚激，想必我朝万难抵御，京师城破指日可待，若顽强据守，则玉石俱焚，皇上不若及早禅位，以保全宗庙社稷及全城男女之性命。臣奉了秦王之命来劝皇上，尚乞皇上赦臣死罪！”

崇祯耐着性子终于听完了杜勋的话，随即大怒起来：“秦王乃太祖高皇帝封建懿亲，以屏藩王家。不图嗣王不肯，既不能御侮灭患，丧厥守土，竟又降贼失德，又怎敢以巧言诱朕苟且偷生？祖宗天潢之裔，何其不知自爱？朕已决意赴死，以殉社稷，又岂能低首屈辱，让祖宗蒙羞？”

杜勋听罢此言，知其禅位是万万不能的，见他连连动怒，便害怕他怒极翻脸不认人，把自己给处斩问罪。于是，他便一边十分谦恭地叩头请罪，一边在头脑里转起了脑筋，以逃得性命，少顷，杜勋十分诚恳地说：“皇上所言极是，奴才又哪晓得什么大德大义，只因屡受皇上厚恩，今见事情危急，深恐皇上有意外发生，遂如此大胆冒犯。皇上一番金玉良言，奴才茅塞顿开，自是不敢多言，只是那李贼扬言，指日必破京师，今奴才有一计，兴许能促其暂时退兵！”

崇祯一听此言，想了好一阵终于道：“汝又有何良策？”

杜勋已变得十分镇静，只见他直着身子，昂着脑袋，颇有信心地：“奴才立时便去面禀那李贼自成，奏称城中尚有十万精兵，且个个枕戈待旦，养精蓄锐，誓与京师共存亡，内城外城防守甚严，不日勤王兵至，即行内外夹攻，奴才料想，那李贼闻言，必得引兵暂退！”

可是，崇祯听了后却完全一副无所谓的样子：“朕已决意一死，汝等随便办理便是，若真能吓退李贼，待援兵到来，社稷转危为安，汝功在社稷，朕厚赏嘉封便是！”

听了此言，杜勋立时大喜过望，想，皇上是断不会对自己怎么样的了，连连叩头谢恩，随即不慌不忙地告退而去。

他一回到大顺军营，立即将其面见崇祯之情形详详细细且又添油加醋地向李自成讲述了一遍，李自成一听，不禁顿时火起，遂当即决定立即攻破京师。

崇祯十七年三月十八日，李自成终于发动了对北京城的最后进攻，由此，他也就把这个存在了二百七十六年的大明皇朝送到了历史的终点。

天交五更的时候，崇祯一如既往地来到乾清宫里上朝，可是当其一步跨进殿门的时候，他发现，偌大的大殿里除了殿前值守的两名锦衣卫外，就只有大殿上方的那几盏鬼火一般的宫灯还在发着惨淡的幽光，在这幽光的映照下，整个大殿竟是如此迷离与恍惚。

崇祯强打着精神好不容易在小毛子和王承恩的搀扶下坐到了自己的龙榻宝座上，他耐着性子等待着。可是平日里早朝的时间已过了，朝臣们竟仍没有一个人影。崇祯似乎早有心理准备，竟是非常平静，只是那流不完的眼泪竟又止不住地滚落而下。

一时间，几个太监全都无所适从地看着这位自己服侍多年的主子，不知该怎么办才好，隔了好一会儿，王承恩才装作镇定地对崇祯道：“皇上，眼下哭总不是办法，总得想个办法才是啊！”

听他这样一说，崇祯止住了哭声，然后带着哭腔说道：“事已至此，朕又还能想出啥办法啊？”

说完便仰天长叹。也不知什么时候，崇祯最终又平静了下来，稳稳地坐到龙座上去，认真地思考起有关对付李自成的良策来，末了，他终于决定再次颁发一份罪己的诏书。

不多时辰，一份言辞十分恳切的罪己诏便起草而成，在这最后的罪己诏书中，崇祯承诺取消一切新旧饷项，声称除李自成罪在不赦外，其余如牛金星、宋献策、李岩及刘宗敏等人都是朝廷的重臣，只要他们能离开李自成，便能赦免其罪，官复原职。

很明显，在这最后的关头，崇祯竟还在做着分化瓦解李自成集团的美梦。因此，他竟还不无自得地把这份罪己的诏书大声地朗读了一遍，然后便命令小毛子拿到内阁去让他们立即颁行。

小毛子却犯起难了，好一阵才无所适从地："启禀皇上，他们上朝都不来了，眼下兵荒马乱，又到哪里去找得了他们啊！兴许他们正在各自逃命！"

崇祯只得颓唐地坐在那里发呆。与此同时，李自成大军对外城的进攻已经越来越紧，一批又一批大小太监不断来禀报危急的消息，末了，一个小太监更是惊魂不已地来哭奏道："启——启禀皇上——贼——贼兵已攻破外城，德胜门和阜成门的守城公公竟大开城门迎纳贼兵，曹公公眼见大势已去，也竟命令把彰仪门打开迎降贼兵，眼下贼兵攻入城内后正在大肆烧杀！"

崇祯静静地听着，也不知怎么，听罢所奏，他竟突然间变得出奇的平静，似乎正在发生的一切都与他无关，他竟把手轻轻地一挥即十分镇定地："朕得去御书房！"一到御书房，他竟一点没有惊慌的样子，从御案上拿起朱笔，龙飞凤舞地很快起草了最后一道谕旨，旨曰：

成国公朱纯臣提督内外诸军事，夹辅东宫。

随即他便命令王心之和张彝宪收起这道谕旨，立即出宫去找成国公朱纯臣，然后对他们道："二位公公侍奉朕一场，朕原本是想要好好地酬劳二位的，不承想竟是这般光景，恐怕只得来生朕再来酬谢二位公公了！"

两位太监一听顿时泪如雨下，这时，崇祯却又接着适才的话道："你们先需寻得成国公，如此便有了出路，二位公公若有幸逃得了性命，明年今日两位公公能多为朕烧些纸钱，这里有点银子，朕留着亦是无用了，二位公公拿去也可备不时之需！"他一边说一边从旁边的一个盒子里抓出了一大把银子随手分给二人，然后即把手一扬示意二人赶紧离去。

王心之和张彝宪二人仍泪如雨下，不肯离去，王心之更是跪俯在地连连叩头道："我们侍奉皇上多年，皇上恩重如山，就让奴才侍奉在皇上身边吧，危急时也好有个依靠啊！”

可崇祯听了十分镇静地安慰他们道：“朕亦是舍不得二位公公的，只是眼下兵荒马乱，朕写给成国公的手谕总得有人送到啊，二位乃朕的心腹之人，不拜托你们又能靠谁呢？”

崇祯的话说得那样婉转柔和，言辞也十分恳切，不过，二人却仍依依不舍，于是，王承恩才又赶紧提醒二人办正事要紧，再晚就来不及了。二人终至离去。

一时间，他的心境竟变得出奇的平静，他突然有了一种“我不入地狱谁入地狱”的感觉。于是，他去了坤宁宫。

这时，周皇后正在忧心哭泣，一见他进得殿来，赶紧从卧榻上下来。

崇祯目不转睛地看着这位侍陪了自己十八年的妻子，也千般柔情万般恩爱却又无可奈何、冷静决然，他默默地拉着她的手，又默默地抹去她双颊上的泪珠泪痕，终于十分平静地说：“大势去矣，卿可早早自定主意了！”

说完，他便转过脸去，而周皇后却失声痛哭了起来，她明白，那是要让她自尽了。周皇后闻言，一步一回头地回到了内室。

崇祯默默地流着眼泪，又默默地望了内室一眼，随即便转过目光，对一直站立一旁的小毛子道：“速去找寻袁氏，她乃朕之贵妃，亦须自尽才是。回返时，往东宫带太子及永王、定王到御书房见驾！”

待小毛子离去，崇祯无限牵念地最后看了一眼这个曾经给他带来安慰与怀想的处所，又最后深深地鞠了一躬，便在王承恩的搀扶下跌跌撞撞地回到了御书房。他在御案后的龙座上坐好，便拿起朱笔来起草遗诏，不多时辰，遗诏起草而成，诏曰：

朕自登基十有七年，致敌人犯京畿四次，今逆贼直逼京师，朕薄德微躬，上干天咎，然皆诸臣之误朕也。朕死，无面目见祖宗于地下，去朕冠冕，以发覆面。任贼分裂朕尸，勿伤百姓一人。百官欲再图大业，俱往东宫行在。

恰在这时，小毛子带着太子朱慈烺、永王朱慈照和定王朱慈炯慌慌张张地跨进了御书房，崇祯一见三位皇子便神情严肃地对他们道：“快快脱去皇服，换上百姓服装！”

可当此时节，一时间又到哪里去找百姓服装，情急之下，小毛子便对崇祯道：“皇上稍待片刻，待奴才去找些来！”

只不多时辰，小毛子即抱着一包衣服飞速地跑回了御书房，崇祯一见立时接过那些破烂衣服，不声不响地在小毛子的帮助下，亲自为早已痛哭不止的三位皇子换上。末了，又将一道早已写就的诏书塞到太子的贴身衣服里，然后摸着太子的头对三位皇子道："你们平日是天潢贵胄，此后便成了亡国孤儿，今夜逃出去，从今往后，便和庶民百姓无异，方今离乱之际，你们须得混迹于民间隐姓埋名，见年老者，当以伯叔呼之；年幼者，当以兄弟呼之，断不可露出皇家气象，万一泄露了世家身份，便就丧生无日矣。去吧，快快去吧！"

末了，他一边说一边向三位皇子挥了挥手，言毕，泪如泉涌，哽咽不止。可三位皇子听了后却一味地大哭，不忍离去。正在这时，王承恩大声道："快快逃走吧，皇上，时辰已不早了，再晚兴许就来不及了，奴才和小毛子便可助皇上和太子殿下逃出宫去！"

可是，崇祯听了后，竟头也不抬地："朕志已决，王公公休得多言！"说完，又对一直跪在地上的三位皇子大声地："皇儿，你们快走吧，死生之际，不容许做儿女态，快快逃走吧，若天意不绝朱家，日后再来为父复仇便是，为父在九泉之下亦就知足了！"

一说到"复仇"二字，崇祯立时竟又声泪俱下，哽咽不语。此时，三位皇子已经站起身来，却仍抽泣不止，不肯离去，崇祯抹了一把眼泪，对小毛子道："小毛子啊，朕的三位皇子便托付予小公公了，你尽可领皇子先行至嘉应伯周奎及左都督田宏遇家暂避时日，后再相机行事，公公侍奉朕一场，不承想，竟是如此光景，只待来生再来酬谢公公了！"

小毛子一听，当即声泪俱下地道："皇上厚恩，奴才永世不忘，皇上尽可放心便是，奴才定当誓死保全太子殿下及两位小皇子的性命。"

待一行人等离去后，崇祯便拿出适才写就的遗诏，对王承恩道："朕的遗诏公公就带在身上吧，若朕有不测，此便是朕对世人对子孙后代的交代了。"

说完，崇祯便命令他将遗诏缝在自己的内袍衣襟上。可是，也正在这个时候，一位老宫女领着正哭哭啼啼的长平公主和昭仁公主一步跨了进来。适才，一直待在宁寿宫里的二位公主因听见宫里的大小宫女太监闹闹哄哄地四散奔逃，好不容易在这位老宫女的带领下到得坤宁宫，可是到得坤宁宫一打探却知周皇后已经自绝身死，于是，才立刻赶到御书房。

二位公主进到房内，一见到父皇还在，便哭得如带雨的桃花，嘴里不住地喊着"父皇""父皇"，崇祯眼看着自己一双如花似玉而又娇小可爱的皇女，顿时便泪如泉涌。其时，两位小公主已到得跟前，二人一边一个抱着崇祯的大腿大哭不止，崇祯见此只好一手摸着一个爱女的头，连连道："谁让你们生在这帝王之家啊！"

崇祯简直说不下去了。其时，王承恩眼见崇祯这副样子，却又担心形势已十分紧急，遂不断地对他道："皇上，眼下可不是哭的时候，两位公主该如何安排，得快快决断才是啊，再晚就来不及了！"

也正在这时，却突然传来一阵紧似一阵的喊杀之。他也终于下定了决心，一边顿足长叹，一边对两位公主道："都是父皇害了你们，害了你们，可谁让你们生于这帝王之家啊，今日国破家亡，朕既殉于社稷，你们活在世上又有何用，不如与父皇同去，免得辱于贼手！"

说时迟那时快，崇祯一咬牙根，抄起御案上的长剑朝着长平公主的头上猛地砍了下去。这一剑正中其右臂，娇弱的臂膀顿时滚到了地上，公主昏倒在地。

与此同时，那昭仁公主本是小孩一个，眼见姐姐被砍倒在地，便被吓得再也不敢哭了，本能地想要往后逃跑。其时，崇祯看了一眼倒在地上的长平公主，略略地迟疑了一下，又举起手中那带血的长剑，连走几步，朝着正在连连后退的小公主当胸一剑刺了过去。昭仁公主立时倒地而死。

那老宫女正伏在地上察看长平公主的究竟，不承想，崇祯竟将小公主又一剑刺死了，顿时愤怒之至，大声地斥责道："皇上何故要如此残忍啊，连亲生骨肉也不放过！"

崇祯早已变得异常冷漠，老宫女的话他压根就没有听见一般，举着长剑亦又要朝倒在地上的长平公主补上一剑，想一不做二不休，为自己的爱女做最后的了结。见此，王承恩便拉着他的手道："罢了！罢了！公主既已如此，快快逃命便是啊，皇上！"

老宫女眼看崇祯又要杀来，便趁着王承恩拉住其手之机，抱起早已昏死过去的断臂公主飞快跑出了御书房，消失在茫茫黑夜之中了。

见此情景，崇祯也就无可奈何了，手中滴着鲜血的长剑"铛"的一声，掉落在地。他终于一屁股坐在了龙椅上。他明白，一切都已经完了，皇后去了，爱女去了，朱家的江山社稷亦去了，剩下的只有这带不走的紫禁城了。

他终于挣扎着站了起来。其时，王承恩早已为他准备好了便服，且急急忙忙地侍候他穿上。随即，二人忙不迭地出了御书房，只闻得四周仍是一片喊杀之声和闹哄哄的嘈杂之声，不远处的火光直冲云霄，仿佛映红了整个北京的大半个天空。

没走出多远，王承恩突然从地上拾起一杆被谁失落的长枪，他一路护着崇祯，先往东华门，可是方才走过两段长廊，便被一大群宫女太监拥回，一问，才知东、西华门早已被贼兵攻占了。情急之下，崇祯便最终决定去往煤山！

于是，二人便寻着暗夜深一脚浅一脚地向着煤山走去。

于是，这位在位十七年的崇祯皇帝终于唱出了那奇惨无比的煤山悲歌……